W0462503

TERRY BROOKS

Die Hexe von Shannara

Seit sich der erste Roman aus dem Zyklus der SHANNARA-SAGA im Jahr 1977 in der Bestsellerliste der New York Times festsetzen konnte, ist Terry Brooks einer der bekanntesten Fantasy-Autoren der Welt. Sein magisches High-Fantasy-Epos erstreckt sich über Jahrhunderte und kann in mehrere chronologische Abschnitte geteilt werden. Die ersten neun Bände handeln von der Suche nach dem Schwert von Shannara und dem Kampf gegen den Dämonenlord. – Die folgenden acht Bände spielen in einer Zeit, als die Magie zu versiegen droht, und wiederum die Nachfahren Shannaras auf eine Reise gehen, um die Katastrophe abzuwenden. – Der Roman »Der Ausgestoßene von Shannara« erzählt die Vorgeschichte der gesamten Saga, das Zusammentreffen von Jerle Shannara mit dem Dämonenlord. – Der folgende Abschnitt, beginnend mit »Die Hexe von Shannara«, springt chronologisch weit voraus und erzählt Ereignisse aus der Zeit ca. 130 Jahre nach »Die Talismane von Shannara«. Der jüngste Abschnitt setzt weitere 20 Jahre später ein.

Die Shannara-Saga von Terry Brooks:

1. Abschnitt: Das Schwert von Shannara (23828), Der Sohn von Shannara (23829), Der Erbe von Shannara (23830) • Die Elfensteine von Shannara (23831), Der Druide von Shannara (23832), Die Dämonen von Shannara (23833) • Das Zauberlied von Shannara (23893), Der König von Shannara (23894), Die Erlösung von Shannara (23895)

2. Abschnitt: Die Kinder von Shannara (24535), Das Mädchen von Shannara (24536), Der Zauber von Shannara (24537) • Die Schatten von Shannara (11584) • Die Elfenkönigin von Shannara (24571), Die Verfolgten von Shannara (24572) • Die Reiter von Shannara (24588), Die Talismane von Shannara (24590)

Die Vorgeschichte: Der Ausgestoßene von Shannara (24717)

3. Abschnitt: Die Hexe von Shannara (24966) • Die Labyrinthe von Shannara (24178) • Die Offenbarung von Shannara (24179)

4. Abschnitt: Die Magier von Shannara 1. Das verbannte Volk [erscheint im Januar 2004]

Außerdem von Terry Brooks erschienen:

DIE DÄMONENJÄGER: Dämonensommer (24133) • Stadt der Dämonen (24913) • Dämonenfeuer (24170)

STAR WARS, Episode I. Die dunkle Bedrohung. Roman zum Film von George Lucas (35243)

Weitere Bücher von Terry Brooks sind in Vorbereitung.

Terry Brooks

Die Hexe von Shannara

Roman

Aus dem Amerikanischen
von Andreas Helweg

BLANVALET

Die amerikanische Originalausgabe erschien unter dem Titel
»The Voyage of the Jerle Shannara I. Ilse Witch«
bei Del Rey/The Ballantine Publishing Group, New York.

Umwelthinweis:
Alle bedruckten Materialien dieses Taschenbuches
sind chlorfrei und umweltschonend.

Blanvalet Taschenbücher erscheinen im Goldmann Verlag,
einem Unternehmen der Verlagsgruppe Random House GmbH.

2. Auflage
Deutsche Erstveröffentlichung 3/2001

Umschlaggestaltung: Design Team München
Umschlagillustration: Agt. Schlück/White
Satz: deutsch-türkischer fotosatz, Berlin
Druck: GGP Media, Pößneck
Titelnummer: 24966
Redaktion: Alexander Groß
V. B. · Herstellung: Peter Papenbrok
Printed in Germany
ISBN 3-442-24966-X
www.blanvalet-verlag.de

FÜR CAROL UND DON MCQUINN

Weil sie dem Wort *»Freund«*
auf so viele Arten neuen Sinn
gaben, dass ich sie nicht mehr
zählen kann …

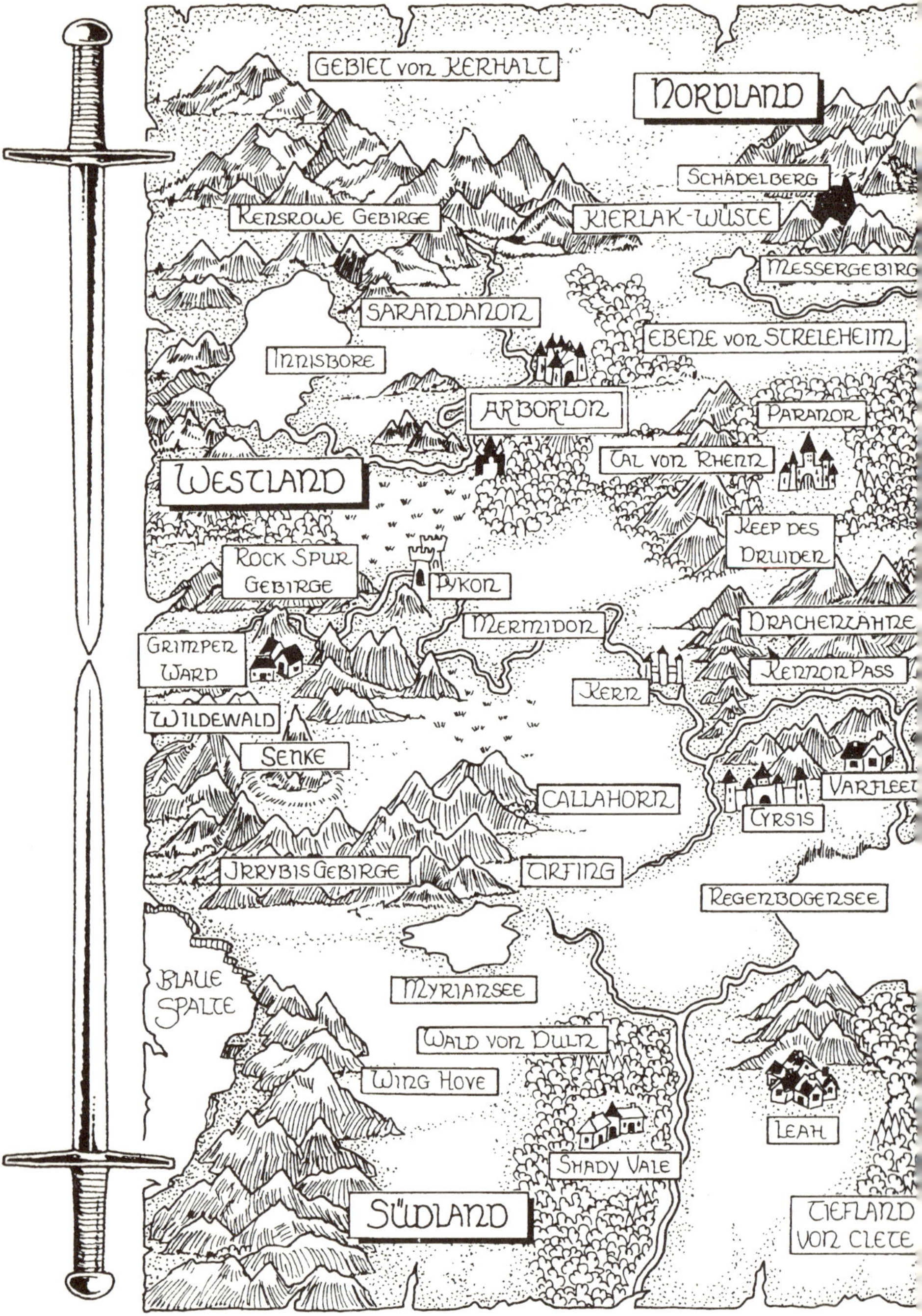
GEBIET von KERHALT
NORDLAND
SCHÄDELBERG
KENSROWE GEBIRGE
KIERLAK-WÜSTE
MESSERGEBIRG
SARANDANON
EBENE von STRELEHEIM
INNISBORE
ARBORLON
PARANOR
WESTLAND
TAL von RHENN
KEEP DES DRUIDEN
ROCK SPUR GEBIRGE
PYKON
MERMIDON
DRACHENZÄHNE
GRIMPER WARD
KENNON PASS
KERN
WILDEWALD
SENKE
VARFLEET
CALLAHORN
TYRSIS
JRRYBIS GEBIRGE
TIRFING
REGENBOGENSEE
BLAUE SPALTE
MYRIANSEE
WALD von DULN
WING HOVE
LEAH
SHADY VALE
SÜDLAND
TIEFLAND
von CLETE

FÜR CAROL UND DON MCQUINN
Weil sie dem Wort *»Freund«*
auf so viele Arten neuen Sinn
gaben, dass ich sie nicht mehr
zählen kann …

Gebiet von Kerhalt
Nordland
Schädelberg
Kensrowe Gebirge
Kierlak-Wüste
Messergebirg
Sarandanon
Ebene von Streleheim
Innisbore
Arborlon
Paranor
Tal von Rhenn
Westland
Keep des Druiden
Rock Spur Gebirge
Pykon
Mermidon
Drachenzahne
Grimpen Ward
Kennon Pass
Kern
Wildewald
Senke
Callahorn
Varflee
Tyrsis
Jrrybis Gebirge
Tirfing
Regenbogensee
Myriansee
Blaue Spalte
Wald von Duln
Wing Hove
Leah
Shady Vale
Südland
Tiefland von Clete

Malgsumpf
Charnal Gebirge
Morrowindl
Blaue Spalte
Killeshan
Arborlon
Lethe
Oberer Anar
Jannisson Pass
Ostland
Ebene von Rabb
Rabb
Altmoor
Dunkelstreif
Maelmord
Himmelsbrunnen
Finsterweiher
Storlock
Jadepass
Hearth Stone
Graumark
Wolfsktaag Gebirge
Rooker-Station
Noose Pass
Dunn Fee Aran
Rabenhorn Gebirge
Silberfluss
Culhaven
Cillidellan See
Nebelsumpf
Wald von Anar
Wedge
Capaal
Unterer Anar
Tiefland von Battlemound

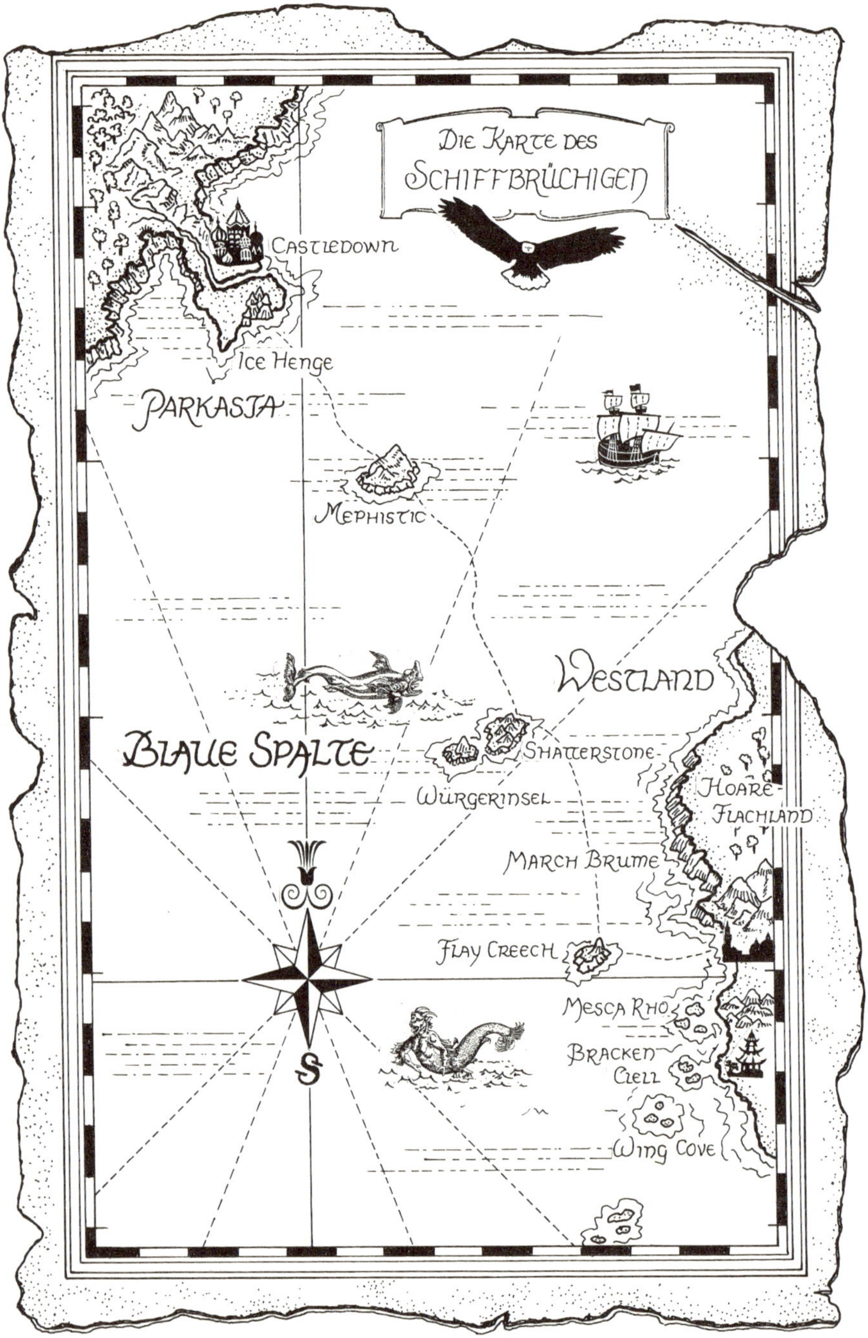

Die Karte des
Schiffbrüchigen
Castledown
Ice Henge
Parkasta
Mephistic
Westland
Blaue Spalte
Shatterstone
Würgerinsel
Hoare Flachland
March Brume
Flay Creech
Mesca Rho
Bracken Cell
Wing Cove
S

Eins

Hunter Predd patrouillierte in den Gewässern der Blauen Spalte nördlich der Insel Mesca Rho, einem Außenposten der Flugreiter am westlichen Rand der Elfengewässer, als er den Mann an einer Spiere hängen sah. Der Kerl war wie eine Puppe über die ganze Länge der Holzes drapiert, sein Kopf lag auf der Planke, sein Gesicht ragte kaum aus dem Wasser, und einen Arm hatte er um sein schmales Floß geschlungen, damit er nicht abrutschte. Seine Haut war verbrannt und von Sonne, Wind und Wetter gezeichnet, und seine Kleidung hing in Fetzen an ihm herab. Er lag so still, dass man unmöglich sagen konnte, ob er noch lebte. Eigentlich war es die eigentümlich rollende Bewegung seines Körpers auf den sanften Wellen, die Hunter Predd zuerst ins Auge gestochen war.

Obsidian hielt bereits in sanftem Flug auf den Schiffbrüchigen zu und brauchte die Führung seines Reiters durch Hände und Knie nicht, denn er wusste, was zu tun war. Da seine Augen schärfer waren als die des Elfen, hatte er den Mann vor Hunter im Wasser entdeckt und Kurs auf ihn genommen, um ihn zu retten. Das war ein wichtiger Teil seiner Arbeit, für die er ausgebildet worden war, jene zu finden und zu retten, deren Schiffe auf See verloren gegangen waren. Der Rock konnte einen Menschen auf tausend Meter von einem Stück Holz oder einem Fisch unterscheiden.

Mit weit ausgestreckten Flügeln ging er langsam in die Kurve, sank hinunter und holte den Mann mit sicherem und vorsichtigem Griff aus dem Wasser. Die großen Krallen legten sich fest und dennoch sanft um die schlaffe Gestalt, und dann stieg der Rock wieder auf. Klar breitete sich der Spätfrühlingshimmel als blaue Kuppe vor ihnen aus, und die strahlende Sonne erwärmte die Luft und spiegelte sich silbern blitzend auf den Wellen. Hunter Predd lenkte sein Reittier zurück zu einem kleinen Atoll, das einige Meilen von Mesca Rho entfernt war und das nächstliegende Stück Land darstellte. Dort würde er sehen, was er tun konnte, wenn es nicht schon zu spät war.

Sie erreichten das Atoll in weniger als einer halben Stunde, da Hunter Predd Obsidian niedrig hielt und gleichmäßig fliegen ließ. Schwarz wie Tinte und im besten Alter war dieser Rock der Dritte in seiner Zeit als Flugreiter und vermutlich der Beste. Obsidian war nicht nur groß und kräftig, sondern besaß auch hervorragende Instinkte und hatte gelernt vorauszuahnen, was der Flugreiter als Nächstes von ihm wollte. Inzwischen waren sie fünf Jahre zusammen, nicht lange für einen Reiter und sein Tier, dennoch handelten sie bereits, als seien ihre Körper und Seelen miteinander verbunden.

Langsam flatternd ging Obsidian auf der Leeseite des Atolls nieder, legte seine Last auf einem sandigen Streifen Strand ab und landete auf den nahen Felsen. Hunter Predd sprang von ihm herunter und eilte zu der reglosen Gestalt. Der Mann reagierte nicht, als der Flugreiter ihn auf den Rücken drehte und nach Lebenszeichen forschte. Puls war vorhanden, das Herz schlug. Die Atmung ging schleppend und flach. Dann betrachtete Hunter Predd das Gesicht und stellte fest, dass die Augen und die Zunge herausgeschnitten worden waren.

Es handelte sich um einen Elfen, erkannte der Flugreiter. Allerdings nicht um ein Mitglied des Wing Hove. Das war offensichtlich, da die Narben vom Harnisch an Unterarm und Händen fehlten. Hunter untersuchte den Körper sorgfältig auf gebrochene Knochen hin, entdeckte jedoch keine solchen Schäden. Die einzigen Verletzungen waren jene im Gesicht. Vor allem litt der Mann an Ernährungsmangel und Unterkühlung. Hunter benetzte die Lippen des Mannes mit frischem Wasser aus seinem Schlauch und ließ ein wenig in den Mund rinnen. Die Lippen bewegten sich schwach.

Nun dachte Hunter über seine Möglichkeiten nach und entschied sich, den Mann in den Seehafen Bracken Clell zu bringen, die nächste Siedlung, in der er einen Elfenheiler finden würde, der ihm die notwendige Pflege angedeihen lassen konnte. Er hätte ihn auch nach Mesca Rho fliegen können, doch die Insel war lediglich ein Außenposten. Ein zweiter Flugreiter und er selbst waren die einzigen Bewohner. Einen Heiler gab es dort nicht. Wenn er dem Mann das Leben retten wollte, würde er es riskieren müssen, ihn zum Festland zu transportieren.

Der Flugreiter wusch die Haut des Mannes mit frischem Wasser ab und trug eine Heilsalbe auf, die vor weiteren Schädigungen schützte. Hunter hatte keine zusätzliche Kleidung dabei; deshalb würde der Mann die Reise in den Lumpen an seinem Leib hinter sich bringen müssen. Erneut versuchte er, dem Mann Wasser einzuflößen, und diesmal bewegte sich der Mund gierig. Der Mann stöhnte leise. Er strengte sich an, die entstellten Augen zu öffnen und lallte etwas Unverständliches.

Weil es das Naheliegendste war und weil es der Flugreiter in seiner Ausbildung so gelernt hatte, durchsuchte er den Mann und nahm ihm die zwei einzigen Gegenstände ab, die er fand. Beide überraschten und verblüfften ihn. Er betrachtete sie genau, wobei er die Stirn runzelte.

Da er seinen Aufbruch nicht länger aufschieben wollte, legte er den Verletzten mit Obsidians Hilfe auf den breiten Rücken des Rocks. Mit gepolsterten Riemen wurde er gesichert. Nachdem Hunter alles ein letztes Mal überprüft hatte, bestieg er sein Tier, und Obsidian hob ab.

Drei Stunden lang flogen sie in die heranziehende Dunkelheit nach Osten, und bei Sonnenuntergang erreichten sie Bracken Clell. Die Bevölkerung des Seehafens bestand aus einem Rassengemisch, in dem Elfen vorherrschten, und die Bewohner waren an den Anblick von Flugreitern und ihren Rocks gewöhnt. Hunter Predd lenkte Obsidian landeinwärts zu einer Lichtung, die für Landungen vorgesehen war, und der große Rock glitt sanft zwischen die Bäume hinunter. Ein Bote, der unter den sich rasch versammelnden Neugierigen ausgewählt wurde, lief in die Stadt, und der Elfenheiler erschien in einem Pulk von Trägern mit einer Bahre.

»Was ist ihm zugestoßen?«, fragte der Heiler Hunter Predd, als er die leeren Augenhöhlen und den malträtierten Mund bemerkte.

Hunter schüttelte den Kopf. »So habe ich ihn gefunden.«

»Wer ist er?«

»Ich weiß es nicht«, log der Flugreiter.

Er wartete, bis der Heiler und seine Helfer den Schiffbrüchigen hochgehoben hatten und ihn zum Haus des Heilers trugen, wo der Mann in einem Krankenzimmer untergebracht werden würde, ehe er Obsidian zu einem etwas entlegeneren Ort schickte und der Gruppe dann folgte. Was er wusste, würde er weder dem Heiler noch jemand anderem in Bracken Clell mitteilen. Denn das durfte nur ein einziger Mann erfahren.

Er setzte sich auf die Veranda, legte den Langbogen und das Jagdmesser neben sich ab, rauchte seine Pfeife und wartete auf den Heiler. Die Sonne war untergegangen, und das letzte Licht tauchte das Wasser der Bucht in Purpur- und Goldtöne. Hunter Predd war für einen Flugreiter klein und schlank, doch zäh wie eine geknüpfte Leine. Man konnte ihn weder jung noch alt nennen, doch lag sein Alter in der angenehmen Mitte und gefiel ihm sehr gut. Das von der Sonne gebräunte Gesicht war faltig, die Augen leuchteten stechend blau unter dem dichten braunen Haar, und er wirkte genau so wie das, was er war: ein Elf, der den größten Teil seines Lebens im Freien verbracht hatte.

Während er wartete, holte er einmal kurz das Kettchen hervor, hielt es ins Licht und vergewisserte sich, dass er sich bei dem Wappen darauf nicht geirrt hatte. Die Karte ließ er in seiner Tasche.

Einer der Helfer des Heilers brachte ihm einen Teller mit Essen, das Hunter schweigend verspeiste. Nachdem er damit fertig war, tauchte der Helfer erneut auf und nahm den Teller wieder mit. Der Heiler war noch nicht wieder erschienen.

Es war spät, als es schließlich so weit war, und der Heiler, der abgehärmt und beunruhigt wirkte, setzte sich neben Hunter. Sie kannten sich bereits seit einiger Zeit, denn der Heiler hatte sich nur ein Jahr, nachdem Hunter aus den Grenzkriegen zurückgekehrt und in den Dienst bei den Flugreitern vor der Küste eingetreten war, in dem Seehafen niedergelassen. Sie hatten mehr gemeinsam als ihre Rettungsbemühungen, und obwohl sie aus verschiedenen Gegenden stammten und verschiedene Berufe hatten, ähnelten sich ihre Überzeugungen in Bezug auf die Dummheit des Fortschritts der Welt. Hier im Hinterland der Zivilisation, wie man die Vier Länder nannte, hatten sie ihre kleine Zuflucht vor dem Wahnsinn gefunden.

»Wie geht es ihm?«, fragte Hunter Predd.

Der Heiler seufzte. »Nicht gut. Vielleicht bleibt er am Leben. Wenn man es so nennen kann. Er hat die Augen und die Zunge verloren. Beides wurde mit Gewalt entfernt. Unterkühlung und mangelnde Ernährung haben ihn so nachhaltig seiner Kräfte beraubt, dass er sich möglicherweise nie wieder ganz erholen wird. Einige Mal wurde er wach und wollte sich verständlich machen, konnte es jedoch nicht.«

»Im Laufe der Zeit vielleicht ...«

»Zeit ist nicht das Problem«, unterbrach ihn der Heiler und lenkte damit Hunters Blick auf sich. »Er kann weder sprechen noch schreiben. Es ist nicht nur die Zunge oder die mangelnde Kraft. Es ist sein Kopf. Er hat den Verstand verloren. Was auch immer er erleiden musste, hat nicht wieder gutzumachenden Schaden bei ihm angerichtet. Ich glaube, er weiß nicht, wo er ist, und womöglich nicht einmal, wer er überhaupt ist.«

Hunter Predd blickte hinaus in die Nacht. »Nicht einmal seinen Namen?«

»Nicht einmal den. Ich denke, er erinnert sich kaum an das, was ihm zugestoßen ist.«

Der Flugreiter schwieg und grübelte. »Würdest du ihn noch eine Weile hier behalten, ihn pflegen und auf ihn aufpassen? Ich möchte mir die Sache ein wenig genauer anschauen.«

Der Heiler nickte. »Wo willst du anfangen?«

»Vielleicht in Arborlon.«

Das leise Scharren eines Schuhs erregte seine Aufmerksamkeit. Ein Helfer erschien mit heißem Tee und einer Mahlzeit für den Heiler. Er nickte ihnen wortlos zu und verschwand wieder. Hunter Predd erhob sich, ging zur Tür, vergewisserte sich, dass sie allein waren, und setzte sich wieder neben den Heiler.

»Pass gut auf diesen geschundenen Mann auf, Dorne. Keine Besucher. Nicht, bis du von mir gehört hast.«

Der Heiler nippte an seinem Tee. »Hältst du etwas vor mir verborgen?«

»Ich habe da so einen Verdacht. Aber ich brauche Zeit, um ihn zu überprüfen. Kannst du mir die geben?«

Sein Gegenüber zuckte mit den Schultern. »Ich kann es versuchen. Der Mann dort drinnen hat dabei auch ein Wörtchen mitzureden, ob er bei deiner Rückkehr noch hier sein wird. Er ist sehr schwach. Du solltest dich beeilen.«

Hunter Predd nickte. »Ich bin so schnell mich Obsidians Flügel tragen wieder hier«, antwortete er leise.

Hinter ihm in der Dunkelheit, nahe der offenen Tür, löste sich ein Schatten von der Wand und schlich lautlos davon.

Der Helfer, der dem Flugreiter und dem Heiler das Essen serviert hatte, wartete bis nach Mitternacht, als die Menschen von Bracken Clell selig schliefen, ehe er aus seinem Zimmer schlüpfte, durch das Dorf eilte und im Wald verschwand. Er bewegte sich rasch und ohne die Hilfe eines Lichts, denn er kannte seinen Weg gut, da er ihn bereits oft gegangen war. Er war ein kleiner, runzliger Mann, der sein ganzes Leben in dieser Ortschaft verbracht hatte und dem man selten einen zweiten Blick widmete. Er wohnte allein und hatte nur wenige Freunde. Im Haus des Heilers diente er seit mehr als dreizehn Jahren. Er war ruhig, klagte nie, und obwohl es ihm an Fantasie mangelte, konnte man sich immerhin auf ihn verlassen. Seine Qualitäten konnte er in der Arbeit beim Heiler gut gebrauchen, besser hingegen noch als Spion.

Er erreichte die Käfige, die er in dem abgedunkelten Pferch hinter der alten Hütte verborgen hielt, in der er geboren war. Nach dem Tod seines Vaters und seiner Mutter war der Besitz an den ältesten

Sohn übergegangen. Es war ein armseliges Erbe, und er hatte sich nie damit abgefunden, dass das alles sein sollte. Dann hatte sich ihm eine Gelegenheit geboten, die er sofort ergriffen hatte. Ein paar Wörter, hier und da belauscht, ein Gesicht oder ein Name aus den Geschichten, die in Tavernen und Bierschenken kursierten, Stückchen und Fetzen von Wissen über jene, die aus dem Meer gerettet und in das Haus des Heilers gebracht wurden – den richtigen Leuten war das etwas wert.

Und vor allem einer Person.

Der Helfer wusste, was von ihm erwartet wurde. Das hatte sie ihm von Anfang an eingeschärft. Sie war die Gebieterin, vor der er sich verantworten musste, wenn er den Pfad des Gehorsams verließ, den sie ihm gewiesen hatte. Wer auch immer das Haus des Heilers betrat, was auch immer gesprochen wurde und ob es wichtig war oder nicht, sie sollte es erfahren. Sie erklärte ihm, die Entscheidung, sie zu rufen, liege bei ihm. Aber es sei besser, voreilig zu handeln als verspätet. Eine verpasste Gelegenheit war für sie schlechter zu ertragen als ein wenig verschwendete Zeit.

Zunächst hatte er die Lage einige Male falsch eingeschätzt, aber sie war nicht böse auf ihn gewesen. Ein paar Fehler waren zu erwarten. Meistens erkannte er, welche Nachricht etwas wert war und welche nicht. Vor allem kam es auf Geduld und Ausdauer an.

Beide Eigenschaften hatte er entwickelt, und sie gereichten ihm zum Vorteil. Diesmal, das wusste er, hatte er eine wirklich wichtige Sache entdeckt.

Er öffnete die Tür des Käfigs und nahm einen der seltsamen Vögel heraus, die sie ihm gegeben hatte. Sie sahen bösartig aus mit ihren scharfen Augen und Schnäbeln, ihren Pfeilflügeln und schmalen Körpern. Stets beobachteten sie ihn, wann immer er hereinkam, sie aus den Käfigen holte oder eine Nachricht an ihren Beinen befestigte, wie er es jetzt gerade tat. Er mochte es nicht, wie sie ihn anstarrten, und deshalb erwiderte er ihren Blick nur selten.

Nachdem er die Botschaft befestigt hatte, warf er den Vogel in die Luft, und der stieg in die Dunkelheit auf und verschwand. Manchmal kehrten sie mit Nachrichten von ihr zurück. Dann wieder kehrten sie ohne Botschaft zurück und warteten darauf, von ihm wieder in den Käfig gesteckt zu werden. Er fragte sich nie, woher sie kamen. Besser war es, das spürte er, einfach ihre Nützlichkeit zu akzeptieren.

Jetzt starrte er in den Nachthimmel. Er hatte getan, was er konnte. Nun blieb ihm nur noch abzuwarten. Sie würde ihm mitteilen, was als Nächstes erforderlich war. Das tat sie immer.

So schloss er die Türen des Stalls, in dem die Käfige versteckt waren, und schlich den Weg zurück, auf dem er gekommen war.

Zwei Tage später war Allardon Elessedil gerade aus einer langen Sitzung des Hohen Rates der Elfen zurückgekehrt, in der die Erneuerung der Handelsvereinbarungen mit den Städten von Callahorn und der offenbar unendliche Krieg, den sie als Verbündete der Zwerge gegen die Föderation führten, besprochen worden waren, als ihm berichtet wurde, dass ein Flugreiter auf ihn warte und ihn sprechen wolle. Es war spät geworden, und er war müde, doch der Flugreiter hatte den weiten Weg vom Seehafen Bracken Clell im Süden nach Arborlon hinter sich gebracht, eine Reise von zwei Tagen, und er weigerte sich, seine Nachricht jemand anderem als dem König zu überbringen. Der Berater, der Allardon über die Anwesenheit des Flugreiters in Kenntnis setzte, beschrieb auch die Entschlossenheit des Mannes, sich davon nicht abbringen zu lassen.

Der Elfenkönig nickte und folgte seinem Berater zu dem Flugreiter. Seine Übereinkunft mit dem Wing Hove verlangte von ihm, dass er der Bitte um ein Gespräch unter vier Augen bei der Aushändigung von Botschaften nachkam. Gemäß eines Vertrages, der in den frühen Jahren von Wren Elessedils Herrschaft abgefasst worden war, hatten die Flugreiter den Landelfen als Kundschafter und Boten an der Küste der Blauen Spalte über hundertunddreißig Jahre lang gedient. Sie wurden mit Waren und mit Münzen entlohnt, und die Vereinbarung hatte den Elfenkönigen und -königinnen mehr als einmal Nutzen gebracht. Wenn der wartende Flugreiter darum gebeten hatte, Allardon persönlich zu sprechen, dann hatte er einen guten Grund dafür, den man nicht ignorieren sollte.

Mit den Wachen Perin und Wye an seiner Seite folgte er seinem Berater, nachdem sie den Hohen Rat verlassen hatten, und ging durch die Gärten zum Palast der Elessedils. Allardon Elessedil war seit über zwanzig Jahren König, seit dem Tod seiner Mutter, Königin Aine. Er war mittelgroß und von mittlerer Statur, trotz seines Alters in guter Form, hatte einen scharfen Verstand und einen kräftigen Körper. Nur das ergrauende Haar und die Falten seines Gesichts gaben Zeugnis von seinem Alter. Er war ein direkter Nachfolger der großen Königin Wren Elessedil, die die Elfen und ihre Stadt aus der Inselwildnis von Morrowindl geführt hatte, in welche die Föderation und die verhassten Schattenwesen sie getrieben hatten. Er war ihr Ururenkel, und sein ganzes Leben lang hatte er seine Taten an den ihren gemessen.

In diesen Zeiten war das nicht leicht. Der Krieg mit der Föderation wütete seit zehn Jahren und zeigte kein Anzeichen eines baldigen Endes. Die Südlandkoalition aus Grenzlandbewohnern, Zwergen und Elfen hatte den Vormarsch der Föderation unterhalb des Dulnwaldes vor zwei Jahren zum Stillstand gebracht. Jetzt befanden sich die Armeen in einer Pattsituation – an einer Front, die sich nicht mehr bewegte und trotzdem alarmierend viele Leben verschlang. Der Versuch der Föderation, die Grenzländer erneut zu erobern, die sie zu Zeiten von Wren Elessedil verloren hatten, war ein Raubzug, der nicht toleriert werden durfte. Dennoch glaubte der König, dass seine Vorgängerin inzwischen längst einen Weg gefunden hätte, dem Gemetzel ein Ende zu bereiten, was ihm nicht gelungen war.

Was jedoch mit der gegenwärtigen Angelegenheit nichts zu tun hatte, schalt er sich. Der Krieg mit der Föderation fand an der Grenze zwischen den Vier Ländern statt und hatte sich noch nicht bis zur Küste ausgebreitet.

Er betrat das Empfangszimmer, in dem der Flugreiter wartete, und entließ seine Begleiter. Ein Mitglied der Leibgarde war sicherlich in dem Raum versteckt, um jederzeit eingreifen zu können; allerdings hatte Allardon noch nie von einem Flugreiter gehört, der zum Meuchelmörder geworden war.

Während sich die Tür vor seinem kleinen Gefolge schloss, streckte er dem Reiter die Hand entgegen. »Tut mir Leid, dass Ihr warten musstet. Ich habe im Hohen Rat gesessen, und mein Berater wollte mich nicht stören.« Er schüttelte die sehnige Hand und betrachtete das wettergegerbte Gesicht. »Ich kenne Euch, nicht wahr? Ihr habt mir schon ein oder zwei Mal eine Nachricht überbracht.«

»Nur einmal«, sagte der andere. »Und zwar vor langer Zeit. Ich wundere mich, dass Ihr Euch noch an mich erinnert. Mein Name ist Hunter Predd.«

Der Elfenkönig nickte, erinnerte sich nicht an den Namen, lächelte aber dennoch. Flugreiter gaben nicht viel auf Formalitäten, und er wollte jetzt hier auch nicht darauf bestehen. »Was habt Ihr für mich, Hunter?«

Der Flugreiter griff in sein Gewand und zog eine kurze, feine Metallkette und ein Stück Tierhaut hervor. Beides hielt er dem König hin, während er erklärte: »Vor drei Tagen bin ich auf Patrouille über die Gewässer nördlich der Insel Mesca Rho, einem Außenposten von Wing Hove, geflogen. Dabei habe ich einen Mann gefunden, der auf einer Schiffsplanke trieb. Es war kaum noch Leben in ihm, er litt an Unterkühlung und Wassermangel. Ich habe keine Ahnung, wie lange er dort draußen war, aber es muss schon eine Weile gewesen sein. Seine Augen und seine Zunge wurden ihm gewaltsam entfernt, bevor man ihn ins Wasser warf. Er trug dies.«

Er ließ die Kette baumeln, die sich als Armkettchen entpuppte, und Allardon nahm sie entgegen, betrachtete sie und erbleichte. An dem Armband hing das Wappen der Elessedils, die ausgebreiteten Äste des heiligen Ellcrys, der von einem Ring aus Blutfeuer umgeben war. Es war dreißig Jahre her, seit er dieses Armband zum letzten Mal gesehen hatte, aber er erkannte es sofort wieder.

Er richtete den Blick auf den Flugreiter. »Der Mann, den Ihr gefunden habt, trug dies?«, fragte er leise.

»Am Handgelenk, ja.«

»Habt Ihr ihn erkannt?«

»Den Mann nicht, nur das Armband.«

»Gab es keine weiteren Hinweise?«

»Nur dies. Ich habe ihn sorgsam durchsucht.«

Er reichte Allardon ein Stück weiche Haut. An den Rändern war sie ausgefranst und von Wasserflecken übersät. Vorsichtig öffnete der Elfenkönig sie. Es handelte sich um eine Karte, bei der die Tinte bereits ausgeblichen und an manchen Stellen verschmiert war. Der König betrachtete sie eingehend, um herauszufinden, was er eigentlich in der Hand hielt. Er erkannte die Küste von Westland entlang der Blauen Spalte. Eine gepunktete Linie führte von Insel zu Insel in westliche und nördliche Richtung und endete an einer eigenartigen Ansammlung massiver Stacheln. Unter jeder Insel und der Kette aus Stacheln standen Namen, von denen er keinen kannte. Die Schrift der Legende war nicht zu entziffern. Die Zeichen, welche die Karte schmückten und vielleicht bestimmte Orte bezeichneten, stellten seltsame und beängstigende Wesen dar, die er nie zuvor gesehen hatte.

»Erkennt Ihr diese Zeichen?«, fragte er Hunter Predd.

Der Flugreiter schüttelte den Kopf. »Der größte Teil der Karte liegt außerhalb des Gebiets, in dem wir patrouillieren. Die Inseln sind mit den Rocks nicht zu erreichen, und ihre Namen sind mir nicht vertraut.«

Allardon trat an die hohen, mit Gardinen versehenen Fenster, durch die man hinaus in den Garten schauen konnte, und betrachtete die Blumenbeete. »Wo ist der Mann, den Ihr gefunden habt, Hunter? Lebt er noch?«

»Ich habe ihn bei dem Heiler gelassen, der in Bracken Clell dient. Als ich aufbrach, war er noch am Leben.«

»Habt Ihr sonst jemandem von diesem Armband und der Karte erzählt?«

»Niemandem außer Euch. Nicht einmal dem Heiler. Er ist mein Freund, doch ich weiß recht gut, wann Schweigen vonnöten ist.«

Allardon nickte zustimmend. »Das stimmt.«

Er ließ Gläser mit kaltem Bier und einen Krug zum Nachfüllen bringen. Während er mit dem Flugreiter darauf wartete, rasten seine Gedanken hin und her. Die geborgenen Gegenstände und ihre Geschichte machten ihn ratlos, und er war sich nicht sicher, wie er nun weiter vorgehen sollte. Das Armband hatte er wieder erkannt, und damit vermutlich auch die Identität des Mannes, dem man es abgenommen hatte. Beide hatte er seit dreißig Jahren nicht gesehen und auch nicht erwartet, ihnen jemals wieder zu begegnen. Die Karte war ihm unbekannt, doch obwohl er die Schrift nicht entziffern und die Zeichen nicht verstehen konnte, hatte er so eine Ahnung, was sie möglicherweise zeigte.

Plötzlich dachte er an seine Mutter Aine, die seit zwanzig Jahren tot war, und die Erinnerung an das Leid ihrer letzten Lebensjahre trieb ihm Tränen in die Augen.

Abwesend spielte er mit dem Armband.

Vor dreißig Jahren hatte seine Mutter, die Königin, einer Expedition per Segelschiff zugestimmt, um einen Schatz von großem Wert zu suchen, von dem behauptet wurde, er habe die Großen Kriege überlebt, welche die Alte Welt zerstört hatten. Der Grund für die Expedition war ein Traum der Seherin seiner Mutter gewesen, einer Elfenmystikerin von großer Macht und breiter Anerkennung. Der Traum handelte von einem Land aus Eis, einer zerstörten Stadt in diesem Land und einem Ort, an dem ein Schatz von unvorstellbaren Ausmaßen verborgen gehalten und bewacht wurde. Dieser Schatz, falls er entdeckt wurde, besaß die Macht, den Lauf der Geschichte zu ändern und somit das Leben all jener, die mit ihm in Berührung kamen.

Die Seherin war dem Traum gegenüber misstrauisch gewesen, denn sie kannte die Macht, mit der Träume täuschen können. Die Form des gesuchten Schatzes blieb im Ungewissen, und die Ortsangaben waren vage. Das Land, in dem er sich befand, lag jenseits der Blauen Spalte in einem Gebiet, welches niemand je betreten hatte. Es gab keine Anweisungen, wie man es finden und erreichen konnte und nur wenig mehr als eine Reihe von Bildern, die es beschrieben. Vielleicht, so lautete der Rat der Seherin, sollte man den Traum am besten auf sich beruhen lassen.

Aber Allardons älterer Bruder Kael Elessedil war von den Möglichkeiten, welche der Traum bot, und von der Herausforderung der Suche nach einem unbekannten Land begeistert. Er hatte diesen Traum als sein Schicksal begriffen und seine Mutter angefleht, ihn ziehen zu lassen. Am Ende hatte sie es ihm erlaubt. Kael Elessedil hatte also seine Expedition gewährt bekommen und war mit drei Schiffen in See gestochen.

Kurz vor seiner Abreise hatte seine Mutter ihm die berühmten blauen Elfensteine gegeben, die einst Königin Wren gehört hatten. Die Elfensteine würden ihn zu seinem Ziel führen und vor Gefahren beschützen. Ihre Magie würde die Elfen außerdem sicher nach Hause bringen.

Als Kael Elessedil zur Küste aufbrach, wo die von seiner Mutter ausgewählten Schiffe lagen, hatte er das Armband getragen, das sein Bruder jetzt in Händen hielt. Damals hatte Allardon ihn zum letzten Mal gesehen. Die Expedition war nie zurückgekehrt. Die Schiffe, ihre Mannschaften, sein Bruder, alles und jeder waren einfach verschwunden. Suchexpeditionen waren gestartet worden, eine nach der anderen, doch von den vermissten Elfen war keine Spur gefunden worden.

Allardon seufzte leise. Bis heute. Er starrte das Armband in seiner Hand an.

Kaels Verschwinden hatte im Leben der Familie alles verändert. Seine Mutter hatte sich von dem Verlust niemals erholt, und in den letzten Jahren ihres Lebens waren ihre Gesundheit und ihre Hoffnung geschwunden, während ein Rettungsversuch nach dem anderen scheiterte und man die Suche schließlich aufgab. Nach ihrem Tod wurde Allardon, was er nie erwartet hatte, zum König erklärt. Eigentlich hätte sein Bruder diese Position einnehmen sollen.

Er dachte an den versehrten Mann, der ausgezehrt, ohne Stimme und blind im Haus des Heilers von Bracken Clell lag, und fragte sich, ob sein Bruder endlich heimgekehrt war.

Das Bier wurde gebracht, und Allardon setzte sich mit Hunter Predd auf eine Bank im Garten und fragte den Flugreiter wieder und wieder aus, wobei er die gleichen Punkte mehrere Male ansprach und sich ihnen aus verschiedenen Winkeln annäherte, damit er alles erfuhr, was es zu erfahren gab. Hunter begriff, wenigstens zum Teil, die Wunde, die er bei dem Elfenkönig aufgerissen hatte, und deshalb fügte er sich bereitwillig. Er stellte selbst keine Fragen, wofür Allardon dankbar war, sondern beantwortete lediglich die des Königs, dem er Gesellschaft leistete, solange sie gewünscht wurde.

Nachdem die Befragung beendet war, bat Allardon den Flugreiter, die Nacht hier zu verbringen, damit der König Zeit habe, sich zu überlegen, ob er ihn noch weiter brauche. Er formulierte es nicht als Befehl, sondern als Bitte. Reiter und Tier sollten Unterkunft und Verpflegung erhalten, und sein Bleiben werde als Gefälligkeit betrachtet. Hunter Predd stimmte zu.

Wieder allein und nun in seinem Arbeitszimmer, wo er am häufigsten über Angelegenheiten nachdachte, die es erforderten, verschiedene Möglichkeiten zu überprüfen, überlegte sich Allardon, was er zu tun hatte. Nach dreißig Jahren und den erheblichen Verletzungen würde er seinen Bruder vielleicht nicht wieder erkennen, selbst wenn es Kael war, den der Heiler von Bracken Clell pflegte. Er musste davon ausgehen, denn das Armband war echt. Die Karte dagegen beunruhigte ihn. Was sollte er damit anfangen? Ihren Wert vermochte er nur zu schätzen, doch lesen konnte er sie nicht vollständig. Wenn er eine neue Expedition zusammenstellen sollte, was er bereits ernsthaft in Erwägung zog, musste er jede mögliche Anstrengung unternehmen, um herauszufinden, mit was er zu rechnen hatte.

Er brauchte demnach jemanden, der ihm die Anmerkungen auf der Karte übersetzte. Jemanden, der ihm sagen konnte, was sie bedeuteten.

Es gab nur einen einzigen Menschen, der dazu in der Lage war, vermutete er. Jedenfalls nur einen, den er kannte.

Draußen war es inzwischen dunkel, und die Nacht senkte sich über den Westlandwald, die Mauern und Dächer der Stadt verschwanden und wurden von den Lichtern ersetzt, die bewiesen, dass sie noch immer existierten. Im Heim der Elessedils war es still. Seine Frau beschäftigte sich mit ihren Töchtern und arbeitete an einer Steppdecke für seinen Geburtstag, über die er eigentlich gar nicht Bescheid wissen sollte. Sein ältester Sohn Kylen befehligte ein Regiment im Krieg gegen die Föderation. Sein Jüngster, Ahren, jagte in den nördlichen Wäldern mit Ard Patrinell, einem Hauptmann der Leibgarde. Trotz der Größe seiner Familie und seiner Stellung als König fühlte er sich überraschend allein und hilflos angesichts dessen, was er tun musste.

Aber wie? Wie würde er zustande bringen, was notwendigerweise zu tun war?

Die Stunde des Abendessens war gekommen und gegangen, und er blieb, wo er war, und grübelte weiter. Es war schwierig, auch nur darüber nachzudenken, was er eigentlich tun müsste, denn der Mann war ihm in vielerlei Hinsicht ein Gräuel. Trotzdem musste er sich mit ihm einlassen, seine Vorbehalte beiseite schieben und ihre gegenseitige Feindseligkeit ignorieren. Er konnte das, weil es dazu gehörte, ein König zu sein, und er hatte schon ähnliche Zugeständnisse in anderen Situationen gemacht. Nur einen Weg zu finden, den anderen zu überzeugen, war schwierig. Dazu musste er sich etwas ausdenken, was nicht auf sofortige Ablehnung stieß, und das war nicht ganz einfach.

Am Ende fand er das Gesuchte direkt vor seiner Nase. Er würde Hunter Predd, den Flugreiter, als Gesandten schicken. Der Flugreiter würde helfen, weil er die Wichtigkeit seiner Entdeckung erkannt hatte und weil Allardon dem Wing Hove Zugeständnisse machen würde, die sie schon lange begehrten. Der Mann, dessen Dienste er wollte, würde wohlwollend antworten, da er keinen Streit mit den Flugreitern hatte, sondern mit den Landelfen, und da Hunter Predds direkte Sprache ihm zusagen würde.

Natürlich gab es keine Garantien. Sein Plan mochte fehlschlagen, und er wäre vielleicht gezwungen, es erneut zu versuchen – vielleicht sogar selbst nach Bracken Clell zu reisen. Ja, das würde er, wenn alles andere misslang. Dennoch zählte er auf die Neugier seines Widersachers, um ihn zu gewinnen; dem Rätsel der Karte würde er nicht widerstehen können. Über die Verlockungen ihrer Geheimnisse würde er nicht hinwegsehen können. Sein Leben erlaubte das nicht. Denn was immer er sonst noch war, und er war vielerlei, in erster Linie war er ein Gelehrter.

Der Elfenkönig holte die Karte hervor und legte sie auf seinen Schreibtisch. Er hätte sie eigentlich gern kopieren lassen, um für den Fall eines Verlustes vorzusorgen. Aber eine Kopie erhöhte die Gefahr eines Verrats, der das ganze Unternehmen innerhalb einer Sekunde scheitern lassen konnte. Ein Schreiber konnte vieles erschließen, ohne die Herkunft der Karte oder ihren Wert zu kennen. Eine Indiskretion war durchaus möglich.

Nichtsdestotrotz, er würde bei dem Schreiber bleiben, bis der seine Arbeit beendet hatte. Nachdem er seine Entscheidung getroffen hatte, schickte er einen Diener los, um denjenigen zu rufen, der gebraucht wurde. Das Abendessen würde noch eine Weile warten müssen.

Zwei

In der gleichen Nacht, in der Allardon Elessedil auf seinen Schreiber wartete, der eine Kopie der von Hunter Predd überbrachten Karte anfertigen sollte, erhielt der Spion im Hause des Heilers von Bracken Clell eine Reaktion auf die Nachricht, die er seiner Gebieterin vor zwei Tagen geschickt hatte. Allerdings hatte er mit einer solchen Reaktion nicht gerechnet.

Sie erwartete ihn, als er bei Einbruch der Nacht in seine Wohnung kam, das Tagwerk hinter sich hatte und mit den Gedanken bei anderen Dingen war. Vielleicht dachte er daran, später hinaus zu den Käfigen zu schleichen und zu schauen, ob einer der geflügelten Kuriere eine Antwort gebracht hatte. Möglicherweise freute er sich auch nur auf eine warme Mahlzeit und ein kühles Bett. Wie auch immer, sie vorzufinden, damit hatte er nicht gerechnet. Ihre Anwesenheit überraschte und verängstigte ihn gleichzeitig, und so zuckte er zusammen, als sie sich aus den Schatten löste. Sie beruhigte ihn mit einem sanften Wort und wartete geduldig ab, bis er sich genügend erholt hatte, um sie angemessen zu begrüßen.

»Gebieterin«, flüsterte er, beugte das Knie und verneigte sich tief. Es gefiel ihr, dass er seine guten Manieren nicht vergessen hatte. Obwohl sie seit vielen Jahren nicht hier gewesen war, erinnerte sie sich an seine Wohnung.

Sie ließ ihn ein wenig gebückt stehen, stellte sich vor ihn, und ihr beruhigendes, sanftes Flüstern hing leise und leicht in der Luft. Die graue Robe verhüllte sie von Kopf bis Fuß, die Kapuze verbarg ihr Gesicht. Ihr Spion hatte sie niemals im Licht gesehen oder auch nur den kleinsten Blick auf ihre Züge erhascht. Sie war ein Rätsel für ihn, eine schattenhafte Präsenz. Sie verschmolz mit der Dunkelheit, war ein Wesen, das man eher fühlte denn sah und das selbst dann noch Wache hielt, wenn es unsichtbar war.

»Gebieterin, ich habe Euch eine wichtige Sache zu berichten«, murmelte der Spion und blickte nicht auf, sondern wartete, bis man ihm erlaubte, sich aufzurichten.

Die Ilse-Hexe beließ ihn in seiner Haltung und dachte nach. Sie wusste mehr, als er sich vorstellen konnte, mehr, als er ahnen konnte, denn sie besaß Kräfte, die über sein Verständnis weit hinausgingen. Aus der Nachricht, die er ihr gesandt hatte – aus den Worten, der Handschrift, dem Geruch auf dem Papier –, hatte sie die Dringlichkeit erschlossen, die er verspürte. Aus der Art, wie er sich jetzt präsentierte – seinem Benehmen, seinem Tonfall, seiner Haltung –, entzifferte sie seine Nöte. Das war ihre Gabe: stets mehr zu wissen als diejenigen, mit denen sie in Berührung kam, sie zu wissen lassen wünschten.

Jetzt streckte die Ilse-Hexe den Arm aus. »Erhebe dich«, befahl sie.

Der Spion gehorchte, hielt den Kopf und den Blick jedoch weiter gesenkt. »Ich hatte nicht erwartet, dass Ihr kommt ...«

»Bei einer Angelegenheit von solcher Wichtigkeit konnte ich nicht anders reagieren.« Sie beugte sich leicht vor. »Erzähle mir jetzt, was du weißt.«

Der Spion zitterte vor Aufregung und wollte nur allzu bereitwillig zu Diensten sein. Im Schatten der Kapuze lächelte sie.

»Ein Flugreiter hat einen Mann aus dem Meer gerettet und ihn zu dem Heiler gebracht, der in diesem Ort dient«, berichtete der Spion, der es nun wagte, den Blick bis zum Saum ihrer Robe zu heben. »Die Augen und die Zunge wurden dem Mann genommen, und der Heiler meint, er sei halb wahnsinnig. Das bezweifle ich nicht, so wie er aussieht. Der Heiler kann die Identität des Mannes nicht feststellen, und auch der Flugreiter nicht, allerdings vermutet er etwas. Er hat dem Mann etwas abgenommen, ehe er ihn hierher gebracht hat. Ich habe es kurz betrachten können – ein Armband mit dem Wappen der Elessedils.«

Der Spion hob nun den Blick und suchte den ihren. »Der Flugreiter verließ Arborlon vor zwei Tagen. Ich belauschte, wie er dem Heiler sagte, wohin er aufbricht. Das Armband hat er mitgenommen.«

Sie starrte ihn schweigend einen Moment lang an, und ihre verhüllte Gestalt verharrte still wie die Schatten. Ein Armband mit dem Wappen der Elessedils, dachte sie. Der Flugreiter würde es vermutlich zu Allardon Elessedil bringen. Wessen Armband war das? Was bedeutete es, dass es bei diesem blinden und stummen und für verrückt gehaltenen Elfen gefunden worden war?

Die Antworten verbargen sich im Kopf des Schiffbrüchigen. Sie musste ihn daher zwingen, sie preiszugeben.

»Wo ist der Mann jetzt?«, erkundigte sie sich. Der Spion richtete sich eifrig auf; die Hände hatte er wie zum Gebet unter dem Kinn gefaltet. »Er liegt im Krankenzimmer des Heilers, wo er bis zur Rückkehr des Flugreiters gepflegt, aber auch isoliert wird. Niemandem ist es erlaubt, ihn zu besuchen oder mit ihm zu sprechen.« Er schnaubte leise. »Als könnte das überhaupt jemand. Schließlich hat er keine Zunge, um zu antworten, nicht wahr?«

Sie scheuchte ihn zur Seite, und er bewegte sich wie eine Marionette. »Warte hier auf mich«, verlangte sie. »Ich werde zurückkehren.«

Durch die Tür betrat sie die Nacht, huschte als geisterhafter Schemen lautlos und ohne Anstrengung durch die Straßen. Die Ilse-Hexe mochte die Dunkelheit und fand einen Trost darin, den ihr das Tageslicht versagte. Die Dunkelheit beruhigte sie, milderte Ecken und Kanten und verminderte die Klarheit. Das Sehen verlor an Bedeutung, denn das Auge konnte getäuscht werden. Eine Bewegung hier oder dort konnte das Aussehen eines Gegenstandes verändern. Was im Licht zuverlässig wirkte, wurde in der Finsternis verdächtig. So spiegelte sie ihr Leben, eine Sammlung von Bildern und Stimmen, von Erinnerungen, die ihr Wachstum formten, die keineswegs alle in einer bestimmten Abfolge geordnet und nicht auf eine Weise verbunden waren, die Sinn ergab. Wie die Schatten, mit denen sie sich so stark identifizierte, bestand ihr Leben aus zerfransten Enden und losen Fäden, die dazu einluden, neu genäht zu werden. Ihre Vergangenheit war nicht in Stein gehauen, sondern auf Wasser gemalt. Erfinde dich selbst neu, hatte man ihr vor langer Zeit aufgetragen. Erfinde dich selbst neu, und du wirst unergründlich für jene, die aufdecken wollen, wer du wirklich bist.

In der Nacht, in der Dunkelheit und im Schatten konnte sie dies leichter verwirklichen. Sie brauchte ihr Aussehen keinem zu enthüllen und konnte ihr Wesen verbergen. Außerdem konnte sie andere dazu bringen, sich ein Bild von ihr zu machen, und sie dadurch dauerhaft täuschen.

Ohne angesprochen zu werden, ging sie durch die Stadt und begegnete fast niemandem, und die wenigen, die ihr entgegenkamen, bemerkten ihre Gegenwart nicht. Es war spät, der größte Teil des Ortes schlief, und diejenigen, welche sich des Nachts in Bierschenken und Lusthöhlen herumtrieben, kümmerten sich nur um ihre eigenen Belange. Sie verzieh ihnen ihre Schwächen, diesen Männern und Frauen, doch sie würde sie niemals als Gleiche akzeptieren. Seit langem gab sie nicht mehr vor zu glauben, ihre gemeinsame Herkunft verbinde sie in irgendeiner Weise. Sie war eine Kreatur des Feuers und des Eisens. Sie war in Magie und Macht geboren. Ihre Bestimmung verlangte, über das Leben anderer zu entscheiden und sich selbst nie von ihnen beeinflussen zu lassen. Mit ganzer Leidenschaft erhob sie sich über das Schicksal, das andere ihr als Kind zugedacht hatten, und rächte sich an ihnen, weil sie das gewagt hatten. Sie würde so viel mehr sein als sie, und sie wären für immer ein Nichts.

Wenn sie ihnen erlaubte, ihren Namen auszusprechen, wenn sie ihn selbst kundtat, würde man sich daran erinnern. Dann wäre er nicht mehr in der Asche ihrer Kindheit verborgen. Er wäre nicht mehr wie ein Bruchstück ihrer verlorenen Vergangenheit. Er würde schweben wie der sanfte Gleitflug des Falken und mit der milchigen Helligkeit des Mondes leuchten. Den Bewohnern dieser Welt würde er ewig in den Köpfen bleiben.

Das Haus des Heilers lag vor ihr, dicht an den Bäumen des Waldes. Sie war spät am Nachmittag aus dem Wildewald losgeflogen, hatte ihren Unterschlupf wegen der Nachricht des Spions verlassen, da sie deren Wichtigkeit spürte und die Geheimnisse, die sich dahinter verbargen, enthüllen wollte. Ihren Kriegswürger hatte sie in dem alten Bewuchs unter den Steilhängen gelassen; über den schrecklichen Kopf hatte sie eine Haube gezogen und die Krallen angepflockt. Sonst würde er sich aufbäumen, und zwar so wild, dass sogar Magie ihn nicht halten konnte, wenn sie nicht zugegen war. Als Kampfvogel suchte er allerdings seinesgleichen. Sogar die großen Rocks hüteten sich vor ihm, denn der Würger kämpfte stets bis zum Tode, ohne viel an seine Verteidigung zu denken. Niemand würde ihn bemerken, da sie einen Zauber der Furcht ausgesprochen hatte, um Unerwünschte zu vertreiben. Bis Sonnenaufgang würde sie längst zurückgekehrt sein.

Sie schlüpfte auf spitzen Zehen durch die Tür ins Haus des Heilers, schlich durch die vorderen Räume zu den Krankenzimmern, summte leise, wenn sie Helfern begegnete, die noch arbeiteten, und lenkte ihre Gedanken nach innen und ihre Blicke von ihr fort, damit sie nicht von ihnen bemerkt wurde. Diejenigen, die vor der Tür des Schiffbrüchigen Wache hielten, versetzte sie in Schlaf. Sie sanken auf ihre Stühle, lehnten sich an Wände und auf Tische, ihre Augen schlossen sich, und ihr Atem ging langsam und tief. Im Haus des Heilers wurde es still und friedlich, und ihr Lied fügte sich angenehm in den Ort ein. Sie erfüllte die Luft mit ihrer Musik, einer zarten Decke, die Vorsicht und Unbehagen verhüllte, die sonst möglicherweise ausgelöst worden wären. Bald war sie allein und konnte in Ruhe arbeiten.

Der Schiffbrüchige döste auf dem Bett in seinem Zimmer, eine leichte Decke lag über seinem fiebrigen Körper, und die Vorhänge vor den Fenstern waren geschlossen. Seine Haut war mit Blasen übersät und rau, und die lindernde Salbe, die der Heiler aufgetragen hatte, glänzte feucht. Sein Körper war durch den Ernährungsmangel ausgemergelt, sein Herz schlug schwach in der Brust, und das gezeichnete Gesicht wirkte wie das eines Skeletts, denn die Lider waren tief in die Höhlen eingesunken, aus denen man die Augen entfernt hatte, und der Mund war eine vernarbte rote Wunde hinter aufgeplatzten Lippen.

Aufmerksam betrachtete ihn die Ilse-Hexe eine Zeit lang, damit ihre Augen ihr so viel wie möglich berichten konnten; sie bemerkten die deutlichen Elfenzüge, das graue Haar, demzufolge er nicht mehr jung war, und die gekrümmten Finger, die mit stillen Schreien von erduldeten Foltern sprachen. Es gefiel ihr nicht, wie sich der Mann anfühlte; man hatte ihn absichtlich leiden lassen und für Dinge ausgenutzt, die sie sich gar nicht vorstellen wollte. Auch den Geruch, den er von sich gab, mochte sie nicht, und auch nicht die leisen Geräusche. Er lebte an einem anderen Ort in einer anderen Zeit und konnte das, was er erlitten hatte, nicht vergessen.

Als sie ihn berührte, ganz sanft die schlanken, kühlen Finger auf seine Brust setzte, zuckte er zusammen wie nach einem Hieb. Rasch setzte sie ihre Magie ein und sang leise, um ihn zu beruhigen, ihm Frieden und Trost zu spenden. Der gewölbte Rücken entspannte sich langsam, und die gekrümmten Finger umklammerten nicht länger die Bettdecke. Ein Seufzen entfloh den aufgeplatzten Lippen. Für diesen Mann war Erleichterung in jeder Form willkommen, dachte sie und sang weiter, während sie sich an seiner Gegenwehr vorbei in sein Unterbewusstsein vordrängte.

Nachdem er wieder still lag, sich ihrer Fürsorge überlassen hatte und von ihr abhängig geworden war, legte sie die Hände auf den fiebrigen Körper, damit sie Gedanken und Gefühle aus ihm ziehen konnte. Das, was verschlossen in seinem Kopf lag, musste sie befreien – Erlebnisse, Mühen, Geheimnisse. Sie musste dies durch seine Sinne erreichen, aber vor allem durch seine Stimme. Dazu brauchte sie nur einen Weg zu finden, es ihn selbst wünschen zu lassen.

Am Ende war es gar nicht so schwer. Sie band ihn durch ihren Gesang, forschte währenddessen sanft, und er erzeugte diese leisen, unverständlichen Laute, zu denen er in der Lage war. Sie entzog ihm ein Ächzen, ein Murmeln, ein Keuchen nach dem anderen. Aus jedem Laut gewann sie ein Bild von dem, was er wusste, und dieses machte sie dann zu ihrem eigenen. Die Laute waren unmenschlich und voller Schmerzen, doch sie nahm sie ohne mit der Wimper zu zucken auf und badete ihn in einer Flut aus Mitgefühl, Trost und Mitleid, aus Sanftheit und dem Versprechen der Heilung.

Sprich mit mir. Lebe neu durch mich. Überlasse mir alles, was du verbirgst, und ich gebe dir Frieden.

Er gehorchte, und die Bilder waren hell, bunt und verblüffend. Ein Ozean, riesig, blau und unerforscht. Inseln, eine nach der anderen, manche grün und üppig, andere öde und felsig, doch fühlte sich jede anders an, und jede verbarg etwas Ungeheuerliches. Stürmische, verzweifelte Gefechte, in denen Waffen klirrend aufeinander prallten und Männer fielen. Gefühle von solcher Intensität, solch roher Gewalt, dass sie die Ereignisse, die sie ausgelöst hatten, in den Schatten stellten und die Narben enthüllten, die sie ihrem Besitzer hinterlassen hatten.

Schließlich sah sie Säulen aus Eis, die in den dunstigen, kühlen Himmel ragten, deren massige Formen sich bewegten und knirschten wie die Zähne eines Riesen, während ein dünner Strahl blauen Feuers, das aus der Magie der Elfensteine geboren war, durch etwas hindurchschoss, was dahinter lag. Es handelte sich um eine Ruinenstadt, die alt war und in der es von riesigen Beschützern wimmelte. Dort gab es eine Feste, begraben in der Erde und beschützt von glattem Metall und hellen roten Augen, in denen Magie funkelte …

Der Ilse-Hexe stockte der Atem bei diesem letzten Bild, einem Bild jener Magie, die der Schiffbrüchige in dieser vergrabenen Feste gefunden hatte. Diese Magie wurde durch Wörter beschworen – aber durch so viele! Deren Anzahl schien endlos zu sein und erstreckte sich aus sanften Lichtern in die Schatten, ihre Macht erhob sich in die Luft und bildete einen riesigen Baldachin, der die ganze Erde bedecken konnte!

Der Schiffbrüchige wand sich unter ihr, und einen Augenblick lang löste sich der Griff, mit dem sie ihn hielt, da sie kurz die Konzentration verlor. Rasch brachte sie ihr Lied wieder zum Einsatz und drang noch tiefer in seinen Kopf ein, um ihn unter Kontrolle zu bekommen.

Wer bist du? Sag deinen Namen! Sein Körper zuckte, und der Mann gab schreckliche Geräusche von sich. *Sag ihn mir!*

Er antwortete, und nun verstand sie die Bedeutung des Armbands.

Was hattest du noch bei dir? Was noch?

Er kämpfte gegen sie an, obwohl er nicht begriff, wogegen er sich eigentlich wehrte; er wusste nur, dass es sein musste. Es war nicht ausschließlich seine Idee, sich zu wehren, das spürte sie; da hatte ihm offensichtlich jemand dieses Bedürfnis eingeimpft, oder es war durch ein Ereignis ausgelöst worden. Aber sie handhabte ihre Magie mit Kraft und Sicherheit, und ihm mangelte es an den Möglichkeiten, ihr zu widerstehen.

Eine Karte sah sie. Eigenhändig hatte er sie auf eine alte Tierhaut gezeichnet. Eine Karte, begriff sie, die nicht länger bei ihm war, sondern auf dem Weg nach Arborlon und zum Elfenkönig.

Sie versuchte zu erkennen, was auf die Karte gezeichnet war, und für einen Augenblick konnte sie ein vages Bild aus seinem Ächzen und Stöhnen rekonstruieren. Dabei erhaschte sie einen Blick auf Namen und Symbole, erkannte eine gepunktete Linie, die Inseln vor der Küste von Westland und in der Blauen Spalte verband. Diese Linie verfolgte sie bis zu den Säulen aus Eis und dem Land, in dem das Versteck lag. Aber Wörter und Zeichnungen gingen verloren, als er erneut zusammenzuckte. Seine Stimme war erschöpft, sein Kopf leer, und sein Körper war schlaff und reglos.

Sie beendete ihr Lied und trat von ihm zurück. Alles, was sie von ihm bekommen würde, hatte sie sich geholt, und was sie erfahren hatte, genügte, um zu wissen, was notwendig war. Einen Augenblick lauschte sie in die Stille hinein und versicherte sich, dass ihre Anwesenheit noch nicht bemerkt worden war. Der schiffbrüchige Elf lag auf seinem Lager und regte sich nicht, hatte sich so tief in sich zurückgezogen, dass er niemals wieder hervorkommen würde. Vielleicht würde er überleben, sich jedoch niemals wieder erholen.

Sie schüttelte den Kopf. Es war sinnlos, ihn so zurückzulassen.

Kael Elessedil, Sohn der Königin Aine und einst Thronanwärter der Elfen. Das hatte sich vor ihrer Zeit zugetragen, aber sie kannte die Geschichte. Seit dreißig Jahren wurde er vermisst, und so endete sein armseliges Schicksal.

Die Ilse-Hexe trat näher, warf die Kapuze zurück und enthüllte das Gesicht, das nur wenige je zu sehen bekamen. Sie ähnelte in nichts dem, was man hinter der Kleidung vermuten mochte. Sehr jung war sie, kaum eine erwachsene Frau, und sie hatte langes und dunkles Haar, ihre Augen funkelten blau, und ihr Gesicht war glatt und anmutig. Als sie ein Kind gewesen war – damals hatte sie noch den Namen getragen, den sie heute nicht mehr aussprach –, hatte sie in den Spiegel geschaut, den das Wasser in einer kleinen Bucht des Baches bildete, der nicht weit von ihrem Zuhause floss, und sich vorgestellt, wie sie aussehen würde, wenn sie erwachsen war. Damals, als es ihr wichtig gewesen war, hatte sie sich nicht vorstellen können, hübsch zu werden. Auch heute hielt sie sich nicht für hübsch, doch spielte es keine Rolle mehr für sie.

Sie beugte sich vor, um den kranken Mann auf die Lippen zu küssen, und in Gesicht und Augen lagen Wärme und Zärtlichkeit. Der Kuss dauerte lange genug, damit sie ihm den Odem aus der Lunge saugen konnte, und dann starb er.

»Ich wünsche dir Frieden, Kael Elessedil«, flüsterte sie ihm ins Ohr.

Danach verließ sie das Haus des Heilers auf dem gleichen Weg, auf dem sie gekommen war, und hüllte sich wieder in ihre Kapuze. Ihre schemenhafte Gegenwart lenkte niemandes Aufmerksamkeit auf sie. Die Helfer würden erwachen, nachdem sie gegangen war, und nicht wissen, dass etwas geschehen war, dass sie geschlafen hatten und dass die Zeit verstrichen war.

Inzwischen sortierte die Ilse-Hexe die Bilder, die sie erhalten hatte, und überlegte sich, welche Möglichkeiten sich ihr boten. Die Magie, die Kael Elessedil entdeckt hatte, war unbezahlbar. Obwohl sie nicht einmal wusste, woraus sie bestand, spürte sie das. Natürlich wollte sie diese Magie besitzen. Deshalb musste ihr das gelingen, was er nicht geschafft hatte – sie finden und für sich beanspruchen. Gewiss wurde sie auf irgendeine Weise bewacht, wie es bei einer solchen Magie notwendig war, aber es gab keine Schutzvorrichtungen, die sie nicht überwinden konnte. Ihr Vorgehen war bereits beschlossen, nur die Einzelheiten bedurften noch der Klärung.

Was sie begehrte, selbst wenn sie es nicht wirklich brauchte, um zum Erfolg zu gelangen, war die Karte. Sie schlich durch das dunkle Bracken Clell und grübelte, auf welche Weise sie in ihren Besitz kommen könnte. Der Flugreiter hatte die Karte zusammen mit Kaels Armband zu Allardon Elessedil gebracht. Der Elfenkönig würde die Wichtigkeit der beiden Stücke erkennen, doch wäre er nicht in der Lage, die Worte auf der Karte zu verstehen. Und außerdem hätte er nicht den Vorteil, die Gedanken seines nunmehr verstorbenen Bruders zu kennen. Er würde bei jemand anderem Hilfe suchen, um die geheimnisvollen Symbole, die sein Bruder gefunden hatte, zu entziffern.

An wen würde er sich wenden?

Sie kannte die Antwort auf die Frage bereits, ehe sie ganz zu Ende gedacht war. Es gab nur einen, den er fragen konnte. Einen, der es bestimmt wissen würde. Ihr Feind, einarmig und mit dunklen Brauen, an Körper und Seele verkrüppelt. Ihre Nemesis, die ihr in der Kunst der Ausübung roher Magie das Wasser reichte.

Sofort begriff sie, was das bedeutete. Daraus würde sich ein Wettstreit bei der Suche entwickeln, und Zeit wäre von nun an ein kostbares Gut. Den Luxus von Sorgfalt und Vorsicht bei der Planung konnte sie sich nicht leisten. Sie würde sich einer Herausforderung stellen müssen, die sie wie nichts bisher auf die Probe stellte.

Sogar der Morgawr würde sich vielleicht in einen Streit dieser Größenordnung einmischen wollen.

Während ihrer Überlegungen war sie deutlich langsamer geworden, und jetzt beschleunigte sie ihren Schritt wieder. Sie war mit ihren Gedanken der Wirklichkeit ein Stück zu weit voraus. Ehe sie in den Wildewald zurückkehren konnte, musste sie die Sache hier beenden. Sie musste die losen Enden verknüpfen. Ihr Spion wartete, weil er den Wert seiner Nachricht erfahren wollte. Natürlich freute er sich auf Lob für seinen Fleiß und einen Lohn für seine Mühen. Für beides wollte sie sorgen.

Dennoch schweiften ihren Gedanken, während sie still durch den Ort ging und sich der Wohnung ihres Spions näherte, immer wieder zu der Konfrontation, die ihr bevorstand und die sich in einer Zeit abspielen würde, die jetzt noch in der Ferne lag, an einem Ort, der womöglich weit von den Ländern entfernt war, durch die sie gerade reiste. Eine Konfrontation des Willens, der Magie und der Schicksale. Sie und ihre Widersacher würden um die Überlegenheit kämpfen, genauso wie sie es sich immer erträumt hatte – das Bild brannte in ihren Gedanken wie eine glühende Kohle und entfachte ihre Fantasie.

Ihr Spion wartete, als sie bei ihm eintrat. »Gebieterin«, begrüßte er sie und ließ sich gehorsam auf ein Knie nieder.

»Erhebe dich«, befahl sie.

Er richtete sich auf, hielt nur den Blick und den Kopf gesenkt.

»Du hast deine Sache gut gemacht. Was du mir gezeigt hast, öffnet mir Türen, von denen ich nur geträumt habe.«

Sie beobachtete, wie er vor Stolz strahlte und sich die Hände voller Erwartung der Belohnung rieb, die sie ihm nun gewiss geben würde. »Danke, Gebieterin.«

»Es ist an mir, mich zu bedanken«, erwiderte sie, griff in ihre Robe und zog einen Lederbeutel hervor, in dem es verlockend klimperte. »Öffne ihn erst, nachdem ich gegangen bin«, sagte sie leise. »Ich wünsche dir Frieden.«

Ohne weiteren Aufschub verließ sie ihn, denn sie hatte ihre Aufgaben beinahe erledigt. Sie ging aus dem Ort hinaus zu der verrottenden Hütte, die ihrem Spion gehörte, ließ die Vögel frei und schickte sie in den Wildewald zurück. Dort würden sie bereits in ihrem Unterschlupf warten, wenn sie zurückkehrte. Der Spion würde sie nicht mehr brauchen. Dem Beutel mit Gold hatte sie eine winzige Schlange beigefügt, deren Gift so tödlich war, dass schon ein kleiner Ritzer ausreichte. Ihr Spion würde nicht bis morgen früh warten, um die Münzen zu zählen; er würde es noch heute Nacht machen. Natürlich würde man ihn finden, aber bis dahin wäre die Schlange verschwunden. Das Geld wäre vermutlich genauso schnell weg. In einem Viertel wie dem, in dem der Spion lebte, war es wohl bekannt, dass Tote kein Gold mehr brauchten.

Sie dachte nicht mehr über die Angelegenheit nach, als sie sich auf den Rückweg zu ihrem Würger machte. Obwohl sie viele hatte und diese über alle Vier Länder verstreut waren, gab sie ihre Spione nicht leichtherzig auf. Sie beschützte sie sogar, wenn sie so nützlich und verlässlich waren wie dieser.

Aber selbst der beste Spion konnte entlarvt werden und sie verraten, und das durfte sie nicht riskieren. Besser nahm sie einen gewissen Verlust in Kauf, als ein offensichtliches Risiko einzugehen. Ein Leben war ein kleiner Preis für einen Vorteil ihrem ärgsten Feind gegenüber.

Aber wie sollte sie in den Besitz der Karte gelangen? Welche List konnte sie einsetzen, die ihr bemerkenswerter Widersacher nicht durchkreuzen konnte?

Einen Augenblick dachte sie daran, sich die Karte selbst zu holen.

Aber sie Allardon Elessedil zu stehlen, der sie inzwischen in Händen halten dürfte, im Herzen des Elfenlandes, war eine zu gefährliche Sache, um sie ohne gründliche Planung zu unternehmen. Sie konnte versuchen, sie auf dem Weg zu ihrem Widersacher abzufangen, aber woher erfuhr sie, auf welchem Wege sie befördert wurde? Außerdem war es dafür möglicherweise schon zu spät.

Nein, sie musste den rechten Augenblick abwarten, nachdenken und einen unauffälligeren Weg finden, das zu erlangen, was sie begehrte.

Sie erreichte ihr Reittier, entfernte die Fesseln und die Haube, während sie es mit ihrer Magie still hielt, dann stieg sie hinter dem dicken, gefiederten Hals an der Stelle auf, wo die Flügel am Körper saßen, und schon ging es los. Zeit und List würden sie am besten zum Ziel führen, dachte sie zufrieden. Der Wind strich durch ihr Gesicht, und die Gerüche des Waldes wichen der reinen kalten Nachtluft in der Höhe.

Zeit und List und die Macht der Magie, die ihr angeboren war, würden ihr eine ganze Welt einbringen.

Drei

Hunter Predd war von der pragmatischen Sorte, wie es typisch für die Flugreiter war. Welche unwillkommenen Karten das Leben auch immer austeilte, er nahm sie so würdig er konnte auf und machte sich an die Erledigung seiner Aufgaben. In diese Kategorie fielen auch Reisen ins Innere der Vier Länder, die sich jenseits des Elfenterritoriums erstreckten. Der Gedanke an einen Flug ins Landesinnere bereitete ihm Unbehagen; vor allem gefiel es ihm nicht, Orte aufzusuchen, die er noch nie gesehen hatte.

Paranor war ein solcher Ort.

Er war überrascht, dass Allardon Elessedil ihn bat, die Karte dorthin zu bringen. Überrascht, weil es angemessener erschien, einen Landelfen die Reise für den König machen zu lassen als einen Reiter vom Wing Hove. Er war ein Mann, der mit nichts hinter dem Berg hielt, und deshalb fragte er den König offen heraus nach den Gründen für seine Entscheidung. Der Elfenkönig erklärte, derjenige, der die Karte bekommen sollte, habe vielleicht Fragen, welche nur er beantworten könnte. Ein zweiter Elf würde ihn auf seiner Reise begleiten, wenn er das wünschte – nur welchen Sinn ergab das, wenn er dem, was Hunter Predd wusste, nichts hinzufügen konnte.

Es war ganz einfach. Die Karte musste zu einer bestimmten Person befördert werden, die sie untersuchen würde. Hunter sollte außerdem Allardon Elessedils Respekt und seine Bitte überbringen, der Empfänger der Karte möge nach Arborlon kommen und mit dem Elfenkönig überlegen, wie man die Wörter und die Zeichen der Karte übersetzen könnte.

Natürlich gab es einen Haken an der Sache. Hunter Predd, der kein Dummkopf war, sah ihn kommen. Der Elfenkönig hob ihn sich bis zum Schluss auf. Die Person, der der Flugreiter die Karte aushändigen sollte, war der Druide, der Walker hieß, und das Ziel des Reiters war der Keep des Druiden in Paranor.

Walker. Sogar Hunter Predd, der selten die Küste der Blauen Spalte verließ, hatte von ihm gehört. Angeblich war er der letzte Druide. In der Geschichte der Vier Länder stellte er eine düstere Figur dar, und es hieß von ihm, er lebe bereits hundertfünfzig Jahre und sei immer noch jung. Er hatte in den Zeiten von Wren Elessedil gegen die Schattenwesen gekämpft. Danach war er für einige Jahrzehnte verschwunden und vor etwa dreißig Jahren wieder aufgetaucht. Der Rest von dem, was der Flugreiter über ihn wusste, lag noch mehr im Dunst. Es gab Gerüchte, denen zufolge Walker ein Zauberer war, der über große Magie verfügte. Angeblich hatte er versucht, einen Konvent abzuhalten, und war damit gescheitert. Außerdem hieß es, er wandere noch immer durch die Vier Länder und sammle Wissen und werbe Jünger an. Jeder fürchtete ihn und misstraute ihm.

Nur Allardon Elessedil nicht, so schien es, der darauf bestand, dass Angst und Misstrauen unberechtigt seien, dass Walker ein Historiker und ein Akademiker sei und dass der Druide vor allem als Einziger die Fähigkeit besitzen könnte, die Zeichnungen und Wörter dieser Karte zu entziffern.

Nachdem Hunter Predd kurz darüber nachgedacht hatte, übernahm er die Aufgabe, nicht aus Pflichtgefühl oder Sorge oder aus irgendwelchen Gefühlen für den Elfenkönig, die eher an Desinteresse grenzten. Er übernahm sie nur deswegen, weil der König ihm versprochen hatte, als Belohnung für seine Mühen würde eine Insel südwestlich des Irrybisgebirges in den Besitz des Wing Hove übergehen, welche die Flugreiter schon lange begehrten. Ein fairer Preis, dachte Hunter, als er das Angebot hörte. Die Gelegenheit war gut, der Lohn war es wert, und das Risiko erschien nicht übermäßig groß.

Eigentlich sah er überhaupt kein Risiko, ganz gleich, aus welchem Blickwinkel er es betrachtete. Möglicherweise erzählte ihm der Elfenkönig nicht alles; ja, im Grunde war sich Hunter Predd dessen sicher. So waren Herrscher nun einmal. Trotzdem hätte der König nichts gewonnen, wenn er ihn in den Tod schickte. Bestimmt wollte Allardon Elessedil erfahren, was denn nun auf der Karte stand – insbesondere, wenn der Schiffbrüchige, bei dem er sie gefunden hatte, tatsächlich sein Bruder war. Ein Druide wäre vielleicht in der Lage, das herauszufinden, wenn er tatsächlich so gebildet war, wie der König behauptete. Hunter Predd kannte keinen Flugreiter, der je persönlich mit diesem Druiden zu tun gehabt hätte. Auch hatte er von keinem seiner Leute scharfe Worte gegen ihn gehört. So wägte er Gefahren und Belohnung gegeneinander ab und kam zu dem Schluss, die Gelegenheit wahrzunehmen sei wirklich das Beste.

Also brach er auf, verließ Arborlon zur Mittagszeit mit Obsidian und machte sich nach Osten in Richtung Streleheim auf. Er überquerte die Ebene und glitt über Callahorn und die Drachenzähne hinweg, wo er eine schmale, verschlungene Schlucht in den zerklüfteten Gipfeln suchte, die zu Fuß unpassierbar gewesen wäre, seinem Rock jedoch gerade ausreichend Platz bot. Bald ließ er die Berge hinter sich, glitt über die Baumwipfel von Paranor dahin. Nachdem er den Wald erreicht hatte, ließ er Obsidian an einem kleinen See landen, trinken und ausruhen. Während er wartete, blickte er über den See zum anderen Ufer, wo sich die Bäume zu einer dunklen Mauer zusammendrängten. Er verspürte wie so oft Mitleid für jene, die gezwungen waren, ihr Leben auf dem Boden zu verbringen.

Kurz vor Sonnenuntergang kam die Druidenburg in Sicht. Es war nicht schwierig, sie aus der Luft zu entdecken. Sie stand auf einem Berg tief im Wald, und die Spitzen und Zinnen hoben sich scharf gegen die untergehende Sonne am Horizont ab. Man konnte die Festung schon aus einer Entfernung von vielen Meilen sehen; die Steinmauern und die spitzen Dächer, die in den Himmel ragten, bildeten eine dunkle und gewaltige Präsenz. Allardon Elessedil hatte Hunter den Keep in allen Einzelheiten beschrieben, bevor dieser aufgebrochen war, doch der Flugreiter hätte ihn auch so erkannt. Es war ein Ort, über den dunkle Gerüchte kursierten, eine Zuflucht des Letzten eines Rates, dem alle misstrauten und den alle fürchteten.

Obsidian landete sanft am Fuße des Berges, auf welchem der Keep stand. Schatten uralter Bäume überlagerten das Land, während die Sonne im Westen unterging. Nur der Keep selbst war noch immer in Licht getaucht und erhob sich aus dem Wald und aus den Schatten, überragte still und in der Zeit erstarrt die Umgebung. Der Flugreiter betrachtete ihn voller Zweifel. Es wäre leichter, mit Obsidian zur Spitze der Erhebung zu fliegen, doch er wagte es nicht, so dicht an den Mauern zu landen. Hier boten die Bäume dem Rock ein wenig Schutz, und außerdem gab es Platz genug für eine rasche Flucht. Ein Flugreiter hatte stets vor allem die Sicherheit seines Tieres im Auge.

Er pflockte den Rock nicht an und setzte ihm auch keine Haube auf; Rocks waren so ausgebildet, dass sie dort blieben, wo man sie zurückließ, und sie kamen, wenn man sie rief. So ließ er Obsidian am Fuß der Erhebung und am Rand der Bäume und begann den kurzen Aufstieg. Er erreichte die hoch aufragenden Mauern, als das letzte Sonnenlicht verschwunden war und der Keep in Schatten gehüllt wurde. Nun starrte er nach oben und suchte nach Lebenszeichen. Da er keine fand, ging er zum nächsten Tor, das verriegelt und verrammelt war. An beiden Seiten entdeckte er kleinere Türen. Er versuchte es bei ihnen, doch sie waren verschlossen. Jetzt trat er ein Stück zurück und schaute nochmals nach oben.

»Hallo, da drinnen!«, rief er.

Aber er erhielt keine Antwort. Das Echo seiner Stimme verhallte, und Stille kehrte ein. Geduldig wartete er. Langsam wurde es immer dunkler. Er blickte sich um. Wenn er nicht bald jemanden auftrieb, müsste er den Berg wieder hinuntersteigen und ein Lager für die Nacht aufschlagen.

Erneut sah er nach oben und suchte die Zinnen und Türme ab. »Hallo! Ich bringe eine Nachricht von Allardon Elessedil!«

Lauschend stand er in der Stille, die nun folgte, und fühlte sich im Schatten der riesigen Mauern des Keeps klein und unbedeutend. Vielleicht war der Druide ja auf Reisen. Oder er hielt sich irgendwo anders auf, nur eben nicht im Keep, und dies alles war bereits eine ungemeine Zeitverschwendung. Der Flugreiter runzelte die Stirn. Wie konnte man überhaupt herausfinden, ob der Druide zu Hause war …?

Seine Frage wurde durch eine Bewegung neben ihm unterbrochen. Er fuhr herum und stand plötzlich der größten Moorkatze gegenüber, die er je gesehen hatte. Das riesige schwarze Tier starrte ihn mit Laternenaugen an wie ein hungriger Vogel einen schmackhaften Käfer. Hunter Predd stand so ruhig da wie möglich. Ansonsten gab es wenig, was er tun konnte. Die große Katze stand rechts über ihm, und alle Waffen, die er hätte ziehen können, um sich zu verteidigen, wirkten armselig. Die Moorkatze rührte sich nicht, sondern betrachtete ihn lediglich eingehend, wobei sie den Kopf leicht zwischen die mächtigen Schultern gesenkt hatte, während der Schwanz hinter ihr in der Dunkelheit leicht zuckte.

Hunter brauchte einen Augenblick, bis er bemerkte, dass mit dieser Moorkatze etwas nicht stimmte. Trotz ihrer Größe und offensichtlichen Kraft wirkte sie leicht durchscheinend und verschwand in Sekundenabschnitten teilweise und tauchte wieder auf, erst ein Bein, dann eine Schulter, der Mittelteil und so weiter. So etwas Seltsames hatte er noch nie gesehen, aber trotzdem änderte das seine Meinung nicht, was das Weglaufen betraf.

Endlich schien die Moorkatze mit der Inspektion zufrieden und wandte sich ab. Sie trat ein paar Schritte näher und drehte sich dann um. Hunter Predd bewegte sich nicht. Die Moorkatze kam erneut ein Stück näher und schaute abermals zurück.

An einer Seite des Haupttors schwang eine kleine, eisenbeschlagene Tür geräuschlos auf. Die Katze lief darauf zu und blickte zurück. Es waren noch ein paar Versuche notwendig, aber schließlich hatte der Flugreiter es begriffen. Die Moorkatze wartete auf ihn. Er sollte ihr folgen – durch die offene Tür in den Keep des Druiden.

Hunter Predd war nicht geneigt, Widerspruch zu erheben. Er holte tief Luft und ging durch den Eingang in den Keep.

Der Mann, der einst Walker Boh gewesen und heute nur noch schlicht Walker war, hatte den Flugreiter bereits vor langem kommen sehen. Seine Schutzlinien der Magie hatten das Nahen des anderen angekündigt, und er hatte auf der Mauer gestanden, wo er nicht gesehen werden konnte, und ihn bei der Landung und auf dem Weg zum Tor beobachtet. In der schwarzen Robe, die eng um die breiten Schultern lag, hatte er den Flugreiter betrachtet, während dieser die Mauern des Keeps absuchte. Dann hatte der Flugreiter etwas gerufen, doch Walker hatte nicht geantwortet. Stattdessen hatte er abgewartet, was der andere nun unternehmen würde. In diesem Fall war Abwarten eine ratsame Vorsichtsmaßnahme.

Nachdem der Flugreiter zum zweiten Mal gerufen hatte und behauptete, er habe eine Nachricht von Allardon Elessedil bei sich, hatte Walker Ondit nach unten geschickt, um ihn zu holen. Der große Moorkater ging gehorsam und leise hinunter und wusste, was er zu tun hatte. Walker folgte ihm und fragte sich, aus welchem Grund ihm der König des Elfenlandes eine Nachricht mit einem Flugreiter schickte. Er konnte sich lediglich zwei Gründe vorstellen. Erstens wusste er, wie Walker auf einen Elfen aus Arborlon und insbesondere auf den König reagieren würde, und vermutlich hoffte Allardon, dem Flugreiter sei mehr Glück beschieden. Zweitens konnte der Flugreiter genauere Kenntnisse über das besitzen, was die Nachricht betraf. Walker stieg die Treppe von seinem Aussichtspunkt hinunter und zuckte mit den Schultern. Er würde den Grund bald herausfinden.

Als er unten ankam und in den Hof trat, warteten der Flugreiter und Ondit bereits. Er schob seine Kapuze zurück und enthüllte Kopf und Gesicht, während er hinüberging und den Neuankömmling begrüßen wollte. Dadurch, diesen Mann einzuschüchtern, gewann er nichts. Gewiss handelte es sich bei dem Flugreiter um einen zähen erfahrenen Veteranen, und der war sicherlich freiwillig und nicht auf Befehl hierher gekommen. Den Elessedils war er nicht zu Loyalität verpflichtet. Die Flugreiter beharrten stets auf ihre Unabhängigkeit, genauso wie die Fahrenden, und wenn dieser nun hier war, so fern ab von seiner Heimat und seinem Volk, dann hatte er dafür einen guten Grund. Walker war neugierig, diesen Grund zu erfahren.

»Ich bin Walker«, stellte er sich vor und bot dem Flugreiter die Hand.

Der andere nahm sie entgegen und nickte. Mit den grauen Augen erfasste er Walkers dunkles Gesicht, den schwarzen Bart und das lange Haar, die markanten Züge und die hohe Stirn und natürlich die stechenden Augen. Den fehlenden Arm des Druiden schien er nicht zu bemerken. »Hunter Predd.«

»Du hast einen langen Weg hinter dich gebracht, Flugreiter«, bemerkte Walker. »Nicht viele kommen ohne Grund hierher.«

Der andere brummte zustimmend. »Das wundert mich nicht.« Er schaute sich um, und sein Blick verharrte auf der Moorkatze. »Ist das deine?«

»Soweit ein Moorkater jemandem gehören kann.« Walkers Blick glitt zu ihm. »Sein Name ist Ondit. Wo immer ich hingehe, eilt mir schon ein Ondit voraus, witzig, nicht wahr? Das passt gut dazu, wie sich die Dinge nun einmal für mich entwickelt haben. Aber ich nehme an, das weißt du längst.«

Der Flugreiter lächelte unverbindlich. »Zeigt er sich immer so seltsam – in Einzelteilen, die auftauchen und verschwinden?«

»Meistens. Du hast behauptet, eine Nachricht von Allardon Elessedil zu bringen. Ist sie tatsächlich für mich?«

»Allerdings.« Hunter Predd wischte sich den Mund mit dem Handrücken ab. »Du hättest nicht zufällig einen Krug Bier für mich übrig?«

Walker lächelte. Offen und direkt, bis ins Mark ein Flugreiter. »Komm herein.«

Er führte ihn über den Hof zu einer Tür im Bergfried. In einem Raum, den er zur Aufbewahrung von Vorräten benutzte und in dem er seine einsamen Mahlzeiten einnahm, holte er zwei Gläser und einen Krug hervor und stellte sie auf einen kleinen Holztisch an der Seite. Er bat den Flugreiter mit einer Geste, Platz zu nehmen, setzte sich ihm gegenüber hin und füllte die Gläser. Schweigend tranken sie einen großen Schluck. Ondit war verschwunden. In der letzten Zeit kam er selten, wenn er nicht gerufen wurde.

Hunter Predd stellte sein Glas ab und lehnte sich zurück. »Vor vier Tagen flog ich auf Patrouille über die Blaue Spalte, oberhalb der Insel Mesca Rho, und da habe ich einen Mann im Wasser gefunden.«

Er erzählte seine Geschichte, wie er den schiffbrüchigen Elf gefunden, dessen Zustand festgestellt und das Armband und die Karte entdeckt und den Mann einem Heiler in Bracken Clell anvertraut hatte, während er selbst nach Arborlon zu Allardon Elessedil weitergeflogen war. Das Armband, so erklärte er, hatte Kael, dem Bruder des Königs, gehört, der bei einer Expedition verschollen war. Bei dieser Unternehmung hatte man nach einer Magie gesucht, welche Königin Aines Seherin vor dreißig Jahren im Traum erschienen war.

»Über die Expedition weiß ich Bescheid«, merkte Walker an und bat ihn fortzufahren.

Viel mehr gab es nicht zu erzählen. Nachdem Allardon Elessedil festgestellt hatte, dass es sich um Kaels Armband handelte, hatte er die Karte betrachtet und sie nicht entziffern können. Offensichtlich war jedoch die Route seines Bruders darauf verzeichnet. Ansonsten konnte er nur wenig anderes darauf verstehen. Er fragte Hunter, ob dieser sie hierher zu Walker bringen würde, der ihm, so glaubte er, helfen könnte.

Walker hätte beinahe laut gelacht. Das war typisch für den Elfenkönig: Er suchte Hilfe bei dem Druiden, als würde seine eigene Ablehnung von Hilfe nicht mehr zählen. Doch er riss sich zusammen. Er nahm das zusammengefaltete Stück verwitterter Haut entgegen, als es ihm gereicht wurde, und legte es ungeöffnet auf den Tisch.

»Hast du dein Tier schon versorgt?«, erkundigte er sich und richtete den Blick von der Karte auf das Gesicht des Flugreiters. »Musst du heute Nacht noch einmal hinaus?«

»Nein«, antwortete Hunter Predd. »Obsidian hat so weit alles.«

»Warum isst du dann nicht etwas, nimmst hinterher ein heißes Bad und schläfst dich aus. Während der letzten Tage bist du vermutlich weit gereist, und du musst müde sein. Ich studiere derweil die Karte, und wir unterhalten uns morgen früh weiter.«

Er bereitete für den Flugreiter eine Suppe, der er ein wenig Trockenfisch beifügte, stellte ihm außerdem etwas Brot auf den Tisch und beobachtete zufrieden, wie der andere aß und währenddessen noch einige Gläser Bier trank. Die Karte ließ er liegen, wo sie war, auf dem Tisch zwischen ihnen, und er zeigte kein weiteres Interesse an ihr. Über das, was er da hatte, war er sich selbst nicht recht im Klaren, und er wollte ganz sichergehen, ehe er dem Flugreiter eine Reaktion zeigte, die dieser möglicherweise dem Elfenkönig überbrachte. Wegen des schlechten Verhältnisses zu Allardon Elessedil durfte er nichts preisgeben. Es war schon genug, dass er einem Mann gegenüber Höflichkeit aufbringen musste, der so wenig getan hatte, um sie zu verdienen. Aber in einer Welt, in der Bündnisse manchmal notwendig waren, musste er gezwungenermaßen Spielchen mitspielen, auf die er ansonsten gern verzichtet hätte.

Nachdem Hunter Predd gegessen und gebadet hatte und zu Bett

gegangen war, kehrte Walker an den Tisch zurück und nahm die Karte. Er trug sie durch muffige Gänge und gewundene Treppen hinauf in die Bibliothek, die den Druiden bereits seit der Zeit von Galaphile diente. In den uralten Regalen waren die verschiedensten belanglosen Bücher mit Druidenaufzeichnungen über das Wetter und Ernteerträge und Listen von Vornamen und Geburten und Todesfällen bestimmter Familien aufgereiht. Hinter diesen Regalen jedoch befanden sich in einem Raum, der von einer Magie geschützt wurde, die niemand außer ihm selbst durchdringen konnte, die Chroniken der Druiden, die sagenhaften Bücher, in denen die über tausend Jahre alte Geschichte des Ordens und die Magie, die seine Mitglieder empfangen und ausgeübt hatten, aufgezeichnet waren.

Er machte es sich an seinem Platz zwischen den Insignien seines Vorgängers bequem, entfaltete die Karte und studierte sie eingehend.

Er brauchte dafür eine lange Zeit, viel länger, als er vermutet hatte. Was er entdeckte, erstaunte ihn. Die Karte war faszinierend und bot vielerlei Möglichkeiten. Unbestreitbar war sie wertvoll, aber bevor er die Legende nicht übersetzt hatte, konnte er den genauen Wert nicht festlegen. Und die Legende war in einer Sprache verfasst, die er nicht kannte.

Aber er hatte Bücher über das Übersetzen von Sprachen, die er benutzen konnte, und so trat er schließlich an das Regal, das die Chroniken und ihre Geheimnisse der Macht verbarg. Er griff hinter eine Reihe Bücher und berührte hintereinander mehrere Eisenknöpfe. Ein Verschluss schnappte auf, und ein Teil des Regals schwang nach außen auf. Walker schlüpfte durch die Öffnung und stand in einem Raum mit Wänden, Boden und Decke aus Granit, in dem sich außer einem langen Tisch mit vier Stühlen nichts befand. Er entzündete die rauchlosen Fackeln in den eisernen Wandhaltern und zog das Regal hinter sich zu.

Dann drückte er die Hand gegen die Granitwand und senkte konzentriert den Kopf. Alles Wissen, welches die Druiden seit den Anfängen ihres Ordens gesammelt hatten, gehörte nun ihm, war seines geworden, als er vor so vielen Jahren das verlorene Paranor zurückerobert und selbst zum Druiden geworden war. Nun wandte er einen kleinen Teil dieses Wissens an und erinnerte sich an die Chroniken der Druiden. Blaues Licht löste sich von seinen Fingerspitzen und breitete sich wie Venen im Fleisch auf dem Stein aus.

Einen Augenblick später verschwand die Wand, und die Bücher seines Ordens standen in langen Reihen und nummeriert vor ihm. Die Einbände waren aus Leder gefertigt und mit Gold geprägt.

Mit diesen Büchern verbrachte er in dieser Nacht viel Zeit und las in vielen von ihnen, während er nach dem Schlüssel für die Sprache auf der Karte suchte. Nachdem er ihn endlich gefunden hatte, überraschte und verwirrte ihn dieser. Die Sprache leitete sich von einer anderen her, die in der alten Welt gesprochen worden war, noch vor den Großen Kriegen, und die seit zweitausend Jahren tot war. Wie, fragte sich Walker, konnte ein Elf eine Sprache aus dieser Zeit lernen? Warum sollte er sie benutzen, um diese Karte zu zeichnen?

Nachdem er sich Antworten auf seine Fragen überlegt hatte, fand er diese äußerst verstörend.

Bis zur Dämmerung arbeitete er an der Übersetzung und achtete darauf, nichts falsch zu deuten. Je mehr er entzifferte, desto größer wurde seine Erregung. Die Karte war der Schlüssel zu einer Magie von solchem Wert, solcher Macht, dass ihm der Atem stockte. Still saß er da und malte sich die Möglichkeiten aus. Zum ersten Mal seit Jahren sah er einen Weg, das zu verwirklichen, was ihm seit so langer Zeit verwehrt geblieben war – ein Druidenkonzil, eine Körperschaft, die unabhängig von allen Völkern war und die die schwierigsten Geheimnisse des Leben lüften und die größten Probleme lösen und damit das Leben aller Einwohner der Vier Länder verbessern sollte.

Diesen Traum verfolgte er seit dreißig Jahren, seit er aus dem Druidenschlaf erwacht und hinaus in die Welt gegangen war, um das Versprechen zu erfüllen, das er gegeben hatte, als er zum Druiden geworden war. Was er sich vorstellte, war ein Rat von Delegierten aller Länder und Rassen, aller Regierungen und Provinzen, die sich dem Studium, der Bildung und der Forschung widmeten. Aber von Anfang an war er auf Widerstand gestoßen – nicht nur dort, wo er damit gerechnet hatte, sondern überall. Sogar bei den Elfen, insbesondere bei Allardon Elessedil und vor ihm bei seiner Mutter. Niemand wollte Walker die Autonomie zugestehen, die er für notwendig hielt. Alle waren übermäßig vorsichtig und misstrauisch, und sie hatten Angst davor, was ein starker Druidenrat für das sowieso schon labile Gleichgewicht der Macht bedeuten könnte. Und keiner wollte die Chance ergreifen, die der Druide ihnen bot.

Walker seufzte. Ihre Forderungen waren lächerlich und nicht zu akzeptieren. Wenn die Nationen und die Völker ihre Delegierten nicht freiwillig ziehen lassen wollten und die Kontrolle über sie aufgaben, damit sie sich ihrem Druidenleben widmen konnten, war die ganze Sache sinnlos. Er hatte niemanden davon überzeugen können, dass das, was er vorhatte, nach einer gewissen Zeit allen nützen würde. Druiden, glaubten sie, durfte man kein Vertrauen schenken, sie würden ihnen nur Probleme bereiten, ohne die man sehr gut auskam. Die Geschichte zeigte, dass Druiden für jeden Krieg verantwortlich zeichneten, der seit der Zeit des Ersten Rates in Paranor geführt worden war. Es war ihre Magie, die Magie, die sie unter solcher Geheimhaltung ausübten, die sie am Ende vernichtet hatte. Diese Erfahrung wollte niemand noch einmal machen. Die Magie gehörte heute allen. Ein neues Zeitalter hatte begonnen, in dem neue Gesetze herrschten. Es wäre notwendig, die Druiden zu kontrollieren, falls man ihnen erlaubte, sich abermals zu formieren. Etwas anderes würde nicht genügen.

Am Ende waren seine Anstrengungen vergeblich, und Walker wurde überall verbannt. Armselige Fehden, selbstsüchtige Interessen und kurzsichtige Persönlichkeiten brachten ihn vollends ins Abseits. Verblüffung und Zorn blieben zurück. Er hatte darauf gezählt, dass die Elfen sich an die Spitze seiner Bewegung setzen würden, aber die Elfen hatten ihn genauso zurückgewiesen wie die anderen. Nach dem Tod von Königin Aine war Allardon Elessedil seine größte Hoffnung gewesen, doch der Elfenkönig hatte verkündet, er würde sich an die Wünsche seiner Mutter halten. Er würde keine Elfen zum Studium nach Paranor schicken. Einem Druidenrat würde man nicht zustimmen. Walker musste seinen Weg allein gehen.

Jetzt jedoch glaubte Walker, und dabei kam fast Euphorie in ihm auf, er habe einen Weg gefunden, auf dem er alles ändern konnte. Diese Karte gab ihm einen mächtigen Hebel in die Hand. Diesmal würde ihm Hilfe, wenn er darum bat, nicht verweigert werden.

Vorausgesetzt, ermahnte er sich rasch, dass er die Magie finden und bergen könnte, was der Elfenexpedition unter Kael Elessedil nicht gelungen war. Falls er sie aus ihrem Versteck holen könnte, in dem sie verborgen und beschützt war. Falls er die lange, gefährliche Reise überlebte, die er zunächst unternehmen musste.

Er würde Hilfe brauchen.

Nachdem er die Chroniken ins Regal zurückgestellt hatte, vollführte er mit der Hand eine kreisförmige Bewegung und schloss die Wand. Als der Raum wieder aus nackten Wänden bestand und die Kerzen gelöscht waren, ging er in die Bibliothek zurück und schob das Regal an seinen Platz. Dann blickte er sich einmal um und vergewisserte sich, dass alles seine Ordnung hatte. Er schob die Karte in seine Robe und ging hinauf auf den Wehrgang, wo er den Sonnenaufgang betrachtete.

Während er dastand und über den Baumwipfeln das erste silbrige Licht am östlichen Himmel betrachtete, trottete Ondit herbei und gesellte sich zu ihm. Die große Katze saß neben ihm und schien Gesellschaft zu suchen. Walker lächelte. Sie spendeten sich gegenseitig Trost, dachte er. Seit der Schatten von Allanon aufgetaucht war. Seit er den Keep des Druiden wieder in die Welt der Menschen zurückgebracht hatte, indem er das jüngste Mitglied des Ordens wurde. Seit Cogline gestorben war.

Die Übrigen aus der alten Zeit waren ebenfalls verschieden – die Ohmfords, Morgan Leah, Wren Elessedil, Damson Rhee. Ondit und er hatten als Einzige überlebt. Sie waren in mehr als einer Hinsicht Verbannte, einsame Wanderer in einer Welt, die sich während seines Schlafes beachtlich gewandelt hatte. Doch nicht die Veränderungen in den Vier Ländern beunruhigten ihn heute Morgen. Es war eher das Gefühl, dass die Ereignisse, die sich zutragen würden, weil er die Karte gelesen hatte und weil seine Suche nach der darauf verzeichneten Magie es erforderte, ihn zu dem machen würden, was er stets vermieden hatte – zu einem Druiden im alten Sinne, einem Manipulator und Intriganten, zu jemandem, der stets durchdacht handelte, der entschied, was andere erfahren durften und was nicht. Wie Allanon damals. Das hatte er an Druiden immer so verachtet. Er wusste, auch sich selbst würde er verachten, wenn es zum Vorschein käme.

Und zum Vorschein kommen würde es, und vielleicht würde es ihn für immer verändern.

Die Sonne stieg in einem Rausch leuchtenden Goldes über den Horizont. Ein klarer, heiterer und warmer Tag lag vor ihm. Walker spürte die ersten Strahlen auf dem Gesicht. Eine so kleine Sache, und doch so willkommen. Seine Welt war in den letzten Jahren sehr geschrumpft. Jetzt würde sie sich wieder ausdehnen, und das auf eine Weise, die er sich kaum hatte vorstellen können.

»Nun gut«, sagte er leise, als wollte er die Angelegenheit auf sich beruhen lassen.

Er wusste, was zu tun war. Er musste nach Arborlon gehen und mit Allardon Elessedil sprechen. Den Elfenkönig konnte er vielleicht von der Notwendigkeit überzeugen, mit ihm zusammenzuarbeiten, wenn sie das Geheimnis der Karte lüften wollten. Er musste ihn überreden, eine Expedition auszurüsten, die auf die Suche nach der Magie ging, welche in der Karte erwähnt wurde, und Walker sollte die Leitung übernehmen. Außerdem musste er einen Weg finden, wie er den Elfenkönig zu seinem Verbündeten machte, ohne ihm seine wirklichen Absichten zu verraten.

Er durfte nur gerade so viel wie notwendig von seinem Wissen preisgeben und keinesfalls mehr. Vorsicht war geboten.

Mit einem Blinzeln verscheuchte er das Misstrauen. Er war Walker, der Letzte der Druiden, die letzte Hoffnung für die höchsten Ideale, für die sein Orden bei seiner Gründung so vehement eingetreten war. Wenn die Vier Länder in Frieden vereinigt werden sollten, musste die Magie von einem Druidenrat kontrolliert werden, der nicht einer einzigen Regierung oder einem Volk verantwortlich war, sondern allen. Nur er konnte das vollbringen. Nur er kannte den Weg dorthin.

Er bückte sich zu Ondit hinunter und legte dem Kater sanft die Hand auf den breiten Kopf. »Du musst hier bleiben, alter Freund«, flüsterte er. »Du hältst Wache, bis ich zurückkehre.«

Dann richtete er sich auf und reckte sich. Hunter Predd schlief in einem abgedunkelten Zimmer und würde vorerst noch nicht aufwachen. So blieb ihm vor ihrem Aufbruch Zeit für ein Stündchen Schlaf. Das würde genügen müssen.

Während die Moorkatze hinter ihm herlief und im neuen Licht wie eine Fata Morgana auftauchte und wieder verschwand, verließ er seinen Aussichtspunkt und stieg die Treppe hinunter in den Keep.

Vier

Redden Alt Mers abgetragenes schwarzes Leder knarzte leise, als er durch das Kriegslager der Föderation zum Flugplatz schritt. Viele drehten den Kopf nach ihm um. Manche zog die rote Mähne an, die wie feurige Fäden über seine Schultern wallte. Andere beeindruckte seine geschmeidige, lockere und selbstsichere Haltung, die eines Mannes, der über Kraft und Behändigkeit verfügte.

Für die meisten war er eine Legende. Achtundsiebzig bestätigte Abschüsse bei hundertzweiundneunzig Einsätzen, alle mit dem gleichen Luftschiff geflogen, alle ohne ernsthaften Zwischenfall beendet.

Man hatte Glück, wenn man mit Redden Alt Mer flog, darauf schworen die alten Matrosen. An einem Ort, wo ein Flieger schätzungsweise sechs Monate überlebte, hatte Alt Mer es auf drei Jahre gebracht und dabei kaum einen Kratzer abbekommen. Gewiss, er hatte das richtige Schiff. Doch es bedurfte mehr, um über der Front am Leben zu bleiben. Geschick, Mut und Erfahrung waren notwendig – und natürlich mehr als nur ein bisschen Glück. Der Kapitän besaß all dies im Übermaß. Fast sein ganzes Leben hatte er in der Luft verbracht, war mit sieben Schiffsjunge geworden, Erster Offizier mit fünfzehn, Kapitän mit zwanzig. Wenn der Wind des Glücks drehte, sagten die alten Matrosen, wusste Redden Alt Mer am besten, wie man darauf segelte.

Der Mann aus dem Volk der Fahrenden dachte darüber nicht nach. Es brachte Unglück, im Krieg über das Glück nachzudenken. Und wirkliches Pech war die Folge, wenn man darüber grübelte, warum man anders als die anderen war. Eine Ausnahme von der Regel zu sein war schön und gut, doch wer wollte schon die Gründe erfahren, warum man selbst noch lebte und die anderen tot waren. Das war klarem Verstand nicht gerade förderlich.

Während er durch das Lager ging, scherzte er mit einigen, die er kannte, winkte anderen zu. Er wusste, was sie von ihm hielten, und er überspielte es, wie es ein alter Freund getan hätte. Es tat ihm schließlich nicht weh. In einem Krieg konnte man gar nicht genug Freunde haben.

Drei Jahre steckte er jetzt in diesem, und zwei davon saßen sie auf dem breiten Rücken der prekkendorranischen Anhöhe fest, während sich die Bodentruppen der Föderation und der Freien Tag für Tag gegenseitig die Köpfe blutig schlugen. Er war ein Fahrender, der aus dem Seehafen March Brume im Südwesten der Blauen Spalte stammte, und er hatte bereits zahlreiche kriegerische Auseinandersetzungen mitgemacht, ehe er sich hier gemeldet hatte. Ohne Übertreibung durfte er behaupten, dass er sein Leben auf Kriegsschiffen verbracht hatte. Er wäre sogar fast auf einem geboren worden, aber sein Vater, selbst ein Kapitän, hatte es gerade noch geschafft, mit seiner Mutter einen Hafen zu erreichen, ehe die Wehen einsetzten. Doch von dem Zeitpunkt an, als er Schiffsjunge geworden war, hatte er in der Luft gelebt. Er konnte nicht erklären, was ihm daran so gut gefiel; es war schlicht und einfach so. Es fühlte sich gut an zu fliegen, als würde ein Netz von Zwängen und Fesseln gekappt und er plötzlich wirkliche Freiheit genießen. Wenn er auf dem Boden war, dachte er immer nur daran, in die Luft zurückzukehren. War er in der Luft, dachte er an nichts anderes.

»Hey, Käpt'n!« Ein Fußsoldat, der den Arm in einer Schlinge trug und dessen eine Gesichtshälfte verbunden war, humpelte auf ihn zu. »Puste mir ein bisschen von deinem Glück herüber!«

Redden Alt Mer grinste und blies in seine Richtung. Der Soldat lachte und winkte mit dem gesunden Arm. Der Fahrende ging weiter, schnupperte an der Luft, schmeckte sie und vermisste währenddessen das Meer. Den größten Teil seiner Zeit in der Luft hatte er im Westen über der Blauen Spalte verbracht. Wie die meisten Fahrenden war er ein Söldner, trat in die Dienste, die ihm die höchsten Geldsummen einbrachten, und schwor jenen Treue, die ihn dafür bezahlten. Im Augenblick bot die Föderation den besten Sold an, und daher kämpfte er für sie. Aber langsam wurde er unruhig; ihm stand der Sinn nach Veränderung und etwas Neuem. Der Krieg mit den Freien dauerte bereits zehn Jahre an. Um es offen zu sagen, sein Krieg war das nicht, und seiner Meinung nach ergab er auch nicht viel Sinn. Geld konnte einen Mann nur zum Mitmachen bewegen, wenn er nicht auf sein Herz hörte.

Außerdem, gleichgültig, wo man war, früher oder später ging das Glück zur Neige. Besser war man bereits an einem anderen Ort, wenn das geschah.

Zwischen dem Durcheinander von Zelten und Lagerfeuern trat er hinaus auf den Flugplatz. Die Kriegsschiffe waren an ihren Plätzen festgebunden und schwebten knapp über dem Boden; die leichten Segel an ihren Zwillingsmästen waren der Sonne zugeneigt. Die meisten hatte die Föderation gebaut, was man deutlich sah. Große, hässliche, sperrige Rohlinge, die mit Metall bewehrt und mit den Farben und Insignien ihrer Regimenter bemalt waren. Sie lümmelten im Himmel herum wie verirrte Kletterpflanzen. Beim Transport von

Truppen und Rammen leisteten sie hervorragende Dienste. Doch wenn man mit ihnen in der Schlacht rasch und leicht kreuzen wollte, blieb einiges zu wünschen übrig. Ihre Lebenserwartung an der Front entsprach der ihrer Kapitäne, und die war nicht besonders hoch.

Er ging weiter und würdigte sie kaum eines Blickes. Gescherzt, wie zwischen ihm und den Fußsoldaten, wurde hier nicht. Die Offiziere und Mannschaften der Föderation verachteten ihn. Fahrende waren Söldner, keine Karrieresoldaten. Fahrenden galt die Sache der Föderation oder das Leben der Männer, die für sie ausgehoben worden waren, nichts. Das Schlimmste allerdings war das Wissen, dass die Offiziere und Mannschaften der Fahrenden so viel besser waren. In der Luft half der Glauben an etwas wenig, einen am Leben zu erhalten.

Einige spöttelnde Bemerkungen wurden ihm von einem metallgerüsteten Rumpf hinterhergerufen, doch er ignorierte sie. Niemand würde es wagen, ihm solche Kommentare ins Gesicht zu schleudern. Nicht im Augenblick jedenfalls. Nicht, seit der Letzte, der es gewagt hatte, durch seine Hand gestorben war.

Die schlankeren, schnittigeren Luftschiffe der Fahrenden kamen nun in Sicht, während er sich dem hinteren Ende des Feldes näherte. Die *Schwarze Moclips* stand ganz vorn, und der gewienerte Rumpf aus Holz und Metall glänzte in der Sonne. Es war das beste Schiff, das er je geflogen hatte, schnell und leicht mit Ambientlicht-Segeln und Strahlungssammler zu steuern. Seine Länge betrug gute fünfunddreißig Meter, und es ähnelte einem großen schwarzen Rochen. Die niedrige flache Kampfkanzel befand sich mittschiffs auf einer Deckschicht, die von Querbalken gestützt und von zwei Pontons geschützt wurde, die vorn und hinten in Rammen ausliefen. Zwei Reihen von Diapsonkristallen verwandelten das Licht, das von den Kollektorsegeln aufgefangen wurde, in Bewegungsenergie, welche das Schiff antrieb. Die Brücke befand sich am Heck, wo die Pilotenkanzel in der Mitte angebracht war; die Instrumente waren sorgsam vor Schaden geschützt. Drei Masten hielten die Ambientlicht-Segel, eins am Bug, eins am Heck und eins mittschiffs. Die Segel selbst waren eigentümlich geformt, breit und straff am unteren Ende, wo sie am Mast befestigt waren, doch geschwungen, wo die Spieren sie hoch zu einem spitzen Dreieck zogen. Diese Machart sorgte beim Kreuzen für minimales Erschlaffen. In der Luft waren Geschwindigkeit und Kraft entscheidend, und beides musste innerhalb von Sekunden verfügbar sein.

Furl Hawken rannte vom Schiff aus auf ihn zu; der lange blonde Bart schwankte von einer Seite zur anderen. »Wir sind zum Abheben bereit«, rief er und wurde langsamer, als er Alt Mer erreichte und neben ihm herging. »Einen guten Tag haben wir uns ausgesucht, nicht wahr?«

»Wir haben einen ruhigen Segeltörn vor uns.« Redden Alt Mer legte dem Zweiten Offizier die Hand auf die breite Schulter. »Irgendein Zeichen von Kleine Rote?«

Furl Hawken bewegte den Mund, als würde er kauen, und senkte den Blick. »Liegt krank im Bett, Käpt'n. Hat wohl die Grippe. Du weißt, wie sie ist. Wenn sie könnte, würde sie kommen.«

»Jedenfalls weiß ich, dass du der schlechteste Lügner in hundert Meilen Umkreis bist. Sie hängt bestimmt in einer Schenke herum oder treibt Schlimmeres.«

Der große Mann wirkte verletzt. »Nun, das mag sein, aber du solltest es für den Augenblick auf sich beruhen lassen, denn wir haben ein dringlicheres Problem.« Er schüttelte den Kopf. »Wie wir es nicht sehr oft in diesen Zeiten haben. Denn nicht jedes Oink kommt aus dem gleichen Schweinestall.«

»Ach, unsere Freunde vom Föderationskommando?«

»Ein Kommandant ist für den Flug mit zwei seiner Lakaien an Bord gekommen. Zu Zwecken der Beobachtung. Erkundung. Ein Tag im Himmel. Mann! Ich habe nur genickt und wie das Weib eines Seemanns gegrinst, das dem werten Gemahl gerade das Versprechen abnimmt, nie wieder zur See zu fahren.«

Redden Alt Mer nickte abwesend. »So geht man mit diesen Leuten am besten um, Hawk.«

Inzwischen hatten sie die *Schwarze Moclips* erreicht, und er schwang sich auf die Strickleiter und kletterte zur Brücke hinauf, wo der Kommandant der Föderation und seine Adjutanten warteten.

»Kommandant«, grüßte er freundlich. »Willkommen an Bord.«

»Meine Glückwünsche, Kapitän Alt Mer«, erwiderte der andere. Er stellte sich nicht mit seinem Namen vor, und das verriet dem Fahrenden, mit welchen Augen er ihre Beziehung betrachtete. Der dünne Mann hatte ein blassgelbes, verkniffenes Gesicht. Wenn er nur einen einzigen Tag in den letzten zwölf Monaten an der Front verbracht hatte, sollte es den Fahrenden überraschen. »Sind wir bereit, loszufahren?«

»Bereit zum Abheben, Kommandant.«

»Euer Erster Offizier?«

»Indisponiert.« Oder zumindest sollte sie es sich wünschen, wenn er sie in die Finger bekam. »Mr. Hawken und ich machen das schon. Meine Herren, sind Sie zum ersten Mal in der Luft?«

Der Blick, den die Adjutanten wechselten, war Antwort genug.

»Zum ersten Mal«, bestätigte der Kommandant und zuckte abschätzig mit den Achseln. »Eure Aufgabe ist es, uns möglichst viel zu zeigen. Unsere liegt darin, möglichst viel zu lernen.«

»Lass sie aufsteigen, Hawk.« Er winkte seinen Zweiten Offizier vor, damit er das Setzen der Segel beaufsichtigte. »Es wird heute durchaus ein wenig aufregend werden, Kommandant«, warnte er. »Möglicherweise wird es sogar ein bisschen rau.«

Der Kommandant lächelte von oben herab. »Wir sind Soldaten, Kapitän. Das werden wir schon überstehen.«

Geschwollener Schafskopf, dachte Alt Mer. Du wirst das überstehen, wenn ich es will, und ansonsten nicht.

Er beobachtete seine Mannschaft, alles Fahrende, die jetzt am Mast hinaufkletterten, die Segel setzten und die Halterungen der Strahlungssammler an Ort und Stelle befestigten. Luftschiffe waren wunderbare Gefährte, sie jedoch zu lenken erforderte eine Denkart, an der es den meisten Soldaten der Föderation mangelte. Die Südländer waren gut, wenn sie auf festem Boden ihre Infanterietaktiken ausführten. Ihnen gefiel es, Leichen wie Sandsäcke in Breschen zu werfen und den Feind mit reiner zahlenmäßiger Übermacht zu zermalmen. Aber brachte man sie in die Luft, wussten sie nicht, was als Nächstes zu tun war. Ihre Intuition löste sich in Wohlgefallen auf. Alles, was sie über Kriegskunst wussten, vertrocknete zu Staub und wurde vom ersten Windstoß, der die Segel füllte, verweht.

Fahrende auf der anderen Seite waren für dieses Leben geboren. Es lag ihnen im Blut, und seit tausend Jahren lebten sie auf diese Weise. Fahrende konnten mit Reglementierungen und Drill wenig anfangen. Sie waren eher für die Freiheit geschaffen. Und die verspürten sie, wenn sie ein großes Luftschiff flogen. Von Natur aus und aus Tradition Zugvögel, wanderten sie stets von hier nach dort. An einem Ort zu bleiben war unvorstellbar für sie. Die Föderation versuchte noch immer, den Grund dafür herauszufinden, und sie schickten ständig Beobachter zu den Mannschaften der Fahrenden, die erkunden sollten, was deren Kundschafter wussten und die Eigenen nicht.

Das Ungemach daran bestand in der Tatsache, dass man dies nicht einfach so weitergeben konnte. Die Grenzländer, die für die Freien kämpften, waren auch nicht besser dran. Oder die Zwerge. Nur die Elfen schienen es gemeistert zu haben, auf den Winden mit gleicher Leichtigkeit zu fliegen wie die Fahrenden.

Eines Tages würde sich das ändern. In den Vier Ländern waren Luftschiffe noch immer eine Neuheit. Das Erste war erst vor kaum zwei Dutzend Jahren gebaut und zum ersten Mal geflogen worden. In Diensten als Kampfschiffe standen sie noch keine fünf Jahre. Lediglich eine Hand voll Schiffsbauern verstand die Mechanik der Ambientlicht-Segel, Strahlungssammler und Diapsonkristalle gut genug, um Gefährte zu bauen, die damit angetrieben werden konnten. Licht als Energiequelle zu benutzen war ein alter Traum, der jedoch nur gelegentlich verwirklicht wurde, wie eben hier im Falle der Luftschiffe. Dabei war es eine Sache, sie zu bauen, und eine ganze andere, sie zum Fliegen zu bringen. Geschick, Intelligenz und Instinkt gehörten dazu, sie in der Luft zu halten. Viele Schiffe gingen auch durch schlechte Navigation verloren, durch Verlust der Kontrolle und Panik bei Schäden während der Schlacht.

Fahrende kreuzten mit ihren Handels- und Piratenschiffen schon länger als alle anderen auf den Meeren, und der Sprung zu den Luftschiffen war daher einfach für sie. Als Söldner waren sie für die Föderation von unschätzbarem Wert. Aber die Südländer glaubten trotzdem weiterhin, dass sie einfach lernen könnten, weshalb den Fahrenden das Fliegen so leicht fiel, damit sie deren Kapitäne und Besatzungen durch eigene Leute ersetzen konnten.

Daher stellten seine Passagiere allenfalls drei weitere Personen in einer langen Reihe von Hoffnungsträgern dar.

Er seufzte resigniert. Daran konnte er nichts ändern. Hawken würde für die drei einen großen Wirbel veranstalten. Er selbst nahm seinen Platz in der Pilotenkanzel ein und betrachtete seine Männer, während die das Vertäuen der Sammler und der Segel beendeten. Weitere Schiffe machten sich ebenfalls zum Abheben bereit, und ihre Besatzungen erledigten ähnliche Aufgaben bei der Vorbereitung. Auf dem Flugplatz hielten sich die Bodenmannschaften bereit, die Halteleinen zu kappen.

Die vertraute alte Aufregung sang in seinem Blut, und plötzlich konnte er schärfer sehen.

»Deck die Kristalle ab, Hawk!«, rief er seinem Zweiten Offizier zu.

Furl Hawken gab den Befehl an die Männer weiter, die an Bug und Heck postiert waren, wo die Kristalle mit dem Licht aus den Strahlungssammlern versorgt wurden. Durch das Abdecken wurde die Mechanik in Gang gesetzt, welche es Alt Mer überhaupt erlaubte, das Schiff zu fliegen. Segeltuchabdeckungen und Lünsen, die die Metallhauben sicherten, welche wiederum die Kristalle schützten, wurden abgenommen, und die Kontrolle über das Schiff ging an die Pilotenkanzel.

Alt Mer überprüfte die Hebel und Züge, mit denen die Segel gestellt wurden, in kleinen Schritten. Die *Schwarze Moclips* stemmte sich in die Leinen und schwang leicht hin und her, während Licht in Bewegungsenergie verwandelt wurde.

»Leinen los!«, befahl er.

Die Bodenmannschaft löste die Taue, und die *Schwarze Moclips* hob sanft und mit leichtem Aufwärtsschwung ab. Alt Mer drehte das Steuerrad, mit dem die Ruder gelenkt wurden, und gab die Energie von den Strahlungssammlern in gleichmäßigen kleinen Schritten an die Kristalle weiter. Hinter sich hörte er, dass die Offiziere der Föderation an Stellen eilten, an denen sie sich festhalten konnten.

»Sicherheitsleinen und Gurte befinden sich an den Stagen«, rief er ihnen zu. »Bindet sie euch um die Hüfte, denn schließlich könnte es ein wenig unruhig werden.«

Er gab sich nicht die Mühe nachzuschauen, ob sie seinen Ratschlag beherzigten. Falls nicht, riskierten sie schließlich ihre eigene Haut.

Augenblicke später schwebten sie hinaus über die flache prekkendorranische Anhöhe, mehrere hundert Fuß in der Luft. Die *Schwarze Moclips* flog vorneweg, und weitere sieben Schiffe folgten ihr in lockerer Formation. Luftschiffe konnten leicht tausend Fuß Höhe erreichen, doch Alt Mer bevorzugte die Bereiche, wo die Winde nicht so kräftig wehten. Er betrachtete die zwei Rammen, die zu beiden Seiten des Decks durch die Luft schnitten, zwei schwarze Hörner, die sich von der grünen Erde abhoben. Niedrig und flach wirkte die *Schwarze Moclips*, wie ein Falke auf der Jagd, der geräuschlos am mittäglichen Himmel seine Kreise zog.

Wind füllte die Segel, und die Fahrenden der Mannschaft beeilten sich, den Vorteil der zusätzlichen Energie auszunutzen. Alt Mer verhüllte die Diapsonkristalle, verlangsamte den Energiezufluss durch die Strahlungssammler und überließ das Schiff ganz dem Wind. Furl Hawken gab Anweisungen und ermahnte alle mit seiner lauten, dröhnenden Stimme, sich vorsichtig von einer Position zur anderen zu bewegen. Da die Mannschaft auf dem fliegenden Schiff auf Bewegungsfreiheit angewiesen war, trug sie keine Sicherheitsleinen. Das würde sich allerdings ändern, wenn der Kampf begann.

Alt Mer riskierte rasch einen Blick über die Schulter zu den Offizieren der Föderation – riskierte ihn tatsächlich, denn wenn er bei ihrem Anblick zu lachen anfing, würde er sich Ärger einhandeln, den er nicht gebrauchen konnte. Es war allerdings nicht so schlimm, wie es hätte sein können. Der Kommandant und seine Adjutanten hielten die Reling so fest, dass die Fingerknöchel weiß waren, aber bislang war keinem übel geworden, und sie verbargen auch die Augen nicht hinter den Händen. Der Fahrende winkte ihnen ermutigend zu und verdrängte sie aus seinen Gedanken.

Als die *Schwarze Moclips* sich ein gutes Stück vom Lager der Föderation entfernt hatte und sich der Front der Freien näherte, gab er den Befehl, die Waffen des Schiffes zu entsichern. Davon trug die *Schwarze Moclips* mehrere an Bord, die alle an Mittschiff sorgsam gestapelt und verstaut waren. Pfeil und Bogen, Schleudern und Speere wurden überwiegend für Angriffe aus der Entfernung eingesetzt. Lanzen und Schwerter wurden im Nahkampf verwendet. Lange Piken mit gezackten Klingen und Enterhaken, die an Wurfseilen befestigt waren, kamen vor allem zum Einsatz, um ein feindliches Schiff heranzuziehen und die Segel zu zerreißen oder die Strahlungssammler zu beschädigen.

Die zwei Dutzend Soldaten der Föderation, die unter Deck Platz gefunden hatten, stiegen nun die Kajütstreppe in der Mitte des Schiffs hinauf, um sich zu bewaffnen. Einige nahmen ihren Posten hinter einem Schild bei den Segeln ein. Andere bemannten die Katapulte, von denen Eimer mit Metallscherben und brennendes Pech abgeschossen wurden. Alle hatten bereits ungezählte Luftkämpfe an Bord der *Schwarzen Moclips* überlebt. Alt Mer und seine Mannschaft von Fahrenden überließen ihnen das Kämpfen. Seine Verantwortung bestand darin, sich um das Schiff zu kümmern. Die gesamte Anstrengung der Mannschaft war notwendig, um es in der Hitze der Schlacht ruhig zu halten und es so zu postieren, dass die Soldaten ihre Waffen zum Einsatz bringen konnten und dass man, falls notwendig, die Ramme verwenden konnte. Von der Mannschaft wurde die Teilnahme am Kampf nicht erwartet, solange das Schiff nicht Gefahr lief, geentert zu werden.

Der Kapitän der Fahrenden beobachtete die Soldaten, die sich eifrig an ihre Posten begaben, und einen Augenblick überwältigte ihn die Energie, die Männer aufbringen konnten, um sich gegenseitig zu töten.

Furl Hawken tauchte plötzlich neben ihm auf. »Alles bereit, Käpt'n. Mannschaft, Waffen und Schiff.« Er verdrehte die Augen zur Seite. »Wie geht es unseren unerschrockenen Passagieren?«

Alt Mer schaute sich erneut kurz über die Schulter um. Ein Adjutant hatte sich vom Sicherheitsgurt befreit und den Kopf in einem Eimer vergraben. Der andere war bleich wie ein Bettlaken und zwang sich verbissen, nicht hinüber zu seinem Kameraden zu sehen. Der verkniffene Kommandant kritzelte etwas in sein Notizbuch, und den schwarz gekleideten Körper hatte er in eine Ecke des Decks gezwängt.

»Sie würden es bevorzugen, wenn wir am Boden geblieben wären, glaube ich«, erwiderte er milde.

»Ich frage mich, ob ihr Bericht auch die Vorgänge in ihren Eingeweiden enthalten wird.« Hawken kicherte und ging davon.

Die *Schwarze Moclips* flog über die Linien der Freien hinweg, während die anderen sieben nun zu beiden Seiten ausschwärmten. Zwei waren Schiffe mit Fahrenden, die übrigen fünf gehörten der Föderation. Er kannte die Kapitäne. Die beiden Fahrenden und einer von der Föderation waren verlässlich und geschickt. Der Rest blieb genau so lange in der Luft, bis ihnen der eine oder andere Fehler unterlief. Redden Alt Mer versuchte deshalb, ihnen unbedingt aus dem Weg zu gehen.

Vor ihnen stiegen die Luftschiffe der Freien auf, um sich ihnen entgegenzustellen. Der Kapitän holte sein Handfernrohr hervor und studierte die Beschriftungen. Zehn, elf, zwölf – er zählte sie, während sie abhoben. Fünf gehörten Elfen, die anderen Freien. Dieses Verhältnis gefiel ihm nicht allzu gut. In erster Linie sollte er sich mit jedem feindlichen Luftschiff, dem er begegnete, anlegen und es zerstören, ohne dass sein eigenes Schaden nahm. Als könnte das etwas am Ausgang des Krieges ändern. Er verscheuchte den Gedanken. Also würde er sich die Elfenschiffe vorknöpfen – sollten sich die anderen doch selbst versenken.

»Sicherheitsleinen anlegen, meine Herren!«, rief er den Passagieren von der Föderation zu und packte das Steuer fester. Die feindlichen Schiffe kamen näher.

Bei zweihundert Meter Abstand und einer Geschwindigkeit von zwanzig Knoten lenkte er die *Schwarze Moclips* seitlich aus der Formation und tauchte steil nach unten ab. Er zog das Schiff wieder gerade, erhöhte die Geschwindigkeit und brachte das Luftschiff dazu, unter einem der Freien aufzusteigen. Während er auf dessen Leeseite segelte, warfen seine Katapulte scharfe Metallteile und Feuerbälle in die entblößten Rümpfe und Segel. Ein Schiff ging in Flammen auf und begann zu sinken. Ein Zweites reagierte auf den Angriff und feuerte die eigenen Katapulte ab. Metallstücke pfiffen über Alt Mers Kopf hinweg, derweil er das Steuerrad schnell drehte, um aus der Schusslinie zu gelangen.

Sekunden später waren alle Luftschiffe in die Schlacht verwickelt, und auf dem Boden hielten die Männer der einander gegenüberstehenden Armeen den Atem an und schauten hinauf zum Himmel. Hin und her glitten die kämpfenden Schiffe, stiegen abrupt auf oder gingen in plötzlichen Manövern tiefer. Feuerbälle zogen hellrote Streifen durch den blauen Himmel, Metallstücke und Pfeile zischten durch die Luft. Zwei Schiffe der Föderation kollidierten und stürzten ab, nachdem die Steuer ausgefallen und die Hauben verloren waren und die Kristalle so viel Energie lieferten, dass sie mitten in der Luft explodierten. Ein weiteres Schiff wich einem Kampf auf eine Art und Weise aus, die jeglicher Logik entbehrte und eher an Panik denken ließ. Ein Schiff der Freien schob sich in eins der Fahrenden, die Metallplatten kreischten, die Strahlungssammler krachten laut und brachten beide zum Schlingern, bei dem sie sich wieder voneinander entfernten. Überall schrien Männer vor Angst, Wut und Schmerz.

Die *Schwarze Moclips* stieg inmitten des Mahlstroms auf und brach wie ein Seeungeheuer aus der Tiefe hervor. Redden Alt Mer riss das Schiff zur Seite und sah sich einem Elfenschiff gegenüber, welches sich in Position brachte. Feuerbälle schossen vor Alt Mer durch die Luft, aber er glitt darunter hinweg und legte das Schiff schräg, um die eigenen Waffen zum Einsatz zu bringen. Das Elfenschiff drehte und steuerte auf ihn zu. Kein Feigling, dieser Kapitän, dachte der Fahrende voller Bewunderung. Er wich nach links aus und stieg steil hoch, wobei die geschwungene Spitze seiner rechten Ramme dem Elfenschiff den Hauptmast abriss und damit das Hauptsegel außer Gefecht setzte. Das Elfenschiff schlingerte und gab sich alle Mühe, die Höhe zu halten.

Die *Schwarze Moclips* schwang sofort herum und machte sich zum Angriff bereit. »Ganz ruhig jetzt!«, rief Alt Mer. Das rote Haar wehte hinter ihm im Wind wie ein blutrotes Banner.

Aber von der rechten Seite kam ein zweites Schiff in Sicht, eins von der Föderation, dessen Brücke zerstört war, dessen Kapitän nirgends zu entdecken war und dessen Mannschaft verzweifelt versuchte, die Kontrolle wieder zu erlangen. Flammen loderten mittschiffs auf Deck und züngelten am Hauptmast hinauf. Alt Mer hielt die *Schwarze Moclips* ruhig, doch plötzlich drehte das Schiff der Föderation und schwenkte nach rechts auf Kollisionskurs. Der Kapitän der Fahrenden zog am Steuer, öffnete die Hauben und ließ die Kristalle arbeiten.

Die *Schwarze Moclips* stieg auf und entging dem Schiff der Föderation um Haaresbreite, das unter ihr passierte. Pontons kratzten über die Mastspitze, Segel zerrissen.

Alt Mer fluchte vor sich hin. War es nicht schon schlimm genug, dass er sich um die feindlichen Schiffe Sorgen machen musste? Da er erwartete, das Elfenschiff teilweise außer Kraft gesetzt zu haben, drehte er die *Schwarze Moclips,* doch dort fand er stattdessen das Föderationsschiff vor, dem er gerade ausgewichen war. Er riss die Kontrollen der Hauben zurück, versuchte zu steigen und abermals auszuweichen. Doch das Föderationsschiff schlingerte immer noch rechts und links. Die Mannschaft ohne Kapitän versuchte verzweifelt, die Strahlungssammler zu verankern, ehe die Kristalle das Schiff umkippten. Die Segel standen in Flammen, Kristalle explodierten, und die Mannschaft schrie vor Angst.

Alt Mer schaffte das Ausweichmanöver nicht mehr rechtzeitig. »Achtung!«, brüllte er jenen zu, die ihm vielleicht zuhörten. »Achtung, Achtung, Achtung!«

Die *Schwarze Moclips* traf das Föderationsschiff unterhalb ihres Focksegels, erbebte und schwankte fürchterlich, fing den Stoß jedoch durch ihre Rammen ab. Trotzdem warf die Wucht des Aufpralls Alt Mer gegen das Steuer. Kurz erhaschte er einen Blick auf den Kommandanten der Föderation und seine Adjutanten hinter sich, die seitlich über das Deck flogen. Das Gurtzeug hielt den Kommandanten und einen der Adjutanten fest, doch die Sicherheitsleine des Zweiten riss, und der unglückliche Mann kugelte über Deck, ging über die Reling und war verschwunden. Alt Mer konnte noch seinen Schrei hören.

»Kapitän!«, heulte der Kommandant vor Wut und Schrecken.

Zeit zum Antworten blieb keine. Zwei weitere Elfenschiffe näherten sich rasch und spürten, dass sich ihnen die Chance bot, ihren ärgsten Widersacher zu vernichten. Alt Mer rief, man möge sich auf Ausweichmanöver gefasst machen, und lenkte das Schiff steil nach unten, wobei der Kommandant und sein verbliebener Adjutant erneut über das Deck rutschten, diesmal in die andere Richtung. Ein Elfenschiff folgte ihnen, und daher ging er unter das Zweite. Die *Schwarze Moclips* drehte und wendete sanft unter seinem festen Griff am Steuer.

Der Kommandant brüllte ihm von hinten immer noch etwas zu, aber Alt Mer beachtete ihn nicht. Er lenkte die *Schwarze Moclips* nach oben, während seine Katapulte auf die Elfenschiffe schossen, die das Feuer erwiderten. Metallstücke zerfetzten bei einem das Focksegel, und einer der glücklichsten Schüsse, die Alt Mer je gesehen hatte, zerstörte das Steuerruder. Das Schiff schwankte und versuchte mühselig, wieder Kraft zu gewinnen. Alt Mer ignorierte es und wandte sich dem anderen zu. Metallstücke trafen die Pontons und das Oberdeck der *Schwarze Moclips* und stießen sie zur Seite. Aber ihr Panzer hielt, und Alt Mer warf sich nun geradewegs auf den Feind.

»Bereit zum Angriff!«, rief er nach unten und schob die Kontrollen nach vorn, um die Kraft auf die Kristalle zu leiten.

Die *Schwarze Moclips* stieß gegen den Hauptmast des Elfenschiffes. Der Mast brach, als hätte ihn eine Sturmböe gepackt, fiel auf das Deck und riss Segel und Strahlungssammler mit sich. Mehr als eines Drittels der Energie seines Schiffes beraubt, war der Kapitän gezwungen, die Kristalle zu verdecken und tiefer zu gehen. Alt Mer hielt die *Schwarze Moclips* auf Abstand und beobachtete, wie die beiden Elfenschiffe schlingernd nach unten gingen und dabei versuchten, sich aufrecht zu halten, während die Mannschaften wild herumkrabbelten und die Sammler neu ausrichteten. Um sie herum gingen jetzt alle Schiffe der Freien nach unten und gaben die Jagd auf. Vier Schiffe der Föderation waren abgestürzt und brannten auf der Ebene. Zwei derjenigen, die noch flogen, waren beschädigt, eins davon schwer. Alt Mer blickte nach unten zu den halb zerstörten Schiffen der Freien und erteilte den Befehl zum Rückzug.

Plötzlich schrie ihm der Kommandant der Föderation mit verkniffenem Gesicht etwas ins Ohr. Er hatte sich von der Sicherheitsleine befreit und war über das Deck gekrochen. Mit einer Hand hatte er die Reling der Pilotenkanzel gepackt, mit der anderen fuchtelte er wild herum. »Was glaubt Ihr eigentlich, was wir hier tun, Kapitän?«

Alt Mer hatte keine Ahnung, wovon der Mann redete, und er scherte sich nicht um seinen Ton. »Nach Hause fliegen, Kommandant. Legt Eure Sicherheitsleine wieder an.«

»Ihr lasst sie entkommen!«, fauchte sein Gegenüber. »Ihr lasst sie entkommen!«

Alt Mer blickte über die Seite der *Schwarzen Moclips* zu den Schiffen der Freien. Er zuckte mit den Achseln. »Vergesst sie. Eine Weile lang werden sie nicht mehr aufsteigen.«

»Aber irgendwann werden sie wieder unsere Luftschiffe jagen! Ich befehle Euch, sie zu zerstören, Kapitän!«

Der Fahrende schüttelte den Kopf. »An Bord dieses Schiffes habt Ihr keine Befehle zu erteilen, Kommandant. Geht zurück auf Euren Platz.«

Der Kommandant packte ihn an der Jacke. »Ich bin ein Offizier von höherem Rang, Kapitän Alt Mer, und ich erteile Euch einen Befehl.«

Redden Alt Mer hatte die Nase gestrichen voll. »Hawk!«, rief er. Sein Zweiter Offizier war augenblicklich bei ihm. »Hilf dem Kommandanten zurück in den Sicherheitsgurt. Und sorge dafür, dass er ordentlich zugeschnallt wird. Kommandant, wir reden später weiter.«

Furl Hawken löste den fast widerstandslosen Offizier von der Pilotenkanzel, schob ihn hinüber zur Heckreling und schnallte ihn in seinen Gurt, wobei er den Stift zum Öffnen entfernte. Auf dem Weg nach vorn kam er bei Alt Mer vorbei, zwinkerte und warf ihm den Stift zu. »Ich wünschte, die Kleine Rote wäre hier, um das mitzuerleben«, flüsterte er mit einem Grinsen.

Das konnte man hier und jetzt gut sagen, dachte der Fahrende finster, während seine Hände fest auf dem Steuer des Schiffes lagen, doch wenn sie landeten, würde die Geschichte ein wenig anders aussehen. Diesen Zwischenfall würde der Kommandant wohl kaum vergessen, und er bezweifelte, ob ein Untersuchungsausschuss sich gegen einen Regulären und auf die Seite eines Söldners stellen würde. Allein der Anschein von Gehorsamsverweigerung genügte, um in dieser Armee zur Verantwortung gezogen zu werden. Recht oder Unrecht zählten nicht, nicht einmal die Tatsache, dass an Bord eines Luftschiffes – wie auch an Bord jedes anderen Schiffes – der Kapitän das letzte Wort hatte. Die Föderation würde ihrem eigenen Mann den Rücken stärken, und er würde im Rang degradiert oder ganz aus den Diensten entlassen.

Mit seinen grünen Augen suchte er den Horizont ab und ließ den Blick nach Westen schweifen, wo die Berge in den blauen Himmel ragten. Das einzig Gute daran, ein Flieger zu sein, war, dass man bei Einbruch der Dunkelheit stets woanders landen konnte.

Sofort dachte er daran, mit der *Schwarzen Moclips* dorthin zu fliegen und überhaupt nicht mehr umzukehren. Aber dieses Schiff gehörte nicht ihm, und er war kein Dieb (im Augenblick wenigstens nicht), und außerdem konnte er die Kleine Rote nicht einfach zurücklassen. Das Beste war, ins Lager zu fliegen, die Sachen zu packen und bis zum Einbruch der Dunkelheit zu verschwinden.

Mit einem Mal roch er die Blaue Spalte und erinnerte sich an die Farben des Frühlings in March Brume.

Vorsichtig brachte er das Luftschiff nach unten und ließ es von der Mannschaft vertäuen, dann ging er nach hinten und befreite den Kommandanten und seinen Adjutanten. Sie sagten kein Wort, würdigten ihn nicht einmal eines Blickes. Nachdem das Gurtzeug gelöst war, eilten sie von Bord, als hätten sie sich verbrüht. Alt Mer ließ sie gehen und machte sich daran, die Schäden an der *Schwarzen Moclips* zu überprüfen, damit die notwendigen Schritte für die Reparatur eingeleitet werden konnten. Inzwischen betrachtete er das Schiff bereits wie eines, das einem anderen gehört. Er verabschiedete sich im Grunde schon von ihr.

Wie sich herausstellte, war er dabei zu langsam. Er stieg gerade die Strickleiter zum Flugplatz hinunter, als der Kommandant mit einem Trupp regulärer Soldaten der Föderation zurückkehrte.

»Kapitän Alt Mer, Ihr steht unter Arrest, weil Ihr einem ranghöheren Offizier während des Einsatzes in der Schlacht den Gehorsam verweigert habt. Eine schlimme Beleidigung. Wollen wir doch mal sehen, wer jetzt den Befehl hat, was?« Der Kommandant versuchte, bedrohlich zu lächeln, was ihm misslang, und er errötete wütend. »Bringt ihn weg!«

Furl Hawken und die Mannschaft kamen vom Schiff und hielten die Waffen bereits in der Hand, doch Redden Alt Mer gebot ihnen mit einer Geste Einhalt. Er zog seine Waffen, ging an dem Kommandanten vorbei und reichte sie dem angegrauten Anführer des Trupps, einem Mann, mit dem er schon etliche Gläser Bier getrunken hatte.

»Wir sehen uns heute Abend, Hawk«, rief er über die Schulter seinem Zweiten Offizier zu.

Plötzlich blieb er stehen und betrachtete die *Schwarze Moclips.* Er würde das Schiff niemals wieder sehen, das wusste er. Es war das

Beste, auf dem er je das Kommando gehabt hatte, und vielleicht würde er niemals ein Besseres bekommen. Hoffentlich würde sich der neue Kapitän als würdig erweisen, was er allerdings bezweifelte. Wie auch immer, er würde es mehr vermissen, als er sich vorstellen wollte.

»Meine Dame«, flüsterte er, »es war großartig.«

Damit blickte er an dem Kommandanten vorbei zum Anführer des Trupps und zuckte gleichgültig mit den Schultern. »Geht voraus, Hauptmann. Ich vertraue mich Euren Händen an.«

Was auch immer dieser Mann über die ganze Angelegenheit dachte, er war klug genug, seine Gedanken für sich zu behalten.

Fünf

Der stämmige Frontsergeant mit dem flachen Gesicht trank bereits seit über einer Stunde im Hinterzimmer des Schmieds der Kompanie, ehe er den Mut aufbrachte, zu ihr hinüberzugehen. Sie saß hinten allein an einem Tisch und hüllte sich in Schatten und jene Art einstudiertes Desinteresse an ihrer Umgebung, die deutlich machte, dass sie nicht angesprochen werden wollte. Der Sergeant hätte das fünf Krüge Bier früher vermutlich noch begriffen, als sein Urteilsvermögen noch ausreichte, ihn vor solch dummen Fehlern zu warnen. Aber seine Wut darüber, wie sie ihn in der Nacht zuvor gedemütigt hatte, vermischte sich mit einem Übermut, der mit der Menge des einverleibten Biers zunahm und der schließlich den Sieg davontrug.

Er baute sich breit vor ihr auf, denn er war ein großer Kerl, und seine Größe sollte bedrohlich wirken.

»Wir beide haben noch ein Hühnchen zu rupfen, Kleine Rote«, verkündete er laut.

Köpfe drehten sich um. Einige Soldaten erhoben sich und stahlen sich leise zur Tür. Die Frau des Schmieds, die tagsüber die Schenke für ihren Mann führte, sah mit gefurchter Stirn herüber. Draußen in der Gluthitze der Schmiede klirrte Eisen, und heißes Metall, das im Wasser abgekühlt wurde, zischte und dampfte.

Rue Meridian schaute nicht auf. Ihr Blick ging starr ins Leere, die Hände umschlossen locker den Bierkrug. Sie war hier, weil sie allein sein wollte. Eigentlich hätte sie fliegen sollen, aber ihr Herz gehörte der Sache nicht mehr, und ihre Gedanken schweiften ständig zur Küste und nach Hause.

»Hörst du nicht?«, fauchte er.

Sie konnte den Frontsergeant riechen, seinen ungewaschenen Körper und das fettige Haar, die schmutzige Uniform und den schlechten Atem. Sie fragte sich, ob er überhaupt bemerkt hatte, wie widerlich er geworden war, seit er im Feld lebte.

»Du hältst dich wohl für etwas Besonderes, was?«, wagte er sich weiter vor, vielleicht, weil sie schwieg. Er schob sich näher heran. »Sieh mich an, wenn ich mit dir rede, Fahrende!«

Sie seufzte. »Reicht es nicht, dass ich dir zuhöre und dich rieche? Muss ich dich auch noch anschauen? Das erscheint mir doch ein wenig viel verlangt.«

Einen Augenblick starrte er sie leicht verwirrt an. Dann stieß er den Krug zwischen ihren Händen zur Seite und zog sein Kurzschwert. »Du hast mich betrogen, Kleine Rote! Das kannst du mit anderen machen, aber nicht mit mir! Ich will mein Geld zurück!«

Sie lehnte sich langsam auf ihrem Stuhl zurück und hob den Blick. Flüchtig sah sie ihn an, dann schaute sie wieder zur Seite. »Ich habe dich nicht betrogen, Sergeant.« Sie lächelte freundlich. »Das war überhaupt nicht notwendig. Du warst so schlecht, also brauchte ich es nicht. Wenn es dir eines Tages gelingen sollte, besser zu werfen, könnte ich gezwungen sein, dich zu betrügen.«

Die Zornesröte stieg ihm erneut ins Gesicht. »Gib mir mein Geld zurück!«

Wie durch Magie erschien ein Wurfmesser in ihrer Hand. Sofort wich er zurück. »Ich habe es ausgegeben, bis auf den letzten Heller.

Abgesehen davon war es nicht besonders viel.« Sie blickte ihn abermals an. »Wo liegt dein Problem, Sergeant? Du hast gerade eine ganze Stunde am Tresen getrunken, also kannst du nicht blank sein.«

Seine Lippen bewegten sich, als habe er Schwierigkeiten, die Worte hervorzubringen. »Gib mir einfach mein Geld zurück.«

Gestern Abend hatte sie ihn in einem Messerwerfduell geschlagen, obwohl »Duell« wohl eigentlich das falsche Wort dafür war, denn er war mit Abstand der schlechteste Messerwerfer, der ihr je begegnet war. Die Niederlage hatte ihn den Stolz und den Geldbeutel gekostet, und offensichtlich war er nicht darauf eingestellt gewesen, diesen Preis zu bezahlen.

»Lass mich in Ruhe«, sagte sie müde.

»Du bist ein Nichts, Kleine Rote!«, explodierte er. »Nur eine kleine betrügerische Hexe!«

Kurz dachte sie daran, ihn umzubringen, aber sie hatte keine große Lust, sich mit den Folgen einer solchen Tat auseinander zu setzen, daher ließ sie die Idee fallen. »Willst du eine Revanche, Sergeant?«, fragte sie stattdessen. »Ein Wurf. Wenn du gewinnst, bekommst du dein Geld zurück. Siege ich, kaufst du mir einen frischen Krug Bier und lässt mich in Ruhe. Abgemacht?«

Er beäugte sie misstrauisch, als wolle er herausfinden, wo der Haken bei der Sache war. Sie wartete geduldig, sah ihm in die Augen und balancierte das Wurfmesser locker auf der Hand.

»Abgemacht«, stimmte er am Ende zu.

Sie erhob sich, und ihre dunkle Kleidung, die typisch für die Fahrenden war, fiel leicht an ihr herunter. Die helle Schärpe und den Schal hatte sie um Taille und Schulter gebunden, die Enden liefen in Seidenbändern aus, das lange rote Haar leuchtete im Lampenschein. Rue Meridian war eine schöne Frau, und nicht wenige Männer hatten sich von ihr angezogen gefühlt, als sie in die Armee der Föderation eingetreten war. Aber die Anzahl war rasch geschwunden, nachdem die ersten beiden, die mit wenig Erfolg versucht hatten, der Kleinen Roten ihre Zuneigung aufzudrängen, Wochen im Lazarett verbracht hatten, um sich von ihren Verletzungen zu erholen.

Die Männer fanden sie immer noch attraktiv, doch jetzt passten sie genauer auf, auf welche Weise sie sich ihr näherten. Denn an der Kleinen Roten war eigentlich nichts wirklich »klein«. Sie hatte breite Schultern und war groß gewachsen, schlank und gut in Form. Kleine Rote nannte man sie wegen ihres Halbbruders Redden Alt Mer, dem Großen Roten. Beide besaßen das gleiche rote Haar und die gleiche langgliedrige Gestalt, die gleichen grünen Augen, das gleiche Lächeln und explosive Temperament. Außerdem hatten sie die gleiche Mutter, nur verschiedene Väter. In ihrem wie auch in vielen anderen Clans der Fahrenden kamen und gingen die Männer, während die Frauen blieben.

Der Frontsergeant schaute sich nach einem Ziel um. Gestern Abend hatten sie einen kleinen Kreis von der Größe eines Daumennagels gewählt, der auf einen der Stützbalken gemalt war. Beide hatten abwechselnd geworfen, jeder zwei Mal. Der Sergeant hatte die Stelle zwei Mal verfehlt – sie nicht. Darüber hatte sich der Sergeant zwar beschwert, aber dennoch bezahlt, wobei ihn die Gegenwart von so vielen anderen Fahrenden und mit ihnen befreundeten Soldaten eingeschüchtert hatte. Von Betrug war jedenfalls keine Rede gewesen, geschweige denn davon, das Geld zurückzuverlangen. Anscheinend hatte er die ganze Nacht im eigenen Saft vor sich hin geköchelt.

»Dort«, sagte er, zeigte auf denselben schwarzen Kreis auf dem Balken und trat an den Strich auf dem Boden, den er gestern gezogen hatte.

»Halt mal, halt«, beschwerte sich die Frau des Schmieds augenblicklich. »Letzte Nacht hast du mir schon eine ganze Reihe Gläser zerdeppert, weil du den Balken nicht getroffen hast. Zielen kannst du kaum besser als Leute einschätzen, Blenud Trock! Heute wirst du dein Messer irgendwo anders hinwerfen!«

Der Sergeant starrte sie finster an. »Du bekommst dein Geld, wenn ich meins bekomme.«

Trock. Zum ersten Mal hörte Rue Meridian seinen Namen. »Gehen wir dort drüben hin, Sergeant«, schlug sie vor.

Sie führte ihn vom Tresen tiefer in den Raum. Das provisorische Gebäude stand hinter einem Hügel, und ein erdiger Sturzbach hatte nach dem Regen ein deutliches V an der hinteren Wand hinterlassen. Genau rechts darüber hingen Tröpfchen an einem Balken, die dann und wann auf den Boden fielen.

Sie blieb gute sechs Meter davor stehen und zog mit dem Fuß eine Linie in den Staub. Es war ganz sicher nicht der sauberste Laden, den sie je besucht hatte, aber auch nicht der schmutzigste. Diese Art von Schenken kam und ging mit den Bewegungen der Armee. Diese hatte nur deshalb so lange überlebt, weil sich die Armee seit einiger Zeit nicht mehr bewegte. Zwar waren solche Schenken eigentlich nicht erlaubt, trotzdem drückte man ein Auge zu, da die Soldaten hier draußen am Ende der Welt, Meilen von jeder Stadt entfernt, einen Zufluchtsort brauchten.

Sie strich sich das feuerrote Haar zurück und sah den Sergeant an.

»Wir bleiben nebeneinander stehen. Wenn der nächste Tropfen vom Balken fällt, werfen wir auf das V. Wer am schnellsten und am nächsten drankommt, hat gewonnen.«

»Hmm!«, grunzte er und nahm seinen Platz ein. Er murmelte noch etwas vor sich hin, das sie jedoch nicht verstehen konnte. Mit dem Messer in der Hand stellte er sich auf. »Fertig«, tat er kund.

Sie holte tief und langsam Luft und ließ die Arme locker an den Seiten hängen, während sie das Messer bequem in der rechten Hand hielt, wo sich die Klinge kühl und sanft an die Haut ihres Unterarms drückte. Hinter ihnen hatten sich Männer versammelt, Soldaten auf Fronturlaub oder außer Dienst, die sich das kleine Vergnügen nicht entgehen lassen wollten. Sie nahm vage wahr, dass weitere von draußen hereinströmten, dennoch blieb es seltsam still im Raum. Eine eigentümliche Mattigkeit erfüllte sie; ihr wurde seltsam leicht im Kopf, als habe sich ihr Verstand vom Körper getrennt. Sie richtete die Augen starr auf den Balken mit den Tropfen, die in einer langen Reihe dort hingen, winzige Nadelstiche, die vor dem Schatten das Licht spiegelten.

Als endlich ein Tröpfchen fiel, schoss ihr Arm vor, und das Messer flog so schnell aus ihrer Hand, dass es bereits genau in der Spitze des Vs steckte, ehe der Sergeant seine Wurfbewegung beendet hatte. Die Klinge des Sergeants landete ungefähr sechs Zoll daneben.

Tosender Applaus erhob sich, und ein paar Jubelrufe waren zu hören. Rue Meridian zog ihr Messer aus dem Holz und ging hinüber zum Tresen, um ihren Einsatz abzuholen. Die Frau des Schmiedes hatte den Krug schon bereitgestellt. »Der geht auf deine Rechnung, Sergeant Trock«, rief sie ihm zu und lächelte Rue breit an. »Bezahl ihn, ehe du gehst.«

Der Frontsergeant schlich an die Wand und zog sein schweres Wurfmesser heraus. Kurz wog er es in der Hand, während er Rue Meridian einen giftigen Blick zuwarf. Dann schob er es in die Scheide unter seinem Gewand und schwankte zu ihr hinüber. »Ich bezahle gar nichts«, verkündete er und baute sich neben ihr auf.

»Das liegt ganz bei dir«, erwiderte sie und nippte an dem Bier.

»Wenn nicht, kommst du hier nicht wieder rein«, mahnte die Frau des Schmieds scharf. »Hör jetzt endlich mit dem Ärger auf.«

»Ich werde nicht zahlen, weil du mich betrogen hast!«, wandte er sich wütend wieder an Rue. »Du hast geworfen, ehe der Tropfen den Balken verlassen hat. Das ist ja wohl klar wie Kloßbrühe.«

Um ihn herum wurde abfälliges Murmeln laut, viele schüttelten den Kopf, doch niemand widersprach. Ermutigt beugte er sich so weit vor, bis sie die Hitze seines Atems spüren und den Gestank nur allzu deutlich riechen konnte. »Weißt du, was du für ein Problem hast, Kleine Rote? Du brauchst jemanden, der dir ein paar Manieren beibringt. Dann wärst du nicht so verbohrt …«

Der Rest von dem, was er sagen wollte, blieb ihm im Hals stecken, als er plötzlich die Messerspitze an seiner Kehle unterhalb des bärtigen Kinns spürte.

»Du solltest besser nachdenken, ehe du sprichst, Sergeant«, zischte sie. »Du hast bereits genug von dir gegeben, was mich überzeugen könnte, dir die Kehle durchzuschneiden.«

Eisiges Schweigen breitete sich im Raum aus. Niemand bewegte sich, nicht einmal die Frau des Schmieds, die mit einem Geschirrtuch in der Hand und offenem Mund dastand.

Der Frontsergeant keuchte, denn nun schob Rue Meridian das Messer ein wenig höher und hob damit sein Kinn an. Die Klinge war so plötzlich aufgetaucht, dass seine Hände an den Seiten hingen und seine Waffen nutzlos in der Scheide steckten. »Ich wollte nicht …«

»Du wolltest nicht«, unterbrach sie ihn, »dass ich bessere Manieren lerne, hab ich Recht?«

»Ja.« Er schluckte heftig.

»Du wolltest vor allem nicht, dass sie mir jemand beibringt, der so grob und dumm ist wie du, nicht wahr?«

»Ja.«

»Und jetzt möchtest du dich bestimmt entschuldigen, weil du gesagt hast, ich hätte dich betrogen, und weil du meine Mittagsruhe, die mir lieb und teuer ist, gestört hast, nicht?«

»Ja, ja!«

Sie schob ihn zurück, hielt das Messer jedoch weiterhin an seinem Hals. Als er ein Stück vom Tresen entfernt stand, nahm sie ihm mit der freien Hand die Waffen ab. Dann stieß sie ihn rückwärts auf einen Stuhl.

»Ich habe meine Meinung geändert«, sagte sie, und ihr Messer verschwand in ihrer Kleidung. »Ich möchte mir mein Bier nicht von dir bezahlen lassen, ob ich es nun gewonnen habe oder nicht. Du sollst nur still sitzen, wo du bist, bis ich entscheide, dass du gehen darfst. Wenn du auch nur mit einem einzigen Muskel zuckst, könnte ich das V an der Wand mit dem V zwischen deinen Beinen verwechseln, und dann versuche ich mein Glück mit einem weiteren Wurf.«

Der große Mann senkte den Blick unfreiwillig und hob ihn sofort wieder. Die Wut in seinen Augen wurde nur von seiner Furcht übertroffen. Er glaubte ihr aufs Wort, was sie sagte.

Sie griff gerade nach dem Bierkrug, als die Tür zur Werkstatt des Schmieds aufging und Furl Hawken hereinstürzte. Alle im Raum schauten sich um, und er blieb sofort stehen, da ihm die unnatürliche Stille auffiel.

Dann entdeckte er sie. »Kleine Rote, es ist was passiert. Wir müssen gehen.«

Sie blieb, wo sie war, nahm den Krug in die Hand, hob ihn an die Lippen und trank den Inhalt aus, als hätte sie alle Zeit der Welt. Die Anwesenden sahen ihr schweigend zu. Niemand regte sich. Nachdem sie fertig war, stellte sie den Krug auf den Tresen und trat hinüber zu dem Frontsergeanten. Sie beugte sich dicht zu ihm hinunter, als wolle sie ihn zu etwas verleiten. Er ließ sich nicht in Versuchung führen, und daraufhin sagte sie leise: »Wenn ich dich noch einmal sehe, bringe ich dich um.«

Während sie an der Frau des Schmieds vorbeiging, warf sie eine Münze auf den Tresen und zwinkerte ihr zu. Dann war sie draußen und stand mitten in der Schmiede. Furl Hawken folgte ihr.

Rasch durchquerten sie das Labyrinth aus Ambossen, Essen und Schrotthaufen und die anschließenden provisorischen Gebäude dahinter – Küchen, Waffenkammern, Lazarette, Befehlsstände, Ställe, Vorratslager und so weiter. Hier ging es trotz der Mittagshitze geschäftig zu. Der Himmel war wolkenlos und blau, die Sonne brannte wie ein weißer Feuerball auf die staubigen Anhöhen und die lagernde Armee herunter. Rue Meridian schüttelte den Kopf. Zum ersten Mal seit gestern sah sie das Tageslicht, und ihr Schädel reagierte mit wildem Pochen darauf.

»Ist der Große Rote wütend auf mich?«, fragte sie, während sie die Gebäude hinter sich ließen und die Zeltstadt betraten.

»Der Große Rote liegt in Ketten und hat zwanzig Jahre Zwangsarbeit oder Schlimmeres vor sich«, knurrte ihr Begleiter, drängte sich näher an sie heran und hielt die Stimme gesenkt. »Wir hatten heute Morgen Gesellschaft, ein paar Offiziere der Föderation. Einer ging während des Angriffs über die Reling, ein Unfall zwar, aber tot ist er allemal. Der hohe Offizier war wütend. Er wurde noch zorniger, als sich dein Bruder weigerte, einigen übel beschädigten Schiffen der Freien zu folgen und sie zu versenken. Nachdem wir wieder

Boden unter den Füßen hatten, verhaftete dieser Kerl den Großen Roten, führte ihn ab und versprach ihm, er würde in Kürze eine abrupte Veränderung seiner Karriere erleben.«

Sie schüttelte den Kopf. »Daran können wir nichts ändern, oder? Ich meine, jedenfalls nicht mit offiziellen Bittschriften.«

Furl Hawken schnaubte. »Wir sind Fahrende, Kleine Rote. Was stellst du dir vor?«

Sie legte ihm die Hand auf die massige Schulter. »Ich glaube, ich habe diesen Ort wirklich satt, diese Leute, diesen Krieg, dieses ganze Geschäft. Wir brauchen eine neue Arbeit. Was machen wir uns aus dem hier? Am Anfang hat uns nur das Geld hergelockt, und davon haben wir jetzt für eine Weile lang genug.«

Furl Hawken schüttelte den Kopf. »Geld hat man nie genug, Kleine Rote.«

»Das stimmt auch wieder«, gestand sie ein.

»Außerdem ist es hier nicht so schlecht.« Seine Stimme nahm einen wehmütigen Ton an. »Ich habe mich irgendwie daran gewöhnt. Es wächst einem ans Herz, dieses flache Land, diese Weite, der Staub und der Schmutz.«

Freundschaftlich stieß sie ihm in die Seite. »Mach dich nicht lustig über mich! Du hasst es genau so sehr wie ich!«

Auf seinem Gesicht breitete sich ein Grinsen aus. »Nun, vielleicht.«

»Zeit, nach Hause zu gehen, Hawk«, verkündete sie feierlich. »Versammle die Männer, such die Ausrüstung zusammen, hol unseren Sold, Vorräte und Pferde für alle, und dann treffen wir uns in einer Stunde auf dem Südhügel.« Erneut stieß sie ihm in die Seite und lachte. »Na los, du Riesenaufschneider!«

Sie wartete, bis er aufgebrochen war; danach wandte sie sich der Palisade zu, wo die Föderation ihre Gefangenen und Missliebigen unterbrachte, die im Freien zusammengekettet oder in große Holzkisten gesteckt wurden, wo einem an einem so heißen Tag das Hirn zu Brei gekocht wurde. Allein bei dem Gedanken, ihr Bruder könnte in einer solchen Kiste hocken, knirschte sie mit den Zähnen. Das

Gebaren den Fahrenden gegenüber hatte sich keinen Deut verändert, seit diese vor drei Jahren in die Dienste der Föderation getreten waren. Fahrende waren Söldner, und Söldner waren ein notwendiges Übel. Wie treu sie dienten, war dabei nicht von Belang. Auch nicht, wie viele von ihnen für die Sache der Föderation starben. Gleichgültig war zudem, dass sie sich als die besseren Flieger erwiesen hatten – und häufig auch als die besseren Kämpfer. In den Augen der meisten Südländer waren Fahrende allein deshalb weniger wert, weil sie Fahrende waren, und ihre Fähigkeiten und Leistungen konnten daran nichts ändern.

Natürlich standen die Fahrenden ganz unten auf der Liste, weil sie ein nomadisches Leben führten. Wenn man kein Heimatland und keine Armee hatte, fehlte es auch an Macht. Ohne Macht hatte man Schwierigkeiten, Respekt einzufordern. Fahrende hatten auf diese Weise seit zweitausend Jahren überlebt, in freien Lagern und in Clans. Die Fahrenden glaubten, das Land gehöre allen, aber insbesondere jenen, die darauf herumreisten. Das Land war ihre Mutter, und sie teilten die Ideen der Elfen, dass es geschützt und gehegt werden sollte. Infolgedessen zeigten sich die Elfen am tolerantesten den Fahrenden gegenüber und erlaubten ihnen, durch die Wälder von Westland zu ziehen, wo sie im Landesinneren als Händler und an der Küste als Seeleute lebten.

Überall sonst wurden sie selten willkommen geheißen und lebten ständig in der Gefahr, vertrieben zu werden oder Schlimmeres zu erleiden. Willkommen waren sie eigentlich nur, wenn sie sich zum Söldnertum verpflichteten, um in Kriegen zu kämpfen, mit denen sie eigentlich wenig zu schaffen hatten.

Rue Meridian und ihr Bruder sowie einige Dutzend andere waren aus dem Osten aus der Gegend um das Küstendorf March Brume gekommen, um der Föderation in dieser Auseinandersetzung zu helfen. Es wurde gutes Geld bezahlt, und die Risiken waren annehmbar. Die Freien waren im Umgang mit Luftschiffen nicht besser als die Föderation. Es gab regelmäßig Schlachten, doch für die Fahrenden waren sie eher Übungen, um schlechten Fliegern auszuweichen.

Trotzdem, so überlegte sie abschließend, langweilte es sie inzwischen, und es war Zeit weiterzuziehen. Insbesondere jetzt. Schon seit Wochen suchte sie nach einer Ausrede für den Aufbruch, doch ihr Bruder hatte darauf bestanden, sich an die Bedingungen ihrer Anwerbung zu halten. Sie schüttelte den Kopf. Als würde die Föderation ihre Loyalität in irgendeiner Weise verdienen, während sie gleichzeitig von ihr wie Untermenschen behandelt wurden. Und jetzt noch das. Den Großen Roten in Ketten zu legen, weil er den Befehl eines Offiziers der Föderation missachtet hatte, der es besser wissen müsste und gar nicht erst einen hätte erteilen sollen. Auf einem Luftschiff galt das Wort des Kapitäns als Gesetz. Das Ganze war lediglich ein Vorwand, die Fahrenden in ihre Schranken zu weisen und ihnen kollektiv den Stiefel der Föderation in den Nacken zu setzen. Dumme, törichte Leute, schäumte sie innerlich. Es wäre interessant zu sehen, wie viel Erfolg sie noch mit ihren Luftschiffen haben würden, wenn die Mannschaften der Fahrenden erst einmal abgezogen waren.

Sie stampfte auf dem staubigen Boden der Straße auf, während sie durch das Lager ging und Pfiffe, Rufe und unanständige Einladungen ignorierte oder mit einem Winken oder einer unmissverständlichen Geste beantwortete, wenn sie es für angemessen hielt. Sie überprüfte ihre Waffen, ein schlankes Rapier, ihre Wurfmesser, die um die Hüfte gebunden waren, einen Dolch, den sie im Stiefel verbarg, und eine Schleuder, die sie unter den Schulterstreifen geschoben hatte.

Schon meinte sie, das Meer zu riechen, den salzigen Duft, der schwer in der Luft hing, den rauen Dunst über hölzernen Anlegern und Balken, den fischigen Geruch der Küste und den Rauch der Kamine, in denen man bei Sonnenuntergang Feuer machte, um die Kälte der Nacht aus den Häusern und Bierschenken zu vertreiben. Das Binnenland roch nach Staub und Trockenheit, nach verbrannter Erde und flutartigem Regenwasser, das innerhalb von Stunden wieder versickert war. Drei Jahre Staub und Dürre, drei Jahre Gestank von Männern und Tieren, ohne nur einmal den Ozean zu sehen, waren genug.

In einem Teil des Lagers, wo sie einige Soldaten kannte, erbat sie sich etwas zu essen von einem Koch, mit dem sie sich angefreundet hatte, wickelte es in Papier und nahm es mit. Der Große Rote würde hungrig sein.

Nun schritt sie durch die äußeren Bereiche des Lagers und näherte sich den Holzwänden des Pferchs, als würde sie einen Mittagsspaziergang unternehmen.

»Hey, Kleine Rote«, begrüßte sie eine der Wachen am Tor freundlich. »Willst du deinen Bruder besuchen?«

»Ich will ihn rausholen«, erwiderte sie lächelnd.

Die andere Wache schnaubte. »Ha, das wird aber nicht so leicht werden.«

»Aber auch nicht besonders schwierig«, entgegnete sie. »Ist der Kommandant drinnen?«

»Er isst zu Mittag oder hält gerade ein Nickerchen, kannst du dir aussuchen.« Die erste Wache kicherte. »Was hast du da?«

»Mittagessen für den Großen Roten. Kann ich zu ihm?«

»Sicher. Wir bringen ihn in den Schatten an der hinteren Wand, wo der Laufsteg ist. Wir wollen es ihm so bequem wie möglich machen, solange er hier drin ist, aber nach dem Gesicht des Offiziers zu schließen, der ihn hergebracht hat, stehen seine Chancen nicht allzu gut. Eine fiese Fresse hatte der Kerl.« Er schüttelte den Kopf. »Tut mir Leid wegen dieser Sache, Kleine Rote. Wir mögen deinen Bruder.«

»Oh, ihr mögt ihn, aber mich nicht?«

Die Wache errötete. »Du weißt, was ich sagen wollte. Los, gib deine Waffen her. Dann muss ich die Päckchen mit Essen überprüfen, und danach kannst du zu ihm.«

Sie reichte ihm den Gürtel mit den Messern sowie das Rapier und machte die Schleuder los. Den Dolch im Stiefel behielt sie. Mit absolutem Gehorsam kam man in dieser Welt nur bis zu einem bestimmten Punkt und nicht weiter. Sie lächelte fröhlich und gab alles durch das Tor.

Ihr Bruder saß unter einem Überhang an der hinteren Wand, genau an der Stelle, die die Wache ihr beschrieben hatte. Er beobachtete sie, während sie näher kam, und bewegte sich nicht, offenbar, weil die Eisenschellen an Handgelenken, Knöcheln und Hüfte, die mit Bolzen an den Wänden befestigt waren, dies unmöglich machten. Auf dem Laufsteg darüber patrouillierten Wachen oder standen müßig im Schatten der Wachtürme an den Ecken des Pferchs herum. Niemand schien Interesse daran zu haben, unnötig Kraft zu verschwenden.

Sie hockte sich vor ihren Bruder und neigte kritisch den Kopf zur Seite. »Besonders gut siehst du nicht aus, großer Bruder.«

Redden Alt Mer neigte seinerseits den Kopf zur Seite. »Ich dachte, du würdest krank im Bett liegen.«

»Ich war herzenskrank«, entgegnete sie. »Aber bei der Aussicht, schon bald von hier aufzubrechen, fühle ich mich gleich viel besser. Ich glaube, wir haben der Armee der Föderation genau so viel Zeit gewidmet, wie sie verdient hat.«

Er verscheuchte eine Fliege, die vor seinem Gesicht herumsummte, und die Ketten klirrten laut. »Mich bringst du nicht dazu, dir zu widersprechen. Meine Zukunft als Söldner sieht nicht sehr rosig aus.«

Sie blickte sich um. Im Pferch ging es laut zu, Männer murmelten und fluchten, Ketten klirrten, Stiefel stampften über den Laufsteg. Die Luft war heiß und trocken und stand still, und der Gestank von ungewaschenen Körpern, Schweiß und Exkrementen durchsetzte alles.

Sie hockte sich im Schneidersitz vor ihn hin und legte das Päckchen mit Essen zwischen ihnen auf den Boden. »Wie wäre es mit einer Kleinigkeit zu essen?«

Sie wickelte die Mahlzeit aus, und ihr Bruder verschlang sie gierig. »Das ist gut«, lobte er sie. »Aber was genau sollen wir jetzt machen? Ich dachte, du hättest dir schon einen Weg überlegt, mich hier rauszuholen.«

Grinsend strich sie ihr Haar zurück. »Willst du sagen, dir selbst ist noch keiner eingefallen? Du hast dich hübsch in die Nesseln gesetzt, was?«

»Oh, ich hatte Hilfe dabei.« Er kaute nachdenklich auf einem Stück Brot. »Hast du mir nichts zu trinken mitgebracht?«

Sie griff in ihr Gewand und holte eine Taschenflasche hervor. Er nahm sie und trank einen tiefen Schluck. »Bier«, stellte er anerkennend fest. »Was ist los? Soll das meine Henkersmahlzeit werden?«

Sie stibitzte ein Stück des gebratenen Fasans. »Das wollen wir nicht hoffen.«

»Also?«

»Also schlagen wir die Zeit tot, bis Hawk alles für unseren Aufbruch vorbereitet hat.« Sie nahm ihm die Flasche ab und trank. »Außerdem haben wir vielleicht keine Zeit zum Essen mehr, wenn wir erst einmal unterwegs sind. Ich erwarte jedenfalls, dass wir vor Einbruch der Dunkelheit keine Rast mehr einlegen.«

Er nickte. »Schätze ich auch. Demnach hast du einen Plan.«

Sie grinste. »Was meinst du?«

Sie beendeten das Mahl, tranken den Rest des Biers und saßen schweigend da, bis Rue Meridian glaubte, Furl Hawken habe genug Zeit gehabt, um die nötigen Vorbereitungen zu treffen und zum Treffpunkt zu kommen. Sie erhob sich, sammelte die Überreste des Essens ein und ging zu der Hütte, die dem Kommandanten des Pferchs als Behausung diente. Auf dem Weg dorthin warf sie die Reste auf den Komposthaufen. Für die Mutter Erde tat man, was man konnte, selbst an einem Ort wie diesem.

Das Büro des Kommandanten betrat sie, ohne anzuklopfen, und schloss die Tür hinter sich. Der Kommandant lehnte auf seinem Stuhl an der Wand und döste. Er war ein korpulenter Mann, und Hände und Gesicht waren vernarbt. Sie trat mit dem Dolch in der Hand um den Tisch und schlug dem Mann so hart sie konnte hinter das Ohr. Der Kerl sank geräuschlos auf den Boden.

An der Wand waren Schlüsselbunde aufgereiht. Sie suchte sich denjenigen aus, an dem ein Holzstück mit dem Namen ihres Bruders befestigt war, und ging wieder hinaus. Als sie eine Wache über den Hof gehen sah, rief sie hinüber: »Der Kommandant will meinen Bruder sehen. Bring ihn bitte rein.«

Die Wache, die daran gewöhnt war, von fast jedem Befehle entgegenzunehmen, stellte keine Fragen. Der Mann ließ sich die Schlüssel geben und machte sich auf. Ein paar Minuten später war er zurück und schob den Großen Roten langsam vor sich her, wobei Handgelenke und Knöchel noch immer gefesselt waren. Sie stand neben ihm, ließ ihn eintreten, schloss die Tür und streckte die Wache mit einem Hieb ins Genick nieder.

Ihr Bruder blickte sie an. »Sehr wirkungsvoll. Willst du auf diese Weise die ganze Truppe erledigen?«

»Ich glaube, das wird nicht notwendig sein.« Sie öffnete mit dem Schlüssel die Ketten an Armen und Beinen. Er rieb sich die Handgelenke und schaute sich nach einer Waffe um. »Die brauchst du nicht«, sagte sie ungeduldig.

Sie nahm ein Stück Papier vom Schreibtisch des Kommandanten, auf das das Abzeichen der Föderation gedruckt war, und schrieb mit Feder und Tinte eine kurze Mitteilung darauf. Nachdem sie fertig war, beäugte sie das Ganze kritisch und nickte dann. »Das genügt. Du bist ein freier Mann. Auf geht's.«

Sie schob sich den Dolch in den Stiefel, und gemeinsam gingen sie von der Kommandohütte über den Hof zum Tor. Ihr Bruder blickte sich nervös um. Gefangene und Wachen beobachteten sie. »Bist du sicher, das klappt?«

Sie stieß ihn freundschaftlich in die Seite. »Pass mal auf.«

Am Tor warteten die beiden Wachen, denen sie ihre Waffen überlassen hatte, bereits auf sie. Sie winkte ihnen mit dem Papier zu, auf dem das Abzeichen der Föderation zu sehen war. »Was habe ich euch gesagt?«, sagte sie freundlich und reichte das Schreiben der ersten Wache.

»Das will ich mir erst mal anschauen«, erwiderte der Mann misstrauisch und blinzelte das Papier angestrengt an.

»Ja, sieh es dir ruhig an«, frohlockte sie und zeigte auf das Schreiben. »Er ist in meinen Gewahrsam entlassen worden, bis diese Angelegenheit geklärt wird. Ich habe euch doch gesagt, es würde nicht besonders schwierig werden.«

Die zweite Wache drängte sich heran und spähte der Ersten über die Schulter. Die beiden schienen nicht sicher zu sein, was sie tun sollten.

»Versteht ihr nicht?«, fragte sie und stieß mit dem Zeigefinger auf das Papier. »Die Armee kann es sich nicht leisten, ihren besten Luftschiffkapitän im Pferch festzusetzen, während der Krieg weitergeht. Nicht bloß deshalb jedenfalls, weil es irgendein Offizier der Föderation für eine gute Idee hält. Kommt schon! Gebt mir meine Waffen! Ihr habt den Befehl lange genug angestarrt. Was ist los, könnt ihr nicht lesen?«

Inzwischen starrte sie die zwei finster an. Keiner erwiderte ein Wort.

»Soll ich den Kommandanten etwa noch einmal wecken? Er war beim ersten Mal schon sauer genug.«

»Schon gut, schon gut«, sagte die erste Wache hastig und schob das Stück Papier zurück.

Er reichte ihr die Messer, das Rapier und die Schleuder und scheuchte sie durch das Tor zurück ins Lager. Schweigend gingen sie einige Schritte, ehe Redden Alt Mer sagte: »Das glaube ich einfach nicht.«

Sie zuckte mit den Schultern. »Sie können nicht lesen. Sogar wenn sie es könnten, würde das nichts ändern. Wenn sie danach gefragt werden, behaupten sie bestimmt, ich hätte einen Entlassungsbefehl vorgezeigt, der vom Kommandanten unterzeichnet war. Wer sagt denn, ich hätte keinen gehabt? Wir sind in der Armee, großer Bruder. Soldaten geben nichts zu, was ihnen irgendwelche Schwierigkeiten bereiten könnte. Ein oder zwei Tage werden sie sich aufregen und dann entscheiden, dass sie sich freuen können, weil sie uns los sind.«

Ihr Bruder rieb sich die Arme und blickte hinauf in den makellos blauen Himmel. »Drei Jahre an diesem verfluchten Ort. Geld oder nicht, das war eine verdammt lange Zeit.« Erschöpft seufzte er und klopfte sich auf den Schenkel. »Trotzdem hasse ich den Gedanken, die *Schwarze Moclips* im Stich zu lassen. Ja, das fällt mir richtig schwer.«

Sie nickte. »Ich weiß. Zuerst habe ich daran gedacht, sie einfach zu übernehmen. Aber es wäre schwer, sie zu stehlen, Großer Roter. Zu viele Wachen.«

»Wir besorgen uns ein anderes Schiff«, versprach er und beendete das Thema damit. Ein wenig kehrte der alte Schwung in seinen Schritt zurück. »Irgendwo.«

Sie gingen am Südrand des Lagers entlang zu den Pässen, die hinaus in die Berge vor der Stadt Dechtera und dem Grasland im Westen führten. Wenn sie erst den Rappahalladran und die Ebene dahinter durchquert hatten, wären sie zu Hause.

Vor ihnen erwartete sie Furl Hawken in einem Graben mit zahlreichen anderen Fahrenden, den Pferden und den Vorräten.

»Hawk!«, rief Redden Alt Mer und winkte ihm zu. Dann blickte er über die Schulter zum Lager zurück. »Nun, eine Zeit lang war es ganz lustig. Nicht so lustig, wie es jetzt werden wird, natürlich, gleichgültig, wohin uns der Weg führt, aber es gab einige schöne Augenblicke.«

Rue Meridian lächelte. »Mein Bruder, der ewige Optimist.« Sie strich sich eine lange Haarsträhne aus dem Gesicht. »Hoffentlich hast du diesmal Recht.«

Zehn Minuten später hatten sie die Armee der Föderation hinter sich gelassen und ritten gen Westen zur Küste der Blauen Spalte.

Sechs

Beim ersten Tageslicht schlüpfte der Druide, den man unter dem Namen Walker kannte, aus seinem Schlafzimmer, das man ihm bei seiner Ankunft in der vergangenen Nacht gegeben hatte. Arborlon lag noch in tiefem Schlaf, die Elfenstadt ruhte, und nur die Nachtwache und jene, deren Arbeit frühes Aufstehen erforderte, waren wach. Die große, schlanke, schattenhafte

Gestalt in ihrer schwarzen Robe glitt geräuschlos aus dem Palast und durch die Straßen und Gassen der Stadt zum breiten Bogen des Carolan. Er war sich der Leibgarde bewusst, die ihm folgte, einem einzelnen Elfenjäger, der ihm vom König zugeteilt worden war. Allardon Elessedil war kein Mann, der ein Risiko einging, und so überraschte Walker die Gegenwart des Wachhundes nicht, und er ließ die Angelegenheit auf sich beruhen.

Auf den Anhöhen, wo man vom Carolan aus die Westlandwälder bis zu den zerklüfteten Gipfeln des Steinkamms im Süden überblicken konnte und nach Norden bis hin zum Kensrowegebirge schaute, blieb er stehen. Die ersten Strahlen der Sonne kamen über die Berge hinter ihm, doch noch immer umschloss die Nacht das Land im Westen mit purpurfarbenen und grauen Schatten, die an den Wipfeln und Gipfeln hingen wie Schleier. In der irdenen Schüssel des Sarandanon spiegelten kleine Seen und Flüsse das erste Licht mit silbernen Blitzen inmitten des Karomusters von Bauernhöfen und Feldern. Weiter draußen schimmerte das Wasser des Innisbore rau und metallisch, und die Oberfläche war mit einzelnen Nebelschwaden bedeckt. Irgendwo dahinter lag die riesige Blaue Spalte, und dorthin musste er irgendwann ziehen.

Er betrachtete das Land, studierte es sorgsam und sog die Farben und Formen in sich auf. Er dachte an die Geschichte dieser Stadt. Wie sie in der Zeit von Eventine Elessedil dem Angriff der Dämonen widerstanden hatte, die sich aus dem Bann der Verfemung befreien konnten, weil der Ellcrys im Sterben lag. An ihre Reise aus dem Westland zur Insel Morrowindl – Gebäude, Einwohner und Geschichte waren verschwunden, als hätte es sie niemals gegeben. An ihre Rückkehr in die Vier Länder mit Hilfe von Wren Elessedil, als die Stadt der Attacke der Schattenwesen widerstanden hatte. Immer waren Elfen und Druiden Verbündete gewesen, die durch das gemeinsame Verlangen nach Freiheit für ihre Länder und ihre Völker aneinander gebunden wurden.

Was, fragte er sich düster, war aus diesem Bündnis geworden?

Unter den Anhöhen schäumte der Singende Fluss laut an seinen

Ufern. Er war von der Schneeschmelze in den Bergen und den Regenfällen des Frühjahrs angeschwollen. Der Druide lauschte dem tröstenden, fernen Rauschen des Wassers, das durch die Bäume herüberhallte. Reglos stand er in der ansonsten herrschenden Stille, die er nicht stören wollte. Es fühlte sich eigentümlich an, wieder hier zu sein, aber gleichzeitig auch sehr schön. Seit fünfundzwanzig Jahren hatte er Arborlon nicht mehr besucht. Er hatte nicht geglaubt, noch einmal hierher zu kommen, so lange Allardon Elessedil lebte. Bei ihrer letzten Begegnung war zwischen ihnen eine Kluft entstanden, die anscheinend durch nichts zu überbrücken war. Dennoch stand er jetzt hier, und die Kluft, die so tief erschienen war, wirkte nun belanglos.

Seine Gedanken schweiften umher, als er sich abwandte. Aus reiner Verzweiflung war er zum Elfenkönig nach Arborlon gekommen. All seine Anstrengungen, durch Verhandlungen eine Vereinbarung mit den Rassen herbeizuführen, sodass diese Repräsentanten nach Paranor entsandten, die nach Art der Druiden studierten, waren fehlgeschlagen. Seitdem hatte er allein in Paranor gelebt und sich wieder der Aufgabe gewidmet, die Geschichte der Vier Länder aufzuzeichnen. Ansonsten gab es wenig für ihn zu tun. Verbitterung hatte sich in ihm breit gemacht. Er war in einem Leben gefangen, wie er es sich niemals gewünscht hatte. Nur mit Widerwillen war er ein Druide, den der Schatten Allanons angeworben hatte, und zwar in einer Zeit, in der es keine weiteren Druiden gab und die Anwesenheit von wenigstens einem für das Überleben der Rassen von außerordentlicher Wichtigkeit war. Er hatte das Erbe Allanons angetreten, nicht, weil er es in irgendeiner Weise begehrte, sondern weil Schicksal und Umstände sich verschworen und ihn in eine Position gebracht hatten, in der nur er allein diese Verpflichtung erfüllen konnte. Dies hatte er aus einem Gefühl der Verantwortung getan, weil er hoffte, es möge das Ansehen und die Arbeit der Druiden verändern und er könne einen Weg für den Orden finden, auf dem dieser den Fortschritt der Zivilisation durch gemeinsame Studien und demokratische Teilhabe aller Bewohner der Vier Länder überwachen würde.

Er schüttelte den Kopf. Wie töricht er gewesen war, wie naiv. Die Unterschiede zwischen den Nationen und Rassen waren zu groß, als dass eine einzelne Körperschaft, geschweige denn ein einzelner Mann, sie überwinden konnte. Seine Vorgänger hatten das durchschaut und entsprechend reagiert. Zuerst muss man Stärke zeigen, dann Vernunft walten lassen. Macht verlangte Respekt, und Respekt bot eine Plattform, von der aus man Vernunft einfordern durfte. Er besaß weder das eine noch das andere. Abgesehen davon war er ein Ausgestoßener, ein Einzelgänger, der in den Augen der meisten nicht mehr in diese Zeit gehörte. Seit den Tagen Allanons waren die Druiden aus den Vier Ländern verschwunden. Das war lange her, und niemand erinnerte sich mehr an das, was sie eigentlich gewesen waren. Niemand brachte ihnen mehr Respekt entgegen. Keiner diente ihnen als Katalysator für die Veränderungen in einer Welt, in der Wandel langsam, widerwillig und in winzigen Schrittchen vor sich ging.

Ein tiefer Seufzer entrang sich seiner Brust, als wolle er damit die bittere Erinnerung vertreiben. Das alles gehörte der Vergangenheit an. Vielleicht konnte es nun dort vergraben werden. Möglicherweise hatte er den Schlüssel in die Hand bekommen, der ihn in die Lage versetzte, das zu vollenden, was ihm so lange verwehrt geblieben war.

Die Gärten des Lebens erstreckten sich vor ihm und leuchteten frühlingshaft im Sonnenlicht. Mitglieder der Schwarzen Wache standen an den Eingängen, starr und distanziert, und sie schenkten ihm keinen Blick, während er an ihnen vorbeiging. In den Gärten wuchs der Ellcrys, der heiligste Talisman der Elfen, der Baum, der den Bann der Verfemung aufrechterhielt, jene Mauer, die in alten Zeiten errichtet worden war, um die Dämonen und Ungeheuer auszusperren, welche einst gedroht hatten, die Welt zu überrennen. Er ging zu der Stelle, wo der Baum auf einer kleinen Erhebung, ein wenig von den anderen Pflanzen abgetrennt, wurzelte, die wunderschönen silbernen Äste und scharlachroten Blätter in die Höhe streckte und sich in Gelassenheit und Legende hüllte. Einst war die Pflanze ein Mensch gewesen. Wenn sich ihr Lebenszyklus dem Ende näherte und sie verblich, würde ihr Nachfolger unter den Erwählten, die sie hegten und pflegten, ausgesucht werden. Diese Verwandlung war eigentümlich und wundersam, und sie erforderte eine Opferbereitschaft, die auch er bereits kennen gelernt hatte.

Neben ihm sagte jemand: »Ich habe mich stets gefragt, ob sie mich betrachtet, ob ich durch den Vorzug, die Verantwortung für ihr ganzes Volk tragen zu dürfen, ihre ständige Wachsamkeit verdiene. Und stets frage ich mich, ob ich ihre Erwartungen erfülle.«

Walker drehte sich um und entdeckte Allardon Elessedil neben sich. Seit fünfundzwanzig Jahren hatte er ihn nicht mehr gesehen, trotzdem erkannte er ihn sofort. Er war älter und grauer und von Sorgen ermattet, und die Robe, die er trug, war hell und unscheinbar. Doch noch immer legte er das alte königliche Gebaren an den Tag und strahlte diese steinartige Gegenwärtigkeit aus. Allardon Elessedil konnte man nicht zu den großen Elfenkönigen zählen; diese Ehre hatte ihm die Geschichte versagt, welche ihm keinen Grund und keine Notwendigkeit gegeben hatte, einer zu werden, und außerdem war er von Natur aus weder ruhelos noch neugierig. Er gehörte zu jener Sorte König, die Fürsorge ausübte und es als ihre vorrangige Pflicht betrachtete, die Dinge so zu erhalten, wie sie waren. Risiken einzugehen überließen solche Könige anderen Männern und anderen Rassen, und die Elfen seiner Zeit standen nicht gerade an vorderster Front, was die Evolution der Zivilisation in den Vier Ländern betraf.

Der Elfenkönig bot weder die Hand zum Gruß an, noch sprach er Worte des Willkommens. Es musste abgewartet werden, wie ihr Treffen endete, dachte Walker.

Er sah wieder zum Ellcrys. »Wir dürfen nicht hoffen zu erfahren, was sie sich von uns erwünscht, Elfenkönig. Allein der Versuch wäre anmaßend.«

Wenn dies den anderen beleidigte, zeigte er es nicht. »Hast du wohl geruht?«, fragte er.

»Ja. Ich habe ungestört geschlafen. Aber beim ersten Tageslicht spürte ich den Drang, hierher zu kommen. Ist das ein Problem?«

Allardon Elessedil tat die Frage mit einer Handbewegung ab. »Wohl kaum. Du bist frei, dorthin zu gehen, wo du möchtest.«

Ja, nur tun, was ich möchte, darf ich nicht, dachte Walker. Wie verbittert er gewesen war, als er vor all diesen Jahren von hier aufgebrochen war. Wie verzweifelt. Aber die verstrichene Zeit hatte die Kanten der einst so scharfen Gefühle geglättet, und jetzt gehörten sie überwiegend der Erinnerung an. Ein neues Zeitalter war angebrochen, und der Elfenkönig wurde langsam alt und brauchte ihn nun. Walker konnte das erreichen, was ihm so lange abgeschlagen worden war, wenn er nur sorgsam vorging. Dieses eigentümlich erhebende Gefühl durfte er sich keinesfalls in Stimme und Augen anmerken lassen.

»Geht es deiner Familie gut?«, fragte er, um ein wenig Herzlichkeit zu zeigen.

Der andere zuckte mit den Schultern. »Die Kinder wachsen und gehen ihre eigenen Wege. Sie hören immer weniger auf mich. Zwar bringen sie mir Respekt entgegen, doch fehlt ihnen der Gehorsam. Ich bin für sie eher der Vater und weniger der König, und sie nehmen sich die Freiheit heraus, mich zu ignorieren.«

»Was möchtest du denn, das sie tun sollen?«

»Oh, was Väter sich eben gewöhnlich von ihren Kindern wünschen.« Der Elfenkönig kicherte. »Näher an ihrem Zuhause zu bleiben, weniger Risiken einzugehen, sich mit der bekannten Welt zufrieden zu geben. Kylen kämpft mit den Freien in einer Auseinandersetzung, die ich nicht unterstütze. Ahren wandert durch das Westland und sucht nach einer Zukunft. Meine Söhne glauben, ich würde ewig leben, und sie lassen mich zum Herrschen allein.« Erneut zuckte er mit den Schultern. »Ich nehme an, sie unterscheiden sich nicht von den Söhnen anderer Väter.«

Walker erwiderte nichts. Seine Ansichten würden nicht gern gehört werden. Wenn Allardon Elessedils Söhne zu Männern heranwuchsen, die ihrem Vater nicht sehr ähnelten, war das nur gut.

»Ich bin froh, dass du gekommen bist«, wagte sich der König nach einem Augenblick des Schweigens vor.

Walker seufzte. »Du hast gewusst, dass ich kommen würde. Der schiffbrüchige Elf, handelt es sich bei ihm um Kael?«

»Ich nehme es jedenfalls an. Er trug das Kettchen am Arm. Ein anderer Elf hätte es nicht angelegt. Gewissheit werden wir erst morgen erlangen. Immerhin hoffte ich, die Karte würde dich überzeugen, herzukommen, ja. Hast du sie studiert?«

Walker nickte. »Die ganze Nacht, ehe wir gestern hergeflogen sind.«

»Ist sie echt?«, erkundigte sich Allardon Elessedil.

»Das ist schwierig zu beantworten, es hängt davon ab, in welcher Hinsicht. Wenn du mich fragst, ob sie uns erzählen könnte, was deinem Bruder widerfahren ist, so lautet die Antwort ja. Es könnte die Karte der Reise sein, auf der er verschollen ist. Zwar erscheint sein Name nirgendwo im Geschriebenen, aber die Machart der Tierhaut und der Tinte lassen darauf schließen, dass sie in den vergangenen dreißig Jahren gezeichnet wurde, und daher könnte es seine Arbeit gewesen sein. Ist es seine Handschrift?«

Der Elfenkönig schüttelte den Kopf. »Das kann ich nicht sagen.«

»Die Sprache ist uralt, sie wurde seit den Großen Kriegen nicht mehr verwandt, in denen die Alte Welt sich für immer verändert hat. Könnte dein Bruder diese Sprache gelernt haben?«

Sein Gegenüber dachte einen Augenblick darüber nach. »Ehrlich gesagt habe ich keine Ahnung. Wie viel vermochtest du zu entziffern?«

Walker zog sich die dunkle Robe zurecht und blickte erneut zum Carolan. »Gehen wir ein Stückchen? Die gestrige Reise steckt mir noch in den Knochen, und ein bisschen Bewegung würde mir gut tun.«

Langsam schlenderte er den Weg hinunter, und der Elfenkönig gesellte sich wortlos zu ihm. Schweigend spazierten sie eine Zeit lang durch die Gärten, und der Druide ließ den Dingen die Zeit, die es brauchte, bis er bereit war, darüber zu sprechen. Mochte Allardon Elessedil genauso warten, wie er gewartet hatte. Er wandte seine Aufmerksamkeit anderen Dingen zu, betrachtete die Pflanzen der Gärten, deren unterschiedliche Arten in verschlungener Symmetrie ineinander übergingen, lauschte dem Zwitschern der Vögel und schaute hinauf zu den Wolken, die wie Seide durch das klare Blau des Frühlingshimmels trieben. Leben im Gleichgewicht. Alles war, wie es sein sollte.

Walker sah zum König. »Die Wache, die du für mich abgestellt hast, scheint das Interesse an ihrer Aufgabe verloren zu haben.«

Der König lächelte beruhigend. »Er sollte dich nicht überwachen. Ich wollte nur erfahren, wann du aufwachst, damit wir uns unterhalten können.«

»Aha. Demnach wolltest du dich unter vier Augen mit mir unterhalten. Weil deine Wachen nämlich ebenfalls nirgends zu sehen sind. Wir sind vollkommen allein.« Er zögerte. »Fühlst du dich sicher mit mir?«

Der andere lächelte gequält. »Niemand würde es wagen, mich anzugreifen, während ich in deiner Begleitung bin.«

»Du hast mehr Vertrauen zu mir, als ich verdiene.«

»Wirklich?«

»Ja, falls du davon ausgehst, dass ich einen Angriff von dritter Seite gemeint habe.«

Angesichts dieser Unterhaltung war dem König offensichtlich unbehaglich zumute. Gut, dachte Walker. Ich wollte dich nur daran erinnern, wie du die Dinge zwischen uns belassen hast. Du solltest dir nur überlegen, ob ich möglicherweise eine größere Bedrohung für dich bin als die Feinde, die du so bereitwillig fürchtest.

Sie verließen die Gärten in Richtung Carolan, und das Sonnenlicht ließ das Grün der Anhöhen, die sich an die Wälder unten anschlossen, in hellen Tönen leuchten. Walker führte sie zu einer Bank, die unter einem alten Ahorn stand, dessen Äste sich zu einem weiten Schirm ausbreiteten. Dort setzten sie sich nebeneinander, Druide und König, und schauten zu den Hängen hinüber, deren purpur- und goldfarbene Mischung aus Schatten und Licht bis zum Horizont im Westen reichte.

»Ich wüsste nicht, weshalb ich das Verlangen hegen sollte, dir zu helfen, Allardon Elessedil«, sagte Walker einen Augenblick später.

Der Elfenkönig nickte. »Das ist verständlich. Aber ich bin nicht mehr der Mann, der ich noch bei unserem letzten Gespräch war. Das Ende jenes Treffens bedaure ich zutiefst.«

»Dein Bedauern kann nicht tiefer sein als meins«, erwiderte Walker düster und starrte weiterhin in die Ferne.

»Wir können uns mit Bedauern und Verlust aufhalten, oder wir können uns dem zuwenden, was wir erreichen könnten, wenn wir die Vergangenheit auf sich beruhen lassen.« In der gepressten Stimme des Elfenkönigs schwang Sorge mit, aber gleichzeitig auch ein Hauch Entschlossenheit. »Ich würde gern einen neuen Anfang wagen.«

Jetzt blickte Walker ihn an. »Was schlägst du vor?«

»Eine Chance für dich, das Druidenkonzil zu verwirklichen, von dem du träumst, um die Arbeit zu tun, die du schon so lange erledigen willst, und das Ganze mit meiner Zustimmung und meinem Segen.«

»Geld und Männer würden mir mehr bedeuten als deine Zustimmung und dein Segen«, merkte der Druide trocken an.

Das Gesicht des Elfenkönigs verhärtete sich. »Du wirst beides bekommen. Alles, was du brauchst, sollst du erhalten, wenn du im Gegenzug dazu in der Lage bist, mir zu geben, was ich brauche. Und nun erzähl mir von der Karte. Konntest du die Schrift darauf entziffern?«

Walker dachte eine Weile darüber nach, ehe er antwortete. »Genug um dir zu sagen, dass sie den Anschein erweckt, den Weg zu dem Schatz zu weisen, von dem die Seherin deiner Mutter vor dreißig Jahren geträumt hat. Wie ich bereits erklärt habe, ist die Sprache alt und schwer verständlich. Einige Symbole sind nicht eindeutig. Aber die Namen und Routen und Beschreibungen genügen, um das Wesentliche der Karte zu enthüllen. Reise von der Küste der Blauen Spalte nach Westen zu drei Inseln, von denen jede ein wenig weiter entfernt liegt als die vorhergehende. Auf jeder ist ein Schlüssel verborgen, die alle drei zusammen verwendet eine Tür aufschließen. Die Tür führt zu einem unterirdischen Keep, der neben den Ruinen einer Stadt liegt. Die Ruinen findet man auf einer Vulkaninsel weit nordwestlich von hier. Innerhalb der Ruinen ist ein Schatz versteckt, der eine Macht besitzt, die das Leben verändern kann. Es handelt sich um eine Magie der Worte, eine Magie, welche die Zerstörung der Alten Welt und die Alten Kriege überlebt hat, indem sie dort verborgen war. Die Herkunft der Magie liegt im Dunkeln, aber der Karte zufolge übertrifft sie alle anderen.«

Er hielt kurz inne. »Weil die Karte bei dem blinden und stummen schiffbrüchigen Elfen gefunden wurde, noch dazu mit dem Armband deines Bruders, würde ich glauben, dass sie, wenn man der darauf verzeichneten Route folgt, das Schicksal deines Bruders und vielleicht sogar die Natur der Magie enthüllen könnte.«

Er wartete und ließ dem König Zeit, seine Gedanken zu sammeln. Auf den Anhöhen erschienen die ersten Elfen, um ihren Arbeitstag zu beginnen. Wachen wurden abgelöst. Händler und Fallensteller trafen aus dem Westen ein, überquerten den Singenden Fluss auf Fähren und Flößen, die mit Waren beladene Wagen und Karren trugen, welche anschließend die Rampen des Elfitch hinaufrumpelten. Gärtner nahmen ihr Tagewerk im Garten des Lebens in Angriff, säten und schnitten, pflanzten und düngten. Hier und dort tauchte einer der Erwählten in weißer Robe auf. Kinder spielten, während Lehrer sie zu den Plätzen führten, an denen sie darin unterrichtet werden sollten, Heiler in den Vier Ländern zu werden.

»Demnach setzt du dich für eine Suche ein, zu der mein Bruder vor so langen Jahren aufgebrochen ist?«, fragte der König schließlich.

Walker lächelte schwach. »Und du ebenfalls, sonst hättest du mich nicht gebeten, hierher zu kommen.«

Allardon Elessedil nickte langsam. »Wenn wir die Wahrheit erfahren wollen, müssen wir der Route folgen, die auf der Karte verzeichnet ist, und schauen, wohin sie führt. Ich werde sonst niemals herausfinden, was Kael widerfahren ist. Und auch nicht, was mit den Elfensteinen geschah, die er bei sich hatte. Vielleicht wiegt ihr Verlust sogar schwerer als der seine. Es fällt mir nicht leicht, das zuzugeben, doch warum sollte ich etwas anderes vortäuschen. Die Steine sind ein

Erbe der Elfen, das seit Königin Wren weitergegeben wurde. Ohne sie ist unser Volk geschwächt, und deshalb will ich sie zurück.«

Walkers dunkle Miene war undurchdringlich. »Wer wird diese Expedition anführen, Allardon?«

Die Antwort erfolgte ohne Zögern. »Du. Wenn du dem zustimmst. Ich bin zu alt. Dir kann ich das Kommando anvertrauen und sonst niemandem. Meine Kinder sind zu jung und unerfahren. Sogar Kylen. Er ist stark und leidenschaftlich, dennoch mangelt es ihm an der notwendigen Reife, um eine Expedition dieser Art anzuführen. Mein Bruder hatte die Elfensteine bei sich, und sogar die haben ihn nicht retten können. Vielleicht erweisen sich die Kräfte eines Druiden als hilfreicher.«

»Und wenn ich dem zustimme, gibst du mir dann dein Wort darauf, dass die Elfen einen unabhängigen Druidenrat unterstützen, der frei studieren, forschen und alle Formen von Magie entwickeln darf?«

»Ja.«

»Einen Druidenrat, der keiner einzelnen Nation und keinem einzelnen Volk oder Herrscher gegenüber verantwortlich sein wird, sondern nur dem eigenen Gewissen und den Grundsätzen seines Ordens?«

»Ja.«

»Einem Druidenrat, der seine Erkenntnisse mit allen Völkern teilen wird, falls diese friedlich und zum Besten aller Rassen angewandt werden können?«

»Ja, und nochmals ja!« Der König winkte ungeduldig ab. »Ich stimme allem zu, was du früher schon gewollt hast und was ich damals ablehnte. Allem. Trotzdem, eins musst du begreifen«, fügte er rasch hinzu, »ich kann nicht für andere Nationen und Herrscher sprechen, sondern nur für die Elfen.«

Walker nickte. »Dem Weg, den die Elfen gehen, folgen andere.«

»Und solltest du ebenfalls verloren gehen, endet die Geschichte damit. Ich werde nicht an die Vereinbarung mit einem toten Mann gebunden sein – nicht bei einer Übereinkunft von dieser Art.«

Walkers Blick schweifte hinüber zum Carolan und den Gärten des Lebens und blieb auf den Männern und Frauen haften, die dort arbeiteten und sich ihren Aufgaben widmeten. Das erinnerte ihn an seine eigene Arbeit, an die Notwendigkeit, sich um das Leben der Angehörigen jener Rassen zu kümmern, welche die Druiden vor langer, langer Zeit zu beschützen und zu fördern geschworen hatten. Warum waren ihre Ziele so schwer zu verwirklichen, obwohl es sich dabei um eine so offensichtlich gerechte Sache handelte? Wenn Pflanzen so empfindungsfähig wie Menschen wären, würden sie sich ihren Hütern gegenüber als ebenso schwierig und widerspenstig erweisen?

»Wir verstehen einander, Allardon«, sagte er leise. Sein Blick suchte das Gesicht des Königs. Er wartete ab, bis sich die gereizten Falten glätteten. »Eine Sache noch. Jeder Schatz, den ich auf dieser Reise entdecke, mag er nun magischer Natur sein oder anderer, gehört den Druiden.«

Der Elfenkönig schüttelte bereits den Kopf. »Du weißt, dass ich dem nicht zustimmen kann. Um Geld oder edle Metalle geht es mir dabei nicht. Doch solltest du Magie finden, in welcher Form auch immer, gehört sie den Elfen. Ich bin derjenige, der diese Suche erlaubt und den Auftrag dazu gibt. Ich bin es außerdem, dessen Angelegenheiten sie erforderlich machen. Daher gebührt mir der Anspruch auf alles, was du entdeckst.«

»Zum Wohle deines Volkes«, fügte Walker beiläufig hinzu.

»Natürlich!«

»Damit legst du fest, dass die Ziele der Elfen und ihre Besitzrechte größer sind als die anderer Rassen, sogar wenn die gefundene Magie denen ebenfalls nützen könnte?«

Der König errötete erneut und erstarrte unter seiner Robe. Er beugte sich streitlustig vor. »Versuche nicht, mir Schuldgefühle oder Reue einzureden, weil ich mein eigenes Volk schützen will, Walker! Das ist meine Pflicht! Mögen andere genauso handeln, dann gelangen wir vielleicht zu einem Gleichgewicht!«

»Mir bereitet es lediglich Schwierigkeiten zu begreifen, warum du auf der einen Seite einen Druidenrat unterstützt, der allen Nationen und Völkern gleiche Rechte einräumt, während du auf der anderen für dich behalten willst, was ihnen am meisten nützen könnte. Soll ich für dich auf eine Suche gehen, wenn das, was ich am meisten schätze, mir am Ende versagt bleibt?« Er hielt kurz inne und überlegte. »Magie gehört allen, Elfenkönig, vor allem, wenn sie auf alle Auswirkungen hat. Irgendwo muss man anfangen, Magie zu teilen. Beginnen wir doch hier.«

Allardon Elessedil starrte ihn verbissen an, aber der Druide hielt dem Blick mit ausdrucksloser Miene stand. Die Sekunden zogen sich in die Länge, und keiner der beiden Männer sagte etwas, sondern sah dem Gegenüber nur in die Augen.

»Ich kann nicht zustimmen«, beharrte der König entschlossen.

Walker zog nachdenklich die Augenbrauen hoch. »Ich werde mich mit dir auf einen Handel einlassen«, sagte er. »Auf einen Kompromiss zwischen unseren Standpunkten. Du wirst mit mir teilen, was ich finde, ob nun Magie oder nicht. Bloß sollten wir uns darauf verständigen, auf welche Weise wir teilen. Das, was du ohne meine Hilfe anwenden kannst, werde ich dir freiwillig überlassen. Das, was nur ich benutzen kann, soll mir gehören.«

Der König betrachtete ihn eingehend. »Dieser Handel fällt zu deinem Vorteil aus. Im Umgang mit Magie bist du mir und meinem Volk überlegen.«

»Magie, die der Natur nach elfisch ist, wird schnell von Elfen begriffen und sollte ihnen gehören. Die Elfensteine zum Beispiel sind dein, wenn wir sie entdecken. Aber Magie aus einer anderen Quelle, welcher Art auch immer, dürfen die Elfen nicht allein für sich beanspruchen, insbesondere dann, wenn sie diese nicht beherrschen können.«

»Es gibt keine Magie in der Welt außer jener, die den Elfen aus dem Feenland überbracht wurde! Das weißt du!«

»Dann brauchst du dir keine Sorgen zu machen.«

Hilflos schüttelte der König den Kopf. »Dahinter steckt doch ein Trick.«

»Welcher denn?«

»Also gut, also gut!« Der Elf seufzte. »Diese Angelegenheit muss irgendwie zum Ende gebracht werden. Ich akzeptiere deinen Kompromissvorschlag. Diejenige Magie, die der Natur nach elfisch ist und von uns beherrscht wird, gehört uns. Der Rest verbleibt beim Rat der Druiden. Mir gefällt diese Vereinbarung zwar nicht, aber ich kann damit leben.«

Wortlos gaben sie sich die Hand. Walker erhob sich und blinzelte in den Sonnenaufgang, während er nach Osten über die Bäume hinwegschaute. Seine schwarze Robe bauschte sich sanft im Wind auf. Allardon Elessedil erhob sich mit ihm. Die scharfen Gesichtszüge wirkten trotz der frühen Stunde verkniffen und erschöpft. »Was beabsichtigst du jetzt zu tun?«

Der Druide wandte dem König den Blick zu. »Ich brauche diesen Flugreiter und seinen Rock.«

»Hunter Predd? Ich will mit ihm sprechen. Wirst du mit mir nach Bracken Clell fliegen?«

»Dorthin werde ich zuerst gehen, um von dem Schiffbrüchigen möglichst viel zu erfahren; dann werde ich mich nach einem Schiff und einer Mannschaft umsehen.«

»Dabei könnte ich dir helfen.«

Walker nickte. »Könntest du. Dennoch wäre es mir lieber, wenn du mir auf andere Weise hilfst. Es gibt bestimmte Dinge, die Schiff und Mannschaft besitzen müssen, die ich allerdings erst festlegen kann, während ich beide auswähle. Bei der Bestimmung unserer Wachen möchte ich mich jedoch auf dich verlassen. Natürlich werden Elfenjäger mitkommen, aber vielleicht auch einige andere. Grenzländer und Zwerge, würde ich vorschlagen. Würdest du die für mich auftreiben?«

Der Elfenkönig nickte. »Wie viele möchtest du?«

»Zwei Dutzend, mehr nicht.«

Sie machten sich auf den Rückweg über die Anhöhe und spazierten gemächlich auf die Gärten zu. Um sie herum erwachte Arborlon.

»Zwei Dutzend sind eine kleine Anzahl von Schwertern und Bögen«, merkte der König an.

»Drei Schiffe mit voller Besatzung und Dutzenden Elfenjägern waren offensichtlich ebenfalls zu wenig«, erwiderte Walker. »Ich würde mich lieber auf Geschwindigkeit und Heimlichkeit und den Mut einiger weniger verlassen als auf schiere Masse.«

»Demnach wirst du mit nur einem Schiff in See stechen?«

»Eins wird genügen.«

Allardon Elessedil zog die Schultern hoch und senkte den Blick. »Also gut. Ich selbst werde dich nicht begleiten, wie ich schon sagte, doch ich werde jemanden an meiner Stelle mitschicken.«

»Jeden, den du möchtest ...«

Walker beschattete gerade die Augen gegen die grelle Sonne, während er sprach, sonst hätte er das Aufblitzen der Klinge, die geworfen wurde, nicht gesehen. Der Attentäter war einer der Gärtner, der unverdächtige Arbeitskleidung trug wie alle anderen Arbeiter hier. Er hatte sich erhoben, als wolle er seine Werkzeuge einsammeln, und plötzlich war das Messer aufgetaucht.

Durch eine rasche Geste Walkers flog die Waffe zur Seite, als wäre sie gegen eine Wand geprallt, und richtete keinerlei Schaden an.

Inzwischen griff der zweite Attentäter an, dieser mit einem Blasrohr. Auch er war als Gärtner getarnt, kniete in einem Narzissenbeet und schoss in rascher Folge drei Pfeile ab. Walker stieß den König beiseite und blockte auch diesen Angriff ab. Ein dritter Attentäter rannte mit Rapier und Messer auf sie zu. Alle drei waren Elfen, wie man an ihren Gesichtszügen erkennen konnte. Doch ihre Augen starrten ins Leere, und der Druide wusste sofort, dass man ihren Verstand manipuliert hatte, damit sie diesen Angriff begingen.

Schreie wurden auf dem Carolan laut, als andere Elfen bemerkten, was vor sich ging. Soldaten der Schwarzen Wache eilten zur Verteidigung des Königs und senkten die schweren Piken. Elfenjäger tauchten ebenfalls auf; ihre schlanken Gestalten schossen aus den Bäumen hervor. Doch alle waren viel zu weit entfernt.

Walker machte eine Geste in Richtung des Attentäters mit Rapier und Messer, und vor dem Mann entstand eine riesige ätherische Form, eine gigantische Moorkatze, die aus dem Nichts kam und ihn aufhielt. Der Mann brüllte und ging zu Boden, seine Waffen flogen davon, während die Bestie in ihn hineinstürzte und verschwand, ihn jedoch gekrümmt auf der Erde liegend zurückließ. Die übrigen zwei Attentäter griffen ebenfalls an, umgingen den dritten Mann schweigend und entschlossen und mit Wahnsinn in den Augen. Sie warfen sich auf den Druiden und wurden zur Seite geweht, als würden sie aus Papier bestehen. Die schwarze Robe wallte auf wie entfesselte Schatten, und Walker wandte sich von einem zum anderen, nahm ihnen die Waffen ab und beendete ihren Angriff.

Doch die Leibgarde und die Schwarze Wache waren inzwischen nahe genug herangekommen, um ebenfalls einzugreifen. Voller Sorge um ihren König reagierten sie instinktiv und noch dazu ausgesprochen unklug in ihrem Bestreben, ihn beschützen zu wollen. Ein Hagel von Speeren und Pfeilen ging auf die Attentäter nieder, woraufhin die zwei auf der blutgetränkten Erde liegen blieben und ihr Leben aushauchten. Sogar der dritte Mann wurde getroffen, da er zu rasch wieder auf die Beine kam, um verschont zu werden. Walker rief den Elfen zu, sie sollten einhalten und die Attentäter ihm überlassen, doch es war zu spät, um sie zu retten.

Zu spät allerdings auch, um Allardon Elessedil zu retten. Einer der Pfeile, die den Attentätern gegolten hatten, traf den König mitten in die Brust. Er keuchte, sank rücklings zu Boden und blieb liegen. Walker hatte keine Chance gehabt, ihn zu beschützen. Da er sich darauf konzentriert hatte, die Meuchelmörder aufzuhalten, konnte er sich nicht rechtzeitig um die Wachen des Königs kümmern.

Der Druide kniete neben dem König, hob seine Schultern und wiegte seinen Kopf in seinem Schoß. »Elfenkönig?«, flüsterte er. »Hörst du mich?«

Allardon Elessedil hatte die Augen geöffnet und wandte dem Druiden den Blick zu. »Ich bin noch hier.«

Elfenjäger hatten sie erreicht und riefen nach Heilern. Aus allen

Ecken strömten Elfen herbei, um zu erfahren, was geschehen war. Die Schwarze Wache bildete einen Kreis um den getroffenen Herrscher und drängte die Menge zurück. Die Meuchelmörder lagen tot in ihrem Blut, ihre leblosen Körper waren in Sonnenlicht gebadet und auf tiefes Gras gebettet.

Allardon Elessedil hustete Blut. »Ruft einen Schreiber«, hauchte er, »sofort.«

Rasch fand sich einer, ein junger Mann, der kaum erwachsen war und mit bleichem Gesicht und Angst in den Augen neben dem König kniete.

»Alle außer diesem Jungen, dem Druiden und zwei Zeugen mögen sich entfernen«, befahl Allardon Elessedil.

»Hoher Herr, ich kann nicht …«, wollte ein Hauptmann der Leibgarde widersprechen, doch der König verscheuchte ihn mit einer Geste.

Nachdem ein freier Bereich um sie entstanden war, nickte der Elfenkönig dem Schreiber zu. »Schreibe nieder, was ich dir diktiere«, flüsterte er und hielt den Blick auf Walker gerichtet, während er sprach. »Alles, Wort für Wort.«

Sorgsam und in allen Einzelheiten wiederholte er die Vereinbarung, zu der er erst wenige Augenblicke zuvor mit dem Druiden gelangt war. Eine Expedition sollte unternommen werden, Walker sollte sie leiten. Der Zweck der Fahrt bestand darin, der Route zu folgen, welche auf der Karte beschrieben war, die der Druide besaß, eine Kopie jener Karte, welche von einem Schreiber des Königs im Palast verwahrt wurde. Nach den verschollenen blauen Elfensteinen sollte gesucht werden. Und so weiter und so fort. Nach und nach und voller Schmerzen wiederholte er alles, sogar die Abmachung über die Entdeckung von Magie. Ein Heiler erschien und begann mit der Behandlung der Wunde, doch der König sprach weiter, das Gesicht verzerrt vor Schmerzen, atmete rasselnd und schwer und blinzelte mit den Augen, als vermöge er nur unter Mühen zu sehen.

»Da«, sagte er schließlich. »Sie haben mich ganz umsonst umgebracht. Steh diese Sache durch, Walker. Versprich es mir.«

»Er verblutet«, verkündete der Heiler. »Ich muss ihn in meine Räume bringen und den Pfeil sofort entfernen.«

Walker hob den König hoch, als wöge er nichts, wiegte ihn in der Beuge seines guten, linken Armes und mit dem Stumpf seines rechten und trug ihn über die Anhöhe. Währenddessen redete er unablässig auf ihn ein und sagte ihm, er möge stark bleiben, nicht aufgeben, um sein Leben kämpfen, da es doch Wert und Bedeutung über das hinaus habe, was er ahnte. Von der Leibgarde umgeben, trug er den König, wie er ein schlafendes Kind getragen hätte, hielt ihn sanft in den Armen und stützte den Kopf mit der Schulter.

Mehrmals sprach der König, so leise jedoch, dass nur Walker ihn verstehen konnte. Jedes Mal erwiderte der Druide mit fester Stimme: »Du hast mein Wort darauf. Doch jetzt musst du dich ausruhen.«

Aber manchmal genügen selbst die Ermahnungen eines Druiden nicht. Zu dem Zeitpunkt, da sie die Räume des Heilers erreichten, war Allardon Elessedil bereits verschieden.

Sieben

Walker brauchte bis in den frühen Nachmittag, um sich eine Kopie der Notizen des jungen Schreibers zu sichern und diese zu Ebben Bonner zu bringen, dem Ersten Minister des Elfenrates und nominellen Anführer der Elfen, solange dic Formalitäten der Nachfolge Allardon Elessedils noch nicht geregelt waren. Der Erste Minister beugte sich den außergewöhnlichen Umständen von Elessedils Tod und gewährte Walkers Bitte, der rasch nach Bracken Clell aufbrechen wollte, damit er die Vereinbarung in die Tat umsetzen konnte. Walker argumentierte erfolgreich, es gebe allen Grund anzunehmen, die manipulierten Elfen, die am Tod des Königs schuld waren, seien von jemandem geschickt worden, der die

Expedition verhindern wollte. Der Augenblick des Angriffs kurz nach der Übereinkunft zwischen König und Druide sei hingegen vollkommen zufällig, insbesondere da es ihr erstes Treffen nach fünfundzwanzig Jahren war.

Dem König war die Expedition sehr wichtig gewesen, sonst hätte er die letzten Augenblicke seines Lebens nicht damit vergeudet, seinem Schreiber Anweisungen für eben diese Expedition zu erteilen. Gewiss hatte jemand etwas über die Karte und den Schatz, der darauf verzeichnet war, in Erfahrung gebracht. Es brauchte schon eine Menge Vertrauen, um zu akzeptieren, dass eine Verbindung zwischen dem Mord am König und dem Auftauchen der Karte existierte, doch durfte man jetzt auf gar keinen Fall einfach die Hände in den Schoß legen. Walker machte sich Sorgen, dass, wenn die Feinde des Königs schon hier in der Hauptstadt der Elfen zuschlugen, sie ebenso rasch in Bracken Clell handeln würden. Der Schiffbrüchige, der von dem Heiler versorgt wurde, befand sich in großer Gefahr. Vielleicht konnte Walker ihn noch rechtzeitig erreichen. Möglicherweise konnte er wenigstens feststellen, ob es sich um Kael Elessedil handelte.

Er gewann Hunter Predd und Obsidian für die Reise. Der Flugreiter wollte das Chaos, welches sich um ihn herum entfaltete, nur allzu gern verlassen, und war außerdem neugierig zu erfahren, welche Richtung die Geschichte mit dem Schiffbrüchigen und der Karte einschlug. Deshalb brauchte er kaum Ermutigung von Walker, sondern sattelte Obsidian und bereitete sich auf den Flug vor. Sie stiegen in den Nachmittagshimmel auf, während das Volk von Arborlon noch versuchte, die Nachricht vom Tode des Königs zu verarbeiten. Manch einer erfuhr gerade erst davon, da er von einer Reise zurückkehrte oder sich mit den Fährnissen und Erfordernissen des eigenen Lebens beschäftigt hatte. Andere konnten die Neuigkeit schlicht nicht fassen. Walker wusste auch nicht recht, was er glauben sollte. Die Plötzlichkeit des Todes schockierte ihn nicht weniger als die Elfen. Fünfundzwanzig Jahre hatte er den Mann weder gesehen noch mit ihm gesprochen, und dann musste er bei ihrem

Wiedersehen seinen Tod bezeugen. Außerdem hatte er sich dem König gegenüber bei ihrem letzten Treffen feindselig, ja fast unerträglich abweisend benommen. Er fühlte sich zwar keineswegs schuldig wegen seines Betragens, dennoch schämte er sich.

Allardon Elessedil war bereits aufgebahrt worden und wartete auf seine Beerdigung. Seinen Kindern hatte man Boten geschickt, nach Osten zur Front, wo Kylen mit den Freien kämpfte, nach Norden in die Wildnis, wo Ahren jagte. Überall in den Vier Ländern verbreitete sich die Nachricht vom Tod des Elfenkönigs.

Aber Walker durfte keinen weiteren Gedanken daran verschwenden. Seine ganze Sorge galt nun der Sicherheit des Schiffbrüchigen und den ersten Vorbereitungen der Reise, deren Route auf der Karte, welche er in seiner Robe trug, verzeichnet war. Er war davon überzeugt, dass wer immer die Ermordung des Königs befohlen hatte, dadurch dessen Zustimmung zu dieser Expedition verhindern wollte. Bis der neue König auf dem Thron saß, würde der Hohe Rat der Elfen sich vermutlich kaum von der Stelle bewegen. Was Walker davor bewahrt hatte, ganz und gar zum Herumsitzen verurteilt zu sein, war das rasche Handeln des Königs, der ihre Vereinbarung buchstäblich mit seinem letzten Atem diktiert hatte, sodass der Druide umgehend handeln konnte.

Und wenn den Druiden nicht alles täuschte, hatte derjenige, wer auch immer die Meuchelmörder des Elfen gedungen hatte, vermutlich die Absicht, diese Reise ebenfalls zu unternehmen.

Stetig und unermüdlich trug Obsidian seinen Meister und Walker nach Süden, über das dichte Grün des Dreywalds und den Morast Wirrnismoors hinweg. Der Sonnenuntergang näherte sich bereits, da erreichten sie die Gipfel des Pykon und überquerten den silbrigen Faden des Rill Song, des Singenden Flusses. Das Licht begann gerade zu schwinden, als Hunter Predd sein Reittier auf einer großen Lichtung landen ließ. Er schickte den Rock zum Ausruhen zwischen die Bäume, während er und der Druide das Lager aufschlugen. In einer flachen Grube entzündeten sie ein Feuer unter einer uralten Pinie und bereiteten sich das Essen zu. Druide und Flugreiter saßen da, als gehörten sie zu den Schatten des Waldes, so dunkel wirkten ihre Gestalten in der zunehmenden Finsternis. Schweigend aßen sie und lauschten den Geräuschen der Nacht.

»Ein merkwürdiger Tag war das«, sagte der Elf, der an dem Bier nippte, das er sich mit seinem Reisegefährten teilte. »Da denkt man unwillkürlich darüber nach, wie das Leben so laufen kann. Und man stellt sich die Frage, warum überhaupt jemand König werden will.«

Walker nickte und schaute in die Ferne. »Der Wing Hove muss vor langer Zeit das Gleiche gedacht haben.«

»Das stimmt. Aus diesem Grund haben wir einen Rat, der unsere Gesetze macht und die Entscheidungen trifft, und nicht nur einen einzigen Mann an der Spitze.« Der Flugreiter schüttelte den Kopf. »Wurde von seinen eigenen Leuten umgebracht. Er war kein schlechter Mann, Walker. Weshalb haben sie das getan?«

Walker richtete den Blick auf ihn. »Das haben sie nicht. In ihren Augen konnte ich es sehen. Was immer sie dazu gebracht hat, sich gegen ihren König zu wenden, sie waren nicht mehr die Männer, die sie noch vor einigen Tagen gewesen waren. Man hat sie manipuliert. Sie sollten den König angreifen, ihn töten und anschließend selbst sterben.«

Hunter Predd runzelte die Stirn. »Wie sollte man jemanden dazu bringen können?«

»Magie.«

»Bei Elfen?«

Walker schüttelte den Kopf. »Ich bin mir noch nicht ganz sicher. Hätten sie überlebt, hätten sie es vielleicht erzählen können. Tot waren sie mir zu nichts nütze.«

»Wer waren sie? Bestimmt keine Gärtner, oder?«

»Niemand konnte sie identifizieren. Elfen ja, aber nicht aus Arborlon. Harte Kerle, die ein hartes Leben geführt hatten, wenn man nach ihren Händen und Gesichtern gehen darf. Vermutlich haben sie nicht zum ersten Mal getötet.«

»Trotzdem.«

»Trotzdem brauchten sie einen Ansporn, um einen Elfenkönig zu töten. Ihr Auftraggeber hat ihnen diesen Ansporn geboten, indem er Magie einsetzte.« Walker blickte dem anderen in die Augen. »Es tut mir Leid, dass ich dich schon wieder so rasch weiterdrängen musste, doch es galt, keine Zeit zu verlieren. Der Schiffbrüchige ist in Gefahr. Und damit wird es nicht aufhören. Im Verlauf der nächsten ein oder zwei Wochen wirst du mich noch zu einigen anderen Orten fliegen müssen, Hunter Predd. Ich brauche deine Hilfe.«

Der Flugreiter trank den letzten Schluck Bier aus seinem Becher und schenkte sich aus dem Schlauch neben ihm nach. »Um die Wahrheit zu sagen, ich wollte sowieso aufbrechen. Nicht nur, weil der König gestorben ist, sondern weil ich mich in Städten überhaupt nicht wohl fühle. Ein paar Tage sind für mich immer mehr als genug. Ich fliege lieber, gleichgültig mit welchem Risiko.«

Der Druide lächelte. »Nichtsdestotrotz scheinst du knietief in einem Morast zu stehen, mit dem du nicht gerechnet hast, als du die Karte und das Armband nach Arborlon gebracht hast.«

Der Elf nickte. »Das geht schon in Ordnung. Ich möchte wissen, wohin das alles führt.« Plötzlich grinste er. »Wäre es nicht eine Schande, wenn ich mich selbst dieser Chance berauben würde?«

Sie schliefen ohne Störung, und bei Sonnenaufgang brachen sie wieder nach Süden auf. Das Wetter hatte im Verlauf der Nacht gewechselt, und dicke Wolken wälzten sich von der Küste ins Land und bedeckten den Himmel von Horizont zu Horizont. Die Luft war warm und windstill und roch nach frischem Regen, und aus der Ferne, weit im Westen, hallte bedrohlich Donner herüber. Schatten verhüllten das Land, über das sie flogen, verdeckten Bewegungen und Lichter, flüsterten von Geheimnissen, die nicht gelüftet werden sollten.

Walker hatte bereits einen Verdacht, was die Identität des Feindes anging, der versuchte, seine Bemühungen zu unterlaufen. In den Vier Ländern gab es nur wenige, die über eine Magie verfügten, mit der man den Verstand manipulieren konnte – und noch weniger, die eine ausreichende Anzahl von Spionen so gut platziert hatten, dass sie von den Vorgängen in Bracken Clell bis hin nach Arborlon erfahren würden. Er fürchtete, in dieser Angelegenheit zu langsam zu handeln, wenngleich er nicht hätte schneller sein können, wie er sich zur gleichen Zeit eingestehen musste. Er war nur ein einzelner Mann, während der Widersacher, wenn ihn seine Vermutungen nicht trogen, über eine kleine Armee befahl.

Obsidian flog sie durch zerklüftete Engpässe und durch die steilen Cañons des Steinkammgebirges, wobei er versuchte, niedrig zu bleiben, um Deckung zu finden, und gleichzeitig hoch genug, damit er die Grate überwinden konnte. Es ging über die dunklen Vertiefungen des Wildewalds, der Heimat von Ausgestoßenen und Geächteten, die hier von überall her ihre letzte Zuflucht suchten. In ihrer Mitte bildete die Senke einen Tümpel von dunklen, Unheil verkündenden Schatten, einen Sumpf, der sie verschlucken würde, wenn sie nur niedrig genug flogen. Dahinter passierten sie das tiefe Labyrinth des Irrybisgebirges und kamen schließlich in Sichtweite der Blauen Spalte.

Der Abend näherte sich bereits, als sie im Hafen von Bracken Clell eintrafen. Es hatte zu nieseln begonnen, und bald waren ihre Kleider durchnässt, und die einsetzende Dunkelheit wurde weder von Mond noch Sternen erleuchtet. In ihren Mänteln und Kapuzen wirkten sie wie Gespenster der Nacht, bis sie schließlich das Haus des Heilers erreichten, wo Hunter den Schiffbrüchigen vor weniger als einer Woche zurückgelassen hatte. Sie stiegen die Stufen zu der überdachten Veranda hinauf, schüttelten den Regen ab und klopften an die Tür. Während sie warteten, hörten sie von innen ein leises Murmeln und sahen Schatten, die sich hinter den erhellten Vorhängen in den Fenstern bewegten.

Die Tür öffnete sich, und ein schlanker, grauer Elf mit freundlichen, müden Augen und fragendem Blick öffnete. Er lächelte, als er Hunter Predd erkannte, und streckte den beiden Männern einladend die Hand entgegen.

»Mein Freund Dorne«, stellte ihn der Flugreiter Walker vor. »Dieser Mann«, erklärte er dem Heiler danach und deutete auf den Druiden, »ist ein Gesandter, der noch von dem jüngst verstorbenen Allardon Elessedil sowie dem Hohen Rat der Elfen geschickt wurde, um sich unseren Schiffbrüchigen anzuschauen.«

Der Heiler sah ihn stirnrunzelnd an, dann wandte er sich mit besorgter Miene Walker zu und schüttelte ihm die Hand. »Ich habe schlechte Neuigkeiten für euch. Gewiss habe ich mein Bestes gegeben, doch es hat nicht gereicht. Der Mann, den Hunter meiner Obhut überließ, ist tot. Er starb vor einigen Tagen im Schlaf.«

Walker nahm die Nachricht gelassen auf. Sie überraschte ihn nicht, sondern bestätigte lediglich seinen Verdacht. Wer immer die Attentäter geschickt hatte, um Allardon Elessedil zu töten, hatte sich auch des Schiffbrüchigen entledigt. »Wurde er schon begraben?«

»Nein.« Der Heiler schüttelte rasch den Kopf. »Ich habe ihn ins Kühlhaus gebracht, weil ich abwarten wollte, mit welchen Nachrichten Hunter aus Arborlon zurückkehrt.«

»Und sein Zimmer? Das Zimmer, in dem er starb? Ist es bereits wieder belegt?«

»Es ist frei. Wir haben es gereinigt, doch bislang wohnt dort kein neuer Patient.« Der Heiler blickte von einem zum anderen. »Kommt herein ans Feuer, damit ihr trocken werdet. Ich werde euch heiße Suppe bringen lassen. Hier draußen wird es unangenehm.«

Er setzte sie auf Stühle vor dem Feuer, das in dem großen Zimmer brannte, nahm ihnen die Mäntel ab und reichte ihnen Decken, mit denen sie sich trocken reiben konnten. Helfer des Heilers kamen und gingen, während sie ihre Aufgaben erledigten, betrachteten die Reisenden, sagten jedoch nichts. Walker schenkte ihnen keinerlei Beachtung; seine Gedanken galten allein dem toten Schiffbrüchigen. Von dem Lebenden hatte er also nichts mehr erfahren können. Würde er eine Möglichkeit finden, wie ihm der Tote Auskunft geben konnte?

Der Heiler kehrte mit Suppenschüsseln und Bierkrügen zurück, ließ ihnen einen Augenblick Zeit, damit sie mit dem Essen beginnen konnten, und rückte einen Stuhl neben sie. Er wirkte erschöpft und nervös, aber beides war durchaus zu erwarten. Walker spürte weder Geheimnisse noch üble Absichten bei ihm; der Heiler war kein böser Mann.

Ihr Gastgeber fragte sie nach ihrer Reise, und sie unterhielten sich ein wenig mit ihm, während sie aßen. Draußen hatte der Regen an Heftigkeit zugenommen, und die Tropfen prasselten geräuschvoll gegen die Fenster und auf das Dach. Die Lichter, die in den Häusern der Umgebung brannten, verschwammen in der feuchten Dunkelheit.

»Der Mann, den ihr behandelt habt, Dorne, hat er mit jemandem gesprochen?«, fragte Walker schließlich.

Der Heiler schüttelte den Kopf. »Mit niemandem.«

»Hat ihn irgendjemand aufgesucht, wenn auch nur für wenige Augenblicke?«

»Nein, niemand.«

»Veränderte sich sein Zustand, bevor er starb?«

»Nein.«

»War irgendetwas anders an ihm, nachdem er verschieden war?«

Der Heiler dachte einen Augenblick darüber nach. »Nun, vielleicht lese ich mehr hinein, als ich sollte, doch er wirkte friedlich.« Er zuckte mit den Schultern. »Allerdings bringt der Tod Erleichterung vom Leiden mit sich, und dieser Mann hat schwer gelitten.«

Walker dachte schweigend einen Moment darüber nach. Im Kamin knackte das brennende Holz und loderte auf. »Ist während der vergangenen zwei Tage sonst noch jemand im Ort gestorben, möglicherweise unerwartet?«

Der Heiler riss die Augen auf. »Ja, in der Tat. Ein Mann, der bei mir gearbeitet hat – nicht als Heiler, sondern nur als Pfleger –, wurde unweit seiner Hütte tot im Wald aufgefunden. Es war Glück, dass man ihn überhaupt entdeckt hat. Es ist eine abgelegene Stelle, die selten aufgesucht wird. Eine Schlange hat ihn gebissen, eine sehr giftige – was für diese Gegend äußerst ungewöhnlich ist. Das würde man eher von Wildewald erwarten.«

Walker stellte seine Schüssel ab und erhob sich. »Könntest du mir jetzt den Raum zeigen, in dem der Schiffbrüchige gestorben ist?«, bat er den Heiler. »Hunter, iss ruhig weiter. Das kann ich allein erledigen.«

Er folgte Dorne durch einen Gang zu einem Raum im hinteren Teil des Gebäudes. Dann schickte er Dorne zurück, um Hunter Gesellschaft zu leisten, und sagte, er würde in Kürze wieder zu ihnen stoßen. Der Heiler wollte die Wandkerzen anzünden, doch Walker sagte, die Dunkelheit wäre für das, was er vorhabe, besser geeignet.

Nachdem der Heiler gegangen war, stellte er sich in die Mitte des Raums, wo ihn die Dunkelheit einhüllte, lauschte auf den Regen und beobachtete die Bewegungen der Schatten. Nach einer Weile schloss er die Augen, schnüffelte an der Luft und machte sich zu einem Teil seiner Umgebung. Er entspannte sich und ließ seine Gedanken zur Ruhe kommen. Hinten im Gang hörte er das leise Murmeln von Stimmen. Nach und nach blendete er sie aus.

Die Zeit entglitt seinen Händen. Langsam sammelte er die Fragmente dessen, wonach er suchte, die Hinterlassenschaften und Reste mächtiger Magie, die vor nicht allzu langer Zeit eingesetzt worden war. Sie drangen auf verschiedene Weise zu ihm vor, manche als leise Geräusche, andere als Bewegungen, die er durch die geschlossenen Lider wahrnehmen konnte, und wieder andere als Gerüche des Anwenders der Magie. Das genügte zwar nicht, um ein komplettes Bild zu erstellen, doch es gelang ihm, ausreichend kleine Wahrheiten zusammenzutragen, die ihm wohl begründete Vermutungen erlaubten.

Schließlich schlug er zufrieden die Augen auf. Nie konnte die Anwendung von Magie vollkommen vor jenem verborgen werden, der wusste, wo er nach ihr zu suchen hatte. Stets blieben Rückstände erhalten.

Er ging zurück in das Zimmer, wo Hunter Predd und Dorne saßen. Beide blickten bei seinem Eintreten auf. »Kannst du mir das Kühlhaus zeigen?«, bat er den Heiler. »Ich möchte mir die Leiche des Schiffbrüchigen anschauen.«

Der Heiler erklärte sich einverstanden, sagte aber, dass sich das

Kühlhaus ein Stück entfernt befinde. »Es ist kaum eine Nacht, in der es einen bei diesem Wetter nach draußen zieht«, erklärte er.

»Dann gehe ich allein«, schlug Walker vor. »Beschreibe mir nur den Weg.«

Der Druide hüllte sich in seinen feuchten Mantel und ging zur Vordertür hinaus. Er folgte den Anweisungen des Heilers, umrundete das Haus, zuerst unter dem Dach der Veranda, dann unter der Dachtraufe, bis er durch die Schatten in den Regen schlüpfte. Der Wald begann zwanzig Meter hinter dem Gebäude, und das Kühlhaus lag noch einmal hundert Meter weiter. Walker senkte den Kopf wegen des Regens und der niedrigen Zweige und beschritt einen Fußweg, den der Heiler und seine Helfer im Laufe der Zeit ausgetreten hatten. In der Ferne grollte Donner, und ein scharfer Wind vom Ozean blies stetig durch die nassen Äste.

Am Ende des Pfads führte eine Tür zu einem Steindamm, der aus riesigen Felsen bestand und mit Erde und Pflanzen bedeckt war. Über ein Schütz lief Wasser und verschwand in einem Bach. Der Türgriff des Kühlhauses war feucht und kalt, und der Druide brauchte einen Augenblick, bis er den Riegel zurückgelegt hatte.

Im Inneren blieb der Lärm des Sturms zurück. In Halterungen an den Wänden steckten Fackeln, und bei ihnen befand sich Zunder, um sie anzuzünden. Walker steckte eine in der Halterung an und dann eine zweite, die er mit sich nahm. Er schaute sich um. Der Raum war groß und viereckig und bestand vom Boden bis zur Decke aus Steinscheiben. Nischen in den Wänden enthielten hölzerne Schlitten für die Leichen, und in Rinnen, die in den Steinboden gemeißelt waren, flossen austretende Feuchtigkeit und Körperflüssigkeiten ab. Ein mit Metall beschlagener Holztisch stand leer in der Mitte des Raums. Er wurde von dem Heiler für Untersuchungen an den Toten benutzt. Im tiefen Schatten glitzerten an Haken in der Wand scharfe Instrumente wie die Augen von Raubtieren.

Es roch nach Blut und Tod, und rasch begann der Druide mit der notwendigen Arbeit, damit er diesen Ort möglichst bald wieder verlassen konnte. Der Schiffbrüchige befand sich in der Nische ganz links unten vom Eingang aus, und Walker schlug das Laken zurück. Das Gesicht des Mannes war im Fackelschein blutleer und weiß, sein Körper steif, die Haut wächsern. Walker betrachtete ihn, erkannte ihn jedoch nicht. Wenn dies Kael Elessedil gewesen war, so hatte er sich vollständig verändert.

»Wer warst du?«, flüsterte Walker dem Toten zu.

Er rammte die Fackel, die er trug, in die nächstliegende Wandhalterung. Sachte legte er dem Mann die Fingerspitzen auf die Brust und strich langsam den Oberkörper hinunter und dann wieder hoch zu den Schultern. Er tastete Kehle und Schädel vorsichtig ab. Auch auf dem Gesicht suchten seine Finger.

»Erzähl mir etwas«, flüsterte er.

Draußen erschütterte ein Donnerschlag die Erde, aber der Druide sah nicht von seiner Arbeit auf. Er legte dem Toten die Finger auf die versehrten Augen und fühlte, wie die Lider unter seiner Berührung nachgaben; dann strich er langsam über Nase und Wangen.

Als er die blutlosen Lippen erreichte, zuckte er zurück. Hier, zischte er still, war dem Mann das Leben entzogen worden! Die Magie war noch immer vorhanden, und vor zwei Tagen hätte sie sogar noch gebrannt. Er fuhr rasch über die Lippen und forschte weiter. Gewalt war keine angewandt worden. Der Tod war sanft eingetreten, doch rasch und mit gewissem Nachdruck. Aber für den Druiden hatte vor allem etwas anderes Bedeutung: Der Tod kam nicht aus dem Inneren, sondern von außen.

Walker trat zur Seite, ohne den Schiffbrüchigen aus den Augen zu lassen. Verschiedene Fragen drängten sich ihm auf. War der Mörder in die Erinnerung vorgedrungen, ehe er den Tod herbeigeführt hatte? Das war anzunehmen. Der Mörder würde dort nach dem gesucht haben, was Walker in der Karte entdeckt hatte. Aus dem Gedankenaufruhr des Druiden bildete sich eine finstere Gewissheit heraus. Nur eine einzige Person war zu alldem in der Lage. Sein Gegner war jemand, dem gegenüber er selbst keine Feindseligkeit empfand, dem er jedoch verhasst war. Irgendwann musste es ja zu dieser

Auseinandersetzung kommen, das hatte er befürchtet, nur hätte er einen späteren Zeitpunkt bevorzugt.

Sie hingegen würde es aufs Äußerste begrüßen, dass es ausgerechnet jetzt passierte.

Er hob den Blick und starrte in die Dunkelheit des Raums, wobei er zum ersten Mal die Kälte spürte. Kein anderer Feind würde die Vorkehrungen erfordern, die er nun zu treffen gezwungen war. Aber eine Konfrontation mit ihr – eine Konfrontation, die ihm sicher bevorstand – würde nur ein Ende finden, wenn er ihren Zorn durch die Enthüllung einer Wahrheit besänftigen konnte, die seit vielen Jahren im Verborgenen lag. Die schmerzlichen Ereignisse der Vergangenheit waren nicht mehr zu verändern. Was ihm nun zu tun blieb, war die Einflussnahme auf die Zukunft, und sogar die würde nur zu einem hohen Preis durchführbar sein.

Er brachte die Leiche des Schiffbrüchigen zurück in die Nische, löschte die Fackeln und trat in die Nacht hinaus. Dunkelheit und Regen umschlossen ihn, während er durch die Bäume des Waldes auf das Haus zuging. Schnell musste er handeln. Er hatte gedacht, als Nächstes könne er sich auf die Suche nach einem Schiff und einer Besatzung machen, doch das musste warten. Etwas anderes war dringender, und darum hatte er sich sofort zu kümmern.

Morgen um Mitternacht musste er mit dem Toten sprechen.

Acht

Bei Sonnenaufgang des folgenden Tages verließ Walker Bracken Clell. Wieder einmal saß er auf Obsidian hinter Hunter Predd und beobachtete durch einen Vorhang aus Regen, wie der Himmel im Osten langsam die Farbe von getriebenem Blech annahm. Die Niederschläge hatten seit der vergangenen Nacht zwar abgenommen, waren jedoch noch nicht gänzlich abgeflaut. Der

Himmel hüllte sich weiterhin in Wolken und Düsterkeit und bedrückte die durchnässte Erde mit einer Mischung aus Dunst und Schatten. In seinen längst feuchten und kalten Reisemantel gewickelt, zog sich Walker tief in sich zurück, damit die Zeit schneller verstrich. Dort arbeitete er sich sorgfältig durch die Einzelheiten der Aufgaben, die vor ihm lagen. Er wusste, was notwendig war, dennoch ertappte er sich wieder und wieder bei dem Wunsch, es würde jemanden geben, mit dem er die Verantwortung teilen könnte. Diese Einsamkeit war entmutigend. So würde ihm kaum der kleinste Fehler erlaubt sein. Er dachte daran, wie er die Druiden in seiner Jugend verachtet hatte, und zwar vor allem Allanon, und er schalt sich erneut für seine Torheit.

Sie flogen durch den Morgen und hielten nur einmal an, damit sich Obsidian ausruhen konnte, während sie tranken und aßen. Mittags hatten sie bereits den Tirfing überquert und das Westland hinter sich gelassen. Der Dulnwald blieb hinter ihnen zurück, dann das schlanke Band des Rappahalladran. Der Regen wurde schwächer, die Sturmwolken zogen nach Süden, und am Horizont tauchten die ersten blauen Stellen auf. Sie flogen nach Ostnordost, und der Flugreiter lenkte sie über den südlichen Rand der Grenzländer jenseits von Tyrsis und über den Regenbogensee. Die Mittagsrast legten sie an der Westküste des Sees ein, und inzwischen war der Tag hell und klar geworden, ihre Kleidung trocknete in der Sonne, und das Interesse an ihrer Mission lebte neu auf.

»Der Schiffbrüchige, Walker – war es Kael Elessedil?«, fragte Hunter Predd, während sie die letzten Stücke des Waldhuhns aßen, das Dorne ihnen am Morgen mit auf den Weg gegeben hatte.

Walker schüttelte den Kopf. »Ich kann es nicht mit Gewissheit sagen. Seit seiner Kindheit habe ich ihn nicht mehr gesehen, und ich erinnere mich nicht allzu gut an ihn. Doch selbst wenn ich noch eine klare Vorstellung von ihm hätte, wäre es mir schwer gefallen, ihn wiederzuerkennen, nach allem, was er durchgemacht hat.«

»Er ist nicht im Schlaf gestorben, nicht wahr? Nicht eines natürlichen Todes. Jemand hat dabei mitgewirkt, sein Leben zu beenden.«

Der Druide hielt inne. »Ja. Woher weißt du das?«

Der Flugreiter zuckte mit den Schultern, und sein straffer Körper wurde länger, während er sich streckte. »Dorne ist ein begabter Heiler und ein vorsichtiger Mann. Der Schiffbrüchige hat viele Tage auf See überstanden, ehe ich ihn gefunden habe. Er hätte auch noch einige Tage mehr im Bett überlebt, wenn nicht jemand eingegriffen hätte.« Er sah Walker forschend an. »Der Auftraggeber unserer Meuchelmörder?«

Der Druide nickte. »Das möchte ich annehmen. Das Leben dieses Mannes wurde mit Magie geraubt. Es unterschied sich nicht so sehr von dem, was man den Männern angetan hatte, die auf Allardon Elessedil angesetzt wurden.«

Einen Augenblick schwieg der Flugreiter, nippte an seinem Bier und blickte in die Ferne. Dann sagte er: »Weißt du bereits, wer dein Feind ist?«

Mein Feind. Unversöhnlich und tödlich. Walker lächelte ironisch. »Heute Nacht werde ich es ganz genau wissen.«

Der Flugreiter säuberte das Geschirr und packte es ein, fütterte und tränkte sein Tier, bevor er Walker schließlich wieder an Bord winkte. Sie flogen nach Osten über den Regenbogensee, überquerten die Mündung des Mermidon und die breiten Höcker des Runnegebirges. Unten auf dem See trieb eine Hand voll Fischerboote, doch die Fische blickten nicht zu ihnen nach oben, so sehr waren sie in ihre Arbeit vertieft. Das Tag verstrich, die Sonne näherte sich dem westlichen Horizont, und das Licht begann zu schwinden. Der Mond erhellte den Himmel über ihnen, und ein einzelner Stern tauchte ganz nah bei ihnen auf. Die Schatten auf dem Land unten wurden länger und streckten sich wie Finger aus, die das Kommen der Nacht ankündigen.

Es dämmerte bereits, als sie das Südende der Rabbebene erreichten und sich zu den Drachenzähnen aufmachten. Inzwischen waren die riesigen, zerklüfteten Gipfel dunkel und formlos, eine Unheil verkündende Wand, die sich entlang des gesamten Nordhimmels erstreckte. Die Temperatur sank, und Walker zog seinen Mantel enger um sich. Hunter Predd schien die Kälte nichts auszumachen. Walker bewunderte, wie der Flugreiter mit dem Wetter umging, sich stets entsprechend verhielt, ansonsten jedoch nicht davon stören ließ. Das gehörte vermutlich zu den Eigenschaften, die man als Flugreiter brauchte.

Als sie die Ausläufer erreichten, die dort hinaufführten, wohin er heute Nacht gehen würde, war es dunkel. Im Licht des Mondes und der Sterne landete Obsidian auf einem offenen Hang in sicherem Abstand von Felsen und Unterholz, hinter denen sich Feinde verstecken oder die eine rasche Flucht verhindern könnten. Nachdem der Flugreiter sich um die Bedürfnisse des Rocks gekümmert hatte, schlugen sie gemeinsam das Lager auf, zündeten ein Feuer an, kochten und nahmen ihr Abendessen ein. Aus der Ferne hörten sie die Jagdschreie von Reihern und das schrille Klagen der Wölfe. Der Mond tauchte die Ebenen im Süden und Osten in seinen Schein, und durch das bleiche Licht bewegten sich verstohlene Schatten.

»Ich habe über den Schiffbrüchigen nachgedacht«, verkündete Hunter Predd nach längerem Schweigen. Sie hatten ihr Mahl beinahe beendet, und der Flugreiter scharrte mit seinem Stiefel in der harten Erde und rückte mit seinem Bierkrug ein Stück vom Feuer weg. »Wie konnte ein blinder Mann seinen Häschern ohne Hilfe entkommen?«

Walker blickte auf.

»Wie konnte er von dort, wo er eingesperrt war, hierher zu uns in die Spalte kommen?« Der Flugreiter runzelte die Stirn. »Angenommen, er kehrte tatsächlich von der Reise zurück, zu der Kael Elessedil vor dreißig Jahren aufgebrochen ist, dann hatte er einen langen Weg vor sich. Ein Blinder hätte das ohne Hilfe nicht zustande gebracht.«

»Nein«, stimmte Walker zu. »Das hätte er nicht.«

Der Elf beugte sich vor. »Noch eine Sache beunruhigt mich. Wie hat er die Karte in die Finger bekommen? Solange er sie nicht selbst gezeichnet hat, muss er sie entweder gestohlen oder übergeben bekommen haben. Falls er sie selbst zeichnete, kann er das nur getan haben, ehe er geblendet wurde. Wie hat er sie vor denjenigen verborgen, die ihn gefangen gehalten haben? Wenn sie jedoch jemand anderer gezeichnet hat, muss er sie irgendwie erhalten haben. Einerlei, er muss Hilfe gehabt haben. Sogar für die Flucht. Was ist aus dieser anderen Person geworden?«

Walker nickte beifällig. »Du stellst die richtigen Fragen, Hunter Predd. Fragen, die mir schon seit einigen Tagen durch den Kopf gehen. Dein Verstand ist scharf, deine Instinkte sind gut, Flugreiter.«

»Kennst du die Antworten darauf?«, drängte Hunter und ignorierte das Kompliment.

»Keine, die ich dir im Augenblick verraten würde.« Der Druide erhob sich und stellte Teller und Becher zur Seite. »Es ist Zeit für mich zu gehen. Vor dem Morgen werde ich nicht zurück sein, daher kannst du ruhig ein wenig schlafen. Suche nicht nach mir, gleichgültig, welchen Drang du danach verspürst. Verstehst du?«

Der Flugreiter nickte. »Man braucht mich nicht extra aufzufordern, mich aus diesen Bergen fern zu halten. Ich bin froh, dass ich hier bleiben kann.« Er wickelte sich enger in seinen Mantel. »Viel Glück.«

Auf dem Weg aus den Ausläufern in die Drachenzähne wurde es kälter, und während des Aufstiegs sank die Temperatur beharrlich weiter. Zwischen den massiven Felswänden war die Nacht still und leer. Der Mond verschwand hinter den Gipfeln, und nur das Sternenlicht beleuchtete noch den Weg, was dem Druiden allerdings genügte. Er ging einen schmalen, von Geröll bedeckten Weg entlang, der sich zwischen riesigen Felsen entlang wand. Das Durcheinander von zermalmten und zerborstenen Steinen ließ an eine Umwälzung vor langer Zeit denken, welche die Landschaft dramatisch verändert hatte. Einst hatte sich an dieser Stelle vielleicht ein weiterer Gipfel erhoben. Jetzt war davon nur noch eine Ruine geblieben.

Er brauchte fast zwei Stunden für den Aufstieg, und erst kurz vor Mitternacht erreichte er sein Ziel. Er überquerte einen Grat und blickte hinunter auf das Tal von Shale und das sagenumwobene Hadeshorn. Der See lag in der Mitte des Tals, sein glattes Wasser stand dumpf und leblos in der Senke aus poliertem schwarzem Stein, der die Wände und den Boden bedeckte. Das Sternenlicht spiegelte sich in dem Stein, wurde jedoch von dem Hadeshorn aufgesaugt und in Schatten verwandelt. Im Tal unten regte sich nichts. So, wie es von den hohen, einsamen Gipfeln der Drachenzähne umschlossen wurde, sah es aus wie eine Gruft und fühlte sich ebenso an.

Nicht weit von der Wahrheit entfernt, dachte Walker und starrte über die reglose Ebene hinweg.

Mit dem Gesicht zum Tal von Shale gewandt, setzte er sich an eine riesige Felsscheibe und döste. Die Zeit verstrich, ohne dass er es merkte, und bald schon war die Nacht fast vorüber. Eine Stunde vor der Dämmerung erhob er sich und ging mit stetem, wenn auch vorsichtigem Schritt über den lockeren Fels und suchte sich einen Weg hinunter zum Talboden. Dabei passte er gut auf, damit er nicht stolperte und stürzte; die Kanten des polierten Felsens waren messerscharf. Nur das Knirschen des Gerölls störte die Stille. Sterne tauchten das Tal in ihr Licht, und er erreichte den Rand des Sees ohne Schwierigkeiten bis zur Stunde vor der Dämmerung, wenn die Geister der Toten gerufen werden können, um die Geheimnisse der Lebenden preiszugeben.

Er blieb stehen und wartete ab, was als Nächstes passieren würde.

Das Wasser des Hadeshorn hatte bei seinem Näherkommen einen anderen Farbton angenommen, und jetzt schimmerte knapp unter der Oberfläche ein Licht, welches kein Widerschein der Sterne war, sondern aus einer inneren Quelle hervorstrahlte. Er fühlte eine Regung; da wachte etwas auf und nahm seine Gegenwart zur Kenntnis. Er konnte es eher fühlen denn sehen. Seine ganze Aufmerksamkeit richtete sich auf den See, er vergaß alles andere und wusste, jede Störung seiner Konzentration, nachdem er einmal begonnen hatte, würde seine Anstrengungen zunichte machen und ihm möglicherweise sogar Schaden zufügen.

Als er mit sich im Frieden war und sich vollständig konzentriert hatte, begann er damit, die Toten zu rufen. Er sprach leise, denn seine Stimme brauchte nicht weit zu tragen, und vollführte seine Gesten langsam, da es wesentlich mehr auf Genauigkeit denn auf Geschwindigkeit ankam. Er sagte seinen Namen und erzählte von sich und seinem Wunsch und forderte die Toten mit einem Wink auf, zu antworten, und den See, sie freizugeben. Während er dies tat, bewegte sich das Wasser, drehte sich im Uhrzeigersinn und brodelte dann heftiger und heftiger auf. Leise erhoben sich Schreie aus der Tiefe, ausgestoßen von schwachen, ätherischen Stimmen, ein Wispern, das sich in dünnes Kreischen verwandelte. Das Hadeshorn zischte und schäumte und ließ die Schreie in kleinen Gischtfontänen frei, dann in Geysiren, die viele Meter hoch in die Luft aufstiegen. Das Licht unter der Oberfläche wurde heller und pulsierte, und das ganze Tal erbebte.

Dann ertönte ein Grollen tief aus der Erde, und auf dem wallenden Wasser erhoben sich die Geister, weiße, durchscheinende Gestalten, die langsam in die Luft stiegen und durch dünne Dampffäden verbunden waren und von ihrem Leben nach dem Tode für einige wenige kostbare Augenblicke befreit waren, um auf die Erde zurückzukehren, die sie beim Sterben verlassen hatten. Ihre Stimmen vermengten sich zu einem wachsenden Klagen, das dem Druiden eine Gänsehaut bescherte und ihm kalt durch Mark und Bein ging. Er blieb stehen, wo er war, obwohl sie näher kamen, und er kämpfte gegen den Drang an, fortzurennen, sich abzuwenden und Angst zu empfinden. In Spiralen flogen sie in den Nachthimmel, griffen nach dem, was sie verloren hatten, wollten zurückerlangen, was ihnen versagt wurde. Mehr und mehr erschienen und füllten die leere Senke des Tals, bis kein Platz mehr war.

Wer ruft? Wer wagt es?

Schließlich erhob sich ein riesiger schwarzer Schatten aus dem Wasser und trieb die Geister wie Blätter auseinander, während seine verhüllte Gestalt Form annahm und mit einem Arm die Schwärme von Geistern zur Seite fegte, die ihm zu nahe kamen. Das Hadeshorn brodelte und kochte, überallhin spritzte Gischt, Tröpfchen landeten auf dem Gesicht und den Händen des Druiden. Walker hob schützend den Arm, und sofort wandte sich die verhüllte Gestalt ihm zu. Da sie nun mehr Platz hatte, löste sich die Schwärze ein wenig auf und wurde durchscheinender, und plötzlich war es, als könnte man durch das Fleisch die Knochen sehen. Das Wesen glitt über die brodelnde Oberfläche und nahm allen Raum ein, während es sich näherte, sog alles Licht in sich auf.

Als dieses Wesen genau über Walker war, verharrte es und hing reglos in der Luft, neigte leicht den Kopf, dessen Gesichtszüge durch die Kapuze verhüllt wurden. Flach und leidenschaftslos erfüllte die Stimme die Stille.

– Was weißt du von mir –

Walker kniete sich hin, nicht aus Angst, sondern aus Respekt.

»Allanon«, antwortete er und wartete auf die Aufforderung zu sprechen.

Weiter im Westen, wo die tiefen Wälder ihre Bewohner bedecken und beschützen wie ein Ozean das Leben unter dem Meer, näherte sich auch dem Wildewald die Dämmerung. Unter den alten Bäumen blieb das Licht stets fahl und dürftig, sogar zur Mittagszeit am hellsten Sommertag. Schatten verhüllten die Welt der Waldbewohner, und meistens gab es kaum einen Unterschied zwischen Tag und Nacht. Seit langem war der Wildewald eine Wildnis, in die sich nur wenige Außenseiter vorwagten und in der nur diejenigen blieben, die dort geboren waren und die seine Härten ertragen konnten. Somit bildete der Wildewald eine Zuflucht für Wesen, denen die Abwesenheit von Licht erstrebenswert erscheint.

Die Ilse-Hexe war ein solches. Obwohl sie in einem anderen Teil der Vier Länder geboren worden war, wo sie ihre Vergangenheit im hellsten Sonnenschein verbracht hatte, hatte sie sich längst an die zwielichtige Existenz ihrer Gegenwart hier gewöhnt, ja, sie sogar schätzen gelernt. Fast ihr ganzes Leben hatte sie an diesem Ort gewohnt, genauer gesagt, seit sie fünf Jahre alt war. Der Morgawr hatte sie hergebracht, nachdem die Lakaien des Druiden ihre Eltern getötet und versucht hatten, sie zu entführen und für ihre eigenen Zwecke zu benutzen. Er hatte ihr diese Heimat geschenkt, dazu seinen Schutz und sein Wissen über die Anwendung von Magie, damit sie heranwachsen und entdecken konnte, worin ihr wahres Schicksal bestand. Die Dunkelheit, in der sie sich aufhielt, war ihr recht, doch niemals ließ sie sich zu ihrem Sklaven machen.

Manche, das wusste sie, wurden von den Dingen, die Trost spendeten, abhängig. Zu diesen würde sie niemals gehören. Abhängigkeit war etwas für Narren und Schwächlinge.

In dieser Nacht ging sie die primitive Zeichnung durch, die sie aus Kael Elessedils Erinnerung gestohlen hatte, ehe sie sich seiner entledigte, und spürte eine Regung in der Luft, welche die Ankunft des Morgawrs ankündigte. Er hatte ihre Zuflucht vor über einer Woche verlassen und nur wenig über seine Pläne gesagt. Bis zu seiner Rückkehr musste sie mit ihren eigenen Mitteln auskommen. Inzwischen war sie erwachsen, gleichermaßen in seinen wie in ihren Augen, und er fühlte nicht mehr die einstige Notwendigkeit, über sie zu wachen. Er hatte sich ihr nie anvertraut. Das hätte in fundamentaler Weise gegen seine Natur verstoßen und war undenkbar. Schließlich war er ein Hexenmeister und aus diesem Grunde einzelgängerisch und unabhängig. Schon seit sehr, sehr langer Zeit lebte er hier in seiner Zuflucht in der Senke mitten im Herzen des Wildewalds, nicht weit von dem Vorgebirge, das als Hochwarte bekannt war. Einst, so hieß es, seien diese Höhlen von den Hexenschwestern Mallenroh und Morag bewohnt gewesen, ehe die zwei sich gegenseitig vernichtet hatten. Die Ilse-Hexe wusste nicht, ob diese Geschichte der Wahrheit entsprach; der Morgawr redete nicht darüber, und sie hütete sich, ihn zu fragen.

Dunkle Magie gedieh im Wildewald, gehörte anderen Zeiten und Völkern an, einer Welt, die vor den Großen Kriegen ihre Blütezeit erlebt hatte. Magie wurzelte hier in der Erde, und der Morgawr bezog seine Kraft aus ihrer Gegenwart. Er war nicht wie sie; er war nicht für die Magie geboren. Stattdessen hatte er seine Meisterschaft durch Studium und Experiment und durch langsames, qualvolles Ertragen der Nebenwirkungen erlangt, wobei letztere ihn unumkehrbar verändert hatten.

Die Ilse-Hexe sah von ihrer Arbeit auf und bemerkte das leichte Flackern der beiden einzigen Kerzen in den gegenüberliegenden Wandhaltern am Eingang. Schatten schwankten und verfestigten sich erneut auf dem abgetretenen Steinboden. Sie legte die Karte zur Seite und begrüßte ihn. Ihre graue Robe fiel mit leisem Rauschen um ihre schlanke Gestalt, und sie warf das lange dunkle Haar aus dem Kindsgesicht mit den funkelnden blauen Augen zurück. Nur ein Mädchen, hätte ein unbedarfter Besucher gedacht. Nur ein Mädchen, das zur Frau heranwächst. Aber das traf nicht auf sie zu, schon seit langem nicht mehr. Der Morgawr würde einen solchen Fehler nicht begehen, obwohl er es einst getan hatte. Es hatte sie nur einen Herzschlag gekostet, ihn zurechtzuweisen, ihm zu verdeutlichen, dass sie nicht länger ein Mädchen und ein Lehrling, sondern eine erwachsene Frau war, die sich mit ihm messen konnte.

Seitdem waren die Dinge nicht mehr so wie zuvor, und sie würden auch nie wieder so sein, das spürte sie.

Er erschien im Eingang, groß und dunkel in seinem langen schwarzen Mantel. Sein Körper war riesig und muskulös und besaß noch immer eine menschliche Form, doch ähnelte er mehr und mehr den Mwellrets, mit denen er so viel Zeit verbrachte. Seine Haut war schuppig und grau und ohne Haarbewuchs. Sein Gesicht war leer und ausdruckslos, und seine Augen hatten einen reptilienhaften Zug. Er konnte die Gestalt wandeln wie die Rets, doch wesentlich vielseitiger, da ihm die Magie dabei half. Einst zahlreich, waren die Rets über die vergangenen fünf Jahrhunderte hinweg zu einer kleinen Gemeinschaft reduziert worden. Sie steckten voller Geheimnisse und konnten andere manipulieren, und vielleicht bewunderte sie der Morgawr aus diesem Grunde so sehr.

Er blickte sie nun aus dem Dunkel der Kapuze an, und seine grünen, schlitzförmigen Augen wirkten leer und kalt. Früher einmal hätte es sie verängstigt, wenn er sie so betrachtete. Dann hätte sie alles versucht, um ihn dazu zu bringen, den Blick abzuwenden. Jetzt hielt sie ihm stand und starrte ihn sogar noch kälter und leerer an.

»Allardon Elessedil ist tot«, sagte er leise. »Starb durch ein Versehen seiner eigenen Wachen während eines Attentatsversuchs von drei Elfen, deren Verstand beeinflusst worden war. Wen kennen wir, der die Fähigkeit besitzt, Magie auf diese Weise anzuwenden?«

Das war keine Frage, auf die eine Antwort notwendig war, und deshalb ging sie schweigend darüber hinweg. »In deiner Abwesenheit«, erwiderte sie ruhig, »wurde ein Schiffbrüchiger entdeckt, der auf der Blauen Spalte trieb. Er trug ein Armband der Elessedils und hatte eine Karte bei sich. Ein Flugreiter brachte ihn nach Bracken Clell. Einer meiner Spione hat mir davon berichtet. Als ich hinging, um mir den Mann anzuschauen, erkannte ich ihn. Kael Elessedil. Die Karte, die er bei sich gehabt hatte, war bereits unterwegs zu seinem Bruder, aber ich konnte einiges aus den Erinnerungen in seinem Kopf zusammenstellen.«

»Es ist nicht an dir, die Entscheidung über das Leben eines Königs zu treffen!«, zischte der Morgawr wütend. »Du hättest mich aufsuchen sollen, ehe du so etwas unternimmst.«

Sie wurde sehr leise. »Ich brauche keine Erlaubnis, um das zu tun, was ich für notwendig halte. Niemals. Leben zu beenden ist meine Domäne und ganz allein meine, egal um wessen Leben es geht!«

Sie hätte ihm genauso gut sagen können, dass die Sonne in weniger als einer Stunde aufgehen würde. Er reagierte mit Gleichgültigkeit auf ihre Worte, und auch in seiner Antwort und seiner Körperhaltung ließen sich keine Gefühle entdecken. »Was ist mit dieser Karte?«, fragte er.

»Die Karte weist den Weg zu einem Schatz, einer Magie, die aus Worten gebildet wird und die aus der Alten Welt, aus der Zeit vor den Großen Kriegen, stammt.« Sie setzte ihre Stimme ein, um ihn näher zu locken, um ihm ihr eigenes Gefühl von Dringlichkeit und Notwendigkeit aufzuzwingen. Er würde spüren, was sie tat, trotzdem war er verwundbar. »Die Magie verbirgt sich in einem Land jenseits der Blauen Spalte. Kael Elessedil ist dort gewesen und hat sie gesehen. Sie existiert tatsächlich, und sie ist sehr mächtig. Unglücklicherweise wusste sein Bruder ebenfalls darüber Bescheid. Bis ich ihn aufgehalten habe, beabsichtigte er, selbst danach zu forschen.«

Der Morgawr kam in den Raum, trat jedoch nicht zu ihr, sondern an die gegenüberliegende Wand, als wolle er in den Kästen, die sich dort befanden, etwas suchen. Einen Trunk vielleicht? Die Aufzeichnung einer Entdeckung? Dann wurde er langsamer, drehte sich um, und seine Stimme klang wie Eis. »Beabsichtigst du, an seiner Stelle hinzufahren, kleine Hexe?«

»Diese Magie sollte uns gehören.«

»Du meinst dir, nicht wahr?« Er lachte leise. »Aber genau so sollte es sein.«

»Warum begleitest du mich nicht?«, fragte sie und hoffte gleichzeitig, er würde ablehnen.

Er neigte den Reptilienkopf zur Seite und dachte darüber nach. »Das ist deine Entdeckung, deine Angelegenheit. Kümmere dich darum, doch ohne mich. Wenn die Magie uns beiden gehört, bin ich schon zufrieden.«

Sie wartete ab, denn sie wusste, es war noch nicht alles. »Aber?«, fragte sie schließlich.

Seine Augen leuchteten. »Wirst du dich allein aufmachen?«

»Über die Blaue Spalte? Nein. Ich brauche ein Schiff und eine Mannschaft.« Sie hielt kurz inne. »Und außerdem gibt es da eine Komplikation.«

Der Morgawr lachte erneut, langsam und ein wenig spöttisch. »Das ist mir nicht entgangen, so wie du diese Angelegenheit in die Hand genommen hast. Was für eine Komplikation?«

Sie trat ein paar Schritte auf ihn zu, blieb stehen und zeigte, dass sie keine Angst hatte und ihr Vorhaben durchaus unter Kontrolle hatte. Präsenz war von großer Bedeutung, wenn man mit Mwellrets zu tun hatte, und insbesondere mit dem Morgawr. Wenn sie jemanden für sclbsibewusst hielten, forderten sie ihn mit großer Wahrscheinlichkeit nicht heraus. Der Morgawr war ein mächtiger Hexenmeister, und er hatte sein Leben damit verbracht, den Umgang mit einer Magie zu erlernen, die den Gegner innerhalb von Augenblicken töten konnte. Inzwischen konnte sie ihm zwar das Wasser reichen, aber sie musste trotzdem weiterhin Vorsicht walten lassen.

»Ehe er gestorben ist, hat Allardon Elessedil die Karte nach Paranor geschickt und Walker nach Arborlon gerufen.«

»Der Druide!«, zischte der Hexenmeister voller Abscheu.

»Der Druide. Er ist gerade rechtzeitig angekommen und hat mit dem König eine Vereinbarung über die Suche nach dem Schatz auf der Karte getroffen, bevor er den Tod Allardons mit anschauen musste. Es wäre ein Glück für uns gewesen, wenn er ebenfalls gestorben wäre. Doch leider hat er überlebt. Er wird die Elfenexpedition anführen.«

Der Morgawr betrachtete sie einen Moment lang wortlos. »Eine Auseinandersetzung mit deinem ärgsten Feind. Darauf musst du sehr erpicht sein.«

»Er ist ein gefährlicher Gegner.«

»Aber du hast geschworen, dass du ihn eines Tages vernichten würdest.« Der Hexenmeister nickte. »Vielleicht ist dieser Tag nah.«

»Vielleicht. Allerdings begehre ich die Magie mehr als den Tod des Druiden.«

Der Morgawr zeigte mit der klauenartigen Hand in die Luft. »Ein Druide, ein paar Elfenjäger, ein Kapitän und eine Mannschaft. Dazu noch einige andere, so wie ich Walker kenne. Er wird sich eine starke Gesellschaft zusammensuchen, die seine Expedition unterstützen soll, vor allem da Kael Elessedil an der gleichen Aufgabe gescheitert ist. Er scheiterte, obwohl er die Elfensteine hatte, um ihn zu beschützen.«

Er warf ihr einen Seitenblick zu. »Und was ist mit denen, kleine Hexe? Mit den wertvollen Elfensteinen?«

Sie schüttelte den Kopf. »Nichts. Er hat sie nicht mit zurückgebracht. Seine Erinnerungen haben mir nicht enthüllt, was aus ihnen geworden ist. Möglicherweise sind sie verloren gegangen.«

»Möglicherweise.« Seine raue Stimme hatte die Schärfe verloren und klang nun nachdenklicher. »Wo hält sich der Druide jetzt auf?«

»Gestern war er noch in Bracken Clell. Von dort ist er aufgebrochen und seitdem nicht wieder aufgetaucht. Meine Spione halten nach ihm Ausschau.«

Der Hexenmeister nickte. »Ich überlasse ihn dir. Ich weiß, du findest gewiss einen Weg, mit ihm fertig zu werden. Ich hingegen werde dir den Rest von dem geben, was du für deine Suche brauchst – ein Schiff, einen Kapitän und eine Mannschaft, dazu eine Hand voll angemessener Beschützer. Das alles werde ich dir besorgen, kleine Hexe. Du bekommst, was notwendig ist.«

Ihr gefiel die Art und Weise nicht, wie er das sagte, und sie wusste, dadurch, dass er ihr diesen Gefallen erwies, wollte er sie unter Beobachtung und vielleicht sogar unter Kontrolle behalten, während sie so weit von ihm entfernt war. Er vertraute ihr nicht mehr. War er einst der Lehrer und sie die Schülerin gewesen, so standen sie sich nun gleichberechtigt gegenüber. Schlimmer noch, das war ihr klar, sie waren Rivalen – keine direkten zwar im Moment, aber das würde nicht mehr lange auf sich warten lassen. Trotzdem konnte sie seine Hilfe nicht zurückweisen. Damit würde sie ihre Angst vor seinen Absichten verraten. So weit würde sie es niemals kommen lassen.

»Ich bin für jede Unterstützung dankbar«, erwiderte sie und neigte leicht den Kopf, als würde sie ihm danken. Fürs Erste schien es besser, ihn zu besänftigen. »Wo beginnen wir?«

»Mit den Einzelheiten der Karte, die du aus Kael Elessedils Erinnerungen rekonstruiert hast.« Er blickte an ihr vorbei zum Tisch, an dem sie gesessen hatte und auf dem die Zeichnung lag. »Darf ich mir die Anfänge deiner Arbeit anschauen?«

Ohne eine Antwort abzuwarten, ging er hinüber und warf einen genaueren Blick darauf.

Die Dämmerung hatte längst eingesetzt, als Walker das Tal von Shale verließ. Sein Treffen mit dem Schatten von Allanon hatte ihn der Kraft und der Energie beraubt, wie er es nicht erwartet hätte. Seit langer Zeit war er nicht mehr zum Hadeshorn gekommen, seit langer Zeit hatte dazu keine Notwendigkeit bestanden, und er hatte vergessen, wie kräftezehrend dieses Erlebnis sein konnte. Man musste sich so sehr konzentrieren. So viel Intuition musste man aufbringen, um die Worte des Schattens richtig zu deuten. Obwohl der

Druide über das meiste Bescheid wusste und auf den Rest vorbereitet war, musste er genau aufpassen, während er zuhörte, damit er nichts falsch verstand oder etwas vergaß.

Als die Geister der Toten verschwunden waren und die Sonne über den Horizont gestiegen war, hatte er sich in dem nun stillen Wasser betrachtet, und sein Gesicht wirkte verwitterter und faltiger, als seine Jahre es verlangt hätten. Einen kurzen Moment stellte er sich den uralten Mann vor, der er einst werden würde.

Der heutige Tag war sonnig und hell, die Wolken und der Regen der beiden vergangenen Tage waren nach Osten abgezogen, und in der Luft lag wieder der Geruch von Lebewesen. In den nächsten Stunden ging er den Weg zurück, den er gekommen war, wobei ihm die Erschöpfung zu sehr zusetzte, um sich schneller zu bewegen, und so dachte er über das nach, was er gerade erfahren hatte. Der Schatten von Allanon hatte zu ihm über die Vergangenheit gesprochen, die er längst kannte, von einer Gegenwart, die er vermutete, und von einer Zukunft, die er nicht verstand. Es gab Menschen und Orte, mit denen er vertraut war, und andere, die er nie zuvor gesehen hatte, dazu Rätsel und seltsame Visionen, und das Ganze bildete ein Durcheinander in seinem Kopf, das sich nicht ordnen würde, solange er nicht geruht und ausreichend Zeit gehabt hatte, alles genau zu bedenken.

Eigentlich war die Richtung, in die er gehen musste, längst festgelegt.

Als er das Lager in den Ausläufern erreichte, wo er Hunter Predd zurückgelassen hatte, wartete der Flugreiter auf ihn. Er hatte das Lager abgebaut, ihre Ausrüstung geordnet und striegelte nun die ebenholzfarbenen Federn Obsidians. Der Rock bemerkte den Druiden zuerst und neigte warnend den Kopf. Hunter Predd drehte sich um, legte die Bürste zur Seite und beobachtete den Druiden, der sich näherte. Wortlos reichte er Walker eine dicke Scheibe Brot mit Marmelade und einen Becher kaltes Wasser, dann fuhr er damit fort, sein Reittier zu striegeln.

Walker ging zu einem Stück Gras, setzte sich und verzehrte das Brot hungrig. Bilder wallten in seinem Kopf auf wie das Hadeshorn bei der Ankunft der Geister der Toten. Allanons Schatten lauerte über ihm, verdeckte das Licht der Sterne, die Augen leuchteten hell, die Stimme klang tief und befehlshaberisch wie ein Echo der grollenden Erde. Walker konnte ihn noch immer sehen, spürte seine dunkle Gegenwart, hörte ihn sprechen. Als er beim ersten Licht schließlich verschwunden war, schien es, als sei die Welt an ihrem Ende angekommen; durch die Luft wirbelten Schatten, in denen die Geisterkörper schimmerten und klagten. Das Wasser des Hadeshorn wallte erneut auf, als würde ein Seeungeheuer hervorbrechen, und die Toten wurden abermals aus der Welt der Lebenden in ihr eigenes Reich zurückgezogen. Die Seele schien Walker herausgerissen zu werden, so fühlte es sich für ihn an, als wäre ein Teil von ihm mit ihnen gegangen. In gewisser Weise stimmte das, vermutete er.

Er hielt beim Essen inne und starrte ins Leere. Wenn er zu lange und zu angestrengt über das nachdachte, was von ihm verlangt wurde, wenn er zu sehr über die Forderungen nachgrübelte, die Allanon gestellt hatte, würde er sich selbst in Zweifel ziehen, wodurch er Schaden nehmen könnte. Dagegen würde es ihn gesund und bei voller geistiger Kraft erhalten, wenn er sich daran erinnerte, was auf dem Spiel stand – das Leben der Menschen, die von ihm abhängig waren, die Sicherheit der Vier Länder und seine Träume von einem Druidenrat, die vielleicht noch in seinem Leben Wirklichkeit werden könnten. Vor allem das Letzte trieb ihn an, denn wenn dies geschähe, würde es jene Entscheidung, die ihm noch immer schwer im Magen lag, rechtfertigen, nämlich jenes Wesen zu werden, das er so lange Zeit verabscheut hatte. Musste er schon ein Druide sein, so wollte er zumindest die Bedingungen selbst bestimmen und nicht in Schande leben.

Nachdem er das Brot gegessen und das Wasser getrunken hatte, erhob er sich erneut. Hunter Predd blickte über die Schulter zu ihm und hörte auf zu striegeln.

»Wohin geht es jetzt, Walker?«, fragte er.

Der Druide beobachtete einen Schwarm Reiher, die über sie hinweg zum Regenbogensee flogen. »Nach Süden«, antwortete er schließlich mit starrem Blick, »um jemanden zu finden, dessen Magie an die meine heranreicht.«

Neun

Bek Rowe kroch durch das hohe Gras am Rande einer Lichtung, die unterhalb einer dicht bewaldeten Hügelkette lag, und lauschte den Geräuschen des Keilers, der sich quer durch das Dickicht wühlte. Er zögerte, als der Wind drehte, und achtete darauf, stets außer Sicht seiner Beute in Windrichtung zu bleiben, lauschte auf deren Bewegungen und schätzte ihr Vorankommen ab. Irgendwo zu seiner Linken wartete Quentin Leah im tiefen Wald. Die Zeit wurde langsam knapp; die Sonne neigte sich rasch dem Horizont im Westen zu, und ihnen blieb nur noch eine Stunde ausreichendes Licht. Sie hatten den Keiler den ganzen Tag gejagt, ihn durch das raue Buschland und die tiefen Wälder verfolgt und auf die Chance gewartet, ihn zur Strecke zu bringen. Bislang hatte sich ihnen jedoch keine gute Gelegenheit geboten, denn die Wildschweinjagd zu Fuß und nur mit Pfeil und Bogen war ein riskantes und schwieriges Unterfangen. Doch wie bei den meisten Dingen im Leben ging es ihnen vor allem um die Herausforderung.

Der sanfte Duft jungen Laubs und frischen Grases vermischte sich mit dem durchdringenden Geruch von Erde und Holz, und Bek atmete tief durch, um sich zu beruhigen. Er konnte den Keiler nicht erkennen und der Keiler, der außergewöhnlich schlecht sehen konnte, ihn bestimmt ebenfalls nicht. Dafür besaß das Wildschwein einen umso schärferen Geruchssinn, und sobald er Bek einmal gewittert hatte, war er zu allem Möglichen in der Lage. Keiler waren aufbrausend und wild, und wenn sie etwas nicht kannten, griffen sie es lieber an, als davor zu fliehen.

Erneut drehte der Wind, und Bek duckte sich rasch. Das Wildschwein bewegte sich in seine Richtung, wie Grunzen und Keuchen verrieten. Wenn Bek auch mit Riesenschritten auf das Mannesalter zuging, war er doch noch ein kleiner, drahtiger Junge, der seiner Größe gemäß allerdings Beweglichkeit und Geschwindigkeit sowie eine überraschende Kraft aufwies. Quentin, der fünf Jahre älter war und bereits als Erwachsener betrachtet wurde, erzählte anderen stets, sie sollten sich nicht täuschen lassen: Bek sei wesentlich zäher, als sein Aussehen vermuten ließ. Ginge es hart auf hart, darauf beharrte der Hochländer, würde er sich Bek Rowe an seiner Seite wünschen. Das war natürlich eine Übertreibung, aber Bek freute sich dennoch darüber. Vor allem, da sie von seinem Vetter stammte, denn niemand würde im Ernst daran denken, Quentin Leah der Lüge zu bezichtigen.

Bek legte einen Pfeil an die Lehne des Bogens und schlich weiter voran. Inzwischen war er nahe genug und konnte den Keiler riechen, was nicht unbedingt angenehm war, doch wahrscheinlich würde er bald zum Schuss kommen. Er schlich nach rechts, folgte den Geräuschen des Wildschweins und fragte sich, ob Quentin sich noch auf dem bewaldeten Hang aufhielt oder sich dem Tier bereits von hinten näherte. Die Schatten der Bäume in Beks Rücken reckten sich wie verlängerte Finger bis in die Lichtung hinein, während der Tag dem Ende zuging. Eine borstige dunkle Gestalt brach durch das Gras vor ihm, dann kam der Keiler in Sicht, und Bek erstarrte sofort. Langsam hob er den Bogen höher und zog die Sehne zurück.

Aber im nächsten Moment glitt ein riesiger Schatten über die Lichtung. Der Keiler erschrak, quiekte wild wie ein Ferkel und ergriff panikartig die Flucht. Bek richtete sich auf und hielt Ausschau, sah jedoch nur noch den Rücken des Schweins, das zunächst im Dickicht und anschließend im Wald dahinter verschwand. Sekunden später war die Lichtung wieder leer und still.

»Schatten!«, murmelte Bek, senkte den Bogen und fuhr sich durch das kurz geschorene Haar. Er stand auf und blickte über die leere Lichtung hinüber zum Wald. »Quentin?«

Der große Hochländer trat zwischen den Bäumen hervor. »Hast du es gesehen?«

»Ich habe einen Blick auf seinen Hintern erhascht, nachdem der Schatten das Schwein aufgescheucht hat. Hast du erkannt, was das für ein Schatten war?«

Quentin hatte inzwischen die Lichtung erreicht und stiefelte durch das hohe Gras. »Irgendeine Art Vogel, oder?«

»Hier in der Gegend gibt es keine so großen Vögel.« Bek beobachtete ihn beim Näherkommen und suchte kurz den leeren Himmel ab. Er schulterte den Bogen und schob den Pfeil zurück in den Köcher. »Vögel von dieser Größe leben an der Küste.«

»Möglicherweise hat er sich verirrt.« Quentin zuckte gleichgültig mit den Achseln. Er rutschte in einer Schlammlache aus und murmelte einige ausgewählte Worte vor sich hin, während er sich wieder aufrichtete. »Vielleicht sollten wir lieber Moorhühner jagen.«

Bek lachte. »Am besten jagen wir Regenwürmer und halten uns ans Fischen.«

Quentin erreichte ihn, breitete die Arme aus und ließ Pfeile und Bogen voller Abscheu fallen. »Ein ganzer Tag, und was können wir vorweisen? Eine leere Wiese. Man sollte meinen, wir hätten wenigstens einmal zum Schuss kommen können. Dieser Keiler hat genug Lärm gemacht, um Tote zu wecken. Bei der Katze, er war wirklich leicht zu finden!«

Dann grinste er fröhlich. »Zumindest haben wir noch dieses Moorhuhn von gestern, damit der Bauch nicht leer bleibt, und einen Schlauch mit kaltem Bier, um den verletzten Stolz zu lindern. Das ist das Schönste am Jagen, Bek. Das Essen und Trinken am Ende des Tages!«

Bek lächelte daraufhin, und nachdem Quentin seine Waffen wieder aufgehoben hatte, eilten sie gemeinsam auf ihr Lager zu. Quentin war groß und hatte breite Schultern, er trug sein rotes Haar lang und hatte es nach Art der Hochländer zu einem Zopf geflochten. Bek, sein Cousin aus dem Tiefland, hatte sich nie an den Stil des Hochlands angepasst, obwohl er den größten Teil seines Lebens bei Quentin und seiner Familie verbracht hatte. Dass seine Herkunft im

Dunkeln lag, hatte einen starken Drang nach Unabhängigkeit in ihm wachgerufen. Vielleicht wusste er nicht, wer er war, dafür wusste er jedoch sehr gut, wer er nicht war.

Sein Vater war ein entfernter Vetter von Coran Leah gewesen, Quentins Vater, doch er hatte im Land am Silberfluss gelebt. Bek konnte sich nur noch an eine schattenhafte Gestalt mit kräftigem, dunklem Gesicht erinnern, denn er war bereits gestorben, als Bek erst zwei Jahre alt war. Er hatte an einer tödlichen Krankheit gelitten und Bek zu seinem Cousin Coran gebracht, da er um seinen bevorstehenden Tod wusste. Sonst hätte er sich an niemanden wenden können. Beks Mutter war verschwunden, Geschwister gab es nicht, auch keine Tanten und Onkel, jedenfalls keine, die ihm näher standen als Coran. Viele Jahre später hatte Coran Leah Bek erzählt, dass sein Vater ihm einst einen großen Gefallen erwiesen habe, und aus diesem Grund habe er Bek sofort bei sich aufgenommen.

Dementsprechend war Bek als Hochländer aufgewachsen, obwohl er kein echter war und auch niemals gedrängt wurde, diese Denkweise anzunehmen. Quentin erklärte ihm, das sei die richtige Einstellung. Warum sollte man versuchen, etwas zu sein, das man nicht war? Wenn man vorgab, irgendetwas zu sein, dann etwas, was niemand anderer war. Diese Idee gefiel Bek, und doch hatte er keine Ahnung, was er sonst sein sollte. Früher oder später, so malte er sich aus, wahrscheinlich genau dann, wenn es darauf ankam, dass er entschlossen handelte, würde er es schon herausfinden.

»Ich bin vollkommen ausgehungert«, verkündete Quentin, während sie den steilen Waldhang hinuntergingen. »Hungrig genug, um einen ganzen Keiler allein zu essen, sollte mir zufällig einer tot vor die Füße fallen!«

Sein breites, kräftiges Gesicht wirkte fröhlich und offen und spiegelte seine Persönlichkeit. Bei Quentin Leah wusste man immer, woran man war. Es gab keine Geheimnisse, keine Verstellung, keine Arglist. Quentin gehörte zu den Menschen, die direkt auf andere zugingen, ihre Gedanken offen aussprachen und ihren Gefühlen freien Lauf ließen. Bek dagegen neigte dazu, mit Worten und Gefühlsbezeugungen sparsamer umzugehen, denn zum Teil betrachtete er sich stets als Außenseiter und ließ daher gern eine gewisse Vorsicht walten.

»Bist du dir sicher mit dem Vogel?«, fragte Bek Quentin und dachte an den riesigen Schatten zurück, der ihm noch immer ein Rätsel war.

Quentin zuckte mit den Schultern. »Ich habe kaum einen Blick darauf erhascht und bin mir nicht sicher. Wie du schon gesagt hast, er sah aus wie einer dieser großen Vögel von der Küste, schwarz, schlank und wild.« Nachdenklich hielt er inne. »Eines Tages möchte ich einmal auf einem reiten.«

Bek schnaubte. »Du möchtest eine Menge Dinge tun. Am liebsten alles, wenn du könntest.«

Quentin nickte. »Stimmt. Aber manches lieber. Und dazu gehört ein solcher Ritt.«

»Ich wünsche mir nur einen Schuss auf diesen Keiler.« Bek schob einen Ast zur Seite. »Nur zwei Sekunden mehr ...«

»Vergiss den Keiler!« Sein Cousin packte spielerisch seine Schultern. »Morgen gehen wir wieder auf die Jagd. Früher oder später erlegen wir ein Wildschwein. Wie könnte uns dieser Erfolg versagt bleiben?«

Ganz einfach, wollte Bek antworten, denn Wildschweine sind schnell, behände und stark, und vor allem können sie sich besser verstecken, als wir sie aufspüren. Doch er ließ die Angelegenheit auf sich beruhen, denn Tatsache war schließlich, wenn sie den Keiler heute erlegt hätten, hätte sich die Frage gestellt, was sie den Rest der Woche getan hätten. Und was Quentin da eingefallen wäre, darüber wollte Bek nicht einmal nachdenken.

Die Schatten verdüsterten den Wald noch mehr als schon am Tage, und rasch schwand das Licht, während die Sonne hinter dem Horizont verschwand und still die Nacht herankroch. Schlangenförmige Nebelschwaden zogen bereits durch Täler und Schluchten, jene dunkleren, kühleren Zufluchten, in denen die Sonne länger abwesend war und somit mehr Feuchtigkeit erhalten blieb. Grillen begannen zu zirpen, Nachtvögel stießen ihre Schreie aus. Bek zog den Kopf ein, weil vom Rappahalladran eine frostige Brise heraufzog. Vielleicht würde er vorschlagen, morgen zu angeln, einfach nur zur Abwechslung. Das war zwar nicht so aufregend wie die Wildschweinjagd, dafür waren die Erfolgsaussichten besser.

Außerdem, dachte er, könnte er dabei in der Nachmittagssonne ein wenig dösen. Er würde träumen und in der Fantasie kleine Reisen unternehmen. Dann konnte man ein wenig über die Zukunft nachdenken, was keine schlechte Idee war, da er sich diese noch gar nicht recht vorstellen konnte.

»Da ist er wieder«, verkündete Quentin fast beiläufig und zeigte zwischen den Bäumen hindurch nach vorn.

Bek sah auf, und obwohl er scharfe Augen hatte, erkannte er nichts. »*Was* ist da?«, fragte er.

»Der Vogel, der über die Wiese geflogen ist. Ein Rock – so heißen sie. Einen Augenblick kam er hinter dem Kamm hervor, dann ist er wieder verschwunden.«

»Rocks fliegen nicht so weit ins Binnenland«, erwiderte Bek. Nicht, solange sie keinen Flugreiter haben, fügte er in Gedanken hinzu. Aber was sollte ein Flugreiter hier draußen wollen? »Das Zwielicht täuscht deine Augen.«

Quentin schien ihn gar nicht zu hören. »So dicht an unserem Lager, Bek. Hoffentlich raubt er nicht unsere Vorräte.«

Sie eilten den Hang hinunter, durchquerten das Tal darunter und stiegen zur Spitze des nächsten Hügels hinauf, auf dem sich ihr Lager befand. Währenddessen unterhielten sie sich nicht mehr, sondern konzentrierten sich auf den Aufstieg und suchten die düsteren Schatten sorgsamer ab. Die Sonne war längst untergegangen, und im Dämmerlicht des Waldes täuschten vielfältige Bewegungen das Auge. Die für das Ende des Tages typische Stille hatte sich über der Welt ausgebreitet und erweckte den Eindruck, alle Lebewesen würden nur darauf warten, wer den ersten Laut von sich gab. Obwohl Bek und sein Cousin sich dessen nicht bewusst waren, gingen sie plötzlich leiser.

Wenn in den Hochlandwäldern die Dunkelheit einbricht, wird es richtig düster, insbesondere, wenn wie an diesem Abend der Mond noch nicht aufgegangen ist und nur die Sterne Licht spenden. Bek stellte fest, wie ihm aus unerklärlichen Gründen plötzlich unbehaglich zumute war, und seine Instinkte beschworen ihn, dass etwas nicht stimmte, obwohl er den Grund nicht erkennen konnte. Das Lager erreichten sie ohne Zwischenfall, allerdings blieben sie am Rand der Lichtung wie ein Mann stehen und schauten sich still um.

Nach einem Augenblick berührte Quentin seinen Vetter an der Schulter und zuckte mit den Achseln. Nichts erregte Verdacht. Bek nickte. Sie betraten die Lichtung, gingen zu ihren Vorräten, die sie an einen Ast gehängt hatten, und fanden sie unversehrt vor. Daraufhin überprüften sie ihre Zeltausrüstung, die sie zwischen den breiten Wurzeln eines Ahorns verstaut hatten, und auch hier war alles in Ordnung. Sie zogen das zusammengerollte Bettzeug hervor und legten es neben die kalte Feuerstelle, eine Grube, die sie vor zwei Tagen ausgehoben hatten. Danach lösten sie das Seil, mit dem ihr Proviant gesichert war, und ließen ihn herunter. Quentin sortierte verschiedene Lebensmittel und Zutaten zum Kochen. Bek holte Zunder hervor und schlug eine Flamme an dem Holz, das sie morgens bereits aufgeschichtet hatten.

Irgendwo in der Finsternis schrie ein Nachtvogel auf der Suche nach Beute oder einem Partner. Bek blickte auf und starrte abermals in die Schatten, bevor er das Feuer anzündete. Nachdem das Holz brannte, ging er zum Rand der Lichtung und sammelte weitere Äste.

Als er sich aufrichtete, stand er einem Fremden in schwarzem Mantel gegenüber. Der Mann war kaum einen Meter entfernt, genau vor ihm, und Bek hatte sein Näherkommen nicht gehört. Der Junge erstarrte, und das Herz schlug ihm bis zum Hals. Sein Kopf verlangte brüllend alle möglichen Arten von Reaktionen, doch er konnte sich zu keiner durchringen.

»Bek Rowe?«, fragte der Fremde leise.

Bek nickte wortlos. Die Kapuze des Fremden verhüllte das Gesicht, aber die tiefe, raue Stimme flößte Vertrauen ein. Beks Panik ließ einen Hauch nach.

Irgendwie hatte auch Quentin Leah die unerwartete Begegnung bemerkt. Er trat aus dem Lichtkreis des Feuers und spähte in die Dunkelheit, wo Bek und der Fremde einander gegenüber standen. »Bek? Alles in Ordnung?« Er näherte sich. »Wer ist da?«

»Quentin Leah?«, fragte der Fremde ihn.

Der Hochländer trat vor und ergriff dabei das lange Messer an seiner Hüfte. »Wer bist du?«

Der Fremde wartete, bis der Hochländer neben Bek stand. »Ich heiße Walker«, antwortete er. »Kennt ihr mich?«

»Der Druide?« Quentin hielt den Griff seines Messers weiterhin fest.

»Eben der.« Sein bärtiges Gesicht kam zum Vorschein, als er die Kapuze zurückzog. »Ich bin hier, weil ich euch um einen Gefallen bitten möchte.«

»Um einen Gefallen?« Quentin verhehlte seine Skepsis nicht und legte die Stirn in Falten. »Uns?«

»Nun, eigentlich nur dich, aber wenn Bek schon hier ist, kann ich auch gleich euch beide fragen.« Er blickte an ihnen vorbei zum Feuer. »Können wir uns nicht setzen, während wir uns unterhalten? Und habt ihr etwas zu essen? Ich habe heute einen langen Weg hinter mich gebracht.«

Als wären sie zu einem Waffenstillstand gelangt, verließen sie die Dunkelheit, betraten das Licht und setzten sich um das Feuer. Bek betrachtete den Druiden aufmerksam und versuchte ihn einzuschätzen. Körperlich war er Furcht einflößend, groß und dunkel, mit langem schwarzem Haar und schmalem, eckigem Gesicht, das von Sonne und Wetter gezeichnet war. Er wirkte weder alt noch jung. Sein rechter Arm war unterhalb des Ellbogens abgetrennt, sodass nur ein Stumpf geblieben war. Trotzdem strahlte er Macht und Selbstbewusstsein aus, und seine seltsamen Augen drückten eine unverkennbare Warnung aus, bei der Wahrheit zu bleiben. Obwohl er sagte, er sei gekommen, um sie zu finden, schien ihn das jetzt, nachdem es so weit war, nicht mehr besonders zu interessieren. Sein Blick schweifte ständig in die Dunkelheit jenseits des Feuers, als würde er nach etwas Ausschau halten.

Und somit war es seine Geschichte, die Bek mehr faszinierte als seine Erscheinung, und der Junge erwischte sich dabei, wie er in seiner Erinnerung nach den wenigen Dingen suchte, die er über ihn wusste. Der Druide lebte im alten Paranor mit den Geistern seiner Vorfahren und Gefährten, die bereits lange tot waren. Den Gerüchten zufolge war er Allanons Nachfolger und direkter Abkömmling. Es hieß, schon zu Zeiten von Quentins Urgroßvater Morgan Leah und der berühmtesten aller Elfenköniginnen, Wren Elessedil, habe er gelebt und im Krieg gegen die Schattenwesen gekämpft. Falls dies stimmte, musste der Druide über hundertdreißig Jahre alt sein. Niemand aus diesen Zeiten lebte sonst noch, und es wirkte eigenartig und rief eine Gänsehaut hervor, dass dem Druiden gelungen war, was kein gewöhnlicher Mann zustande brachte.

Bek wusste viel über Druiden. Er hatte sich mit ihnen beschäftigt, weil zwischen ihnen und der Familie Leah eine lang währende Verbindung bestand. Bei fast jeder großen Unternehmung der Druiden seit der Zeit des Dämonenlords war ein Leah beteiligt gewesen. Die meisten Leute fürchteten sich vor den Druiden und ihrem magischen Erbe, doch die Hochländer waren stets ihre Fürsprecher. Ohne die Druiden, so glaubten sie, würden die Menschen ein ganz anderes Leben führen, und zwar zu einem Preis, den vermutlich niemand zu zahlen bereit war.

»Du sagst, heute hättest du schon einen weiten Weg zurückgelegt?« Quentin brach das Schweigen. »Woher kommst du?«

Walkers Blick schweifte hin und her. »Ursprünglich von den Drachenzähnen. Dann von Leah.«

»Also war das dein Rock«, platzte Bek heraus und konnte plötzlich wieder sprechen.

Jetzt sah Walker ihn an. »Nicht meiner. Obsidian gehört einem Flugreiter namens Hunter Predd. Er sollte in Kürze hier sein. Zuerst versorgt er seinen Vogel.« Er zögerte. »Habt ihr uns gesehen?«

»Im Prinzip nur euren Schatten«, antwortete Quentin, während er geräucherten Fisch in Streifen schnitt und in die Pfanne legte. Zuvor hatte er ihn mit Mehl und Gewürzen bestreut und ein wenig Bier hinzugefügt. »Wir haben Wildschweine gejagt.«

Der Druide nickte. »Das hat mir dein Vater erzählt.«

Quentin blickte rasch auf. »Mein Vater?«

Walker streckte die Beine aus und stützte sich auf den gesunden Arm, als er sich zurücklehnte. »Wir kennen uns. Sagt mal, habt ihr Glück auf der Jagd gehabt?«

Quentin wandte sich wieder dem Fisch zu und schüttelte den Kopf. »Nein, ihr habt das Schwein verscheucht. Oder besser, der Schatten des Rocks.«

»Oh, das tut mir Leid. Auf der anderen Seite war es wichtiger, euch hier zu treffen, als euch diesen Keiler zu gönnen.«

Bek starrte ihn an. Hieß das etwa, er hatte den Keiler absichtlich vertrieben? War der Rock nicht zufällig dort entlang gekommen? Er sah schnell zu Quentin, um die Reaktion seines Cousins zu beobachten, doch der hatte seine Aufmerksamkeit auf Schritte gerichtet, die sich näherten.

»Ach, da ist ja unser Freund, der Flugreiter«, erklärte Walker und erhob sich.

Hunter Predd trat in den Feuerschein, ein schlanker, drahtiger Elf mit knochigen Händen und scharfen Augen. Er nickte dem Hochländer und seinem Vetter zu, als sie vorgestellt wurden, und nahm gegenüber dem Druiden Platz. Walker sprach ein paar Minuten über Flugreiter und Rocks und erläuterte ihre Bedeutung für die Elfen des Westlandes, dann fragte er Quentin nach Neuigkeiten in seiner Familie. Das Gespräch dauerte fort, während der Hochländer den Fisch zubereitete, Brot röstete und ein wenig Gemüse dünstete. Unterdessen beobachtete Bek Walker sorgsam und fragte sich, weshalb dieses Treffen wohl stattfand und welche Art Gefallen der Druide von ihnen wollte, woher er Coran Leah kannte und was er mit einem Flugreiter anstellte.

Doch bevor Walker Bek die Antworten auf diese Fragen lieferte, mussten sie zunächst ihr Essen mit kaltem Bachwasser herunterspülen und das Geschirr spülen.

»Ich möchte, dass ihr mich auf eine Reise begleitet«, erklärte der Druide und nippte an dem Bier, das Quentin ihm eingeschenkt hatte. »Beide. Es wird eine lange und gefährliche Reise. Möglicherweise vergehen Monate bis zu unserer Rückkehr, vielleicht dauert es sogar wesentlich länger. Wir müssen die Blaue Spalte überqueren und in ein Land vorstoßen, welches niemand von uns je betreten hat. Dort werden wir einen Schatz suchen. Wir haben eine Karte und außerdem Anweisungen, was wir tun müssen, um diesen Schatz zu finden. Doch jagt noch jemand diesem Schatz hinterher, und dieser Jemand, eine Sie, ist sehr gefährlich und wird alles tun, um uns daran zu hindern, die Ersten zu sein.«

Diese Erklärung lieferte er eher beiläufig; sie hätten genauso gut über eine Floßfahrt auf dem Rappahalladran sprechen können. Bek Rowe hatte das Hochland noch nie verlassen, und jetzt tauchte plötzlich jemand auf, der mit ihm um die halbe Welt reisen wollte. Er mochte seinen Ohren kaum trauen.

Hunter Predd antwortete als Erster. »Eine Sie?«, fragte er neugierig.

Walker nickte. »Unsere Gegnerin ist eine mächtige Zauberin, die sich Ilse-Hexe nennt. Sie ist der Schützling eines Hexenmeisters namens Morgawr. Die Namen entstammen einer Sprache, die in der Welt der Feenwesen benutzt wurde und zum größten Teil verloren gegangen ist. Ihrer bedeutet ›Sänger‹. Seiner heißt ›Gespenst‹ oder etwas Ähnliches. Sie wohnen im Wildewald, und nur selten wagen sie sich weit heraus. Wie die Ilse-Hexe von der Karte und unserer Reise erfahren hat, weiß ich nicht. Dennoch ist sie für den Tod von mindestens zwei Menschen verantwortlich.« Er hielt kurz inne. »Kennt ihr sie?«

Bek und Quentin sahen sich verdutzt an, doch der Flugreiter nickte voller Abscheu. »Gut genug, um mich von ihr fern zu halten.«

»Diese Möglichkeit bietet sich uns jedoch nicht.« Walker beugte sich vor. »Einer der Toten ist Allardon Elessedil, der Elfenkönig. Wenn die Ilse-Hexe bereit war, ihn umzubringen, um uns von der Suche nach dem Schatz abzuhalten, wird sie gewiss nicht zögern, auch uns zu töten. Gewarnt zu sein ist die beste Rüstung, will ich meinen.«

Sein Blick suchte Quentin und Bek. »Der andere Tote ist der vorherige Besitzer der Karte, ein Schiffbrüchiger, der vor einer Woche in der Blauen Spalte gefunden wurde. Die Jagd, die ich vorschlage, beginnt mit ihm. Er könnte Allardon Elessedils Bruder Kael gewesen sein, und wenn nicht, so gehörte er wahrscheinlich zumindest zu der Gruppe von Elfen, die vor dreißig Jahren eine ähnliche Expedition unternommen haben. Sie sind alle verschwunden und wurden niemals gefunden. Die Karte, die unser Schiffbrüchiger bei sich trug, lässt den Eindruck entstehen, dass sie etwas von großer Bedeutung entdeckt haben. An uns ist es nun, herauszufinden, worum es sich dabei handelt.«

»Demnach beabsichtigst du, über die Blaue Spalte zu segeln und nach diesem Schatz zu suchen?«, fragte Quentin vorsichtig.

»Nicht zu segeln, Hochländer«, entgegnete der Druide. »Ich will fliegen.«

Einen Augenblick lang herrschte Schweigen. Das Holz in der Feuergrube knackte laut. »Auf Rocks?«, erkundigte sich Quentin weiter.

»Auf einem Luftschiff.«

Wieder trat Stille ein. Sogar Hunter Predd war verblüfft. »Aber warum sollen wir dann mitkommen?«, fragte Bek schließlich.

»Aus verschiedenen Gründen.« Walker starrte den Jungen mit seinen dunklen Augen an. »Schenkt mir einen Moment eurer Aufmerksamkeit. Außer euch dreien habe ich das Folgende noch niemandem anvertraut. Das meiste habe ich erst vor kurzem entschieden, und noch immer versuche ich, verschiedene Dinge zu entschlüsseln. Ich brauche jemanden, mit dem ich über meine Gedanken reden kann, jemanden, dem ich vertrauen darf. Außerdem jemanden mit scharfem Verstand und dem richtigen Willen, den benötigten Fähigkeiten und vor allem Mut. Hunter Predd ist so jemand. Dich und deinen Vetter darf ich, denke ich, ebenfalls dazuzählen.«

Bek spürte, wie er plötzlich vor Aufregung fast platzte. Er beugte sich erwartungsvoll zu dem Druiden vor.

»Hunters Nutzen ist offensichtlich«, fuhr Walker fort. »Er ist ein erfahrener Veteran der Lüfte, und ich beabsichtige, eine kleine Anzahl Flugreiter als Eskorte für unser Luftschiff mitzunehmen. Hunter wird sie anführen, wenn er diesen Posten akzeptiert. In diesem Fall muss er sich so weit auf sich selbst verlassen können, dass er meine Gedanken vorausahnen kann und so reagiert, wie es die Umstände und die Ereignisse verlangen.«

Weiterhin sah er Bek an. »Quentins Nutzen ist gleichfalls offensichtlich, obwohl er es selbst vermutlich noch nicht erkannt hat. Quentin ist ein Leah, der älteste Sohn seines Vaters und der Erbe einer mächtigen Magie. Außer ihm verfügt niemand, den ich anwerben könnte, über eine solche Magie. Einst hätten wir uns vielleicht auf die Elfensteine verlassen, aber jene, die sich im Besitz der Elfen befanden, gingen mit Kael Elessedil verloren. Die Ilse-Hexe wird sich Verbündete suchen können, die selbst Magie besitzen. Darüber hinaus werden wir während unserer Suche auch anderen Formen von Magie begegnen. Für einen allein wäre es schwierig, sich ihr zu stellen. Deshalb muss mich Quentin unterstützen.«

Der Hochländer starrte den Druiden an, als habe dieser den Verstand verloren. »Du meinst doch nicht dieses alte Schwert, das mein Vater mir vor einigen Jahren geschenkt hat, als ich ins Mannesalter kam? Dieses alte Relikt hat doch höchstens symbolischen Wert, mehr nicht! Das Schwert von Leah, welches seit Generationen weitergereicht wird und das schon mein Urgroßvater Morgan gegen die Föderation im Kampf für die Befreiung der Zwerge und gegen die Schattenwesen eingesetzt hat – jeder kennt diese Geschichte, aber … aber …«

Ihm schienen die Wörter auszugehen, und so schüttelte er nur ungläubig den Kopf und suchte bei Bek Unterstützung.

Aber Walker ergriff zuerst das Wort. »Du bist mit dieser Waffe vertraut, Quentin. Hast du sie bereits in den Händen gehalten? Als du sie aus der Scheide gezogen und betrachtet hast, muss dir ihr perfekter Zustand aufgefallen sein. Die Waffe ist Jahrhunderte alt. Wie erklärst du dir das, wenn nicht durch Magie?«

»Aber es kann sonst weiter nichts!«, rief Quentin verzweifelt.

»Hast du schon einmal die Magie beschworen und bist dabei gescheitert?«

Der Hochländer seufzte. »Ich komme mir dumm vor, das zuzugeben. Aber ich kannte die Geschichten und wollte lediglich prüfen, ob ein Fünkchen Wahrheit darin steckt. Ehrlich gesagt bewundere ich die Waffe. Ihre Ausgewogenheit und ihr Gewicht sind außergewöhnlich. Und sie sieht aus wie neu.« Er zögerte, und sein breites, offenes Gesicht zeigte eine Mischung aus Zweifel und vorsichtiger Erwartung. »Ist es wirklich magisch?«

Walker nickte. »Aber die Magie reagiert nicht auf Launen, sondern nur auf Not. Aus bloßer Neugier kann man sie nicht beschwören. Der Träger des Schwertes muss bedroht sein. Die Magie rührt von Allanon und den Schatten der Druiden her, die ihm im Leben vorausgegangen sind. Deren Magie würde niemals wild oder launisch werden. Das Schwert von Leah hat seinen Wert, Hochländer, aber das wirst du erst herausfinden, wenn dich dunkle Wesen bedrohen.«

Quentin Leah scharrte mit dem Fuß in der Erde. »Sollte ich dich begleiten, werde ich Gelegenheit bekommen, das herauszufinden, nicht?«

Der Druide starrte ihn lediglich an.

»Hab ich mir schon gedacht.« Quentin betrachtete einen Moment seinen Stiefel, dann sah er Bek an. »Ein richtiges Abenteuer, Vetter. Diese Herausforderung ist ein bisschen größer als eine Wildschweinjagd. Was hältst du davon?«

Zunächst antwortete Bek nicht. Er wusste einfach nicht, was er davon halten sollte. Quentin war vertrauensseliger und glaubte bereitwillig, was man ihm erzählte, vor allem, wenn es sich um etwas handelte, nach dem er sowieso suchte. Seit mehreren Jahren bat er um die Erlaubnis, sich den Freien im Kampf gegen die Föderation anschließen zu dürfen, doch sein Vater hatte es ihm stets untersagt. Quentins Pflichten lagen bei seiner Familie und seiner Heimat. Als ältester Sohn wurde von ihm erwartet, bei der Erziehung und Ausbildung seiner jüngeren Geschwister mitzuhelfen. Quentin wollte durch die gesamten Vier Länder reisen, um zu sehen, was es dort draußen gab. Bislang hatte man ihm hingegen kaum erlaubt, die Grenzen des Hochlands zu überschreiten.

Jetzt und aus heiterem Himmel bot sich ihm die Chance, das zu erleben, was man ihm so lange abgeschlagen hatte. Bek war genauso aufgeregt. Aber er zeigte nicht die gleiche Bereitschaft wie sein Cousin, sich kopfüber in das Abenteuer zu stürzen.

»Vermutlich wundert sich Bek, weshalb ich ihn gebeten habe, ebenfalls mitzukommen«, sagte Walker plötzlich und richtete den Blick erneut auf den Jungen.

Bek nickte. »Allerdings.«

»Dann will ich es dir erzählen.« Erneut beugte sich der Druide vor. »Dich brauche ich aus einem ganz anderen Grund als Hunter oder Quentin. Es hat damit zu tun, wer du bist und wie du denkst. Du hast bereits eine gesunde Portion Skepsis bewiesen, was meinen Bericht angeht. Das ist gut. So sollte es sein. Du überlegst dir eine Sache ganz genau, bevor du ihr Glauben schenkst. Dir gefällt Ausgeglichenheit. Für das, um was ich dich bitten möchte, ist eine solche Einstellung unentbehrlich. Ich brauche einen Kabinenstewart auf dieser Reise, Bek, jemanden, der sich überall aufhalten kann, ohne dass man ihm Fragen stellt, jemanden, dessen Gegenwart man kaum wahrnimmt, der jedoch alles sieht und hört. Du sollst für mich aufpassen, Dinge untersuchen, wenn es notwendig ist, und mir das berichten, was ich übersehen habe. Ich brauche sozusagen ein zweites Paar Hände und Augen. Ein Junge wie du besitzt die Intelligenz und die Instinkte, um zu wissen, wann und wie er mit diesen Händen und Augen an die Arbeit gehen muss.«

Bek runzelte die Stirn. »Du hast mich doch gerade erst kennen gelernt; wie kannst du dir also dieser Eigenschaften bei mir so sicher sein?«

Der Druide schürzte tadelnd die Lippen. »Das muss ich eben, Bek. Glaubst du, ich habe mich in dir getäuscht?«

»Möglicherweise. Und falls?«

Nun lächelte der Druide vorsichtig. »Sollen wir es herausfinden?«

Er blickte zur Seite. »Eine Sache noch«, fügte er an alle gewandt hinzu. »Wenn wir zu dieser Reise aufbrechen, werden wir vermutlich gewisse Erwartungen hegen, was den Charakter unserer Mitreisenden angeht. Im Laufe der Zeit werden sich diese Erwartungen verändern. Die Umstände und die Ereignisse beeinflussen uns alle auf eine Weise, die wir nicht vorhersehen können. Unsere Truppe wird fast vierzig Köpfe zählen. Gern würde ich glauben, dass alle durchhalten werden; allerdings ist das kaum anzunehmen. Manche werden ihr Können beweisen, andere dagegen werden versagen, wenn wir sie am dringendsten benötigen. Das liegt in der Natur der Sache. Die Ilse-Hexe wird weiterhin versuchen, unsere Abreise aufzuhalten; und wenn ihr das nicht gelingt, wird sie versuchen zu verhindern, dass wir unser Ziel erreichen. Deshalb müssen wir lernen, uns auf uns selbst und auf jene zu verlassen, denen wir vertrauen können. Damit liegt eine beachtliche Verantwortung auf unseren Schultern, doch in euch Drei habe ich großes Vertrauen.«

Er lehnte sich zurück, wobei seine Miene unergründlich war. »Also, seid ihr dabei? Kommt ihr mit?«

Hunter Predd sprach als Erster. »Ich war schon von Anfang an mit dabei, Walker. Ich denke, deshalb sollte ich auch bis zum Ende durchhalten. Was diese Sache mit der Verlässlichkeit und Vertrauenswürdigkeit betrifft, kann ich nur sagen: Ich werde mein Bestes geben. Eine Sache weiß ich jedoch – ich kann die Flugreiter finden, die du für diese Expedition benötigst.«

Walker nickte. »Um mehr kann ich dich nicht bitten.« Er betrachtete die beiden Cousins. »Und ihr?«

Rasch wechselten Quentin und Bek einen Blick. »Was meinst du, Bek?«, fragte Quentin. »Lass uns mitmachen. Fahren wir mit.«

Bek schüttelte den Kopf. »Ich weiß nicht. Dein Vater möchte das vielleicht nicht …«

»Ich habe bereits mit ihm gesprochen«, unterbrach ihn Walker. »Er gibt seine Erlaubnis, wenn ihr mitkommen wollt. Euch beiden. Aber die Entscheidung liegt bei euch und ganz allein bei euch.«

In diesem Augenblick konnte Bek Rowe die Zukunft sehen, nach der er gesucht hatte, so klar, als hätte er sie schon längst erlebt. Dabei ging es nicht so sehr um die eigentlichen Ereignisse, die er erleben würde, um die Herausforderungen, die sich ihm stellten, oder um die Wesen und Orte, die er aufsuchte. Die konnte er sich vielleicht vorstellen, aber nicht wirklich greifen. Es waren die Veränderungen, denen er sich auf einer solchen Reise unterziehen würde, die er nun voraussah und die sowohl einschüchternd als auch beängstigend wirkten. Viele würden tief gehend und dauerhaft sein und sein Leben unumkehrbar beeinflussen. Bek fühlte diese Veränderungen, als wäre sie Schichten von Haut, von denen eine nach der anderen abgezogen wurde, um sein Wachstum zu demonstrieren. Auf einer derartigen Reise passierte so vieles, und niemand kehrte zurück und war noch immer der Gleiche – wobei sich Bek ehrlicherweise eingestand, dass einige sicherlich überhaupt nicht zurückkehren würden.

»Bek?«, drängte Quentin leise.

Er war aus dem Nichts hierher gekommen, ein Außenseiter, den man im Hochland duldete, ein Reisender, der aus einer anderen Familie und von einem anderen Ort stammte. Das Leben war schließlich eine Art Reise, und er konnte es hinter sich bringen, indem er auszog oder hier blieb. Quentin hatte diese Entscheidung stets leicht getroffen. Bek fiel sie schwerer, und trotzdem konnte er ihr nicht aus dem Weg gehen.

Er sah den Druiden an, der den Namen Walker trug, und nickte. »Also gut. Ich komme mit.«

Zehn

Auf dem Heimweg am nächsten Tag quälte sich Bek weiter mit seiner Entscheidung. Obwohl sie längst gefallen war, ging sie ihm immer noch durch den Kopf. Oberflächlich betrachtet hatte er die richtige getroffen. Schließlich standen Leben auf dem Spiel, und jemand musste die Verantwortung auf sich nehmen, nach dieser geheimnisvollen Magie zu suchen, und falls er am Ende mithelfen konnte, allen Völkern und Nationen der Vier Länder eine Magie zu verschaffen, die zu neuen Entwicklungen führte und die Bedürfnisse der Bewohner befriedigte – ein Ergebnis, dessen Möglichkeit Walker ihm immer wieder versichert hatte –, tat er dann nicht das Richtige?

Im Hinterkopf nagte jedoch eine leise Stimme an der Festigkeit seines Entschlusses. Der Druide, das fühlte er, hatte die Wahrheit gesprochen. Dennoch hielt sich Walker gleichzeitig sehr mit Informationen zurück, was eine Tradition der Mitglieder seines Ordens war, und aus diesem Grund war Bek überzeugt, dass er etwas verschwieg. Und zwar wahrscheinlich nicht nur eine nebensächliche Kleinigkeit. Bek spürte es in seiner Stimme und der Weise, wie er ihnen die Sache darstellte. Er wählte die Wörter so sorgsam. Suchte so bedächtig nach den zutreffenden Ausdrücken. Walker wusste mehr, als er preisgab, und Bek fürchtete, manche seiner Bedenken bezüglich der Auswirkungen einer Reise dieser Art auf sein und Quentins Leben hatten ihre Ursache in der Geheimniskrämerei des Druiden.

Allerdings gäbe es ein ganz anderes Problem, wenn er nicht mitginge. Quentin hatte sich vor Bek entschieden und würde sich dem Druiden vermutlich auch ohne ihn anschließen. Sein Vetter suchte schon lange nach einer Entschuldigung, Leah zu verlassen. Da sein Vater dieser besonderen Reise nun zugestimmt hatte – eine Entscheidung, die Bek in höchstem Maße überraschte –, war für Quentin das letzte Hindernis aus dem Weg geräumt. Quentin war für ihn wie ein Bruder. Meistens fühlte sich Bek wie sein Beschützer, obwohl Quentin der Ältere war und die Dinge gewiss genau andersherum betrachtete. Wie auch immer, Bek hatte seinen Vetter sehr gern und bewunderte ihn. Deshalb konnte er nicht hier bleiben, wenn Quentin ging.

Das alles war schön und gut, und trotzdem schwächte es seine Bedenken nicht ab. Weil er dagegen jedoch nichts unternehmen konnte, verscheuchte er die Angelegenheit auf dem Weg nach Hause erst einmal aus seinen Gedanken. Den ganzen Tag marschierten sie in stetigem Tempo dahin, durchquerten das Hochland, schlugen sich durch tiefen Wald, Unterholz und Wildnis, passierten blühende Wiesen, Bäche und kleine Flüsse, neblige Täler und grüne Hügel. Sie verließen die Gegend wesentlich schneller, als sie hergekommen waren, da sie rasch nach Hause wollten, damit sie bald die Vorbereitungen für den erneuten Aufbruch treffen konnten.

Was für Bek abermals eine Hürde darstellte. Walker hatte sie gebeten, ihn auf einer Reise zu begleiten, und im nächsten Moment verschwand er mit unbekanntem Ziel. Er hatte nicht gewartet, bis sie sich ihm anschlossen, oder ihnen angeboten, sie mitzunehmen. Nicht einmal den Zeitpunkt, wann sie sich wieder sehen würden, hatte er ihnen genannt.

»Ich möchte, dass ihr morgen nach Leah zurückkehrt«, hatte er ihnen gesagt, kurz bevor sie sich in ihre Decken rollten und in einen unruhigen Schlaf versanken. »Sprecht mit eurem Vater. Vergewissert euch, dass er tatsächlich seine Erlaubnis gegeben hat. Dann packt eure Ausrüstung zusammen – vergiss das Schwert nicht, Quentin –, sattelt zwei kräftige Pferde und reitet nach Osten.«

Osten! Um der Katze willen, Osten! War das nicht die falsche Richtung?, hatte Bek sofort gefragt. Lebten die Elfen nicht im Westen? Führte sie nicht dahin auch die auf der Karte eingezeichnete Route?

Aber der Druide lächelte nur und wiederholte, sie müssten zuerst nach Osten ziehen, ehe sie nach Arborlon reisten. Dort würden sie einen kleinen Botengang für ihn erledigen, für den ihm selbst keine Zeit blieb. Vielleicht erhielte Quentin dabei sogar Gelegenheit, die Magie seiner Klinge auszuprobieren. Bek würde möglicherweise die Fähigkeiten seiner Intuition testen können. Und außerdem würden sie unter Umständen jemanden kennen lernen, auf den sie sich in den vor ihnen liegenden Tagen verlassen mussten.

Nun, viel konnten sie darauf nicht erwidern, daher hatten sie der Bitte zugestimmt. Genau so, als hätte Walker das schon vorher gewusst, dachte Bek. Tatsächlich spürte er, dass Walker eine Bitte immer so formulierte, dass man sie ihm niemals abschlug. Wenn Walker redete, das fiel Bek auf, pflichtete er dem Druiden oft schon bei, ehe der überhaupt zu Ende gesprochen hatte. Seine Stimme war zwingend genug, um den Wunsch zu wecken, sich zu fügen.

Der Einfluss der Magie, nahm er an. War das nicht ein Teil der Druidengeschichte? Und fürchteten sich die Menschen nicht aus diesem Grunde vor ihnen?

»Dieser Mann, den wir aufsuchen sollen«, sagte er plötzlich und blickte Quentin an. Die Hälfte des langen Heimwegs hatten sie bereits hinter sich gebracht.

»Truls Rohk«, antwortete sein Cousin.

Bek schob seinen schweren Rucksack zurecht. »Truls Rohk. Was ist denn das für ein Name? Wer ist das? Walker hat uns nicht einmal erzählt, wie er aussieht. Beunruhigt dich das nicht?«

»Er hat uns erklärt, wie wir ihn finden. Ganz genau hat er uns beschrieben, wohin wir gehen sollen und auf welche Weise wir dorthin gelangen. Er hat uns die Nachricht gegeben, die wir überbringen sollen, und die Worte genannt, die wir zu sprechen haben. Das ist doch alles, was wir brauchen, um diese Aufgabe zu erledigen, nicht wahr?«

»Ich weiß nicht. Ich weiß nicht, was wir brauchen, weil ich nicht weiß, was für eine Aufgabe wir da übernommen haben.« Bek schüttelte zweifelnd den Kopf. »Wir haben uns fürchterlich unüberlegt in dieses Abenteuer gestürzt, Quentin. Was wissen wir eigentlich über Walker oder die Druiden, über diese Karte oder über irgendetwas?

Gerade genug, damit wir losmarschieren, um die andere Seite der Welt zu bereisen. Hältst du das für besonders klug?«

Quentin zuckte mit den Schultern. »Aus meiner Sicht bietet sich uns eine wunderbare Gelegenheit für eine Reise, auf der wir etwas von der Welt sehen und vor allem einmal die Grenzen von Leah hinter uns lassen können. Wie oft bekommt man eine solche Chance? Und Vater hat sogar seine Erlaubnis gegeben. Das reinste Wunder!«

Bek schnaubte. »Die reinste Erpressung – das passt eher.«

»Nicht bei Vater.« Quentin schüttelte den Kopf. »Der würde eher sterben, als sich erpressen zu lassen. Das dürfte dir doch auch klar sein.«

Widerwillig nickte Bek.

»Nehmen wir die Chance also lieber wahr anstatt sie auszuschlagen. Schauen wir uns an, wie die Welt aussieht. Wenn wir es uns anders überlegen, können wir immer noch aufgeben.«

»Nicht mehr, wenn wir irgendwo draußen über der Blauen Spalte fliegen.«

»Du machst dir zu viele Sorgen.«

»Bestimmt. Und du dir zu wenig.«

Quentin grinste. »Wohl wahr. Aber ich bin mit meinen wenigen Sorgen glücklicher als du mit deinen übertrieben vielen.«

So war Quentin eben: Er verschwendete niemals einen Gedanken daran, was geschehen könnte, sondern lebte lieber im Augenblick. Mit jemandem, der ständig so glücklich war, konnte man sich schlecht streiten, und glücklich war Quentin durch und durch. Er brauchte nur einen sonnigen Tag und die Gelegenheit zu einer Zehn-Meilen-Wanderung, und schon war er zufrieden. Was machte es da schon aus, dass ein Gewittersturm im Anzug war oder Gnomenjäger durch die Gegend streiften. Aus Quentins Sicht geschahen die schlechten Dinge meist dann, wenn man zu viel über sie nachdachte.

Bek ließ die Angelegenheit für den Rest des Heimwegs auf sich beruhen. Er wollte Quentin nicht beeinflussen. Außerdem hatte sein Vetter Recht – er sollte den Dingen die Chance geben, sich ein wenig zu entwickeln, und dann schauen, in welche Richtung es ging.

Die Sonne war gesunken, und der blaugrüne Dunst des Zwielichts zog langsam über das Hochland heran, als die Stadt Leah endlich in Sicht kam. Sie verließen den Wald und folgten einem langen, sanften Hang hinunter zu dem Hochplateau, auf dem die Stadt oberhalb der Tiefebene stand. An das Zentrum von Leah schlossen sich eine Reihe ausgedehnter Anwesen, Bauernhöfe und Genossenschaften an, die sich im Besitz der Bürgerschaft befanden und von dieser geleitet wurden. Zu Allanons Zeiten war Leah eine Monarchie gewesen, und zahlreiche Mitglieder der Familie Leah hatten in ununterbrochener Folge neunhundert Jahre lang regiert. Am Ende hatte sich das Königtum aufgelöst, und das Hochland war unter die Herrschaft der Föderation gefallen. Erst vor fünfzig Jahren hatte sich die Föderation in die Städte hinter der prekkendorranischen Höhe zurückgezogen, und ein Ältestenrat hatte die Regierung übernommen. Coran Leah, der ein Mitglied einer der berühmtesten und bestangesehenen Familien im Hochland war, hatte einen Sitz in diesem Rat erhalten und war erst kürzlich zum Ersten Minister gewählt worden. Diese Position hatte er nur widerwillig angenommen, doch arbeitete er nichtsdestotrotz hart, da er das Vertrauen rechtfertigen wollte, welches die Leute in ihn gesetzt hatten.

In Quentins Augen war diese ganze Regiererei eine Sache für alte Männer. Leah war ein Tropfen im Ozean, so betrachtete er es jedenfalls. Dort draußen in der weiten Welt geschah so vieles, und die Ereignisse in Leah hatten nicht den geringsten Einfluss darauf. Ganze Nationen hatten noch nie vom Hochland gehört. Wenn er in der Zukunft der Vier Länder eine Spur hinterlassen wollte und möglicherweise sogar in den Ländern, die dahinter lagen, musste er die Heimat verlassen und hinaus in die Welt ziehen. Darüber hatte er mit Bek geredet, bis sein Vetter beinahe zu schreien angefangen hätte. Bek gefiel dieser Gedanke nicht. Ihn interessierte der Rest der Welt herzlich wenig. Bek war ziemlich zufrieden damit, wenn er dort bleiben konnte, wo er gerade war. Er betrachtete Quentins unerbittliche Suche nach einem Weg, der aus Leah herausführte, als eine zwanghafte Vorstellung, die gleichermaßen gefährlich und falsch war. Trotzdem, so musste er zugeben, hatte Quentin wenigstens einen Plan für sein Leben, womit er mehr vorweisen konnte als Bek.

Sie schritten durch das Ackerland, über Pferde- und Viehweiden, an Anwesen und Herrenhäusern vorbei, bis sie die Außenbezirke der eigentlichen Stadt erreichten. Das Haus der Leahs befand sich an der gleichen Stelle, an der einst der Palast gestanden hatte, von dem aus die Familie das Hochland regiert hatte. Der Palast war während der Besatzungszeit zerstört worden – niedergebrannt, so hieß es, von Morgan Leah persönlich, aus Protest gegen die Besatzer. Auf jeden Fall hatte Corans Vater ihn durch ein zweigeschossiges Haus ersetzt, wie es der Bautradition der Gegend entsprach: ein wunderbar gestaltetes Dachgesims und viele Mansardenfenster, lange Dachreihen und tiefe Alkoven, Fensterläden und Kamine aus Stein. Die alten Bäume blieben stehen, Blumengärten erblühten vorn und hinten, rankenüberwucherte Lauben wölbten sich über mit Bruchstein gepflasterte Wege, die vom Vorder- und Hintereingang zu den jeweiligen Straßen führten.

In den Fenstern und entlang der Wege brannten bereits Lichter. Sie vermittelten eine warme und freundliche Atmosphäre, und während die beiden auf das Haus zugingen, ertappte sich Bek bei dem Gedanken, wie lang er diese Gastfreundlichkeit noch genießen können würde.

An diesem Abend nahmen sie das Mahl mit der Familie ein, mit Coran und Liria und den vier jüngeren Leahs. Die Kinder verlangten während des Essens mehr Einzelheiten über die Abenteuer zu erfahren, insbesondere über die Wildschweinjagd. Quentin erzählte die Geschichte spannender, als sie sich in Wirklichkeit zugetragen hatte, und erfreute seine jüngeren Brüder und Schwestern mit einem wilden und schaurigen Märchen darüber, wie sie nur knapp dem Tode durch die Hauer und Hufe eines Dutzend tobender Keiler entgangen waren. Coran schüttelte den Kopf, Liria lächelte, und alle Gespräche über Walkers unerwartetes Erscheinen und die Reise, die er vorgeschlagen hatte, wurden auf später verschoben.

Nach dem Essen brachte Liria die jüngeren Kinder zu Bett, und

Bek ließ Quentin und seinen Vater allein, damit sie unter vier Augen über den Druiden sprechen konnten. Er nahm ein langes, heißes Bad und wusch sich den Schmutz des Jagdausflugs ab. Während er dort in der Hitze und im Dampf lag, ließ er sich richtig im Wasser einweichen, und nach und nach wurde er alle Sorgen los. Nachdem er fertig war, ging er in Quentins Zimmer, wo sein Cousin auf dem Bett saß, das alte Schwert in der Hand hielt und es nachdenklich betrachtete.

Quentin schaute bei seinem Eintreten auf. »Vater sagt, wir dürfen mit.«

Bek nickte. »Daran habe ich nicht gezweifelt. Walker ist nicht so dumm, uns in einer wichtigen Frage anzulügen.« Er strich sich eine feuchte Locke aus der Stirn. »Hast du ihn gefragt, wieso er plötzlich zu diesem Meinungswechsel gelangt ist?«

»Habe ich. Er schulde dem Druiden einen Gefallen für etwas, das vor langer Zeit passiert ist, antwortete er. Was genau, wollte er mir nicht verraten. Er hat sofort wieder das Thema gewechselt.« Quentin wirkte grüblerisch. »Trotzdem schien ihn weder unser Aufbruch noch Walkers Auftauchen zu beunruhigen. Er wirkte eher ... nun, irgendwie entschlossen, glaube ich. Es war schwierig, sein Gesicht zu deuten, Bek. Er war ausgesprochen ernsthaft – dabei aber ganz ruhig. Und ich soll das Schwert mitnehmen.«

Er betrachtete die Waffe in seinen Händen. »Die ganze Zeit sitze ich hier und starre es an.« Er lächelte. »Ich glaube immer noch, wenn ich es nur scharf genug anschaue, werde ich irgendetwas entdecken. Vielleicht spricht das Schwert mit mir und verrät mir das Geheimnis seiner Magie.«

»Ich glaube, du musst tun, was Walker gesagt hat. Du wirst wohl warten müssen, bis du es wirklich brauchst, bevor du erfährst, wie es funktioniert.« Bek setzte sich neben ihm aufs Bett. »Walker hatte Recht. Das Schwert ist makellos. Keine einzige Kerbe. Hunderte von Jahren alt und in vorzüglichem Zustand. Das wäre es bestimmt nicht, wenn die Magie es nicht auf bestimmte Weise schützte.«

»Ich denke auch.« Quentin drehte die Klinge hin und her und

strich mit den Fingern über die glatte, flache Oberfläche. »Ich fühle mich ein wenig seltsam. Wenn das Schwert magisch ist und ich es schwingen soll, werde ich dann rechtzeitig wissen, was zu tun ist?«

Bek kicherte. »Wann wusstest du jemals nicht rechtzeitig, was zu tun ist? Du wurdest schon in Bereitschaft geboren, Quentin.«

»Und du wurdest zwei Mal so klug geboren und mit wesentlich größerer Intuition als ich«, erwiderte sein Vetter, und in seiner Antwort schwang kein Scherz und kein Lachen mit. Er schaute Bek offen an. »Ich kenne meine Stärken und Schwächen. Und ich kann ehrlich mit ihnen umgehen. Sicherlich überstürze ich die Dinge manchmal, so wie ich sofort die Chance ergriffen habe, an dieser Expedition teilzunehmen. Manchmal ist das gut, manchmal eben nicht. Ich verlasse mich auf dich, damit ich mich nicht allzu weit vom richtigen Weg entferne.«

Bek zuckte mit den Schultern. »Ich werde dich stets gern wieder auf Kurs bringen.« Er grinste.

»Vergiss das nicht.« Quentin betrachtete wieder das Schwert. »Wenn ich etwas übersehe, das notwendigerweise getan werden muss, wenn ich richtig und falsch verwechsle, zähle ich auf dich. Dieses Schwert« – bei diesen Worten hob er es leicht an – »ist vielleicht magischer Natur und kann wundersame Taten vollbringen. Womöglich rettet es Leben. Aber unter Umständen ist es so wie jede andere Magie und kann auch Schaden hervorrufen. Liegt darin nicht die Natur der Magie? Dass sie in beide Richtungen wirken kann? Ich will keinen Schaden anrichten, Bek. Ich will es nicht überstürzt benutzen.«

Das war für Quentin eine tiefschürfende Beobachtung, und Bek dachte, dass sich sein Cousin einfach nicht genug zutraue. Nichtsdestotrotz nickte er. »Jetzt geh und nimm ein Bad«, sagte er, stand auf und ging auf die Tür zu. »Man kann schließlich nicht von mir erwarten, ordentlich nachzudenken, wenn du so riechst!«

Er kehrte in sein Zimmer zurück und begann, Kleidung für ihre Reise zusammenzupacken. Sie würden früh am Morgen aufbrechen. Um Truls Rohk zu finden und anschließend Arborlon zu erreichen, würden sie eine Woche brauchen. Wie viel länger wären sie danach wohl unterwegs? Wie würden die Länder sein, die jenseits der Blauen Spalte lagen? Würde das Klima heiß oder kalt sein, feucht oder trocken, hart oder mild? Er blickte sich hilflos in seinem Zimmer um und erkannte erneut, wie wenig er eigentlich über das wusste, auf was er sich eingelassen hatte. Aber solche Gedanken halfen ihm nicht weiter, daher schob er sie zur Seite und machte sich von neuem an die Arbeit.

Er war fast fertig, da stand Coran Leah plötzlich in der Tür, ernst und nachdenklich. »Ob ich mich vielleicht einen Moment mit dir unterhalten kann, Bek?«

Ohne die Antwort abzuwarten, betrat er das Zimmer und schloss die Tür hinter sich. Einen Augenblick lang stand er einfach nur da, als habe er noch nicht entschieden, was er tun solle. Dann trat er an die Bank, wo Bek gerade seine Kleidung hingelegt hatte, schob sie ein Stück zur Seite und setzte sich.

Bek starrte ihn an und hielt ein Hemd in den Händen, das er zusammenfalten und in den Rucksack packen wollte. »Was ist denn los?«

Coran Leah schüttelte den Kopf. Trotz des Alters von fünfzig Jahren war er noch immer ein stattlicher Mann; er war kräftig, lächelte gern und hatte leuchtend blaue Augen. In Leah war er beliebt und wurde von allen geachtet. Er gehörte zu der Sorte Mann, die sich um die Kleinigkeiten kümmerte, welche andere zu oft übersahen. War jemand in Not, versuchte Coran Leah stets als Erster, Hilfe für ihn zu finden, und misslang das, half er persönlich. Er hatte seine Kinder mit freundlichen Worten und sanftem Druck erzogen, und Bek erinnerte sich nicht, ihn jemals schreien gehört zu haben. Wenn er sich einen Vater hätte auswählen dürfen, hätte Bek nicht länger gesucht, nachdem er Coran entdeckt hatte.

»Ich habe über diese ganze Geschichte nachgedacht, seit Walker gestern bei mir erschien und mir sagte, was er will. Es gibt einiges, was du nicht weißt, Bek – Dinge, die sonst niemand weiß, nicht einmal Quentin, nur Liria und ich. Lange habe ich auf den richtigen

Zeitpunkt gewartet, es dir zu erzählen, und ich schätze, der ist jetzt gekommen.«

Er richtete sich auf und legte die Hände auf die Knie. »Damals, vor vielen Jahren, war es nicht dein Vater, der dich hierher gebracht hat. Es war Walker. Er berichtete mir, dein Vater sei bei einem Unfall ums Leben gekommen und habe dich allein zurückgelassen, und deshalb bat er mich, dich aufzunehmen. Tatsache ist, ich stand Holm Rowe nicht gerade nahe. Seit zehn Jahren hatte ich ihn nicht mehr gesehen. Ich wusste nicht einmal, dass er eine Frau hatte, geschweige denn ein Kind. Aus diesem Grund erschien es mir merkwürdig, dass dein Vater dich zu mir schickte, zu meiner Familie, aber Walker bestand darauf, es sei das Richtige.«

Erneut schüttelte er den Kopf. »Er kann recht überzeugend sein, wenn er will. Ich fragte ihn, woher dein Vater ihn so gut kenne, um dich seiner Obhut zu überlassen. Er antwortete, Holm habe keine Wahl gehabt, da niemand anders da gewesen sei, und er habe Walker vertrauen müssen.«

Bek legte das Hemd ab, das er in der Hand hielt. »Nun, ich weiß, wie überzeugend er wirken kann. Das habe ich schon selbst erlebt. Auf welche Weise hat er dich überredet, deine Zustimmung zu dieser Unternehmung zu geben?«

Coran Leah lächelte. »Er hat mir das Gleiche erzählt, was er vermutlich auch euch gesagt hat – er würde euch beide brauchen, das Leben vieler würde davon abhängen, die Zukunft der Vier Länder würde es erfordern. Er sagte, ihr beiden wärt alt genug, die Entscheidung selbst zu treffen, und ich müsse euch diese Freiheit zugestehen. Gern habe ich mir das nicht angehört, aber natürlich habe ich erkannt, dass er Recht hat. Du bist alt genug, fast schon erwachsen. Quentin ist bereits erwachsen. Ich habe euch so lange unter meinen Fittichen behalten, wie ich konnte.« Er zuckte mit den Schultern. »Vielleicht hängen tatsächlich Leben von dieser Reise ab. Vermutlich schulde ich es euch beiden, das herausfinden zu dürfen.«

Bek nickte. »Wir werden vorsichtig sein«, versicherte er. »Wir passen aufeinander auf.«

»Das weiß ich. Und ich fühle mich besser, wenn ihr beide geht, anstatt nur einer von euch. Liria meint, ihr solltet überhaupt nicht aufbrechen, keiner von euch, doch schließlich ist sie eine Mutter, und Mütter denken nun einmal so.«

»Glaubst du, Quentins Schwert ist tatsächlich magischer Natur? Kann es wirklich das, was Walker behauptet?«

Coran seufzte. »Ich habe keine Ahnung. Unserer Familienchronik zufolge schon. Walker scheint sich dessen sicher zu sein.«

Bek setzte sich ihm gegenüber auf das Bett. »Ich bin mir nicht sicher, ob wir das Richtige tun, wenn wir mitgehen; wir wissen möglicherweise zu wenig, um überhaupt das Risiko abzuschätzen, das wir auf uns nehmen. Trotzdem verspreche ich dir, dass wir keine Dummheiten machen.«

Coran nickte. »Sei vorsichtig mit solchen Versprechungen, Bek. Manchmal kann man sie nur schwer einhalten.« Er schwieg kurz. »Da ist noch etwas, das ich dir erzählen wollte. Es lag mir schon oft auf der Zunge, doch immer habe ich es für mich behalten. Gestern habe ich wieder einmal darüber nachgedacht, als Walker plötzlich in der Tür stand. Also gut. Ich habe nur das Wort des Druiden, dass Holm Rowe tatsächlich dein Vater war und dass er dich hergeschickt hat, um bei mir aufzuwachsen. Später habe ich versucht, es zu überprüfen, doch niemand konnte mir sagen, wann oder wo Holm gestorben ist. Niemand konnte mir auch nur die kleinste Kleinigkeit über ihn sagen.«

Bek starrte ihn überrascht an. »Demnach ist womöglich jemand anderer mein richtiger Vater?«

Coran Leah fixierte ihn mit starrem Blick. »Ich betrachte dich wie meinen eigenen Sohn, Bek. Ich liebe dich genauso sehr wie ihn. Daher habe ich stets mein Bestes getan, um dich gut zu erziehen. Und Liria ebenfalls. Jetzt, wo du uns verlassen wirst, möchte ich keine Geheimnisse zwischen uns haben.«

Er erhob sich. »Am besten lasse ich dich nun allein, du musst ja noch packen.«

Er ging auf die Tür zu, änderte jedoch seine Meinung noch einmal und kam zurück. Er schloss Bek in seine kräftigen Arme und drückte ihn fest an sich. »Sei vorsichtig, Sohn«, flüsterte er.

Danach verließ er das Zimmer, und Bek begann zu grübeln, ob seine Vergangenheit vielleicht genauso ungewiss war wie seine Zukunft.

Elf

Es regnete wieder, als Hunter Predd und Walker auf Obsidian im Seehafen von March Brume eintrafen, der ein Stück weiter nördlich von Bracken Clell an der Küste der Blauen Spalte lag. Sie waren kurz vor Sonnenuntergang in den Regen hineingeflogen, nachdem sie den ganzen Tag nach Westen gereist waren, und es schien, als gingen Feuchtigkeit und Finsternis gemeinsam nieder. March Brume lag an einem steinigen Strand in einer Bucht, die im Norden von hohen Klippen und im Süden von einem Salzwassersumpf begrenzt wurde. Ein tiefer Wald begann gleich hinter dem Ort und erstreckte sich über ein seichtes Tal, und genau südlich dieser Senke hatte der Rock seine Passagiere auf einem schmalen Plateau abgesetzt, damit sie in der alten Hütte eines Fallenstellers Zuflucht für die Nacht fanden.

March Brume war vor allem ein Südlandort, obgleich auch der eine oder andere Elf oder Zwerg hier gesiedelt hatte. Seit Jahrhunderten war der Seehafen für den Bau von Segelschiffen berühmt. Hier wurde vom Beiboot über einmastige Slups bis hin zu dreimastigen Fregatten alles konstruiert. Handwerker kamen von überall aus den Vier Ländern in die kleine Ortschaft, um Arbeit zu suchen und ihre Dienste anzubieten. Ständig wurden Meister und Konstrukteure gebraucht, und diese konnten gutes Geld verdienen. Praktisch jeder, der in dem Städtchen wohnte, beschäftigte sich mit der gleichen Sache.

Dann hatte vor siebenundzwanzig Jahren ein Mann namens Ezael Sterret, seines Zeichens Fahrender von zweifelhaftem Ruf, ein Gelegenheitspirat und -brigant mit einem Hauch erfinderischem Genius, das erste Luftschiff entworfen und gebaut. Es war unhandlich, ungelenk und unzuverlässig, aber es flog. Weitere Konstrukteure waren seinem Beispiel gefolgt, und jedes Modell hatte größeren Erfolg gehabt, und binnen zweier Jahre war das Reisen revolutioniert worden, während sich der Schiffbau in March Brume vollkommen gewandelt hatte. Im alten Hafen wurden in den Werften noch immer Segelschiffe gebaut, allerdings nicht mehr in der gleichen Anzahl wie früher. Die Mehrheit der Schiffe, die nun konstruiert wurden, war für Luftreisen bestimmt, und die Kunden mit den größten Portemonnaies und den dringendsten Wünschen kamen von der Föderation und den Kommandos der Freien Armee.

Walker hatte einen anderen Grund, weshalb er diesen Hafen aus einem Dutzend anderer entlang der Küste auswählte, in denen ebenfalls Schiffe gebaut wurden. Was ihn nach March Brume zog, war die Art der Schiffbauer und Konstrukteure, die im Seehafen ansässig waren – Fahrende, ein Volk, das allgemein unbeliebt war, dem man nicht vertraute und das sich während seiner gesamten Geschichte ständig auf Wanderschaft befunden hatte. Und selbst heute zogen viele der Bewohner oft plötzlich los, wenn sie die Reiselust packte. Sie gehörten nicht nur zu den fähigsten und verlässlichsten Schiffbauern, sondern nahmen außerdem von jedem Arbeit an und begriffen, wie wichtig es war, zu einer Handelsabmachung auch wirklich zu stehen.

Nun wollte Walker herausfinden, inwieweit es der Wahrheit entsprach, was allgemein geglaubt wurde. Seine Instinkte und seine häufige Zusammenarbeit mit den Fahrenden brachten ihn zu der Überzeugung, dass dies seine beste Option war. Seine Cousine, die Elfenkönigin Wren Elessedil, war als Kind von Fahrenden aufgezogen worden und hatte nur mit Hilfe der bei ihnen erlernten Fähigkeiten die Reise zu der Insel Morrowindl überlebt, wo sie das verlorene Volk der Elfen wieder fand. Fahrende hatten auch verschiedenen Mitgliedern von Walkers Familie im Laufe der Jahre geholfen, und er hielt sie für zäh, verlässlich und findig. Wie er waren sie Wanderer. Und ebenso Außenseiter und Einzelgänger. Sogar in den Gemeinden, in denen sich inzwischen viele von ihnen niedergelassen hatten, lebten sie meistens getrennt von anderen Völkerschaften.

Damit war Walker durchaus einverstanden. Je weniger in der Öffentlichkeit und je geheimer er in dieser Angelegenheit verhandeln konnte, desto besser. Er glaubte allerdings keinen Augenblick, dass er seine Anwesenheit oder seine Absichten lange würde geheim halten können. Die Ilse-Hexe würde versuchen, beides herauszufinden. Früher oder später würden ihre Anstrengungen von Erfolg gekrönt sein.

Hunter Predd gelang es, im zerfallenen Herd der alten Hütte ein Feuer in Gang zu setzen, und so konnten sie die Nacht in überwiegend trockener Umgebung verbringen. In der Dämmerung gab Walker dem Flugreiter den Befehl, die schwindenden Vorräte zu ergänzen und seine Rückkehr aus dem Ort abzuwarten. Es könnte mehrere Tage dauern, warnte er, daher sollte sich der Flugreiter keine Sorgen machen, wenn er nicht gleich wieder auftauchte.

Der Tag war ein wenig klarer, der Regen hatte sich in einen kalten, feuchten Nebel verwandelt, der in den Wäldern und an den Klippen hing, der Himmel hellte sich ein wenig auf und erlaubte gelegentlich einen dunstigen Blick auf die Sonne durch schwere dunkle Wolken. Walker ging querfeldein durch den Wald, fand schließlich einen Pfad und folgte diesem, bis er eine Straße erreichte, und diese führte ihn in das Städtchen. March Brume war eine Ansammlung nasser grauer Gebäude, die Wohnhäuser lagen ein Stück von der Küste entfernt am Waldrand, die Werften und Anleger dagegen dicht am Wasser. Der Baulärm übertönte das Krachen der Wellen, ein stetiges Hämmern und Sägen wurde gelegentlich vom Zischen heißen Eisens durchbrochen, zudem von Rufen und Flüchen der Arbeiter. Der Ort war dicht bevölkert und lebendig, sowohl Einwohner als auch Besucher verstopften die Straßen, gingen ihren Geschäften nach, und das mit bemerkenswert guter Laune, wenn man das düstere, feuchte Wetter bedachte.

Walker hatte sich in seinen Mantel gehüllt, um seinen fehlenden Arm zu verbergen, und war auf diese Weise nicht auffällig genug, um irgendwelche Aufmerksamkeit auf sich zu lenken. Leute aller Art kamen und gingen, und wo das Volk der Fahrenden vorherrschte, kümmerte man sich am besten um seine eigenen Angelegenheiten.

So schlenderte der Druide ohne Eile durch die Geschäfte in der Stadtmitte auf den Hafen zu. Soldaten der Föderation lungerten in ihren silber-schwarzen Uniformen herum, während sie darauf warteten, dass ihre Befehle ausgeführt wurden. Auch Soldaten der Freien sah man, und wenngleich diese ihre Anwesenheit nicht so kühn kund taten, waren sie doch aus demselben Grund in March Brume. Das war schon seltsam, dachte der Druide; sie kauften im gleichen Geschäft ein, als sei dies das Natürlichste von der Welt, während sie sich in jeder anderen Situation gegenseitig die Köpfe einschlagen würden.

Er fand den Mann, den er suchte, auf einem Marktplatz am Südende des Städtchens, nicht weit vom Hafen und von den Werften entfernt. Er war in eine leuchtende, doch zerschlissene scharlachrote Robe gekleidet. Dabei war er so mager, dass er sich im gelegentlich kräftigen Wind, der böig vom Wasser herüberwehte, wie Schilf zu biegen schien. Ein dünner schwarzer Bart hing an seinem spitzen Kinn, und das dunkle Haar fiel ihm lang und ungekämmt ins schmale Gesicht. Eine rote Narbe zog sich vom Haaransatz zum Kinn und kreuzte den Rücken der gebrochenen Nase wie der frische Striemen einer Peitsche. Er stand dicht bei einem Brunnen, hatte den Kopf seltsam geneigt und schaute dabei nach oben, als suche er im bewölkten Himmel nach Rat. In der einen Hand hielt er einen Metallbecher, mit der anderen zeigte er mit einer Inbrunst auf die Vorbeigehenden, dass man glauben mochte, ihn zu ignorieren geschehe auf eigene Gefahr.

»Kommt her, ziert euch nicht, zögert nicht, habt keine Angst!« Seine Stimme war dünn und schrill, aber sie zog die Aufmerksamkeit der Passanten auf sich. »Mit einer Münze oder zweien kauft ihr euch den Seelenfrieden, Pilger. Eine Münze oder zwei, und ihr dürft einen Blick in die Zukunft werfen. Versichert euch, wohin ihr eure

Schritte lenken sollt, Freunde. Nehmt euch die Zeit, das zu erfahren, was das Schicksal für euch bereithält, welches Unglück euch widerfahren könnte, welchem falschen Pfad ihr unwissentlich folgen mögt. Kommt zu mir!«

Walker stand auf der anderen Seite des Platzes und beobachtete den Mann eine Weile. Dann und wann blieb jemand stehen, warf eine Münze in den Metallbecher und beugte sich vor, um sich anzuhören, was der Mann zu sagen hatte. Der tat stets das Gleiche – er ergriff die Hand des Spenders und hielt sie fest, während er redete, strich langsam über die Handfläche und nickte derweil ohne Unterlass.

Ein oder zwei Mal suchte sich der Mann einen anderen Standort oder trank aus dem Brunnen, und dabei enthüllte die scharlachrote Robe, dass er nur ein Bein hatte und an Stelle des anderen einen hölzernen Ersatz trug.

Bis der Regen die Menge verscheuchte und den Mann zwang, sich unterzustellen, verharrte Walker an seinem Standort. Erst dann überquerte er den Platz, trat an den Mann in der scharlachroten Robe heran, als suche er ebenfalls nach Schutz vor dem Regen, und stellte sich schweigend neben ihn.

»Vielleicht könntest du die Zukunft für jemanden lesen, der eine lange und gefährliche Reise in ein unbekanntes Land unternehmen will?«, fragte er und schaute hinaus in den Regen.

Der Mann wandte leicht den Blick, der jedoch weiter gen Himmel gerichtet blieb. »Mancher hat schon genug Reisen für fünf Leben unternommen. Vielleicht sollte er zu Hause bleiben und das Schicksal nicht länger herausfordern.«

»Vielleicht hat er aber keine andere Wahl.«

»Paladine der Schatten, die sich nur sich selbst enthüllen, Sucher nach Auflösungen von unbekannten Geheimnissen, die nach dem forschen, was ihrer Unsicherheit ein Ende bereiten könnte.« Er gestikulierte hilflos mit den Händen. »Du warst lange Zeit fort, Pilger. Dort oben in deiner hohen Burg warst du, allein mit deinen Gedanken und Träumen. Willst du wirklich eine Reise in ein fernes Land wagen?«

Walker lächelte schwach. »Du bist der Wetterfrosch des Schicksals, Cicatrix. Nicht ich.«

Das vernarbte Gesicht nickte. »Ein Wahrsager heute, ein versehrter Soldat morgen, ein Verrückter am dritten Tag. Genau wie du, Walker, bin ich ein Chamäleon.«

»In dieser Welt tun wir, was wir tun müssen.« Der Druide beugte sich näher heran. »Aber im Augenblick suche ich nicht nach dir oder den Fähigkeiten, die du im Angebot hast, wenngleich sie höchst beeindruckend sind. Stattdessen brauche ich eine kleine Information über das große Lagerhaus, das du leitest – und ich würde verhindern, dass diese Information andere Ohren erreicht.«

Cicatrix langte nach der Hand des Druiden und ergriff sie, strich mit den Fingern über die Innenhand und hielt sein ruiniertes Gesicht währenddessen gen Himmel. »Du beabsichtigst eine Reise in ein unbekanntes Land, Pilger?« Seine Stimme wurde zu einem Flüstern. »Suchst du vielleicht nach einer Transportmöglichkeit?«

»Nach einer von der Sorte, die fliegt. Einer schnellen und langlebigen. Kein Kriegsschiff, aber eins, das einem Angriff standhalten würde. Es braucht kein Rennboot zu sein, doch sollte es fliegen, als wäre es dafür geschaffen. Ihr Erbauer muss eine Vision gehabt haben, und das Schiff sollte ein Herz besitzen.«

Der dünne Mann lachte leise. »Du suchst nach einem Wunder, Pilger. Sehe ich so aus, als könnte ich damit dienen?«

»Früher konntest du das.«

»Die Vergangenheit kommt zurück und verfolgt mich. Das ist der Ärger, den man hat, wenn man nur lebt, um die Erwartungen der anderen zu erfüllen, und wenn diese Erwartungen auf zweifelhaften Erinnerungen beruhen. Gut.« Er strich weiterhin mit den Fingern über Walkers Handfläche. »Dein Feind in dieser Unternehmung trägt nicht zufällig Silber und Schwarz?«

Walker starrte hinaus in den Regen. »Vor allem hat meine Feindin überall Augen und tötet mit ihrem Lied.«

Cicatrix zischte leise. »Eine Hexe mit einem Hexentrunk also, nicht wahr? Halte dich von ihr fern, Walker.«

»Ich werde mein Bestes tun. Jetzt höre mir aufmerksam zu. Ich brauche ein Schiff und einen Schiffsbauer, einen Kapitän und eine Mannschaft. Sie sollten stark und tapfer sein und außerdem bereit, sich mit den Elfen gegen alle Feinde zu verbünden.« Er hielt kurz inne. »Der Ruf von March Brume wird auf die Probe gestellt, wie es noch nie zuvor der Fall war.«

»Und der meinige.«

»Und der deinige.«

»Wenn ich dich enttäusche, sehe ich dich nie wieder, Pilger?«

»Du wirst es dir zumindest wünschen.«

Cicatrix kicherte. »Drohungen? Nein, nicht von dir, Walker. Du bedrohst niemanden; du zeigst nur deine Besorgnis. Ein armer Krüppel wie ich sollte gut aufpassen, aber nicht aus Furcht.« Seine Finger auf Walkers Hand hielten inne. »Ist der Lohn für jene, die diese Risiken auf sich nehmen, wenigstens beachtlich?«

»Er geht noch darüber hinaus. Die Elfen werden ihre Schatzkammer weit öffnen.«

»Ah.« Der andere nickte, nickte abermals, sein Kopf zuckte seltsam, und sein Blick ging ins Leere. Er ließ Walkers Hand los. »Komm nach Einbruch der Dunkelheit in den Hafen, ans Ende der Vertastraße. Stell dich dorthin, wo man dich sehen kann. Mysterien werden sich enthüllen, Geheimnisse werden gelüftet. Vielleicht wirst du die Reise in ein unbekanntes Land unternehmen.«

Walker holte einen Beutel mit Goldmünzen hervor, und Cicatrix schob ihn sofort in die Tasche. Langsam drehte er sich um und humpelte davon. »Lebe wohl, Pilger. Und viel Glück.«

Den Rest des Tages spazierte Walker im Hafen herum, begutachtete die Schiffe, die gebaut wurden, und die Männer, die daran arbeiteten, hörte den Gesprächen der Segler zu und sammelte Informationen. Er aß in einer großen Taverne am Hafen, wo er ein Gast unter vielen war, und täuschte Desinteresse vor, während er aufmerksam nach den Spionen der Föderation Ausschau hielt, von deren Anwesenheit er überzeugt war. Die Ilse-Hexe würde nach ihm suchen und ihn unbedingt finden wollen. Darüber machte er sich keine Illusionen. Sie war unerbittlich. Wann immer sie konnte, würde sie ihn attackieren und hoffen, das zu beenden, was sie in Arborlon begonnen hatte. Falls sie ihn töten oder außer Gefecht setzen konnte, würde die Suche, zu der er gerade die Vorbereitungen traf, nicht stattfinden, und dann stünde ihr der Weg zu dem auf der Karte verzeichneten Schatz frei. Zwar besaß sie die Karte nicht, doch ließ sie sich vermutlich von den Erinnerungen des Schiffbrüchigen leiten, und nach allem, was er wusste, könnte das ausreichen.

Er dachte lange über die Folgen einer Auseinandersetzung mit ihr nach, einer Auseinandersetzung, die kaum zu vermeiden sein würde. Er ging die Konsequenzen eines unfreundlichen Schicksals durch, von verpassten Gelegenheiten und verlorenen Spielen, und wartete geduldig auf den Einbruch der Nacht.

Als es dunkel war, ging er durch March Brume. Da die Temperatur gesunken war und der Regen aufgehört hatte, stieg vom Wasser Nebel auf. Die Schmieden und Werften waren am Ende des Arbeitstages menschenleer, und in der Stille konnte man die Meeresbrandung nun deutlich hören. Kaufleute hatten ihre Läden geschlossen und Händler ihre Waren verstaut. Die Tavernen, die Gaststätten und die Freudenhäuser waren überfüllt, die Straßen dagegen beinahe verlassen.

Einige Male blieb er im Schatten stehen und wartete – lauschte und schaute sich um. Er ging nicht geradewegs auf sein Ziel zu, sondern machte viele Umwege, um sich zu versichern, dass ihn niemand verfolgte. Trotzdem fühlte er sich unbehaglich. Für jene, die nicht nach ihm suchten, war er unverdächtig, doch die, die nach ihm Ausschau hielten, würden ihn leicht erkennen. Die Ilse-Hexe würde ihre Spione von seinem Kommen in Kenntnis gesetzt haben. Vielleicht wäre es schlauer gewesen, sich zu tarnen. Aber dazu war es jetzt zu spät.

Am Ende der Vertastraße stand er im schwachen Schein einer Straßenlaterne in Dunst und Stille gehüllt. Der Hafen erstreckte sich in Richtung Ozean, die großen, geisterhaften Formen der halb fertigen Schiffsrümpfe und Stützbalken waren im Licht des Städtchens schemenhaft sichtbar. In der Dunkelheit der Nacht sah man keinen einzigen Spaziergänger. Keine Geräusche störten das stete Grollen und Zischen der Brandung.

Er hatte erst ein paar Minuten dort gestanden, da tauchte ein Mann aus der Finsternis auf und trat auf ihn zu. Der Mann war groß und hatte flammend rotes Haar, das er lang trug und mit einem hellen Schal zusammengebunden hatte. Ein Fahrender, dem Äußeren nach. Er hatte den leicht schwankenden Gang eines Seemanns, und sein Mantel blähte sich auf und enthüllte Lederkleidung. Der Mann lächelte freundlich, während er auf Walker zuging, als wären sie alte Freunde, die sich nach langer Zeit wiedertrafen.

»Heißt du Walker?«, fragte er und blieb vor dem Druiden stehen. Die goldenen Ohrringe glitzerten schwach im dunstigen Licht der Straßenlaterne.

Walker nickte.

»Ich bin Redden Alt Mer. Cicatrix hat mir erzählt, du schmiedest Pläne für eine Reise und brauchst Hilfe bei den Vorbereitungen.«

Walker runzelte die Stirn. »Du siehst nicht gerade wie ein Schiffbauer aus.«

Redden Alt Mer grinste breit. »Vermutlich, weil ich keiner bin. Aber ich weiß, wo du den Mann findest, nach dem du suchst. Und ich weiß außerdem, wie ich dich an Bord des schnellsten Schiffes bringe, das je gebaut wurde, dir die beste Mannschaft zusammenstelle, die je auf dem offenen Meer unterwegs war, und dich anschließend hinfliege, wohin immer du willst – weil ich dein Kapitän sein werde.« Er neigte den Kopf zur Seite. »Alles zu einem bestimmten Preis, versteht sich.«

Jetzt betrachtete Walker ihn genauer. Er war anmaßend und dreist, hatte allerdings auch etwas Gefährliches an sich. »Wie kann ich sichergehen, dass du das alles wirklich schaffst, Redden Alt Mer? Und woher weiß ich, dass du der Mann bist, den ich brauche?«

Dem Fahrenden gelang ein Ausdruck vollkommenen Erstaunens. »Cicatrix hat mich zu dir geschickt; wenn du ihm vertraut hast, sollte das genügen.«

»Cicatrix hat schon Fehler gemacht, so hört man.«

»Nur, wenn man ihn um seinen Lohn betrügt und er dir eine Lektion erteilen will. Das hast du doch nicht, oder?« Der Fahrende seufzte. »Also gut. Hier sind meine Referenzen, da dir offensichtlich mein Name nichts sagt. Ich wurde an Bord eines Kriegsschiffes geboren und fahre auf Luftschiffen, seit sie erfunden wurden. Als Schiffsjunge habe ich angefangen, den größten Teil meines Lebens war ich jedoch Kapitän. Ich bin die gesamte Küste des Westlands entlang gesegelt und habe die meisten unbekannten Inseln der Blauen Spalte erkundet. Die letzten drei Jahre habe ich in den Diensten der Föderation auf Kriegsluftschiffen verbracht. Und ich bin dabei kein einziges Mal vom Himmel geholt worden.«

»Und sollte ich dir tatsächlich glauben, dass du die Wahrheit sagst?« Walker trat einen Schritt näher. »Obwohl du jemanden mit einem Dolch in meinem Rücken platziert hast, falls ich dir nicht vertraue?«

Alt Mer nickte langsam und grinste weiterhin. »Sehr gut. Ich kenne mich ein wenig mit Druiden und ihren Kräften aus. Du bist der Letzte deiner Art und wirst in den Vier Ländern nicht gerade besonders respektiert, daher hielt ich es für weise, dich auf die Probe zu stellen. Ein echter Druide, so wurde mir gesagt, würde die Anwesenheit eines Angreifers spüren. Ein echter Druide wüsste, wenn er bedroht wird.« Er zuckte mit den Schultern. »Ich bin einfach nur vorsichtig. Das war nicht als Beleidigung gemeint.«

Walkers Miene blieb finster. »So habe ich das auch nicht aufgefasst. Diese Reise könnte lang und gefährlich für dich werden, sollten wir uns einig sein, dass du der richtige Mann dafür bist, Redden Alt Mer. Offensichtlich möchtest du sie nicht in Begleitung eines Narren oder eines Lügners unternehmen.« Er zögerte. »Das gilt für mich natürlich genauso.«

Der Fahrende lachte leise. »Kleine Rote!«, rief er.

Eine große Frau mit rötlich braunen Locken trat aus der nebligen Dunkelheit hinter Walker und suchte mit den Augen den Schatten ab, woraus zu entnehmen war, dass sie ihm noch weniger traute als ihr Gefährte. Sie nickte Alt Mer zu. Dieser erwiderte das Nicken, und nun war die Ähnlichkeit zwischen den beiden unübersehbar.

»Meine Schwester, Rue Meridian«, stellte Alt Mer sie vor. »Sie wird mein Navigator sein. Außerdem deckt sie mir den Rücken, so wie jetzt gerade.«

Rue Meridian streckte die Hand zum Gruß aus, und Walker tat es ihr gleich. Ihr Griff war fest, und ihre Augen hielten Walkers Blick stand. »Willkommen in March Brume«, sagte sie.

»Gehen wir doch ein wenig aus dem Licht, während wir unser Geschäft besprechen«, schlug Alt Mer fröhlich vor.

Er führte seine Schwester und Walker aus dem dunstigen Schein der Laterne in eine dunkle Gasse, die zwischen den Gebäuden verlief. Auf der Straße hinter ihnen rannte ein kleiner Junge vorbei und jagte einen Metallreifen mit einem Stock vor sich her.

»Also gut, kommen wir zum Geschäftlichen«, sagte Redden Alt Mer und rieb sich begeistert die Hände. »Wohin führt uns die Reise?«

Walker schüttelte den Kopf. »Das kann ich euch nicht sagen. Nicht, bis wir aufgebrochen sind.«

Der Fahrende wirkte erstaunt. »Du kannst es nicht sagen? Ich soll mich zu einer Reise verpflichten, deren Ziel ich nicht kenne? Geht es nach Westen, Osten, Norden, Süden, oben, unten …«

»Dorthin, wo ich sage.«

Der große Mann schnaubte. »Also gut. Welche Fracht befördern wir?«

»Keine. Wir fahren los, um etwas zu bergen.«

»Wie viele Passagiere?«

»Drei Dutzend, ein paar mehr oder weniger. Keinesfalls über vierzig.«

Der Fahrende runzelte die Stirn. »Für ein Schiff dieser Größe brauche ich eine Mannschaft mit mindestens einem Dutzend Leute, die Kleine Rote und mich eingeschlossen.«

»Ich gestehe dir zehn zu.«

Alt Mer war verärgert. »Du erlegst uns reichlich viele Beschränkungen auf, obwohl du nichts vom Segeln verstehst!«

»Wie gut beabsichtigst du zu zahlen?«, unterbrach ihn seine Schwester rasch.

»Was wäre der normale Preis für eine sehr lange Reise?«, erkundigte sich Walker. Jetzt hatten sie den Teil erreicht, auf den es am meisten ankam. Rue Meridian sah ihren Bruder an. Alt Mer dachte nach, dann schlug er eine Zahl vor. Walker nickte. »Ich zahle diese Summe im Voraus und das Doppelte, wenn wir zurückkehren.«

»Das Dreifache«, erwiderte Rue Meridian sofort.

Walker sah sie lange und nachdenklich an. »Was hat Cicatrix euch erzählt?«

»Dass du reiche Freunde und mächtige Feinde hast.«

»Was hervorragende Gründe sind, uns anzuheuern«, fügte ihr Bruder hinzu.

»Vor allem, wenn die Feinde mit jemandem verbündet sind, dessen Magie so mächtig ist wie deine eigene.«

»Die Magie von einer, die allein mit dem Klang ihrer Stimme töten kann.« Erneut lächelte Redden Alt Mer. »O ja. Wir kennen uns ganz gut mit den Wesen aus, die im Wildewald wohnen. Und wir wissen einiges über Hexen und Hexenmeister.«

»Den Gerüchten zufolge«, sagte seine Schwester leise, »hast du genau neben Allardon Elessedil gestanden, als er getötet wurde.«

»Und den gleichen Gerüchten zufolge wollte er gerade ein Geschäft mit dir abschließen, das die Elfen nun als gültig betrachten.« Alt Mer zog forschend eine Augenbraue hoch.

Walker starrte in die Dunkelheit auf der Vertastraße und sah dann wieder die rothaarigen Geschwister an. »Ihr wisst offenbar eine ganze Menge.«

Der Kapitän zuckte mit den Achseln. »So sollte es auch sein, wenn uns jemand fragt, ob wir für ihn unser Leben riskieren wollen.«

»Was uns zu einer anderen interessanten Frage führt.« Der Druide warf beiden einen nachdenklichen Blick zu. »Warum wollt ihr mich auf dieser Reise begleiten? Warum lasst ihr euch auf dieses Wagnis ein, während andere weniger gefährliche Expeditionen unternehmen?«

Redden Alt Mer lachte. »Eine gute Frage. Eine Frage, auf die es gleich mehrere Antworten gibt. Wollen wir doch mal sehen. Erstens wegen des Geldes. Du bietest uns mehr an als alle anderen. Viel mehr. Wir sind Söldner, daher spitzen wir die Ohren, wenn jemand ein gutes Angebot macht. Zweitens haben wir gerade unter recht unglücklichen Umständen Abschied von der Föderation genommen. Nicht ganz freiwillig, und unsere früheren Dienstherren könnten sich dazu entscheiden, hier in der Gegend nach uns Ausschau zu halten, um die Rechnung zu begleichen. Deshalb wäre es am besten, wenn wir von hier verschwinden würden. Eine weite Reise außerhalb der Vier Länder würde lange genug dauern, damit sie das Interesse verlieren.

Und drittens«, sagte er und lächelte wie ein kleiner Junge mit einer Zuckerstange, »gefällt uns die Herausforderung, eine Reise zu einem neuen Land zu unternehmen, dorthin zu gehen, wo vor uns noch niemand war, und eine neue Welt zu entdecken.« Er seufzte und vollführte eine weitschweifige Geste. »Du solltest keinesfalls unterschätzen, was uns das bedeutet. Jemandem, der nicht wie wir fliegt oder segelt und sein Leben lang unterwegs war, ist das schwer zu erklären. Es hat etwas damit zu tun, wer wir sind und was wir tun, und manchmal zählt das mehr als alles andere.«

»Insbesondere nach unserer Erfahrung mit der Föderation, wo wir nur wegen des Geldes angeheuert haben«, knurrte seine Schwester leise. »Es ist an der Zeit, mal wieder eine erfüllendere Reise zu unternehmen, selbst wenn sie gefährlich wird.«

»Sei nicht so schnell dabei, unserer Denkweise das Geheimnisvolle abzusprechen, Kleine Rote!«, tadelte ihr Bruder sie. Er richtete den Zeigefinger auf den Druiden. »Das sollte an Gründen für unsere Entscheidung genügen. Ich weiß aber auch, weshalb du dich mit uns einlassen willst. Damit meine ich die Kleine Rote und mich nicht persönlich – wenngleich wir es sind, die du willst. Ich meine die Fahrenden überhaupt. Du bist hier, mein Freund, weil du ein Druide bist und wir Fahrende sind und weil wir viel gemeinsam haben. Wir sind und waren stets Außenseiter, ja fast Geächtete, die kaum geduldet und immer misstrauisch beäugt werden. Uns gefällt das Fernweh und der Blick in die weite Welt, und wir denken nicht in solchen Begriffen wie Nationalität und Regierung. Stattdessen sind wir ein Volk, bei dem Freundschaft und Treue viel gelten, das Stärke in Herz und Seele preist, bei dem jedoch gutes Urteilsvermögen noch höher geschätzt wird. Man kann der tapferste Kerl sein, der jemals auf der Erde wandelte, und trotzdem ist man wertlos, wenn man nicht weiß, wann und wo man sich seine Schlacht suchen soll. Wie mache ich mich?«

»Ein wenig langatmig«, erwiderte Walker.

Der große Fahrende lachte freudig. »Ein Druide mit Humor! Wer hätte das für möglich gehalten? Nun, du hast verstanden, worauf ich hinauswill, da brauche ich nicht fortzufahren. Wir sind füreinander geschaffen – vor allem für Expeditionen, bei denen mitzumachen den meisten nicht im Traum einfiele. Du willst uns deshalb, Walker, weil wir gegen alle anderen anzutreten bereit sind. Wir werden uns dem Tod ins Maul stürzen und an seiner Zunge zerren. Weil es im Leben eines Fahrenden allein darum geht. Oder liege ich falsch?«

Walker schüttelte den Kopf, sowohl bestürzt als auch zustimmend.

»Er glaubt dir das alles wirklich«, verkündete seine Schwester nachdenklich. »Das könnte ansteckend sein, und eines Tages infizieren wir uns, und dann wird keiner von uns beiden mehr klar denken können.«

»Langsam, langsam, Kleine Rote. Du sollst mich unterstützen und mir nicht in den Rücken fallen!« Alt Mer seufzte und schenkte Walker einen fröhlichen Blick. »Es gibt außerdem kaum jemanden mit unseren Talenten und unserer Kaltblütigkeit, der dir bei dieser Angelegenheit auch nur einen guten Tag wünschen würde. Fahrende sind die Einzigen, die kühn genug sind, um dein Angebot zu akzeptieren, und dabei sogar noch deine Bitte um Geheimhaltung respektieren.« Er grinste. »Also?«

Walker zog seine schwarze Robe enger um sich, und dabei bewegte sich der Nebel, der in die dunkle Gasse gekrochen war. »Schlafen wir einmal darüber. Morgen können wir uns mit eurem Schiffbauer unterhalten. Ich möchte mir seine Arbeit anschauen und den Mann kennen lernen, ehe ich mich entscheide.«

»Exzellent!«, rief der große Fahrende fröhlich. »Eine faire Antwort!« Er hielt inne, und Bedauern huschte über sein breites Gesicht. »Außer einer Sache. Schlaf kommt nicht in Frage. Wenn du an unseren Diensten interessiert bist, müssen wir heute Nacht aufbrechen.«

»Aufbrechen?« Walker verhehlte seine Überraschung nicht.

»Heute Nacht.«

»Und wohin?«

»Nun, wohin ich sage«, antwortete der Fahrende. Er grinste seine Schwester an. »Ich fürchte, er hält mich jetzt für nicht allzu hell im Kopf.« Dann wandte er sich wieder Walker zu. »Wenn der Schiffbauer, den du willst, hier in March Brume zu finden wäre, würdest du uns doch nicht brauchen, oder? Und er wäre auch nicht von besonderem Nutzen, wenn er sein Geschäft in aller Öffentlichkeit führen würde.«

Walker nickte und begriff. »Ich denke nicht.«

»Eine kurze Reise wäre allerdings dazu notwendig – und diese sollte man am besten im Schutze der Dunkelheit beginnen.«

Walker blickte gen Himmel, als wolle er das Wetter abschätzen. Er konnte im Nebel weder Mond noch Sterne entdecken. »Eine Fußreise, hoffe ich?«

Der große Fahrende grinste abermals. Seine Schwester zog tadelnd eine Augenbraue hoch.

Walker seufzte. »Wie bald müssen wir aufbrechen?«

Redden Alt Mer legte Rue Meridian den Arm um die Schulter. »Jetzt gleich.«

•

Der Junge mit dem Eisenreifen und dem Stock blieb im tiefen Schatten der Werften verborgen, bis die Drei aus der Gasse hervortraten, die Straße hinaufgingen und verschwanden. Sogar danach regte er sich lange Zeit nicht. Man hatte ihn vor dem Druiden und seinen Fähigkeiten gewarnt. Es genügte schon, dass er ihn gefunden hatte; mehr war nicht erforderlich.

Nachdem er sicher war, wieder allein zu sein, verließ er sein Versteck und rannte auf den Wald hinter dem Städtchen zu. Für sein Alter war er klein und wild wie ein Tier, schlank und drahtig und ungekämmt, nicht wirklich ein Straßenkind, aber doch fast. Seinen Vater hatte er niemals kennen gelernt, seine Mutter hatte er im Alter von zwei Jahren verloren. Seine halb blinde Großmutter hatte ihn erzogen, allerdings konnte sie ihm nichts mehr vorschreiben, seit er sechs war. Jedenfalls war er klug und unternehmungslustig, und so hatte er in dieser Welt, die sie ansonsten beide verschlungen hätte, einen Möglichkeit gefunden, den Lebensunterhalt zu verdienen.

In weniger als einer Stunde traf er, vom Laufen verschwitzt, auf dem verlassenen Bauernhof hinter den letzten Wohnhäusern von March Brume ein. Sein angestrengter Atem war das einzige Geräusch, welches die Stille störte, als er die verfallene Scheune betrat und zu den Vorratsräumen im hinteren Teil ging. In dem besser gesicherten ganz rechts befanden sich die Käfige. Er öffnete das Schloss, schlüpfte hinein, zündete eine Kerze an und kritzelte eine Nachricht.

Die Dame, für die er von Zeit zu Zeit Informationen sammelte, würde ihn dafür gut entlohnen, dachte er aufgeregt. So gut, dass er sich die Klinge kaufen konnte, die er sich schon so lange wünschte. Und er und seine Großmutter würden während der nächsten Wochen genug zu essen haben.

Er befestigte die Nachricht am Fuß eines dieser eigenartigen Vögel mit den wilden Augen, die sie ihm gegeben hatte, ging mit dem Tier wieder hinaus und warf es hoch in den dunklen Himmel.

Zwölf

Redden Alt Mer und Rue Meridian führten Walker mehrere hundert Meter am Hafen entlang, dann wandten sie sich einem schmalen Bootssteg zu. Sie blieben an einem verwitterten Boot mit umgelegtem Mast, einem einzigen Segel und Ruderpinne stehen. Die zwei Fahrenden hielten es ruhig, während der Druide an Bord ging, und rasch stachen sie in See. Innerhalb weniger Augenblicke konnte man den Hafen, das Städtchen und auch das Land nicht mehr sehen. Die Fahrenden platzierten Walker am Bug und wiesen ihn an, nach großen Treibholzstücken Ausschau zu halten, dann stellten sie den Mast auf und setzten das Segel. Walker blickte sich unbehaglich um. Soweit er es einschätzen konnte, gab es keine Möglichkeit zu bestimmen, in welche Richtung sie fuhren. Aber das schien gleichgültig zu sein. Nachdem sich das Segel mit Wind gefüllt hatte, lehnten die beiden sich zurück, Alt Mer am Heck und seine Schwester mittschiffs, und so glitten sie mit stetigem Tempo durch die Nacht.

Es war eine ungewöhnliche Erfahrung, sogar für einen Druiden. Gelegentlich tauchten zwischen den Wolken ein paar Sterne auf, ein oder zwei Mal zeigte sich der Mond, aber ansonsten segelten sie durch eine Brühe aus Nebel und Dunkelheit und immergleichem Meer dahin. Zumindest war das Wasser ruhig. Redden Alt Mer pfiff und summte vor sich hin, während seine Schwester in die dunkle Nacht hinausstarrte. Walker bemerkte, wie er sich in Gedanken erneut mit der Zweifelhaftigkeit und Unsicherheit des Unternehmens beschäftigte, in das er sich kopfüber gestürzt hatte. Die Antworten auf drängende Fragen und die Andeutungen von Möglichkeiten schienen sich unter der Wasseroberfläche zu verbergen. Er kannte ein paar der Zusammenhänge und konnte sich einige weitere ausmalen, doch der Rest – der den weitaus größten Teil ausmachte – blieb noch im Dunkeln.

Mehrere Stunden segelten sie dahin, und weder die Geräusche noch die Umgebung veränderten sich. So überraschte es Walker, als Rue Meridian schließlich eine Öllampe anzündete und sie vorn an den Mast hängte. Vergeblich versuchte das Licht, die Finsternis zu durchdringen, schaffte es kaum, einige Meter vorzustoßen. Redden Alt Mer hatte sich auf die Bank am Heck gesetzt, sein Arm hing über der Ruderpinne, die Füße hatte er auf die Reling gestützt. Er nickte seiner Schwester zu, nachdem diese das Licht angebracht hatte, woraufhin sie nach vorn kam und den Platz mit Walker tauschte.

Kurz danach erschien ein zweites Segelboot, ragte plötzlich vor ihnen auf. Es war wesentlich größer, und Walker schätzte, dass mindestes sechs oder sieben Männer in der Takelage an den beiden Masten arbeiteten. Rue Meridian fing ein ihr zugeworfenes Tau auf und band es am Bug des Skiffs fest. Ihr Bruder löschte die Lampe, strich das Segel, legte den Mast um und setzte sich dann wieder. Die Arbeit dauerte nur Augenblicke, das Tau straffte sich, und nun wurden sie geschleppt.

»Bis wir unser Ziel erreichen, gibt es nichts mehr für uns zu tun«, sagte der Kapitän und machte es sich auf der Bank gemütlich. Kurze Zeit später war er eingeschlafen.

Rue Meridian setzte sich neben Walker. Es dauerte nicht lange, da sagte sie: »Ihn scheint wirklich nichts aus der Ruhe zu bringen. Ich habe ihn schon einmal schlafen sehen, während wir in die Schlacht flogen. Mit Unvorsichtigkeit oder mangelnder Sorgfalt hat das nichts zu tun. Der Große Rote steht immer bereit, wenn er gebraucht wird. Er kann nur einfach abschalten und ist wieder ganz da, sobald es losgeht.«

Mechanisch suchte sie das Wasser ab, während sie sprach. »Er wird dir erklären, er sei der Beste, weil er es selbst glaubt. Deshalb behauptet er auch, dass er dein Mann ist. Vielleicht hältst du ihn für einen Aufschneider, möglicherweise sogar für tollkühn. Ist er aber beides nicht. Er kann einfach nur ungeheuer gut fliegen.« Sie zögerte kurz. »Nein, nicht nur gut. Er ist viel besser. Er kann großartig fliegen. Sein Talent ist unglaublich. Einen besseren Mann habe ich noch nie gesehen. Die Soldaten an der Front haben gedacht, er habe Glück. Das hat er auch, aber zum größten Teil besteht sein Glück aus Tapferkeit, Klugheit und Begabung.«

Sie blickte ihn an. »Ich höre mich doch nicht an wie eine kleine Schwester, die ihren großen Bruder vergöttert?« Leise schnaubte sie. »Nun, das stimmt wohl, trotzdem lasse ich mich durch meine Gefühle für ihn nicht blenden. Wir haben die gleiche Mutter und unterschiedliche Väter. An unsere Väter können wir uns nur verschwommen erinnern. Sie waren Seeleute und Wanderer. Als unsere Mutter starb, waren wir noch sehr jung. Den größten Teil seines Lebens habe ich auf ihn aufgepasst; ich war besser als er. Ich kenne und verstehe ihn. Außerdem weiß ich um seine besonderen Fähigkeiten und Schwächen. Und ich habe alle seine Erfolge und Fehlschläge miterlebt. Niemals würde ich jemanden über ihn belügen, erst recht nicht mich selbst. Du solltest auf mich hören: Der Große Rote ist mindestens zwei andere Männer wert und zudem der Beste, den du für deine Reise finden kannst.«

»Ich hab's gehört«, antwortete Walker leise.

Sie lächelte. »Na, das musstest du ja, ob du wolltest oder nicht.« Jetzt sah sie ihn an. »Dir mangelt es nicht an Intelligenz, Walker. Ich bemerke wohl, dass du die ganze Zeit über nachdenkst. Ich schaue dir in die Augen und sehe deinen Verstand, der arbeitet. Du hörst zu, du schätzt ab und du fällst dementsprechend dein Urteil. Auch die Entscheidung darüber, ob wir zu dieser Expedition gehören werden, wirst du auf diese Weise treffen. Was ich dir erzähle, beeinflusst dich nicht. Aus diesem Grund rede ich auch nicht über meine Gefühle dem Großen Roten gegenüber. Du sollst nur wissen, wo ich stehe.«

Daraufhin schwieg sie und wartete, und kurze Zeit später nickte er: »Das ist nur fair.«

Sie seufzte und suchte eine bequemere Sitzposition. »Offen gesagt geht es mir gar nicht um das Geld. Davon habe ich genug. Aber mir fehlt die innere Ruhe oder das Gefühl für die Zukunft oder einfach etwas, an das ich glauben kann. In den letzten drei Jahren auf der prekkendorranischen Höhe habe ich die Freien gejagt, dann und wann welche umgebracht, ihre Luftschiffe verbrannt und Feuer über ihren Lagern abgeworfen – dabei habe ich mir die Seele verkohlt. Das Ganze war die reinste Dummheit. Ein Krieg wegen Gebietsansprüchen, wegen territorialer Rechte und nationaler Vorherrschaft – welche Bedeutung hat das schon? Abgesehen vom Geld habe ich dabei nichts gewonnen.«

Mit ihren grünen Augen fixierte sie ihn. »Bei deiner Expedition habe ich ein ganz anderes Gefühl. Ein Druide gibt sich nicht mit so armseligen Angelegenheiten ab. Sag mir die Wahrheit – wird mir deine Unternehmung ein wenig mehr bieten?«

Dabei starrte sie ihn so durchdringend an, dass er kurz über die Tiefe ihrer Gefühle staunte. »Ich bin mir nicht sicher«, antwortete er einen Augenblick später. »Es geht schließlich nicht nur um das Geld, das ich euch angeboten habe. Außer eurem Leben steht auch anderes auf dem Spiel. Die Freiheit kann verloren gehen, und die ganze Welt kann sich entweder zum Besseren oder zum Schlechteren verändern. Allerdings kann ich nicht weit genug in die Zukunft schauen, um das genauer zu erklären. Eins hingegen weiß ich: Die Tatsache allein, dass wir aufbrechen, könnte den Unterschied ausmachen, der dir später etwas bedeuten wird.«

»Also retten wir die Welt, ja?« Sie lächelte.

Seine Miene blieb ausdruckslos. »Möglicherweise.«

Das Lächeln verschwand. »Gut, keine Scherze über dieses Thema. Ich wollte keineswegs andeuten, dass du übertreibst. Deshalb erlaube ich mir, ein wenig an das zu glauben, was du versprichst. Es kann ja nicht schaden. Ein wenig Glauben auf beiden Seiten wäre doch ein guter Anfang für eine Partnerschaft, nicht wahr?«

Er nickte und lächelte. »Ja.«

Vogelgesang kündigte das Einsetzen der Morgendämmerung an, und mit dem ersten Tageslicht hoben sich riesige Klippen vom Himmel ab, deren zerklüftete, kahle Wände von Wind und Wetter ausgewaschen waren. Zuerst schien es keinen Weg durch diese beachtliche Barriere zu geben. Aber auf dem Schiff vor ihnen wurde eine Lampe angezündet und in die Höhe gezogen, und an der Küste flammten zur Antwort zwei Lichter auf und markierten den Einlass. Sogar danach war keine Öffnung sichtbar, erst, als sie die Klippen beinahe erreicht hatten. Die Luft hing voller Nebel und Gischt, und das Donnern der Wellen an den Felsen drückte die unmissverständliche Warnung aus, sich fern zu halten. Aber der Kapitän des Schiffes fuhr ohne zu zögern weiter und navigierte zwischen Felsen hindurch, die sein Schiff – und das kleine Skiff, in dem Walker saß, erst recht – mit Leichtigkeit versenken könnten.

Redden Alt Mer war aufgewacht, stand an der Ruderpinne und steuerte das Boot mit sicherer Hand im Kielwasser des Zweimasters. Walker sah zu ihm zurück und war überrascht, weil das Gesicht des Kapitäns so glücklich und erwartungsfroh wirkte. Er genoss diese Fahrt, die Aufregung und die Herausforderung des Meeres, fühlte sich so sehr zu Hause, wie es den meisten anderen wohl unmöglich war.

Und Rue Meridian, die neben ihm stand, lächelte ebenfalls.

Sie drangen zwischen den Felsen in einen schmalen Kanal vor, wobei das Skiff auf dem Meer auf und ab hüpfte. Möwen und Kormorane kreisten über ihnen, ihre Schreie hallten von den Steilwänden wider. Vor ihnen lag eine breite Bucht, die von Klippen umschlossen wurde, deren Oberseite bewaldet war und von denen Wasserfälle über dreißig Meter aus dem Nebel nach unten stürzten. Während sie aus dem Kanal in den relativ ruhigen Hafen einfuhren, ließ der Lärm von Wind und Brandung nach. Hinter ihnen erloschen die Lichter, die sie geleitet hatten.

Aus Dunkelheit und Dunst tauchten die ersten Anzeichen einer Siedlung auf. Über ihren Charakter gab es keinen Zweifel. Eine große Werft lag am Ufer der Bucht, mit Anleger, Schmiede und Holzlager. Eine Reihe Schiffe ankerte am Nordende und hob sich schlank und dunkel gegen das silbrige Wasser ab. Walker erkannte die Luftschiffe am Glitzern der Strahlungssammler.

Während sie sich dem Ufer näherten, ließ das Schiff, das sie schleppte, den Anker herab, und ein kleines Beiboot mit zwei Matrosen an den Riemen wurde heruntergelassen. Sie ruderten zu dem Skiff und nahmen Walker und die Fahrenden an Bord. Alt Mer und seine Schwester begrüßten die Seeleute vertraulich, stellten sie jedoch dem Druiden nicht vor. Die ruderten durch das dunstige Licht und die umherstreifenden Vögel und stiegen an einem der Bootsstege aus. Hafenarbeiter beförderten Ladungen entlang der Wasserfront hin und her, und Handwerker begannen gerade mit ihrer Arbeit. Der Lärm von Hämmern und Sägen vertrieb die Stille, und die Siedlung schien gleichzeitig aus dem Schlaf zu erwachen.

»Hier entlang«, wies Redden Alt Mer den Weg und machte sich zum Strand auf.

So betraten sie das Land und gingen nach links durch die Werften weiter, an Schmieden und Holzstapeln vorbei zu einem Gebäude am Wasser. Davor befand sich eine breite, überdachte Veranda mit Tischen. Große Papierstücke waren auf den Tischen ausgerollt und wurden von Ziegeln gehalten. Männer arbeiteten sich von einem Plan zum anderen durch, überprüften die Beschriftungen und markierten Anpassungen und Änderungen.

Derjenige, der sie bei diesem Tun beaufsichtigte, sah bei der Ankunft von Walker und den Fahrenden auf und kam ihnen entgegen. Er war ein riesengroßer, stämmiger Kerl mit baumstarken Armen und Beinen, einem wilden schwarzen Haarschopf und rötlichem, wettergegerbtem Gesicht, das zum Teil von einem dichten Bart verdeckt wurde. Er trug die hellen Schärpen und goldenen Ohrringe, die Fahrende bevorzugten, und seine mürrische Miene stand im Gegensatz zu den funkelnden Adleraugen.

»Morgen zusammen«, knurrte er wenig freundlich. Seine schwarzen Augen verharrten auf Walker. »Hoffe, du bist ein Kunde, der taub, stumm und blind ist und hier ist, um sein Vermögen mit denen zu teilen, die weniger besitzen als du. Denn wenn nicht, könnte ich dich auch gleich umbringen. Der Große Rote kennt die Regeln.«

Walker ließ sich keinerlei Besorgnis anmerken, als er Redden Alt Mers Stöhnen hörte. »Mir wurde gesagt, hier würde ich den besten Schiffbauer der Welt treffen. Solltest du das etwa sein?«

»Schon möglich.« Die schwarzen Augen richteten sich misstrauisch auf Alt Mer, dann wieder auf Walker. »Du siehst nicht dumm aus, aber auch nicht wie einer, der einen dicken Geldbeutel hat. Wer bist du?«

»Ich heiße Walker.«

Der stämmige Mann betrachtete ihn schweigend. »Der Druide?«

Walker nickte.

»Gut, gut. Das wird vielleicht doch noch interessant. Was lockt einen Druiden heutzutage aus Paranor heraus? Bestimmt keine Kleinigkeiten.« Er streckte die massige Hand aus. »Ich bin Spanner Frew.«

Walker schüttelte die Hand. Sie fühlte sich an wie aus Eisen gemacht. »Druiden gehen immer dorthin, wo sie gebraucht werden.«

»Das muss ziemlich schwierig für dich sein, da es ja nur noch einen von euch gibt.« Spanner Frew lachte dröhnend. »Wie bist du diesen Dieben in die Hände gefallen? Nun gut, die junge Rue kann einem schon den Kopf verdrehen, meinen eingeschlossen.«

»Cicatrix hat sie mir geschickt.«

»Ah, ein tapferer und unglücklicher Mann«, sagte der Schiffbauer mit feierlichem Nicken und überraschte Walker. »Hat bei einem Schiffsuntergang alles außer seinem Verstand verloren, und obwohl es nicht sein Fehler war, hat man ihm die Schuld zugewiesen. Wusstest du das?«

»Ich habe nur Gerüchte gehört. Aber ich kenne Cicatrix gut genug, um ihm zu vertrauen.«

»Gut ausgedrückt. Also hast du dich beim Großen Roten und der Kleinen ins Schlepptau gehängt und suchst nach einem Schiffbauer. Demzufolge willst du verreisen und brauchst ein Schiff dazu. Erzähl mir Näheres.«

Walker lieferte einen kurzen Überblick über das, was er brauchte und wie es eingesetzt werden würde. Er erzählte Spanner Frew nicht mehr als Redden Alt Mer, war jedoch so offen wie möglich. Er hatte bereits entschieden, dass er diesen Mann mochte. Jetzt musste er nur noch überprüfen, ob er ein guter Handwerker war.

Nachdem er geendet hatte, wurde Spanner Frews Stirnrunzeln noch tiefer. »Das wird offensichtlich eine sehr lange Reise, die du da planst, die könnte glatt einige Jahre dauern?« Walker nickte. »Dann braucht das Schiff Quartiere, Vorrats- und Frachträume. Außerdem Verteidigungseinrichtungen für den Fall, dass ihr Feinden begegnet. Desgleichen muss es mit jedem Wetter fertig werden, denn draußen auf der Blauen Spalte gibt es Stürme, die ein gewöhnliches Schiff binnen kurzem in Treibholz verwandeln.« Er listete das alles in nüchternem Ton auf und meinte es nicht als Frage. »Du brauchst Waffen, die in der Luft und an Land zu gebrauchen sind. Ersatzteile, die während der Reise nirgendwo zu bekommen sind – Strahlungssammler, Ambientlichtsegel, Diapsonkristalle und so weiter. Eine große Bestellung. Sehr groß.«

Er betrachtete die Arbeiter hinter sich und schaute dann zum Hafen. »Ich hoffe nur, dir stehen ausreichend Mittel zur Verfügung.«

Abermals nickte Walker.

Spanner Frew verschränkte die fleischigen Arme. »Ich habe ein Schiff für dich. Ist gerade fertig geworden, eine Art Prototyp für eine neue Serie. So ein Schiff gibt es in den Vier Ländern kein zweites Mal. Kein reines Kriegsschiff; es ist vor allem für lange Fahrten konstruiert. Ich wollte es schon auf dem offenen Markt anbieten, vor allem diesen Narren, die sich auf der prekkendorranischen Höhe niedermetzeln. Wenn es ihnen gefallen hätte, wovon ich ausgehe, hätte ich ihnen noch ein Dutzend gebaut und mich dann als reicher Mann zur Ruhe gesetzt.« Seine verdrießliche Miene wurde zu einem bedrohlichen Grinsen. »Lieber würde ich es allerdings dir verkaufen. Möchtest du es dir anschauen?«

An den Werften vorbei führte er sie nach Norden zu der Stelle, wo der Strand sich zu einer Reihe von Felsüberhängen öffnete. Dort lag die Flotte vor Anker, die Walker vorhin bei der Einfahrt in den Hafen gesehen hatte. Es handelte sich um fast ein Dutzend Schiffe verschiedener Größe, doch lediglich eins zog den Blick des Druiden auf sich. Er wusste, das konnte nur das Schiff sein, über das Spanner Frew gesprochen hatte.

»Das ist es.« Der stämmige Schiffbauer deutete mit dem Kopf darauf. »Du hast es gleich entdeckt, nicht wahr?«

Es war wie ein Katamaran gebaut, nur viel größer. Da Holz und Stag und sogar die Lichtsegel in dunklen Farben gehalten waren, wirkte es flach und schlank und irgendwie schurkisch, und die beiden Masten neigten sich so sehr, dass man den Eindruck hatte, es würde sich bewegen, obwohl es auf Reede lag. Das Deck ruhte auf zwei Pontons, deren Enden sich an beiden Seiten zu Hörnern aufschwangen, während der mittlere Teil mit Kanzeln für den Kampf bestückt war. Die Reling neigte sich nach den Seiten, Bug und Heck und bot so Speicherraum und Schutz vor Angriffen. Das Pilotenhäuschen lag mittschiffs zwischen den Masten und war ein wenig erhöht, und außerdem war der Rudergänger von Schilden umgeben, die für ausreichend Schutz sorgten. Die niedrigen Quartiere und Speicher befanden sich vor und hinter den Masten und waren entsprechend der Form des Decks und der Pontons geschwungen, um dem Wind möglichst wenig Widerstand zu bieten. Die Quartiere reichten außerdem fast bis hinunter zur Wasserlinie.

Alles war glatt und geschwungen und glänzte wie poliertes Metall, sogar im leichten Dunst der Bucht.

»Es ist wunderschön«, sagte Walker und wandte sich an Spanner Frew. »Wie fliegt es?«

»Wie es aussieht. Traumhaft. Ich habe es selbst getestet. Es tut alles, was du willst, und sogar noch mehr. Zwar fehlt es ihm an Waffenausrüstung, doch das macht es durch Geschwindigkeit und Beweglichkeit wieder wett. Natürlich«, fügte er hinzu und warf Redden Alt Mer einen Blick zu, »braucht es den richtigen Kapitän.«

Walker nickte. »Ich halte nach einem Ausschau. Hast du irgendwelche Vorschläge?«

Der Schiffbauer brach in schallendes Gelächter aus und wäre beinahe gestolpert. »Oh, das ist lustig, sehr lustig! Hoffentlich hast du den Blick vom Großen Roten gesehen, als du das gesagt hast! Er sah so aus, als hätte man ihn an den Haaren gezogen! Ha, du hast wirklich Humor, Druide!« Walker wandte sich mit trockener Miene wieder dem Schiff zu. »Schön, dass du dich darüber amüsierst, aber ich habe die Frage ernst gemeint. Ich werde den Handel nur abschließen, wenn sich der Schiffbauer bereit erklärt, ebenfalls mitzukommen.«

Spanner Frew blieb das Lachen im Halse stecken. »Was? Was hast du gesagt?«

»Versetz dich einmal in meine Lage«, antwortete Walker milde und schaute noch immer zum Hafen und zum Schiff. »Ich bin ein Fremder, der die Hilfe eines Volkes in Anspruch nimmt, welches für die doppeldeutigen Auslegungen seiner Abmachungen bekannt ist. Fahrende lügen zwar bei ihren Geschäften nicht, doch sie geben der Wahrheit gern einen recht großen Spielraum und beugen die Regeln ein wenig, wenn es ihnen nützt. Das kann ich akzeptieren. Ich gehöre schließlich zu einem Orden, der sich damit auskennt. Aber wie soll ich mich in einer Situation schützen, in der alle Vorteile beim anderen liegen?«

»Du hättest dich am besten fest an …«, begann der Schiffbauer, doch Walker schnitt ihm mit einer Geste das Wort ab.

»Hör mir nur einen Augenblick zu. Redden Alt Mer behauptet, er sei der beste lebende Luftschiffkapitän. Rue Meridian stimmt dem zu. Du erzählst mir, du seist der beste lebende Schiffbauer, und dieses Schiff sei das beste Luftschiff, das jemals gebaut wurde. Und ich möchte euch auch gern zustimmen, nach allem, was ich gesehen und gehört habe. Ja, ich glaube euch. Doch da ich dir den halben Preis im Voraus zahlen werde, wie kann ich da sichergehen, dass ich keinen Fehler begangen habe?«

Er drehte sich um und sah einen nach dem anderen an. »Indem ich dich mitnehme. Denn ich denke, du wirst kaum mit einem Schiff oder einem Kapitän fliegen, dem du nicht vertraust. Wenn du mitkommst, weiß ich, dass du beiden vertraust und ich nicht in die Irre geführt wurde.«

»Aber das ist unmöglich!«, rief Spanner Frew wütend.

Walker zögerte. »Warum?«

»Weil … weil ich ein Schiffbauer bin und kein Seemann!«

»Einverstanden. Genau aus dem Grund will ich dich bei mir haben. Wegen der Reparaturen, die nach einem Sturm oder einem Gefecht notwendig sein könnten, wie du vorhin gesagt hast. Ich würde mich viel besser fühlen, wenn du sie beaufsichtigst.«

Der Schiffbauer deutete mit weiter Geste auf die Küste hinter sich. »Ich kann all diese Bauten nicht halb fertig zurücklassen! Man braucht mich hier! Schließlich gibt es noch andere, die fast genauso gut sind wie ich und an meine Stelle treten könnten!«

»Sollen sie doch«, erwiderte Walker ruhig. »Wenn sie genauso gut sind, können sie auch die Schiffe zu Ende bauen.« Er trat vor, bis die beiden sich beinahe berührten. Spanner Frew stand mit hochrotem Gesicht und finsterer Miene da und wich keinen Zollbreit zurück. »Ich habe dir nicht besonders viel erzählt, aber das werde ich jetzt nachholen. Unser Vorhaben ist wichtiger als alles, was du jemals hier schaffen kannst. Von denen, die mich begleiten, verlange ich Mut und Willensstärke und ein Herz, wie es nur wenige besitzen. Ich glaube, du hast ein solches Herz. Enttäusche mich nicht. Und weise mich nicht einfach ab. Denk darüber nach, was ich dir sage, ehe du dir deine Meinung bildest.«

Einen Augenblick lang herrschte Schweigen. Dann räusperte sich Redden Alt Mer. »Das klingt doch fair, Spanner.«

Der Schiffbauer fuhr herum. »Mir ist es vollkommen gleichgültig, was du für fair hältst und was nicht, Großer Roter! Mit dir hat das nichts zu tun!«

»Natürlich hat es etwas mit ihm zu tun«, warf Rue Meridian scharf ein. Sie lächelte ihn spöttisch an. »Was ist los, Schwarzbart? Bist du alt und ängstlich geworden?«

Einen Moment lang glaubte Walker, der stämmige Schiffbauer würde explodieren. Dieser stand da und zitterte vor Wut. »Niemand außer dir dürfte es wagen, so mit mir zu sprechen!«, zischte er sie an.

Wie durch Magie erschien ein Messer in ihrer Hand. Sie warf es in die Luft, fing es auf und ließ es wieder verschwinden. »Früher warst du mal ein ganz guter Pirat, Spanner Frew«, stichelte sie weiter. »Gefiele es dir nicht, wieder einer zu werden? Wie lange bist du nicht mehr auf der Blauen Spalte gekreuzt?«

»Wie lange bist du nicht mehr auf dem Rücken des Windes in ein neues Land geritten?«, fügte ihr Bruder hinzu. »Du würdest wieder jung werden, Spanner. Der Druide hat Recht. Komm mit uns.«

Rue Meridian blickte Walker an. »Natürlich musst du ihn bezahlen. Das Gleiche, was du dem Großen Roten und mir zahlst.«

Walker kam dieser Forderung mit einem Nicken nach. Spanner Frew sah ungläubig von einem zum anderen. »Ihr seid euch schon einig, nicht?«, wollte er von Walker wissen.

Der Druide nickte erneut.

»Bei den Schatten!« Der Schiffbauer seufzte leise. Dann zuckte er plötzlich mit den Schultern. »Nun, lassen wir die Angelegenheit für jetzt auf sich beruhen. Gehen wir frühstücken und schauen wir hinterher, wie die Welt mit vollem Bauch aussieht. Ich könnte ein ganzes Pferd mitsamt Sattel verschlingen. Ha!«, brüllte er und klopfte sich auf den Bauch. »Kommt schon, ihr Haufen elender Diebe! Wollt einen ehrlichen Mann zu einer Seereise ins Nirgendwo verleiten! Einem armen Schiffbauer wollt ihr einreden, er habe verrückten Männern und noch verrückteren Frauen etwas anzubieten! Verschont mich, und hoffentlich habt ihr es nicht auch noch auf meinen Geldbeutel abgesehen.«

Er drehte sich in Richtung der Häuser um, schimpfte weiter lauthals vor sich hin, ging los und kümmerte sich nicht darum, ob die anderen ihm folgten.

Sie nahmen das Frühstück in einem Gemeinschaftssaal ein, der sich unter einem riesigen Zeltdach befand. Die Feuer zum Kochen und die Küchengerätschaften befanden sich am hinteren Ende, wo Rauch und Dampf abziehen konnten, die Tische und Bänke im vorderen Teil. Die gesamte Einrichtung wirkte provisorisch und leicht abbaubar, und auf Walkers Frage hin, wie lange die Siedlung hier schon bestehe, antwortete der Schiffbauer, sie würden mindestens einmal im Jahr umziehen, um sich selbst zu schützen. Schließlich waren sie Fahrende und hielten sich an die alten Traditionen, und die Art ihres Lebens und ihres Geschäfts verlangte zumindest ein Minimum an Geheimhaltung. Anonymität und Beweglichkeit waren hoch geschätzt, obwohl sie eigentlich von niemandem direkt bedroht wurden, der sie als lästig oder als Feind betrachtete, und sie fühlten sich sicherer, wenn sie in regelmäßigen Abständen den Ort wechselten. Das war nicht so schwierig, erklärte der große Mann. Es gab Dutzende solcher Buchten entlang der Küste, und nur die ähnlich einsiedlerischen und diskreten Flugreiter kannten sie.

Während sie speisten, erklärte Spanner Frew, dass jene, die hier arbeiteten und lebten, häufig ihre Familien mitbrachten und dass die Siedlung allen Unterkunft und Verpflegung bot. Die jüngeren Mitglieder der Familie wurden in dem für den Schiffbau notwendigen Handwerk ausgebildet oder gingen verwandten Beschäftigungen nach. Ein jeder sorgte für das Wohlergehen der Gemeinschaft, und was den Ort der Siedlung anging, so hatten sich alle zur Geheimhaltung verpflichtet. In der großen Gemeinde der Fahrenden wusste man darüber Bescheid, doch Fahrende verrieten solche Dinge nie an Außenstehende, solange man die nicht für vertrauenswürdig hielt. Daher hätte Walker Spanner Frew nie gefunden, wenn Cicatrix nicht Redden Alt Mer gegenüber für den Druiden gebürgt hätte.

»Sonst wäre man in March Brume an dich herangetreten und hätte versucht, das Geschäft dort abzuschließen«, brachte der Schiffbauer mit vollem Mund vor, »was für mich vermutlich genauso gut gewesen wäre.«

Nichtsdestotrotz klang Spanner Frew nach dem Frühstück so, als würde er seine Weigerung, Walker zu begleiten, noch einmal überdenken. Er begann bereits, notwendige Vorräte und Ausrüstungsteile aufzulisten, und erklärte ihnen, wo sie am besten verstaut wurden, ließ sich über die Art der Mannschaft aus, die man zusammenstellen musste, und wägte die Rolle ab, die er als Steuermann spielen würde, eine Position, welche er in seiner Zeit auf See eingenommen hatte. Er versicherte Walker, Redden Alt Mer sei der beste Luftschiffkapitän, den er kannte. Der Große Rote sei die richtige Wahl für eine solche Reise. Über Rue Meridian sagte er wenig, gab nur gelegentlich einen Kommentar über ihre bezaubernden Blicke und ihre scharfe Zunge ab; trotzdem wurde deutlich, dass er Bruder und Schwester für ein herausragendes Gespann hielt. Walker sprach kaum, überließ dem geschwätzigen Schiffbauer das Reden, achtete allerdings auf die Blicke, die sich die Drei untereinander zuwarfen, und darauf, wie sie miteinander umgingen.

»Eine Sache möchte ich allerdings von Anfang an klarstellen«, sagte Redden Alt Mer schließlich und wandte sich an den Druiden. »Wenn wir dich als Expeditionsführer akzeptieren, musst du im Gegenzug zustimmen, dass ich an Bord das Kommando habe. Alle Entscheidungen über das Steuern des Schiffes und die Sicherheit von Mannschaft und Passagieren während des Fluges werden von mir getroffen.«

Rue Meridian und Spanner Frew zeigten sich damit offenbar einverstanden, da sie nichts Gegenteiliges verlauten ließen. Nachdem Walker einen Moment lang darüber nachgedacht hatte, nickte er.

»In allen Angelegenheiten, außer wenn es um die Richtung und die Geschwindigkeit geht. In diesen beiden Dingen musst du mir folgen. Wohin es geht und wie schnell, das zu bestimmen liegt allein bei mir.«

»Nur nicht, falls du uns dadurch in Gefahr bringst«, verkündete der andere lächelnd. »Dann musst du auf meinen Rat hören.«

»In dem Fall werden wir drüber reden«, erwiderte Walker.

Später ruderten sie zu dem Schiff hinaus, und Spanner Frew ging mit ihnen vom Bug zum Heck und erklärte, wie es konstruiert war und zu welchen Leistungen es in der Lage war. Walker betrachtete den Aufbau aufmerksam, von den Gefechtskanzeln bis zur Pilotenkajüte, prägte sich alles ein, stellte Fragen und wurde immer zuversichtlicher, was die Eignung des Schiffes betraf. Er erkannte aber auch, dass für Waffen und Vorräte mehr Raum benötigt werden würde, als er bislang erwartet hatte. Aus diesem Grund würde er die Anzahl der Teilnehmer an der Expedition verringern müssen. Die Besatzung war bereits auf ein Minimum beschnitten, selbst wenn Spanner Frew mitkam. Demnach konnte er nur noch bei den Kämpfern sparen. Den Elfen würde das nicht gefallen, doch führte kein Weg daran vorbei. Vierzig Mann waren zu viel. Im besten Fall durften es fünfunddreißig sein, und sogar mit denen würde es schon sehr eng werden.

Diese Sache besprach er ausführlich mit den Fahrenden und versuchte eine Möglichkeit zu finden, den vorhandenen Raum besser zu nutzen. Redden Alt Mer meinte, die Mannschaft könne auf Deck in Hängematten zwischen den Masten schlafen, und Spanner Frew schlug vor, die Vorräte zu reduzieren und sich darauf zu verlassen, sie unterwegs auffüllen zu können. Das war natürlich ein Balanceakt, allerdings dachte Walker, die Flugreiter könnten bei der Suche nach Vorräten helfen, und aus diesem Grund konnten sie dieses Risiko wohl eingehen.

Am Ende des Tages hatten sie sich darüber geeinigt, welche Veränderungen an Bord vorgenommen werden mussten, und eine Liste von Vorräten und Ausrüstung zusammengestellt. Redden Alt Mer würde in den Seehäfen der Umgebung seine Mannschaft zusammensuchen. Schiff, Kapitän und Besatzung, Spanner Frew eingeschlossen, könnten innerhalb einer Woche in Arborlon sein.

Walker war zufrieden. Die Sache kam so voran, wie er es sich erhofft hatte. Nachdem er in der Nacht hier geschlafen hätte, würde er nach March Brume zurückkehren.

Aber er sollte wenig Ruhe finden.

Der Angriff auf die Siedlung erfolgte kurz vor Sonnenaufgang. Ein Wachposten oben auf den Klippen stieß in sein Widderhorn und warnte mit drei schrillen Tönen, welche die Stille der Dämmerung erschütterten und alle aus den Kojen scheuchten. Als die dunklen Rümpfe der Luftschiffe schließlich in der Einfahrt zur Bucht erschienen und in die ersten Strahlen der aufgehenden Sonne segelten, flohen die Frauen, Kinder und Alten der Fahrenden schon in die Wälder und Berge, während die Männer sich zur Verteidigung bereitmachten.

Doch die angreifenden Schiffe waren im Verhältnis zwei zu eins in der Überzahl, und zudem befanden sie sich schon in der Luft und konnten sofort zuschlagen. In einer dunklen Linie strömten sie durch die Hafeneinfahrt herein und flogen kaum hundert Fuß über dem Wasser. An den Relings und in den Gefechtskanzeln drängten sich bewaffnete Männer. Feuer regnete aus Pecheimern auf die Schiffe und ihre Verteidiger herab. Speere und Pfeile erfüllten die Luft mit ihrem Sirren. Die Hälfte der Schiffe unten sank, bevor die Segel gesetzt werden konnten. Dutzende Männer starben in den Flammen, und viele weitere fanden in kleinen Booten den Tod, in denen sie die Schiffe zu erreichen versuchten.

Walker und seine drei Gefährten entgingen diesem Schicksal nur durch Zufall. Zu dem Zeitpunkt, da der Angriff begann, waren sie an Bord und testeten die Reaktionen ihres Schiffs. Aus diesem Grund hatten sie die Lichtsegel bereits ausgerollt und die Strahlungssammler in Position gebracht. Die Fahrenden handelten ohne zu zögern, durchtrennten das Ankerseil mit einem Schwerthieb und stiegen auf. Sekunden später befanden sie sich in der Luft und schossen auf die Angreifer zu wie ein schwarzer Vogel. Das Schiff reagierte mit einer Behändigkeit und Flinkheit, gegenüber der die feindlichen Schiffe wirkten, als ständen sie still.

Walker hatte sich eine Sicherheitsleine um den Bauch gebunden, hockte vor der Pilotenkajüte und sah zu, wie Land und Wasser rasch unter ihm zurückblieben. Während Spanner Frew und Rue Meridian die Steuerbord- und Backbordsammler bemannten, lenkte Redden Alt Mer das schlanke Schiff rücksichtslos durch die Reihen der Angreifer und wäre fast mit einem kollidiert. Die Rümpfe der Schiffe ragten auf beiden Seiten auf und glitten wie nächtliche Phantome vorbei, wie riesige Geister auf der Jagd. Manche kamen ihnen so nah, dass Walker die Föderationsuniformen der Soldaten erkennen konnte, die in den Gefechtsständen hockten und Pfeile abschossen oder Speere nach ihnen schleuderten.

»Festhalten!«, rief Alt Mer von seinem gefährlichen Standort aus und riss die Steuerhebel zurück, wodurch er mehr Höhe und Geschwindigkeit gewann.

Überall flogen Geschosse herum, dunkle Projektile, die sich gegen die zwei hellen Lichtquellen, die Sonne und die Brände im Hafen, abhoben. Walker drückte sich an die Wand der Pilotenkajüte und schützte so seinen Rücken. Er wollte keine Magie anwenden, denn dadurch würde er seine Anwesenheit verraten, was er nicht für angebracht hielt. Zu seiner Rechten fluchte Spanner Frew laut in einem Hagel von Pfeilen und duckte sich tief in eine der Gefechtskanzeln, die einem angreifenden Schiff so nah war, dass er nur die Hand hätte ausstrecken müssen, um es zu berühren. Gegenüber eilte Rue Meridian von Sammler zu Sammler, wich auf wundersame Weise den Pfeilschwärmen aus, die um sie herum niedergingen, und zog mit finsterer und entschlossener Miene an den Leinen.

Die wilde, haarsträubende Flucht erreichte ihren Höhepunkt, als sie mit der Unterseite des Schiffes über die Mastspitzen der Angreifer strichen und endlich die Sicherheit des weiten Himmels erreichten. Überall flohen die verbliebenen Luftschiffe der Fahrenden in die Dunkelheit, stiegen über die Klippen hinweg oder verschwanden entlang der Küste. Unten gingen die Angreifer noch tiefer, setzten alles in Brand und trieben die letzten Bewohner in die Wälder der Umgebung. Masten ragten spitz aus den Flammen auf.

Nachdem das Schiff ein wenig ruhiger in der Luft lag, tauchte Rue Meridian neben Walker auf. »Das waren Schiffe der Föderation!«, fauchte sie wütend. Ihr Gesicht war mit Ruß und Schweiß verschmiert. »Die müssen verrückter sein, als ich dachte! Haben die dort unten alle vertrieben oder getötet und die Häuser niedergebrannt, nur um es uns zu zeigen?«

Walker schüttelte den Kopf. »Nein, hinter euch waren die nicht her, glaube ich.« Er bemerkte ihren erschrockenen Blick. »Und hinter dieser Hexenjagd steckte vermutlich auch überhaupt nicht die Föderation.«

Sie zögerte einen Moment, dann stieß sie zischend die Luft aus. Ja, sie hatte verstanden.

Hinter ihm, jetzt durch die Klippen verborgen, lagen die brennenden Gebäude der Fahrenden, von denen man nun nur noch einen rötlichen Schein sehen konnte, und Luftschiffe versanken in der Tiefe.

Dreizehn

Bek Rowe und Quentin Leah brachen bei Tagesanbruch auf und ritten nach Osten durch das Hochland. Der Tag war kühl und klar, der Duft von frischem Gras und Blumen lag in der Luft, und die Sonne schien ihnen warm ins Gesicht. Im Westen sammelten sich allerdings Wolken, und bei Einbruch der Nacht mochte es durchaus Regen geben. Sie blieben mit den Pferden auf Straßen, bis es keine mehr gab, dann ritten sie über offene Wiesen und Weiden und versuchten, so rasch wie möglich voranzukommen. Im besten Fall würden sie mehrere Tage brauchen, um ins Ostland zu gelangen, wo sie mit der Suche nach dem geheimnisvollen Truls Rohk beginnen konnten. In der alten Zeit, vor der Invasion der Föderationsarmee, hätten sie diesen Weg niemals einschlagen können. Genau vor ihnen lag das Tiefland von Clete, eine trostlose Moorlandschaft voller abgestorbener Bäume, die in Nebel gehüllt waren. Jenseits davon lagen die Schwarzen Eichen, ein riesiger Wald, der mehr Opfer gefordert hatte, als einer der beiden jungen Männer zählen konnte, meist durch Missgeschick und Hunger, manche jedoch auch, vor allem in früheren Zeiten, durch riesige Wölfe, die einst seine meistgefürchteten Bewohner gewesen waren. Das war schon entmutigend genug, doch nachdem der Reisende Moor und Wald hinter sich gebracht hatte, befand er sich noch immer nicht in Sicherheit. Hinter den Schwarzen Eichen folgte der Nebelsumpf, eine heimtückische Gegend, in der den Gerüchten zufolge Kreaturen von außerordentlicher Macht und bemerkenswerter Magie lebten. Südlich des Sumpfes erstreckte sich über Hunderte von Meilen das Tiefland von Battlemound, ein schreckliches Land, das von Sirenen bevölkert war, tödlichen Pflanzen, die ihren Opfern auflauerten, indem sie Stimmen und Gestalten nachahmten und die solcherart Hypnotisierten mit ihren tentakelartigen Wurzeln packten, betäubten und in aller Ruhe verspeisten.

Keinem dieser Wesen wollten die beiden Cousins unbedingt begegnen, aber man konnte ihnen nur schlecht ausweichen, wenn man die Route unterhalb des Regenbogensees wählte. Jeder andere Weg würde sie oben um den Regenbogensee herumführen und mindestens drei zusätzliche Tage kosten – und außerdem natürlich eigene Gefahren bergen. Weiter nach Süden zu reiten würde einen Umweg von mehr als hundert Meilen bedeuten, und dann kamen sie fast an der prekkendorranischen Höhe vorbei, einem Ort, an den es nun wirklich niemanden mit gesundem Verstand zog.

Aber dies hatte die Föderation während der Besatzungszeit in Leah sehr wohl erkannt und Straßen durch Clete und die Schwarzen Eichen gebaut, um die Beförderung von Männern und Ausrüstung zu erleichtern. Viele dieser Straßen wurden heute vernachlässigt und konnten nicht mehr von Wagen benutzt werden, für Reiter waren sie allerdings weiterhin passierbar. Quentin, der Ältere der zwei, hatte die Länder, durch die sie ziehen wollten, eingehender erkundet und zeigte sich zuversichtlich, dass sie den Weg zum Anar ohne Schwierigkeiten finden konnten.

Das gute Vorankommen am ersten Tag bestätigte diese Voraussage. Gegen Mittag hatten sie das Hochland verlassen und waren in den tristen Morast von Clete geritten. Sonne und Himmel verschwanden, und die beiden Vettern wurden unter einem trostlosen Grau aus Nebel und Dunkelheit begraben. Die Straße hingegen blieb sichtbar, also zogen sie weiter. Sie verlangsamten den Schritt, als das Gelände heimtückischer wurde, Gebüsch und Äste der Bäume kamen so nahe, dass sie gezwungen waren, sich zu ducken, während sie die Pferde immer wieder um Treibsand und Dornensträucher lenken mussten. Um sie herum bewegten sich Schatten, von denen manche durch das Spiel des Lichts entstanden, andere von Wesen geworfen wurden, denen es irgendwie gelang, in diesem verwunschenen Land zu überleben. Sie hörten Geräusche, die sie jedoch nicht identifizieren konnten. Ihr Gespräch erstarb, die Zeit schien sich endlos zu dehnen. Ihre ganze Aufmerksamkeit war darauf gerichtet, sicher auf der Straße zu bleiben.

In der Abenddämmerung hatten sie das Tiefland ohne Zwischenfall hinter sich gebracht und betraten nun die Unheil verkündende Finsternis der Schwarzen Eichen. Die Straße hier war ebener und mehr bereist, der Weg offen und klar, und so ritten sie in ein Labyrinth sich stetig verlängernder Schatten. Im Zwielicht hielten sie auf einer Lichtung an und schlugen das Nachtlager auf. Sie machten Feuer, bereiteten ihre Mahlzeit zu, aßen und rollten ihr Schlafzeug aus. Die Vettern scherzten und lachten und erzählten sich eine Zeit lang Geschichten, ehe sie einschliefen.

Der Schlaf dauerte bis Mitternacht, als es so heftig zu regnen begann, dass die Lichtung innerhalb weniger Minuten überflutet war. Bek und Quentin schnappten sich ihre Ausrüstung und retteten sich unter eine große Konifere, wo sie sich mit ihren Reisemänteln zudeckten, derweil sie unter einem Baldachin federartiger Äste saßen und dem Regen zuschauten, der ohne Unterlass bis zum Morgen niederging.

Nach dieser Nacht waren sie steif und verspannt und hatten kaum geruht, trotzdem setzten sie ihre Reise ohne Klagen fort. Unter anderen Umständen hätten sie bessere Ausrüstung bei sich gehabt, doch keiner der zwei hatte sich mit einem Packtier belasten wollen, und so hatten sie nur das Notwendigste mitgenommen. Einige feuchte, kalte Nächte im Verlauf einer Woche waren akzeptabel, wenn man dadurch einige Tage einsparte. Sie nahmen ein kaltes Frühstück zu sich und ritten den ganzen Morgen durch die Schwarzen Eichen, bis der Regen am Nachmittag nachließ und sie das Tiefland von Battlemound erreichten. Hier wandten sie sich nach Süden, weil sie nicht das Risiko auf sich nehmen wollten, durch den Nebelsumpf zu ziehen; sie würden diesen umgehen, im Osten herauskommen und sich dann wieder nach Norden wenden, in Richtung Silberfluss.

Bei Sonnenuntergang hatten sie ihr Ziel fast erreicht, waren Sirenen und anderen Gefahren ausgewichen, hielten sich weiter auf der Straße, bis diese nach Süden abbog, und blieben danach im offenen Gelände der Tiefebene, das nach und nach in Wald und Hügel überging. Schließlich sahen sie das glitzernde Band des Flusses vor sich. Am Ufer schlugen sie im Schutz von Pappeln und Buchen das Lager auf. Der Boden war trocken genug, um das Schlafzeug auszurollen, und sie zündeten ein Feuer an. Anschließend tränkten und fütterten sie die Pferde und rieben sie ab. Dann bereiteten sie das Essen für sich selbst zu, setzten sich in Richtung Fluss und nippten an einem Bier, während sie sich unterhielten.

»Wenn wir bloß mehr über Truls Rohk wüssten«, sagte Bek, nachdem das Gespräch eine Zeit lang geruht hatte. »Aus welchem Grund, glaubst du, hat Walker uns so wenig über ihn erzählt?«

Quentin betrachtete nachdenklich den Sternenhimmel. »Also, er hat uns aufgetragen, ihn zu suchen. Wir bräuchten nur nach ihm fragen, und er würde da sein. Erscheint mir genug.«

»Für dich mag es genug sein, mir reicht es nicht. Wir wissen überhaupt nicht, weshalb wir ihn suchen sollen. Wieso ist er so wichtig?« Bek wollte sich nicht beschwichtigen lassen. »Wenn wir ihn überreden müssen, mit uns nach Arborlon zu kommen, sollten wir dann nicht besser wissen, weshalb er gebraucht wird? Und wenn er sich weigert? Was sollen wir dann tun?«

Quentin grinste fröhlich. »Die Pferde satteln und weiterreiten. Wenn er nicht mitkommt, ist das nicht unser Problem.« Er verzog das Gesicht. »Sieh doch ein, Bek, du machst dir schon wieder Sorgen, obwohl gar kein Grund dazu besteht.«

»Das hältst du mir nur allzu gern vor, oder? Nun gut, ich werde dir auch etwas verraten. Ich traue diesem Walker nicht über den Weg.«

In der Dunkelheit starrten sie sich schweigend an, das Feuer brannte langsam nieder, und die Geräusche der Nacht traten in den Vordergrund. »Was meinst du damit?«, fragte Quentin schließlich. »Meinst du, er belügt uns?«

»Nein.« Bek schüttelte heftig den Kopf. »Wenn ich das dächte, wäre ich nicht hier. Nein, so einer ist er nicht. Aber ich glaube, er weiß etwas, das er uns nicht verrät. Vielleicht sogar eine ganze Menge. Denk doch mal drüber nach, Quentin. Woher wusste er über dich und das Schwert von Leah Bescheid? Er wusste, dass du es hast, ehe er noch mit uns gesprochen hat. Wie hat er uns gefunden? Hat er dich all die Jahre im Auge behalten und nur auf die Gelegenheit gewartet, dich zu einer Suche zu rufen? Auf welche Weise gelang es ihm, deinen Vater zu überreden, uns ziehen zu lassen, obwohl der früher nicht einmal daran gedacht hat, dir zu erlauben, bei den Freien zu kämpfen?«

Abrupt hielt er inne. Gern hätte er Quentin mitgeteilt, was Coran ihm über seine Eltern erzählt hatte. Er wollte Quentin fragen, weshalb sein Vater wohl nichts gesagt hatte, ehe der Druide aufgetaucht war. Außerdem wollte er fragen, ob Quentin eine Ahnung habe, wieso der Druide Bek überhaupt zu den Leahs gebracht hatte, eine Aufgabe, die ein Druide für gewöhnlich nicht übernehmen würde.

Aber im Augenblick war er noch nicht so weit, darüber zu reden; noch grübelte er und versuchte seine eigenen Gefühle zu erkennen, ehe er mit jemand anderem über diese Sache sprach.

»Ich denke, du hast Recht«, sagte Quentin plötzlich und überraschte ihn damit. »Der Druide verbirgt Geheimnisse vor uns, und Ziel und Grund unserer Reise sind dabei noch die kleinsten. Trotzdem, ich habe dir oft genug bei deinen Erzählungen über Druiden und ihre Geschichte zugehört und weiß daher, dass dieses Verhalten für sie normal ist. Sie wissen Dinge, die uns verborgen bleiben, und sie behalten das meiste einfach für sich. Warum sollte dich das beunruhigen? Warum lässt du den Dingen nicht einfach ihren Lauf, anstatt dir so viele Sorgen zu machen? Schau dir mich an: Ich soll ein Schwert tragen, das magischer Natur ist. Dieser Waffe soll ich blind vertrauen, obwohl sie mir niemals einen Hinweis darauf gegeben hat, dass sie mehr ist, als sie scheint.«

»Das ist doch etwas ganz anderes«, betonte Bek.

»Nein, überhaupt nicht.« Quentin lachte, lehnte sich zurück, stützte sich auf die Ellbogen und streckte die langen Beine aus. »Es ist genau das Gleiche. Du kannst dir in deinem Leben über alles, was du nicht weißt, Sorgen machen, oder du kannst deine Grenzen akzeptieren und das Beste daraus machen. Geheimnisse tun doch nicht weh, Bek.«

Bek sah ihn ungläubig an. »Das stimmt nicht. Geheimnisse können großen Schaden anrichten.«

»Also gut, ich versuche es anders.« Quentin trank den Rest seines Biers aus. »Was erreichst du damit, wenn du dir Gedanken über Geheimnisse machst, die möglicherweise gar nicht existieren? Vor allem, wenn du keine Ahnung hast, woraus sie bestehen?«

»Ich weiß, ich weiß.« Bek seufzte. »Dennoch bin ich zumindest darauf vorbereitet, dass vor uns einige hässliche Überraschungen liegen könnten. Und solange ich ein Auge auf Walker werfe, kann er mich nicht mit seinen Verhüllungen der Wahrheit überraschen.«

»Großartig. Du bist vorbereitet und lässt dich nicht übertölpeln. Ich auch nicht, ob du es nun glaubst oder nicht, und das, obwohl ich mir nicht so viele Sorgen mache wie du.« Quentin starrte in die Dunkelheit, wo eine Sternschnuppe über das Firmament zog und verschwand. »Bloß kannst du dich nicht auf jede Möglichkeit vorbereiten, Bek, und gelegentlich wird man eben auch einmal übertölpelt. Tatsache ist doch, gleichgültig, was du tust oder wie sehr du dich anstrengst, manchmal ist alle Mühe vergeblich.«

Bek blickte ihn an und erwiderte nichts. Das stimmt schon, dachte er, doch wollte er nicht wahrhaben, was es bedeutete.

In dieser Nacht wurde sein Schlaf nicht durch Regen und Kälte gestört, der Himmel blieb klar und die Luft warm, und er träumte nicht. Trotzdem wachte er irgendwann aus dem Tiefschlaf auf, lag im Sternenlicht und fühlte sich unbehaglich. Das Feuer war niedergebrannt und lag kalt und grau da. Neben ihm schnarchte Quentin unter seinen Decken. Bek wusste nicht, wie lange er geschlafen hatte, denn der Mond schien nicht, und der Wald über ihm war still und schwarz.

Ohne nachzudenken stand er auf, schaute sich währenddessen vorsichtig um und versuchte, die Quelle seiner Beklommenheit zu entdecken. Es schien jedoch keinen Grund zu geben. Er zog seinen großen Mantel über, wickelte sich fest darin ein und ging hinunter zum Ufer des Silberflusses. Der Strom war vom Frühlingsregen und der Schneeschmelze im Runnegebirge angeschwollen, dennoch floss das Wasser träge dahin. Während Bek dastand, schoss ein Vogel vorbei und glitt als stiller, zielstrebiger Schatten zwischen die Bäume. Bei der unerwarteten Bewegung ging Bek noch ein paar Schritte und blieb erneut stehen. Sorgsam betrachtete er die glitzernde Oberfläche des Wassers und suchte nach dem, was ihn beunruhigte, dann richtete er seine Aufmerksamkeit auf das gegenüberliegende Ufer und die im Schatten liegenden Bäume. Noch immer nichts. Er holte tief Luft und seufzte. Vielleicht hatte er sich geirrt.

Er wollte gerade zu Quentin zurückgehen, da bemerkte er das Licht. Zuerst war es nur ein helles Glimmen, als hätte jemand im Wald auf der anderen Seite einen Funken geschlagen. Bek starrte auf die Stelle und war überrascht, denn es erschien erneut, verschwand wieder, erschien abermals und erstarb, bis das Licht beständig wurde und näher kam. Bei der Ankunft am Fluss tanzte es leicht auf und ab, dann glitt es aus den Bäumen heraus, schwebte frei in der Luft, flog über das Wasser und verharrte wenige Meter vor ihm.

Es leuchtete ihm grell in die Augen, und er blinzelte. Als er wieder sehen konnte, stand ein junges Mädchen vor ihm, das das Licht in der Hand balancierte. Irgendwie war sie ihm vertraut, obwohl er nicht recht wusste, wieso. Wunderschön sah sie aus mit ihrem langen dunklen Haar und den blauen Augen, und die Unschuld in ihrem Gesicht machte ihm das Herz schwer. Das Licht in ihrer Hand ging vom Ende eines polierten Metallzylinders aus und warf einen langen, schmalen Strahl auf den Boden zwischen ihnen.

»Bek Rowe«, sagte sie leise. »Kennst du mich?«

Er starrte sie an und vermochte nicht zu antworten. Sie war aus dem Nichts aufgetaucht, hatte den Fluss vielleicht nur auf der Luft überquert, und er hielt sie für ein Geschöpf der Magie.

»Du hast dich entschieden, eine lange und schwierige Reise zu unternehmen, Bek«, flüsterte sie mit der Stimme eines Kindes. »Du gehst an einen Ort, den bisher nur wenige aufgesucht haben und von dem nur einer zurückgekehrt ist. Aber die größere Reise wird dich nicht über Land und Meer führen, sondern ins Innere deines Herzens. Das Unbekannte, das du fürchtest, und die Geheimnisse, die du vermutest, werden sich dir enthüllen. Alles wird sein, wie es sein soll. Akzeptiere dies, denn es ist die Natur der Dinge.«

»Wer bist du?«, flüsterte er.

»Dies und jenes. Was du vor dir siehst, und vieles, was du nicht siehst. Ich bin ein Chamäleon der Zeit, und meine wahre Gestalt ist so alt, dass ich sie vergessen habe. Für dich bin ich vor allem zwei Dinge. Das Kind, welches vor dir steht und von dem du glaubst, es vielleicht zu kennen, und dies.«

Urplötzlich verwandelte sich das Kind vor ihm in etwas so Grauenhaftes, dass er geschrien hätte, wenn ihm nicht die Stimme in der Kehle erstarrt wäre. Dieses Monstrum war riesig und hässlich, in vernarbte und geschundene Haut gehüllt, die Augen waren rot und wirkten wahnsinnig, der Mund verzog sich zu einem höhnischen Lächeln, bei dem man an unvorstellbare Schrecken dachte. Die Kreatur ragte über ihm auf, denn sie war riesig, obwohl sie gebeugt dastand, und sie gestikulierte hypnotisierend mit den klauenartigen, gekrümmten Händen.

»Diess bin ich ebenfallss, Bek. Diesse Kreatur auss der Hölle. Würdesst du mich lieber sso oder sso ssehen? Hsss. Welche bevorzugsst du?«

»Die andere!«, brachte Bek im Flüsterton hervor. Seine Kehle war trocken geworden, fühlte sich rau an und war vor Angst wie zugeschnürt.

»Sso, Findelkind dess Unglückss. Was gibsst du, damit das geschieht? Hsss. Wie viel deiness Sselbsst opfersst du dafür?«

Das Ding berührte ihn fast, die Klauen strichen über das Vorderteil seines Gewandes. Er wäre davongerannt, wenn er nur dazu in der Lage gewesen wäre, hätte nach Quentin gerufen, der keine zwanzig Meter entfernt schlief. Aber er konnte nichts tun, nur dastehen und die Erscheinung vor sich anstarren.

»Dein isst die Macht, mich von einem inss andere zu verwandeln«, zischte die Kreatur. »Vergisss diess nicht. Niemalss. Hsss.«

Erneut veränderte sich das Wesen innerhalb eines Herzschlags;

jetzt sah Bek einem netten, alten wettergegerbten Mann in die hellen Augen.

»Fürchte dich nicht, Bek Rowe«, sagte der alte Mann leise mit freundlicher Stimme. »Heute Nacht wird nichts erscheinen, das dir ein Leid zufügt. Ich bin hier, um dich zu beschützen. Kennst du mich?«

Überraschenderweise kannte er ihn tatsächlich. »Du bist der König vom Silberfluss.«

Der alte Mann nickte zustimmend. Der König vom Silberfluss war eine Legende in den Vier Ländern, ein Mythos, dem nur wenige je begegnet waren, ein Geisterwesen von magischer Natur, das noch aus der Zeit vor den Großen Kriegen stammte. Er war so alt wie das Wort, hieß es, eine Kreatur, die die Feen überlebt hatte. Hier im Land am Silberfluss lebte er und beschützte es. Angeblich hütete er verborgene Gärten, die so wunderschön und bezaubernd waren, dass kein Mensch sie sich vorstellen konnte. Hin und wieder begegnete ein Reisender ihm, manchmal einer, der Hilfe brauchte. Stets erhaschte derjenige nur einen kurzen Blick auf ihn und behielt nur eine winzige Erinnerung zurück. Niemand konnte ihn hinterher beschreiben oder sich an den Ort erinnern, an dem die Begegnung stattgefunden hatte. Auch die Worte, die gesprochen wurden, konnte niemand wiederholen. Von dem Erlebnis blieb meist nur ein Gefühl zurück, eine Wärme und ein Trost, dass in der Welt nicht alles verloren war und dass es noch Möglichkeiten gab, die Dinge zu richten.

»Beherzige meinen Rat«, sagte der alte Mann leise. »Was ich dir gezeigt habe, ist die Vergangenheit und die Gegenwart. Was noch entschieden werden muss, ist die Zukunft. Die Zukunft gehört dir. Du bist mehr und weniger, als du glaubst, ein Rätsel, dessen Geheimnis das Leben vieler beeinflussen wird. Scheue nicht davor zurück, das zu enthüllen, was du offen legen musst, das zu erfahren, was du wissen willst. Lasse dich nicht von deiner Suche abhalten. Geh dorthin, wohin dein Herz dich führt. Vertraue auf das, was es dir zeigt.«

Bek nickte, obwohl er nicht sicher war, ob er verstanden hatte.

»Vergangenheit, Gegenwart und Zukunft, die Symbiose unseres Lebens«, fuhr der alte Mann leise und sanft fort. »Unsere Geburt, unser Leben, unser Tod, das alles ist zu einem einzigen Bündel verschnürt, mit dessen Entknotung wir unsere Zeit auf dieser Erde verbringen. Manchmal sehen wir ganz deutlich, was wir anstarren. Dann wieder nicht. Manchmal können wir uns ablenken oder täuschen, und wir müssen sorgfältiger auf das schauen, was wir in den Händen halten.«

Er griff in seine Robe und zog eine Kette hervor, an der ein eigentümlicher, silberfarbiger Stein hing. Er hielt ihn Bek hin, damit er ihn betrachten konnte. »Dies ist ein Phönixstein. Wenn du vollkommen in die Irre gelaufen bist, wird er dir den Weg zeigen. Nicht nur in Hinsicht auf das, was du mit den Augen sehen kannst, sondern auch in den Angelegenheiten, die dein Herz betreffen. Er wird dir den Ausweg zeigen, wenn du dich an dunklen Orten aufhältst, und den Weg durch dunkle Orte, falls du ihn einschlagen musst. Sobald du ihn brauchst, löse ihn von der Kette und werfe ihn auf den Boden, damit er zerbricht. Vergiss nicht: In deinem Körper, deinem Herzen und deinem Kopf wird damit alles enthüllt.«

Er übergab Bek den Stein an der Kette, der ihn vorsichtig annahm. In der Tiefe wirkte der Phönixstein flüssig; dort sah Bek Wirbel wie in einem dunklen Tümpel, in den er fallen könnte. Er berührte sachte die Oberfläche. Die Bewegung hörte auf, und die Oberfläche wurde undurchsichtig.

»Benutze ihn so oft du möchtest«, fuhr der alte Mann fort. »Aber verberge ihn vor anderen. Seine Magie macht keine Unterschiede. Er wird seinem Träger dienen, selbst wenn er durch Diebstahl erworben wurde. Bewahre ihn sicher auf.«

Bek legte sich die Kette um den Hals und schob den Stein unter sein Hemd. »Das werde ich«, versprach er.

Sein Verstand raste, während er versuchte, die vielen Fragen in Worte zu kleiden, die sich ihm plötzlich aufdrängten. Aber er konnte nicht mehr klar denken, seine ganze Konzentration war auf den alten Mann und das Licht gerichtet. Der König vom Silberfluss betrachtete ihn mit den freundlichen Augen, bot ihm jedoch keine Hilfe an.

»Wer bin ich?«, stieß Bek verzweifelt hervor.

Er sprach, ohne nachzudenken, die Wörter drängten einfach aus ihm heraus. Diese Frage beschäftigte ihn am meisten, erkannte er plötzlich, diese Frage verlangte vor allen anderen nach einer Antwort, denn in den letzten Tagen war sie zum größten Geheimnis seines Lebens geworden.

Der alte Mann winkte vage mit der zerbrechlichen Hand ab. »Du bist derjenige, der du schon immer gewesen bist, Bek. Aber deine Vergangenheit ist dir nicht zugänglich, und du musst sie neu entdecken. Auf dieser Reise wird dies geschehen. Suche danach, und sie wird dich finden. Empfange sie mit offenen Armen, und sie wird dich befreien.«

Bek war nicht ganz sicher, ob er richtig gehört hatte. Was hatte der alte Mann gerade gesagt? Suche danach, und sie wird dich finden – nicht: Du wirst sie finden? Was sollte das nun wieder bedeuten?

Aber der König vom Silberfluss sprach bereits weiter und riss ihn aus seinen Gedanken. »Schlafe jetzt. Nimm, was ich dir gegeben habe, und ruhe, denn heute Nacht wird nichts mehr geschehen, und du brauchst deine Kräfte für das, was vor dir liegt.«

Erneut machte er eine Handbewegung, und Bek spürte unvermittelt eine große Müdigkeit. »Erinnere dich an meine Worte, wenn du aufwachst«, mahnte der alte Mann, während er sich bereits entfernte, wobei das Licht sich vor und zurück bewegte, immer wieder vor und zurück. »Erinnere dich.«

Dann war die Nacht plötzlich so warm und tröstlich wie die Dunkelheit und die Stille in seinem Zimmer daheim. Es gab noch so vieles, was Bek fragen wollte, so vieles, was er wissen wollte. Doch er lag auf dem Boden, seine Lider waren schwer, und sein Denken umwölkte sich. »Warte«, konnte er gerade noch flüstern.

Doch der König vom Silberfluss verschmolz bereits mit der Nacht, und Bek Rowe verfiel in tiefen Schlaf.

Vierzehn

Als Bek am nächsten Morgen erwachte, war er wieder dort, wo in der Nacht alles begonnen hatte. In seine Decke gehüllt lag er am erloschenen Feuer. Er brauchte einige Augenblicke, bis er die Verwirrung abgeschüttelt und sich klargemacht hatte, dass die Erinnerungen an den König vom Silberfluss real waren. Sie fühlten sich wie ein Traum an, und die Ereignisse trieben zusammenhanglos durch den Dunst in seinem Kopf. Dann sah er in seinem Gewand nach und entdeckte den Phönixstein an der Kette, wo er ihn vor dem Schlafengehen sicher verstaut hatte.

Schlafwandlerisch brachte er Frühstück und Aufräumen hinter sich und dachte, er sollte Quentin etwas von der Begegnung erzählen, konnte sich jedoch nicht dazu durchringen. Er entdeckte ein Muster hinter den Ereignissen, die diese Reise begleiteten, und das beunruhigte ihn. Für gewöhnlich teilte er seinem Cousin alles mit. Sie waren enge Freunde und vertrauten einander. Doch inzwischen hatte er Quentin sein Gespräch mit Coran und seine mitternächtliche Begegnung mit diesem Wesen verschwiegen, das von sich behauptete, der König vom Silberfluss zu sein. Nicht zu vergessen, fügte er rasch hinzu, den Besitz des Phönixsteins. Er war nicht ganz sicher, weshalb er das tat. Offensichtlich wollte er sein Wissen erst einmal selbst verdauen, ehe er es anderen mitteilte.

Vermutlich war er lediglich übervorsichtig und vielleicht ein wenig selbstsüchtig, doch in Wahrheit fühlte er sich verwirrt und zermürbt von all den Dingen, die sich auf einmal ereigneten. Es war schon schwierig genug, sich an den Gedanken zu gewöhnen, eine Reise zu unternehmen, die ihn um die halbe Welt führte. Das war Quentins Traum, nicht seiner. Und Quentin mit seinem magischen Schwert und seinem Mut wurde auch von diesem Druiden Walker gebraucht, nicht Bek. Nur aus Treue seinem Cousin gegenüber hatte Bek zugestimmt – und weil er glaubte, wenn er daheim bliebe, würde er sich für immer fragen, ob er etwas verpasst hatte. Erst durch die jüngsten Entwicklungen mit Coran und dem König vom Silberfluss hatte er sich zu fragen begonnen, ob er bei dieser Expedition vielleicht seinen eigenen Platz hatte, den er sich bisher nicht vorzustellen vermocht hatte.

Daher behielt er, was er wusste, für sich, während sie aßen, im Anschluss die Ausrüstung zusammenpackten und dann abermals aufbrachen und in den hellen, sonnigen Tag hineinritten. Fröhlich und unbeschwert wie gewöhnlich scherzte und lachte Quentin und erzählte Geschichten, während Bek für ihn die Rolle des Publikums spielte und in seiner Unsicherheit vor sich hin köchelte. Flussaufwärts ging es am Ufer des Silberflusses entlang durch einen Morgen, der voller Frühlingsdüfte und Vogelgesang war, durch eine Landschaft, in der sich die verschiedensten Grüntöne mischten, bunte Wildblumen leuchteten und das Sonnenlicht auf dem Wasser glitzerte. Sie sahen Angler am Ufer oder auf Booten in kleinen Buchten, und sie passierten andere Reisende auf der Straße, zumeist Kaufleute und Händler, die zwischen den Ortschaften verkehrten. Der warme Tag schien jeden in gute Laune zu versetzen, und so lächelten alle und grüßten freundlich.

Gegen Mittag hatten die beiden Cousins den Silberfluss an einer Furt westlich der Stelle durchquert, wo er im tiefen Wald des Anar verschwand und von wo aus es nördlich entlang der Baumlinie weiterging. Bis zu dem Zwergendorf Depo Bent, einem Handelsposten im Schatten des Wolfsktaag, war es nur noch ein kurzer Weg, und die Sonne stand noch hoch, als sie dort eintrafen. Depo Bent war lediglich eine Ansammlung von Häusern, Lagergebäuden und Werkstätten auf einer Lichtung im Wald, die sich am Ende der einzigen Straße ausbreitete, welche in die Ebene hinunterführte. An dieser Stelle sollten Bek und Quentin nach Truls Rohk fragen, obwohl sie keine Ahnung hatten, wen.

Sie begannen ihre Unternehmung, indem sie die Pferde in einem Stall ließen, dessen Besitzer ihnen versprach, die Tiere zu striegeln, zu tränken und zu füttern. Schroff und geradeheraus, wie es nun einmal Art der Zwerge ist, erklärte er sich bereit, für ein kleines Extrageld auch ihr Gepäck unterzubringen. Von Pferden und Ausrüstung befreit, gingen die Vettern in eine Taverne und genossen ein herzhaftes Mahl aus Eintopf, Brot und Bier. Die Schenke wurde überwiegend von Zwergen aus dem Dorf besucht, aber keiner schenkte ihnen Beachtung. Quentin trug das Schwert von Leah nach Art der Hochländer quer über dem Rücken, und beide trugen die Tracht der Hochländer, doch falls die Zwerge es seltsam fanden, dass die beiden so weit von zu Hause entfernt waren, so ließen sie es sich nicht anmerken.

»Truls Rohk muss ein Zwerg sein«, vermutete Quentin, während sie aßen. »Niemand sonst würde hier leben. Vielleicht ist er auch ein Fallensteller.«

Bek nickte zustimmend, konnte allerdings nicht ganz verstehen, was Walker mit einem Trapper auf der Expedition anfangen wollte.

Nach dem Essen fragten sie herum, wo sie den Mann wohl finden könnten, nach dem sie suchten, und dabei stellte sich heraus, dass es niemand wusste. Sie begannen mit dem Wirt der Taverne und zogen daraufhin von einem Laden und einer Werkstatt zur anderen, und alle schauten sie nur verdutzt an. Keiner kannte einen Mann namens Truls Rohk. Niemand hatte diesen Namen je gehört.

»Möglicherweise wohnt er ja nicht mehr hier«, erklärte Quentin, nachdem sie über zwanzig Mal erfolglos gefragt hatten.

»Möglicherweise ist es auch einfach nicht so leicht, ihn zu finden, wie Walker uns glauben machen wollte«, murmelte Bek.

Nichtsdestotrotz fragten sie weiter und setzten die Suche fort, gingen von einem Gebäude zum anderen, während der Nachmittag verstrich. Schließlich waren sie wieder beim Stall angekommen, wo sie die Pferde und das Gepäck zurückgelassen hatten. Der Stallbursche war nirgends zu sehen, aber ein stämmiger Zwerg in der Kleidung eines Waldläufers saß davor auf einer Bank und schnitzte an einem Stück Holz herum. Beim Näherkommen der beiden Vettern blickte er auf, legte Messer und Holz beiseite und erhob sich.

»Quentin Leah?«, fragte er auf eine Weise, die besagte, dass er die

Antwort längst kannte. Quentin nickte, und der Zwerg streckte ihm die Hand entgegen. »Ich bin Panax, euer Führer.«

»Unser Führer?«, wiederholte Quentin und ergriff die angebotene Hand. Er zuckte zusammen, da sein Gegenüber fest zudrückte. »Bringst du uns zu Truls Rohk?«

Der Zwerg nickte. »Gewissermaßen.«

»Woher wusstest du, dass wir kommen?«, erkundigte sich Bek überrascht.

»Du musst Bek Rowe sein.« Panax streckte die Hand ein zweites Mal aus, und Bek schüttelte sie kräftig. »Unser gemeinsamer Freund hat mir eine Nachricht geschickt. Es gibt nur wenige von uns, denen er genug vertraut und die er um einen Gefallen bittet.« Er schaute sich um. »Suchen wir uns einen etwas abgeschiedeneren Ort, wo wir alles besprechen können.«

Sie folgten ihm die Straße entlang zu einer schattigen Stelle, wo einige verwitterte Bänke um einen alten Brunnen gruppiert waren, der in letzter Zeit nicht mehr häufig benutzt worden war. Panax bedeutete ihnen mit einer Geste, sie sollten auf einer Bank Platz nehmen, während er selbst sich auf der gegenüberliegenden niederließ. Hier unter den Bäumen war es kühl und still, und der Verkehr auf der Straße des Städtchens rückte plötzlich in weite Ferne.

»Habt ihr schon gegessen?«, erkundigte er sich. Er hatte ein raues Gesicht mit Bart, und man konnte ihn nicht gerade jung nennen. Tiefe Falten furchten seine Stirn, und seine Haut war braun und von Sonne und Wind wettergegerbt. Welcher Beschäftigung er auch für gewöhnlich nachgehen mochte, sie fand im Freien statt, und das schon seit einer ganzen Weile. »Ihr seht aus, als täten euch die Füße weh«, merkte er an.

»Vermutlich, weil wir auf der Suche nach Truls Rohk im ganzen Dorf hin und her gelaufen sind«, erwiderte Bek säuerlich.

Der Zwerg nickte. »Ich bezweifle, dass in Depo Bent überhaupt jemand weiß, wer er ist. Und falls doch, dann kennen sie ihn nicht mit Namen.« Seine braunen Augen schienen in die Ferne zu schauen, als blickten sie über das hinweg, was unmittelbar zu sehen war.

Bek starrte ihn unverblümt an. »Du hättest uns viel Zeit gespart, wenn du uns ein wenig früher gefunden hättest.«

»Ich bin selbst noch nicht lange hier.« Panax ließ sich nicht aus der Ruhe bringen. »Denn ich wohne nicht im Dorf, ich lebe in den Bergen. Als ich die Nachricht von eurem Kommen erhielt, bin ich gleich runtergegangen, um euch zu suchen.« Er zuckte mit den Schultern. »Ich wusste, dass ihr früher oder später zu den Pferden zurückkommen würdet, also entschloss ich mich, einfach beim Stall auf euch zu warten.«

Gern hätte Bek über dieses Thema noch weiter gesprochen, aber Quentin schnitt ihm das Wort ab. »Wie viel weißt du darüber, was eigentlich vor sich geht, Panax? Hast du eine Ahnung, was wir hier tun?«

Panax zuckte erneut mit den Schultern. »Walker ist ein Druide. Und Druiden halten es nicht für notwendig, anderen mehr zu erzählen, als sie unbedingt erfahren müssen.«

Quentin lächelte unbeeindruckt. »Glaubst du, Truls Rohk weiß besser Bescheid?«

»Eher schlechter.« Panax schüttelte amüsiert den Kopf. »Ihr wisst überhaupt nichts über ihn, nicht wahr?«

»Nur, dass wir ihm eine Botschaft von Walker überbringen sollen«, antwortete Bek schärfer, als er es beabsichtigt hatte. Er holte tief Luft. »Ich muss dir sagen, dass mir diese Heimlichtuerei nicht gefällt. Wie soll da jemand eine Entscheidung treffen, wenn man überhaupt nichts gesagt bekommt?«

Der Zwerg lachte dröhnend. »Du meinst, wie soll Truls dir eine Antwort auf die Frage geben, die ihr ihm von Walker überbringt? Ha! Hochländer, deshalb bist du nicht hier! Oh, sicherlich habt ihr eine Nachricht vom Druiden für ihn. Lasst mich raten. Ihr sollt Truls etwas berichten, was Walker vorhat, und fragen, ob Truls mit von der Partie sein möchte. Liege ich damit richtig?«

Er wirkte so selbstgefällig, dass Bek ihm am liebsten gesagt hätte, er liege falsch, doch Quentin nickte bereits zustimmend. »Ihr müsst eine Sache begreifen«, fuhr Panax fort. »Truls schert sich nicht darum, was Walker vorhat. Wenn ihm danach ist mitzugehen, wie es gewöhnlich der Fall ist, wird er das tun. Deshalb hättet ihr nicht den ganzen weiten Weg zurücklegen müssen. Nein, Walker hat euch aus einem anderen Grund geschickt.«

Bek wechselte rasch einen Blick mit Quentin. Um die Macht des Schwerts von Leah zu testen, dachte er. Um sie in eine Situation zu bringen, an der er ihre Entschlossenheit und Zähigkeit ablesen könnte. Plötzlich überkam Bek große Sorge. Was für eine Herausforderung würde sie erwarten?

»Vielleicht sollten wir sofort zu Truls Rohk aufbrechen«, schlug er vor.

Der Zwerg schüttelte den Kopf. »Das geht nicht. Erstens wird er erst nach Einbruch der Dunkelheit herauskommen. Er tut nichts im Tageslicht. Deshalb müssen wir bis zur Nacht warten. Zweitens können wir nicht einfach zu ihm hinlaufen, um mit ihm zu sprechen. Er muss zu uns kommen. Wir könnten ihn bis zum nächsten Sommer jagen und würden doch nicht das Geringste von ihm zu sehen bekommen.« Er zwinkerte Bek zu. »Dort oben in den Bergen hinter uns ist er und beschäftigt sich mit Dingen, mit denen wir gewiss nichts zu tun haben wollen, glaubt mir.«

Angesichts dieser Andeutung erschauderte Bek. Er hatte Geschichten über die Wesen gehört, die im Wolfsktaag lebten, Geschöpfe der Mythen und Legenden, lebendig gewordene Albträume. Wenn man vorsichtig war, konnten sie einem nichts anhaben, doch ein einziger Fehltritt führte oft in die Katastrophe.

»Erzähl uns etwas über Truls Rohk«, bat Quentin leise. Panax betrachtete ihn feierlich, dann lächelte er fast freundlich. »Ich denke, ihr solltet ihn euch lieber mit eigenen Augen anschauen.«

Daraufhin wechselte er das Thema und fragte sie über den Krieg gegen die Föderation aus, und während er ihnen zuhörte, nahm er seine Schnitzarbeit wieder zur Hand. Bek faszinierte die Fähigkeit des Zwergs, seine Aufmerksamkeit so vollständig zwischen zwei Dingen aufzuteilen. Seine Augen waren auf die Sprecher gerichtet, während seine Hände mit dem Messer an dem Holzstück herumschnitzten. Mit seinem stämmigen Körper saß er entspannt da und regte sich nicht, wenn man von den präzisen, sorgfältigen Bewegungen seiner Hände absah. Und manchmal nickte er. Ob er wirklich zuhörte oder mit den Gedanken woanders war, konnte man unmöglich sagen.

Nach einer Weile legte er die Schnitzarbeit, einen Vogel im Flug, fertig auf die Bank neben sich. Ohne ihm auch nur einen weiteren Blick zu widmen, griff er in sein Gewand, holte ein zweites Stück Holz heraus und ging wieder an die Arbeit. Als Bek den Mut aufbrachte, sich zu erkundigen, womit er seinen Lebensunterhalt verdiene, tat er die Frage mit einem Achselzucken ab.

»Oh, ein bisschen mit diesem und ein bisschen mit jenem.« Sein raues Gesicht zeigte kurz ein rätselhaftes Lächeln. »Ich führe manchmal Leute, die Hilfe brauchen, um die Berge zu überqueren.«

Wer, fragte sich Bek, brauchte Hilfe, um über den Wolfsktaag zu gelangen? Nicht die Leute, die in diesem Teil der Welt lebten, die Zwerge und Gnome, die sich gut genug auskannten, um diesen Weg zu meiden. Nicht die Jäger und Fallensteller, die in den Wäldern des Anar ihren Lebensunterhalt bestritten und die lieber in besseren und sichereren Jagdgründen lebten. Niemand jedenfalls, der ein normales Leben führte, denn für den gab es keinen Grund, sich hier aufzuhalten.

Offensichtlich führt er Leute wie uns, entschied er, Leute, die in die Berge müssen, um jemanden wie Truls Rohk zu finden. Aber wie viele von dieser Sorte gab es?

Als würde er seine Gedanken lesen, sah der Zwerg ihn an und sagte: »Nicht viele, nicht einmal viele Zwerge kennen den Weg durch dieses Gebirge – jedenfalls nicht gut genug, um alle Fallen zu entdecken und zu wissen, wie man sie umgeht. Ich kenne sie nur, weil Truls Rohk sie mir gezeigt hat. Er hat mir einmal das Leben gerettet, und während ich mich von meinen Wunden erholte, hat er es mich gelehrt. Vielleicht hatte er das Gefühl, mir eine Möglichkeit zeigen zu müssen, wie ich mich am Leben erhalten kann, nachdem ich ihn verlassen hätte.«

Er stand auf, reckte sich und nahm seine Schnitzarbeit. Den fertigen Vogel überreichte er Bek. »Der ist für dich. Ein Talisman gegen die bösen Dinge, die dich immer wieder ängstigen. Wie bei jeder guten Schnitzarbeit können wir die Dinge besser verstehen, wenn wir ihnen Form und Gestalt geben.« Danach wandte er sich an Quentin. »Für dich werde ich auch einen schnitzen. Was immer Walker mit euch vorhat, ihr werdet allen Schutz brauchen, den ihr kriegen könnt.«

Ohne ihre Antwort abzuwarten, ging er los. »Zeit zum Aufbruch. Zuerst zu mir, und dann hinauf in die Berge. Gegen Mitternacht sollten wir dort sein, und bei Sonnenaufgang zurück. Nehmt mit, was ihr für die Wanderung braucht, und lasst den Rest im Dorf. Hier ist es sicher.«

Bek schob die Schnitzarbeit in sein Gewand, und die beiden Vettern folgten dem Zwerg gehorsam.

Sie verließen Depo Bent und zogen in die niedrigen Ausläufer vor den Gipfeln des Wolfsktaag, während die Schatten bereits länger wurden, die Sonne im Westen unterging und sich die Dämmerung über das Land legte. Die Luft kühlte ab, das Licht wurde schwächer, und ein sichelförmiger Mond tauchte am Himmel im Norden über ihnen auf. Sie gingen in gleichmäßigem Schritt voran und kamen aus dem Flachland in immer zerklüftetere Gegenden. Bereits nach kurzer Zeit verschwand das Dorf hinter Bäumen, und der Weg war nicht mehr zu sehen. Panax führte sie mit erhobenem Kopf und aufmerksamen Augen an und schien nicht darüber nachdenken zu müssen, wohin er seine Füße setzte. Er sprach kein Wort. Bek und Quentin schwiegen ebenfalls, betrachteten den Wald um sich herum und lauschten den Geräuschen der sich herabsenkenden Nacht, die sich aus dem Rascheln der Dämmerung herauskristallisierten – die Schreie der Nachtvögel, das Summen von Insekten, das gelegentliche Schnüffeln und Grunzen größerer Tiere. Keines davon wirkte bedrohlich, doch der Wolfsktaag ragte Unheil verkündend vor ihnen auf, und sein Ruf ließ sie erschaudern.

Es war bereits vollkommen dunkel, als sie Panax' Hütte erreichten, ein kleines, ordentliches Häuschen aus Baumstämmen, das auf einer Lichtung am oberen Rand der Ausläufer stand und kaum sichtbar war. In der Nähe floss ein Bach, den sie hören, aber nicht sehen konnten, und Bäume bildeten eine Schutzwand gegen schlechtes Wetter. Panax ließ sie draußen stehen, während er hineinging und fast augenblicklich wieder heraustrat. Er steckte sich eine Schleuder in den Gürtel und legte eine zweischneidige Axt mit langem Stiel bequem über seine Schulter.

»Bleibt dicht hinter mir und tut, was ich euch sage«, verlangte er. »Sollten wir angegriffen werden, benutzt eure Waffen, um euch zu verteidigen, doch bringt euch nicht selbst in Schwierigkeiten und lasst euch nicht von mir trennen. Verstanden?«

Sie nickten nervös. Angegriffen von was?, hätte Bek am liebsten gefragt.

Die Hütte und die Lichtung blieben hinter ihnen zurück, und sie schritten zwischen den Bäumen hindurch zu den unteren Hängen des Gebirges. Dann begann der Aufstieg. Der Weg war nicht gekennzeichnet, aber Panax schien ihn so gut zu kennen wie seine Westentasche. Er führte sie zwischen riesigen Felsen und altem Bewuchs hindurch, durch schattige Schluchten und Hohlwege, wobei es stetig bergauf ging. Der Nachthimmel war klar und wurde von Mond und Sternen erhellt, die ausreichend Licht lieferten, um den Weg zu sehen. Mehrere Stunden ging es beständig nach oben, und sie wurden wachsamer, als die Bäume ausdünnten, das Felsmassiv mächtiger und die Stille tiefer wurde. Auch die Kälte nahm zu, die Bergluft war dünn und scharf, obwohl kaum ein Wind wehte, und ihr Atem bildete kleine Wölkchen. Schatten strichen in gleichmäßigem, unhörbarem Flug über sie hinweg, nächtliche Jäger bei der Arbeit.

Bek dachte über sein Leben nach, über seine Herkunft, die vage Möglichkeiten und Geheimnisse barg. Wer war er, dass ein Druide ihn vor so vielen Jahren zu Coran Leah gebracht hatte? Nicht nur der verwaiste Spross einer Familie, von der niemand je etwas gehört hatte. Nicht nur ein heimatloses Kind. Wer war er, dass der König vom Silberfluss ihm so unerwartet erschien und ihm einen Phönixstein schenkte und außerdem vor dunklen und verborgenen Bedeutungen warnte?

Er erinnerte sich an die Male, wo er nach seinen Eltern gefragt und von Coran und Liria abgewimmelt worden war. Zuvor hatte das eigentlich keine große Bedeutung für ihn gehabt. Manchmal beunruhigte es ihn ein wenig, keine Antworten zu erhalten und bei seinen Forschungen gebremst zu werden. Aber sein Leben bei Quentins Familie war gut gewesen, und die Neugier hatte niemals genug Macht bekommen, um auf genauere Antworten zu bestehen. Jetzt glaubte er fast, zu bereitwillig aufgegeben zu haben. Oder bauschte er die Sache nur auf?

Die Nacht wurde dunkler, kälter und stiller, und der Aufstieg ging langsamer voran. Dann öffnete sich in einer Steilwand eine Lücke, und durch einen tiefen Hohlweg erreichten sie ein Tal dahinter. Dort bot der dichte Wald Schutz, und was dort lebte, vermochte man sich kaum vorzustellen. Panax schritt gedankenversunken weiter. Der Hohlweg öffnete sich zu einem Graben, der hinunter zur Talsohle führte. Auf der anderen Seite ragten die Gipfel des Wolfsktaag als Silhouette vor dem mondhellen Himmel auf, Wächter auf ihren Posten, von denen einer nach dem anderen mehr in Dunst gehüllt und weniger deutlich zu erkennen war.

In der Mitte des Tals blieb Panax unvermittelt auf einer Lichtung bei einer hohen Ulme stehen. »Hier werden wir warten«, verkündete er.

Bek starrte in die Schatten um sie herum, die immer näher krochen. »Wie lange?«

»Bis Truls bemerkt hat, dass wir hier sind.« Er legte die Axt ab und trat auf die Schatten zu. »Helft mir, ein Feuer anzumachen.«

Sie sammelten totes Holz und schlugen mit Steinen Funken, durch die Zunder in Brand geriet. Rasch flammte das Feuer auf und beleuchtete die Lichtung, konnte die Mauer der Schatten dahinter jedoch nicht durchdringen. Das brennende Holz knackte und prasselte, während es verzehrt wurde, die nächtliche Umgebung hingegen blieb still und rätselhaft. Der Zwerg und die beiden Cousins aus dem Bergland setzten sich mit den Rücken zueinander, sodass sie einerseits die Wärme teilen und anderseits Ausschau halten konnten. Hin und wieder legte einer von ihnen Holz nach, wodurch die Lichtung hell erleuchtet und das Signal deutlich zu sehen blieb.

»Er könnte heute Nacht nicht im Tal sein«, meinte Panax irgendwann, rutschte hin und her und drückte mit seinem Gewicht Bek nach vorn. »Möglicherweise kehrt er nicht vor dem Morgen zurück.«

»Wohnt er hier?«, fragte Quentin.

»Hier genauso wie anderswo. Er hat keine Hütte und kein Lager, keinen Besitz und nicht einmal Vorräte für schlechte Zeiten.« Der Zwerg hielt inne und dachte kurz nach. »Irgendwie ist er ganz anders als ihr und ich.«

Damit ließ er das Thema auf sich beruhen, und weder Quentin noch Bek verfolgten es weiter. Was immer die Vettern heute noch erfahren sollten, musste warten, bis der andere erschien. Bek war sich immer weniger sicher, ob er sich überhaupt darauf freuen sollte. Vielleicht wären sie besser dran, wenn die Nacht einfach verstriche, der Morgen käme und nichts geschehen würde.

»Ich war gerade zwanzig, als ich ihn kennen lernte«, erzählte Panax plötzlich mit leiser, gesenkter Stimme. »Inzwischen kann ich kaum noch genau beschreiben, wie es wirklich war, aber ich war jung und von mir eingenommen und hatte gerade begriffen, dass ich ein Führer werden und weit entfernt von allen Siedlungen leben wollte. Eine Weile war ich allein. Ich hatte meine Heimat früh verlassen und vermisste sie nicht sehr. Schon immer hatte ich mich von anderen fern gehalten, sogar von meinen Brüdern, und vermutlich war es eine Erleichterung für alle, dass ich gegangen bin.«

Über die Schulter warf er Bek einen Blick zu. »Ich war ein wenig so wie du, vorsichtig und misstrauisch, wollte mich nicht täuschen oder in die Irre führen lassen und wusste zwar genug, um auf mich selbst aufzupassen, aber noch nicht viel über die Welt. Die Geschichten über den Wolfsktaag kannte ich, und deshalb entschied ich, mir das Ganze einmal selbst anzuschauen. Ich dachte, durch seine Lage im Rückgrat des Ostlands müsste er häufig genug überquert werden, damit ein Führer sich seinen Lebensunterhalt verdienen könnte. Daher ließ ich mich mit ein paar Männern ein, die dieser Arbeit nachgingen, die aber nicht so viel wussten, wie sie behaupteten. Mit ihnen überquerte ich das Gebirge einige Male und blieb am Leben. Nach ein oder zwei Jahren machte ich mich selbstständig, weil ich glaubte, allein besser dran zu sein.

Eines Tages verirrte ich mich jedoch und fand den Rückweg nicht mehr. Ich hatte Wege erkundet und versucht herauszufinden, wie die Pässe miteinander verbunden waren und wie man am besten vorankam. Ein paar Sachen wusste ich über die Wesen, die im Wolfsktaag zu Hause waren – einige hatte ich bereits mit eigenen Augen gesehen. Manche erblickt man natürlich nie – wenn man Glück hat. Die meisten kann man meiden oder vertreiben, zumindest die aus Fleisch und Blut. Von Geistern und Gespenstern muss man sich fern halten oder sich vor ihnen verstecken, und das kann man lernen. Bloß war ich diesmal unvorsichtig. Ich verirrte mich und machte unglücklicherweise einen Fehler.«

Er seufzte und schüttelte den Kopf. »Gern gebe ich es nicht zu, selbst heute noch nicht. Ich marschierte durch einen Landstrich, von dem ich wusste, dass ich ihn nicht betreten sollte, und dachte, ich könnte so weit gehen, bis ich die Schwierigkeiten, in die ich geraten war, hinter mir gelassen hatte. Dabei stürzte ich, verrenkte mir den Knöchel und konnte kaum noch laufen. Inzwischen brach die Nacht herein, und nachdem es dunkel geworden war, kam eine Werbestie auf mich zu.«

Das Feuer prasselte laut, und Bek fuhr wider seinen Willen zusammen. Werbestien. Im Südland galten sie als Legende, die meist nur halb geglaubt wurde. Gesehen hatte diese Wesen kaum einer. Teils Tier, teils Geist waren sie schwer zu erkennen, und noch schwerer konnte man sich gegen sie verteidigen. Sie ernährten sich von deiner Angst und nahmen eine Gestalt aus deiner Fantasie an, und beinahe nichts konnte gegen sie bestehen, nicht einmal die großen Moorkatzen. Die Möglichkeit, hier einer Werbestie zu begegnen, war nicht gerade eine tröstliche Aussicht. »Ich dachte, sie würden nur tief im Anar leben, weiter nordöstlich.«

Panax nickte. »Früher einmal vielleicht. Die Zeiten ändern sich. Jedenfalls griff diese Werbestie an, und ich kämpfte den größten Teil der Nacht mit ihr, so lange und so heftig, dass ich am Ende, glaube ich, gar nicht mehr wusste, was ich eigentlich tat. Immer wieder verwandelte sie die Gestalt und verletzte mich schwer. Trotzdem wehrte ich mich weiter, drückte mich mit dem Rücken an einen Baum und war zu stur, um hinzunehmen, dass ich diese Art von Auseinandersetzung vermutlich nicht gewinnen konnte. Mit jedem Stoß wurde ich schwächer und müder.«

Er verstummte und starrte in die Dunkelheit. Die Cousins warteten und dachten, er hinge seinen Gedanken und Erinnerungen nach. Dann sprang er urplötzlich auf und packte die Streitaxt fest mit beiden Händen.

»Da draußen bewegt sich etwas ...«, sagte er.

Ein leichtfüßiger, dunkler Schemen tauchte aus der Nacht auf, dann folgte ein Zweiter, dann ein Dritter. Es schien, die Schatten selbst wären zum Leben erwacht, hätten Gestalt angenommen und einen Körper bekommen. Panax wurde zu Boden gestoßen und ächzte angesichts der Wucht des Hiebs, der ihn getroffen hatte. Quentin und Bek rollten sich zur Seite, und die Schatten stürzten vorüber, dunkle Formen, die aus tiefer Kehle knurrten und Zähne und Krallen entblößten.

Ur'wölfe! Bek riss sein langes Messer aus dem Gürtel und wünschte sich, er besäße eine schwerere Waffe, um sich zu verteidigen. Ein Ur'wolfsrudel konnte durchaus einen ausgewachsenen Koden zur Strecke bringen.

Panax war wieder auf den Beinen und schwang die zweischneidige Axt nach rechts und nach links, während die Schatten ihn am Rand des Lichts umkreisten. Immer wieder sprang einer auf ihn zu, doch die geschwungenen Klingen schnitten nur durch die Luft. Bek rief nach Quentin, der ein Stück vom Feuer fortgetaumelt war und sich nun bemühte aufzustehen. Schließlich trat Panax zu ihm und wollte ihm helfen, doch in dem Moment, da er den Blick dem Hochländer zuwandte, sprang ihn ein Ur'wolf an, stieß ihn um, und die Axt flog in hohem Bogen davon.

Einen Moment lang glaubte Bek, jetzt sei alles verloren. Die Ur'wölfe strömten so zahlreich aus der Dunkelheit herbei, dass sie sie niemals würden aufhalten können. Panax und Quentin lagen beide am Boden, und Bek versuchte ganz allein, sie mit seinem langen Messer zu verteidigen.

»Quentin!«, schrie Bek verzweifelt und wurde von einer schlanken Gestalt, die vor ihm aus dem Nichts auftauchte, zu Boden gestoßen.

Dann stand der Hochländer an seiner Seite und hielt das Schwert von Leah mit beiden Händen. Quentins Gesicht war blutleer und vor Angst verzerrt, doch in seinen Augen funkelte Entschlossenheit. Als die Ur'wölfe auf ihn zukamen, schwang er die antike Waffe in weitem Bogen und rief herausfordernd: »Leah! Leah!« Auf einmal glühte das Schwert weiß, und Flämmchen züngelten über die gesamte Länge der polierten Klinge. Überrascht stockte Quentin der Atem; er wich zurück und wäre beinahe über Bek gestolpert. Die Ur'wölfe stoben hektisch auseinander, liefen davon und verschwanden in der Dunkelheit. Quentin, gleichermaßen geschockt wie erleichtert, wollte ihnen gleich hinterher jagen.

»Leah! Leah!«, rief er.

Die Ur'wölfe kehrten zurück, griffen von neuem an und wichen im letzten Moment aus, wenn das Feuer des Schwertes nach ihnen griff. Panax war inzwischen wieder auf den Beinen, und in seinen Augen spiegelte sich Erstaunen, während er die Streitaxt aufhob und sich neben den Hochländer stellte.

Magie!, dachte Bek. *Das Schwert von Leah war also doch magischer Natur! Walker hatte Recht gehabt!*

Aber noch steckten sie in Schwierigkeiten. Die Ur'wölfe dachten nicht daran, ihren Angriff abzubrechen, sondern umkreisten ihre Gegner und suchten nach ihrer Chance. Sie waren zu gewieft, um sich überraschen zu lassen, zu entschlossen, um einfach aufzugeben. Selbst die Magie des Schwertes konnte sie kaum zurückhalten.

»Panax, es sind zu viele!«, rief Bek über das Heulen und Knurren der Ur'wölfe hinweg. Er schnappte sich einen Scheit aus dem Feuer und stieß ihn in Richtung der Angreifer.

Durch Asche und Schweiß halb geblendet, drehten die drei dem Feuer den Rücken zu und wandten sich gegen die Dunkelheit draußen. Die Ur'wölfe huschten durch die Schatten, und ihre fließenden Gestalten waren kaum auszumachen. Augen funkelten und verschwanden wieder, helle Nadelstiche, die höhnten und spotteten. Da Bek nicht feststellen konnte, von wo der nächste Angriff drohte, schwang er das lange Messer vor sich weit durch die Luft. Plötzlich fragte er sich, ob er die Magie des Phönixsteins einsetzen sollte. Nur wollte er nicht recht einsehen, wie der ihm nun helfen könnte.

»Bald werden sie uns überrennen!«, schrie Panax krächzend. »Bei den Schatten! So viele! Wo kommen die bloß alle her?«

»Bek, siehst du, siehst du?« Quentin lachte beinahe hysterisch. »Das Schwert besitzt tatsächlich Magie, Bek! Wirklich!«

In Beks Augen war die Begeisterung seines Cousins gänzlich unangebracht, und das hätte er ihm auch gesagt, wenn er dafür Kraft übrig gehabt hätte. Doch er musste sich vollkommen auf die Bewegungen der Angreifer konzentrieren und konnte keine Energie an Quentin verschwenden.

»Leah! Leah!«, heulte sein Cousin, sprang aus ihrem kleinen Kreis vor, schlug nach den Schatten und zog sich sofort wieder zurück. »Panax!«, rief er. »Was sollen wir tun?«

Dann lief etwas, das noch dunkler und noch schneller als die Ur'wölfe war, vor ihnen entlang und zog einen kalten Wind hinter sich her. Die drei Verteidiger zuckten instinktiv zusammen. In der Nacht zischte es, als würde Dampf einer Erdspalte entweichen, und die Ur'wölfe heulten wild und schnappten ins Leere. In der Finsternis konnte Bek sie nicht erkennen, doch hörte er die Laute, die sie von sich gaben, Laute des Wahnsinns, der Furcht und des Abscheus. Einen Augenblick später befanden sich die Ur'wölfe in wilder Flucht und verschwanden zwischen den Bäumen.

In der anschließenden Stille hielt Bek Rowe den Atem an, duckte sich, bis er fast kniete, und richtete das Messer blind auf die Bäume. Neben ihm stand Quentin so starr wie aus Stein gemeißelt.

Plötzlich bewegte sich die Dunkelheit erneut, und ein riesiger Schemen, der weder richtig menschlich noch irgendwie anders wirkte, erhob sich vor dem flackernden Feuerschein. Er fügte sich langsam aus verschiedenen Schatten zusammen, nahm Gestalt an, ohne seine Identität zu verraten, und war niemals wirklich zu erkennen, schien er doch gleichzeitig aus Träumen und Albträumen geformt zu sein.

»Was ist das?«, flüsterte Quentin Leah.

»Truls Rohk«, antwortete Panax leise, und seine Worte klangen so kalt und brüchig wie Eis im tiefsten Winter.

Fünfzehn

Inmitten des heimtückischen Gewirrs des Wildewaldes lag Grimpen Ward hell erleuchtet und lärmend da. Die Gäste der Bierschenken und Vergnügungshäuser strömten durch die staubigen Straßen, feierten, wenn auch nichts im Besonderen, und bedeuteten sich selbst genauso wenig wie jenen, die sie einst gekannt hatten. Grimpen Ward war die letzte Sprosse auf der Leiter nach unten, ein Schmelztiegel für alle, die keinen anderen Ort mehr hatten, an den sie gehen konnten. Stellte man einem Fremden eine Frage, so wurde einem eher der Geldbeutel gestohlen oder die Kehle durchgeschnitten, als dass man eine Antwort erhielt, und Kämpfe brachen aus, ohne dass es eines Anlasses bedurft hätte. Die einzige Benimmregel, die hier galt, lautete: Steck deine Nase nicht in etwas, das dich nichts angeht.

Sogar Hunter Predd, der es gern drauf ankommen ließ, hütete sich vor denen, die in Grimpen Ward wohnten.

Einst war der Ort ein verschlafenes Städtchen gewesen, in dem

Fallensteller und Jäger ihre Vorräte auffüllten, wenn sie im weiten und wenig erforschten Wildewald auf die Pirsch gingen. Zu abgelegen und einsam, um für irgendeine Form des Handels attraktiv zu sein, war es lange Jahre lediglich ein Außenposten gewesen. Mit der Jagd ließ sich nicht viel Geld verdienen, mehr dagegen durch das Glücksspiel, und langsam hatte sich das Dorf gewandelt. Die Elfen mieden es mehr und mehr, doch Südländer und Fahrende fanden hier, wonach sie gesucht hatten. Männer und Frauen wollten hier ihrer Vergangenheit entfliehen: Sie flohen vor Verfolgern, die sie nicht in Ruhe lassen wollten, vor Träumen, die sich nie erfüllen ließen, und vor ständigen Enttäuschungen; oder sie wollten nicht unter den Zwängen von Regeln leben, die überall galten, und brauchten die Freiheit, die damit einherging, dass es allein wichtig war, der Schnellste oder Stärkste zu sein. Männer und Frauen, die alles verloren hatten, und hofften, hier einen Neuanfang wagen zu können, wobei sie außer Klugheit und fehlender Moral nichts vorzuweisen hatten. Schließlich fanden all diese Leute ihren Weg nach Grimpen Ward. Manche blieben nur kurze Zeit und zogen dann weiter. Andere hielten sich länger auf. Falls es ihnen nicht gelang, am Leben zu bleiben, fanden sie eine ewige Heimstatt.

Bei Tageslicht betrachtet handelte es sich um ein schmutziges, verschlafenes Städtchen, dass aus armseligen Häusern und Hütten bestand, aus zerfurchten, unbefestigten Straßen und düsteren Gassen und aus einer Bevölkerung, die sich im Inneren der Gebäude verkroch, schlief und auf die Nacht wartete. Der Wildewald umschloss den Ort mit seinen uralten Bäumen und dem erdrückenden Gesträuch; und er wurde stets von der Gefahr bedroht, vollständig verschluckt zu werden. Die Bewohner kümmerten sich nicht um die Stadt, nur um das, was sie anzubieten hatte. Grimpen Ward machte einen mürrischen, verärgerten Eindruck, der an ein eingesperrtes, schlecht gefüttertes Tier erinnerte, das nur auf eine Chance zur Flucht wartete.

Hunter Predd ging vorsichtig durch die Straßen, hielt sich von Licht fern und vermied die Menschenansammlungen vor den Türen und auf den Terrassen der Schänken. Als Flugreiter bevorzugte er offenes Gelände. Und weil er ein aufmerksamer Mann war, der Grimpen Ward und ähnliche Orte bereits besucht hatte, wusste er, was er zu erwarten hatte.

Er verlangsamte den Schritt an der Einmündung einer dunklen Gasse, in der drei Männer einen vierten mit Stöcken verprügelten und in seinen Kleidern nach seinem Geldbeutel suchten. Der Mann flehte sie an, ihn nicht zu töten. Gesicht und Hände waren voller Blut. Einer der Räuber blickte hinüber zu Hunter Predd und starrte ihn mit herausforderndem Blick an, um abzuschätzen, ob er ein möglicher Widersacher war. Der Flugreiter tat, was man ihm aufgetragen hatte. Er hielt dem Blick des anderen einen Moment lang stand und zeigte so, dass er sich nicht fürchtete, dann wandte er sich ab und ging weiter.

Grimpen Ward war weder der Ort der Zögerlichen noch derjenigen, welche die Ungerechtigkeiten der Welt wieder gutmachen wollten. In der beengten Atmosphäre dieser Brutstätte der Grausamkeit und der Wut war jeder entweder Beutetier oder Jäger, ein Zwischending gab es nicht. Hunter Predd spürte die Hoffnungslosigkeit und die Niedergeschlagenheit, die das Städtchen einhüllten, und der ganze Ort widerte ihn an.

Er verließ den zentralen Bereich und damit die hellen Lichter und den Lärm und betrat eine Straße mit armseligen Hütten und Bruchbuden, die von jenen bevölkert wurden, die sich in die Gifte des Rausches geflüchtet hatten. Die Wesen, die hier hausten, kamen nie aus ihrer zurückgezogenen Welt hervor, verließen nie die Orte, die sie für sich selbst geschaffen hatten. Er roch die Chemikalien in der Luft, dazu Schweiß und Exkremente.

Nun hielt er auf einen Pfad zu, der zwischen die Bäume führte, schaute sich aufmerksam um, ob ihm jemand folgte, und ging dann weiter. Der Weg wand sich ein kurzes Stück bis zu einem Häuschen, das in einem kleinen Wäldchen aus Eschen und Kirschen stand. Das Haus war sauber und ordentlich, vor den Fenstern hingen Kisten mit Blumen, und dahinter befand sich ein Garten. Hier war es ruhig, eine Oase der Stille inmitten des Tumults. Im vorderen Fenster brannte ein Licht. Der Flugreiter ging zur Tür, stand schweigend einen Moment lang da und lauschte, dann klopfte er an.

Eine schwere Frau mit offenem Gesicht, kurz geschorenem grauen Haar und formlosem Körper öffnete. Ihr Alter konnte man kaum bestimmen, als hätte sie die Kindheit vor einiger Zeit hinter sich gelassen und würde sich nicht mehr verändern, bis sie sehr alt war. Ohne Interesse beäugte sie Hunter Predd, der für sie nur eine weitere verlorene Seele war, denen sie Tag für Tag begegnete.

»Ich habe kein Zimmer mehr frei. Versuch es woanders.«

Er schüttelte den Kopf. »Ich suche nicht nach einem Zimmer, sondern nach einer Frau namens Addershag.«

Sie schnaubte. »Da bist du ein wenig zu spät dran. Die ist seit fünf Jahren tot. Dort, wo du her bist, hört man wohl nur selten Neuigkeiten.«

»Weißt du das genau? Ist sie wirklich tot?«

»So tot wie der gestrige Tag. Ich habe sie draußen begraben, zwei Meter tief und aufrecht stehend, damit sie die begrüßen kann, die sie ausbuddeln wollen.« Sie grinste höhnisch. »Willst du es versuchen?«

Hunter Predd ignorierte die Herausforderung. »Warst du ihr Lehrmädchen?«

Die Frau lachte und verzog das Gesicht. »Kaum. Ich war ihre Haushälterin. Für das, was sie gemacht hat, fehlte mir der Mut. Aber ich habe ihr treu gedient, und sie hat mich großzügig belohnt. Du hast sie gekannt, nicht wahr?«

»Nur aus Erzählungen. Eine mächtige Seherin. Eine Magierin. Wenige wagten es, sie herauszufordern. Sogar jetzt noch, nachdem sie tot ist.«

»Bloß Narren und Verzweifelte.« Die Frau blickte zu den Lichtern der Stadt und schüttelte den Kopf. »Hin und wieder kommen sie immer noch. Einige habe ich begraben, wenn sie nicht auf mich hören und sie in Ruhe lassen wollten. Allerdings fehlen mir ihre Kräfte und Fähigkeiten. Ich tue nur, wozu ich hergerufen wurde; ich kümmere mich um das Haus, das jetzt mir gehört.«

Sie fixierte ihn mit ihrem offenen Blick und wartete.

»Wer liest die Zukunft in Grimpen Ward, nachdem sie dahingegangen ist?«, erkundigte er sich.

»Heuchler und Scharlatane. Untalentierte Diebe, die dich in den Tod schicken und behaupten, es sei etwas anderes gewesen. Sie tauchten in dem Augenblick auf, in dem sie starb, und beanspruchten zu sein, was sie gewesen war.« Die Frau spuckte aus. »Die sollten alle bei lebendigem Leib verbrannt werden.«

Hunter Predd zögerte. Er würde sehr vorsichtig sein müssen. Diese Frau beschützte ihre Erbschaft und zeigte keinerlei Neigung, ihm behilflich zu sein. Dennoch konnte wahrscheinlich nur sie ihm sagen, was er wissen musste.

»Die Addershag kann niemand ersetzen«, stimmte er ernst zu. »Solange sie die Person nicht selbst ausgesucht hätte. Hat sie jemals einen Lehrling ausgebildet?«

Eine Weile schaute die Frau ihn lediglich an, und ihr Misstrauen spiegelte sich in ihren zusammengekniffenen Augen. Sie strich sich durch das kurze Haar. »Wer bist du?«

»Ein Gesandter«, sagte er wahrheitsgemäß. »Aber der Mann, der mich schickt, kannte deine Herrin sehr gut und teilte ihre Leidenschaft für Magie und Geheimnisse. Er lebt ebenfalls schon lange Zeit.«

Sie runzelte die Stirn und verschränkte demonstrativ die Arme vor der Brust. »Ist er hier?«

»In der Nähe. Er bevorzugt es, nicht gesehen zu werden.«

Sie nickte. »Ich weiß, von wem du sprichst. Sag mir trotzdem seinen Namen, wenn ich dir Glauben schenken soll.«

Der Flugreiter nickte. »Er heißt Walker.«

»Ha!« Ihre Augen leuchteten. »Sogar der viel gepriesene Druide brauchte ihre Hilfe von Zeit zu Zeit! So mächtig war sie und so hoch geachtet!« Triumph und Zufriedenheit schwangen in ihrer Stimme mit. »Sie hätte seinem Orden angehören können, wenn sie nur gewollt hätte. Aber sie war nie darauf aus, etwas anderes als eine Seherin zu sein.«

»Gibt es denn«, wagte er sich vorsichtig vor, »noch jemanden, an den er sich wenden könnte, nachdem sie jetzt nicht mehr ist?«

Das Schweigen wurde bedrückend, während sie dastand und ihn von neuem betrachtete und darüber nachdachte. Sie wusste etwas, wollte es jedoch nicht mit ihm teilen. Er wartete geduldig.

»Eine«, sagte sie schließlich und sprach das Wort aus, als hinterlasse es einen bitteren Geschmack im Mund. »Nur eine. Allerdings war sie nicht geeignet. Ihr Charakter war schlecht, und sie verschwendete ihr Talent. Meine Herrin gab ihr so viele Chancen, stark zu werden, und jedes Mal versagte das Mädchen. Am Ende ist es gegangen.«

»Ein Mädchen«, wiederholte Hunter Predd.

»Sehr jung war sie. Noch ein Kind. Und trotzdem schon alt. Als wäre sie im Körper eines Kindes erwachsen geworden. Eifrig und verschwiegen, was für sie sprach, und leidenschaftlich, was gegen sie sprach. Deutlich konnte sie die Zukunft sehen, konnte ihr Voranschreiten erkennen und die Vorzeichen deuten.« Die Frau spuckte erneut aus, und plötzlich klang ihre Stimme müde. »So begabt. Mehr als nur eine Seherin. Das war ihr Verderben.«

Dies verwirrte den Flugreiter. »Was meinst du damit?«

Die Frau starrte vor sich hin und schüttelte den Kopf. »Warum soll ich darüber reden? Wenn du so neugierig bist, frag sie doch selbst. Ryer Ord Star ist ihr Name. Sie wohnt ganz in der Nähe. Ich kann dir den Weg erklären. Willst du ihn wissen?«

Hunter Predd ließ ihn sich schildern und bedankte sich für die Hilfe. In dem Blick, den sie ihm daraufhin zuwarf, lagen Mitleid und Verachtung gleichermaßen. Er hatte sich kaum umgedreht, da hatte sie die Tür bereits hinter sich geschlossen.

Es war einsam und still im Wald, wo Walker Boh außerhalb von Grimpen Ward auf Hunter Predds Rückkehr wartete. In der Dunkelheit bewegte sich nichts. Kein Laut war zu hören. Geduldig wartete der Druide, wenn auch widerwillig und voller Unbehagen, dass er die Suche nach der Addershag dem Flugreiter überlassen musste.

Gewiss glaubte er nicht, Hunter Predd mangle es dafür an Eignung; im Prinzip hielt er den Flugreiter für fähiger als die meisten. Dennoch hätte er die Angelegenheit am liebsten selbst geregelt. Es war seine Idee gewesen, sie aufzusuchen. Er wusste außerdem, wie er sie auffinden konnte. Nach dem Angriff auf Spanner Frews Versteck war deutlich, dass die Ilse-Hexe entschlossen war, ihn daran zu hindern, der Route auf der Karte des Schiffbrüchigen zu folgen. Zwar mochte es so scheinen, als habe die Föderation die Siedlung der Fahrenden überfallen, aber der Druide war überzeugt, dass die Ilse-Hexe dahintersteckte. Ihre Spione mussten ihn in March Brume entdeckt haben, und dann hatte sie ihn nach Norden zu Spanner Frew verfolgt. Glücklicherweise war er ihr an der Küste entkommen, und das sogar – noch mehr Glück – mit seinem neuen Luftschiff. Seine Verbündeten, Redden Alt Mer, Rue Meridian und Spanner Frew, hatten ihn im Schutz der Dunkelheit nach March Brume zurückgeflogen und ihn im Morgennebel dort abgesetzt, wo er Hunter Predd zurückgelassen hatte. Daraufhin waren sie mit dem Luftschiff aufgebrochen, um eine Mannschaft zusammenzustellen. Wenn sie damit fertig wären, würden sie nordwärts nach Arborlon fliegen, sich den Elfen und ihrem neuen Herrscher präsentieren und auf die Ankunft des Druiden warten.

Bis dahin würde es eine Weile dauern, doch Walker brauchte diese Zeit, um zwei Dinge zu bewerkstelligen. Zuerst musste er abwarten, ob Quentin Leah und Bek Rowe Truls Rohk fanden und Arborlon erreichten. Zweitens musste er mit einem Seher sprechen.

Warum ein Seher?, hatte Hunter Predd gefragt, während sie auf Obsidian die Gipfel des Irrybis überquerten und auf Grimpen Ward zuhielten. Wozu brauchten sie einen Seher, wo Walker den Zweck der Karte doch längst erkannt hatte? Aber ihre Reise, erklärte Walker, war nicht so einfach zu ergründen. Er sollte sich die Blaue Spalte als endlose Leere und die Inseln als Trittsteine vorstellen. Die Stabilität dieser Steine und die düsteren Geheimnisse der Gewässer waren ihnen unbekannt. Die Addershag konnte ihnen vielleicht helfen, die Gefahren besser zu erkennen. Sie konnte einiges von dem sehen, was sie bedrohen würde, was auf sie lauerte, was ihnen das Leben rauben würde, wenn sie sich nicht entsprechend darauf vorbereiteten.

Ein Seher konnte Einsichten gewähren, und niemand konnte das besser als die Addershag. Ihre Fähigkeiten waren allgemein anerkannt, und sie hatte sich persönlich doch niemals gegen ihn gestellt. Einst, vor langer Zeit, hatte sie seiner Cousine, der Elfenkönigin Wren Elessedil, bei der Suche nach dem vermissten Elfenvolk geholfen. Das war der Anfang einer Bekanntschaft gewesen, die er stets sorgsam gepflegt hatte. Die Addershag hatte ihn über die Jahre hinweg mehrfach bei sich untergebracht und dabei stets die Magie bewundert, zu der er fähig war, ihn allerdings immer mit einem verschleierten Hinweis davor gewarnt, dass ihre eigene der seinen gleichkomme. Sie lebte bereits fast so lange wie er, und das ohne die Wohltat des Druidenschlafes. Er hatte keine Ahnung, auf welche Weise sie das zustande brachte. Ihr Talent war für sie sowohl eine Bürde als auch ein steter Kampf, und ihr Leben stellte ein wohlgehütetes Geheimnis dar.

Walker war nicht sicher, ob Hunter Predd sie zu einem Gespräch mit ihm überreden konnte. Sie würde sich möglicherweise weigern. Doch einen Versuch war es wert.

Dennoch machten Walker das Warten und die Unsicherheit zu schaffen, und am liebsten hätte er sich ihr offen gezeigt. Zeit war kostbar, der Erfolg hingegen ungewiss. Die Hilfe der Addershag war von größter Wichtigkeit. Sie würde niemals zustimmen, mit ihm zu kommen, aber sie konnte ihm die Augen dafür öffnen, auf was er während der Reise zu achten hätte. Widerwillig würde sie sich darauf einlassen, und zwar nur mit listenreichen Worten und verwirrenden Bildern, aber auch das würde helfen.

Ein leises Rascheln riss ihn aus seinen Gedanken, und er blickte auf, während Hunter Predd aus der finsteren Nacht auftauchte. Der Flugreiter kam allein.

»Hast du sie gefunden?«, fragte der Druide sofort.

Hunter Predd schüttelte den Kopf. »Sie ist seit fünf Jahren tot. Die Frau, die sich früher um sie gekümmert hat, erzählte es mir.«

Walker holte langsam und tief Luft und seufzte. Enttäuschung wallte in ihm auf. Eine Lüge? Nein, eine derartige Lüge würde nicht lange standhalten. Er hätte über den Tod der Seherin Bescheid wissen können, doch hatte er sich in Paranor in den letzten zehn Jahren von der Außenwelt abgeschirmt und vieles von dem, was draußen geschehen war, überhaupt nicht mitbekommen.

Der Flugreiter setzte sich auf einen Baumstumpf und trank aus seinem Wasserschlauch. »Es gibt noch eine zweite Möglichkeit. Ehe sie starb, hat die Seherin einen Lehrling bei sich aufgenommen.«

»Einen Lehrling?« Walker runzelte die Stirn.

»Genauer gesagt, ein Lehrmädchen namens Ryer Ord Star. Sehr begabt, wenn man der Frau glauben darf, mit der ich gesprochen habe. Aber das Mädchen hatte wohl Meinungsverschiedenheiten mit der Addershag. Die Frau deutete an, dass es mit dem schlechten Charakter des Mädchens zu tun habe; mehr hat sie mir jedoch nicht erzählt. Ich solle sie selbst fragen, wenn ich mehr wissen wolle. Sie wohnt nicht weit von hier entfernt.«

Walker dachte kurz darüber nach und wägte die möglichen Risiken und Vorteile ab. Ryer Ord Star? Von der hatte er nie gehört. Und auch nicht davon, dass die Addershag ein Lehrmädchen zu sich genommen hätte. Allerdings hatte er auch nichts vom Tod der Seherin erfahren. Was er über die letzten Jahre wusste oder nicht, war kein Maßstab, um daran die Wahrheit zu messen. Besser fand er selbst heraus, was nun stimmte.

»Zeig mir, wo sie wohnt«, sagte er.

Hunter Predd führte ihn über Wege, die das Zentrum von Grimpen Ward umgingen, und vermied jede Begegnung mit den Bewohnern des Städtchens. Die Dunkelheit verbarg die zwei, und der Wald war ein riesiges, undurchdringliches Labyrinth, in das sich offenbar lediglich die beiden gewagt hatten. Aus der Ferne schallte gelegentlich der Lärm der Stadt herüber, und Lichter erschienen und verschwanden wie die Augen von Raubtieren. Doch sowohl der Flugreiter als auch der Druide wussten, auf welche Weise man sich unauffällig bewegte, und deshalb wurden sie von niemandem bemerkt.

Während sie durch die Dunkelheit schlichen, gingen Walker verschiedene Gedanken durch den Kopf. Seine Möglichkeiten reduzierten sich zunehmend, wurde ihm klar. Zu viele von denen, auf die er sich verlassen wollte, waren tot – zuerst Allardon Elessedil, dann der Schiffbrüchige und nun die Addershag. Der Verlust der Seherin bekümmerte ihn am meisten. Konnte er ohne die Visionen der Addershag bei dieser Expedition auskommen? Allanon hatte das vor vielen Jahren getan. Aber Walker Boh war nicht wie sein Vorgänger und behauptete bestimmt nicht, er könne ihm das Wasser reichen. Er tat, was er konnte, mit dem, was ihm zur Verfügung stand, vor allem, weil er die Notwendigkeit sah, es zu tun, und nicht, weil er die Rolle spielen wollte, die man ihm zugewiesen hatte.

Er dachte nicht gern darüber nach, wer er war und wie er dazu geworden war. Auch an den Weg, den zu gehen er gezwungen worden war, um das zu werden, was nicht in seiner Absicht gelegen hatte, erinnerte er sich nur unwillig. Diese Erinnerungen waren bitter und eine schwierige Bürde. Er war wegen Allanons Machenschaften und auf Coglines Drängen hin Druide geworden, obwohl er große Bedenken dagegen gehegt hatte. Nie hatte er gemeint, er habe irgendetwas mit den Druiden zu tun, nie wollte er Teil dessen sein, was sie darstellten. Er war mit dem Entschluss aufgewachsen, sich vom Erbe seiner Familie fern zu halten – dem Erbe von Shannara. Deshalb hatte er geschworen, seinem Leben eine andere Richtung zu geben.

Aber das war Schnee von gestern, ermahnte er sich, während er an das frühe Feuer seiner Verpflichtung dachte, zu verändern, was vom Schicksal vorherbestimmt war. Was ihn am meisten schmerzte und was so schwer auf seinem Gewissen lastete, war nicht der Bruch des Eides selbst, denn das konnte er mit der Notwendigkeit rechtfertigen, sondern der Abstand, den er zu seinem Weg gewonnen hatte, indem er seine Rolle übernahm. Er hatte geschworen, er würde kein Druide wie die anderen sein, wie Allanon und Bremen vor ihm. Er wollte sich nicht hinter Geheimnissen und Täuschungen verbergen. Außerdem würde er nie andere manipulieren, um seine Ziele zu erreichen. Er würde nicht betrügen oder irreführen. Stattdessen würde er offen, aufrecht und ehrlich handeln. Immer würde er enthüllen, was er wusste, immer würde er ehrlich sein.

Er wunderte sich darüber, wie naiv er gewesen war. Wie töricht. Wie schrecklich und auf verhängnisvolle Weise unrealistisch.

Denn die Vorschriften des Lebens erlaubten keine einfachen Unterscheidungen zwischen richtig und falsch und gut und böse. Man musste seine Wahl zwischen Grautönen treffen, und auf beiden Seiten gab es Heil und Leid abzuwägen. Und im Ergebnis war sein Leben dann unumkehrbar dem Weg seiner Vorgänger gefolgt, und im Laufe der Zeit hatte er genau die Eigenschaften angenommen, die er an ihnen so verabscheut hatte. Ohne es sich je zu wünschen, war er so geworden wie sie.

Weil er die Notwendigkeit sah.

Weil stets und alle Zeit das größere Wohl bedacht werden musste, wenn man sich für eine Handlungsweise entschied.

Erzähl das mal Bek Rowe, wenn dies alles vorüber ist, dachte er finster. Erkläre es dem Jungen.

Unvermittelt traten sie aus dem Wald auf eine Lichtung, auf der dunkel und still ein einziges Häuschen stand. Es war in keinem guten Zustand, das Dach hing durch, im Hof wuchs Unkraut, und der Garten war verödet. Scheinbar hatte hier schon seit einiger Zeit niemand mehr gewohnt.

Dann aber entdeckte Walker das Mädchen. Es saß im Schatten der Veranda, ganz still und mit der Dunkelheit verschmolzen. Als er den Blick auf sie richtete, erhob sie sich sofort und betrachtete ihn und Hunter Predd. Im Licht von Mond und Sternen wirkte sie nun älter, nicht mehr wie ein Mädchen, sondern wie eine junge Frau. Sie trug das blonde Haar lang und offen, und es rahmte ihr bleiches, hageres Gesicht mit dicken Locken ein. Und mager war sie, so mager, dass man glaubte, eine starke Windböe vermöge sie umzustoßen. Sie trug ein einfaches Wollkleid, das sie an der Taille mit einem Stoffstreifen zusammengeschnürt hatte. Ihre Sandalen waren staubig und abgelaufen, und um den Hals hatte sie sich ein Band aus Metall und Leder gelegt.

Mit Hunter Predd an seiner Seite ging er zu ihr. Sie wandte nicht den Blick von ihm ab, schaute sich nicht einmal den Flugreiter an.

»Bist du derjenige, den sie Walker nennen?«, fragte sie mit leiser, hoher Stimme.

Walker nickte. »Der bin ich.«

»Mein Name ist Ryer Ord Star. Ich habe auf dich gewartet.«

Walker betrachtete sie neugierig. »Woher wusstest du, dass ich kommen würde?«

»Ich habe dich in einem Traum gesehen. Wir flogen in einem Luftschiff weit hinaus auf die Blaue Spalte. Düstere Wolken hingen über uns, und Donner dröhnte grollend durch den Himmel. Doch innerhalb der finsteren Wolken verbarg sich etwas noch Finstereres, und ich warnte dich, du solltest dich davor hüten.« Sie hielt kurz inne. »Als ich diesen Traum hatte, wusste ich, du würdest hierher kommen, und ich würde mit dir gehen.«

Walker zögerte. »Ich habe nicht beabsichtigt, dich zu fragen, ob du mich begleitest, ich wollte dich nur bitten …«

»Aber ich muss dich begleiten!«, betonte sie rasch und unterstützte die Dringlichkeit ihrer Aussage mit einer abrupten Geste. »Denn ich habe noch weitere Träume gehabt, eine ganze Menge. Mir ist es bestimmt, mit dir die Blaue Spalte zu überqueren. Das ist mein Schicksal!«

Sie sprach mit solcher Überzeugung, dass es Walker verblüffte. Er blickte Hunter Predd an. Selbst das verwitterte Gesicht des Flugreiters zeigte Überraschung.

»Siehst du?«, fragte sie und deutete auf eine Leinentasche, die zu ihren Füßen stand. »Ich habe schon gepackt und bin zum Aufbruch bereit. Gestern Nacht habe ich von deiner Ankunft geträumt. Der Traum war so eindringlich, dass ich sogar die Zeit erfahren habe. Solche Träume haben Seher nicht oft. Und fast niemals in dieser Häufigkeit. Wenn man sie hat, darf man sie nicht ignorieren. Wir sind miteinander verbunden, du und ich – unsere Schicksale sind auf eine Weise verwoben, dass wir sie nicht trennen dürfen. Was dem einen geschieht, stößt auch dem anderen zu.«

Sie schaute ihn feierlich an, wobei sie das dünne, bleiche Gesicht fragend verzog, als verstehe sie nicht, weshalb er ihre Worte nicht akzeptierte. Walker für seinen Teil war von ihrer Entschlossenheit verwirrt.

»Du warst bei der Addershag in der Lehre?«, erkundigte er sich und wechselte das Thema. »Warum hast du sie verlassen?«

Erneut gestikulierte sie mit den dünnen Händen. »Sie war mir gegenüber sehr misstrauisch. Die Art, wie ich meine Gabe einsetzte, betrachtete sie ebenfalls mit Misstrauen. Ich bin eine Seherin und gleichzeitig ein Empath. Beide Talente sind sehr stark in mir, und ich finde die Notwendigkeit, auch beide zu benutzen, zu zwingend, um sie zu ignorieren. Wenn ich manchmal die eine Gabe benutzte, um die andere zu beeinflussen, schrie mich die Addershag an. ›Du darfst nichts verändern, was so sein soll, wie es sein wird!‹, kreischte sie. Doch wenn ich jemanden von seinen Schmerzen befreien kann, indem ich die Zukunft deute, wem schadet das? Ich habe darin nichts Unrechtes gesehen.«

Walker starrte sie an. »Du liest die Zukunft, stellst fest, dass ein Ereignis eintreffen wird, dann benutzt du deine empathischen Fähigkeiten, um den Schmerz zu lindern, der bei den Betroffenen daraus resultiert?« Walker versuchte sich das vorzustellen, was ihm jedoch nicht gelang. »Wie oft kannst du das machen?«

»Nur gelegentlich. Manchmal wirken meine Gaben auch in umgekehrter Reihenfolge. Dann komme ich zu jemandem, der bereits unter Schmerzen leidet, sehe die Zukunft, die ihm dieses Leiden bereiten wird, und greife ein, um sie zu verändern. Diese Fähigkeit habe ich nicht perfektioniert, und ich setze sie nicht ohne die nötige Umsicht ein. Die Addershag hingegen misstraute meiner empathischen Seite ganz und gar und glaubte, sie würde meine Seherinnenaugen beeinträchtigen. Vielleicht hatte sie Recht. Beide Fähigkeiten gehören zu mir, und ich kann sie nicht voneinander trennen. Bereitet dir das Sorge?«

Walker wusste es nicht. Vor allem beunruhigte ihn seine eigene Unsicherheit der jungen Frau gegenüber. Sie schien davon überzeugt zu sein, dass sie ihn begleiten würde, während er noch mit sich rang, ob er sie überhaupt um Rat fragen sollte.

»Du bist dir meiner nicht sicher«, sagte sie. Er nickte, da er keinen Grund sah, es ihr zu verheimlichen. »Du brauchst nicht zu fürchten, dass ich nicht zu dem in der Lage bin, was notwendig ist. Schließlich bist du ein Druide, und der Instinkt eines Druiden betrügt ihn nie. Vertraue auf das, was dir dein Instinkt über mich rät.«

Sie trat einen Schritt vor. »Ein Empath kann dir Frieden geben, den du auf andere Weise nicht zu finden vermagst. Gib mir deine Hand.«

Ohne nachzudenken reichte er sie ihr, und sie ergriff sie. Ihre Hände waren sanft und warm und umschlossen seine kaum. Sie strich mit den Fingern langsam über seine Handfläche und schloss die Augen. »Du leidest unter solchem Schmerz, Walker«, sagte sie. Er fühlte ein Kribbeln, welche sich gemächlich in schläfrige Ruhe verwandelte, dann plötzlich in aufbegehrende Euphorie. »Du fühlst dich von allen Seiten bedrängt, eine Möglichkeit nach der anderen geht dir verloren, deine Bürde ist bald zu schwer, um sie noch zu tragen. Du hasst dich selbst für das, was du bist, weil du glaubst, du solltest nicht so sein ...«

Er riss seine Hand los, trat zurück und war geschockt, wie leicht sie ins Innerste seines Herzens geschaut hatte. Sie schlug die Augen auf und starrte ihn erneut an. »Ich könnte dich von all diesen Schmerzen befreien, wenn du mich nur ließest«, flüsterte sie.

»Nein«, entgegnete er. Er fühlte sich auf eine Weise nackt und entblößt, die ihm nicht gefiel. »Der Schmerz erinnert mich daran, wer ich bin.«

An seiner Seite trat Hunter Predd unbehaglich von einem Fuß auf den anderen und musste Worte mit anhören, die er kaum ertragen konnte. Aber was sollte Walker dagegen tun?

»Hör mir zu«, flüsterte Ryer Ord Star. »Höre, was ich in meinen Träumen gesehen habe. Du wirst eine Reise über die Blaue Spalte unternehmen, um etwas sehr Wertvolles zu suchen – wertvoller für dich als für alle, die dich begleiten. Deine Gefährten sind tapfer und stark im Herzen, doch nur einige werden zurückkehren. Einer rettet dir das Leben. Einer wird versuchen, es dir zu nehmen. Einer liebt dich bedingungslos. Einer hasst dich mit unübertroffener Leidenschaft. Einer führt dich in die Irre. Einer bringt dich wieder zurück. Das habe ich in meinen Träumen gesehen, und ich werde noch mehr sehen. Ich bin dazu bestimmt, deine Augen zu sein, Walker. Wir sind aneinander gebunden. Lass mich mitkommen. Das musst du.«

Ihre leise Stimme war von solcher Leidenschaft erfüllt, dass sie den Druiden in ihren Bann schlug. Er dachte an die Addershag, die stets so verdreht auf ihn gewirkt hatte, deren Worte immer scharf und bedrohlich klangen und deren Stimme einer finsteren Grube zu entstammen schien, in die sich besser niemand wagen sollte. Wie sehr sich Ryer Ord Star von ihr unterschied. Jetzt erkannte er, welche Schwierigkeiten es der jungen Frau bereitet haben musste, sich von jemandem ausbilden zu lassen, der so anders war. Sie musste einen harten Kampf mit ihrer Lehrerin und sich selbst geführt haben und war gewiss nur aus Leidenschaft für ihre Gabe so lange geblieben. Das sah er jetzt. Vertraue auf deinen Instinkt, hatte sie ihn gedrängt. Stets hatte er das getan. Nur diesmal waren seine Instinkte verwirrt, sein Entschluss schwankte.

»Lass mich mitkommen«, wiederholte sie, und ihre Worte waren ein drängendes Flüstern.

Er blickte Hunter Predd nicht an. Was er in den Augen des Flugreiters finden würde, wusste er. Er brauchte nicht einmal in sein eigenes Herz zu schauen, denn er fühlte bereits, was dort lauerte. Stattdessen las er in ihrem Gesicht, um sicherzugehen, dass er nichts übersehen hatte, und er dachte über seine Unternehmung nach. Ein Seher war notwendig für die dunklen Orte, die er betreten musste. Ryer Ord Star besaß diese Gabe, und Zeit, jemand anderen zu suchen, blieb ihm nicht. Trotzdem war sie nicht die Addershag, und das beunruhigte ihn. Andererseits war sie nicht nur bereit, sondern geradezu darauf erpicht, mit ihm zu gehen, und dieses Geschenk konnte er nicht zurückweisen.

»Nimm deine Tasche, Ryer Ord Star«, verkündete er leise. »Wir fliegen heute Nacht zurück nach Arborlon.«

Sechzehn

Bek Rowe erstarrte, als sich die riesige Erscheinung von den fliehenden Wölfen ab- und ihm zuwandte. Quentin trat unwillkürlich einen Schritt zurück und hatte die Freude über die wieder entdeckte Magie des Schwertes von Leah vergessen. Keiner der beiden wagte auch nur zu atmen, während das Wesen vor ihnen geriffelt erschien wie die windumwehte Rinde von Nadelbäumen und dabei wirkte, als betrachte man es durch eine regennasse Fensterscheibe.

Dann wurde es ruhiger, und der zerrissene Mantel senkte sich auf eine langgliedrige Gestalt, wallte noch einmal auf und senkte sich dann auf die Schultern, wobei lose Fäden von den Säumen des Kleidungsstücks herabhingen. Hände und Füße bewegten sich wie Keulen in der Dunkelheit, die das Wesen erzeugte, doch ein Gesicht war im Schatten der Kapuze nicht zu erkennen. Hätte Truls Rohk nicht diese vage menschliche Form besessen, hätte man ihn genauso gut für eines der wilden Tiere halten können, die durch diese Berge streiften.

»Panax«, zischte er. »Warum bist du hier?«

Er sprach den Namen des Zwergs ohne Freundlichkeit und Wärme aus. Seine Stimme klang mal scharf wie ein Messer und dann wieder wie das Zischen von Dampf, der unter Druck entweicht. Bek hatte den Zwerg vollkommen vergessen. Panax hatte die Streitaxt gesenkt und stand der düsteren Kreatur aufrecht gegenüber. Dennoch fanden sich Anzeichen von Wachsamkeit und Anspannung in seinen Augen.

»Walker hat dir eine Nachricht geschickt«, antwortete er der Erscheinung.

Truls Rohk machte keine Anstalten, weiter vorzutreten. »Walker«, wiederholte er nur.

»Das sind Hochländer«, fuhr Panax fort. »Der Große heißt

Quentin Leah. Der jüngere ist sein Vetter Bek Rowe. Ihnen wurde die Nachricht an dich anvertraut.«

»Heraus damit«, sagte Truls Rohk zu den beiden Cousins.

Bek blickte Quentin an, und der nickte. Daraufhin räusperte sich Bek. »Wir wurden gebeten, dir von Walker auszurichten, dass er sich auf eine Reise mit einem Luftschiff über die Blaue Spalte vorbereitet. Er will in einem unbekannten Land nach einem Versteck suchen. Dieses Versteck enthält einen Schatz von großem Wert. Außerdem sollen wir dir mitteilen, dass auch andere nach diesem Schatz suchen, zum Beispiel ein Hexenmeister namens Morgawr und eine Zauberin, die sich Ilse-Hexe nennt …«

»Hsssss! Finstere Seelen!«, zischte Truls Rohk, und erschrocken hielt Bek mitten im Sprechen inne. »Was noch, Junge?«

Bek schluckte heftig. »Walkers Feinde haben bereits den Elfenkönig Allardon Elessedil getötet und außerdem einen Schiffbrüchigen, der eine Karte bei sich trug, die zu dem Versteck führt. Wir sollen dir sagen, dass er deine Hilfe bei der Suche und deinen Schutz gegen diejenigen benötigt, die ihn aufhalten wollen.«

Langes Schweigen folgte; dann ertönte ein Husten, das ein Lachen oder etwas weniger Angenehmes hätte sein können. »Lügen. Obwohl er nur einen Arm besitzt, kann sich Walker recht gut selbst verteidigen. Was braucht er wirklich?«

Verängstigt und verwirrt starrte Bek sein Gegenüber an, dann blickte er zu Quentin und Panax, fand keine Hilfe bei ihnen und schüttelte den Kopf. »Ich weiß es nicht. Mehr hat er uns nicht erzählt. Das war die ganze Nachricht, genau so, wie er sie uns aufgetragen hat. Er will …«

»Er will mehr, als du sagst!« Die schneidende Stimme knirschte und zischte. »Du, Hochländer!« Er deutete vage auf Quentin. »Welche Magie übst du aus?«

Quentin zögerte nicht. »Eine alte Magie, die ich erst in der heutigen Nacht entdeckt habe. Dieses Schwert gehört meiner Familie. Wie man mir sagte, hat es seine Magie in den Zeiten von Allanon erhalten.«

»Du führst es armselig«, antwortete Truls Rohk herablassend. »Du, Junge.« Erneut wandte er sich an Bek. »Besitzt du ebenfalls Magie?«

Bek schüttelte den Kopf. »Nein, keine.«

Ihm entging nicht, mit welcher Aufmerksamkeit Truls Rohk ihn musterte, und in der anschließenden Stille schien etwas nach Bek zu greifen, ihn zu berühren und federleicht über seine Stirn zu streichen. Doch es war so rasch vorbei, dass es auch reine Einbildung hätte sein können.

Truls Rohk trat einen Schritt nach rechts, und bei dieser Bewegung enthüllten sich ein Arm und ein Bein riesigen Ausmaßes, muskulös und dicht behaart. Bek hatte den Eindruck, der andere verharre unter dem Mantel in gebückter Haltung, stets zum Aufspringen bereit. Jetzt schon wirkte Truls Rohk riesig – wie groß würde er erst sein, wenn er sich aufrichtete? Nur Trolle wurden so groß, aber Truls Rohk fehlten das dichte Fell eines Trolls und die schwerfälligen Bewegungen. Er war zu schnell und behände, und seine Haut wirkte eindeutig menschlich.

»Der Druide hat euch geschickt, damit ihr auf die Probe gestellt werdet«, knurrte er leise. »Damit ihr eure Ängste und euren Aberglauben überwindet. Eure Magie und euer Mut sind unerprobte Waffen.« Er kicherte leise und endete mit dem bereits bekannten Zischen. »Panax, machst du bei diesem Spielchen etwa ebenfalls mit?«

Der Zwerg schnaubte gereizt. »Ich treibe mit niemandem Spielchen. Man hat mich gebeten, diese Hochländer in den Wolfsktaag und wieder heraus zu führen. Du weißt offensichtlich mehr über diese Sache als ich.«

»Ein Spielchen innerhalb des Spielchens«, murmelte die schattenhafte Gestalt, schlich einige Schritte nach rechts und drehte sich wieder um. Diesmal erhaschte Bek einen kurzen Blick auf das Gesicht unter der Kapuze, das vom Feuerschein kurz erleuchtet wurde. Es war von tiefen, scharlachroten Striemen überzogen, und das Fleisch sah aus, als hätte man es wie Eisen in einem Ofen geschmolzen. »Druidenspiele«, fuhr Truls Rohk fort und verschwand wieder im Schatten. »Die gefallen mir nicht, Panax. Aber Walker zu beobachten ist stets interessant.« Er hielt inne. »Vielleicht auch diese beiden, hm?«

Panax wirkte verwirrt und sagte nichts. Truls Rohk zeigte auf Quentin. »Die Wölfe hätten dich erwischt, wenn ich nicht gekommen wäre. Falls dir danach ist, noch eine Weile zu leben, solltest du den Umgang mit der Magie deines Schwertes üben.«

Bek spürte, wie sich der Blick seines Gegenübers auf ihn legte. »Und du, Junge, du solltest besser niemandem dein Vertrauen schenken. Nicht, bis du gelernt hast, die Dinge klarer zu sehen als bisher.«

Bek war sich bewusst, dass auch Quentin und Panax ihn anschauten. Er hätte Truls Rohk gern gefragt, was er meinte, doch er wagte es nicht.

Truls Rohk spuckte aus und fuhr herum. »Wo werdet ihr euch mit Walker treffen?«, fragte er über die Schulter.

»In Arborlon«, antwortete Bek.

»Dann werden wir uns dort ebenfalls treffen.« Seine Stimme wurde zu einem Flüstern. »Und nun verschwindet aus diesen Bergen, und zwar rasch!«

Eine Windböe erhob sich kalt und scharf, und eine Bewegung ging wie ein Wispern durch die Nacht. Bek und Quentin zuckten zusammen und bedeckten schützend die Augen. Hinter ihnen flackerte das Feuer auf und erlosch.

Als sie wieder in die stille Dunkelheit blickten, war Truls Rohk verschwunden.

Weit im Süden, jenseits des Hochlands von Leah, der prekkendorranischen Höhe und der älteren, industrialisierten Städte Wayford und Sterne, wurde der Verteidigungsminister Sen Dunsidan in der Hauptstadt der Föderation, Arishaig, von einer Berührung an der Schulter geweckt.

Er schlug die Augen auf, blinzelte und starrte, ohne etwas zu erkennen, durch die Dunkelheit an die Decke, wobei er unsicher war, weshalb er aufgewacht war. Im Schlafzimmer war es kalt und still. Er lag auf dem Rücken in dem übergroßen Bett.

»Wacht auf, Minister«, flüsterte die Ilse-Hexe.

Jetzt blieb sein Blick auf der schlanken, verhüllten Gestalt haften, die sich über ihn beugte. »Dunkle Dame meiner Träume«, begrüßte er sie verschlafen lächelnd.

»Sagt nichts«, forderte sie ihn auf und trat einen Schritt zurück. »Erhebt Euch und kommt mit mir.«

Sie beobachtete ihn, während er tat, was sie ihm auftrug, und derweil wirkte sein derbes Gesicht ruhig und gefasst, als würde es ihn nicht im Mindesten überraschen, dass sie so bei ihm erschien. Er war ein mächtiger Mann, und bei der Ausübung dieser Macht durfte er niemals überrascht oder verängstigt wirken. Seit über fünfzehn Jahren hatte er den Posten des Verteidigungsministers inne, und diese Langlebigkeit im Amt hatte er nur deshalb erreicht, weil er während dieser Zeit eine Menge Männer beerdigt hatte, die ihn unterschätzten. Er erweckte einen milden, manchmal sogar unbeteiligten Eindruck, wie ein Beobachter am Rande des Geschehens, der allein darauf bedacht ist, die Dinge für alle zum Besten zu wenden. Stattdessen besaß er die Instinkte und die Moral einer Schlange. In einer Welt, die sich in Raubtiere und das gejagte Wild einteilen ließ, bevorzugte er es eindeutig, zu den ersteren zu gehören. Dabei begriff er sehr wohl, dass das Überleben davon abhing, seine Vorlieben geheim und seinen Ehrgeiz verborgen zu halten. Sobald er sich bedroht fühlte, wie vielleicht gerade in diesem Moment, lächelte er. Aber das Lächeln verbarg natürlich die scharfen Zähne hinter den Lippen.

Die Ilse-Hexe führte ihn wortlos aus dem Schlafgemach durch den Gang zu seinem Arbeitszimmer. Dieser Raum war der Ort, wo er seine Geschäfte abwickelte, und indem sie ihn dorthin führte, begriff er, dass sie aus geschäftlichen Gründen gekommen war. Er war ein Mann mit unstillbarem Appetit, und zudem war er daran gewöhnt, diesen zu befriedigen, wann immer ihm der Sinn danach stand. Sie wollte keinen Zweifel daran lassen, aus welchem Grund sie in seinem Schlafzimmer erschienen war. Die Art, wie er sie angesehen hatte, war ihr nicht entgangen, doch scherte sie sich nicht um das, was sie in seinen Augen entdeckt hatte. Falls er auch nur versuchte, bei ihr Hand anzulegen, würde sie ihn umbringen. Das machte ihr nichts aus; andererseits brachte es ihr keinen Gewinn ein. Deshalb wollte sie von Anfang an klarstellen, dass sich in der Beziehung zwischen ihnen nichts geändert hatte.

Sen Dunsidan war sowohl ihr Spion als auch ihr Verbündeter, ein Mann, der in der Hierarchie der Föderation einen hohen Rang einnahm, um ihr Gefallen zu tun, für die sie sich erkenntlich zeigen würde. Der Verteidigungsminister wusste sehr wohl, wie man Macht in der Regierung einsetzte, doch berücksichtigte er dabei auch stets die Notwendigkeit umsichtigen Vorgehens. Er war klug, geduldig und genau, und seine Arbeitsmoral galt als legendär. Hatte er sich erst einmal einer Aufgabe angenommen, ließ er nicht mehr locker. Allerdings hatte die Ilse-Hexe vor allem seinen Ehrgeiz angezogen. Sen Dunsidan war nicht damit zufrieden, Verteidigungsminister zu sein. Auch der Posten des Kriegs- oder Premierministers würde ihm nicht genügen. Sogar als König wäre er noch nicht zufrieden, und obwohl dieser Rang in der gegenwärtigen Struktur der Föderationsregierung gar nicht existierte, käme er seinen Zielen immerhin schon näher. Was er sich ersehnte, war absolute Macht – über alles und jeden. Bereits früh hatte die Ilse-Hexe begriffen, dass er willig für sie tat, was immer sie verlangte, wenn sie ihm nur zeigte, wie er die absolute Macht erreichen könnte.

So betraten sie nun das Arbeitszimmer. Der Raum war mit Holz getäfelt, wirkte karg und dadurch einschüchternd. Anstatt die Fackeln in den Wandhalterungen anzumachen, die helleres Licht geliefert hätten, entzündete der Minister nur einige Kerzen auf dem breiten Schreibtisch. Er war groß und athletisch und hatte langes, offenes Silberhaar. Er war ein attraktiver Mann mit einer unwiderstehlichen Persönlichkeit, solange man ihn nicht besser kannte, und kannte man ihn erst richtig, wurde er zu jemandem, auf den man genauestens aufpassen musste. Die Ilse-Hexe war solchen Männern bereits zur Genüge begegnet. Manchmal schien die Welt von ihnen voll zu sein.

»Also dann«, sagte er, setzte sich ans eine Ende einer langen Couch und zog in aller Ruhe seinen Morgenmantel zurecht.

Sie blieb ein wenig auf Abstand zu ihm und behielt ihren Mantel an, unter dessen Kapuze ihr Gesicht im Schatten verborgen lag. Er hatte ihr Gesicht bei verschiedenen Gelegenheiten zu sehen bekommen, weil es einfach notwendig gewesen war, doch hatte sie es sorgsam vermieden, ihn in seinen offensichtlichen Absichten zu ermutigen. Gewiss behandelte sie ihn nicht wie ihre anderen Spione, denn er erachtete sich als ihr gleichgestellt, und sein Stolz und sein Ehrgeiz würden nichts Geringeres zulassen. Sie könnte ihn leicht in Knechtschaft stürzen, allerdings wäre er dann nicht mehr nützlich für sie. Aus diesem Grund musste sie ihm seine Stärke lassen, denn sonst konnte er in der politischen Arena der Föderation nicht überleben.

»Haben die Luftschiffe, die ich Euch schickte, ihren Zweck nicht erfüllt?«, erkundigte er sich und runzelte leicht die Stirn.

»Sie taten, was sie konnten«, erwiderte sie neutral. Sorgfältig wählte sie ihre Worte. »Aber mein Widersacher ist klug und mächtig. Man kann ihn nicht leicht überraschen, und so geschah es auch diesmal. Er entkam.«

»Unglücklicherweise.«

»Nur ein vorübergehender Rückschlag. Ich werde ihn erneut finden, und dann werde ich ihn vernichten. In der Zwischenzeit brauche ich Eure Hilfe.«

»Dabei, ihn zu finden, oder dabei ihn zu vernichten?«

»Weder noch. Vielmehr bei seiner Verfolgung. Er benutzt ein Luftschiff mit Kapitän und Mannschaft. Ich brauche ebenfalls eins, wenn ich ihn einholen will.«

Sen Dunsidan betrachtete sie nachdenklich. Im Kopf ging er die Angelegenheit bereits durch, das konnte sie sehen. Rasch hatte er begriffen, dass mehr an der Sache war, als sie preisgab. Wenn sie jemanden jagte, bestand dafür ein Grund. Er kannte sie gut genug und wusste, sie würde ihre Zeit nicht für eine solche Jagd verschwenden, falls sie ihr Opfer einfach nur töten wollte. Demnach musste da noch etwas sein, das für sie äußerst wichtig war. Und jetzt versuchte er herauszufinden, welche Vorteile er daraus ziehen könnte.

Sie entschloss sich, keine Spielchen mit ihm zu treiben. »Ich will Euch ganz offen sagen, welches Interesse ich an dieser Angelegenheit habe«, erklärte sie. »Es geht nicht nur darum, meinen Widersacher zu vernichten. Wir jagen beide dem gleichen Preis hinterher, Minister. Dieser Preis besitzt einen großen Wert und ist außergewöhnlich selten. Er würde uns, Euch und mir, von Nutzen sein, wenn er uns in die Hände fiele. Meine Bitte an Euch, mich bei dieser Unternehmung zu unterstützen, beinhaltet natürlich, dass ich jeglichen Gewinn, den ich daraus ziehe, mit Euch zu teilen gedenke.«

Der große Mann nickte. »Wie Ihr es bisher stets so großzügig gehandhabt habt, Dunkle Dame.« Er lächelte. »Worin besteht der Preis?«

Sie zögerte absichtlich, als würde sie mit sich ringen, ob sie es ihm verraten sollte oder nicht. Er musste denken, die Entscheidung falle ihr schwer. »Eine Form von Magie«, gestand sie schließlich. »Eine höchst einzigartige Magie. Wenn ich sie in meinen Besitz bringen könnte, würde ich viel mächtiger werden, als ich es jetzt bin. Und wenn ich sie mit Euch teile, werdet Ihr der mächtigste Mann in der Regierung der Föderation.« Sie hielt kurz inne. »Würde Euch das gefallen?«

»Oh, ich weiß nicht«, antwortete er und lachte leise. »Solche Macht wäre für einen einfachen Kerl wie mich vielleicht zu viel.« Er legte eine kurze Pause ein. »Habe ich Euer Wort, dass ich bei Eurer Rückkehr an dieser Magie teilhaben werde?«

»Das verspreche ich Euch hoch und heilig, Minister.«

Er verneigte sich leicht. »Mehr darf ich nicht verlangen.« Schon vor langer Zeit hatte sie ihn davon überzeugt, dass sie ihr Wort hielt, sobald sie es einmal gegeben hatte. Selbst wenn sie es bräche, würde ihn der Verrat nicht viel kosten, und diese Tatsache stützte seine Zuversicht zusätzlich.

»Wo werdet Ihr nach dieser Magie suchen?«, fragte er.

Sie schaute ihn lange und eindringlich an. »Jenseits der Blauen Spalte, in einem neuen Land, einer alten Stadt, an einem fremden Ort. Nur wenige sind je dorthin gelangt. Keiner ist zurückgekehrt.«

Den Schiffbrüchigen oder die Elfen erwähnte sie nicht. Es gab keinen Grund, weshalb er das erfahren musste. Sie lieferte ihm nur so viel, dass er das Interesse nicht verlor.

»Keiner ist zurückgekehrt«, wiederholte er langsam. »Nicht sehr aussichtsreich. Werdet Ihr Erfolg haben, wo sonst alle versagten?«

»Was glaubt Ihr, Minister?«

Er lachte leise. »Ich glaube, Ihr seid zu jung für derartige Machenschaften und Intrigen. Denkt Ihr nie daran, Euch mit einfacheren Vergnügungen zu beschäftigen? Wünscht Ihr nie, Ihr könntet Eure Verpflichtungen beiseite schieben, wenn auch nur für wenige Tage, und etwas tun, das Ihr Euch nicht vorzustellen wagt?«

Erschöpft seufzte sie. Er stellte sich dumm und weigerte sich zu akzeptieren, dass sie seine Avancen nicht willkommen hieß. Sie musste ihn bremsen, bevor die Sache aus dem Ruder lief. »Falls ich darüber nachdächte, würdet Ihr einen Ort kennen, an den ich entfliehen könnte?«

Sein Blick ruhte fest und wachsam auf ihr. »Ja.«

»Und würdet Ihr mein Führer und Gefährte sein?«

Erwartungsvoll richtete er sich auf. »Das wäre mir eine Ehre.«

»Nein, Minister, Ihr wärt bald tot, vermutlich noch, bevor der erste Tag um wäre.« Sie hielt inne, damit ihre Worte richtig wirken konnten. »Träumt nicht länger von etwas, das ich nicht bin. Und lasst Euch nie wieder dazu verführen, über solche Träume zu sprechen. Niemals wieder! Ich bin in keiner Weise das, was Ihr Euch ausmalt, und weniger, als Ihr Euch erhofft. Stattdessen bin ich schwärzer als die schlimmsten Untaten, die jemals geschehen können. Bildet Euch nicht ein, Ihr würdet mich kennen. Haltet Euch von mir fern, dann werdet Ihr vielleicht überleben.«

Sein Gesicht war ruhig, doch in seinen Augen flackerte Unsicherheit auf. Sie ließ ihn einen Moment lang mit sich ringen, dann flüsterte sie beruhigende Worte in die Stille und lachte leise wie ein junges Mädchen. »Entschuldigt, Minister. Die scharfe Zurechtweisung war nicht notwendig. Wir sind alte Freunde. Und Verbündete. Wie steht es um meine Bitte? Werdet Ihr mir helfen?«

»Natürlich«, antwortete er rasch. Da er in erster Linie ein Mensch der Politik war, sah Sen Dunsidan die Realität klarer als die meisten anderen. Er wollte die Ilse-Hexe nicht verärgern oder auch nur die vorteilhafte Beziehung zu ihr gefährden. Daher würde er sich alle Mühe geben, seinen unbeholfenen Annäherungsversuch zu überspielen, als habe er niemals stattgefunden. Gewiss würde sie das zulassen. »Ein Schiff, ein Kapitän und eine Mannschaft«, versicherte er ihr, dankbar für die Gelegenheit, ihre Gunst zurückzugewinnen. Er strich sein silberweißes Haar nach hinten und lächelte. »Zu Eurer Verfügung, Dunkle Dame, für so lange Ihr sie braucht.«

»Das Beste, was Ihr habt«, warnte sie ihn. »Ich darf mir keine Schwächen leisten. Diese Reise wird nicht einfach.«

Er erhob sich, ging zum Fenster und schaute hinaus auf die Stadt. Sein Haus stand in einer Reihe Regierungsgebäude, von denen manche Residenzen, andere Amtssitze waren und die allesamt von einem ummauerten Park geschützt wurden, den niemand ohne Einladung betreten durfte. Die Ilse-Hexe lächelte. Außer ihr natürlich. Sie konnte überallhin gehen, wo sie nur wollte.

»Ich gebe Euch die *Schwarze Moclips*«, verkündete Sen Dunsidan. »Sie ist unser bestes Kriegsschiff, von Fahrenden gebaut, und hat sich gut bewährt. Ihre Geschichte ist bemerkenswert. In über zweihundert Luftschlachten hat sie gekämpft, und niemals wurde sie besiegt oder auch nur schwer beschädigt. Gerade hat sie einen neuen Kapitän und eine neue Mannschaft bekommen, und die sind wild darauf, ihre Fähigkeiten unter Beweis zu stellen. Alles erfahrene Männer, versteht mich nicht falsch, lediglich neu auf dem Schiff. Sie wurden dorthin versetzt, als die alte Mannschaft, Fahrende, desertiert ist.«

Sie betrachtete ihn. »Sind sie wirklich erfahren und verlässlich? Und in der Schlacht erprobt?«

»Zwei volle Jahre lang, alle miteinander. Es handelt sich um eine starke und unabhängige Einheit, die gut geführt wird und hervorragend ausgebildet ist.«

Und außerdem aus Föderationssoldaten besteht, wollte sie gerade einwenden, als der Morgawr sie mit rauer Stimme zurückhielt. *Keine Soldaten*, zischte er, sodass nur sie es hören konnte. Das war eine unmissverständliche Erinnerung an seine frühere Warnung, als sie darauf bestanden hatte, Soldaten zu bekommen, um gegen die Elfen in die Schlacht zu ziehen. *Ein Schiff, ein Kapitän und eine Mannschaft – mehr nicht. Frag mich nicht nach dem Grund.* Sie erstarrte unter der Wucht seiner Stimme, die aus dem Schatten hinter Sen Dunsidan erscholl, wo der Morgawr sich versteckt hatte und wartete.

»Meine Dame?«, fragte der Minister besorgt, da er ihr Zögern spürte.

»Vorräte für eine lange Reise«, sagte sie und ging weiter, als habe nichts ihr Nachdenken gestört, und sie blickte direkt zu dem Morgawr, denn eigentlich war sie nicht bereit, ihm Zugeständnisse zu machen. Sie nahm ihm den Versuch übel, die ganze Sache zu kontrollieren, obwohl er keine Neigung zeigte, sich an der Expedition zu beteiligen. Er hielt sich für ihren Mentor, und der war er auch, doch inzwischen fühlte sie sich ihm ebenbürtig und war ihm nicht länger hörig. Immer schon hatte sie Magie besessen, sogar bevor er zu ihr gekommen war und ihr geholfen hatte, ihr in Scherben liegendes Leben neu zu gestalten. Hilflos oder unvorsichtig war sie nie gewesen, und er schien nur allzu schnell zu vergessen, welche Macht sie besaß.

»Das Schiff wird Euch vollständig ausgerüstet und abfahrbereit überstellt.« Sen Dunsidan zog ihre Aufmerksamkeit auf sich. »In einer Woche ist es fertig.«

»In vier Tagen«, korrigierte die Ilse-Hexe leise und hielt seinem Blick stand. »Ich werde selbst herkommen. Schärft dem Kapitän und der Mannschaft ein, dass sie mir in jeder Hinsicht gehorchen müssen. In absolut jeder, Minister. Es darf keine Fragen, keine Widersprüche und kein Zögern geben. Alle Entscheidungen treffe ich ganz allein.«

Der Minister der Föderation nickte wenig begeistert. »Der Kapitän und die Mannschaft werden die entsprechenden Anweisungen erhalten, Dunkle Dame.«

»Jetzt geht zurück ins Bett«, befahl sie ihm, wandte sich ab und entließ ihn.

Sie wartete, bis er gegangen war, und starrte lange aus dem Fenster in die Nacht, dann drehte sie sich zu dem Morgawr um, der groß, dunkel und geisterhaft aus seinem Versteck hervorgetreten war. Er war mit ihr in die Stadt gekommen, hatte sich aber während ihres Gesprächs im Verborgenen gehalten. Denn, so hatte er ihr gesagt, es sei am besten, wenn Sen Dunsidan glaube, sie habe das Kommando. *Was ja im Prinzip auch stimmt,* hätte sie am liebsten entgegnet, hatte sich jedoch zurückgehalten.

»Das hast du gut gemacht«, sagte er und glitt geräuschlos in den schwachen Lichtschein.

»Deine Einmischung gefällt mir nicht!«, fauchte sie ihn an. »Oder deine Ermahnungen, was du glaubst, was ich tun oder lassen sollte! Ich bin diejenige, die ihr Leben riskiert, um in den Besitz dieser Magie zu gelangen!«

»Ich versuche nur zu helfen, wo Hilfe vonnöten ist«, erwiderte er ruhig.

»Dann tue das auch!«, blaffte sie. Ihre Geduld war erschöpft. »Wir brauchen Soldaten! Erfahrene Krieger! Woher soll ich die nehmen, wenn nicht von der Föderation?«

Er überging ihre Wut und Verärgerung mit einem abfälligen Winken seiner behandschuhten Hand. »Von mir«, antwortete er beiläufig. »Ich habe mich bereits darum gekümmert. Ein Dutzend Mwellrets, die von Cree Bega befehligt werden. Du wirst niemanden fürchten müssen.«

Mwellrets. Innerlich krümmte sie sich angesichts dieses Gedankens. Er wusste, wie sehr sie Mwellrets hasste. Gewiss, es waren wilde und gnadenlose Kämpfer, doch genauso sehr musste man sich bei ihnen vor Betrug hüten. Sie vertraute ihnen nicht. Ihre Gedanken konnte sie nicht lesen. Sie widerstanden ihrer Magie und benutzten eigene Schliche und Listen. Deshalb mochte der Morgawr sie, deshalb benutzte er sie. Bestimmt würden sie tapfer für sie kämpfen, gleichzeitig jedoch auch ihre Aufpasser sein. Indem er ihr die Mwellrets mitgab, behielt er seinen Einfluss über sie.

Sie könnte sein Angebot ablehnen, das wusste sie. Doch damit gestand sie nur ihre Schwäche ein. Außerdem würde der Hexenmeister einfach darauf bestehen, denn er war davon überzeugt, dass die Rets notwendig waren …

Plötzlich wurde ihr klar, was es wirklich bedeutete, die Rets mitzuschicken. Der Morgawr traute ihr nicht länger und war nicht mehr sicher, ob sie seinen Befehlen gehorchte. Aber das war nicht alles …

Er fürchtete sich vor ihr.

Sie lächelte, als habe sie gerade entschieden, seinen Vorschlag anzunehmen, und verbarg sorgsam ihre wirklichen Gefühle. »Du hast natürlich Recht«, stimmte sie zu. »Welche besseren Kämpfer könnten wir finden? Wer würde es schon wagen, einen Mwellret herauszufordern?«

Nur ich, dachte sie düster. *Doch wenn du das bemerkst, Morgawr, wird es bereits zu spät für dich sein.*

Siebzehn

Vier Tage, nachdem sie das Wolfsktaaggebirge verlassen hatten, trafen Bek Rowe, sein Cousin Quentin Leah und der Zwerg Panax im Tal von Rhenn ein.

Bek hatte sein ganzes Leben lang Geschichten über das Tal gehört, und während das Trio nun langsam hinunter in den breiten, grasbewachsenen Korridor ritt, erinnerte er sich von neuem daran. Hier hatten vor mehr als tausend Jahren die Elfen und ihr König Jerle Shannara drei Tage lang erbittert gegen die Horden des Dämonenlords gekämpft, bis am Ende der abtrünnige Druide besiegt wurde. Hier waren vor fünfhundert Jahren die Freikämpfer dem Elfenvolk zu Hilfe geeilt, als sie von den Dämonenhorden belagert wurden, die vom Bann befreit waren. Und hier hatte vor weniger als hundertfünfzig Jahren die Elfenkönigin Wren Elessedil die verbündeten Geächteten zur Verteidigung gegen die Föderationsarmeen unter Felsen-Dall geführt, die Besetzung der Föderation beendet und den Kult der Schattenwesen zerschlagen.

Bek blickte zu den steilen Hängen und scharfen Berggraten hinüber. So viele wichtige Schlachten und Auseinandersetzungen waren innerhalb der wenigen Meilen dieses Tores zur Heimat der Elfen ausgetragen worden. Doch jetzt, wo er das Tal betrachtete, lag es still und in Sonnenschein getaucht da, und nichts deutete darauf hin, dass sich hier je ein Ereignis von Bedeutung zugetragen hatte.

Einmal hatte Bek gehört, wie ein Mann zu Coran Leah sagte, dieser Boden sei heilig, weil hier viele ihr Blut vergossen und ihr Leben gegeben hatten, um die Freiheit in den Vier Ländern zu retten. Das sei ein schöner und edler Gedanke, hatte Coran Leah erwidert, doch würde es noch mehr bedeuten, wenn das Opfer dieser unzähligen Toten den Überlebenden etwas Dauerhafteres bescherte.

Der Junge dachte darüber nach, während er nun durch die Stille der Mittagszeit ritt. Am westlichen Ende verjüngte sich das Tal zu einer schmalen Schlucht, einer natürlichen Festung aus Steilwänden und kurvigen Pässen, durch die sich der gesamte Verkehr in die Wälder des Westlandes und in Richtung Arborlon wälzen musste. Jedes Mal, wenn die Heimat der Elfen angegriffen wurde, hatte diese Stelle als vorderste Verteidigungslinie gedient. Bek war noch nie hier gewesen, dennoch kannte er die Geschichte. Er erinnerte sich an die Worte von Coran Leah und stellte überrascht fest, welcher Unterschied bestand, wenn man wirklich an einem Ort gewesen war und ihn sich nicht nur im Kopf ausmalte. All die gewaltigen Ereignisse verblassten in der unendlichen Stille, dem weiten Raum, dem Duft der Wildblumen, dem sachten kühlen Wind und der warmen Sonne – sie wurden verhüllt, als hätten sie niemals stattgefunden. Hier war die Vergangenheit nur mehr eine Vorstellung. Er konnte ihr kaum ein Gesicht verleihen, sich kaum vor Augen führen, wie es gewesen sein musste. Und so fragte er sich, ob die Elfen es je ebenso betrachtet hatten wie er, ob dieser Ort für sie ebenfalls eine Mahnung war, wie vergänglich Siege in Schlachten oftmals sein konnten.

Würde die Reise, die sie jetzt unternahmen, nach ihrem Ende genauso erscheinen? Konnten sie etwas erreichen, das Bestand haben würde?

Die Reise nach Westen war ohne Zwischenfälle vonstatten gegangen. Während der vier Tage hatte sich nichts ereignet. Die beiden Vettern aus dem Hochland und der Zwerg hatten nach ihrer Begegnung mit Truls Rohk das Wolfsktaaggebirge verlassen, den Rest der Nacht und den frühen Morgen in Panax' Hütte geschlafen, anschließend ihre Ausrüstung gepackt, die Pferde geholt, und dann waren sie gegen Mittag nach Arborlon aufgebrochen. Sie reisten mit leichtem Gepäck und besorgten sich unterwegs Vorräte. In den Grenzländern gab es unzählige kleine Ortschaften, in denen sie ohne Schwierigkeiten erwerben konnten, was sie brauchten. So verlief der Ritt nach Westen rasch und ohne Verzögerungen. Sie überquerten die Rabbebene oberhalb des Silberflusses, folgten dem Nordufer des Regenbogensees bis zum Runnegebirge, umgingen Varfleet und Tyrsis durch das Callahornhügelland, erreichten das Flachland oberhalb des Tirfing, dann wandten sie sich entlang des Mermidon nach Norden bis zum Tal von Rhenn. Die Tage waren heiter, sonnig und angenehm, die Nächte kühl und ruhig.

Von Truls Rohk hörten und sahen sie nichts. Panax meinte, das würde auch so bleiben, und damit sollte er Recht behalten.

Ihre Begegnung mit dem schattenhaften, gewaltigen Truls hatte Bek und Quentin gleichermaßen erschüttert, und erst am nächsten

Tag, nachdem sie Depo Bent und den Wolfsktaag weit hinter sich gelassen hatten, wagten sie es, sich über ihn zu unterhalten. Inzwischen war Panax auch bereit, ihnen den Rest von dem zu erzählen, was er wusste.

»Natürlich ist er ein Mensch, so wie ihr und ich«, erwiderte er auf Beks unausweichliche Frage danach, welche Art von Geschöpf Truls Rohk wirklich sei. »Nun, vielleicht nicht genau wie ihr und ich, schätze ich. Aber er ist ein Mensch, kein Tier und kein Geist. Bevor er in die Berge ging, um dort zu leben, war er ein Südländer. Er stammt aus dem Grenzland unterhalb von Varfleet, irgendwo aus dem Runnegebirge: Sein Volk bestand aus Fallenstellern, armen Einwanderern, die oft von der Hand in den Mund lebten. Vor langer Zeit hat er es mir einmal erzählt. Er hat allerdings nie wieder darüber gesprochen. Erst recht nicht über den Teil mit dem Feuer.«

Sie befanden sich mittlerweile auf der Rabbebene und folgten der Sonne nach Westen, während das Tageslicht zu schwinden begann. Keiner der Cousins sagte ein Wort, als der Zwerg innehielt und seine Gedanken sammelte.

»Als er ungefähr zwölf war, gab es ein Feuer. Der Junge schlief bei den Männern in einem Zelt aus Häuten, und das begann zu brennen. Alle anderen schafften es nach draußen, doch der Junge lief in die falsche Richtung, verhedderte sich in den Leinen und konnte sich nicht befreien. Das Feuer verbrannte ihn so fürchterlich, dass man ihn hinterher kaum mehr erkennen konnte. Man glaubte, er würde sterben; ich nehme an, die Männer hielten das sogar für das Beste. Aber trotzdem taten sie für ihn, was sie konnten, und das reichte gerade. Er sagte, ein großer Junge sei er sowieso gewesen, damals schon sehr kräftig, und er habe gegen den Schmerz und das Leiden angekämpft und so sein Leben gerettet.

Also überlebte er zwar, war aber so entstellt, dass sogar seine Familie ihn nicht mehr ertragen konnte. Ich vermag mir nicht vorzustellen, wie er ausgesehen hat. Er sagte, er konnte sich selbst nicht im Spiegel anschauen. Deshalb hat er sich versteckt, in den Wäldern gejagt und ist anderen Menschen aus dem Weg gegangen. Als er alt genug war, ist er fortgezogen, weil er von aller Welt getrennt leben wollte. Er war verbittert und schämte sich, und am liebsten wäre er gestorben. So wanderte er nach Osten in den Wolfsktaag, denn er hatte Geschichten über dessen Bewohner gehört und glaubte, kein anderer Mann würde versuchen, an diesem Ort zu leben, und daher könnte er seine restliche Zeit wenigstens allein verbringen.

Aber in den Bergen ist irgendetwas mit ihm passiert – was, darüber spricht er nicht. Es hat sein ganzes Denken verändert. Er entschied sich, dass er weiterleben und geheilt werden wollte. Deshalb ging er zu den Stors, um Medizin und Salben von ihnen zu bekommen, und anschließend vollführte er ein Selbstheilungsritual. Darüber spricht er ebenfalls nicht. Ich weiß nicht einmal, ob es geholfen hat oder nicht. Er behauptet es zwar, aber trotzdem versteckt er sich noch immer unter diesem Mantel und dieser Kapuze. Deutlich gesehen habe ich ihn noch nie. Weder sein Gesicht noch irgendeinen Teil seines Körpers. Das hat vermutlich noch niemand.«

»Da ist aber noch etwas an ihm«, unterbrach ihn Bek rasch. »Du behauptest, er sei ein Mensch, dass in ihm ein Mann wie du und ich steckt, doch mir erscheint das nicht so. Jedenfalls bin ich einem solchen Mann noch niemals begegnet.«

»Ja«, stimmte Panax zu, »ich auch nicht. Aber ich habe aus gutem Grund gesagt, dass er ein Mensch wie ihr und ich ist, damit ihr nicht denkt, er wäre als ein anderes Wesen geboren worden. Doch ist mehr aus ihm geworden, nur fällt es mir schwer zu beschreiben, woraus dieses ›Mehr‹ besteht. Ein wenig davon kenne und begreife ich. Er hat einen Weg gefunden, wie er sich an die Wesen anpassen kann, die im Wolfsktaag leben. Zum Beispiel ist er in der Lage, die Gestalt zu verändern; das weiß ich sicher. Er vermag das Aussehen von Tieren und Geisterkreaturen anzunehmen; er kann wie sie werden – oder, wenn er will, wie die Wesen, die sie fürchten. Das hat er gemacht, als er diese Ur'wölfe vertrieb. Deshalb sind sie vor ihm weggelaufen. Er ähnelt einer Naturkraft, deren Weg man lieber nicht kreuzt; er kann sich in alles verwandeln, was er braucht, um dich zu töten. Zudem ist er groß und stark, flink und schnell; das Gestaltwandeln ist nur eine zusätzliche Stärke. Er ist wild, und er folgt seinem Instinkt; er weiß, was er in Situationen tun muss, in denen du und ich nur noch wegrennen würden. Außerdem sind die Berge sein Zuhause. Ein Zuhause, wo andere Menschen niemals existieren könnten. Darum möchte der Druide ihn mitnehmen. Truls Rohk wird Hindernisse überwinden, an die sich sonst niemand heranwagen würde. Er wird Probleme lösen, bei denen sich andere nur am Kopf kratzen.«

»Wie hat Walker ihn kennen gelernt?«, erkundigte sich Quentin.

»Er hat von ihm gehört, glaube ich, meist Gerüchte; dann hat er ihn aufgespürt. Er ist der einzige Mann, den ich kenne, der dazu in der Lage ist.« Panax lächelte. »Ich bin nicht einmal sicher, ob er Truls wirklich gefunden hat oder ob er ihm einfach nur nahe genug kam, um dessen Aufmerksamkeit auf sich zu lenken. Möglicherweise gibt es überhaupt niemanden, der Truls Rohk finden könnte. Aber Walker hat ihn irgendwie aufgetrieben und ihn überredet, mit ihm eine Reise zu unternehmen. Ich bin nicht sicher, wohin es das erste Mal ging, aber sie haben eine Art Bund geschlossen. Danach begleitete Truls den Druiden stets williger.«

Er schüttelte den Kopf. »Trotzdem, man weiß nie. Er mag mich und vertraut mir, so wie er jeden mag und jedem vertraut, aber dennoch lässt er mich nicht näher an sich heran.«

»Er ist ängstlich«, bot Bek leise als Erklärung an. »Das sieht man daran, wie er sich versteckt und einem Geist gleich aus dem Nichts auftaucht oder wie er die Gestalt wandelt. Aber wenn er einem in die Augen blickt, hat man das Gefühl, er würde durch dich hindurchsehen und Dinge erkennen, die dir selbst verborgen bleiben.«

»Was mich und das Schwert betraf, hatte er Recht«, stimmte Quentin zu. »Ich wusste nicht, was ich tat. Dabei versuchte ich lediglich, die Magie unter Kontrolle zu bekommen und diese Wölfe auf Abstand zu halten. Wäre er nicht erschienen, hätten sie uns vermutlich erwischt.«

Truls Rohk hatte auch bei Bek etwas entdeckt, Bek wollte jedoch darüber lieber nicht sprechen. Es ging ihm nicht mehr aus dem

Kopf. Er solle besser niemandem sein Vertrauen schenken, hatte der Gestaltwandler ihn gewarnt, nicht, bis er gelernt habe, die Dinge klarer zu sehen als bisher. Diese Ermahnung enthüllte, dass Truls Rohk Einsichten in ihn hatte, die ihm selbst noch fehlten. Den ganzen Weg über hatte er sich an den Blick des Gestaltwandlers erinnert, der durch ihn hindurchging und das wahrnahm, was nicht zu sehen war. Das war eine alte Druideneigenschaft, so viel wusste Bek. Allanon war berühmt dafür gewesen, wie er sein Gegenüber mit den Augen durchdringen konnte. Und Walker besaß diese Fähigkeit ebenfalls. Truls Rohk war kein Druide, aber wenn er einen anblickte, fühlte es sich an, als würde man bei lebendigem Leib enthäutet.

Nach der ersten Nacht unterhielten sie sich nicht mehr häufig über den Gestaltwandler, da Panax offensichtlich seine gesamten Kenntnisse zum Besten gegeben hatte, während Quentin und Bek ihre Ansichten lieber für sich behielten. Die Gespräche drehten sich um andere Themen, insbesondere um die vor ihnen liegende Reise, auf die der Zwerg zwar mitkommen würde, über die er jedoch nur wenig wusste. Walker hatte ihn gedrängt, sich zu ihnen zu gesellen, wenn Truls Rohk sich ebenfalls einverstanden erklärte. Und so erzählten Bek und Quentin Panax alles, was sie selbst erfahren hatten, und die drei verbrachten viel Zeit damit, darüber zu spekulieren, wohin es gehen könnte und wonach sie suchten.

Der Zwerg äußerte offen seine Einschätzung. »Es gibt keinen Schatz, der groß genug wäre, damit sich ein Druide dafür interessiert. Ein Druide kümmert sich nur um Magie. Walker sucht nach einem Talisman oder einem Zauber oder so etwas. Er forscht nach einem mächtigen Gegenstand, der Tod bedeuten würde, wenn er der Ilse-Hexe oder jemandem von ihrer Sorte in die Hände fallen würde.«

Diese Meinung war bezwingend und glaubwürdig, bloß konnte sich niemand etwas so Gefährliches vorstellen. Magie gab es in der Welt, seit die neuen Rassen aus den Großen Kriegen hervorgegangen waren. Manche war mächtig, und insgesamt war sie von den

Druiden entweder gezähmt oder verbannt worden. Vielleicht gab es jedoch eine neue Magie, die während all dieser Jahre nicht entdeckt worden war. Magie existierte nicht in einem Vakuum. Sie tauchte nicht einfach plötzlich aus dem Nichts auf. Jemand hatte sie beschworen, sie perfektioniert und freigesetzt.

»Und deshalb nimmt Walker Leute wie dich mit, Hochländer, mit deinem magischen Schwert, und Truls Rohk«, betonte Panax. »Magie als Gegenmagie, die von ihren Besitzern erfolgreich angewendet werden kann.«

Das erklärte zwar auch nicht unbedingt, warum Bek oder Panax mitkommen sollten, allerdings war Panax immerhin ein erfahrener Jäger und Fährtenleser. Bek hingegen hatte noch überhaupt keine Ausbildung erhalten. Hin und wieder strich er über die glatte, harte Oberfläche des Phönixsteins und erinnerte sich an die Begegnung mit dem König vom Silberfluss. Dann und wann fiel ihm auch wieder ein, dass er nicht der Sohn seines Vaters war. Jedes Mal stellten diese Gedanken natürlich alles in Frage, was er bisher gekannt und für sicher erachtet hatte. Dann spürte er wieder Truls Rohks Blick in dieser Ostlandnacht auf sich ruhen.

Elfenjäger stießen am anderen Ende des Tals auf sie und geleiteten sie durch den Wald nach Arborlon. Eine Eskorte war ungewöhnlich für Besucher, doch von dem Augenblick an, da sie ihre Namen genannt hatten, war es für die Wache klar, dass sie erwartet wurden. Die Straße war breit und der Ritt durch den Nachmittag angenehm. Sie erreichten die Stadt noch bei Tageslicht. Arborlon war weitaus größer und belebter als Leah, mit Läden und Wohnhäusern, so weit das Auge reichte, auf den Straßen herrschte dichter Verkehr, und überall konnte man Angehörigen jeglicher Rassen begegnen. Arborlon stellte einen Kreuzpunkt des Handels dar, wo mit nahezu allen Arten von Waren Geschäfte gemacht wurden. Karawanen brachten die Güter hierher oder beförderten sie in abgelegene Gebiete – nach Sarandanon im Westen, in den Wildewald im Süden und ins Land der Trolle nördlich von hier.

Quentin blickte sich um und grinste breit. »Dafür haben wir den langen Weg zurückgelegt, Bek. Ist es nicht großartig und wunderbar – genau, wie du es dir vorgestellt hast?«

Bek behielt seine Gedanken für sich, denn er getraute sich nicht, sie auszusprechen. Am meisten wunderte er sich darüber, wie ein Volk, das gerade seinen König durch ein Attentat verloren hatte, so wenig Trauer zeigen konnte – obwohl er sich auch nicht recht vorstellen konnte, in welcher Weise es sich sonst benehmen sollte. Das Leben ging weiter, gleichgültig, welche großen Ereignisse ihren Lauf nahmen.

Sie durchquerten die eigentliche Stadt und ritten durch eine Reihe von Parks und Gärten, bis sie den Palast der Elessedils erreichten. Inzwischen war es spät geworden, das letzte Licht schwand rasch, und die Fackeln in Straßen und Gebäudeeingängen wurden angezündet. Die Menschenmengen, die sie zuvor passiert hatten, blieben zurück. Männer der Leibgarde, die Beschützer des Königs und das Herz der Elfenarmee, tauchten stoisch, still und mit scharfen Augen aus den Schatten auf. Sie nahmen den Reisenden die Pferde ab, und der Zwerg und die beiden Vettern wurden einen Weg hinuntergeführt, der von weißen Eichen und hohen Gräsern gesäumt war und zu einem offenen Pavillon führte, welcher auf der Rückseite der Palastgebäude lag und von dem aus man einen wundervollen Blick über die Steilhänge im Osten hatte. Im Pavillon standen Bänke, auf Tischen warteten Krüge mit Bier und kaltem Wasser.

Die Leibgarde, die sie von der Straße bis hierher eskortiert hatte, deutete auf die Bänke und Erfrischungen und entfernte sich.

Da außer ihnen im Pavillon und in der Umgebung niemand zu sehen war, blieben sie stehen und warteten. Nach einigen Minuten setzte sich Panax wortlos auf eine der Bänke, zog sein Messer sowie ein Stück Holz hervor und begann zu schnitzen. Quentin schaute Bek an, zuckte mit den Schultern, ging hinüber zu den Getränken und schenkte sich einen Becher Bier ein.

Bek blieb, wo er war, und blickte sich aufmerksam um. Er dachte daran, dass die Ilse-Hexe nicht weit von hier entfernt den Tod eines Elfenkönigs herbeigeführt hatte. Ihn beschlich ein ungutes Gefühl, wenn er sich überlegte, dass es so einfach war, in der Hauptstadt der Elfen jemanden umzubringen, und inzwischen stellten sie alle begehrte Ziele dar.

»Was machst du?«, fragte Quentin und schlenderte mit dem Bier in der Hand zu ihm hinüber. Inzwischen trug er das Schwert von Leah auf dem Rücken, als habe er das schon sein ganzes Leben lang getan und nicht erst seit einer Woche.

»Nichts«, antwortete Bek. Quentin bemerkte jedoch bereits die Veränderungen, die sich am Ende auf sie beide auswirken würden, wenn er über sich selbst hinauswüchse und sein bisheriges Leben abschüttelte. »Ich habe mich nur gefragt, ob Walker schon hier ist.«

»Nun, du siehst aus, als würdest du erwarten, Truls Rohk könnte hier auftauchen, vielleicht sogar direkt aus dem Erdboden vor deinen Füßen.«

»Die Möglichkeit solltest du nicht so vorschnell von der Hand weisen«, murmelte Panax von der Bank aus.

Quentin schaute sich nun ebenfalls um, doch es war schließlich Bek, der die beiden Gestalten bemerkte, die vom Palast auf sie zukamen. Zunächst konnten die beiden Vettern die Gesichter in der Dunkelheit nicht genau ausmachen. Erst, nachdem sie den Pavillon erreicht hatten und aus dem Schatten getreten waren, erkannten Bek und Quentin die kleine, drahtige Gestalt, die vorausging.

»Hunter Predd«, grüßte Quentin, trat vor und streckte die Hand aus.

»Richtig, Hochländer«, erwiderte der andere, auf dessen wettergegerbtem Gesicht sich ein mildes Lächeln ausbreitete. Er schien sich wirklich zu freuen, Quentin zu treffen. »Die Reise von Leah hierher ist gut verlaufen, scheint mir.«

»Gewiss, gewiss.«

»Und, hat das alte Schwert auf deinem Rücken seine Geheimnisse preisgegeben?«

Quentin errötete. »Das eine oder andere. Du vergisst aber auch gar nichts, wie?«

Bek schüttelte dem Flugreiter ebenfalls die Hand; jetzt, nach dessen Erscheinen, war ihm nicht mehr so unbehaglich zumute. »Ist Walker hier?«, fragte er.

Hunter Predd nickte. »Ja, er ist hier. Alle, die mitkommen, haben sich versammelt. Ihr seid die Letzten.«

Panax erhob sich von der Bank, schlenderte herbei und stellte sich dem Flugreiter vor. Danach wandte sich Hunter Predd an seinen Gefährten, einen großen, kräftig gebauten Elfen, dessen Alter unmöglich zu bestimmen war, der sein graues Haar kurz geschnitten trug und hellblaue Augen hatte. »Dies ist Ard Patrinell«, erklärte er. »Walker wollte, dass ihr ihn kennen lernt. Er wird die Elfenjäger befehligen, die uns begleiten.«

Sie schüttelten dem Elfen die Hand, der ihnen dabei zunickte, aber kein Wort sagte. Wenn je einer so wie ein Krieger ausgesehen hatte, dachte Bek, dann dieser Mann. Narben zierten das offene Gesicht und den muskulösen Körper, dünne weiße Linien und große rosafarbene Striemen auf der sonnengebräunten Haut, Zeugnisse der Kämpfe, die er bestritten und überlebt hatte. Sogar die kleinsten Bewegungen strahlten Kraft aus. Zwar packte er beim Händeschütteln nicht besonders fest zu, dennoch konnte Bek den eisernen Griff dahinter spüren. Sogar seine Haltung wirkte so, als wäre er stets bereit, rasch zu reagieren.

»Du bist ein Hauptmann der Leibgarde«, stellte Panax fest und zeigte auf das scharlachrote Abzeichen auf der Jacke des Elfen.

Ard Patrinell schüttelte den Kopf. »Das war ich. Jetzt nicht mehr.«

»Sie behalten einen Mann nicht als Hauptmann der Leibgarde, wenn der König während dessen Wache ermordet wurde«, bemerkte Hunter Predd.

Panax nickte. »Irgendjemand muss die Schuld am Tod des Königs tragen, sogar wenn man niemanden findet. Dann denken alle, man hätte etwas Sinnvolles unternommen.« Er spuckte in die Dunkelheit. »So, Ard Patrinell, du siehst ziemlich erfahren aus. Hast du auf der prekkendorranischen Anhöhe gefochten?«

Erneut schüttelte der Elf den Kopf. »Ich habe in den Föderationskriegen gekämpft, aber nicht dort. Vor fünfzehn Jahren war ich bei Klepach und Barrengrote dabei, noch als Elfenjäger und nicht als Leibgardist.« Falls Patrinell durch die Fragen des Zwergs verärgert war, ließ er es sich nicht anmerken.

Bek für seinen Teil wunderte sich, wie ein entlassener Hauptmann der Leibgarde die Verantwortung für die Sicherheit von Walkers Expedition übernehmen konnte. War seine Entlassung vielleicht nur ein Zeremoniell, das durch den Tod des Königs notwendig wurde? Oder hatte es etwas anderes damit auf sich?

Ard Patrinells Gesicht strahlte unglaubliche Ruhe aus, als könne nichts seine Zuversicht erschüttern. Er wirkte wie jemand, der viel von der Welt gesehen und begriffen hatte, dass Kontrollverlust der ärgste Feind des Soldaten war. Wenn er seinem König gegenüber versagt hatte, dann trug er diese Schande nicht offen im Gesicht. Bek schätzte ihn als einen Mann ein, der den Wert von Geduld und Ausdauer sehr wohl verstanden hatte.

»Was bleibt noch zu tun, ehe wir aufbrechen?«, erkundigte sich Quentin plötzlich und wechselte das Thema.

»Ungeduldig, Hochländer?«, stichelte Hunter Predd. »Es wird nicht mehr lange dauern. Wir haben ein Luftschiff, einen Kapitän und eine Mannschaft. Zurzeit besorgen wir Vorräte und die Ausrüstung. Das Schiff wird sogar schon beladen. Unser Hauptmann von der Leibgarde hat ein Dutzend Elfenjäger ausgesucht, die uns begleiten sollen.«

»Wir sind ebenfalls bereit«, verkündete Quentin eifrig und grinste erwartungsvoll.

»Noch nicht ganz.« Der Flugreiter wirkte so, als würde er am liebsten nicht fortfahren, doch anscheinend führte kein Weg daran vorbei. Er schaute hinaus in die Nacht und suchte dort nach einer Lösung. »Wir müssen noch einige Absprachen über die Bedingungen der Reise treffen, und ein paar kleine Meinungsverschiedenheiten müssen noch ausgeräumt werden.«

Panax runzelte die Stirn. »Was mögen das für kleine Meinungsverschiedenheiten sein, Hunter Predd?«

Der Flugreiter zuckte ein wenig zu beiläufig mit den Schultern, dachte Bek. »Zum einen denkt Walker, die Expedition habe zu viele Teilnehmer. Platz und Vorräte reichen nicht für alle. Er will wenigstens noch vier oder fünf Mann zurücklassen.«

»Und unser neuer König will hingegen«, ergänzte Ard Patrinell leise, »noch jemanden hinzufügen.«

»Was du wünschst, ist nicht nur unvernünftig, es ist unmöglich«, wiederholte Walker geduldig, erschüttert durch Kylen Elessedils Unnachgiebigkeit in dieser Angelegenheit. »Dreißig, mehr können wir nicht mitnehmen. Die Größe des Schiffes gestattet das nicht. Wie es aussieht, müssen wir sogar noch einige zurücklassen.«

»Vermindere die Anzahl der Teilnehmer auf neunundzwanzig, und dann füge wieder einen hinzu«, erwiderte der Elfenkönig achselzuckend. »Damit wäre das Problem gelöst.«

Sie standen in dem Raum, der früher Allardon Elessedils privates Arbeitszimmer gewesen war, jenes, in dem er die Karte des Schiffbrüchigen zum ersten Mal betrachtet und in dem er Angelegenheiten geregelt hatte, die er nicht in aller Öffentlichkeit besprochen wissen wollte. Wenn der Elfenkönig ein öffentliches Publikum wünschte, so hielt er im Thronsaal oder in den Räumlichkeiten des Hohen Rates Hof. Allardon Elessedil hatte an das Protokoll und die Zeremonie geglaubt, und er hatte beides in Maßen eingesetzt. Sein Sohn, so schien es, war geneigt, das Gleiche zu tun.

Kylen Elessedil begriff, was in Bezug auf Kael Elessedil und die mit ihm verschwundenen Elfen getan werden musste. Es würde eine Expedition geben, die der Druide anführte. Die Elfen sollten die Mittel für ein Schiff und dessen Besatzung liefern, die Vorräte und die Ausrüstung stellen und Elfenjäger abkommandieren, die sich um die Sicherheit des Schiffes kümmerten. Bei dieser Abmachung handelte es sich um den Befehl eines Königs, der im Sterben lag, und sein Sohn würde diesem nicht mit seiner ersten offiziellen Amtshandlung widersprechen.

Was jedoch nicht bedeutete, dass er die Idee, nach Schiffen und

Männern zu suchen, die seit dreißig Jahren verschwunden waren, für vernünftig hielt, ungeachtet des Schiffbrüchigen, des Armbands der Elessedils und der Karte. Kylen war nicht wie sein Vater, im Gegenteil. Allardon Elessedil war zaghaft und vorsichtig gewesen und hatte sich bei seinen Lebenszielen nicht von Ehrgeiz treiben lassen. Sein Sohn zeigte sich dagegen unbesonnen und entschlossen, eine deutliche Spur zu hinterlassen. Die Vergangenheit bedeutete Kylen Elessedil wenig. Ihm waren die Gegenwart und die Zukunft wichtig. Dieser leidenschaftliche junge Mann glaubte ohne Bedenken, dass die Föderationsarmeen vernichtet werden und die Freien und Geächteten siegen müssten. Etwas anderes würde den Elfen ihre Sicherheit nicht garantieren. Während der vergangenen sechs Monate hatte er auf Luftschiffen auf der prekkendorranischen Anhöhe gekämpft und war nur zurückgekehrt, weil sein Vater gestorben und er der nächste in der Thronfolge war. Er wollte nicht unbedingt König werden, es sei denn, es half ihm bei seinen Anstrengungen, die Föderation zu zermalmen. Durchdrungen von der Verpflichtung, einen Sieg über den Feind zu erringen, wollte er an der Front bleiben und seine Männer weiterhin befehligen. Kurz gesagt: Ihm wäre es aus diesen Gründen lieber gewesen, wenn sein Vater nicht gestorben wäre.

Wie es sich verhielt, wollte er unbedingt rasch in den Krieg zurückkehren und scherzte bereits über die Verzögerung, die durch seine Krönung eingetreten war. Doch würde er nicht aufbrechen, so viel wusste Walker, ehe diese Angelegenheit entschieden war, und wichtiger noch, ehe der Hohe Elfenrat über die Bedingungen seiner Nachfolge befunden hatte. Dieser letzte Punkt, das begriff Walker nun, war der Grund, weshalb er darauf bestand, den Namen seines jüngeren Bruders auf die Passagierliste des Schiffes zu setzen.

Kylen Elessedil blieb jetzt stehen, nachdem er auf und ab geschritten war, und blickte den Druiden offen an. »Ahren ist fast schon ein Mann, beinahe erwachsen. Er wurde von dem Mann ausgebildet, den ich ausgewählt habe, um die Elfenjäger auf dieser Expedition anzuführen. Mein Vater hat die Ausbildung meines Bruders vor fünf Jahren arrangiert. Vielleicht hat er die Notwendigkeit dafür vorausgesehen.«

»Vielleicht glaubte er auch, sie solle weitergehen, bis Ahren ein wenig älter ist«, setzte Walker milde dagegen und hielt dem Blick des anderen stand. »Dein Bruder ist zu jung für eine solche Reise. Ihm mangelt es an jener Erfahrung, die ihn zum Mitkommen berechtigen würde. Bessere Männer als er müssen zurückbleiben.«

Der Elfenkönig tat diesen Einwand mit einem Schnauben ab. »Diese Einschätzung kannst du überhaupt nicht treffen. Ist Ahren vielleicht weniger ein Mann als dieser Kabinensteward, den du unbedingt dabeihaben willst? Dieser Bek Rowe? Was hat er zu bieten? Und muss er hier bleiben?«

Walker bewahrte die Fassung. »Dein Vater hat es mir überlassen, die Entscheidung darüber zu treffen, wer mitkommt und wer nicht. Ich habe sorgfältig ausgesucht, und für jede Wahl habe ich gute Gründe. Es steht nicht zur Debatte, weshalb ich Bek Rowe dabeihabe, sondern aus welchem Grund ich Ahren Elessedil mitnehmen sollte.«

Der Elfenkönig ging zum Fenster und schaute hinaus in die Nacht. »Ich brauche dich überhaupt nicht zu unterstützen, Druide. Die Wünsche meines Vater muss ich nicht beherzigen, wenn sie mir falsch erscheinen oder ich entscheide, die Umstände hätten sich verändert. Du strapazierst meine Geduld.«

Er wandte sich zu Walker um und wartete.

»In dieser Angelegenheit steht eine Menge mehr auf dem Spiel«, erwiderte Walker leise. »So viel, dass ich diese Reise auch ohne deinen Segen und deine Hilfe durchführen werde. Darf ich dich erinnern: Dein Vater ist für diese Expedition gestorben.«

»Mein Vater ist *wegen* dieser Expedition gestorben!«

»Er glaubte mir, als ich ihm erzählte, was das Elfenvolk gewinnen kann, wenn wir diese Reise erfolgreich zu Ende bringen, und von welcher Wichtigkeit das ist.«

»Dennoch weigerst du dich, mir zu verraten, worum es eigentlich geht!«

»Weil ich mir selbst noch nicht sicher bin.« Walker ging hinüber zum Schreibtisch des Königs und stützte sich mit den Fingern auf die polierte Oberfläche. »Es geht um eine Magie, die uns vermutlich vieles einbringen wird, doch zunächst muss ich herausfinden, welche Gestalt diese Magie angenommen hat. Denk doch mal nach, Elfenkönig! Wenn es für die Ilse-Hexe wichtig genug ist, deinen Vater und deinen Onkel zu töten, wichtig genug, den Versuch zu unternehmen, mich umzubringen und diese Expedition um jeden Preis zu verhindern, ist es dann nicht auch wichtig genug für dich?«

Der junge König verschränkte die Arme vor der Brust. »Vielleicht machst du dir in dieser Angelegenheit zu viele Sorgen. Möglicherweise ist das alles nicht so wichtig, wie du mich glauben machen möchtest. Die Zukunft der Westlandelfen ist nicht mit einer Magie verbunden, die unter Umständen gar nicht existiert, die man womöglich nicht einmal findet und die sich am Ende als unnütz herausstellen könnte. Die Zukunft der Elfen ist vielmehr mit dem Krieg verbunden, den wir gegen die Föderation führen. Diesen Feind kann ich sehen, und er ist eine wesentlich klarere Bedrohung.«

Walker schüttelte den Kopf. »Warum streiten wir überhaupt? Das sind wir alles bereits durchgegangen, und es führt zu nichts, erneut darüber zu sprechen. Ich bin zu dieser Reise fest entschlossen. Du hast entschieden, der Wunsch deines Vaters solle erfüllt werden, was die Unterstützung durch die Elfen angeht. Wieso streiten wir uns also darüber, einen Jugendlichen zu dieser Expedition mitzunehmen, der weder Erfahrung hat noch jemals auf die Probe gestellt wurde? Soll ich dir sagen, was ich denke, aus welchem Grund du ihn mitschicken willst?«

Kylen Elessedil zögerte, doch Walker sprach trotzdem weiter.

»Er ist dein jüngerer Bruder und der Nächste in der Thronfolge. Ihr beide stammt von zwei verschiedenen Müttern ab. Wenn du in der Schlacht fällst, würde er zum Regenten, vielleicht sogar zum König ernannt werden. Stattdessen willst du den Thron für deine Kinder sichern. Aber dein Ältester ist gerade erst zehn. Dein Bruder würde, wenn er hier wäre, zu seinem Beschützer ernannt werden. Das bereitet dir Sorgen. Um deinen Sohn und den Erben des Throns zu beschützen, schickst du deinen Bruder auf eine Reise, die Monate, möglicherweise Jahre dauern wird. Damit fällt er als potenzieller Nachfolger aus, egal ob als König oder als Regent. Und somit stellt er keine Bedrohung mehr da.«

Er sprach leise, ohne Böswilligkeit oder Vorwurf. Nachdem er geendet hatte, starrte Kylen Elessedil ihn lange an, als wäge er seine Antwort genau ab.

»Du bist verwegen, mir solche Worte ins Gesicht zu schleudern«, sagte er schließlich.

Walker nickte. »Ich schildere dir diese Vermutung lediglich, damit ich dein Denken in Bezug auf diese Angelegenheit besser verstehe. Wenn Ahren Elessedil schon mit mir kommen soll, so möchte ich wenigstens wissen, weshalb.«

Der junge König lächelte. »Mein Vater hat dich nie gemocht. Er hat dich respektiert, aber nicht gemocht. Hast du dich ihm gegenüber ebenso kühn benommen?«

»Noch kühner, würde ich sagen.«

»Trotzdem hat es dir nicht geholfen, oder? Er hat deine Bitte um einen unabhängigen Druidenrat nicht unterstützt, der sich in Paranor versammeln sollte. Das weiß ich. Er hat mir davon erzählt.«

Walker wartete.

»Du riskierst das alles jetzt, indem du mich herausforderst. Ein Teil deiner Abmachung mit meinem Vater bestand in einer Vereinbarung, ein neues Konzil der Druiden zu unterstützen, falls du erfolgreich zurückkehrst. Fünfundzwanzig Jahre hast du daran gearbeitet. Würdest du das nun aufgeben?«

Noch immer wartete Walker und schwieg.

Kylen Elessedil starrte ihn einen weiteren Augenblick an, dann glaubte er, nichts mehr gewinnen zu können. »Ahren wird dich als mein persönlicher Vertreter begleiten. Ich bin verhindert, deshalb wird er an meiner Stelle mitkommen. Es handelt sich um eine Elfenexpedition, und ihre Ziele betreffen vor allem die Elfen. Kael Elessedils Verschwinden muss aufgeklärt werden. Die Elfensteine, so man sie findet, müssen zurückgebracht werden. Das sind Angelegenheiten der Elfen. Was auch immer geschieht, es sollte ein Elessedil anwesend sein. Aus diesem Grund wird mein Bruder mitgehen, und damit sind in dieser Sache genug Worte gewechselt.«

Die Entscheidung stand fest, sie war ein für alle Mal gefallen. Walker sah ein, dass er durch weitere Einwände nichts mehr erreichen konnte. Mochte er noch so große Bedenken gegen Ahren Elessedils Teilnahme hegen, Walker wusste, wann er einen Rückzieher machen musste. »Also gut«, stimmte er zu und lenkte das Gespräch auf andere Themen.

Es war bereits nach Mitternacht, als Quentin Bek wachrüttelte, obwohl er erst vor einer Stunde eingeschlafen war. Ohne weitere Nachricht von Walker über das Schicksal der Expedition und ihrer Teilnehmer hatten sie den Palastgarten verlassen und waren von einer der schweigenden Leibwachen in ihre Schlafgemächer geführt worden. Panax schnarchte in einem benachbarten Zimmer. Ard Patrinell und Hunter Predd waren verschwunden.

»Bek, wach auf!«, drängte Quentin und zerrte an seiner Schulter.

Bek riss sich aus dem Schlummer und schlug die Augen auf. »Was ist denn los?«

»Hunter Predd ist gerade aus dem Palast zurückgekehrt, wo er mit Walker gesprochen hat.« Quentins Augen leuchteten, und seine Stimme zitterte vor Aufregung. »Ich habe ihn kommen hören und ging zu ihm, um zu fragen, was er erfahren hat. Er sagte, ich solle dir einen Abschiedsgruß von ihm ausrichten. Man hat ihn zum Wing Hove geschickt, damit er zwei weitere Flugreiter rekrutiert. Die Entscheidung ist gefallen. Wir brechen in zwei Tagen auf.«

»Zwei Tage«, wiederholte Bek verschlafen.

»Ja, Cousin, aber du hast mich nicht richtig verstanden. Ich habe gesagt, *wir* brechen auf, du und ich!« Quentin lachte fröhlich. »Walker nimmt uns beide mit! Er lässt drei Mann von der Leibgarde hier und nimmt nur einen einzigen Heiler mit. Ich weiß nicht, vielleicht hat er noch jemanden von der Liste gestrichen. Aber uns nicht! Das ist es, was zählt! Wir fahren mit, Bek!«

Danach fiel Quentin ins Bett und schlief sofort ein. Bek, jetzt wach, erschien es irgendwie unausweichlich, dass sie mitgingen. Sogar als Hunter Predd gewarnt hatte, es seien bereits zu viele für die Reise ausgewählt worden, und manche müssten zurückbleiben, hatte er nie in Erwägung gezogen, er selbst könne zu ihnen gehören. Dabei wäre es das Logischste gewesen. Er war der Jüngste und besaß kaum wichtige Eigenschaften. Oberflächlich betrachtet konnte man ihn am besten entbehren. Doch der Nachdruck des Druiden sowie die Begegnungen mit dem König vom Silberfluss und Truls Rohk hatten ihn davon überzeugt, seine Wahl sei untrennbar mit Geheimnissen der Vergangenheit und den bevorstehenden Ereignissen verbunden. Bek war hier, weil es für ihn notwendig war, und sein ganzes Leben würde sich bald für immer verändern.

Das war es, was sich Quentin für sie beide gewünscht hatte. Aber Bek Rowe stellte sich die Frage, ob sie sich nicht beide eines Tages in naher Zukunft des Sprichworts erinnern würden, demzufolge es durchaus gefährlich sein konnte, wenn sich das erfüllte, was man sich wünschte.

Achtzehn

Am nächsten Morgen, als Bek aufwachte, schien die Sonne von einem strahlend blauen Himmel, doch von Quentin Leah war nichts zu sehen. Bek brauchte einen Augenblick, um sich zurechtzufinden, aber nachdem er begriffen hatte, dass er noch immer in Arborlon war, sprang er aus dem Bett und zog sich an. Nachdem er einen Blick in die benachbarten Schlafzimmer geworfen hatte, wusste er, dass Panax ebenfalls fehlte. Er sah kurz aus dem Fenster, und dem Stand der Sonne nach musste es bereits Vormittag sein. Demnach hatte er lange geschlafen. Auf dem Tisch im Vorzimmer standen Getreideflocken, Käse und Milch, die er hungrig herunterschlang, ehe er zur Tür hinausstürmte und nach seinen Freunden suchte.

Er rannte so schnell, dass er mit der Gestalt im schwarzen Mantel zusammenstieß, die gerade hereinkam.

»Guten Morgen, Bek Rowe«, sagte der Druide förmlich. Ein mildes Lächeln spielte um seine Mundwinkel. »Hast du gut geschlafen?«

»Zu gut«, antwortete Bek verdrossen. »Tut mir Leid. Ich wollte kein Faulpelz sein ...«

»Bitte, junger Reisender, nun entschuldige dich nicht so überschwänglich.« Walker kicherte leise. Er legte Bek die Hand auf die Schulter. »Du hast nichts verpasst und keine Pflichten vernachlässigt. Es war richtig, so lange zu schlafen. Ihr habt eine lange Reise hinter euch. Ich möchte dich lieber ausgeruht wissen, wenn wir aufbrechen.«

Bek seufzte. »Ich habe wohl angenommen, zu spät dran zu sein, weil Quentin und Panax schon auf und verschwunden waren.«

Walker schüttelte den Kopf. »Dem Hochländer bin ich auf dem Weg hierher begegnet. Er ist auch gerade erst aufgestanden. Panax war ein wenig früher wach, aber der schläft nie viel. Denk nicht mehr drüber nach. Hast du gegessen?«

Bek nickte.

»Dann kannst du mich auf den Flugplatz begleiten und dich ein bisschen umsehen.«

Sie verließen die Schlafgemächer, gingen durch den Palast, ließen die Stadt hinter sich und hielten auf die Südseite des Carolan zu. Auf dem Weg dorthin begegneten sie einer Menge Elfenjäger und Leibgardisten, doch selten gewöhnlichen Bürgern. Niemand schenkte ihnen Beachtung. Wo sie entlanggingen, war es ruhiger als in den meisten anderen Teilen der Stadt. Auf der Rückseite des Gartens des Lebens passierten sie zwei Schwarze Wachen, die einen der Eingänge bewachten. Die beiden standen wie erstarrt da und überragten mit ihren roten Uniformen und ihren hohen Hüten jeden. Innerhalb der Gärten sangen die Vögel und schwirrten umher, Schmetterlinge flatterten von Busch zu Busch und waren so bunt wie die Blüten, auf denen sie landeten, doch die Schwarzen Wachen wirkten wie aus Stein gemeißelt.

Irgendwo in der Mitte dieser Gärten befand sich der legendäre Ellcrys. Sogar Bek, der nicht viel gereist war, kannte die Geschichte. Der Ellcrys war ein Baum, der von einer Magie durchdrungen war, die einen Bann bildete. Dieser hielt durch das Wort aus der Feenwelt seit Jahrhunderten die Dämonen fern. Der Ellcrys hatte das Leben als eine Elfe begonnen, als Mitglied des Ordens der Erwählten, und diese Elfe hatte sich in den Baum verwandelt, weil sie dem Blutfeuer ausgesetzt gewesen war. Solange sie in ihrem verwandelten Zustand stark und gesund blieb, würde ihre Magie den Bann erhalten. Wenn sie, wie es unausweichlich eines Tages geschehen musste, dahinscheiden würde, nähme jemand anderer ihren Platz ein. Dies wurde nicht oft notwendig; der Ellcrys lebte im Durchschnitt tausend Jahre. Trotzdem hielt sich der Orden der Erwählten stets bereit. Einst, vor gar nicht so langer Zeit, waren fast alle von Dämonen ermordet worden, denen der geschwächte Bann die Möglichkeit zur Flucht gestattet hatte. Nur eine Erwählte hatte überlebt, eine junge Elessedil namens Amberle, und sie hatte sich geopfert, um so der gegenwärtige Ellcrys zu werden.

Bek dachte daran, wie Coran ihm diese Geschichte erzählt hatte, als er noch sehr klein gewesen war. Coran hatte ihm viele Geschichten von den Elfen erzählt, und Bek hatte stets gedacht, die Vergangenheit der Elfen sei wesentlich bunter und interessanter als die der übrigen Rassen. Jetzt war er, nachdem er gestern schon durch das Tal von Rhenn gezogen war, ein Besucher der Stadt Arborlon und sah den Garten des Lebens, und nun vermochte er zu glauben, dass es sich tatsächlich so verhielt. Alles hier fühlte sich magisch und zauberhaft an, und all die Geschichten, die ihm sein Vater nahe gebracht hatte, wurden mit neuem Leben erfüllt.

So dachte er, es sei vielleicht doch keine schlechte Idee gewesen, mit auf diese Reise zu gehen, obwohl er das Quentin gegenüber niemals zugeben würde.

»Ist Truls Rohk eingetroffen?«, fragte er Walker plötzlich.

Walker blickte ihn nicht an. »Hast du ihn gebeten zu kommen?«

Bek nickte. »Ja.«

»Hat er zugesagt?«

»Ja.«

»Dann ist er hier.«

Walker schien gern bereit, die Anwesenheit des Gestaltwandlers auf bloßen Glauben hin zu akzeptieren, daher ging Bek dem Thema nicht weiter nach. Schließlich musste das nicht seine Sorge sein. Die nächste Begegnung mit Truls Rohk konnte ruhig noch warten. Walker war bereits beim nächsten Punkt und sprach über die Pläne für den Aufbruch am darauf folgenden Morgen. Das Luftschiff war ausgerüstet und mit Vorräten versorgt, die Mannschaft und die Passagiere hatten sich versammelt, und alles war fertig für die Reise. Er gab sich zufrieden und entspannt, während er ihm detailliert die Vorbereitungen schilderte, doch als Bek ihn ansah, bemerkte er den abwesenden Blick in den dunklen Augen seines Gegenübers, demzufolge er mit den Gedanken ganz woanders war.

Jenseits der Stadt, des Gartens des Lebens und des Carolan schritten sie eine viel befahrene Straße durch einen Wald entlang, auf dessen anderer Seite sich weiter im Süden eine Steilwand befand. Bek konnte das Treiben hören, ehe er es sah, und als sie zwischen den Bäumen hervortraten, breitete sich ein Flugplatz mit zahlreichen Elfenschiffen vor ihnen aus. Nie zuvor hatte Bek Luftschiffe aus solcher Nähe gesehen. Reglos hingen sie über der Erde in der Luft, und sie lagen an der Leine wie gefangene Vögel. Am Boden, vor allem von Beks Standort aus, wirkten sie viel größer. Breit erstreckten sich die Decks auf einer oder mehreren Ebenen und waren mit den Pontons verbunden, die zu Gefechtsstationen ausgerüstet waren. Auf einigen Luftschiffen befanden sich Kabinen und Steuerkanzel am Heck, bei anderen wiederum mittschiffs. Verschiedene Formen von Unterkünften waren manchmal auf, manchmal unter Deck eingebaut. Ein, zwei oder sogar drei Masten ragten in den klaren blauen Himmel.

»Das ist unser Schiff, Bek«, verkündete Walker mit ferner, sanfter Stimme.

Auch ohne dass man es ihm sagte, hätte Bek gewusst, welches Luftschiff der Druide meinte. Das betreffende Schiff unterschied sich deutlich von den anderen und zog unwillkürlich alle Blicke auf sich. Sein Profil war niedrig und schlank, und während es durchaus für Kampfeinsätze geeignet zu sein schien, wirkte es schnell und manövrierfähig wie keines der anderen. Die beiden Masten standen schräg, die Kabinen waren an Bug und Heck tief in das Deck eingelassen und trugen so zu dem schlanken Aussehen bei. Die erhöhte Steuerkanzel befand sich mittschiffs zwischen den Masten. Mehrere Gefechtskanzeln waren in die Pontons eingebaut, die an beiden Enden wie Hörner geschwungen waren und als Rammen dienten. Weitere Kampfkanzeln hatte man in die Reling des Decks eingelassen, die nach innen geneigt war, um bestmöglichen Schutz vor Angriffen zu bieten. Das Luftschiff wirkte dunkel und böse, sogar während es still dalag, und Bek lief ein Schauer über den Rücken, als er es sich im Einsatz vorstellte.

Überall auf Deck liefen Männer umher; manche arbeiteten an den Segeln und Leinen, andere trugen Ausrüstung und Vorräte an Bord.

»Wenn du hier wartest, schicke ich dir jemanden, der dich in deine Arbeit einweist«, sagte Walker und verschwand, ohne eine Antwort abzuwarten.

Bek stand da, betrachtete die schattenhafte Form des Luftschiffs und versuchte sich ohne Erfolg vorzustellen, wie es sein würde, mit ihm zu fliegen und darauf zu Hause zu sein. Eine Reise von der Sorte, die sie planten, würde Wochen, wahrscheinlich sogar Monate dauern, das wusste er. Die ganze Zeit über würden sie an Bord dieses Schiffes leben. Dreißig Männer und Frauen, die in einem kleinen, sich ständig bewegenden Holz- und Eisending gefangen waren und durch die Welt trieben. Dieser Gedanke war ernüchternd.

»Ist es nicht ein wunderbares Schiff?«, riss ihn eine Stimme aus seinen Überlegungen.

Er blickte den Sprecher an, der auf ihn zukam, ein großer Mann mit langem rotem Haar und funkelnden grünen Augen, der schwarzes Leder und einen roten Schal trug. »Das ist es«, stimmte Bek zu.

»Du bist bestimmt Bek Rowe?«, fragte der Mann und grinste offen, freundlich und entwaffnend. Bek nickte. »Ich bin der Kapitän. Redden Alt Mer.« Er streckte die Hand zum Gruß aus, und Bek schüttelte sie. »Du sollst mein Kabinensteward werden, Bek. Also nennst du mich ›Kapitän‹ oder ›Sir‹. Oder einfach Großer Roter, wie alle anderen auch. Warst du schon einmal auf einem Schiff?«

Bek schüttelte den Kopf. »Nicht so richtig. Ein oder zwei Mal auf dem Regenbogensee und auf Flüssen und Bächen im Hochland.«

Der große Mann lachte. »Meine Güte, sie haben mir einen Kabinensteward besorgt, der keine Seebeine hat! Keine Erfahrung mit offener See und freier Luft? Was soll ich mit dir anfangen?«

Bek schnitt eine Grimasse. »Das Beste hoffen?«

»Nein, nein, nein, auf Hoffnung allein können wir uns nicht verlassen.« Erneut grinste er. »Bist du von schnellem Begriff?«

»Ich glaube schon.«

»Gut, das wird schon helfen. Mir bleibt nur der heutige Morgen, um dir etwas beizubringen, ehe wir aufbrechen, daher müssen wir die Zeit nutzen. Kennst du dich mit Luftschiffen aus?«

»Ein wenig.« Bek kam sich dumm und langsam vor, aber der große Mann blieb freundlich.

»Wenn ich fertig bin, weißt du alles über sie.« Er hielt inne. »Einen guten Rat zu Beginn, Bek. Ich bin ein Fahrender, daher kannst du gleich zwei Dinge über mich wissen. Erstens, ich habe mehr über Luftschiffe vergessen, als andere Männer je gelernt haben, und mit der Mannschaft aus Fahrenden, die ich für uns zusammengestellt habe, bringe ich uns überall durch. Also erlaube es dir nie, meine Entscheidungen in Frage zu stellen. Zweitens, sag niemals etwas Schlechtes über Fahrende – nicht einmal, wenn du meinst, ich könnte dich nicht hören.«

Er wartete auf Beks Antwort, also antwortete der: »Nein, Sir.«

»Gut. Das Nächste ist wirklich wichtig, und das solltest du dir gut merken.« Das fröhliche Gesicht wurde ernst. »Der Druide hat den Oberbefehl über die Expedition, deshalb bin ich verpflichtet, seine Wünsche zu respektieren und seinen Befehlen zu gehorchen, außer, wenn die Sicherheit des Schiffes und der Besatzung betroffen ist. Er hat mich angewiesen, dich als meinen Kabinensteward zu mir zu nehmen. Das ist in Ordnung. Aber du und ich, wir müssen miteinander zurechtkommen. Für den Druiden sollst du an Bord Augen und Ohren sein. Du sollst alles und jeden genau beobachten, mich eingeschlossen. Das ist ebenfalls in Ordnung. Ich schätze, du wirst das gut können. Nur denke nicht, ich hätte keine Ahnung, aus welchem Grund du wirklich hier bist. Geht das in Ordnung?«

Bek errötete. »Ich bin kein Spion.«

»Habe ich das behauptet? Habe ich auch nur angedeutet, du würdest zu dieser Sorte gehören?« Der Fahrende schüttelte tadelnd den Kopf. »Kluge Jungs halten Augen und Ohren immer offen. Eigentlich will ich dir nur eines klarmachen: Mag sich der Druide für noch so schlau halten, er ist nicht schlauer als ich. Schließlich will ich nicht, dass du töricht über deinen Kapitän denkst.«

Bek nickte. »Ich auch nicht.«

»Guter Junge!« Redden Alt Mer schien zufrieden zu sein. »Jetzt lassen wir dieses Thema fallen und fangen mit dem Unterricht an. Komm mit.«

Er führte Bek hinüber zu dem Luftschiff und ließ ihn an der Strickleiter hinauf zum Deck klettern. Dort begann er, dem Jungen Schritt für Schritt zu erklären, wie das Schiff funktionierte. Lichtsegel sammelten Licht, entweder direkt einfallendes oder Streulicht, und verwandelten es in Energie. Licht aus jeder Quelle konnte Tag und Nacht verwendet werden. Direktes war am besten geeignet, aber häufig nicht verfügbar, deshalb waren die so genannten Ambientlicht-Segel oder auch Streulichtsegel für das Überleben des Schiffes von höchster Wichtigkeit. Die Lichtenergie aus den Segeln wurde von Leinen übertragen, die Strahlungssammler hießen. Diese Sammler führten die Hitze hinunter zum Deck und in Behälter, die Trennröhren, in denen sich die Diapsonkristalle befanden. Die Kristalle konnten, wenn sie richtig bearbeitet worden waren, die Lichtenergie aufnehmen und in eine Kraft umwandeln, mit der das Schiff angetrieben und gesteuert wurde. Durch das Ent- und Verhüllen der Kristalle bestimmte man die Stärke des Schubs und die Richtung des Schiffes.

Redden Alt Mer ließ das alles von Bek wiederholen, nachdem er geendet hatte, Wort für Wort. Der Junge, den dieser Prozess faszinierte und der genau verstehen wollte, wie er funktionierte, tat dies fehlerfrei. Der Fahrende war zufrieden. Die Prinzipien des Luftschiff-Fluges zu verstehen war grundlegend dafür, wenn man ein solches Gefährt richtig steuern wollte, was die Schiffsführer der Föderation jedoch noch nicht erkannt hatten. Wie man genau ent- und verhüllte, wie man auf dem Wind dahinglitt, wie man Luftlöchern und Lichtlücken auswich, die die Bewegungen des Schiffes von einem Augenblick zum nächsten vollkommen verändern konnten, war nicht leicht zu beherrschen. Fahrende wurden in Freiheit geboren, und sie waren zum Fliegen besser geeignet als andere Männer.

Oder Frauen – denn gerade trat eine große Rothaarige, die Redden Alt Mers Zwillingsschwester hätte sein können, zu ihnen. Dem Kapitän gelang es gerade noch, seinen Fauxpas zu verhindern, indem er seine Schwester, Rue Meridian, als die beste Luftschiff-Führerin vorstellte, die er jemals kennen gelernt hatte, und außerdem würde sie besser kämpfen als jeder Mann, mit dem er je zu tun gehabt hatte. Gegenüber Rue Meridian mit ihrem umwerfenden Aussehen und ihrer nüchternen, keinen Unfug duldenden Art, ihrer Zuversicht, ihren lächelnden Augen und ihrem Lachen fühlte sich Bek unbeholfen und schüchtern. Gleichzeitig jedoch auch irgendwie wohl. Sie stellte ihn nicht auf die Probe wie ihr Bruder und ließ auch keine Zweifel an seinem Recht erkennen, hier zu sein. Stattdessen sagte sie einfach, sie sei froh, ihn an Bord zu haben. Dennoch spürte Bek diesen eisenharten Kern hinter der freundlichen Fassade.

Sie unterhielt sich eine Weile mit ihnen, dann ging sie und beaufsichtigte das Beladen des Schiffes. Dabei hinterließ sie eine Leere in Bek, die ihn erschreckte.

Unter Redden Alt Mers Führung setzten sie ihren Gang über das Luftschiff fort, und der Fahrende erklärte unterwegs alles. Jedes Mal, wenn er mit einer Erläuterung fertig war, ließ er sie von Bek wiederholen. Und jedes Mal schien er mit der Antwort zufrieden zu sein. So beschrieb er die Steuerkanzel und die Verbindungen zu den Trennröhren, Hauben, Rudern und Hauptsammlern. Meistens erledigte die Mannschaft das Setzen der Segel und das Einstellen der Sammler, doch im Notfall musste alles von der Steuerkanzel aus erledigt werden. Zum Landen gab es Anker und Leinen. Waffen verschiedenster Art befanden sich an Bord; manche waren Handwaffen, andere waren auf Deck befestigt. Der Fahrende führte Bek in die Quartiere und Vorratslager. Er brachte ihn bis zur Spitze der Masten, damit er sah, wie die Segel mit den Sammlern verbunden waren, dann zu den Trennröhren, wo die Sammler in den Diapsonkristallen mündeten. Er erklärte schnell, doch ausführlich. Der Junge sollte etwas lernen, und Bek gab sich im Gegenzug alle Mühe.

Einen Teil des Luftschiffes ließ der Fahrende jedoch aus, eine große rechteckige Kiste, die am vorderen Mast vor der Pilotenkanzel angebracht war. Sie war mit schwarzem Segeltuch abgedeckt und mit einem eigentümlichen, metallenen Draht zwischen Mast und Deck festgezurrt. Mehrmals gingen sie an ihr vorbei, und nach dem dritten oder vierten Mal verlor Bek die Geduld.

»Kapitän, was befindet sich unter dem Segeltuch?«, fragte er und zeigte auf die Kiste.

Der Fahrende kratzte sich am Kopf. »Ich weiß es nicht. Sie gehört dem Druiden. Er hat sie vor zwei Tagen ohne mein Wissen vor der Morgendämmerung an Bord gebracht, und als ich sie entdeckte, meinte er nur, wir müssten sie unbedingt mitnehmen, doch er könne mir nicht sagen, was es ist.«

Bek starrte sie an. »Hat schon jemand versucht, einen Blick unter das Segeltuch zu werfen?«

Der Fahrende lachte. »Ein Junge, wie er mir gefällt! Bei den Schatten, Bek Rowe, du steckst voller Überraschungen! Natürlich haben wir es versucht! Mehrere von uns!« Er legte eine dramatische Pause ein. »Willst du wissen, was geschah?«

Bek nickte.

»Versuch es doch selbst einmal.«

Bek zögerte und war jetzt gar nicht mehr so erpicht darauf.

»Mach schon«, drängte der Kapitän, »es tut nicht weh.«

Also griff Bek nach dem Segeltuch, doch als seine Hand sich bis auf Fußlänge genähert hatte, tanzten plötzlich grüne Flämmchen über die Seile, die die Kiste hielten, und sprangen wie Schlangen hin und her. Bek riss die Hand zurück.

Redden Alt Mer kicherte. »So haben wir uns auch verhalten. Mit der Magie eines Druiden sollte man keine Spielchen treiben.«

Beks Unterricht ging weiter, als sei nichts geschehen. Nachdem er sich nun eine Zeit lang an Bord aufgehalten und seine Aufregung sich gelegt hatte, bemerkte er eine Bewegung im Luftschiff, die ihm bislang nicht aufgefallen war, ein leichtes Schwanken und Ziehen an den Ankerleinen. Es gab keinen spürbaren Wind, der Tag war ruhig und still, und auch die anderen Schiffe regten sich nicht. Schließlich fragte Bek danach, und Redden Alt Mer erklärte ihm, das sei eine natürliche Reaktion des Schiffes auf die Absorption des Lichts in den Segeln. Die umgewandelte Energie trieb es in die Höhe, und nur die Leinen verhinderten, dass es davonschwebte. Der Fahrende fügte hinzu, er fliege bereits so lange, dass er diese Bewegung überhaupt nicht mehr spüre.

Für Bek fühlte es sich an, als sei das Luftschiff lebendig, als existiere es unabhängig von den Männern und Frauen der Besatzung. Das war ein unheimliches Gefühl, und je länger er an Bord blieb, desto stärker wurde es. Das Schiff bewegte sich wie eine große Katze, die sich nach dem Schlaf träge und ausgiebig rekelt und langsam wach wird. Die Bewegung setzte sich vom Deck bis in den Rumpf fort, sodass er selbst bald ein Teil davon wurde. Es erinnerte ihn daran, auf stillem Wasser zu treiben.

Redden Alt Mer war gegen Mittag mit ihm fertig und schickte ihn los, um bei der Auflistung der Vorräte und Ausrüstung zu helfen, die ein raubeiniger Fahrender namens Furl Hawken übernommen hatte. Der stämmige Kerl, den alle nur Hawk nannten, hatte kaum einen zweiten Blick für ihn übrig, war jedoch freundlich, und ihm gefiel offensichtlich die Geschwindigkeit, mit der Bek seine Anweisungen begriff. Ein oder zwei Mal kam Rue Meridian vorbei, und dann war Bek stets wie hypnotisiert.

»Sie hat auf jeden diese Wirkung«, erklärte Furl Hawken grinsend, nachdem er den Ausdruck auf Beks Gesicht gesehen hatte. »Die Kleine Rote bricht dir das Herz, indem sie dich nur anschaut. Zu schade, dass niemand auch nur die geringsten Aussichten hat.«

Bek wollte ihn fragen, was er damit meinte, doch er war zu verlegen, um das Thema weiter zu verfolgen, und so ließ er die Angelegenheit fallen.

Am Ende des Tages hatte Bek das meiste von dem gelernt, was er über das Luftschiff wissen musste. Zudem hatte er den größten Teil der Mannschaft kennen gelernt, darunter auch den Schiffbauer, einen wirklich Furcht erregenden Fahrenden namens Spanner Frew, der herumschrie und fluchte und den Eindruck erweckte, er sei bereit, jeden niederzuschlagen, der ihm widersprach. Er begrüßte Bek mit einem Grunzen und ignorierte ihn von da an vollständig. Bek war damit durchaus zufrieden.

Er ging gerade über den Flugplatz zurück, da gesellte sich Quentin zu ihm.

»Warst du an Bord des Schiffes?«, fragte Quentin neugierig. Er schwitzte in seiner zerknitterten, schmutzigen Kleidung. Sein langes Haar war verklebt, und die Haut an Händen und Unterarmen überzogen Schnitte und blaue Flecken.

»Ich war sozusagen kaum nicht an Bord«, antwortete Bek. Er grinste den anderen an. »Und was hast du gemacht, mit Bären gerungen?«

Quentin lachte. »Nein, Walker hat mir befohlen, mit den Elfenjägern zu üben. Ard Patrinell hat den ganzen Tag mit mir gearbeitet. Er hat mich so oft niedergestoßen, und das auf so viele verschiedene Weisen, dass ich nur noch eine Sache weiß: wie wenig ich eigentlich weiß.« Er griff nach seinem Schwert, das er auf dem Rücken trug. »Dieses Ding ist doch nicht so wunderbar, wie ich dachte, Bek.«

Bek lächelte schelmisch. »Nun, vermutlich ist es so gut wie der,

der es führt, Quentin. Jedenfalls darfst du dich glücklich schätzen. Ich habe den ganzen Tag gelernt, wie viel ich über Luftschiffe und übers Fliegen nicht weiß. Und ich wette, ich weiß übers Fliegen eine Menge weniger als du übers Kämpfen.«

Quentin lachte erneut und knuffte ihn, und auf dem Weg zurück in den Palast scherzten sie, während die Sonne hinter dem Horizont verschwand und die Dämmerung ihre Schatten über das Land warf. Jetzt legte sich Stille über die Stadt, während die Menschen nach Hause gingen, und der Lärm des Verkehrs ließ nach. In dem Wald, den die beiden Vettern durchquerten, hörten sie lediglich ferne und undeutliche Stimmen, die von anderen Orten herüberdrangen.

Sie erreichten den Pfad, der zu ihrem Schlafquartier führte, als Bek plötzlich leise fragte: »Quentin? Was, denkst du, machen wir wirklich hier?«

Sie blieben stehen, und sein Cousin blickte ihn verwirrt an. »Was meinst du damit?«

Bek stemmte die Hände in die Hüften und seufzte. »Überleg doch mal. Weshalb sind wir hier? Warum wir, wo Walker doch so viele andere auswählen könnte?«

»Weil Walker glaubt, wir …«

»Ich weiß, was Walker uns gesagt hat.« Bek unterbrach ihn ungeduldig. »Er hat uns erklärt, er brauche zwei junge, kluge Burschen, denen er vertrauen kann. Er wolle dich wegen deines magischen Schwertes und mich, weil ich Augen und Ohren für ihn offen halten soll. Ich weiß das, und ich habe es mir seit unserem Aufbruch immer wieder eingeredet. Aber ich glaube es trotzdem nicht. Ganz und gar nicht.«

Quentin nickte nüchtern und wenig beeindruckt. Manchmal hätte Bek ihn am liebsten geschüttelt. »Hörst du mir eigentlich zu?«, fauchte er.

Sein Cousin nickte. »Sicher. Du glaubst Walker nicht. Und warum nicht?«

»Weil ich es einfach im Gefühl habe.« Bek betonte seine Worte mit einer schneidenden Handbewegung. »Alle, die für diese Expedition ausgesucht wurden, besitzen jahrelange Erfahrung im Kampf oder im Kundschaften. Sie haben die Vier Länder bereist und wissen, wie man mit allen Arten von Schwierigkeiten fertig wird. Und was wissen wir? Nichts. Warum nimmt er zwei so unerfahrene Jungen mit?«

»Er nimmt auch Ahren Elessedil mit«, hielt Quentin dagegen. »Und was ist mit der Seherin, Ryer Ord Star? Sie wirkt nicht besonders stark.«

Bek nickte ungeduldig. »Ich will doch nicht nur auf reine Kraft hinaus, sondern auf besondere Fähigkeiten, Erfahrungen und Begabungen. Ich rede über einen Zweck! Welchen Zweck erfüllen wir? Wir haben gerade den ganzen Tag geübt und gelernt, um Himmels willen. Siehst du jemand anderen, der für diese Reise übt? Bist du wirklich der Einzige, an den sich Walker wenden könnte, der ihn mit Magie unterstützen kann? Der Einzige in den Vier Ländern? Wie nützlich bist du im Augenblick für ihn, nach dem, was im Wolfsktaag passiert ist. Sei ehrlich!«

Einen Moment lang schwieg Quentin. »Nicht sehr«, gab er grollend zu, und zum ersten Mal war in seiner Stimme leiser Zweifel zu hören.

»Und ich?«, hakte Bek nach. »Bin ich der einzige schlaue Junge mit Augen und Ohren, den er mitnehmen könnte? Bin ich tatsächlich so nützlich für ihn, dass er mehrere Elfenjäger mit jahrelanger Erfahrung und Übung zurücklässt, und sogar einen guten Heiler? Sind wir beide wirklich so wundersam, dass er es sich nicht leisten kann, ohne uns aufzubrechen, obwohl er, wie wir wissen, zu wenig Platz an Bord hat?«

In der zunehmenden Dunkelheit starrten sie einander schweigend an. Irgendwo vor ihnen schlug eine Tür zu, und jemand rief einen Namen.

Quentin schüttelte den Kopf. »Was willst du damit andeuten, Bek?«, fragte er. »Sollen wir hier bleiben? Sollen wir die Sache aufgeben?«

Seltsamerweise war das nicht seine Absicht. Es wäre eigentlich der logische Schluss gewesen. Das hätte ein anderer Mann unter diesen Umständen wahrscheinlich getan, doch Bek Rowe hatte sich entschieden, an dieser Reise teilzunehmen. Er war genauso entschlossen mitzugehen wie Quentin. Vielleicht hatte es etwas mit den Geheimnissen zu tun, die er aufgedeckt hatte, seit Walker bei ihnen im Hochland erschienen war – mit der Identität seines Vaters, seiner Herkunft, mit dem König vom Silberfluss und dem Phönixstein, mit Truls Rohk und seiner verschlüsselten Warnung, niemandem zu vertrauen. Möglicherweise war er nur zu stur, um jetzt aufzugeben. Oder es war sein Glaube, dass es ihm vorherbestimmt war, an dieser Expedition teilzunehmen, weil sich diese auf wichtige und unveränderliche Weise auf sein Leben auswirken würde.

Eine leise Stimme der Vernunft flüsterte ihm zu, er solle Quentin sagen: *Ja, wir geben die Sache auf und kehren nach Hause zurück.* Er brachte die Stimme kurzerhand zum Schweigen.

»Ich meine bloß«, erwiderte er stattdessen, »wir sollten vorsichtig sein und die Dinge nicht nur nach dem äußeren Anschein beurteilen. Druiden haben ihre Geheimnisse und treiben mit gewöhnlichen Menschen wie dir und mir ihre Spielchen. Das hat bei ihnen Tradition. Sie beeinflussen und täuschen. Schwindler sind sie, Quentin. Ich weiß nichts über Walker. Und ich habe keine Ahnung, was er eigentlich wirklich mit uns vorhat. Ich denke einfach, wir müssen gut aufpassen. Ich meine, wir …«

Ihm gingen die Worte aus, und so stand er da und blickte seinen Cousin hilflos an.

»Du denkst, wir sollten aufeinander aufpassen«, beendete Quentin den Satz und nickte langsam. »Wie wir es schon immer getan haben, oder?«

Bek seufzte. »Aber vielleicht noch ein bisschen mehr. Und wenn einem von uns irgendetwas faul vorkommt, sollte er mit dem anderen darüber sprechen. Wenn wir nicht zusammenhalten, Quentin, wer sonst?«

»Vermutlich niemand.«

»Vermutlich.«

Quentin betrachtete ihn schweigend und lächelte plötzlich. »Weißt du was, Bek? Hättest du dich nicht bereit erklärt, an dieser Reise teilzunehmen, wäre ich auch zu Hause geblieben.«

Bek starrte ihn überrascht an. »Wirklich?«

Quentin nickte. »Aus dem gleichen Grund, den du gerade angeführt hast. Es gibt niemanden, der mir den Rücken freihalten oder mir die Wahrheit sagen würde. Nur dich. Du denkst, ich würde dich wie den besorgten jüngeren Bruder betrachten, den ich mitschleppe, weil ich muss. Das stimmt nicht. Ich möchte dich bei mir haben. Sicherlich bin ich stärker und größer. Und in manchen Dingen auch besser als du. Doch du hast die Gabe, Sachen auszuknobeln, die mir einfach fehlt. Du näherst dich der Wahrheit an, wie es mir nicht gelingt. Dabei siehst du Dinge, die mir vollkommen entgehen.«

Er machte eine Pause. »Was ich sagen will, ist, dass ich uns als gleichberechtigte Brüder betrachte. Ich achte schon darauf, was du über manche Sachen denkst, ob du es nun bemerkst oder nicht. So ist es immer gewesen. Und so wird es immer sein. Ich werde nichts akzeptieren, wenn ich nicht vorher mit dir darüber gesprochen habe. Du brauchst mich nicht extra darum zu bitten. Ich tue es sowieso.«

Bek fühlte sich töricht. »Ich glaube, ich musste nur mal laut aussprechen, was ich so denke.«

Quentin grinste. »Nun, wer weiß? Vielleicht musste ich es mir auch einmal anhören. Jetzt haben wir es hinter uns. Gehen wir essen.«

Sie betraten den Palast, und für den Rest des Abends dachte Bek immer wieder daran, wie nahe er Quentin doch stand – als Bruder, als Freund und als Vertrauter –, so nahe wie sonst niemandem auf der Welt. Während der Kindheit hatten sie alles geteilt, und er konnte es sich nicht anders vorstellen. Daher gab er sich selbst ein Versprechen: Er wusste nicht, wohin die Reise ging oder was ihnen in den vor ihnen liegenden Tagen bevorstand, aber was auch immer geschah, er würde einen Weg finden, für die Sicherheit seines Bruders zu sorgen.

Neunzehn

Die Dämmerung stellte sich im Osten mit hellem, goldenem Glanz an der Trennlinie von Himmel und Erde ein, und der Flugplatz von Arborlon füllte sich mit Elfen, die beim Start der Expedition zusehen wollten. Tausende drängten sich auf den Straßen, den schmalen Waldwegen und Pfaden und versammelten sich am Rande des Feldes. Ein größeres Kontingent der Elfenarmee war bereits erschienen und hatte an beiden Enden des Flugplatzes Aufstellung genommen. Elfenjäger in ihren hellgrünen und grauen Uniformen, die Leibgarde in ihrem purpurrot gesäumten Smaragdgrün und die Schwarze Wache standen aufrecht, düster und Unheil verkündend wie winterliche Bäume da. Oben kreisten Elfenluftschiffe wie schweigende Phantome und segelten auf dem sanften Morgenwind.

In der Mitte des Flugplatzes schwebte einsam und stolz das schlanke, dunkle Luftschiff im Licht des neuen Tages knapp über dem Boden.

Bek Rowe stand am Bug und schaute sich das Schauspiel an, Quentin und Panax neben sich. Entlang der Reling hatten sich die Fahrenden versammelt, die das Schiff führen sollten, die Elfenjäger, die es verteidigen sollten, und die anderen Mitglieder der Expedition, die Walker ausgesucht hatte. Der Druide hielt sich bei Redden Alt Mer in der Pilotenkanzel auf, hatte die Hände unter der schwarzen Robe gefaltet, und seine Blicke fuhren, während er sprach, unablässig hin und her.

Ahren Elessedil stand allein mittschiffs am vorderen Mast. Er war ein kleiner, schmächtiger Elf mit jungenhaftem Gesicht und stillem Gebaren. Während sein Bruder Kylen, wie bei den Elessedils Tradition, blond und hell war, hatte Ahren dunklere Haut, braunes Haar und ähnelte in der Erscheinung der großen Königin Wren. Er war mit den anderen Elfen an Bord gekommen, hatte sich jedoch bald von ihnen getrennt und sich seitdem abseits gehalten. Er wirkte verloren und unsicher, während er die versammelte Menge betrachtete, und er tat Bek Leid. Seine Position war schwierig. Offiziell stellte er den Vertreter der Elessedilfamilie und der Krone dar, doch alle wussten: Walker hatte ihn nur gezwungenermaßen mitgenommen, weil sein Bruder darauf bestanden hatte. Den Gerüchten zufolge wollte Kylen ihn aus dem Weg schaffen.

Somit waren alle da außer Truls Rohk. Von dem Gestaltwandler war noch immer keine Spur zu sehen.

Ein Trompetenstoß erregte Beks Aufmerksamkeit. Die Versammlung teilte sich, um für den Elfenkönig und sein Gefolge Platz zu machen. Eine lange Kolonne der Leibgarde marschierte in die Lücke und wurde von Standartenträgern begleitet, welche die Banner aller verstorbenen Elfenköniginnen und -könige trugen, deren persönliche Abzeichen auf leuchtend bunte Stoffe genäht waren und im Wind flatterten. Danach kam das Familienbanner der Elessedils in Sicht, ein blutrotes Abbild des Ellcrys auf grünem Grund. Kylen Elessedil folgte ihm zu Pferde und erhob sich so weit genug über die Menge, um von allen gesehen zu werden. Hinter ihm ritten seine Frau und seine Kinder, dann kamen die entfernteren Mitglieder der Familie und das persönliche Gefolge.

Erneut erscholl ein Trompetenstoß. Die Menge verstummte, und Kylen Elessedil hob die Arme zum Gruß.

»Bewohner von Arborlon! Freunde der Elfen!« Seine donnernde Stimme hallte mühelos bis zu den Rändern des Platzes. »Wir haben uns hier versammelt, um Zeugen eines epochalen Ereignisses zu werden. Eine Gruppe von mutigen Männern und Frauen wird an diesem Tage aufbrechen, um uns zu dienen und allen freien und rechtschaffenen Männern und Frauen überall. Sie werden auf den Winden die Welt umsegeln und nach einer Wahrheit suchen, die uns seit dreißig Jahren verborgen ist. Auf ihrer Reise werden sie danach streben, das Schicksal des Bruders meines Vaters zu klären, der vor dreißig Jahren verschwunden ist – und mit ihm Schiffe und Männer und auch die Elfensteine, die unser aller Erbe sind. Diese Männer und Frauen werden nach Schätzen und nach Magie suchen, die rechtmäßig uns gehören und die für diejenigen eingesetzt werden sollten, für die sie bestimmt waren – für die Elfen, für den Einzelnen und die Gesamtheit!«

Ein Jubelschrei erhob sich aus der Menge und schwoll zu einem Tosen an. Bek betrachtete die Gesichter in seiner Nähe, bemerkte allerdings keine Reaktionen außer bei Quentin, bei dem kurz vage Belustigung aufflackerte wie eine Kerze im Wind und sofort wieder erlosch.

»Mein Bruder Ahren leitet diese Expedition für meine Familie und unser Volk«, fuhr Kylen fort, nachdem der Beifall abgeklungen war. »Ihn muss man wegen seiner Tapferkeit und seines Pflichtgefühls loben. Ihn begleiten einige unserer mutigsten Elfenjäger, unser guter Freund von den Druiden aus Paranor – Walker Boh –, einige tüchtige Fahrende, die den Kapitän und die Besatzung des Schiffes stellen, und eine ausgewählte Gruppe anderer, die aus allen Vier Ländern zusammenkamen und mit ihrem Talent und ihrem Mut zum Gelingen dieser Reise beitragen werden. Bedankt euch bei ihnen, meine Freunde! Lobpreist sie!«

Abermals brandete Jubel auf, die Banner wurde geschwenkt, und die Luft war von Lärm und Farben erfüllt. Trotz seines Zynismus spürte Bek, wie unverkennbarer Stolz in ihm aufstieg.

Kylen Elessedil hob die Hände. »Vor kurzem haben wir einen guten und geliebten König verloren. Verrat und Feigheit haben uns meinen Vater, Allardon Elessedil, entrissen. Im Sterben äußerte er den Wunsch, dass diese Expedition trotzdem durchgeführt werden sollte, und ich wäre ein schlechter Sohn, wenn ich seinen letzten Willen missachtete. Jene Männer und Frauen« – er deutete hinter sich zum Schiff – »fühlen genau so wie ich. Um ihren Erfolg und ihre baldige Rückkehr zu gewährleisten, wurde alles Menschenmögliche getan. Wir geben ihnen unsere besten Wünsche mit auf den Weg, und in Gedanken werden wir sie begleiten, bis sie sicher wieder hier gelandet sind.«

Sehr klug, dachte Bek, alles dem alten König anzulasten, der tot war. Kylen hatte bereits eine wichtige Sache über Politik gelernt. Sollte die Expedition fehlschlagen, würde die Schuld daran nicht ihm zugewiesen werden. Hatte sie Erfolg, konnte er den Lohn und die Ehre mit den anderen teilen.

Kopfschüttelnd sah er Quentin an, der nur mit den Schultern zuckte und grinste.

Von neuem begann die Versammlung zu jubeln, und währenddessen überbrachte ein Mitglied des Hohen Elfenrates dem König eine lange, schlanke grüne Flasche. Der König nahm sie entgegen und lenkte seinen Hengst zum Bug des Luftschiffes. Abermals hob er die Hände und wandte sich der Menge zu.

»Nunmehr wünsche ich, der König des Elfenlandes und der Oberste Lord des Westlandes, dieser tapferen Truppe Erfolg und eine gute Reise, und gebe dem Schiff hiermit den ehrenvollen Namen *Jerle Shannara*!«

Er drehte sich abermals zu dem Luftschiff um, stellte sich in den Steigbügeln auf und warf die Flasche gegen die metallgeschützten Hörner der Bugrammen. Das grüne Glas zerbrach, helle Flüssigkeit spritzte heraus, und die Luft füllte sich mit silbernen und goldenen Kristallen, dann mit den Regenbogenfarben, die wie Fontänen zwanzig Meter in die Höhe schossen und alle, die in der Nähe des Königs standen, in einen feinen kristallinen Nebel hüllten. Bek, der unwillkürlich die Augen schützte, wischte sich über das Hemd und bemerkte, dass es sich bei dem Nebel um ein weiches, warmes Pulver handelte, das auf seinen Händen wie Dampf zischte und sich in der Luft auflöste.

Und nochmals brach Jubel aus. »Lang lebe die *Jerle Shannara*« und »Lang lebe Kylen Elessedil«. Trompetenstöße erschollen, Trommeln wurden geschlagen, und die Banner der toten Elfenkönige wurden geschwenkt. Die Seile, welche die *Jerle Shannara* hielten, wurden losgemacht, und das schlanke, schwarze Luftschiff stieg rasch auf, wandte sich von der Sonne ab, dem noch immer dunklen Westen zu und gewann an Geschwindigkeit. Die Versammelten unten blieben zurück, wurden kleiner und verschwanden im Morgendunst. Der Jubel verklang, und schließlich lag Arborlon hinter ihnen.

Der erste Tag verstrich schnell für Bek, wenn auch nicht so rasch, wie er es sich gewünscht hätte. Er begann recht gut, denn Redden Alt Mer holte ihn zu sich in die Pilotenkanzel, während er einige Flugtests mit der *Jerle Shannara* unternahm und verschiedene Manöver durchführte, mit denen er ihre Reaktionen und Eigenschaften überprüfte. Der Fahrende ließ den Jungen das Schiff sogar einmal selbst führen und erklärte ihm die Grundlagen des Steuerns, wie man das Ruder hielt und die Leinen bediente. Bek wiederholte erneut, was er am Tag zuvor über die Bestandteile des Luftschiffes und ihre Funktionen gelernt hatte.

All dies lenkte ihn von der Bewegung des Schiffes ab, das auf dem Rücken des Windes rollte und schaukelte; trotzdem genügte das nicht, um ihn zu retten. Am Ende ließ ihn sein Magen im Stich und drehte sich ihm um, und zwar mit ganz eindeutigen Absichten. Redden Alt Mer bemerkte den Ausdruck in Beks Gesicht und zeigte auf den Eimer, der am Fuß der Kanzel stand.

»Lass dich ruhig gehen«, riet er mit verständnisvollem Lächeln. »Das passiert den Besten von uns.«

Bek bezweifelte das, trotzdem blieb ihm nichts anderes übrig. Die nächsten Stunden verbrachte er damit, sich zu wünschen, er wäre tot, und sich vorzustellen, dass er wirklich sterben würde, wenn das Wetter schlechter werden sollte. Zwischen den Anfällen bemerkte er die schwache junge Seherin Ryer Ord Star, der ähnlich unwohl zu sein schien und die mit einem eigenen Eimer allein an der Heckreling saß, und sogar der stämmige Panax war blass um die Nasenspitze.

Sonst war offenbar niemand betroffen, nicht einmal Quentin, der mit den Elfenjägern auf dem Vorderdeck seinen Waffenübungen nachging, wobei ihn Ard Patrinell zu verschiedenen Hieben und Paraden drängte. Die meisten anderen an Bord, so wurde ihm später vom Großen Roten erzählt, waren bereits auf Luftschiffen gefahren und an die Bewegung gewöhnt. Bek hätte niemals geglaubt, dass ihm wegen einer so schwachen Bewegung so schlecht werden könnte, aber er zwang sich, aufrecht zu bleiben und sich für das zu interessieren, was um ihn herum passierte, behielt dabei seine Sicherheitsleine stets umgelegt, und am Nachmittag musste er schließlich nicht länger mit seinen Eingeweiden ringen.

Walker kam ein, zwei Mal vorbei und erkundigte sich nach ihm. Des Druiden dunkles Gesicht und ernstes Benehmen blieben dabei stets gleich, und auch seine Worte drückten weder Tadel noch Enttäuschung aus. Er fragte lediglich den Jungen und den Kapitän, wie es um die Ausbildung stand, und schien mit den Antworten zufrieden zu sein. Stets tauchte er dabei so unvermittelt auf und war so rasch wieder verschwunden, dass sich Bek fragte, ob der Druide seinen angeschlagenen Zustand überhaupt bemerkt hatte.

In jedem Fall überlebte Bek die Erfahrung und war dankbar, als ihm der Elfenheiler Joad Rish später eine Wurzel gab, die er bei weiteren Attacken kauen sollte. Er probierte sie und fand ihren Geschmack bitter und trocken, entschied jedoch bald, dass jeder Preis recht war, wenn sich nur sein Magen beruhigte.

Kurz vor Sonnenuntergang, als die Fluglektionen für den Tag beendet wurden und sein Gleichgewichtssinn wieder hergestellt war, trat Ahren Elessedil an ihn heran. Bek stand an der Backbordreling und blickte hinaus auf das Land, das sich wie ein Schachbrett aus Grün und Braun unter ihnen erstreckte, während die Sonne am Horizont versank.

»Geht es dir besser?«, fragte der junge Elf besorgt.

Bek nickte. »Obwohl ich eine Zeit lang geglaubt habe, mein Innerstes würde nach außen gekehrt.«

Der andere lächelte. »Für dein erstes Mal hast du dich gut gehalten. Besser als ich. Ich wurde mit zwölf hochgeschickt, um alles über Luftschiffe zu lernen. Auf Befehl meines Vaters. Er glaubte, Kinder sollten in der Technik früh und ausgiebig geschult werden. Ich war kein besonders kräftiger Junge, und mit dem Fliegen kam ich überhaupt nicht zurecht. Zwei Wochen war ich jeden Tag krank. Der Kapitän des Schiffes hat darüber kein Wort verloren, mich aber hat es gedemütigt.«

»Mich hat vor allem überrascht, wie schnell mir übel wurde.«

»Ich glaube, es staut sich in dir auf, und wenn du es bemerkst, ist es im Grunde schon zu spät.« Der Elf zögerte und wandte sich ihm zu. »Ich bin Ahren Elessedil.«

Bek schüttelte seine Hand. »Bek Rowe.«

»Der Druide hat dich mitgebracht, oder? Dich und den Hochländer. Demnach müsst ihr etwas Besonderes sein. Könnt ihr mit Magie umgehen?«

Schon wieder dieses Thema. Bek lächelte reumütig. »Quentin hat ein Schwert, das magisch ist, obwohl er noch nicht genau weiß, wie er es handhaben muss. Ich kann in dieser Richtung gar nichts.« Er dachte an den Phönixstein, behielt den Gedanken jedoch für sich. »Und du?«

Ahren Elessedil schüttelte den Kopf. »Jeder weiß doch, weshalb ich hier bin. Mein Bruder will mich nicht in Arborlon haben. Er fürchtet, dass ich, wenn ihm etwas zustößt, auf den Thron gesetzt werden könnte – anstelle seiner Kinder, weil sie zu jung sind. Das ist schon eine eigenartige Sorge, findest du nicht? Wenn du tot bist, was macht dir das dann noch aus?« Er wirkte traurig und abwesend, während er sprach. »Mein Vater würde mir vermutlich zustimmen. Er hat kaum über seine Nachfolge nachgedacht, und ich schätze, ich würde es ebenfalls nicht tun. Kylen aber schon. Er wurde sein Leben lang daraufhin erzogen, und deshalb ist es ihm wichtig. Wir mögen einander nicht besonders. Vermutlich ist es besser, hier auf diesem Luftschiff zu sein. Zumindest streiten wir uns so nicht.«

Bek nickte und erwiderte nichts.

»Hast du gewusst, dass sich mein Vater und Walker ebenfalls nicht leiden konnten?«, fragte Ahren und sah ihn scharf an. Bek schüttelte den Kopf. »Sie hatten vor einigen Jahren einen fürchterlichen Streit, als es darum ging, den Druidenrat in Paranor wieder einzusetzen. Walker verlangte Vaters Hilfe, doch der wollte sie nicht zusagen. Sie haben jahrelang nicht miteinander gesprochen. Eigenartig, dass sie sich über diese Expedition einig geworden sind, nicht wahr?«

Bek runzelte die Stirn.

»Vielleicht haben sie bei dieser Expedition einfach einige Gemeinsamkeiten entdeckt, die ihnen beim Druidenrat fehlten.« Ahren wartete seine Antwort nicht ab. »Irgendeine Art von Elfenmagie muss damit zu tun haben, und beide wollen sie für sich haben. Wahrscheinlich haben sie sich einfach gegenseitig gebraucht. Da ist diese Karte, die nur Walker lesen kann, und auf der anderen Seite sind da die Kosten für das Luftschiff und die Mannschaft, die nur Vater aufbringen konnte. Und er hätte bestimmt auch zugestimmt, die Elfenjäger zu unserem Schutz mitzuschicken. Falls uns überhaupt jemand beschützen kann. Mein Onkel hatte Elfensteine bei sich, und die haben ihm auch nicht geholfen.«

Ahren sprach so offen mit ihm, und das ermutigte Bek, eine Frage zu stellen, die er sich sonst verkniffen hätte. »Ard Patrinell wurde als Hauptmann der Leibgarde entlassen, als dein Vater ermordet wurde. Wenn er die Gunst deines Bruders und des Hohen Rates verloren hat, weshalb wurde ihm dann der Befehl über die Elfenjäger auf dieser Expedition überlassen?«

Der Elf grinste. »Du weißt nicht, wie diese Dinge bei uns gehandhabt werden, Bek. Gerade weil er die Gunst verspielt hat, wurde er uns zugeteilt. Kylen wollte ihn aus Arborlon fortschicken, fast so dringend wie mich. Ard ist mein Freund und mein Beschützer. Er hat mich persönlich und auf den ausdrücklichen Wunsch meines Vaters ausgebildet. Alles, was ich über Kampf und Taktik weiß, habe ich von ihm gelernt. Kylen vertraut ihm nicht. Der Tod meines Vaters lieferte ihm den perfekten Grund, Ard von seinem Posten zu entfernen, und diese Expedition bot ihm die Möglichkeit, sowohl Ard als auch mich aus der Stadt zu schaffen.«

Er blickte Bek abschätzend an. »Du wirkst recht klug, Bek. Ich werde dir etwas erzählen. Mein Bruder glaubt, wir würden nicht zurückkehren – keiner von uns. Tief im Innersten, wo er seine dunkelsten Geheimnisse verbirgt, hofft er das vielleicht sogar. Er unterstützt diese Expedition, weil er keinen Weg weiß, aus dieser Angelegenheit herauszukommen. Und er tut es nur, da Vater sie im Sterben befohlen hat und es sich ein neu gekrönter König nicht leisten kann, einen solchen Nachlass zu ignorieren. Außerdem wird er so mit ein wenig Glück gleichzeitig mich, Ard Patrinell und den Druiden los, für die er alle drei keine besondere Vorliebe hegt. Wenn wir nicht zurückkommen, sind seine Probleme doch gelöst, oder?«

Bek nickte. »Ich nehme es an.« Er dachte darüber nach, welche Verwicklungen sich daraus ergaben. »Ich habe ein schlechtes Gefühl, an dieser Expedition teilzunehmen.«

Ahren Elessedil neigte den Kopf zur Seite. »Das solltest du nicht. Möglicherweise überleben wir ja.«

In dieser Nacht, während das Luftschiff vom diffusen Licht der Sterne angetrieben wurde und sich Mannschaft wie Passagiere langsam zum Schlafen in ihre Quartiere zurückzogen, rief Walker eine kleine Gruppe der Expeditionsgemeinschaft zu einem Treffen zusammen. Bek und Quentin gehörten zu den Geladenen und waren beide überrascht, zählte sich doch keiner der beiden zur Führerschaft des Schiffes. Inzwischen hatte Bek seinem Cousin vom Gespräch mit Ahren Elessedil erzählt, und die zwei hatten sich lange darüber unterhalten, wie viele andere an Bord wohl ahnten, für wie entbehrlich der Elfenkönig, der sie losgeschickt hatte, sie hielt. Bestimmt war sich Walker darüber im Klaren. Ard Patrinell hatte es sicherlich ebenfalls begriffen. Und das war's. Die Übrigen dachten vermutlich, dass Kylen Elessedil und der Hohe Elfenrat die Expedition unterstützten und tatsächlich die erfolgreiche, sichere Heimkehr erhofften.

Vielleicht wussten die Fahrenden mehr, fügte Bek hinzu. Der Große Rote und seine Schwester schienen schnell von Begriff zu sein, und in den Vier Ländern wusste doch jeder, dass die Fahrenden ihre Ohren überall hatten.

Bek war der Meinung, er sollte die ganze Geschichte Walker auf jeden Fall erzählen, denn der Druide wollte alles hören, was er sah und hörte; bislang hatte er jedoch keine Gelegenheit dazu gefunden. Jetzt hatten sie sich in Redden Alt Mers Quartier hinter dem Heck versammelt, und Bek verdrängte die Angelegenheit aus seinen Gedanken. Außer dem Druiden und den Vettern aus dem Hochland waren der Große Rote und seine Schwester, Ahren Elessedil und Ard Patrinell sowie die gebrechlich wirkende Seherin Ryer Ord Star anwesend. Während sich die anderen dicht um Walker scharten, der vor einem Tisch stand und eine handgezeichnete Karte betrachtete, zog sich die Seherin in eine dunkle Ecke des Raums zurück. Kindlich und schüchtern leuchteten ihre eigentümlichen Augen und ihre pergamentbleiche Haut, und sie betrachtete die Gruppe, als würde sie sich bereithalten, im nächsten Moment das Weite zu suchen.

»Morgen Mittag erreichen wir die Küste der Blauen Spalte«, begann Walker und blickte in die Runde. »Dort angekommen, treffen wir Hunter Predd und die beiden anderen Flugreiter, die uns auf unserer Reise begleiten, für uns kundschaften und Vorräte für uns besorgen. Unsere Fahrt führt uns von dort aus nach Nordwesten, wo wir drei Inseln aufspüren müssen. Auf jeder halten wir an, um nach einem Talisman Ausschau zu halten, den wir für den Erfolg unserer Suche brauchen. Die Inseln sind keinem an Bord bekannt, mich eingeschlossen. Sie liegen jenseits des Gebiets, welches bisher von Luftschiffen oder Rocks erkundet wurde. Auf der Karte, der wir folgen, tragen sie Namen, sind hingegen sonst nicht gut beschrieben.«

»Außerdem sind wir nicht sicher, was die Entfernungen betrifft«, fügte Redden Alt Mer hinzu und zog die Blicke der Anwesenden auf sich. »Der Kurs ist deutlich markiert, aber die Distanzen sind nur vage angegeben. Unser Vorankommen hängt zudem stark vom Wetter ab.«

»Unser Kapitän glaubt nach den Kenntnissen, die ich der Originalkarte entnehmen konnte, dass die Fahrt bis zur ersten Insel ungefähr eine Woche dauert«, fuhr Walker fort. Er zeigte auf die Karte. »Diese Kopie kann sich jeder während der Reise stets anschauen. Ich habe sie etwas vergrößert, damit man sie besser lesen kann. Die Inseln, die wir suchen, liegen hier, hier und hier.« Er zeigte nacheinander darauf. »Flay Creech ist die erste, Shatterstone die zweite und Mephitic die dritte. Sie werden absichtlich von demjenigen ausgewählt worden sein, der die Talismane dort verborgen hat. Jeder Talisman wird sicherlich beschützt werden. Jede Insel wird bewacht. Die Landung ist deshalb gefährlich, und die Suchtrupps sollten daher so klein wie möglich sein.«

»Nach welcher Art von Talismanen suchen wir?«, fragte Ard Patrinell und beugte sich vor, um die Karte besser studieren zu können.

»Schlüssel«, antwortete Walker. »Was die Größe und die Form betrifft, weiß ich nichts Genaues. Den Beschreibungen auf der Karte zufolge sind sie sich sehr ähnlich, aber möglicherweise stimmt das nicht.«

»Wozu sind sie in der Lage?«, erkundigte sich Ahren Elessedil verwegen und setzte seine entschlossenste Miene auf.

Walker lächelte milde. »Was würdest du erwarten, Elfenprinz? Sie öffnen eine Tür. Wenn wir die Schlüssel in Besitz genommen haben, geht die Fahrt weiter bis nach Ice Henge.« Er zeigte auf ein Symbol, das auf die Karte gezeichnet war. »Hier angekommen, suchen wir nach Castledown. Die Schlüssel werden uns Einlass gewähren, wenn wir den Ort gefunden haben.«

Einen Augenblick lang herrschte Schweigen, während sie ernst die Karte betrachteten. Aus dem Schatten starrte Ryer Ord Star Walker mit durchdringendem Blick an, und Bek erschien es, als würde sie ihn verzehren.

»Wie willst du auf diesen Inseln landen?«, fragte Rue Meridian und brach das Schweigen. »Mit dem Schiff oder mit den Rocks?«

»Mit den Rocks, und zwar wo und wann immer es möglich ist, weil sie beweglicher sind«, antwortete der Druide.

Sie schüttelte den Kopf. »Das würde ich mir noch einmal überlegen. Vom Schiff aus können wir dich mit einem Korb oder einer Leiter hinunterlassen. Mit den Rocks musst du richtig landen. Und während sie zum Boden runtergehen, sind sie verwundbar.«

»Damit hast du durchaus Recht«, erwiderte Walker. Er blickte sich um. »Möchte noch jemand etwas sagen?«

Zu Beks Überraschung meldete sich Quentin zu Wort. »Weiß die Ilse-Hexe das auch alles?«

Walker sah den Hochländer eingehend an und nickte. »Das meiste.«

»Demnach veranstalten wir sozusagen ein Rennen?«

Der Druide überlegte, ehe er antwortete. »Die Ilse-Hexe hat keine Karte. Und ihr fehlen außerdem die Beschreibungen. Wahrscheinlich hat sie ihre Kenntnisse aus den Gedanken des Schiffbrüchigen gezogen, der die Karte hergebracht hat. Den Zweck und das Ziel unserer Reise wird sie kennen, denke ich. Doch ob sie über die Einzelheiten Bescheid weiß, bezweifle ich. Der Schiffbrüchige war halb tot, und ich habe guten Grund anzunehmen, dass ihm nicht alles bekannt war, was die Karte enthüllt.«

»Aber sie wird inzwischen selbst mit einem Luftschiff aufgebrochen sein«, unterbrach ihn Ard Patrinell. »Sie sucht nach uns, folgt uns entweder oder lauert uns irgendwo auf.«

Er sagte dies, als handle es sich um eine Tatsache, und Walker widersprach ihm nicht. Stattdessen blickte er nochmals in die Runde. »Ich denke, wir ahnen die Gefahr, in die wir uns begeben. Was wir tun, ist wichtig. Wir müssen bereit sein, uns zu verteidigen. Dass wir dazu gezwungen sein werden, und vermutlich mehr als einmal, ist höchst wahrscheinlich. Ob wir Erfolg haben oder nicht, hängt von unserer Vorbereitung und unserer Entschlossenheit ab. Seid also wachsam. Wo immer ihr euch aufhaltet, schaut euch um und passt auf. Überraschungen können uns das Genick brechen.«

Mit einer Geste löste er die Versammlung auf. »Ich denke, für heute Abend haben wir genug geredet. Geht zu Bett und schlaft. Wir treffen uns morgen und an den folgenden Abenden wieder, um über unsere Pläne zu sprechen.«

Leise gingen sie hinaus und ließen Redden Alt Mer in seiner Kabine zurück. Bek folgte Quentin, doch Walker hielt ihn mit einer leichten Berührung an der Schulter zurück und nahm ihn beiseite. Quentin warf einen Blick zurück und ging ohne eine Bemerkung weiter.

»Komm mit mir«, sagte der Druide zu Bek und zog ihn den Korridor entlang, der zum Vorratsraum führte. Von dort aus stiegen beide nach oben auf Deck und stellten sich backbords an die Reling, wo sie unter einem Baldachin aus schwarzem Himmel und endlosen Sternen allein waren. Der Westwind strich kühl über ihre Gesichter, und Bek konnte das Meer riechen.

»Erzähl mir, was Ahren Elessedil dir heute zu sagen hatte«, verlangte Walker leise und schaute hinaus in die Nacht.

Also erstattete Bek Bericht und wunderte sich nur, dass der Druide sogar sein Gespräch mit dem Elfen bemerkt hatte. Nachdem er geendet hatte, erwiderte Walker nicht gleich etwas, sondern starrte gedankenverloren weiterhin in die Nacht. Bek wartete und dachte, nichts, was er dem Druiden erzählt hatte, sei ihm eigentlich neu gewesen.

»Ahren Elessedil ist aus härterem Holz geschnitzt, als sein Bruder meint«, sagte Walker schließlich. Dann wandte er den Blick Bek zu: »Wirst du auf dieser Reise sein Freund sein?«

Bek dachte über die Frage nach und nickte schließlich. »Ja.«

Walker nickte ebenfalls und war offensichtlich zufrieden. »Halte Augen und Ohren offen, Bek. Du wirst auf dieser Reise Dinge erfahren, die mir verborgen bleiben, und es ist wichtig, dass du nicht vergisst, sie mir zu berichten. Eine Zeit lang wird es vielleicht nichts zu erzählen geben, aber irgendwann doch. Und eine solche Kleinigkeit könnte mir das Leben retten.«

Überrascht blinzelte Bek.

»Unsere junge Seherin hat bereits erfahren, dass ich an einem Punkt der Reise verraten werde. Sie weiß jedoch nicht, wann oder von wem. Immerhin will mich jemand töten, und jemand anderer will mich in die Irre leiten, so viel hat sie gesehen. Vielleicht ist es auch die gleiche Person. Vielleicht geschieht es mit Absicht oder vielleicht nur durch ein Unglück. Das kann ich nicht sagen.«

Bek schüttelte den Kopf. »Keiner, den ich an Bord dieses Schiffes kennen gelernt habe, scheint dir übel zu wollen, Walker.«

Der Druide nickte. »Und wenn es nicht an Bord des Schiffes geschieht? Es könnte der Feind sein, der uns verfolgt, oder jemand, den wir unterwegs treffen. Jedenfalls bekommen vier Augen und Ohren mehr mit als zwei. Noch immer befürchtest du, Bek, du hättest auf dieser Reise keine rechte Aufgabe. Ich sehe es in deinen Blicken und höre es an deiner Stimme. Aber du bist wichtig für mich – für alle von uns –, und zwar sehr. Glaube mir das. Eines Tages, wenn die Zeit gekommen ist, werde ich dir alles erklären. Bis dahin vertraue mir und halte mir den Rücken frei.«

Leise verschwand er in der Dunkelheit und ließ Bek stehen, der ihm verwirrt hinterher sah. Der Junge wollte nur zu gern glauben, was der Druide ihm erzählt hatte – nur wie er auf dieser Fahrt wichtig sein könnte, war für ihn nicht zu erkennen. Er dachte über die Angelegenheit nach. Natürlich würde er Walker den Rücken freihalten, denn das zu tun erschien ihm richtig. Welchen Erfolg er dabei haben würde, stand auf einem anderen Blatt, auf einem, das er sich gar nicht so genau anschauen wollte.

Dann plötzlich fühlte er sich beobachtet. Das Gefühl überfiel ihn rasch und unerwartet und keineswegs schleichend. Die Wucht verblüffte ihn. Rasch suchte er das Deck vom Bug bis zum Heck ab, wo jeweils ein Elfenjäger Wache hielt. Mittschiffs in der Pilotenkanzel steuerte Furl Hawken das Luftschiff. Keiner der drei beachtete ihn, und sonst konnte er niemanden sehen.

Dennoch spürte Bek die verborgenen Augen.

Und so unvermittelt, wie ihn das Gefühl überfallen hatte, war es wieder verschwunden. Um Bek herum hüllte sich die sternenklare Nacht in tiefes Schweigen. Eine kurze Weile lang stand er noch an der Reling, bis er sein Gleichgewicht wieder gefunden und neuen Mut gesammelt hatte, dann eilte er unter Deck.

Zwanzig

Am frühen Nachmittag des folgenden Tages erreichte die *Jerle Shannara* die Küste und schwebte auf die Weite der Blauen Spalte hinaus, dem Unbekannten entgegen. Innerhalb weniger Momente stiegen Hunter Predd und zwei weitere Flugreiter von den Klippen unterhalb des Irrybisgebirges gen Himmel auf und gesellten sich zu ihnen. Hunter Predd glitt dicht ans Schiff heran und grüßte, dann drehte er ab und nahm eine Position an der Seite des Schiffes ein. Für den Rest des Tages flogen die Flugreiter nun in Formation an Bug und Heck, zwei vorn, einer hinten – eine stille und tröstliche Begleitung.

Als Bek irgendwann Walker fragte, was sie in der Nacht machten, erklärte es der Druide ihm. Manchmal flogen sie einfach bis zur nächsten Morgendämmerung durch und passten sich an die langsamere Geschwindigkeit an, die das Luftschiff der Dunkelheit wegen vorlegte. Rocks waren sehr stark und ausdauernd, und sie konnten ohne Pause drei Tage in der Luft bleiben. Meistens jedoch lenkten die Flugreiter ihre Rocks zu einer Insel oder einem Atoll, das groß genug war, um den Reitern und ihren Vögeln Nahrung und Ruhe zu bieten, bevor es weiterging. Sie arbeiteten in Schichten, sodass einer der Flugreiter stets das Schiff bewachte, auch des Nachts, als Schutzmaßnahme. Solange die Rocks da waren, konnte sich niemand nähern, ohne entdeckt zu werden.

Zehn Tage lang passierte nichts, und die Zeit verstrich für Bek Rowe langsam. Jeden Morgen stand er auf und nahm das Frühstück mit den Fahrenden ein, dann folgte er Redden Alt Mer, der das Luftschiff und die Mannschaft gründlich inspizierte. Anschließend stand er beim Kapitän in der Pilotenkanzel, manchmal nur mit ihm allein, gelegentlich mit einem zweiten Fahrenden an den Steuerinstrumenten, und Bek wiederholte, was er über die einzelnen Funktionen des Antriebs gelernt hatte, woraufhin er in einem weiteren

Bereich unterrichtet wurde. Später übernahm er das Ruder, zog Kraft aus den Lichtsegeln, enthüllte die Kristalle oder spannte die Strahlungssammler.

Manchmal, wenn der Große Rote woanders zu tun hatte, überließ man Bek der Obhut von Furl Hawken oder der Kleinen Roten, dann und wann sogar der des stämmigen Spanner Frew. Der Schiffbauer schrie ihn meist nur an und schickte ihn hin und her, kritisierte ihn bissig und drängte ihn, genauer nachzudenken und schneller zu handeln. Auf gewisse Weise war das eine Hilfe. Wenn er ein oder zwei Stunden mit Spanner Frew überstanden hatte, fühlte er sich für alles Weitere gewappnet.

In den Zwischenzeiten musste er außerdem die Aufgaben eines Kabinenstewards erledigen, also vor allem Nachrichten zwischen dem Kapitän und der Mannschaft hin und her bringen, die Quartiere von Redden Alt Mer und seiner Schwester putzen, jeden dritten Tag eine Aufstellung der Vorräte machen, bei den Mahlzeiten servieren und das Geschirr waschen. Der größte Teil der Arbeit war nicht sehr angenehm oder aufregend, doch er kam jeden Tag mit fast allen mehrere Male in Kontakt, und so konnte er Gespräche belauschen und die Einzelnen beobachten. Nichts von dem, was er sah, erschien ihm besonders nützlich, trotzdem hielt er, wie Walker ihn gebeten hatte, Augen und Ohren offen.

Tagsüber sah er wenig von Quentin, denn der Hochländer übte ständig mit Ard Patrinell und den Elfenjägern und verbesserte seine Fertigkeiten im Umgang mit Waffen. Ahren Elessedil begegnete er indes häufiger, denn der übte nie mit den anderen und hatte oft keine Beschäftigung. Bek bezog den jungen Elf in seine Tätigkeiten mit ein und brachte ihm das Wenige bei, was er über das Fliegen von Luftschiffen wusste, machte ihm Mut und tauschte Geschichten mit ihm aus. Zwar erzählte er ihm nicht mehr als Quentin, doch beinahe genauso viel. Nachdem sie einige Zeit miteinander verbracht hatten, verstand Bek, was Walker damit gemeint hatte, dass Kylen Elessedil seinen Bruder falsch einschätzte. Ahren war jung, aber in einer Familie und einer politischen Situation aufgewachsen, die Naivität und

Schwäche weder unterstützte noch tolerierte. In einigen, weniger offensichtlichen Dingen legte Ahren große Stärke an den Tag, und fast täglich wuchs der Respekt, den Bek für ihn empfand.

Hin und wieder besuchte er Panax oder sogar Hunter Predd, wenn der Flugreiter an Bord kam und sich mit Walker oder Redden Alt Mer unterhielt. Die meisten Fahrenden kannte er beim Namen, und sie hatten ihn auf eine lockere Weise in ihrem Kreis aufgenommen, die Kameradschaft, jedoch nicht zwangsläufig Vertrauen beinhaltete. Mit den Elfen hatte er wenig zu tun, vor allem, weil sie woanders untergebracht waren. Er sprach mit dem Heiler, Joad Rish, einem großen, gebeugten Mann, dessen freundliche Miene ihn stets aufmunterte. Der Heiler war sich, ähnlich wie Bek, über seinen Nutzen an Bord im Unklaren und fühlte sich fehl am Platze. Dafür konnte man sich gut mit ihm unterhalten, und er sprach gern mit dem Jungen über Heilmittel und Verfahren, die über die gewöhnlichen Formen der Heilung hinausgingen und hauptsächlich von Elfen angewendet wurden.

Sogar mit der wehmütigen Seherin Ryer Ord Star unterhielt sich Bek ein oder zwei Mal. Sie war allerdings so schüchtern und zurückhaltend, dass sie jedem außer Walker aus dem Weg ging, dem sie überallhin folgte. Wie von dem Druiden in Bann geschlagen, war sie sein Schatten und lief ihm hinterher, lauschte auf jedes Wort und beobachtete jede Bewegung. Dieses Verhalten war ständiges Gesprächsthema, aber nie in Walkers Nähe. Niemand wollte die Anhänglichkeit der jungen Frau dem Druiden gegenüber zur Sprache bringen, wenn sie diesen selbst nicht zu stören schien.

Von Truls Rohk fehlte immer noch jede Spur. Panax behauptete, er sei an Bord, zu sehen war aber nichts von ihm.

Dann, zehn Tage vom Festland entfernt, kam die Insel Flay Creech in Sicht. Es ging auf Mittag zu, der Himmel war grau und verhüllt, und das Wetter wurde zum ersten Mal seit ihrem Aufbruch ungemütlich. Gewitterwolken drängten sich im Westen und wälzten sich langsam auf dem noch immer schwachen Wind heran, und das Brennen der Sonne, die durch die Lücken in den dünneren Wolken geschienen hatte, machte kühlerer Luft Platz. Unter ihnen hob und senkte sich das Meer in sanften Wogen, ein silberbetupfter Azurteppich, der sich am Gestade der Insel brach, doch dahinter am Horizont wirkte er düster und bedrohlich.

Flay Creech bot keinen hübschen Anblick. Die Insel war grau und öde, eine Ansammlung meist glatter Hügel, die von einem unregelmäßigen Netz tiefer Gräben durchzogen war – durch letztere konnte das Meerwasser weit ins Land vordringen. Abgesehen von einigen niedrigen Bäumen und Gräsern wuchs hier nichts. Die Insel war klein, kaum eine halbe Meile lang, und vor der Küste im Süden erhob sich ein großer Felsen, der einer Eidechse ähnelte, die das Maul aufgerissen und den Kamm zur Warnung aufgestellt hat. Auf der Karte, die Walker für die Schiffsgesellschaft gezeichnet hatte, war der Eidechsenkopf die Landmarke, an der man die Insel erkennen sollte.

Redden Alt Mer umfuhr das Eiland langsam mit der *Jerle Shannara* und hielt sich mehrere Hundert Fuß darüber, während sich Besatzung und Passagiere an der Reling versammelten und das Unheil verkündende Stück Land betrachteten. Bek schaute mit den anderen nach unten, entdeckte jedoch nichts Interessantes. Lebenszeichen oder irgendwelche Bewegungen waren nicht zu erkennen. Die Insel wirkte verlassen.

Nachdem sie mehrmals über sie hinweggeflogen waren, gab Walker Hunter Predd, der sich mit den beiden anderen Flugreitern über ihnen hielt, ein Zeichen. Der grauhaarige Reiter näherte sich dem Schiff und schüttelte den Kopf. Sie hatten ebenfalls nichts gesehen. Trotzdem würden sie nicht hinunterfliegen, um die Insel näher zu untersuchen, wie Bek wusste, denn der Druide hatte ihnen befohlen, auf keiner der Inseln zu landen, ehe nicht ein Trupp vom Luftschiff aus hinuntergegangen war. Die Rocks und ihre Reiter waren zu wertvoll, um sie zu riskieren; falls man sie verlor, konnte man sie nicht ersetzen.

Walker rief Redden Alt Mer und Ard Patrinell zu sich. Bek und Quentin drängten sich näher heran, um zu hören, was gesprochen wurde.

»Was hast du gesehen?«, fragte der Druide den Fahrenden gerade.

»Das Gleiche wie du. Nichts. Aber irgendwie gefällt mir der Anblick der Insel nicht. Was hat bloß diese Gräben geschaffen, die kreuz und quer verlaufen?«

Wirkte Redden Alt Mer schon unglücklich, so traf dies auf Ard Patrinell umso mehr zu. »Mir gefällt gar nicht, was ich sehe. Ein solches Gelände ist mir noch nie begegnet. Diese Form. Irgendwie nicht richtig. Unnatürlich.«

Walker nickte. Bek bemerkte seine Unruhe. Die Formation dieser Gräben war eigentümlich.

Wortlos ging der Druide hinüber zu Ryer Ord Star, beugte sich zu ihr vor und sprach leise mit ihr. Die Seherin hörte aufmerksam zu, dann drückte sie die dünnen, kleinen Hände an die Brust, schloss die Augen und wurde vollkommen still. Bek beobachtete sie mit den anderen und fragte sich, was wohl geschehen würde. Schließlich schlug sie die Augen wieder auf und redete rasch und atemlos auf den Druiden ein. Als sie fertig war, schaute er ihr kurz in die Augen, drückte ihre Hand und drehte sich um.

Er kehrte zu Ard Patrinell und Redden Alt Mer zurück. »Ich werde mir die Sache mal etwas genauer anschauen«, sagte er. »Lasst mich in einem Korb hinunter und haltet euch bereit, mich auf mein Zeichen hin sofort wieder hochzuholen. Falls etwas schief geht, folgt mir auf gar keinen Fall.«

»Ich glaube, du solltest nicht allein gehen«, erwiderte Ard Patrinell.

Walker lächelte. »Gut. Ich nehme einen Mann mit.«

Er trat zu Quentin Leah. »Hochländer, ich brauche einen Krieger, der eine schnelle, sichere Klinge führt. Bist du an der Aufgabe interessiert?«

Quentin nickte sofort, und auf seinem sonnengebräunten Gesicht breitete sich ein Grinsen aus. Er rückte das Schwert von Leah auf seinem Rücken zurecht und blinzelte Bek zu, ehe er eilig dem Druiden folgte. Dieser schritt bereits zu Furl Hawken, der den Korb an der Winde vorbereitete.

Ahren Elessedil stand plötzlich neben Bek und legte ihm die Hand auf die Schulter. Panax kam ebenfalls zu ihm. »Was ist los?«, knurrte der Zwerg.

Bek war zu verblüfft, um zu antworten, und versuchte noch immer herauszufinden, warum sein unerfahrener Cousin vom Druiden ausgesucht worden war und nicht der Hauptmann der Elfen oder einer der Jäger. Walker hatte sich schon in den Korb begeben und die dunkle Robe dicht um sich zusammengezogen, während Quentin nun rasch zu ihm stieg. Redden Alt Mer befand sich am Steuer des Schiffes und ließ es an der östlichen Spitze der Insel bis auf zwanzig Fuß Höhe über Grund sinken. Bek wollte seinem Vetter eine Ermunterung zurufen und ihn warnen, er solle bloß vorsichtig sein. Aber er brachte die Worte nicht heraus. Stattdessen stand er da und starrte die Fahrenden an, die den Korb und seinen Inhalt mit der Winde hochzogen und dann am Kran über die Reling führten.

Der Rest der Truppe an Bord schaute zu, wie die Fahrenden den Korb und die beiden Männer darin in Richtung Insel hinunterließen.

Walker Boh dachte hektisch nach, während der Korb sich der Insel entgegensenkte, und eindringlich gingen ihm immer wieder die Worte der Seherin durch den Sinn.

»Drei dunkle Löcher in Raum und Zeit sehe ich, Walker. Drei, die dich verschlingen wollen. Sie liegen im tiefen blauen Wasser, das sich auf ewig unter Himmel und Wind ausbreitet. Eines ist blind und kann nicht sehen, doch es wird dich trotzdem finden. Eines hat Mäuler, die dich in einem Stück verschlingen wollen. Eines ist alles und nichts und wird deine Seele rauben. Alle bewachen Schlüssel, die anders aussehen, als sie sind, und die in keiner Weise so sind, wie sie wirken. Das alles erkenne ich in einem Dunst aus Schatten, der dich überallhin verfolgt und danach trachtet, sich wie ein Leichentuch über dich zu legen.«

Das waren die Worte, die sie gestern Nacht zu ihm gesagt hatte, als sie unerwartet nach Mitternacht zu ihm kam. Sie war aus einem Traum erwacht, der etwas Neues über die Suche enthüllte. Ihr Gesicht war aus Furcht um ihn verzerrt. Sie hatte ihn wach gerüttelt und die seltsame Vision mitgeteilt. Diese war ungebeten eingetreten, zwischen verschiedenen Träumen, war jedoch selbst kein Traum, sondern klar und deutlich ein Blick in die Zukunft, etwas, das unabänderlich geschehen würde.

Er beruhigte sie, hielt sie im Arm, weil sie zitterte und noch nicht vollkommen wach war. Sie war an ihn gefesselt, das wusste er, auf eine Weise, die keiner von beiden bislang verstand. Auf dieser Reise begleitete sie ihn, weil sie glaubte, es sei ihr Schicksal, aber ihre Gebundenheit an ihn war nicht nur von Gefühlen bestimmt, sondern hatte auch etwas Übernatürliches an sich. Sie hatte in ihm eine verwandte Seele gefunden, einen anderen Teil ihres Wesens, und sich daher ganz in seine Obhut begeben. Das gefiel ihm nicht, und er wäre längst dagegen eingeschritten, doch hatte er noch keinen Weg gefunden, sie zu befreien.

Tränen glitzerten in ihren Augen. Sie umklammerte seinen Arm, erzählte ihm von dem Traum und rang mit seiner Bedeutung. Mehr als das, was ihr gegeben war, konnte sie nicht sehen, sie hatte keine Einsichten, die ihm helfen würden, und aus diesem Grunde fühlte sie sich unzulänglich und nutzlos. Er hingegen sagte ihr, für ihn sei die Vision sehr klar und würde ihm Sicherheit geben; dann hielt er sie noch eine Zeit lang im Arm, bis sie sich beruhigt hatte und wieder schlafen ging.

Aber seine Worte waren falsch gewesen, denn er verstand ihre Vision keineswegs vollständig. Die schwarzen Löcher waren die Inseln, die er suchte. Auf jeder erwartete ihn etwas Dunkles und Gefährliches. Die Schlüssel, die er finden würde, ähnelten nicht den Schlüsseln, die er gewöhnt war. Der Dunst aus Schatten, der ihm folgte und ihn einhüllen wollte, war die Ilse-Hexe.

Was die Augen und Münder und Geister betraf, so hatte er keine Ahnung. Hatte sie diese in einer bestimmten Ordnung gesehen? Waren es Manifestationen wirklicher Gefahren oder nur Metaphern für etwas anderes? Er war kurz vor dem Abstieg zu ihr gegangen und hatte sie gebeten, ihre Vision zu wiederholen. Dabei, so hoffte er, würde sie ihm etwas enthüllen, das sie gestern Nacht in der Aufregung vielleicht vergessen hatte. Doch ihre Beschreibung des Traums veränderte sich nicht. Und eine neue Vision hatte sich ebenfalls nicht eingestellt. Daher konnte er nicht wissen, was ihn auf der Insel erwartete, und aus diesem Grund musste er nach den drei Gefahren, die sie vorhergesehen hatte, Ausschau halten, bis sich eine von ihnen präsentierte.

Den Hochländer mitzunehmen, stellte ein Risiko dar. Aber Quentin Leah besaß außer ihm als Einziger richtige Magie, Truls Rohk nicht mitgerechnet, und er brauchte jemanden, der ihm den Rücken freihielt, während er den ersten Schlüssel suchte. Quentin war jung und besaß nicht viel Erfahrung, doch das Schwert von Leah war eine mächtige Waffe, und Quentin hatte inzwischen bereits fast zwei Wochen mit Ard Patrinell Waffenübungen absolviert. Den Elfen hielt Walker für den besten Fechter, den er je getroffen hatte. Er hatte ihn mit dem Hochländer beobachtet. Quentin begriff schnell und zeigte bereits Anzeichen, es eines Tages mit seinem Lehrer aufnehmen zu können. Das allein überzeugte den Druiden, ihm eine Chance zu geben.

Sicherlich hätte man einwenden können, Truls Rohk wäre die bessere Wahl gewesen, allerdings hätte man dann bis Einbruch der Nacht warten müssen. Der im Anzug befindliche Sturm gefiel Walker jedoch nicht, und außerdem hatte er das Gefühl, es sei günstiger, die Anwesenheit des Gestaltwandlers noch ein wenig geheim zu halten.

Der Korb kam auf dem Boden der Insel auf, und die beiden kletterten heraus. Quentin hatte das Schwert gezogen und in beide Hände genommen. »Bleib dicht bei mir, Quentin«, wies ihn Walker an. »Weich nicht vom Weg ab. Pass auf mich auf, aber auch auf dich.«

Sie hasteten geduckt über den flachen Grund und schauten sich wachsam um. Die Oberfläche war steinig und feucht. Aus der Nähe betrachtet wirkten die tiefen Furchen noch geheimnisvoller, denn sie erschienen wie Bewässerungsrinnen im Fels, waren aber nicht gerade und gleichmäßig, sondern geschwungen und unregelmäßig. Manche von ihnen waren über einen Meter tief. Ihr seltsames Netzwerk überzog die ganze Insel. Walker suchte nach Schlupflöchern im Fels, in denen Tiere wohnen und sich verstecken konnten, doch er fand nichts, nur den nackten Stein und die kleinen Tümpel.

Sie gingen weiter, und Walker hielt zwischen dem massiven Fels und dem Meerwasser nach Spuren des Schlüssels Ausschau. Wo könnte ein solcher Schlüssel verborgen sein? Wenn er magischer Natur war, sollte er ihn rasch entdecken. Wenn nicht, konnte die Suche länger dauern – und Zeit kosten, die sie vielleicht nicht hatten.

Er blickte sich aufmerksam um. Die Insel lag still da, und nur das Seegras, das sich im herannahenden Sturmwind neigte, bewegte sich.

Plötzlich spürte Walker etwas Unvertrautes, nicht die Magie, die er erwartet hatte, sondern einen Gegenstand, der nichtsdestotrotz lebendig wirkte, auch wenn er ihn nicht identifizieren konnte. Er befand sich zu seiner Linken in einem Gewirr aus Geröll, das eine Erhöhung an der Südspitze bildete. Der Druide ging sofort darauf zu, an einem der seltsamen Gräben entlang, doch stets so, dass er seine Umgebung im Auge behalten konnte. Quentin Leah folgte ihm wortlos, drängte sich nahe an seinen Anführer in der dunklen Robe heran. Das Schwert funkelte im Sonnenlicht.

Dann verbarg sich die Sonne hinter einer dichten Wolkenbank, und die Insel Flay Creech wurde in Schatten gehüllt.

Im nächsten Augenblick erwachte das Meer um sie herum zu wildem Leben.

An Bord beobachtete Bek Rowe atemlos, wie das Wasser um Flay Creech heftig zu brodeln begann. Das helle Azur verdunkelte sich, die kristallklare Stille wurde aufgewühlt, und Dutzende sich windender Körper drängten aus der Tiefe des Ozeans nach oben. Gigantische Aale, von denen manche mehr als zehn Meter lang waren und deren klaffende Mäuler Hunderte rasiermesserscharfer Zähne zeigten, schlängelten sich aus dem Wasser auf die Insel. Sie kamen aus allen Richtungen und glitten in die tiefen Kanäle, in die sie perfekt passten, sodass Bek es nun begriff: Diese Rinnen waren durch ihr zahlloses Kommen und Gehen über die Jahre entstanden. In einer wimmelnden Masse rutschten sie vom Meer an Land und dann durch die Gräben und von einem seichten Tümpel zum anderen, wobei sie die beiden Männer umzingelten, welche auf das Geröllgewirr zuliefen.

»Schatten!«, hörte Bek Panax fluchen, der den Vormarsch der Aale ebenfalls beobachtete.

Die Tiere waren so erregt, dass sie ständig aneinander stießen, während sie sich durch die Gräben auf ihre Beute zubewegten. Manche erlangten kurzzeitige Vorteile vor ihren Artgenossen, ehe sie wieder in die Kanäle zurückfielen. Einige, die entweder das Gedränge wütend gemacht hatte oder die nur hungrig waren, schnappten nach anderen. Man hatte den Eindruck, die gesamte Insel würde überrannt: Überall waren schleimige Körper, überall bewegte es sich. Von solch riesigen Aalen hatte Bek noch niemals gehört, und auch eine derartige Ansammlung hatte er sich nicht vorstellen können.

Walker grub hektisch zwischen den Felsen und hatte den näher kommenden Ungeheuern den Rücken zugekehrt. Quentin, dicht bei dem Druiden, hatte sich auf eine kleine Erhöhung gestellt, damit er sein Schwert ungehindert einsetzen konnte. Er beobachtete die Masse der Meeresjäger, die auf ihn zukamen, und machte sich bereit.

Oh, aber es sind so viele!, dachte Bek voller Schrecken.

Der erste Aal erreichte Quentin und stieß wie eine Schlange zu. Der Hochländer hob das Schwert von Leah, die Magie erwachte zum Leben und flammte über die gesamte Klinge, und der Aal wurde genau hinter dem klaffenden Maul in zwei Teile getrennt und schlug voller Schmerz und Verwirrung um sich. Seine Artgenossen verschlangen ihn augenblicklich und rissen ihn in Fetzen. Ein Zweiter griff Quentin an, doch dieser vollführte rasch einen weiteren Hieb und tötete den Angreifer. Gleich darauf erlegte er einen Dritten, der hinter ihm aufgetaucht war.

Walker Boh richtete sich aus seiner gebeugten Haltung auf und beschwor das Druidenfeuer. Die blauen Flammen sprangen explosionsartig von seinen Fingern, verbrannten die anrückenden Aale und drängten sie zurück in die Gräben. Dann bückte er sich wieder und suchte weiter.

Kurze Zeit später waren die Aale erneut da, durchbrachen den erlöschenden Ring aus Feuer und sperrten hungrig die Mäuler auf.

Es sind zu viele!, dachte Bek erneut und packte hilflos die Reling des Luftschiffes, während die nächste Welle von Angreifern auf Quentin und den Druiden einstürmte.

»Kapitän!«, rief Ard Patrinell Redden Alt Mer verzweifelt zu.

Der Fahrende mit den feuerroten Haaren hastete sofort in die Pilotenkanzel. »Sicherheitsleinen anlegen!«, schrie er. »Wir greifen sie an!«

Bek schaffte es kaum, sich anzuschnallen, da ging die *Jerle Shannara* bereits in steilen Sturzflug über.

Quentin Leah erschlug den nächsten Aal und fuhr sofort herum, um sich einem weiteren zu stellen. Den ersten Angriff hatte er abgewehrt, doch der Zweite erschien ihm noch wilder und entschlossener. Der Hochländer setzte seine Hiebe gleichmäßig und genau, und er drehte sich ständig um, damit sein Rücken niemals länger als einige Sekunden in eine Richtung entblößt war, genau so, wie Ard Patrinell es ihm bei den Übungen gezeigt hatte. Quentin war stark und schnell, und er geriet angesichts der Übermacht nicht in Panik. Seit er laufen konnte, hatte er im Hochland gejagt, und so hatte er schon oft schrecklichen Gefahren gegenübergestanden. Hier an diesem Ort jedoch wurde langsam die Zeit knapp. Die Riesenaale konnten zwar durch die Magie seiner Waffe getötet werden, doch das Sterben ihrer Artgenossen machte ihnen nichts aus. Sie würden immer weiter vordrängen, bis sie bekommen hatten, was sie wollten. Und es waren so viele, dass sie am Ende Erfolg haben würden. Schon jetzt wurden Quentins Arme schwer, seine Bewegungen wirkten langsam und hölzern. Der Gebrauch der Magie des Schwertes erschöpfte seine Kräfte rasch. Er fühlte es und wusste doch nichts dagegen zu unternehmen. An beiden Armen und an einem Bein blutete er aus Wunden, die ihm die Angreifer mit ihren messerscharfen Zähnen zugefügt hatten, und sein Gesicht war in Schweiß und salzige Gischt gebadet.

Walker ächzte, richtete sich auf und stand plötzlich neben ihm. »Ich habe ihn!«, rief er und schob etwas in seine Robe. »Lauf los! Dort entlang!«

Sie sprangen von dem Felsen herunter, rannten auf ein offenes, flaches Stück Land zu, das keine dreißig Meter entfernt war, und wateten durch die seichten, rutschigen Tümpel. Die Aale jagten ihnen hinterher, ihre riesigen Leiber drängten und schlängelten sich durch die tiefen Kanäle. Über ihnen sank die *Jerle Shannara* herab, hatte die Segel gesetzt und die Strahlungssammler gespannt. Das schlanke Schiff fiel wie ein Senklot aus dem grauen Himmel. Näher und näher kamen die Aale, und Quentin und Walker drehten sich ein letztes Mal um, wobei vom ausgestreckten Arm des Druiden Feuer sprang, während der Hochländer die Magie seines Schwertes aufblitzen ließ.

Der Schatten des Luftschiffes fiel auf sie, und die Strickleiter schwang vorbei, ihr Weg in die Sicherheit. Beide griffen instinktiv danach, packten sie und wurden vom Boden hochgerissen. Die Mäuler der Aale schnappten nur wenige Zoll entfernt ins Leere.

Sekunden später hatten sie die Insel hinter sich gelassen und stiegen an der Leiter hinauf zum Deck.

Bek gehörte zu jenen, die den Druiden und den Hochländer über die Reling zogen. Das Luftschiff stieg bereits wieder über Flay Creech und der Masse enttäuschter Aale in die Höhe. Als sein Vetter endlich vor ihm stand, verletzt und blutend, aber doch lächelnd, wollte Bek ihn eigentlich schelten, weil er solche Risiken einging und ihn zu Tode erschreckte, aber stattdessen schloss er Quentin einfach nur fest in die Arme.

»Aua, du tust mir weh!«, schrie Quentin. Als Bek eilig zurückwich, grinste sein Vetter breit. »Na, glücklich, mich zu sehen, Bek? Hast doch nicht an mir gezweifelt, oder?«

Walker stand neben ihm, kramte in seiner Robe nach dem, was er entdeckt hatte, und alle versammelten sich um ihn. Er brachte ein flaches Metallrechteck mit symmetrischen Kanten hervor, die in einem geometrischen Muster mit einem kleinen, erhöhten, leicht vibrierenden Quadrat verbunden waren. Ein rotes Licht inmitten dieses Quadrats blinkte. Alle starrten das Ding überrascht an. So etwas hatte Bek noch nie gesehen.

»Was ist das?«, fragte Panax schließlich.

»Ein Schlüssel«, antwortete Walker. »Aber keiner von der Sorte, wie wir sie kennen. Dieser Schlüssel gehört zur Technologie der Alten Welt aus der Zeit vor den Großen Kriegen, aus der alten Zivilisation der Menschen. Es muss eine Art Maschine sein, die ein Eigenleben besitzt.«

Er ließ ihnen Gelegenheit, das Ding noch ein wenig zu betrachten, dann schob er es wieder in seine Robe. »Es wird uns große Geheimnisse verraten, wenn wir es entschlüsseln können«, sagte er leise, dann drückte er Quentin dankbar die Schulter und ging davon.

Die anderen kehrten auf ihre Posten oder an ihre Arbeit zurück und ließen das Abenteuer von Flay Creech hinter sich. Joad Rish riss bereits das Hemd des Hochländers auf, weil er die Wunden säubern wollte. Quentin nahm die Glückwünsche einiger Männer der Besatzung entgegen, bevor er sich auf ein Fass plumpsen ließ und zusammenzuckte, als der Heiler mit seiner Arbeit begann. Bek blieb bei ihm, leistete ihm schweigend Gesellschaft, und nur er bemerkte die nackte Angst, die in den grünen Augen seines Cousins aufblitzte, während er an seinem geschundenen Körper hinunterblickte und ihm bewusst wurde, wie nah er dem Tod gekommen war.

Aber dann sah er wieder auf, war wieder ganz er selbst, lächelte und hielt einen Finger in die Höhe.

Der erste Streich, meinte Quentin damit.

Bek erwiderte das Lächeln. Der erste Streich, dachte er, aber zwei lagen immer noch vor ihnen.

Einundzwanzig

Es dauerte zwei weitere Monate bis zur Insel Shatterstone. Bek hatte geglaubt, sie würden eher dort eintreffen, da sie bis nach Flay Creech lediglich zehn Tage gebraucht hatten. Aber Walkers grob gezeichneter Karte ließ sich durchaus entnehmen, dass die Entfernung wesentlich größer war, und das stellte sich tatsächlich als richtig heraus.

Nichtsdestotrotz flogen die Tage nur so dahin, verstrichen mit Routinearbeiten und kleinen Krisensituationen. Bek lernte immer mehr über Luftschiffe – wie sie konstruiert wurden, warum sie fliegen konnten und auf welche Weise man sie wartete. Er bekam Gelegenheit, fast alles eigenhändig auszuprobieren, angefangen vom Polieren der Diapsonkristalle bis hin zum Einfädeln der Strahlungssammler. Er durfte nach oben klettern, um sich anzuschauen, wie die Sammler an den Lichtsegeln befestigt waren, damit sie die Energie weiterleiten konnten. Auch ließ man ihm Zeit, den Umgang mit dem Schiffsruder und den übrigen Instrumenten zu üben. Am Ende der beiden Monate hielt Redden Alt Mer ihn für gut genug, ihm die Pilotenkanzel für mehrere Stunden am Stück zu überlassen, und erlaubte ihm, sich daran zu gewöhnen, wie das Luftschiff auf seine Hand reagierte.

Das Wetter zeigte sich weiterhin meist freundlich. Es gab Stürme, die jedoch keine Schäden am Schiff anrichteten und auch Besatzung und Passagiere nicht in Angst versetzten. Einige Orkane waren kräftiger, sodass das Schiff in Buchten von Inseln oder hinter Klippen Schutz suchte. Ein oder zwei Mal wurden sie von schweren Winden und Regen durchgeschüttelt, während sie noch in der Luft waren, doch die *Jerle Shannara* war gut gebaut und überstand sie mühelos.

Sicherlich half es, den Schiffbauer an Bord zu haben. Funktionierte etwas nicht, fand Spanner Frew das Problem und behob es sofort. Er liebte sein Schiff sehr und jeder, der es schlecht behandelte, wurde von ihm scharf zurechtgewiesen. Einmal beobachtete Bek den Fahrenden dabei, wie er einen Mann zu Boden schlug, nur weil er einen Diapsonkristall nicht richtig entfernt hatte.

Einzig Rue Meridian ließ sich weder von ihm noch von sonst jemandem einschüchtern. Von allen an Bord mit Ausnahme Walkers war sie die ruhigste Person. Bek flößte die Kleine Rote weiter Ehrfurcht ein, und wenn er die Gelegenheit hatte, beobachtete er sie, wobei er eine Sehnsucht empfand, die er kaum verhehlen konnte. Falls sie das bemerkte, so behielt sie es für sich. Sie war ihm gegenüber stets nett und hilfsbereit. Dann und wann neckte sie ihn oder brachte ihn mit ihrem verstohlenen Zwinkern oder einer klugen Bemerkung zum Lachen. Offiziell war sie als Navigator an Bord, doch bald entdeckte Bek, dass sie viel mehr war. Sie kannte sich mit dem Fliegen genauso gut aus wie ihr Bruder, und er betrachtete sie als seinen wichtigsten Ratgeber. Zudem war sie extrem gefährlich. Überall, wohin sie ging, trug sie ihre Messer bei sich, und sie wusste genau, wie sie damit umzugehen hatte. So beobachtete Bek sie einmal bei einem Messerwurf-Wettstreit mit anderen Fahrenden, den sie spielend gewann. Weder ihr Bruder noch Furl Hawken konnten sie schlagen, und das sollte schon etwas heißen. Er dachte, sie sei vielleicht nicht so gut im Umgang mit Waffen wie Ard Patrinell, doch er wollte es lieber nicht auf einen Test ankommen lassen.

Viel Zeit verbrachte er auch mit Ahren Elessedil. Gemeinsam spazierten die beiden vom Bug zum Heck und sprachen über alles, was sie interessierte. Nun, nicht ganz über alles. Einige Dinge behielt Bek lieber für sich. Sogar vor dem Elfen verschwieg er noch immer die Existenz des Phönixsteins. Auch von seiner Begegnung mit dem König vom Silberfluss hatte er niemandem erzählt. Allerdings wurde es zunehmend schwieriger, dieses Geheimnis vor Ahren verborgen zu halten. Im Laufe der Zeit wurde das Verhältnis zwischen ihm und dem jungen Elfen fast so eng wie das zu Quentin, und manchmal dachte er, Ahren wäre sein bester Freund geworden, wenn Quentin diesen Titel nicht zuerst errungen hätte.

»Erzähl mir, was du aus deinem Leben machen willst, Bek«, sagte der Elf eines Abends, während sie vorm Schlafengehen an der Reling standen. »Wenn du tun könntest, was du willst, was würde das sein?«

Bek antwortete, ohne nachzudenken. »Ich würde die Wahrheit über mich herausfinden.«

Damit war es heraus, dabei hatte er es gar nicht gewollt. Er hätte sich auf die Zunge beißen sollen, doch jetzt war es zu spät.

»Was meinst du damit?« Ahren schaute ihn scharf an.

Bek zögerte und suchte einen Ausweg. »Nun ja, ich wurde zu Coran und Liria gebracht, als ich noch ein Kleinkind war, weil meine Eltern gestorben waren. Ich weiß nichts über meine richtigen Eltern. Deshalb habe ich keine eigene Familiengeschichte.«

»Du musst doch Quentins Vater und Mutter ausgefragt haben. Konnten sie dir nichts erzählen?«

»Ich habe mich bei ihnen kaum darüber erkundigt. Während ich aufgewachsen bin, machte es mir nichts aus. Ich lebte eben bei ihnen und Quentin. Sie waren meine Familie und meine Vergangenheit. Aber jetzt möchte ich mehr erfahren. Vielleicht erkenne ich nur gerade, wie wichtig mir das ist, und nun will ich die Wahrheit herausfinden.« Er zuckte mit den Schultern. »Dumm, sich darüber den Kopf zu zerbrechen, hier am Ende der Welt.«

Ahren lächelte. »Das Ende der Welt ist genau der richtige Ort, um darüber nachzudenken, wer du bist.«

Jeden Tag gegen Mittag, für gewöhnlich während Bek mit den Fahrenden zu Tische saß, das Luftschiff steuerte oder sich vielleicht sogar im schmalen Schatten unter dem Vordermast mit Panax ausruhte, stand Ahren Elessedil in der Sonne und übte mit Ard Patrinell zwei Stunden lang den Umgang mit den Elfenwaffen. Manchmal beschäftigten sie sich mit Schwertern und Messern, dann wieder mit Pfeil und Bogen, Äxten oder Schleudern. Gelegentlich saßen die beiden einfach zusammen und redeten, und Bek beobachtete ihre Gesten. Der frühere Hauptmann der Leibgarde nahm seinen jungen Schutzbefohlenen hart ran. Die Übungen fanden zur heißesten Tageszeit statt, und stets waren sie besonders anstrengend. Lediglich zu dieser Zeit sah Bek die zwei zusammen, und schließlich fragte er Ahren danach.

»Früher war er dein Lehrer«, meinte Bek. »Und dein Freund. Warum verbringt ihr nicht mehr Zeit zusammen?«

Ahren seufzte. »Meine Idee war das nicht, sondern seine. Er wurde von seinem Posten entlassen, weil er für das Leben meines Vaters verantwortlich war. Die Elfenjäger, die er anführt, akzeptieren ihn nur, da der König, mein Vater, es so befohlen hatte und weil sie seine Erfahrung und seine Fähigkeiten schätzen. Trotzdem akzeptieren sie seine Freundschaft mit mir nicht. Diese endete mit dem Tod meines Vaters. Meine Ausbildung setzt er nur fort, da mein Vater es so angeordnet hat. Alles andere wäre unziemlich.«

»Aber wir befinden uns mitten auf dem weiten Ozean.« Bek war verblüfft. »Welchen Unterschied würde es schon machen?«

Ahren zuckte mit den Schultern. »Ard muss sich darauf verlassen können, dass seine Männer ihm ohne Widerspruch und Zögern gehorchen. Dazu braucht er ihren Respekt. Was, wenn sie nun glauben, er würde sich bei mir einschmeicheln, um zurückzugewinnen, was er verloren hat? Oder wenn sie denken, er würde mehr als einem Herrn dienen? Deshalb übt er des Mittags mit mir, in der größten Hitze, und härter als mit ihnen. Aus dem gleichen Grund ignoriert er mich sonst. Er begünstigt mich nicht. So gibt er ihnen keinen Grund, an ihm zu zweifeln. Verstehst du?«

Bek verstand es nicht wirklich, dennoch nickte er.

»Außerdem«, fügte Ahren hinzu, »bin ich der zweitgeborene Sohn eines toten Königs, und die zweiten Söhne toter Könige müssen lernen, zäh und unabhängig zu werden.«

Panax, schroff und reizbar, wie er war, sagte zu Bek, die Elfen sollten lieber weniger Zeit damit verbringen, sich gegenseitig auf die Füße zu treten, und stattdessen mehr auf ihre Instinkte vertrauen, dann wären sie besser dran. Früher sei es einmal so gewesen, verkündete er unverblümt. Erst seit die letzten Elessedils die Krone aufgesetzt hatten, hätten sich die Dinge verändert. Auf welche Weise er allerdings zu diesem Schluss gekommen war, da er doch im hinterwäldlerischen Depo Bent wohnte, konnte Bek nicht erkennen. Trotz seines einsiedlerischen Lebens schien der Zwerg ziemlich gut darüber Bescheid zu wissen, was in den Vier Ländern vor sich ging.

»Nimm bloß diesen lächerlichen Krieg zwischen den Freien und der Föderation«, murmelte er einmal, während sie dasaßen und Patrinell und Ahren beim Kampf mit Stöcken zuschauten. »Wozu ist der gut? Seit fünfzig Jahren streiten sie sich wegen desselben Stücks Land, seit mehr als fünfhundert Jahren über die Kontrolle der Grenzländer. Ständig geht es hin und her, nie verändert sich etwas, nie wird eine Entscheidung getroffen. Sollte man nicht denken, dass sie sich nach all der Zeit endlich zusammensetzen und eine Lösung ausarbeiten? Wie kompliziert könnte das sein? Oberflächlich betrachtet, dreht es sich um Souveränität und Gebietsansprüche, dahinter aber stehen Handel und Wirtschaft. Man braucht bloß einen Weg zu finden, sie von diesem Streit abzulenken und sie zu Gesprächen über Handelsbündnisse und den Wohlstand, der daraus resultieren würde, zu bringen, dann wäre der Krieg in zwei Tagen beendet.«

»Aber die Föderation ist entschlossen, die Grenzländer zu beherrschen«, wandte Bek ein. »Die Grenzländer sollen Teil ihres Südlandreiches werden. Was ist damit?«

Der Zwerg spuckte aus. »Die Grenzländer werden niemals Teil eines einzigen Landes sein, denn sie sind Teil aller Vier Länder, solange jemand zurückdenken kann. Der durchschnittliche Südländer schert sich einen Dreck darum, ob die Grenzländer Teil der Föderation sind. Ihn interessiert nur, dass diese Eschenbögen gut für die Jagd geeignet sind, dass die Frauen diese Seidenschals lieben, dass die großen Käse und Biere aus Varfleet kommen und dass die Heilpflanzen, die in Streleheim wachsen, endlich wieder in den Süden geliefert werden! Für die Annexion der Grenzländer hingegen interessieren sich nur die Mitglieder des Koalitionsrates. Die sollte man mal eine Woche auf die prekkendorranische Höhe schicken und abwarten, wie sie dann über diese Angelegenheit denken!«

Während dieser acht eigentümlichen Wochen gab es auch kleine Sehenswürdigkeiten zu bestaunen. Eines Tages tauchten unter dem

Luftschiff mehrere Wale auf, die nach Westen schwammen. Wie große Wassergefährte ritten sie voller Freude auf den Wellen, stießen Fontänen in die Luft und klatschten mit den Schwanzflossen. Der Hochländer und der Elf schauten ihnen zu und beneideten diese Riesen um ihre Freiheit. An einem anderen Tag sprangen Hunderte Delfine in rhythmischem Schwung aus dem Wasser und tauchten wieder ein, kleine helle Schimmer in dem ansonsten tiefblauen Meer. Sie sahen wandernde Schulen von Fischen, manche mit wunderbaren Farben, alle jedoch schlank und schnell. Riesige Kalmare mit zehn Meter langen Tentakeln schwammen vorbei wie gefiederte Pfeile, und gefährliche Raubfische mit Flossen, die Messern gleich durch das Wasser schnitten.

Hin und wieder ging an Bord des Luftschiffes etwas kaputt, für das kein Ersatzteil zu finden war. Manchmal wurden auch die Vorräte knapp. In beiden Fällen mussten die Flugreiter aushelfen. Während einer von ihnen beim Luftschiff blieb, erkundeten die beiden anderen die Inseln der Umgebung und trieben auf, was gerade gebraucht wurde. Zwei Mal durfte Bek sie begleiten, und beide Male suchten sie nach Süßwasser, Obst und Gemüse, um die Vorräte aufzufüllen. Einmal ritt er mit Hunter Predd auf Obsidian, einmal bei dem Reiter namens Gill auf dessen Rock Tashin. Die Flüge waren wunderbar. Er erlebte dabei ein Gefühl der Freiheit, das selbst auf dem Schiff nicht zu finden war. Die großen Vögel waren wesentlich schneller, sie reagierten rascher, und sie fühlten sich im Gegensatz zu dem aus Metall und Holz gebauten Schiff warm und lebendig an.

Die Flugreiter waren freiheitsliebende Leute und hielten sich ein wenig abseits von den anderen. Als Bek allen Mut zusammennahm und Hunter Predd danach fragte, erklärte ihm der wortkarge Flugreiter geduldig, dass man für dieses Leben vor allem fest glauben musste, anders zu sein. Das hatte mit der Zeit zu tun, die man im Flug verbrachte, und mit der Freiheit, die man empfand, wenn man die Sicherheiten aufgab, auf welche sich die am Boden Lebenden verließen. Flugreiter mussten sich als unabhängig betrachten, um ihre Aufgaben erledigen zu können, mussten unbehindert und unbelastet von Verbindungen jeder Art außer der zu ihren Rocks und ihrem eigenen Volk sein.

Bek war nicht sicher, ob nicht ein großer Teil dieses Überlegenheitsdenkens durch die Freiheit des Flugs auf den Rocks hervorgerufen wurde. Dennoch mochte er Hunter Predd und Gill, und es würde ihm sowieso nichts einbringen, wenn er ihre Denkweise infrage stellte. Wäre er selbst ein Flugreiter, so sagte er zu sich, würde er vermutlich genauso denken.

Als er Ahren von seinem Gespräch mit Hunter Predd erzählte, lachte der Elfenprinz. »Jeder an Bord dieses Schiffs hält seine Lebensweise für die Beste, aber die meisten sprechen nicht darüber. Der Grund dafür, warum Flugreiter so offen über ihre reden, liegt darin, dass sie jederzeit auf ihre Rocks springen und davonfliegen können, wenn ihnen eine Erwiderung nicht gefällt!«

Aber es gab nur wenige Streitigkeiten während dieser Wochen, nachdem sie Flay Creech hinter sich gelassen hatten, und schließlich stellte sich ein angenehmer Tagesablauf und damit Zufriedenheit an Bord ein. Erst nachdem einer der Flugreiter die Insel Shatterstone gesichtet hatte, sollte sich das ändern.

Der Flugreiter Gill sah Shatterstone als Erster bei seiner nachmittäglichen Patrouille. Schon seit Tagen hatte man Ausschau gehalten, denn nach Redden Alt Mers Berechnungen musste sie in der Nähe sein. Schon zuvor war eine Gruppe von drei kleinen Inseln aufgetaucht, die als Landmarke auf der Karte eingezeichnet waren und die Gesuchte ankündigten.

Walker Boh stand beim Kapitän in der Pilotenkanzel hinter Furl Hawken, der an diesem Nachmittag das Steuer übernommen hatte, und besprach, ob sie nicht bei Sonnenaufgang am nächsten Tag den Kurs berichtigen sollten, als Gill mit der Neuigkeit zurückkehrte. An Bord verließen alle ihre Arbeit und eilten zur Reling, und der Große Rote drehte die *Jerle Shannara* scharf nach links, um dem Flugreiter zu folgen.

Endlich, dachte der Druide, während sie nach Süden auf die untergehende Sonne zusegelten. Die lange Untätigkeit und die verführerische Bequemlichkeit der Routine hatten ihn mit Sorgen erfüllt. Die Teilnehmer der Expedition mussten stets mit geschärften Sinnen wachsam bleiben. Inzwischen verloren sie das Ziel aus den Augen. Die einzige Lösung war, die Sache weiter voranzutreiben.

Aber als die Insel in Sicht kam, wurden seine Erwartungen enttäuscht. War Flay Creech klein und flach gewesen, so präsentierte sich Shatterstone weitläufig und gebirgig. Eine Vielzahl von Gipfeln erhob sich aus der Blauen Spalte und verschwand in Wolken und Nebel. Überall sahen sie Cañons, die Hunderte Meter tief waren. Die Küste bestand aus zerklüfteten Klippen, die nichts Gutes ahnen ließen, Strände und seichte Stellen waren kaum zu finden, nur abweisende Felswände, die steil aus dem Ozean aufstiegen. Die Insel war üppig mit Bäumen und Gräsern, Buschwerk und Rankpflanzen überwuchert, und Wasserfälle zogen sich wie silberne Fäden durch das Smaragdgrün. Nur auf den Gipfeln und an den windumtosten Steilwänden fehlte der Bewuchs. Vögel erhoben sich von ihren Horsten und stürzten sich wie weiße Blitze zur Jagd ins Meer. An den Klippen wogte die Brandung in langen Wellen gegen die Felsen und erzeugte milchigen Schaum.

Walker ließ die Insel zwei Mal von der *Jerle Shannara* umrunden, merkte sich dabei die Landmarken und versuchte, ein Gefühl für die Landschaft zu entwickeln. Würde man Shatterstone mit gewöhnlichen Methoden durchsuchen, bräuchte man Wochen, vielleicht gar Monate. Sogar dann würde man den Schlüssel noch übersehen, wenn er in einer dieser tiefen Schluchten vergraben war. Er fragte sich, welches der drei Schrecknisse aus Ryer Ord Stars Vision diesen Schlüssel bewachte. Die Aale sollten wohl die Mäuler gewesen sein, die ihn verschlingen wollten. Damit blieb das Blinde, das ihn trotzdem finden würde, oder das Eine, das alles war und nichts und seine Seele rauben wollte. Er hatte gehofft, die Seherin würde erneut eine Vision haben, ehe sie Shatterstone erreichten, doch das war nicht geschehen. Sie mussten sich also mit dem zufrieden geben, was sie hatten.

Er beobachtete die zerklüftete Insel, während sie unter ihnen dahinglitt, und beschloss, seine Entscheidung auf jeden Fall bis zum nächsten Morgen zu verschieben. Der Einbruch der Nacht stand bevor, und er trug sich nicht mit der Absicht, im Dunkeln mit einem Suchtrupp zu landen.

Immerhin könnte er vielleicht Truls Rohk vorausschicken, fiel ihm plötzlich ein. Der Gestaltwandler bevorzugte sowieso die Dunkelheit, und seine Instinkte für die Anwesenheit von Magie waren beinahe so geschärft wie die des Druiden.

Die Flugreiter landeten auf einem offen Steilhang hoch über der tosenden Brandung an der Westküste der Insel, banden ihre Rocks fest und erkundeten die nähere Umgebung. Sie fanden nichts, was sie bedroht hätte, und beschlossen, es sei sicher, hier die Nacht zu verbringen. Bis zum Morgen würde niemand den Versuch unternehmen, ins Landesinnere vorzustoßen. Redden Alt Mer ließ das Luftschiff an einer Klippe in der Nähe ankern und die Leinen so festmachen, dass es in einer Höhe von etwa sechs Metern über dem Boden schwebte. Niemand würde das Schiff bis zum Morgen verlassen, und bis dahin würden die Wachen verstärkt werden. Die Dunkelheit brach bereits über die Insel herein, doch der Himmel über der Küste schien klar zu bleiben. Im Licht von Halbmond und Sternen sollte es leicht sein, alles zu sehen, was sich dem Schiff näherte.

Nach dem Abendessen rief Walker seine Berater in Redden Alt Mers Kabine zusammen und erklärte ihnen seine Pläne für den folgenden Tag. Obwohl er es niemandem sagte, hatte er den Gedanken vorerst fallen gelassen, Truls Rohk einzusetzen. Stattdessen würde er mit einem der Flugreiter über die Gipfel und durch die Schluchten fliegen, um den verborgenen Schlüssel mit seinen Druidensinnen zu entdecken. Weil der Schlüssel eine solch deutliche Ausstrahlung hatte, und zwar vermutlich als einziger Gegenstand auf dieser Insel, bestand die Chance, auf diese Weise sein Versteck zu bestimmen. Wenn er sich an einer Stelle befand, die der Flugreiter ohne Gefahr mit seinem Rock erreichen konnte, würde er ihn selbst bergen. Aber die Cañons waren schmal, und die großen Vögel konnten darin nicht leicht navigieren, daher würde man die Bergung vielleicht mit Hilfe der Mannschaft unternehmen müssen.

Alle stimmten darin überein, dass die Pläne des Druiden Sinn ergaben, und damit war das Thema abgeschlossen.

Am nächsten Morgen brach Walker in der Morgendämmerung mit Hunter Predd und Obsidian auf, um die Westküste der Insel methodisch abzufliegen. Sie suchten den ganzen Tag lang, tauchten in jeden Cañon und jede Schlucht, schwebten über Klippen und Gipfeln, kreuzten über der Insel von der Küste bis zur Mitte, damit sie nichts übersahen. Der Tag war sonnig und heiter, das Wetter wunderbar, der Wind leicht, und ihre Suche ging ohne Schwierigkeiten voran.

Bis Sonnenuntergang hatte Walker allerdings nichts gefunden.

Am Tag darauf machte er sich mit dem spindeldürren Flugreiter Po Kelles und dem grauschwarz gesprenkelten Rock Niciannon auf. Mit einem starken Wind flogen sie nach Süden, über die Unheil verkündende Küstenlinie der Insel hinweg, und hier erspürte Walker kurz nach Mittag die Gegenwart des Schlüssels. Er war tief in einem Tal nahe der Küste vergraben, das zwischen zwei steilen Klippen begann und sich über fünf Meilen in den dichten Dschungel des Inlands erstreckte. Das Gelände war aus der Luft nicht zu erreichen, und nachdem sich Walker die vermutliche Position des Schlüssels eingeprägt hatte, ließ er Po Kelles zum Luftschiff zurückfliegen. Für diesen Tag unterließ er alle weiteren Anstrengungen; er bat lediglich Redden Alt Mer, die *Jerle Shannara* zu einer Steilwand oberhalb des Tals zu bringen, das er in der Dämmerung erkunden wollte.

Walker wartete, bis alle außer den Wachen schliefen, bevor er Truls Rohk rief. Seit der Gestaltwandler an Bord gekommen war, hatte er ihn weder gesehen noch mit ihm gesprochen, obwohl er seine Gegenwart spürte. Nun stand er am hinteren Teil des Schiffes vor dem Heckaufbau, auf dem ein Elfenjäger Wache hielt, spähte hinaus in die Dunkelheit des Inseldschungels und schickte einen stillen Ruf zu Truls Rohk. Er suchte noch nach dem Gestaltwandler, als er bemerkte, dass dieser längst da war und praktisch unsichtbar neben ihm im Schatten hockte.

»Was gibt es, Druide?«, zischte Rohk, als hätte ihn der Ruf verärgert.

»Erkunde für mich das Tal, ehe es hell wird«, antwortete Walker unbeeindruckt. »Nur oberflächlich, mehr nicht. Dort liegt ein Schlüssel, der sich so anfühlt.«

Er holte den anderen hervor und gab ihn Truls Rohk, damit der ihn betasten und seine Energie fühlen konnte.

Truls Rohk grunzte und reichte ihn zurück. »Soll ich ihn dir bringen?«

»Wage dich nicht in seine Nähe.« Walker suchte die Augen seines Gegenübers. »Natürlich könntest du es, aber die damit verbundene Gefahr ist vielleicht größer, als wir vermuten. Ich muss lediglich wissen, wo er sich befindet. Morgen werde ich ihn dann selbst holen.«

Der Gestaltwandler lachte leise. »Ich würde dir niemals eine Gelegenheit verderben, dein Leben anstatt des meinen zu riskieren, Walker. Dir ist das deine so viel weniger wert als mir das meine.«

Ohne ein weiteres Wort schwang er sich über die Reling und war verschwunden.

Walker wartete fast bis zum Morgengrauen auf ihn, döste an der Reling, der Insel den Rücken zugewandt und tief in Gedanken versunken. Niemand störte ihn oder trat an ihn heran. Die Nacht war ruhig und warm, der Wind des Tages hatte sich gelegt, und nur eine sanfte Brise trug den Geruch des Ozeans in die höher gelegenen Bereiche hinauf. Über dem Land bedeckte die Dunkelheit alles mit schwarzer Stille.

Er hatte vielleicht geträumt, doch er konnte sich nicht mehr erinnern, als Truls Rohk ihn mit einer leichten Berührung weckte.

»Hast du süß von einem Inselparadies geträumt, Walker?«, fragte er leise. »Von Sandstränden und hübschen Vögeln? Von Früchten, Blumen und warmen Winden?«

Walker schüttelte den Kopf und wurde vollends wach.

»Das ist gut, denn nichts von dem wirst du in dem Tal unten finden.« Die dunkle Gestalt bewegte sich wie flüssiges Schwarz vor der Reling. »Der Schlüssel, den du suchst, liegt drei Meilen weit im Landesinneren, nahe der Talsohle, in einer nicht gerade kleinen Höhle. Sie ist gut im Dschungel versteckt, aber du wirst sie schon entdecken. Wo er in der Höhle verborgen ist, kann ich dir nicht sagen. Ich habe sie nicht betreten, weil davor etwas Wache hält.«

Walker starrte ihn an. »Ein Lebewesen?«

»Etwas Riesiges, Dunkles, Formloses. Ich konnte keine Blicke spüren, Walker. Ich fühlte nur seine Gegenwart, eine unsichtbare Regung in der Luft, durchdringend und bösartig.«

Keine Blicke. War es vielleicht das Blinde?, grübelte Walker über die Worte des Gestaltwandlers.

»Diese Gegenwart hat mich durch das ganze Tal begleitet, aber sie hat mich nicht belästigt, bis ich mich der Höhle näherte.« Truls Rohk schien darüber nachzudenken. »Es befand sich in der Erde selbst, Druide. Im Boden des Tals, in den Pflanzen und Bäumen.« Er zögerte kurz. »Wenn es sich entschließt, dich zu fangen, kannst du nicht davor weglaufen. Ich bin nicht einmal sicher, ob du ihm ausweichen kannst.«

Damit verschwand er so plötzlich, wie er gekommen war, und Walker stand allein an der Reling.

Der Dämmerung folgte ein heller warmer Tag über einem ruhigen, beinahe unbewegten Meer. Der Wind hatte sich ganz gelegt, der Himmel präsentierte ein wolkenloses Silberblau. Überall war der Horizont eine tiefe Leere, in der Luft und Wasser miteinander verschmolzen. Seevögel drehten ihre Kreise und kreischten, stießen von den Klippen herab und tauchten in den Ozean. Dicke Nebelfelder hingen an den Gipfeln und in den Tälern der Insel, verbargen ihre Geheimnisse und hüllten sie selbst in Düsternis.

Walker wählte Ard Patrinell und drei Elfenjäger zu seiner Begleitung aus. Erfahrung und Schnelligkeit zählten im Dschungel mehr als Kraft, und der Druide wollte erfahrene Männer bei sich haben, um sich dem zu stellen, was immer dort Wache hielt. Redden Alt Mer würde sie mit der *Jerle Shannara* so weit wie möglich in die schmale Schlucht bringen. Dann würden der Druide und die Elfenjäger im Korb herabgelassen werden und den restlichen Weg zu Fuß zurücklegen. Mit ein bisschen Glück brauchten sie nicht weit zu gehen. Nachdem Walker den Schlüssel geborgen hätte, würden sie zum Korb zurückkehren und sich nach oben ziehen lassen.

Als sich die Männer versammelten, sah Walker die Nervosität in ihren Augen. Sie erinnerten sich an die Aale mit ihren riesigen Mäulern und scharfen Zähnen, aber niemand verlor ein Wort darüber. Der Druide war mit dem nicht erprobten Quentin Leah auf die Insel hinabgestiegen, hatte den Schlüssel geholt, und niemand war ernsthaft verletzt worden. Sie fragten sich, ob ihnen das Glück jetzt ebenso hold sein würde.

Mit angelegten Sicherheitsleinen steuerte Redden Alt Mer die *Jerle Shannara* langsam an den Klippen hinunter und in den Nebel, der im Tal lag. Das Licht der Dämmerung blieb hinter ihnen zurück, als das Luftschiff leise zwischen die Bergspitzen glitt und in der Düsternis verschwand. Man konnte kaum mehr zwei Dutzend Meter weit sehen. Alt Mer stand am Ruder und brachte sein Schiff quälend langsam voran. Rue Meridian hielt sich bei den vorderen Rammen auf, spähte in den Nebel und rief ihrem Bruder zu, was sie sah und wie er den Kurs korrigieren sollte. Ansonsten standen alle schweigsam an der Reling, hielten Ausschau und lauschten. Der Nebel legte einen feinen, feuchten Glanz über sie, auf Haut und Kleidung bildeten sich Tröpfchen. Außer dem Nebel, der sich schwerfällig und träge wie ein altes Behemoth bewegte, war es still um sie herum.

Während die Minuten verstrichen und die Dunkelheit nicht nachließ, begann Walker sich Gedanken über die Sicht am Talboden zu machen. Falls er nicht mehr sehen konnte als hier oben, wie würde er dann den Weg finden? Seine Druidensinne halfen ein wenig, aber keine Magie konnte den Verlust des Sehens vollständig ersetzen. Sie würden buchstäblich blind sein.

Er hielt inne. Da war es wieder, dieses Wort. Blind. Es erinnerte ihn an Ryer Ord Stars Vision, an das Ding, das auf dieser Insel auf sie wartete – etwas, das blind war, das dich jedoch trotzdem finden würde. Er richtete seine Sinne auf das, was Truls Rohk in der vergangenen Nacht gespürt hatte. Aber in der Luft konnte er nichts entdecken.

Vor ihnen wurde der Nebel ein wenig lichter, und die Steilwände kamen rasch näher. Redden Alt Mer brachte das Schiff zum Stillstand und wartete, bis die Kleine Rote Meldung machte. Die hing am Bug in ihrer Sicherheitsleine, spähte in den Dunst und winkte ihn dann vorsichtig voran. Äste ragten aus dem Nebel, geisterhafte Finger, die nach dem Luftschiff griffen. Kletterpflanzen klebten an den Bäumen und an den Felswänden.

Dann löste sich der Nebel vollends auf, und die *Jerle Shannara* schob sich in einen Cañon, der überraschend offen und frei war. Der Himmel tauchte wieder über ihnen auf, blau und einladend, und die Talsohle erschien wie ein grünes Meer, das von feuchter Farbe überzogen war. Redden Alt Mer ließ das Luftschiff tiefer gehen, bis es sich nur noch wenige Meter über den Wipfeln befand, dann fuhr er vorsichtig weiter geradeaus. Walker suchte das Ende der Schlucht ab, wo die gegenüberliegenden Felswände einander so nahe kamen, dass sich die an ihnen wachsenden Bäume fast mit den Ästen berührten. Weiter ging es mit dem Schiff nicht mehr. Von hier aus mussten sie zu Fuß gehen.

Also brachte Redden Alt Mer die *Jerle Shannara* nun tiefer herunter, bis die Baumwipfel am Rumpf kratzten. Walker und die vier Elfenjäger lösten ihre Sicherheitsleinen und stiegen in den Korb. Mehrere Hände schoben sich über die Reling, und langsam wurden sie zwischen Bäumen hinuntergelassen.

Nachdem sie den Boden erreicht hatten und aus dem Korb ausgestiegen waren, gab Walker Rue Meridian, die noch immer über dem Bug hing, ein Zeichen, dass sie sicher unten angekommen waren. Dann stand er reglos in der Stille, sammelte sich und suchte nach verborgenen Gefahren. Nichts. Obwohl er die Umgebung sorgsam absuchte, konnte er nichts Bedrohliches entdecken.

Trotzdem stimmte hier etwas nicht.

Dann fiel es ihm auf. Der Dschungel war eine dichte, undurchdringliche Mauer aus Leere und Stille. Keine Vögel, dachte Walker.

Nichts. Nicht einmal ein Insekt zirpte. Außer denen, die in der Erde wurzelten, gab es hier keine anderen Lebewesen.

Der Nebel hatte sich so weit aufgelöst, dass Walker eine Öffnung in den Felswänden erkennen konnte, und er bedeutete Ard Patrinell mit dem Kopf, in diese Richtung loszugehen. Der Anführer der Elfen erwiderte nichts, wandte sich seinen Jägern zu und gab ihnen mit Handzeichen seine Befehle. Ein kräftiger Elf namens Kian übernahm die Führung. Walker ging hinter ihm, dann Patrinell, dann der schlanke Brae und der große Dace. Sie betraten die schmale Spalte, schauten sich wachsam um und waren sich der Gefahr bewusst, mit der sie zu rechnen hatten. Walker suchte den düsteren Dschungel weiterhin mit seinen magischen Fühlern ab, die sanft wie Federn über die Umgebung strichen. An die Spalte schloss sich ein schmaler Korridor an, der ungefähr fünf Meter breit und voller Bäume und Rankpflanzen war. Zwar gab es einen Weg, doch der wand sich hin und her, und man musste sich durch die Vegetation drängen. Um sie herum herrschte Stille.

Es ging stetig weiter voran, ohne dass sie ein Lebenszeichen von Tieren wahrgenommen hätten. Der schmale Korridor verbreiterte sich in einen zweiten Cañon, und der Himmel erschien wieder blau über ihnen. Das Sonnenlicht besprenkelte die Bäume und erhellte den Dunst. Durch einen weiteren Engpass erreichten sie schließlich einen dritten Cañon, der noch größer war.

Plötzlich wurde Walker hin und her geworfen wie ein winziger Käfer, der von der Hand eines Riesen gepackt wurde. Dieses Etwas kam aus der Erde und fegte so rasch über ihn hinweg, dass ihm keine Zeit zum Reagieren blieb. Für einen Augenblick war er wie betäubt. Vielleicht war dieses Etwas die ganze Zeit da gewesen, vielleicht hatte es ihn auch gerade erst entdeckt. Es war sehr kräftig, hatte keine identifizierbare Form und keine Substanz. Dafür befand es sich überall um ihn herum, und obwohl für das Auge unsichtbar, war es unzweifelhaft real. Er erschlaffte unter dem Griff, bot keinen Widerstand und ließ es glauben, er sei hilflos. Die Elfenjäger starrten ihn verwirrt an und begriffen nicht, was vor sich ging. Er beachtete sie nicht, gab keinen Hinweis darauf, dass er sich ihrer Gegenwart bewusst war. So verschwand er in sich selbst, ganz unten, wo ihn nichts berühren konnte. Dort, gut verborgen, wartete er ab.

Einige Augenblicke später zog sich die Präsenz zurück und glitt, zufrieden vielleicht, weil sie nicht bedroht wurde, in die Erde zurück.

Walker schüttelte die Nachwirkungen der Berührung ab und holte tief Luft. Der Angriff hatte ihn erschüttert. Was auch immer in diesem Tal lebte, es besaß eine Kraft, gegenüber der seine eigene winzig wirkte. Es war alt, das hatte er festgestellt, vielleicht so alt wie die Feenwelt. Mit einem Zeichen gab er den Elfen zu verstehen, dass mit ihm alles in Ordnung war, dann blickte er sich rasch um. An dieser Stelle wollte er nicht länger bleiben als notwendig. Eine öde, leere Felserhebung bildete einen runden Höcker in der Mitte des Cañons, eine sonnenüberflutete Zuflucht innerhalb der Dunkelheit des Dschungels. Möglicherweise konnte er von dort aus besser sehen, wo er als Nächstes hingehen musste.

Er winkte die Elfenjäger mit sich, trat aus dem Unterholz und der Düsternis heraus und stieg auf die Steinerhebung. In diesem Moment verschwanden die letzten Spuren der abscheulichen Präsenz. Von seinem neuen Aussichtspunkt überblickte er den Cañon. Viel gab es nicht zu sehen. Am anderen Ende wurde er breiter und ging in einen langen, gewundenen Hang über, der sich in Nebel und Schatten verlor. Der Druide konnte nicht erkennen, was sich dahinter befand. Er betrachtete den Teil des Cañons, in dem er stand, und entdeckte nichts, was ihm weitergeholfen hätte.

Trotzdem zerrte etwas an ihm. Etwas, das ganz in der Nähe war. Er schloss die Augen, klärte seinen Kopf und streckte vorsichtig seine Sinne aus. Fast sofort fand er, wonach er suchte, und er schlug die Augen auf, um den Fund mit ihnen zu bestätigen.

Jetzt konnte er eine dunkle Stelle inmitten der grünen Dschungelwand ausmachen, die vielleicht hundert Meter entfernt war. Das musste die Höhle sein, die Truls Rohk gestern Nacht entdeckt hatte.

Er schaute in die Dunkelheit, während er still und reglos dastand. Der zweite Schlüssel war dort und wartete auf ihn. Aber das Ding, das ihn bewachte, wartete ebenfalls. Er überlegte einen Augenblick, wie er sich der Höhle am besten nähern sollte. Irgendwie fand er keine Lösung. Daher wandte er sich an die Elfenjäger und bedeutete ihnen, dort zu bleiben, wo sie waren. Dann ging er auf die Höhle zu.

Sofort spürte er wieder die Präsenz, doch hatte er seine Gedanken bereits nach innen gerichtet. Er war nichts, ein Objekt ohne Ziel, ohne Zweck und ohne Gedanken. Er mauerte sich ein, ehe der Wächter des Schlüssels seine Absichten lesen oder sein Ziel erkennen konnte, und eilte auf die Höhle zu.

Im Innern blieb er stehen und sammelte seine Gedanken. Jetzt konnte er die Präsenz nicht mehr spüren. Sie war am Eingang der Höhle hinter ihm zurückgeblieben, genauso wie am Fuß der kleinen Erhebung. Fels konnte sie nicht durchdringen, schloss er daraus. Nur die Erde, aus der sie ihre Kraft zog. Konnte er das zu seinem Schutz ausnutzen?

Er schob die Idee beiseite und blickte sich aufmerksam um. Die Höhle bestand aus mehreren Kammern, und durch Spalten im Fels fiel spärlich Licht von oben aus dem Dschungel herein. Walker begab sich auf die Suche nach dem Schlüssel und fand ihn beinahe sofort. Er lag unbewacht auf einem schmalen Felsvorsprung. Der Druide betrachtete ihn einen Moment lang, ehe er ihn nahm, dann schaute er ihn sich genauer an. Das Stück ähnelte dem, das sich bereits in seinem Besitz befand, besaß eine flache Energiequelle und ein blinkendes rotes Licht, doch die hervorstehenden Metalllinien bildeten ein anderes Muster.

Walker blickte sich in der Höhle um, suchte nach dem Wächter des Schlüssels und nach Anzeichen von Gefahr oder Bedrohung, fand jedoch nichts.

Er ging zum Höhleneingang und sah hinaus auf die Lichtung. Ard Patrinell und seine Elfenjäger drängten sich auf der felsigen Erhebung und schauten zu ihm hinüber. Im Dschungel bewegte sich nichts. Walker blieb, wo er war. Irgendetwas würde versuchen, ihn aufzuhalten. Was immer den Schlüssel bewachte, es konnte den Druiden nicht einfach davonlaufen lassen. Es wartete, so viel spürte er. Draußen in den Bäumen. In der Erde, aus der es seine Stärke zog.

Während er noch überlegte, was er als Nächstes tun sollte, brach die Erde vor ihm in einer grünen Explosion auf.

An Bord der *Jerle Shannara*, die in einer Nebelwolke zwei Lichtungen weiter schwebte, beobachtete Bek Rowe Rue Meridian, die einen neuen Strahlungssammler dicht an den Hörnern des Bugs einspannte, als Walker Bohs Stimme schrill in der Stille seines Kopfes rief.

»Bek! Wir werden angegriffen! Zwei Cañons weiter! Alt Mer soll das Luftschiff bringen! Lasst den Korb runter und holt uns hoch! Schnell!«

Erschrocken über den Klang der Stimme, die er in seinem Kopf gehört hatte, zuckte der Junge zusammen. Dann rannte er zur Pilotenkanzel. Ihm kam nicht in den Sinn, sich zu fragen, ob er in die Irre geführt werden sollte. Die Dringlichkeit trieb ihn zum Rennen an, als hätte ihn etwas gestochen, und laut rief er nach dem Großen Roten.

Augenblicke später flog das Luftschiff himmelwärts durch die zerklüfteten Felshänge und über die engen Schluchten hinweg, in denen es nicht navigieren konnte.

Walker Boh starrte vom Höhleneingang zu den Elfenjägern auf der Felserhebung. Der gesamte Boden des Cañons hatte sich in einem Gewirr aus verschlungenen Ranken und Ästen erhoben, die nach allem griffen, was in ihre Reichweite kam. Den Elfenjäger Brae hatten sie gepackt, ehe er sich verteidigen konnte, zerrten ihn von der Erhebung und rissen ihn auseinander, während er noch um Hilfe schrie. Die anderen drei wichen in die Mitte der Felsinsel zurück, zogen die Schwerter und schlugen wild auf die Tentakel ein, die nach ihnen schnappten.

Der Druide schob den zweiten Schlüssel in seine Robe, beschwor das Druidenfeuer und setzte es gegen die grüne Mauer ein, die sich vor ihm gebildet hatte. Blaue Flammen schossen in das Gewirr, verbrannten alles, was sie berührten, und schufen dadurch für kurze Zeit einen Pfad. Walker setzte seinen Angriff weiter fort, brannte sich einen Weg durch die Pflanzenmasse zur Erhebung und versuchte, seine Gefährten zu erreichen. Aber der Dschungel wehrte sich, drängte wieder auf ihn zu und trieb ihn zurück. Ein riesiges, erbarmungsloses Gewicht ging auf ihn nieder und warf ihn auf die Knie. Er wich vom Eingang zurück, und das Gewicht wurde leichter. Der Wächter des Schlüssels konnte ihn nicht erreichen, solange er durch den Stein der Höhle geschützt wurde. Allerdings würde Walker auch nicht mehr herauskommen.

Erst jetzt erkannte er genau, was passiert war, sowohl hier als auch in Flay Creech. Die Wächter der Schlüssel waren aufgestellt worden, um fremde Präsenzen fern zu halten, sie bedrohten mögliche Diebe. Dabei handelte es sich nicht um denkende Existenzen, die sich auf die Vernunft verließen; stattdessen reagierten sie rein instinktiv. Aale und Dschungel waren zu einem einzigen Zweck manipuliert worden. Wie das gelungen war, und wer das bewerkstelligt hatte, wusste Walker noch nicht. Jedenfalls besaßen sie enorme Kraft, und obwohl diese vermutlich auf einen kleinen Bereich beschränkt war, würde sie jeden besiegen, der in ihre Reichweite kam.

Jetzt griff der Dschungel durch den Höhleneingang nach ihm, und Walker wehrte sich mit Druidenfeuer, verkohlte Ranken und Zweige und füllte die Luft mit Rauch und Asche. Falls Redden Alt Mer sie nicht bald hier herausholen würde, wären sie erledigt. Die Elfen durften nicht hoffen, dem Angriff lange widerstehen zu können. Und sogar die Magie eines Druiden kannte ihre Grenzen.

Also griff er erneut an, entschlossen, sich zu befreien. Verzweiflung trieb ihn an. Er drängte die Dschungelmauer zurück und wollte nach draußen ans Licht. Dabei erhaschte er einen Blick auf die *Jerle Shannara,* die über ihnen dahinflog, und er hörte die Rufe der Männer und Frauen an Bord. Die Elfen, die auf der Erhebung in der

Falle saßen, schauten nach oben, ließen sich kurz ablenken, und das musste der große Dace mit dem Leben bezahlen. Gräser wickelten sich um seine Beine und warfen ihn um. Der Elf trat um sich und wollte sich befreien. Patrinell und Kian eilten ihm sofort zu Hilfe, doch da war er schon von der Erhebung in den Tod gezerrt worden.

Dann regnete ein Hagel flüssigen Feuers um die Felseninsel hernieder und schloss die gefangenen Elfenjäger ein. Dieser Regen stammte aus Fässern auf dem Schiff, ging auf Ranken und Gräser nieder und flammte auf. Daraufhin wurde sofort der Korb heruntergelassen, der knapp über Ard Patrinell und Kian pendelte. Die beiden brachen ihren Kampf mit dem Dschungel ab, zogen sich über die Seite des Korbs und wurden schnellstens in Sicherheit gebracht.

Nun wandte sich der Dschungel Walker Boh zu: Rankengewächse und Sträucher, Zweige und Baumstämme griffen ihn wütend an. Walker stand in der Höhlenöffnung und brannte sie mit Druidenfeuer nieder, damit er nicht von der Vegetation zu Boden gezerrt wurde. Ein paar Augenblicke noch, dann wäre er frei.

Doch der Hüter des Schlüssels hatte beschlossen, ihn nicht entwischen zu lassen. Ein dorniger Ast schob sich aus dem Schatten vor und schlug auf das Gesicht des Druiden ein. Die fünf Zentimeter langen Dornen bohrten sich in sein Fleisch, rissen Arm und Seite auf. Walker spürte augenblicklich das Gift, das wie kaltes Feuer brannte. Er brach den Ast mit bloßen Händen ab, warf ihn zu Boden und verwandelte ihn in Asche.

Dann landete der Korb vor ihm, und der Druide zog sich über den Rand. Während er nach oben gezogen wurde, klammerten sich weitere Ranken an ihm fest. Mit letzter Kraft verbrannte Walker sie, vernichtete sie eine nach der anderen und kämpfte dann gegen die Bewusstlosigkeit an. Der Korb kam frei und stieg schnell nach oben. Das Luftschiff stieg ebenfalls auf und floh ins Blau. Erschrockene Gesichter spähten von der Reling zu ihm hinunter, verschwammen und verschwanden. Er wehrte sich dagegen, ohne Erfolg jedoch. So brach er auf dem Boden des Korbs zusammen und verlor das Bewusstsein.

Unten auf dem Talboden schlängelte sich eine feurige Masse verdorrender Äste und verschwand in schwarzen Wolken aufwallenden Rauchs.

Zweiundzwanzig

Sechs Tage und Nächte war Walker Boh dem Tode nahe. Das Gift des Dornenstrauchs, ein rasch wirkendes und tödliches Mittel, war tief in seinen Körper eingedrungen. Als die anderen ihn über die Reling an Bord der *Jerle Shannara* hievten, war er bereits bewusstlos. Der Elfenheiler Joad Rish erkannte die Symptome sofort und konnte den Druiden noch dazu bringen, ein Gegenmittel zu schlucken, dann legte er ihm einen Verband aus Heilkräutern um die Wunde, die das Gift herausziehen sollten.

Die Bemühungen des Heilers verlangsamten die Wirkung des Giftes und verhinderten das Schlimmste. Redden Alt Mer bestand darauf, Walker unter Deck in seine eigene Kabine zu tragen, und Joad Rish wickelte den Druiden in Decken ein, um ihn warm zu halten, flößte ihm Flüssigkeit ein, wechselte regelmäßig seine Kleidung und wachte neben seiner Koje. Walkers eigener Körper half bei der Heilung mehr, als es Joad Rish möglich war. Er führte einen stillen Kampf, bei dem ihn der Heiler nur wenig unterstützen konnte.

Bek Rowe war ebenfalls den größten Teil der Zeit anwesend. Seit Walker ihn während des Angriffs im Dschungel gerufen hatte, fühlte er sich dem Druiden auf eine neue und unerwartete Weise verbunden. Die Mannschaft und die Passagiere des Schiffes wunderten sich darüber, dass er allein Walkers Ruf vernommen hatte. Bislang hatte niemand groß darüber gesprochen, doch Bek wusste, was sie dachten. Wenn der Druide mit jemandem Kontakt aufnehmen konnte, so hätte es doch auch Redden Alt Mer sein können, der das Luftschiff steuerte und dem eine viel direktere Reaktion möglich gewesen wäre als Bek Rowe. Aber der Große Rote hatte nichts gehört. Und auch Quentin, Panax und Ryer Ord Star nicht. Vielleicht nicht einmal Truls Rohk. Nur Bek. Woran mochte das liegen? Warum war Bek dazu in der Lage und sonst niemand? Woher hatte Walker gewusst, dass Bek ihn hören konnte?

Diese Fragen quälten ihn, und er würde keine Antwort erhalten, solange der Druide sich nicht von seinen Verletzungen erholt hatte. Dennoch war dies nicht der Hauptgrund, weshalb Bek bei Walker Wache hielt, sondern weil er fürchtete, der Druide würde ihn erneut rufen, da er bewusstlos und ohnmächtig in seinem Körper gefangen war und auf keine andere Weise kommunizieren konnte. Vermutlich war die Entfernung kein Problem für den Druiden, aber während der Krankheit vielleicht doch? Wenn Bek nicht nahe genug bei ihm war, könnte ein Hilferuf ungehört verhallen. Bek wollte sein Gewissen damit nicht belasten. Falls es eine Möglichkeit gab, das Leben des Kranken zu retten, musste er da sein.

Deshalb hockte er also bei Walker Boh in Redden Alt Mers Kabine und sah Joad Rish schweigend bei der Arbeit zu. Gelegentlich schlief er, jedoch nur kurz und nie sehr tief. Ahren Elessedil brachte ihm die Mahlzeiten, und Quentin und Panax statteten Besuche ab. Aber keine Bemühungen konnten ihn aus der Kabine locken. Und die Leute an Bord des Schiffes schienen zu fühlen, dass er an die Seite des Druiden gehörte.

Allerdings hielt er, was niemanden überraschte, nicht allein Wache beim Druiden. Die ganze Zeit saß die junge Seherin Ryer Ord Star neben ihm. Schon seit dem Aufbruch in Arborlon haftete sie an dem Druiden wie ein Schatten. Nun beobachtete sie ihn eingehend während seines Ringens mit dem Gift und beugte das Gesicht konzentriert vor. Auch Joad Rish sah sie bei der Arbeit zu, fragte ihn dann und wann, was genau er machte, nickte ihm zu, wenn er antwortete, und gab so still ihre Zustimmung zu seinen Bemühungen. Gelegentlich sprach sie zu Bek, ein Wort oder zwei, nie mehr, und stets ließ sie dabei den Druiden nicht aus den Augen. Bek studierte sie verstohlen und versuchte ihre Gedanken zu lesen, um zu erfahren, ob sie wohl einen Blick auf Walkers Schicksal geworfen hatte. Aber die Seherin enthüllte nichts, ihre Geheimnisse blieben hinter der starren Maske ihres jugendlichen Gesichts verborgen.

Einmal, als Joad Rish sie allein ließ und sie in dem kerzenerleuchteten Raum gemeinsam auf einer Holzbank am Bett des Druiden saßen, fragte Bek sie, ob sie an Walkers Gesundung glaube.

»Sein Wille ist sehr stark«, erwiderte sie leise. »Doch vor allem braucht er mich.«

Er hatte keine Ahnung, wovon sie redete, und wusste nicht, wie er sie danach fragen sollte. Daher schwieg er, bis schließlich Joad Rish zurückkehrte und die Angelegenheit damit erledigt war. Trotzdem wurde er das Gefühl nicht los, dass die junge Frau ihm hatte mitteilen wollen, auf welch unentwirrbare Weise Walkers Leben mit ihrem verwoben war.

Damit hatte er Recht, wie er zwei Nächte später herausfand. Joad Rish hatte früher an diesem Tag verkündet, er habe alles in seiner Macht Stehende getan, und die weitere Heilung hinge nun von dem Druiden selbst ab. Er hatte die Hoffnung noch nicht aufgegeben, doch bemerkte er keine Veränderung im Zustand des Kranken und war deswegen offensichtlich besorgt. Bek wusste, dass der Druide in seinem Kampf mit dem Gift einen kritischen Punkt erreicht hatte. Er schlief nicht mehr ruhig, sondern wälzte sich bewusstlos herum, befand sich im Delirium und schwitzte. Seine enorme Willensstärke schien an eine Grenze gestoßen zu sein, und das Gift wütete erbarmungslos. Bek hatte das unbehagliche Gefühl, Walker verliere an Boden.

Ryer Ord Star dachte offensichtlich das Gleiche. Kurz vor Mitternacht erhob sie sich plötzlich und forderte Joad Rish auf, er solle von Walker zurücktreten und ihr die Möglichkeit geben, ihm zu helfen. Der Heiler zögerte, entschied dann jedoch, aus welchem Grund auch immer, ihr zu gehorchen. Vielleicht kannte er ihren Ruf als Empath und hoffte, sie könne seinem Patienten ein wenig von seinem Leiden abnehmen. Oder er ahnte, dass er nichts mehr tun konnte, und wollte deshalb jemand anderem die Chance einräumen, einen letzten Versuch zu unternehmen. Also setzte er sich neben Bek auf die Bank, und gemeinsam beobachteten sie die junge Frau.

Sie beugte sich still über den Druiden. Schattenhaft schwebte sie über ihm, legte die Hände auf sein Gesicht. Sie sprach leise und sanft mit ihm, doch der Inhalt ihres Murmelns war in den Geräuschen des nächtlichen Windes für Bek und Joad Rish nicht zu verstehen. Lange Zeit fuhr sie so fort, verband sich mit Walker durch den Klang ihrer Stimme und die Berührung ihrer Hände. Der Druide sollte ihre Gegenwart spüren.

Dann legte sie die Wange auf seine Stirn, ließ die Hände auf dem Gesicht liegen und verstummte. Sie schloss die Augen und atmete tief und gleichmäßig. Walker wurde von Krämpfen geschüttelt, keuchte und stöhnte. Sie hielt ihn fest, während er zuckte. Auf ihrem hageren Gesicht zeigte sich Schweiß, und ihre Stirn legte sich in tiefe Falten. Joad Rish erhob sich halb, blieb dann aber doch sitzen. Bek und er schauten sich nicht an; sie konnten den Blick nicht von dem Drama vor ihnen lösen.

Der eigentümliche Tanz zwischen Druide und Seherin dauerte lange Zeit an, dieses Geben und Nehmen, diese abgehackten Bewegungen und heftigen Reaktionen. Sie saugt das Gift in sich auf, erkannte Bek schließlich, als ihr Körper wild zuckte und ihr Gesicht sich verzerrte. Sie nimmt, was ihn tötet, auf sich. Aber würde es dann nicht sie umbringen? Wie viel stärker als der Druide mochte sie sein, dieses zarte, zerbrechliche Wesen? Er fühlte sich hilflos und verzweifelt, während er ihr bei der Arbeit zusah. Doch konnte er nichts tun.

Urplötzlich brach sie auf dem Boden zusammen. Bek und der Heiler sprangen auf und eilten zu ihr. Sie war bewusstlos. Die beiden Männer legten sie auf eine Matratze auf dem Kabinenboden und deckten sie warm zu. Sie war in tiefen Schlaf gefallen, in sich verschlossen, ertrug sie Walkers Gift, seine Krankheit, seinen Schmerz; Walker ruhte nun wieder friedlich, die Zuckungen hatten aufgehört, das Delirium war vorüber. Joad Rish untersuchte sie beide, fühlte ihren Herzschlag, die Temperatur und den Atem. Danach blickte er Bek an und schüttelte unsicher den Kopf. Ob sie erfolgreich gewesen war, konnte er nicht sagen. Beide lebten, doch Joad Rish vermochte nicht einzuschätzen, ob es so bleiben würde.

Wortlos kehrte er zu der Bank zurück, und das Warten begann von neuem.

In der Morgendämmerung fuhr die *Jerle Shannara* in den stärksten Sturm hinein, den sie bisher erlebt hatten. Redden Alt Mer hatte ihn schon die ganze Nacht vorausgeahnt, weil die Temperatur fiel und sich die Windrichtung änderte. Der Morgen graute bleigrau und blutrot, und er befahl, die Segel zu reffen und alle außer dem Hauptsammler zu kürzen. Blitze zogen sich wie gezackte Linien über den Himmel im Nordwesten, und die Gewitterwolken wälzten sich in dunklen Bänken über den Horizont. Der Große Rote stellte den zuverlässigen Furl Hawken ans Ruder und stieg aufs Hauptdeck zu seiner Mannschaft hinunter. Ein jeder war bereits mit Seilen gesichert. Und alle, die nicht zur Mannschaft gehörten, waren unter Deck geschickt worden. Rue Meridian ging in die Kabine ihres Bruders, wo sie dafür sorgte, dass man Walker Boh an sein Bett band und Bek, Ryer Ord Star und Joad Rish vor dem schlechten Wetter warnte.

Nachdem dies erledigt und die Kleine Rote zurückgekehrt war, heulte der Wind übers Deck und zwischen den Masten und Spieren hindurch. Regen prasselte aus den Wolken herunter, und Dunkelheit brach wie eine Welle über das Luftschiff herein. Redden Alt Mer übernahm das Ruder von Furl Hawken. Spanner Frew hatte sich bereits zum Heck begeben, von wo aus er das gesamte Schiff überblicken konnte. Die Kleine Rote ging zum Bug. Die Mannschaft duckte sich im Schutz der Reling und der Masten und wartete auf das, was da kommen mochte.

Und es kam Fürchterliches. Die düstere Wut des Sturms verschlang sie mit einem Schlag, löschte die Sicht fast vollständig aus, durchnässte sie mit Regen, und das Schiff wurde so heftig hin und her geworfen, dass zu befürchten war, es könnte auseinander brechen. Der Große Rote brachte die *Jerle Shannara* auf eine Höhe von hundert Fuß über der Meeresoberfläche. Er würde das Schiff nicht weiter sinken lassen, denn der Ozean war noch weit gefährlicher als der Wind. Was er von der Blauen Spalte sah, wenn ein Blitz sie erhellte, bestätigte ihn in dieser Annahme. Die See brodelte und kochte, die Wellen türmten sich haushoch auf. In der Luft wurden sie zwar heftig hin und her geschüttelt, konnten jedoch wenigstens nicht untergehen.

Einige Spieren und Leinen waren bereits aufs Deck gekracht oder in die windumtoste Leere gefallen. Das Luftschiff war schlank und vermochte den schlimmsten Orkanböen zu entgehen, trotzdem wurde es immer wieder heftig getroffen. Es schwankte und schaukelte wild. Häufig legte es sich plötzlich nach rechts oder links, so unvermittelt, dass es für den Magen eine Qual war. Redden Alt Mer stand in der Pilotenkanzel, versuchte, das Schiff gerade zu halten, doch selbst das wurde langsam unmöglich. In welche Richtung sie fuhren, konnte er nicht mehr feststellen, und auch nicht, welche Geschwindigkeit sie hatten oder wo sie sich innerhalb des Sturmgebiets befanden. Das Einzige, was ihm gelang, war, sie oben zu halten und gegen den Wind zu drehen.

Es dauerte den ganzen Morgen. Mehrmals übergab der Große Rote das Steuerrad an Furl Hawken, ließ sich im Schutz der Kanzel zu Boden sinken und ruhte sich kurz aus. Im Heulen des Windes konnte er oft nichts mehr hören, und die Haut von Gesicht und Händen fühlte sich wie aufgescheuert an. Sein Körper schmerzte, und seine Arme und Beine brannten vom Ringen mit dem Steuerrad. Doch jedes Mal, wenn er sich ausruhte, fürchtete er, sich zu viel Zeit zu nehmen. So gönnte er sich nur wenige Minuten. Die Verantwortung für Schiff und Mannschaft lag bei ihm, und die konnte er niemand anderem zuschieben. Furl Hawken war so fähig wie er, aber die Sorge für die Sicherheit des Schiffes und der Passagiere oblag ihm selbst. Vielleicht hätte er seine Pflicht mit der Kleinen Roten teilen können, aber er hatte keine Ahnung, wo sie sich aufhielt. Den Bug oder das Heck konnte er längst nicht mehr sehen.

Endlich war der Sturm vorüber. Besatzung und Passagiere waren nass, erschöpft und erleichtert, noch am Leben zu sein. Es war der schlimmste Sturm gewesen, an den Redden Alt Mer sich erinnern konnte. Sie hatten Glück gehabt, weil sie ein Schiff wie die *Jerle Shannara* hatten, und als Erstes, nachdem er es ungefähr wieder auf Kurs gebracht hatte, übergab er nun Furl Hawken das Steuer und gratulierte Spanner Frew. Eine schnelle Überprüfung ergab, dass alle Mitglieder der Mannschaft noch an Bord waren, obwohl einige leichte Verletzungen erlitten hatten. Die Kleine Rote tauchte zwischen den vorderen Rammen auf und berichtete ihm vom Verlust mehrerer Spieren und von zwei Strahlungssammlern; ansonsten hatte sie keine größeren Schäden entdeckt. Doch ein Teil des Vorderdecks war eingebrochen und auf die Fässer gefallen, und nun hatten sie kein Wasser mehr. Sie mussten also welches suchen.

Jetzt erst erinnerte sich Redden Alt Mer an die Flugreiter und ihre Rocks, die draußen im Sturm sich selbst überlassen gewesen waren. Alle drei waren verschwunden.

Nun, im Augenblick konnte er daran nichts ändern. Ihnen blieb noch der halbe Tag, und er gedachte ihn auszunutzen. Noch immer folgten sie Walkers Karte und segelten auf die letzte der drei Inseln zu. Obwohl der Druide ihnen momentan nicht helfen konnte, machte es mehr Sinn, die Reise fortzusetzen, als an einem Ort zu verharren. Starb der Druide, würde man vielleicht eine andere Entscheidung treffen, aber dieser Fall war noch nicht eingetreten.

»Hol alle nach oben und lass sie aufräumen«, sagte er zu seiner Schwester. »Und schau mal nach dem Druiden.«

Sie ging sofort los, doch es war Bek, der mit den Neuigkeiten zurückkehrte. »Er schläft viel ruhiger, und Joad Rish glaubt, er habe das Schlimmste überstanden.« Bek wirkte müde und gleichzeitig zufrieden. »Ich brauche nicht mehr unten zu bleiben. Wenn ich hier oben helfen kann …«

Alt Mer lächelte und klopfte ihm auf die Schulter. »Du bist ein mutiger Kerl, Bek. Ich bin froh, dass du meine rechte Hand bist. Also gut. Such dir Arbeit, wo du willst, und hilf, wo du gebraucht wirst.«

Der Junge eilte sofort zu Rue Meridian, die abgebrochene Spieren zur Seite räumte. Der Große Rote sah ihm einen Moment hinterher, dann ging er zu seiner Pilotenkanzel, von wo aus er ihn weiter im Auge behielt.

»Der Junge ist in sie verliebt, Hawk«, sagte er zu Furl Hawken und seufzte.

Furl nickte. »Sind sie das nicht alle? Nur wird wohl keiner bei ihr landen.«

Redden Alt Mer schürzte nachdenklich die Lippen. »Vielleicht bereitet Bek Rowe uns eine Überraschung.«

Sein Freund schnaubte. »Eher lernen Seekühe fliegen.«

Damit wandten sie ihre Aufmerksamkeit der Aufgabe zu, die Position des Schiffes zu bestimmen, nahmen Kompass und Sextant zur Hand und suchten nach Landmarken. Im Augenblick konnten sie nur abwarten. Erst die Sterne in der Nacht würden die notwendige Hilfe bei der Navigation liefern. Morgen würden sie wieder gutes Wetter haben. Vielleicht tauchten dann auch die verschollenen Flugreiter auf. Und womöglich kam Walker Boh wieder auf die Beine.

Redden Alt Mer schaute noch einmal zu seiner Schwester und Bek Rowe hinüber. Vielleicht würde doch eine Seekuh fliegen lernen.

Fast vierundzwanzig Stunden später tauchten die Flugreiter am Horizont im Osten auf und flogen durch den klaren Himmel auf das Luftschiff zu. Hunter Predd hatte die Führung übernommen. Nachdem er in Rufweite gekommen war, wandte er sich ruhig an Redden Alt Mer.

»Hallo, Kapitän! Alles in Ordnung?«

»Wir haben es überlebt, Flugreiter! Wo habt ihr gesteckt?«

Hunter Predd schnitt eine Grimasse. »Wir haben den Sturm kommen sehen und uns eine Insel gesucht, auf der wir ihn abwarten konnten! In einem solchen Orkan möchte man nicht gern auf einem Rock reiten! Ihr seid ganz schön vom Kurs abgekommen, nicht wahr?«

Alt Mer nickte. »Wir werden schon zurückfinden! Vor allem brauchen wir jedoch Wasser! Könnt ihr welches für uns suchen?«

Der Flugreiter winkte. »Wir schauen uns mal um! Entfernt euch nicht zu weit von hier, solange wir unterwegs sind!«

Mit Gill und Po Kelles im Schlepptau schwenkte er nach Südwesten und begann in Richtung der Sonne nach einer Insel zu suchen. Die Flugreiter hatten den Sturm auf einem Eiland einige Meilen östlich verbracht, in einer Bucht, die durch Hügel und Bäume geschützt war. Zwar hatten sie dadurch den Kontak zum Luftschiff verloren, aber dagegen konnte man nichts machen. In diesem Sturm mit den Rocks zu fliegen wäre zu gefährlich gewesen. Die Erfahrung hatte sie gelehrt, vor Stürmen stets Schutz zu suchen. Vorsichtshalber waren sie über Nacht auf der Insel geblieben und erst in der Dämmerung wieder aufgebrochen. Rocks waren intelligente Vögel, die außergewöhnlich weit sehen konnten. Mit einer Methode, die sie schon zahllose Male angewendet hatten, waren die Flugreiter in Form einer Spirale geflogen, die sie am Ende zur *Jerle Shannara* geführt hatte.

Hunter Predd seufzte. Stürme und andere Herausforderungen machten ihm keine Sorgen. Der mögliche Verlust von Walker schon eher. Natürlich ging er davon aus, dass Walker noch lebte, allein deshalb, weil Redden Alt Mer nichts Gegenteiliges erwähnt hatte. Vielleicht ging es dem Druiden inzwischen ja sogar besser. Da er jetzt jedoch, wenn auch nur zeitweise, außer Gefecht gesetzt war, gelangte das schwache Glied in der Kette, an der diese ganze Expedition hing, dramatisch zum Vorschein – nur Walker begriff, wonach sie eigentlich wirklich suchten. Gewiss, es wussten noch einige andere über die Schlüssel und die Inseln und das endgültige Ziel Bescheid. Und die Seherin hatte zudem Visionen und konnte einiges an Wissen beisteuern. Vielleicht kannten die anderen auch noch ein oder zwei Dinge, die für den Erfolg der Reise von Belang waren.

Trotzdem blieb Walker der Leim, der sie alle zusammenkittete, der Einzige, der eine Gesamtvorstellung von dieser Expedition hatte. Und er hatte Hunter Predd gesagt, er sei auf die Flugreiter mit ihrer Erfahrung angewiesen, wenn er Erfolg haben wollte. Im Vertrauen hatte der Druide ihn gebeten, stets die Augen offen zu halten. Doch die meiste Zeit fühlte sich Hunter, als stochere er im Dunkeln. Nie war er ganz sicher, worauf es ankam. Es war schon schwierig genug, unter diesen Umständen zu arbeiten, wenn Walker gesund und munter war. Da der Druide jetzt jedoch bewusstlos war, wie sollten da die anderen weitermachen, obwohl sie nur so wenig wussten?

Diese Situation, zu dem Schluss gelangte er, durfte so nicht weitergehen. Vorräte suchen und kundschaften in unbekanntem Gelände, viele Meilen vom Festland entfernt, war bereits gefährlich genug. Ohne klare Vorstellung vom Ziel konnte man es nicht länger hinnehmen. Bestimmt dachten die Passagiere an Bord genauso. Was war mit Bek Rowe und Quentin Leah? Die hatte der Druide ebenfalls ins Vertrauen gezogen. Seit dem Aufbruch hatte er kaum noch mit ihnen gesprochen, aber gewiss hegten sie dieselben Bedenken.

Trotzdem wollte Hunter Predd die Sache nicht übermäßig vorantreiben. Er war ein ausgebildeter Reiter vom Wing Hove, und er begriff sehr wohl die Wichtigkeit, Befehlen zu gehorchen, ohne sie infrage zu stellen. Anführer teilten ihr Wissen nicht immer mit denen, die sie führten. Bestimmt nicht mit Gill und Po. Die sollten gefälligst die Aufgaben erledigen, die man ihnen übertrug, und tun, was ihnen gesagt wurde.

Er schüttelte den Kopf. Ohne Ordnung lief man Gefahr, Anarchie walten zu lassen. Zu viel Ordnung dagegen mündete leicht in einer Revolte.

Während er noch darüber nachsann und versuchte, zu einer Entscheidung zu kommen, sichtete er die Insel.

Weit im Osten und Norden hingen Sturmwolken, und im ersten Augenblick hielt er die Insel für eine davon. Doch beim Näherkommen sah er, dass das, was ihm wie dunkle Wolken erschienen war, in Wirklichkeit zerklüftete Klippen der Sorte waren, die sie auch auf Shatterstone vorgefunden hatten, zerfurchte, windumtoste Steilwände. Dicht und üppig wuchs Dschungel im Inneren der Insel. Der Flugreiter blinzelte in die silbernen Wasserfälle und das grelle Grün, welches das Sonnenlicht reflektierte. Dort gab es auf jeden Fall frisches Wasser.

Dann bemerkte er etwas Eigentümliches. Hunderte dunkler Punkte saßen auf den Klippen wie tiefe Pockennarben.

»Was ist das?«, murmelte Hunter Predd vor sich hin.

Er winkte Gill und Po Kelles zu, links und rechts neben ihm zu fliegen. Im Gleitflug näherten sie sich der Insel und ihren Klippen und mussten wegen der Helligkeit, die jetzt am Nachmittag herrschte, die Augen zusammenkneifen.

Hunter Predd blinzelte. Hatte sich einer der Punkte bewegt? Er blickte hinüber zu Po. Der junge Flugreiter nickte, er hatte es ebenfalls gesehen. Hunter Predd bedeutete ihm, hinter ihm zu bleiben.

Gerade wollte er Gill zuwinken, dessen Aufmerksamkeit auf eine Herde Wale gerichtet war, als sich mehrere der dunklen Punkte von den Klippen erhoben.

Unter ihm zuckte Obsidian zusammen und schrie alarmiert auf. An den schwarzen Punkten entfalteten sich Flügel und verliehen den Flecken Größe und Gestalt. Hunter Predd lief es kalt den Rücken hinunter. Der Rock hatte die Gefahr zuerst erkannt. Würger! Kriegswürger! Die wildesten und bedrohlichsten Angehörigen dieser Art. Die Insel war ihr Nistplatz, und Rocks und Reiter waren unwissend über sie gestolpert. Die Kriegswürger würden ihnen das Betreten ihres heimatlichen Bodens, gleich aus welchem Grund, nicht durchgehen lassen. Rocks waren ihre natürlichen Feinde, und die Würger würden angreifen.

Hunter Predd ließ Obsidian eilig wenden und achtete darauf, dass ihm Po Kelles und Niciannon folgten. Doch zu seinem Erstaunen flog Gill weiter. Entweder hatte er die Würger nicht bemerkt, oder er hatte sie noch nicht erkannt. Aus dieser Entfernung war es sinnlos, nach ihm zu rufen, daher benutzte er die Signalpfeife. Erschrocken blickte Gill über die Schulter und sah, wohin seine Gefährten zeigten. Dann entdeckte er die Würger. Hektisch zügelte er Tashin. Doch der Rock geriet in Panik, und anstatt zu wenden, flog er in steilen Spiralen nach unten auf den Ozean zu und zog erst im letztmöglichen Augenblick wieder nach oben.

Dann eilte er Obsidian und Niciannon hinterher, allerdings war er durch dieses Manöver weit zurückgeblieben, und die Würger kamen rasch näher. Kriegswürger sind auf kurze Distanz schnelle und kraftvolle Flieger. Für einen Rock besteht nur die Hoffnung, an Höhe zu gewinnen und die Entfernung zwischen sich und den Würgern rasch zu vergrößern. Hunter Predd begriff, dass Tashin beides nicht schaffen würde. Ihm würde die Flucht nicht gelingen.

Daher riss er Obsidian herum und hielt herausfordernd auf die Würger zu, um sie abzulenken. Po Kelles und Niciannon waren sofort neben ihm. Beide Rocks kreischten vor Wut, denn sie hassten die Feinde genauso sehr wie diese sie. Durch ihre Reitgeschirre waren die beiden Flugreiter an ihren Tieren an Schuhen und Knien gesichert, und so zogen sie nun Pfeil und Bogen hervor. Die Pfeile waren in ein Extrakt aus Brennnesseln und Tollkirschen getaucht worden. Als die beiden Reiter nahe genug an ihren Zielen waren, begannen sie zu schießen.

Einige der Geschosse fanden ihr Ziel. Mehrere Würger brachen den Angriff sogar ab und kehrten zur Insel zurück. Doch die Hauptgruppe, etwa zwanzig, stieß wie eine schwarze Wolke auf Gill und Tashin herab und erwischte sie knapp über der Wasseroberfläche. Bereits bei ihrem ersten Angriff wurde Gill vom Rücken seines Rocks gerissen. Scharfe Krallen und Schnäbel zerfetzten ihn in einer Wolke aus Blut mitten in der Luft. Tashin überlebte nur wenige Sekunden länger. Er erzitterte unter den Hieben, die ihn trafen, bäumte sich kurz auf, dann verschwand er in einem Schwarm schwarzer Körper. Er wurde ins Meer gedrückt und wie sein Reiter in Stücke gerissen.

Hunter Predd betrachtete das Gemetzel voller hilfloser Wut und Niedergeschlagenheit. Es ging alles so schnell. Gerade noch war Gill da gewesen, jetzt war er verschwunden. Lebendig – und dann nur noch eine Erinnerung. Aber was hätte er tun können, um dies zu vermeiden? Hätte er etwas tun können?

Er wendete Obsidian. Po Kelles und Niciannon folgten ihm. Rasch gewannen sie an Höhe, und innerhalb weniger Minuten befanden sie sich in Sicherheit. Ihre Feinde jagten ihnen nicht nach; sie waren mit etwas anderem beschäftigt und kreisten um den großen, mit Federn und Blut bedeckten Kadaver auf dem Meer. Die Flugreiter flogen weiter und schauten nicht zurück.

Dreiundzwanzig

Nachdem ihre Anzahl innerhalb weniger Tage um drei reduziert worden war, setzten die Männer und Frauen an Bord der *Jerle Shannara* ihre Reise sechs Wochen lang ohne Zwischenfälle fort. Trotzdem lagen die Nerven blank. Vielleicht hatte es damit zu tun, so lange auf engstem Raum eingesperrt zu sein, oder mit der Unsicherheit ihres Schicksals. Auch der Klimawechsel war ein möglicher Grund, nachdem das Schiff nach Norden gewendet hatte und die Luft nun kalt und beißend wurde und die Stürme an Häufigkeit zunahmen.

Die Veränderung an Walker war nicht zu übersehen. Zwar hatte er sich von seiner Verwundung auf Shatterstone erholt, aber er zog sich häufig zurück und ließ kaum mehr jemanden an sich heran. Er wirkte so selbstsicher und zielbewusst wie zuvor, trotzdem entfernte er sich von den anderen auf eine Weise, die keine Zweifel ließ, dass er seine eigene Gesellschaft am meisten schätzte. Regelmäßig besprach er sich mit Redden Alt Mer über den Fortgang der Reise und verhielt sich freundlich zu jedem, der ihn ansprach, doch schien er meist nur halb anwesend zu sein. Die nächsten Treffen in der Kabine des Fahrenden wurden abgesagt, da sie, so wurde verkündet, nicht länger notwendig seien. Ryer Ord Star lief ihm immer noch wie ein verirrter Welpe hinterher, aber er bemerkte sie offenbar gar nicht. Sogar Bek Rowe fand es schwierig, sich mit ihm zu unterhalten, und der Junge fragte sich immer noch, warum ausgerechnet er den stillen Ruf auf Shatterstone gehört hatte.

Allerdings war Walker nicht das einzige Mitglied der Expedition, das von diesem Verhalten betroffen war. Ard Patrinell übte zwar weiterhin jeden Tag mit seinen Elfenjägern sowie mit Quentin Leah und Ahren Elessedil, den Rest der Zeit allerdings war er praktisch unsichtbar. Spanner Frew war ein Vulkan kurz vor dem Ausbruch. Einmal lieferte er sich ein Schreiduell mit dem Großen Roten, bei dem alle Mann an Deck rannten und die beiden mit großen Augen anstarrten. Rue Meridian presste die Lippen zusammen und behandelte jeden außer ihrem Bruder und Bek wie einen Fremden. Bek mochte sie gern, und die zwei verbrachten viel Zeit damit, sich gegenseitig Geschichten zu erzählen. Niemand verstand, weshalb sie der Junge so anzog, und Bek genoss es einfach. Panax schüttelte über alles und jeden den Kopf und schnitzte ständig. Truls Rohk war ein Geist.

Einmal kam Hunter Predd an Bord und führte eine grimmige, geflüsterte Unterhaltung mit Walker, die keinen von beiden zufrieden zu stellen schien. Anschließend ging der Flugreiter wütend und mit verkniffenem Gesicht von Bord.

Seit vier Monaten waren sie inzwischen unterwegs, und die Reise begann ihren Tribut zu fordern. Tagelang sichtete man kein Land, und manchmal wurden aus diesen Tagen Wochen. Die Anzahl der Inseln, an denen sie vorbeikamen, nahm ab, und es wurde notwendig, Vorräte und Wasser strenger zu rationieren. Frisches Obst gab es nur noch selten, und Regenwasser wurde in Persennings aufgefangen, die über dem Deck gespannt wurden. Aus Routine wurde Langeweile, Abwechslung war selten. Das Leben war ein dumpfes Einerlei, das bei jedem schlechte Laune hervorrief.

Daran konnte man nichts ändern, erklärte Rue Meridian Bek Rowe eines Tages, während sie zusammensaßen und sich unterhielten. Das Leben an Bord eines Schiffes brachte dies mit sich, und lange Reisen waren die Schlimmsten. Zum Teil hatte es damit zu tun, dass Entdecker und Abenteurer stets über Grenzen hinausgingen. Sogar die Mannschaft der Fahrenden hätte lieber mehr Freiraum gehabt. Keiner von ihnen hatte je eine Reise von solcher Länge unternommen, und sie entdeckten Gefühle und Reaktionen bei sich, die sie bislang nicht gekannt hatten. Das würde sich ändern, wenn sie ihr Ziel erreichten, im Augenblick musste man jedoch schlicht mit diesem Ungemach leben.

»Es hat viel mit Glück zu tun, ein Seemann zu sein, Bek«, sagte sie zu ihm. »Luftschiffe zu fliegen ist ein gefährliches Geschäft, selbst wenn der Kapitän so erfahren ist wie der Große Rote. Seine Mannschaften mögen ihn mehr wegen seines Glücks als wegen seiner Fähigkeiten. Fahrende sind ein abergläubischer Haufen, und sie halten ständig nach guten Vorzeichen Ausschau. Neue Erfahrungen und unbekannte Orte heißen sie nicht willkommen, wenn der Preis dafür das Leben ihrer Kameraden ist. Natürlich zieht sie das Unbekannte an, aber sie holen sich Trost aus dem Vertrauten und Sicheren. Ein wenig widersprüchlich, nicht wahr?«

»Ich dachte, Fahrende wären anpassungsfähiger«, erwiderte Bek.

Sie zuckte mit den Schultern. »Fahrende sind paradox. Sie mögen Bewegung und neue Orte. Nur das Unbekannte gefällt ihnen nicht. Sie vertrauen der Magie nicht. Dafür glauben sie ans Schicksal und an dessen Vorzeichen. Meine Mutter liest in Knochen, um die Zukunft ihrer Kinder zu erfahren. Mein Vater betrachtet die Sterne. Es ergibt nicht immer alles Sinn, aber was tut das schon zur Sache? Ist es besser, ein Zwerg oder ein Fahrender zu sein? Ein gesetztes Leben zu führen oder sich mit jedem Wechsel des Windes in eine andere Richtung zu bewegen? Das hängt doch nur vom Standpunkt ab, oder? Die Erfordernisse dieser Reise stellen für alle eine neue Erfahrung dar, und jeder von uns muss einen Weg finden, wie er damit zurechtkommt.«

Bek machte das nichts aus. Er nahm das Leben hin, wie es kam, und er hatte vor langer Zeit gelernt, die Bedingungen und Umstände, die er vorfand, einfach zu akzeptieren. Vielleicht lag es daran, weil er ein Waise war, der in die Hände einer fremden Familie gegeben worden und mit der Geschichte dieser Fremden aufgewachsen war. Vielleicht hatte es auch damit zu tun, dass er alles im Leben infrage stellte und ihm die Wagnisse dieser Reise deshalb nicht so sehr zusetzten. Schließlich war er nicht mit solcher Begeisterung aufgebrochen wie viele der anderen, und er konnte sein emotionales Gleichgewicht besser ausbalancieren.

So hatte er auch eine beruhigende Wirkung auf die anderen Teilnehmer der Expedition. Wenn er in der Nähe war, wirkten sie weniger reizbar und freundlicher. Er wusste nicht, woran das lag, aber es gefiel ihm, endlich irgendwie nützlich zu sein, und so versuchte er, jedes gesträubte Fell zu glätten, dem er begegnete. Quentin hatte eine ähnliche Wirkung. Nichts schien Beks Cousin je wirklich zuzusetzen. Stets zeigte er Eifer, gute Laune und Optimismus, und er war der Einzige an Bord, der offensichtlich jeden Tag genoss und sich auf den Nächsten freute. Gewiss war das ein Teil seiner Persönlichkeit, aber der Funken sprang auch auf jene über, die eigentlich nicht so großmütig waren.

Kurz nach der Begegnung mit den Würgern ging das Luftschiff entsprechend der Karte auf einen nördlicheren Kurs. Mit jedem Tag wurde es kälter. Der Herbst kehrte ein, und auch das Meer kühlte ab. Ein bleiernes Grau überzog den Himmel, und an den kälteren Tagen lag morgens eine dünne Schicht Eis auf der Reling. Furl Hawken gab die schweren Mäntel, dazu Handschuhe und Stiefel aus, und für die Nachtwache wurden an Deck Feuer zum Aufwärmen angezündet. Die Tage wurden kürzer, die Nächte länger, und die Sonne ging mit jeder Dämmerung weiter südlich auf.

Die ersten Schneeflocken fielen zwei Nächte vor der Ankunft auf der Insel Mephitic.

Walker stand am Bug des Luftschiffs und betrachtete die Insel, während sie sich ihr näherten. Die Flugreiter hatten sie vor einigen Stunden entdeckt. Redden Alt Mer hatte den Kurs korrigiert, nachdem er die Neuigkeit erfahren hatte, und jetzt lag Mephitic genau vor ihnen, ein grünes Juwel, das hell in der Mittagssonne funkelte.

Diese Insel unterschied sich von den beiden anderen, aber das hatte Walker ja schon gewusst. Mephitic war groß und breit, bestand aus welligen Hügeln, dichtem Wald und weitem Grasland. Hier gab es keine hohen Klippen wie auf Shatterstone oder öde Felsen wie auf Flay Creech. Die Insel war außerdem größer als die beiden vorherigen, so groß, dass Walker am dunstigen, herbstlichen Mittag nicht das andere Ende sehen konnte. Sie wirkte auch nicht so Unheil verkündend. Vielmehr erinnerte sie an das Westland, wo es an die Ebene von Streleheim grenzt. Während das Luftschiff auf die

Küste zu sank und langsam darüber kreiste, beobachtete er Rehe, die friedlich weideten, und Schwärme von Vögeln, die in den Himmel aufstiegen. Nichts an diesem Ort erweckte einen gefährlichen oder bedrohlichen Eindruck.

Schon beim ersten Überfliegen fand Walker, wonach sie suchten. Eine wuchtige Burg stand auf einer niedrigen Klippe in Richtung Westen. Davor lag dichter Wald, dahinter eine weite Ebene. Die Burg war alt und zerfallen, die Fallgitter waren zerstört, Fenster und Türen leere dunkle Löcher und Höfe sowie Wehrgänge verwaist. In einem anderen Zeitalter war es eine mächtige Festung gewesen, und die Mauern und Nebengebäude breiteten sich über eine Meile in alle Richtungen aus. Die eigentliche Burg hatte die Größe von Paranor und erschien genauso prächtig.

Anders als die beiden ersten Inseln, von denen nur die Namen auf der Karte standen, war Mephitic deutlich gezeichnet. Vor allem die Festung wurde erwähnt. Der dritte und letzte Schlüssel befand sich irgendwo darin.

Walker zog seine schwarze Robe enger um sich und starrte zur Burg. Die wachsende Unzufriedenheit auf dem Schiff entging ihm nicht. Sicherlich konnte er einen Teil davon auf sich selbst zurückführen. Er hatte sich sehr von den Männer und Frauen an Bord fern gehalten, doch nicht, ohne die Folgen zu bedenken, und nicht aus den Gründen, die man auf dem Schiff vermutete. Er wusste Dinge, die ihnen unbekannt waren, und eine Sache hatte ihn dazu veranlasst, alle auf Armeslänge von sich zu halten, seit er sich erholt hatte.

Das würde sich ändern, wenn er erst einmal den dritten Schlüssel hatte, denn dann könnte er ihnen Hoffnung machen, dass sie das Versteck erreichen und öffnen könnten.

Sicherlich war alles nicht so einfach, wie es von außen erschien, aber wann war schon etwas so, wie es aussah?

Er verspürte eine bittere Zufriedenheit darüber, die Wahrheit zu kennen, aber wirklich besser fühlte er sich dadurch nicht. Hunter Predd hatte ein gutes Recht, wütend auf ihn zu sein, weil er sich dermaßen in Geheimniskrämerei hüllte. Sie alle hatten das Recht dazu, mehr als sie ahnten. Das erinnerte ihn an die Verbitterung, die er selbst vor langer Zeit Druiden entgegengebracht hatte. Er kannte die Natur ihres Ordens. Sie nutzten Macht aus und verwahrten Geheimnisse. Sie manipulierten und betrogen. Vor allem führten sie Ereignisse herbei und setzten andere Menschen zum Wohl der Vier Länder ein. Er hatte niemals zu ihnen gehören wollen, und eigentlich wollte er das auch heute noch nicht. Obwohl er einer von ihnen geworden war, ein Teil ihres Ordens und ihrer Geschichte, hatte er sich geschworen, anders zu sein. Und obwohl er die notwendigen Aufgaben erfüllen wollte, um die Rassen zu vereinigen, würde er nicht die alten Taktiken des Ordens anwenden.

Und nun stieß er wieder einmal darauf, wie schwierig es war, diesen Schwur zu halten. Er entdeckte, wie tief er sich in dessen Ziele und seine Pflicht verstrickt hatte.

Er befahl Redden Alt Mer, die *Jerle Shannara* zu der Ebene vor der Burg zu fliegen und dort in einem Abstand von zweihundert Metern zu ankern. Er rief alle an Bord zusammen und erklärte ihnen, dass er mit einigen Männern die Burg erkunden wolle, jetzt, vor der Dunkelheit. Vielleicht würden sie den Schlüssel ja finden und könnten ihn sogar mitnehmen. Aber er wolle nicht die gleichen Risiken wie auf Shatterstone eingehen, daher würde er vor allem Vorsicht walten lassen. Sobald er eine Gefahr spüre, würden sie zurückkehren und erst morgen weitermachen. Sollten sie wegen dieser Maßnahmen länger brauchen, um ihr Ziel zu erreichen, so wäre das auch nicht schlimm.

Panax, Ard Patrinell und sechs Elfenjäger suchte er zu seiner Begleitung aus. Er zog auch Quentin Leah in die innere Wahl, schüttelte aber dann den Kopf. Bek schaute er gar nicht erst an.

Der Kundschaftertrupp stieg an der Strickleiter vom Schiff herunter und machte sich auf zur Burg. Sie wateten durch hüfthohes Gras und erreichten bald den Westeingang der Burg, eine Zugbrücke, die heruntergelassen war, und ein Fallgitter, das hochgezogen und verrostet war. Sie blieben einen Moment stehen, dann überquerten sie vorsichtig die Zugbrücke und betraten den Burghof. Dutzende Türen führten durch Mauern, Dutzende Treppen führten auf die Türme. Walker überprüfte sie alle und fand nichts. Es gab weder ein Anzeichen für Gefahr noch für Leben.

Dennoch spürte er den Schlüssel, fern und schwach, irgendwo im Inneren des Bergfrieds. Welche Art Wächter behütete ihn? *Eines ist alles und nichts und wird deine Seele rauben.* Die Worte der Seherin hallten rätselhaft und beunruhigend in seinem Kopf wider.

Walker stand lange Zeit im Hof, um genau wahrzunehmen, was seine Sinne ihm zeigten, dann ging er weiter.

Sie durchkämmten die Ruinen von den Türmen bis zu den Kellergewölben, vom Kerker bis zu den Turmspitzen, von der Halle bis zum Hof, von einer Brustwehr zur anderen, kreuz und quer durch das gesamte Labyrinth. Nichts störte sie dabei, und keine Gefahren enthüllten sich ihnen. Zwei Mal glaubte Walker, sie seien dem Schlüssel nahe, meinte, seine Gegenwart stärker zu spüren, seine besondere Mischung aus Metall und Energie zu fühlen. Jedes Mal entzog sich der Schlüssel ihm wieder. Beim zweiten Mal teilte er die Elfenjäger in Paare auf und schickte zwei mit Ard Patrinell, zwei mit Panax los und behielt zwei bei sich, um das gesuchte Stück zu umzingeln. Aber niemand fand irgendetwas.

Ihre Suche war auch in anderer Hinsicht niederschmetternd. Die Festung stellte ein verwirrendes Durcheinander von Zimmern, Höfen und Hallen dar, und im Inneren verlor man sofort die Orientierung. Die Suchenden liefen ständig im Kreis und landeten wieder am Ausgangspunkt. Was auch immer hier vor sich ging, jegliche Bemühungen, das Ziel zu finden, wurden vereitelt, sooft sie es auch versuchten.

Schließlich gaben sie auf. Die Nachmittagssonne stand im Westen am Horizont, und Walker wollte sich nach Einbruch der Dunkelheit nicht mehr in der Burg aufhalten. Der Bergfried wäre dann vielleicht ein weniger freundlicher Ort, und diese Erfahrung würde er sich gern ersparen. Obwohl sie den Schlüssel noch nicht gefunden hatten, war er ganz in der Nähe, so viel wusste er. Es war nur eine Frage der Zeit, bis sie ihn gefunden haben würden.

Er kehrte zum Schiff zurück und berief das erste Treffen seines inneren Kreises seit fast zwei Monaten ein, wo er Bericht erstattete und seine Zuversicht zum Ausdruck brachte. Redden Alt Mer, Rue Meridian, Ard Patrinell, Ahren Elessedil, Ryer Ord Star, Quentin Leah und Bek Rowe waren anwesend, und was er erzählte, stärkte ihren Mut. Morgen würden sie die Suche nach dem letzten Schlüssel fortsetzen, endete er, und gewiss würden ihre Bemühungen dann von Erfolg gekrönt sein.

In der Dämmerung nahm Walker alle außer den Fahrenden, Ryer Ord Star, Truls Rohk und Bek mit sich. Er sah die Enttäuschung und die Verletztheit in Beks Augen, trotzdem ging es nicht anders. Abermals durchforschten sie die Burg, nahmen sich den ganzen Tag dafür Zeit, und wieder fanden sie nichts. Genau wie am vorangegangenen Tag spürte Walker die Nähe des Schlüssels unmissverständlich und deutlich. Dennoch war er nirgends zu entdecken. Aufmerksam hielt er nach dem Hüter Ausschau, wie immer der aussehen mochte – denn er wusste, irgendetwas bewachte den Schlüssel –, aber er konnte nichts finden.

Drei weitere Tage setzte Walker die Suche fort. Er nahm jedes Mal die gleichen Teilnehmer der Expedition mit, teilte sie in verschiedene Gruppen auf und hoffte, in der neuen Kombination würden manche das entdecken, was anderen entgangen war. Von morgens bis abends streiften sie durch die Ruinen. Wieder und wieder liefen sie im Kreis, begannen ihre Suche im Inneren und landeten draußen. Sie erhaschten nicht den geringsten Blick auf den Schlüssel.

Am fünften Abend war Walker müde und entmutigt und fühlte sich genötigt, wenigstens sich selbst, wenn schon niemand anderem, einzugestehen, dass er so nicht weiterkam. Er hatte einen Punkt erreicht, an dem das drohende Scheitern seine Hoffnungen erdrückte. Seine Geduld war am Ende, seine Zuversicht längst ausgehöhlt. Hier zog ihn etwas auf unangenehme und subtile Weise nach unten.

So stand er lange Zeit am Bug des Schiffes, während die Übrigen an Bord schliefen, und versuchte zu entscheiden, was er als Nächstes tun sollte. Irgendetwas hatte er übersehen. Der Schlüssel war dort; er fühlte ihn. Warum war es so schwierig, ihn zu finden? Weshalb entdeckte er nicht, auf welche Weise er verborgen wurde? Wenn ihn keine Magie schützte und kein Wächter zu bemerken war, wie konnte sich dieses Ding Walker ständig entziehen?

Er musste anders an die Sache herangehen. Etwas Neues versuchen. Vielleicht sollte er des Nachts in die Burg gehen. Möglicherweise sah im Dunkeln alles ganz anders aus.

Es war an der Zeit, Truls Rohk zu rufen.

Weit achteraus der *Jerle Shannara,* südöstlich der Insel und außer Sichtweite, hing die *Schwarze Moclips* still über dem Wasser und hatte für die Nacht festgemacht. Mwellret-Wachen streiften über das Deck, wobei sie ihre spinnenartige Gestalt unter Kapuzen und Mänteln verbargen, während sie durch die Dunkelheit gingen. Die Föderationsmannschaft befand sich unter Deck in den Quartieren, außer dem Rudergänger, einem gertenschlanken, drahtigen Veteranen, der Abscheu vor den eidechsenähnlichen Kreaturen empfand, die er auf diesem Schiff transportieren musste.

Die Ilse-Hexe teilte seine Gefühle. Die Mwellrets waren widerlich und gefährlich, aber sie konnte an ihrer Anwesenheit nichts ändern. Die Untergebenen des Morgawr waren der Preis, den sie hatte zahlen müssen, um ihre Suche nach der Magie durchzuführen. Am liebsten hätte sie alle an einen großen Fisch verfüttert.

Nicht, dass sie bei Kommandant Aden Kett und seiner Mannschaft in besserem Ruf stand. Die Soldaten der Föderation konnten sie beinahe genauso wenig leiden; sie stellte eine schattenhafte Präsenz dar, die sich von ihnen fern hielt, ihnen keine Gründe für das nannte, was sie tat, und die am allerersten Tag gleich ein kleines Exempel an einem von ihnen statuiert hatte, der ihren Befehl missachtet hatte. Allein die Tatsache, dass sie offensichtlich ein Mensch war, brachte ihr ein wenig Sympathie ein. Da sie aber über eine Macht verfügte, die sich niemand vorstellen konnte, und sich zudem wenig um sie kümmerte, wenn es sich nicht um ihre Belange drehte, ging man ihr so gut als möglich aus dem Weg.

Und so sollte es ja auch sein. So war es schließlich immer gewesen.

In ihre graue Robe gehüllt, stand sie vor dem Vordermast und starrte in die Nacht. Sie hatte die *Jerle Shannara* seit dem Aufbruch von Arborlon beschattet. Die *Schwarze Moclips* war ein beeindruckendes und leistungsfähiges Luftschiff, und die Mannschaft war so gut ausgebildet und erfahren, wie Sen Dunsidan es versprochen hatte. Beide hatten getan, was zur Verfolgung des Elfenluftschiffes notwendig war. Dabei hatte kaum Gefahr bestanden, die Spur der *Jerle Shannara* zu verlieren. Dafür hatte die Ilse-Hexe schon gesorgt.

Aber was passierte jetzt? Warum lag das andere Schiff so lange vor Anker? Sechs Tage und Nächte wartete sie bereits, und der Druide hatte den letzten Schlüssel noch immer nicht gefunden. Warum? Offensichtlich war das Rätsel dieser Insel schwieriger zu lösen als die beiden vorangegangenen. Würde Walker hier scheitern? Kam er ohne ihre Hilfe nicht mehr weiter?

Sie schniefte angeekelt bei diesem Gedanken. Nein, der nicht. Sogar als Krüppel war er nicht so leicht zu besiegen. Sie mochte ihn hassen und verachten, aber sie wusste, wie Furcht erregend und klug er war. Er würde sein Rätsel lösen und zu dem Versteck weiterfahren, das sie beide zu finden beabsichtigten. Sie würden die Sache zwischen sich austragen, und ihr lebenslanger Hass würde endlich zur Ruhe kommen. Alles lief so ab, wie sie es vorgesehen hatte. Er würde sie nicht enttäuschen.

Dennoch blieb da eine gewisse Unsicherheit zurück und nagte beständig an ihr. Vielleicht überschätzte sie ihn. Hatte er überhaupt schon bemerkt, auf welche Weise er bei seiner Suche beeinflusst wurde? Hatte er, wie sie, den verborgenen Sinn des Schiffbrüchigen und der Karte erkannt?

Sie runzelte die Stirn. Das musste sie zumindest annehmen. Sie konnte es sich nicht leisten, von etwas anderem auszugehen. Aber es wäre schon interessant zu wissen. Vielleicht konnte ihr Spion es ihr verraten. Aber das Risiko war zu groß, ihn bei einer Kontaktaufnahme möglicherweise bloßzustellen.

Sie schritt nach vorn zum Bug und blickte eine Zeit lang hinaus in die Dunkelheit, dann zog sie eine kleine Milchglaskugel aus ihrer Robe und hielt sie ins Licht. Leise sang sie die Kugel an; das Glas wurde klar und zeigte ein Bild der *Jerle Shannara,* die vor der Burgruine geankert hatte. Sie betrachtete es aufmerksam und suchte nach dem Druiden, doch der war nirgends zu sehen. Elfenjäger hielten an Bug und Heck Wache, und ein stämmiger Fahrender stand am Steuer. In der Mitte des Schiffes befand sich der seltsame Kasten, den der Druide an Bord hatte bringen lassen und der durch magische Ketten bewacht wurde.

Was war bloß darin verborgen? Was musste er so sorgsam bewachen?

»Die Elfen wissssen nicht um unss, Herrin«, zischte jemand neben ihr. »Ssollen wir ssie alle im Schlaf umbringen?«

Zorn flammte lodernd wegen dieser Unterbrechung in ihr auf. »Wenn du noch einmal ohne Erlaubnis an mich herantrittst, Cree Bega, werde ich vergessen, wer dich geschickt hat und weshalb du hier bist, und dir einfach die Haut abziehen.«

Der Mwellret verneigte sich unterwürfig. »Entschuldigt, Herrin. Aber wir verschwenden unssere Zeit und unssere bessten Gelegenheiten. Töten wir ssie, und damit hat ess ssich!«

Sie hasste Cree Bega. Der Anführer der Mwellrets wusste, sie würde ihm nichts tun; der Morgawr hatte ihm persönlich seinen Schutz gegen sie garantiert. In seiner Gegenwart hatte sie einen Schwur ablegen müssen. Bei der Erinnerung daran hätte sie sich am liebsten übergeben. Er fürchtete sich aber ohnehin nicht vor ihr. Mwellrets waren gegen die kontrollierenden Kräfte der Magie immun, und Cree Bega mehr als die meisten. Dazu gesellten sich noch seine unerträgliche Arroganz und seine offene Verachtung ihr gegenüber.

Aber sie war die Ilse-Hexe, und sie offenbarte ihm nichts von ihrer Gereiztheit. Niemand brachte sie in Verlegenheit, solange sie es nicht wollte.

»Sie tun die Arbeit für uns, Ret. Wir lassen sie weitermachen, bis sie fertig sind. Dann kannst du so viele umbringen, wie du möchtest – außer einem.«

»Ich weissss von deinem Anspruch auf den Druiden, Herrin«, schnurrte er. »Gibsst den Resst mir und den meinen. Wir werden zufrieden ssein. Kleine Leute, Elfen, gehören unss.«

Sie fuhr mit der Hand über die Kugel. Das Bild der *Jerle Shannara* verschwand, und die Kugel wurde wieder weiß. Sie steckte das gute Stück zurück in die Robe, ohne auch nur einen einzigen Blick auf die Kreatur neben ihr zu werfen. »Euch gehört gar nichts, was ich euch nicht gebe. Vergiss das nicht. Jetzt geht mir aus den Augen.«

»Ja, Herrin«, erwiderte er ohne einen Funken Respekt oder Furcht und glitt in die Dunkelheit davon wie Öl über schwarzes Metall.

Sie sah nicht nach, ob er wirklich gegangen war. Es spielte keine Rolle, was sie dem Morgawr versprochen hatte, dachte sie. Wenn sie mit dieser Sache fertig war, dann war sie auch mit diesen verräterischen Kröten fertig. Mit allen von ihnen, gleichgültig, was sie dem Morgawr versprochen hatte. Und Cree Bega würde der Erste sein.

Die Nacht war ruhig und windstill, und sie wiegte die *Jerle Shannara* wie ein schlummerndes Kind sanft in den Armen. Bek Rowe setzte sich plötzlich auf, starrte in die Dunkelheit und lauschte dem Schnarchen und Atmen von Quentin, Panax und den anderen. Jemand hatte seinen Namen gerufen, ihn in seinem Kopf geflüstert, mit einer Stimme, die er nicht erkannte, mit Worten, die er beim Erwachen augenblicklich vergessen hatte. War das nur Einbildung gewesen?

Er erhob sich, zog Schnürstiefel und Mantel an und kletterte hinauf auf Deck. Oben an der Treppe blieb er reglos stehen, als könnte er die Antwort in der Dunkelheit finden. Er hatte seinen Namen deutlich gehört. Jemand hatte ihn ausgesprochen. Er strich sein lockiges Haar zurück und rieb sich den Schlaf aus den Augen. Der Mond und die Sterne leuchteten hell wie Leuchtfeuer an einem samtschwarzen Himmel. Die Umrisse des Luftschiffes und der Insel waren klar zu erkennen. Alles war ruhig, schien in Eis erstarrt zu sein.

Er ging zum vorderen Mast, bis vor das geheimnisvolle Objekt, das Walker Boh so sorgsam bewachte. Dort schaute er sich nochmals um und forschte nun sowohl in sich als auch draußen nach dem, was ihn hergerufen hatte.

»Suchst du etwas, Junge?«, zischte eine bekannte Stimme leise neben ihm.

Truls Rohk. Bek zuckte unwillkürlich zusammen. Der Gestaltwandler hockte irgendwo im Schatten seiner Kiste, so nahe, dass sich Bek vorstellte, er könne die Hand ausstrecken und ihn berühren. »Hast du mich gerufen?«, hauchte er.

»Es ist eine gute Nacht, um Wahrheiten zu entdecken«, flüsterte der andere mit seiner rauen, nicht ganz menschlichen Stimme. »Willst du es versuchen?«

»Wovon sprichst du?« Bek bemühte sich, seiner Stimme einen festen und ruhigen Klang zu geben.

»Summe für mich. Nur ein bisschen, so wie ein Kätzchen schnurrt. Summe, als wolltest du mich mit deiner Stimme anlocken. Verstehst du?«

Bek nickte und fragte sich, was in aller Welt der andere beweisen wollte. Summen? Ihn mit seiner Stimme anlocken?

»Mach schon. Zweifel nicht an mir. Denke daran, was du tun willst, und dann tu es. Konzentrier dich.«

Bek folgte der Aufforderung. Er malte sich aus, wie der Gestaltwandler neben ihm stand, stellte ihn sich in der Dunkelheit vor und summte, als könnte der Laut allein ihn herholen. Das Summen war allerdings kaum zu hören und, soweit Bek es beurteilen konnte, erfolglos.

»Nein!«, zischte der andere verärgert. »Gib dir mehr Mühe! Mehr durch die Zähne, Junge!«

Bek versuchte es erneut. Sein Summen brummte und vibrierte von der Kehle durch Mund und Nase. Durch die Anstrengung schien die Luft vor seinen Augen zu schimmern, als sei sie flüssig.

»Ja«, murmelte Truls Rohk, und in seiner Stimme schwang Zufriedenheit mit. »Das habe ich mir gedacht.«

Bek verstummte und starrte in die Schatten. »Du hast es dir gedacht? Was?« Ihm selbst hatte das Summen nichts enthüllt. Was hatte Truls Rohk bloß daraus ersehen?

Ein Teil der Schwärze um den Kasten löste sich, nahm Gestalt an und erhob sich im Licht der Sterne. Es war eine nur vage menschliche Form, groß und erschreckend. Bek musste sich zusammenreißen, damit er nicht zurückwich.

»Ich kenne dich, Junge«, wisperte der andere.

Bek erstarrte. »Woher?«

Der andere lachte leise. »Ich kenne dich besser als du dich selbst. Die Wahrheit über dich ist ein Geheimnis. Aber es ist nicht an mir, es zu enthüllen. Der Druide muss es tun. Ich kann dir lediglich ein wenig zeigen, wie es aussieht. Bist du daran interessiert?«

Einen Augenblick dachte Bek daran, sich umzudrehen und davonzugehen. Das, was der andere beabsichtigte, beinhaltete etwas Finsteres, etwas, das den Jungen verändern würde, sobald es einmal enthüllt wäre. Das begriff er instinktiv.

»Wir sind uns ähnlich, du und ich«, sagte der Gestaltwandler. »Wir sind nicht, was wir zu sein scheinen oder wofür andere uns halten. Wir sind auf eine Weise verbunden, die dich überraschen und erstaunen würde. Vielleicht sind unser beider Schicksale irgendwie miteinander verwoben. Was aus dem einen wird, hängt vom anderen ab.«

Bek konnte sich das nicht vorstellen. Er konnte kaum dem folgen, was sein Gegenüber sagte, geschweige denn, was er meinte. Er erwiderte nichts.

»Lügen verhüllen uns wie Masken den Dieb, Junge. Mich, weil ich es so gewollt habe – dich, weil du getäuscht wurdest. Wir sind Gespenster, die im Schatten leben, und die Wahrheit unserer Identität ist ein sorgsam gehütetes Geheimnis. Aber deines ist bei weitem das dunklere. Deines hat seinen Ursprung in einem Spiel des Druiden und in der finsteren Versprechung einer Magie. Meines ist schlicht das Ergebnis eines verdrehten Schicksals und der dummen Entscheidung von Eltern.« Er schwieg kurz. »Komm mit mir, und ich werde es dir erzählen.«

Bek schüttelte den Kopf. »Ich kann nicht gehen …«

»Kannst du nicht?«, unterbrach ihn der Gestaltwandler zischend. »Hinab auf die Insel und in die Burg? Komm mit mir, und wir holen dem Druiden den dritten Schlüssel, ehe er aufwacht. Er liegt dort und wartet auf uns. Du und ich, wir können schaffen, woran der Druide scheitert. Wir finden den Schlüssel und holen ihn her.«

Bek holte tief Luft. »Weißt du, wo er ist?«

Der andere bewegte sich leicht, ein fließender Schemen im Mondlicht. »Es ist nur wichtig, dass ich weiß, wie man ihn findet. Der Druide hat mich heute Abend gebeten, ihn zu suchen, und das habe ich getan. Aber jetzt habe ich mich entschieden, noch einmal hinzugehen und ihn zu holen. Willst du nicht mitkommen?«

Der Junge war sprachlos. Was ging hier eigentlich vor sich?

»Das sollte leicht für dich sein. Ich kenne dein Herz. Dir hat man erlaubt, nichts zu tun. Du wurdest an Bord gelassen, aber den Grund dafür hast du nicht erfahren. Man hat dich belogen und übergangen, als würdest du nichts zählen. Bist du das nicht leid?«

Erst vor zwei Tagen hatte Bek den Mut aufgebracht und Walker nach der Stimme gefragt, die er auf Shatterstone plötzlich im Kopf gehört hatte. Der Druide hatte ihm erklärt, es sei lediglich ein Zufall gewesen, dass er seine Gedanken auf Bek gerichtet habe, dass er kurz vor dem Angriff an den Jungen gedacht und sich deshalb instinktiv an ihn gewandt habe. Diese Lüge war offensichtlich, und Bek hatte sich angewidert abgewandt. Truls Rohk spielte offensichtlich genau auf diesen Zwischenfall an.

»Dies ist deine Chance«, drängte der Gestaltwandler. »Komm mit mir. Wir können tun, was Walker nicht schafft. Hast du Angst?«

Bek nickte. »Ja.«

Truls Rohk lachte tief und dröhnend. »Solltest du nicht. Vor gar nichts. Aber ich werde dich beschützen. Komm mit mir. Hol dir etwas von dem, was du bist, vom Druiden zurück. Bring ihn dazu, innezuhalten. Soll er doch noch einmal überdenken, wie er dich einschätzt. Finde etwas über dich selbst heraus, darüber, wer du bist. Willst du das nicht?«

Bek war sich nicht sicher. Plötzlich war er sich bei überhaupt nichts mehr sicher. Der Gestaltwandler erschreckte ihn aus mehr Gründen, als er sich zu überlegen wagte, aber vor allem durch die düstere Mitteilung, dass Bek nicht der und das war, was er glaubte zu sein. Bek wusste nicht, ob er von diesem Mann und auf diese Weise überhaupt etwas erfahren wollte.

»Ich werde mein Versprechen halten, Junge«, wisperte Truls Rohk. »Ich erzähle dir meine Wahrheit. Nicht das, was du von Panax gehört hast. Nicht, was du dir vorgestellt hast. Die Wahrheit, wie sie wirklich ist.«

»Panax meinte, du wärst in einem Feuer …«

»Panax hat keine Ahnung. Niemand weiß es, außer dem Druiden.«

Bek starrte ihn an. »Und warum willst du es ausgerechnet mir erzählen?«

»Weil wir uns ähnlich sind, wie ich bereits sagte. Wir sind uns ähnlich, und vielleicht wirst du, indem du etwas über mich erfährst, auch etwas über dich erfahren. Vielleicht. Ich kann mich in dir wiederfinden. Ich sehe, wie ich vor langer Zeit war, und diese Erinnerung schmerzt mich. Wenn ich dir meine Geschichte erzähle, kann ich den Schmerz möglicherweise ein wenig lindern.«

Und ihn mir aufhalsen, dachte Bek. Aber er war neugierig. Neugierig und von dem Gestaltwandler fasziniert. Er schaute zur Burg, die vom Mondlicht erhellt war. Truls Rohk hatte auch wegen des Schlüssels Recht. Bek wollte mehr tun, nicht nur den Kabinensteward spielen. Er ärgerte sich, weil er ständig an Bord bleiben musste. Schließlich wollte er das Gefühl haben, ebenfalls Teil der Expedition zu sein. Er wollte etwas Wichtiges vollbringen. Den dritten Schlüssel zu finden würde für den Anfang genügen.

Allerdings erinnerte er sich auch an die Aale von Flay Creech und den Dschungel von Shatterstone, und so fragte er sich, wie er überhaupt daran denken konnte, dort hinunterzugehen. Truls Rohk wirkte zuversichtlich, doch die Gründe, die er angab, ließen sich durchaus bezweifeln. Dennoch, die anderen waren auch hinuntergestiegen und heil wieder zurückgekehrt. Sollte er sich an Bord vor allem verstecken, was ihnen begegnete? Er hatte gewusst, dass es Risiken geben würde, als er seiner Mitreise zugestimmt hatte. Allen konnte er nicht ausweichen.

Bloß, sollte er sich so willfährig hineinstürzen?

»Komm mit mir, Junge«, drängte Truls Rohk ihn erneut. »Rasch ist die Nacht vorüber, und wir müssen handeln, solange es dunkel ist. Der Schlüssel wartet. Ich werde dich beschützen. Du wirst das Gleiche für mich tun. Auf die Art enthüllen wir gegenseitig die verborgenen Wahrheiten über uns. Komm!«

Einen Moment lang zögerte Bek noch. Dann seufzte er tief. »Also gut«, stimmte er zu.

Truls Rohk lachte. Sekunden später glitten sie über die Seite des Luftschiffes und verschwanden in der Nacht.

Vierundzwanzig

Truls Rohk war entstanden aus flammender Leidenschaft, einer falschen Wahl und einer zufälligen Begegnung, die niemals hätte stattfinden sollen.

Sein Vater stammte aus dem Grenzland, dessen Eltern und Großeltern als Waldläufer und Fährtenleser ihr ganzes Leben in der Wildnis des Runnegebirges verbracht hatten. Als er fünfzehn war, hatte er seine Familie bereits verlassen und sich eine eigene Existenz aufgebaut. Mit zwanzig war er eine Legende, ein Trapper, der den Wolfsktaag der Länge und Breite nach durchquert hatte, der Karawanen mit Einwanderern über die Berge brachte, Jagdgesellschaften führte und Gebiete erkundete, in die sich erst wenige vorgewagt hatten. Er war ein großer Mann mit kräftig gebautem Körper und starkem Willen, flink, begabt und erfahren wie sonst nur wenige. Außerdem kannte er die Wesen, die im Wolfsktaag lebten. Vor ihnen fürchtete er sich zwar nicht, trotzdem vergaß er nie, wozu sie in der Lage waren.

Truls Rohks Mutter lernte er in seinem dreiunddreißigsten Lebensjahr kennen. Sein halbes Leben hatte er als Kundschafter und Führer gearbeitet, und in der Wildnis fühlte er sich mehr zu Hause als in den Vorposten der Zivilisation. Mehr und mehr hatte er sich von den Siedlungen und den Menschen distanziert. Frieden und Trost suchte er zunehmend in der Einsamkeit. Die Welt, die er bevorzugte, war keineswegs eine sichere, aber immerhin war sie ihm vertraut. Überall drohte Gefahr, aber das nahm er in Kauf und akzeptierte es. Im Tausch gegen die Schönheit und Reinheit des Landes hielt er sie für einen angemessenen Preis.

Bisher hatte er stets Glück gehabt, nie einen schweren Fehler begangen und war keine unnötigen Risiken eingegangen. Dieses Glück führte zu einer Zufriedenheit, durch die sein Leben in sicheren Bahnen verlief. So lernte er, vorsichtig und positiv zu denken. Solange er die richtigen Entscheidungen traf, dachte er, würde ihm nichts geschehen. Zwar erlitt er gelegentlich Verletzungen oder wurde krank, jedoch niemals so ernst, dass er sich nicht wieder erholt hätte.

An dem Tag, an dem er Truls Rohks Mutter kennen lernte, verließ ihn allerdings das Glück. Er suchte Schutz vor einem Sturm, als ein Baum weiter oben am Hang von einem Blitz getroffen wurde. Mit einem lauten Knall wurde der Stamm entwurzelt und rutschte mit dem halben Hügel abwärts. Der Grenzländer, dem es so oft gelungen war, zu entkommen, war diesmal einen Schritt zu langsam. Ein riesiger Ast riss ihn von den Beinen. Felsen und Schutt prasselten auf ihn nieder. Sekunden später war er vollständig unter einem Berg von Steinen und Erde begraben, und er hatte das Bewusstsein verloren, ehe er noch ganz verstanden hatte, was passiert war.

Als er erwachte, hatte sich der Sturm gelegt, und die Nacht war hereingebrochen. Voller Überraschung stellte er fest, dass er sich wieder bewegen konnte. Er lag auf einer Lichtung, ein Stück von dem großen Ast und dem Erdrutsch entfernt, sein Körper schmerzte, sein Gesicht blutete, aber er lebte. Jemand sah ihn an, das spürte er, während er sich auf einen Ellbogen hochstemmte. Die Augen des Beobachters glühten in der Dunkelheit, tief im Schatten, hell und wild. Ein Wolf, dachte er. Trotzdem griff er weder nach seiner Waffe noch geriet er in Panik. Er starrte sein Gegenüber lediglich an und wartete ab. Als nichts geschah, setzte er sich auf und dachte, angesichts seiner Bewegung würde der Beobachter davonschleichen. Das tat er jedoch nicht.

Der Grenzländer verstand. Der andere hatte ihn aus Steinen, Erde und Ästen, aus seinem Grab, befreit und ihm das Leben gerettet.

Das Blickduell dauerte lange Zeit an, da weder der Grenzländer noch der andere nachgab. Schließlich sagte der Grenzländer etwas, bedankte sich für die Hilfe. Der andere blieb, wo er war. Der Grenzländer redete lange mit ruhiger und leiser Stimme und kam langsam zu der Überzeugung, dass der Beobachter kein Mensch war, sondern ein Geisterwesen, ein Kind des Wolfsktaag.

Erst kurz vor der Dämmerung kam der Beobachter näher heran, sodass er deutlich zu sehen war. Es war eine Frau, aber keine menschliche. Sie glitt aus dem Schatten heran wie aus farbigem Wasser geformt und veränderte ihr Aussehen währenddessen, war im einen Moment ein Tier, ein Mensch im nächsten, und dann eine Kreuzung zwischen beidem. Sie schien zu versuchen, eine bestimmte Gestalt anzunehmen, wobei sie nicht genau wusste, welche. In allen Variationen war sie allerdings gleichermaßen wunderschön und beeindruckend. Sie kniete neben dem Grenzländer und strich ihm mit sanften, fremdartigen Fingern über Stirn und Gesicht; dabei flüsterte sie ihm Worte zu, die er nicht verstehen konnte, deren Tonfall aber unmissverständlich war – süß, seidig und voller Lust.

Eine Gestaltwandlerin, erkannte er, ein Geschöpf der Alten Welt, ein Wesen der Magie und seltsamer Mächte. Etwas von dem, wer und was er war, hatte sie angezogen. Sie starrte ihn mit solch unverhüllter Leidenschaft an, dass er von ihrem Feuer versengt wurde. Sie wollte ihn auf eine primitive, ursprüngliche Weise, und er spürte in sich den gleichen Trieb.

So paarten sie sich überstürzt und eilig auf dieser Lichtung, und der Akt war eher wegen seiner Raserei als seines verbotenen Charakters Furcht erregend. Ein Mensch und ein Geisterwesen – daraus konnte nichts Gutes hervorgehen, hätten die Alten gesagt.

Sie brachte ihn zu ihrem Schlupfwinkel, und drei Tage paarten sie sich ohne Unterlass, ruhten nur, wenn sie vollkommen erschöpft waren, und überließen sich ansonsten ihrer Leidenschaft. Der Grenzländer vergaß seine Wunden, seine Bedenken und jegliche Vernunft. Für diese eigentümliche Kreatur und das, was sie ihm gab, ließ er alles andere fallen. Er verlor sich in seinem unbeherrschbaren Trieb.

Nachdem es vorüber war, verschwand sie. Er erwachte am vierten Tag in Stille und Leere. Allein und verlassen lag er da. So erhob er sich, schwach und zittrig, doch fühlte er sich so lebendig wie nie zuvor. Ihr Geruch und ihr Geschmack hingen noch in der Luft, hafteten an seiner Haut, steckten noch in seiner Kehle. Ihre Gegenwart, die Art, wie sie sich anfühlte, hatte sich ihm ins Gedächtnis gebrannt. Er weinte und weinte. Ohne sie würde er nie wieder der Gleiche sein. Sie hatte ihn für immer verändert.

Monatelang suchte er nach ihr. Er durchkämmte den Wolfsktaag von einem Ende zum anderen und kümmerte sich um nichts anderes mehr. Er aß, trank, schlief und suchte ohne Unterlass. Das Wetter und die Jahreszeiten wechselten. Ein Jahr verstrich. Er bekam sie nicht zu sehen, fand keinen Hinweis darauf, wohin sie verschwunden war.

Dann eines Tages, gute zwei Jahre später, als er nur noch deshalb nach ihr suchte, weil er nicht wusste, was er sonst tun sollte, und als er längst keine Hoffnung mehr hegte, kam sie zu ihm. Das Jahr neigte sich dem Ende zu, die Blätter hatten die Farbe gewechselt und fielen rot, orange und gelb auf den Waldboden. Er ging gerade auf eine Quelle zu, wo er trinken wollte, bevor er weiterzog. Wo er war, wohin er wollte, wusste er nicht. Er blieb nur in Bewegung, weil er sonst nichts mehr zu tun hatte.

Und plötzlich stand sie vor ihm.

Sie war nicht allein. Ein Junge stand an ihrer Seite, teils menschlich, teils Tier, wie man sofort an seinem Gesicht sehen konnte. Er war der Sohn des Grenzländers. Für einen normalen Jungen von zwei Jahren war er zu groß, denn er erreichte an Höhe schon fast seine Mutter. Durchdringend, doch vorsichtig, starrte er seinen Vater an. In seinem Blick lag Begreifen und Erkennen. Anerkennung. Seine Mutter hatte ihm die Wahrheit über seinen Vater erzählt.

Der Grenzländer trat vor, stand verlegen vor ihnen und wusste nicht, was er tun sollte. Die Frau sprach mit leiser, bezwingender Stimme zu ihm. Ihre Worte waren, so fand der Grenzländer, deutlich. Sie hatte sich mit ihm gepaart, weil der Trieb unwiderstehlich war und er sie auf unerklärliche Weise angezogen hatte. Doch passten sie nicht zusammen, gehörten nicht zueinander. Trotzdem sollte er wissen, dass er einen Sohn hatte. Er sollte es zur Kenntnis nehmen und danach vergessen.

Das war der entscheidende Augenblick. Der Grenzländer hatte nach ihr gesucht, während sie ihn so gut wie vergessen hatte. Weder brauchte noch wollte sie ihn. Sie führte ihr eigenes Leben, das Leben eines Geistes, und er würde niemals dazugehören können. Dass sie ihn zerstört hatte und er sie nicht vergessen oder einfach wieder der werden konnte, der er früher gewesen war, verstand sie nicht. Er gehörte ihr, genauso wie der Junge ihm. Es war gleichgültig, aus welcher Welt er stammte oder welches Leben er einst geführt hatte. Er war der Ihre, und er würde sich nicht fortschicken lassen.

So flehte er sie an zu bleiben. Er fiel auf die Knie, dieser starke Mann, der so viel durchgemacht und erduldet hatte, und bettelte. Er weinte, aber es war nutzlos. Schlimmer noch, sinnlos. Sie begriff sein Verhalten nicht. Ihr fehlte es an den entsprechenden Erfahrungen. Geister weinen und betteln nicht. Sie handeln instinktiv und aus ihren Bedürfnissen heraus. Für sie war die Sache klar. Sie war ein Geschöpf des Waldes und der Geisterwelt. Er hingegen nicht. Daher konnte sie nicht bei ihm bleiben.

Als sie sich schließlich umdrehte, davonging und ihn bereits beinahe wieder vergessen hatte, verwandelte sich seine Verzweiflung in

Zorn. Sein zerstörtes Leben und all die Qualen waren nicht mehr zu ertragen, und so stürzte er sich ohne nachzudenken auf sie und trieb ihr sein Jagdmesser durch den Rücken ins Herz. Sie war tot, ehe er ihren Körper auf den Boden gelegt hatte.

Er riss das Messer heraus und wollte auch den Jungen töten, doch der war verschwunden.

Der Grenzländer lief umher und suchte nach ihm. In der Hand hielt er das Jagdmesser, an dem das Blut der Gestaltwandlerin noch feucht glänzte, und damit fuchtelte er vor den Schatten herum und beklagte sein Schicksal. In der Dunkelheit unter den Bäumen suchte er nach dem Jungen. Der Wahnsinn hatte ganz und gar von ihm Besitz ergriffen, die Blutgier beherrschte sein Wesen.

Er lief umher, bis er vor Erschöpfung zusammenbrach, dann schlief er ein.

Doch ehe er aufwachen konnte, um seine Suche fortzusetzen, fand der Junge ihn, nahm ihm das Messer ab und schnitt ihm mit sicherer, geübter Hand die Kehle durch.

Truls Rohks tiefe, kehlige Stimme verstummte. Geduckt glitt er weiter vor Bek durch das hohe Gras. Der Hochländer wartete auf eine Fortsetzung der Geschichte, die jedoch ausblieb. Schweiß bedeckte das sonnengebräunte Gesicht des Jungen, ein feuchter Schein, der gleichermaßen von Entsetzen und Anstrengung herrührte. Dabei zusehen zu müssen, wie der Vater die Mutter tötet, und anschließend selbst den Vater umzubringen, war ein fürchterliches Erlebnis. Wie musste es gewesen sein, solch rasenden Wahnsinn im Alter von zwei Jahren mit anzuschauen? Schlimmeres konnte sich Bek nicht vorstellen, vor allem, da Truls Rohk halbmenschlich war und menschliche Gefühle kannte.

»Bleib unten«, warnte der Gestaltwandler mit leisem Knurren.

Er blieb stehen und drehte sich zu Bek um. Das Gesicht war unter der Kapuze verborgen, der Körper vom Mantel verhüllt, aber Bek spürte die Hitze, die durch die Kleidung von ihm ausstrahlte.

»Ich habe sie begraben, wo sie niemand finden wird. Zuerst habe ich nichts gefühlt, erst viel später, als ich Zeit hatte, darüber nachzudenken.« Truls Rohks Stimme schien aus weiter Ferne zu kommen. »Es war gar nicht so schrecklich, bis ich begriff, dass ich die beiden einzigen Wesen verloren hatte, die wie ich sind – nicht in körperlicher Hinsicht, sondern durch den Blutbund. Sie waren meine Eltern. Niemand würde jemals für mich sorgen wie sie. Sogar mein Vater hätte mich vermutlich geliebt, wäre ihm Zeit geblieben und er nicht dem Wahnsinn anheim gefallen. Jetzt war ich allein und gehörte weder der einen noch der anderen Art an, war weder Geist noch Mensch. Zum Teil gehörte ich zu beiden Gruppen, und damit gehörte ich eigentlich zu keiner.«

Er lachte verbittert. »Bei den Menschen zu leben habe ich niemals versucht. Ich weiß, wie sie auf mich reagieren würden. Ein paar Mal haben sie mich in den Bergen aufgespürt und gejagt wie ein Tier. Ich habe auch versucht, mich zu den Gestaltwandlern zu gesellen, denn tief im Wolfsktaag leben einige Gruppen von ihnen, und ich konnte ihre Verstecke entdecken. Aber sie witterten meinen menschlichen Teil, und sie wussten, was ich war. Meine Mutter habe eine verbotene Grenze überschritten, sagten sie. Ihr Vergehen sei unverzeihlich. Besser sei es, wenn ich ebenfalls sterben würde. Einer von ihnen könne ich niemals werden. Ich müsse mein Leben in Einsamkeit verbringen.«

Er blickte Bek an. »Verstehst du jetzt, warum wir uns ähnlich sind?«

Bek schüttelte den Kopf. Er hatte keine Ahnung und wusste nicht einmal, ob er irgendwelche Vermutungen anstellen sollte.

»Du wirst schon noch verstehen«, flüsterte der andere.

Er wandte sich ab, ging weiter durch das hohe Gras und eilte nun auf den Eingang der Burg zu. Bek folgte ihm, da er nicht wusste, was er sonst tun sollte, und fragte sich noch immer, in welcher Hinsicht sie sich ähnlich waren. Bis hier unten, kurz vor der Burg, war er gelangt, weil sein Schicksal es verlangte und weil er auf dieser Reise mehr sein wollte als nur ein bloßer Beobachter. Hatte er damit einen Fehler begangen?

Die Burg erhob sich vor ihnen, ein Gewirr verfallener Steinmauern und schwarzer Löcher, wo Türen und Fenster verschwunden waren. Der Mond hatte sich dem Horizont genähert, und die Schatten, welche die Türme und Wehrgänge warfen, reckten sich lang über die Erde. Aus den Ruinen war kein Laut zu hören. Nichts regte sich im Dunkeln.

Truls Rohk blieb stehen und betrachtete ihn abermals. »Der Druide hat im Inneren der Mauern nach dem Schlüssel gesucht. Er hat nicht daran gedacht, dass der Wächter die Burg selbst sein könnte – sein erster Fehler. Er suchte nach einem Wächter, der den Schlüssel durch Angriff verteidigt und jene zu vernichten sucht, die eindringen. Dabei hat er nicht in Erwägung gezogen, dass der Wächter sich auf Täuschung verlegen könnte – sein zweiter Fehler. Nach Antworten auf seine Fragen hat er mit Vernunft und Magie geforscht, weil er sicher war, das eine oder das andere würde zum Ziel führen. Dass sein Widersacher sich auf etwas anderes verlassen könnte, kam ihm nicht in den Sinn – der letzte Fehler.«

Geschmeidig baute er sich vor Bek zu voller Größe auf. Der junge Mann zuckte zusammen, während er in die Dunkelheit von Truls Rohks Kapuze starrte, wo er nur die Augen sehen konnte. »Der Wächter des dritten Schlüssels ist ein Geist, und er haust im Innern dieser Mauern. Er hat keine Erscheinung außer der Burg selbst, und auf diese Weise behütet er auch seine Schätze. Der Schlüssel ist nur eins seiner Besitztümer; für den Geist hat er keinen speziellen Wert. Wer auch immer ihn hier deponiert hat, wusste das. Die Burg bewacht alles gleich, versteckt alles, enthüllt nichts, ein unveränderlicher Hüter. Und er täuscht, Junge. Wie ich. Wie du.«

»Wie können wir diese Täuschungen durchdringen?«, fragte Bek.

Die seltsamen Augen funkelten. »Wir werden versuchen, mit anderen Augen zu sehen.«

Sie gingen weiter bis an den äußersten Rand des Grases, bis sie wenige Meter vor der Zugbrücke und dem Burgtor standen. Während sie sich näherten, hatten sie sich geduckt gehalten und im hohen Gras verborgen, nicht weil der Wächter sie vielleicht sehen könnte, denn der besaß ja keine Augen, sondern weil er ihre Gegenwart spürte, wenn sie sich offenbarten.

»Es ist an der Zeit, andere Mittel einzusetzen, um uns zu tarnen«, sagte Truls Rohk und schlang seine Robe um sich. »Für mich ist das leicht. Ich bin ein Gestaltwandler und kann jede Form annehmen. Für dich ist es schwieriger, Junge. Aber du besitzt die richtigen Hilfsmittel. Summe noch einmal für mich. Diesmal setzt du deine Stimme ein, als würdest du dich noch immer im Gras verstecken. Hier, zieh dir das über den Kopf.«

Er reichte Bek einen Mantel, der zerschlissen und schmutzig war. Gehorsam zog Bek ihn an. Das Kleidungsstück roch nach dem Gras, mit dem er auf Wunsch des Gestaltwandlers verschmelzen sollte. Es dauerte einen Augenblick, bis er den Mantel angezogen hatte, dann sah er den anderen fragend an.

Truls Rohk nickte. »Na los. Summe für mich. Benutze die Laute, um die Luft um dich herum zu verändern. Versetze sie in Schwingung wie Wasser mit einem Stock. Schieb von dir fort, was du kannst. Mache dich zum Teil des Mantels.«

Bek gehorchte und verlor sich in den Gerüchen des Mantels, darin, wie sich der Stoff anfühlte, und vergrub sich tief in Lehm und Wurzeln, an einem Ort, an den sich nur noch Insekten und Tiere vorwagten. Leise und stetig summte er eine Zeit lang vor sich hin, dann blickte er den Gestaltwandler wieder an.

»Du hast es schon ein wenig begriffen?«, flüsterte der andere. »Ich meine, dein wahres Wesen? Aber noch nicht richtig. Lange nicht alles. Komm.«

Er führte Bek aus dem Verborgenen hinaus, wobei sich seine Gestalt sichtlich veränderte und zu einer flüssigen Form wurde. Bek summte leise und hüllte sich in den Mantel, maskierte sich und versteckte, wer und was er war, tief im Innern. Sie betraten die Burg ohne Schwierigkeiten und schritten durch die Dunkelheit der äußeren Höfe in die Finsternis der Hallen. Sie drangen tief in die Ruinen vor und benahmen sich dabei verstohlen wie eine Brise, die aus dem Grasland heranwehte. Mauern erschienen vor ihnen, doch Truls

Rohk ging einfach durch sie hindurch, und erstaunt folgte Bek ihm. Treppen tauchten auf, wo kurz zuvor nichts zu sehen gewesen war, und die beiden stiegen dort je nachdem hinauf oder hinunter. Türen waren plötzlich da und verschwanden hinter ihnen wieder. Bis zu einem gewissen Grad erkannte Bek, dass die gesamte Burg in keiner Hinsicht das war, was sie zu sein schien, sondern stattdessen ein riesiges Labyrinth aus Illusionen darstellte, die mit dem Stein verschmolzen und um der Täuschung willen erschaffen worden waren – um Türen und Gänge vorzuweisen, die ins Leere führten, um Hindernisse zu zeigen, wo es keine gab, um zu verhüllen und zu verdunkeln.

Wenn es keine Magie war, fragte sich Bek, was dann? Oder war diese Magie einfach so riesig und verwoben, dass man sie von den anderen Dingen nicht unterscheiden konnte?

Sie erreichten eine Steinmauer, die dick mit Staub und Spinnweben bedeckt war, eine Barriere aus schweren Steinblöcken, die von Alter und Wetter vernarbt waren. Truls Rohk blieb stehen und winkte Bek zu, er möge zurückbleiben. Dann wandte er sich der Mauer zu und fuhr mit dem Arm durch die Luft davor. Diese schimmerte und veränderte sich, woraufhin der Gestaltwandler fast unsichtbar wurde; nur ein Schatten blieb, ein wenig aufgewehter Staub in einem Windhauch. Dann war er verschwunden, mit dem Stein verschmolzen, als wäre er niemals da gewesen. Verzweifelt suchte Bek nach ihm. Aber nichts war zu sehen.

Doch einen Moment später war er zurück, tauchte aus dem Nichts auf, erhob sich aus der Düsternis, und seine verhüllte Gestalt war so flüssig wie die Schatten, die er nachahmte. Er hielt nur kurz inne, um die Hand auszustrecken und den dritten Schlüssel zu zeigen.

Das war ein Fehler. In diesem Augenblick vergaß Bek vor Aufregung das Summen.

Unvermittelt brach seine Tarnung zusammen, und die Burg fühlte sich anders an. Der Wandel war greifbar wie eine kräftige Windböe, ein fürchterlicher Seufzer, der durch die steinernen Hallen und über die Höfe hallte, ein Schauer, der aus der Tiefe der Erde herrührte. Bek versuchte sich erneut zu tarnen, doch es war zu spät. Etwas Furcht Erregendes heulte durch die Gänge und raste durch den Stein wie eine aus dem Käfig entkommene Bestie. Bek blieb das Herz stehen. Vergeblich strebte er danach, sich irgendwie zu verteidigen.

Truls Rohk rettete ihn. Der Gestaltwandler packte ihn, riss ihn von den Füßen wie ein Kind, nahm ihn unter den Arm und begann zu laufen. Durch die Gänge und Korridore ging es und über Höfe hinweg. Er sprang über zerbrochene Steine und entlang eingesackter Gräben, und er trug den Jungen vor dem erzürnten Geist davon. Aber der war überall, war mit den Mauern der Burg eins, kam von überall her. Versteckte Türen schlugen vor ihnen mit ohrenbetäubendem Krachen zu. Eiserne Tore schlossen sich scheppernd. Riesige Dornen schossen aus der Erde und wollten sie aufspießen. Falltüren öffneten sich unter ihren Füßen. Truls Rohk setzte über die Bedrohungen hinweg oder wich ihnen geschickt aus; manchmal nutzte er die Wände oder gar die Decken aus, um Halt für Hände und Füße zu finden. Nichts hielt ihn auf. Er rannte, als würde er vor einem Feuer fliehen.

Bek gab sich Mühe, ihn zu unterstützen, summte wieder, wusste jedoch nicht genau, was er eigentlich tat. Er summte, damit sie so schnell und flink wie Vögel wurden, um ihnen die Flüssigkeit von Wasser zu verleihen, um ihnen die ätherische Beschaffenheit von Luft zu geben. Er bot alles auf, was ihm einfiel, veränderte ständig die Taktik, wollte das Ding abschütteln, das sie verfolgte. So verschmolz er mit dem Wesen, das ihn trug, verschwand im Geruch von Erde und Gräsern, in den eisernen Muskeln, in den wilden Instinkten und raschen Reflexen. Er verlor sich vollständig in einem Wesen, bei dem er noch nicht einmal angefangen hatte, es zu verstehen. Auf diese Weise ging ihm sein Bewusstsein dessen, wer er war, abhanden. Er entblößte sich seiner Identität und zersplitterte in der Nacht.

Dann plötzlich lag er ausgestreckt auf der Erde, im hohen Gras versteckt, und er bemerkte, dass sie wieder außerhalb der Burg waren. Truls Rohk kauerte neben ihm, hielt den Kopf gesenkt, die Schultern hoben und senkten sich, und sein Atem klang wie das Knurren eines Tieres. Unvermittelt begann er zu lachen, leise und kehlig zunächst, dann lauter und lauter. Bek lachte mit ihm, eigenartig euphorisch, seltsam fröhlich, weil sie den Tod, der sie jagte, überlistet hatten.

»Oh, du bist wirklich nicht das, was du zu sein vorgibst, Junge«, keuchte der Gestaltwandler. »Nichts von dem, was man dir in all den Jahren eingeredet hat! War dir bewusst, dass du solche Dinge allein mit deiner Stimme vollbringen kannst?« Er zeigte zurück zur Burg.

»Was habe ich denn vollbracht?«, fragte Bek, von dem Gelächter durchgeschüttelt.

»Magie!«

Bek verstummte, sein Lachen wich Stille. Er lag im hohen Gras und starrte zu den Sternen hinauf, lauschte den Echos des Wortes in seinem Kopf. *Magie! Magie! Magie!* Nein, dachte er. Das stimmte nicht. Er konnte keine Magie beherrschen. Nein, niemals. Oh, ja, er besaß den Phönixstein, den Talisman, den er um den Hals trug, den ihm der König vom Silberfluss geschenkt hatte, und vielleicht …

»Du hast uns gerettet«, sagte Truls Rohk.

Bek sah ihn an. »*Du* hast uns gerettet!«

Die dunkle Gestalt regte sich und glitt näher. »Ich habe uns vielleicht aus der Reichweite des Geistes gebracht, doch du hast ihn uns vom Hals gehalten. Sonst hätte er uns erwischt. Er wohnt überall in den Ruinen und verbirgt sein wahres Aussehen. Durch diese Täuschung schützt er sich. Aber heute Nacht hast du ihn besiegt. Verstehst du nicht? Du hast die besseren Täuschungen erzeugt, Bewegungen und Geräusche und Farbe … ach, wie süß!«

Er beugte sich vor, wobei er in Mantel und Kapuze unsichtbar blieb. »Hör mir zu. Heute Nacht hast du uns gerettet, doch ich habe dich vorher ebenfalls gerettet. Ich habe dich aus den Ruinen deines Zuhauses geholt und vor dem düsteren Schicksal deiner Familie bewahrt. Damit wären wir quitt.«

Bek starrte ihn an. »Wovon redest du?«

»Wir sind gleich, Junge«, sagte Truls Rohk erneut. »Wir wurden aus der Asche unserer Eltern geboren, aus dem Erbe unseres Blutes, aus einer Geschichte und einem Schicksal, das von uns nicht zu beeinflussen war. Wir sind auf verschiedene Weise verwandt. Aber die Wahrheit ist schwer zu fassen. Etwas davon hast du heute Nacht selbst entdeckt. Den Rest musst du dir von dem Mann holen, der sie wie eine Geisel gefangen hält.«

Er drückte Bek den dritten Schlüssel in die Hand. »Bring dies dem Druiden. Er sollte dir dankbar sein, weil er ihn nicht selbst holen muss – dankbar genug, um dir die Wahrheit zu erzählen, die er unrechtmäßig für sich behält. Vertrauen erzeugt Vertrauen, Junge. Passe sorgsam auf dich auf, bis dir diese Wahrheit über dich enthüllt wird. Hüte das Geheimnis, das du jetzt erfahren hast. Und beherzige meine Worte.«

Damit verschwand er, so rasch und plötzlich, dass er schon fort war, ehe der Junge es überhaupt bemerkte. Bek starrte in das zitternde Gras, durch das Truls Rohk davongegangen war, und stand sprachlos und erschüttert da. Augenblicke später beobachtete er einen Schatten, der sich vom Boden löste und entlang der Ankerleine zum Schiff hinaufkletterte, ehe er oben wieder verschwand.

Die *Jerle Shannara* hing wie aus Stein gemeißelt vor dem Himmel, an dem sich das Morgengrauen bereits abzeichnete. Bek wartete, ob er noch etwas von dem Gestaltwandler zu sehen bekam, und als dies nicht geschah, erhob er sich müde und machte sich auf den Rückweg.

Fünfundzwanzig

Du hast mir nicht gehorcht«, sagte der Druide leise, und seine Stimme klang so frostig, dass Bek das Eis heraushören konnte. »Ich habe dir gesagt, du sollst das Schiff bei Nacht auf keinen Fall verlassen, und du hast es trotzdem getan.«

Sie waren allein in Redden Alt Mers Kabine, wo sich auf dieser Reise schon oft eine Gruppe von neun Leuten versammelt hatte, wo es sich jedoch jetzt so anfühlte, als nehme der Druide genug Platz ein, um Bek zu zerdrücken.

»Der Befehl, den ich erlassen habe, galt für alle, also auch für dich. Er war sehr deutlich. Niemand sollte das Schiff ohne meine Erlaubnis verlassen. Und insbesondere nicht die Burg betreten.«

Bek stand starr vor dem Druiden, streckte die Hand aus und hielt ihm den Schlüssel hin. Von allen möglichen Reaktionen hatte er diese am wenigsten erwartet. Natürlich war er von Schelte für sein unüberlegtes Handeln ausgegangen. Sogar eine Strafpredigt darüber, wie wichtig es ist, Befehlen zu gehorchen, hätte ihn nicht überrascht. Aber in seiner Fantasie hatten diese Tadel stets damit geendet, dass Walker seinen Dank ausdrückte, weil der Junge ihm den Schlüssel geholt hatte. So war es nicht notwendig, einen weiteren Tag in den Ruinen zu suchen und die Sicherheit des Schiffes zu riskieren. Und es würde keine Verzögerung mehr geben. Mit dem dritten Schlüssel in der Hand konnten sie endlich zu ihrem Ziel weiterziehen und den Schatz bergen, der dort auf sie wartete.

Bek bemerkte in den Augen des Druiden allerdings keinen Hinweis auf Dankbarkeit, während er nun vor ihm stand.

Erst an Bord des Schiffes war ihm aufgefallen, dass er den Plan, Walker den Schlüssel vor den anderen Expeditionsteilnehmern zu übergeben, um sich in ihrem Lob zu aalen, nicht durchführen konnte, weil er dann erklären musste, wie er in den Besitz des guten Stücks gelangt war. Das bedeutete, allen von Truls Rohk zu erzählen, was Walker sicherlich nicht gefiele, oder auch von seiner eigenen Magie, wovor der Gestaltwandler ihn gewarnt hatte. Deshalb würde er den Schlüssel dem Druiden unter vier Augen übergeben und sich damit bescheiden müssen, dass lediglich der Anführer nun seinen Wert bei dieser Reise kannte.

Bloß schien solcherlei Anerkennung nicht besonders wahrscheinlich zu sein. Walker hatte sich nicht einmal die Mühe gegeben zu fragen, auf welche Weise der Schlüssel in seine Hände gekommen war.

In dem Augenblick, in dem er ihn gesehen hatte, war er rot vor Zorn geworden.

Er nahm Bek den Schlüssel aus der Hand und wandte den harten, bohrenden Blick nicht von dem Jungen ab. Über ihnen bereiteten sich die anderen auf einen weiteren Tag der Suche vor, da sie noch nicht wussten, dass keine Notwendigkeit mehr bestand, nach unten zu gehen.

»Es tut mir Leid«, brachte Bek schließlich heraus und ließ den Kopf hängen. »Ich habe nicht daran gedacht …«

»Truls Rohk hat dir das eingeredet, nicht wahr?«, unterbrach ihn Walker, und neue Wut verzerrte sein Gesicht. Bek nickte. »Dann erzähl es mir. Erzähl mir alles, eins nach dem anderen.«

Zu seiner eigenen Überraschung tat Bek das nicht. Er erzählte ihm fast alles. Er berichtete davon, wie der Gestaltwandler zu ihm gekommen war und ihn gedrängt hatte, mit ihm in die Burgruine zu gehen und den Schlüssel zu holen. Dann fuhr er damit fort, dass Truls Rohk ständig behauptet habe, sie seien sich ähnlich, und er wiederholte die seltsame Geschichte über seine Geburt und seine Eltern. Er berichtete dem Druiden, wie sie sich der Burg genähert und sie betreten, den Schlüssel entdeckt hatten und geflüchtet waren. Alles über die Magie, die Bek dem Gestaltwandler zufolge besaß, ließ er aus. Er erwähnte nicht, wie seine Stimme diese Magie zu erzeugen schien. Er entschied, dieser Augenblick sei nicht der rechte Zeitpunkt, um sich über das Thema auszulassen.

Walker schien mit dieser Erklärung zufrieden zu sein, und ein wenig erlosch das Feuer in seinen Augen, und das Eis in der Stimme schmolz zum Teil, als er wieder sprach. »Truls Rohk hätte es besser wissen sollen und dich nie in diese Sache verwickeln dürfen. Er müsste wissen, dass er dein Leben nicht so unnötig riskieren darf. Aber er ist ungestüm und unberechenbar, daher überrascht mich sein Handeln nicht. Du hättest in dieser Situation deinen Verstand einschalten sollen, Bek. Auf diese Weise kannst du dich doch nicht an der Nase herumführen lassen. Wenn dir nun etwas zugestoßen wäre?«

»Ja, und wenn schon?«

Die Worte waren heraus, ehe er sie zurückhalten konnte. Er hatte sie nicht aussprechen und den Druiden in dieser Art herausfordern wollen. Aber der Junge fühlte sich um den Lohn seiner Bemühungen betrogen und wurde nun selbst langsam wütend. Schließlich hatte Truls Rohk ihn lange nicht so sehr an der Nase herumgeführt wie Walker.

»Wenn ich nicht zurückgekehrt wäre, welchen Unterschied hätte es gemacht?«, fragte er.

Der Druide starrte ihn verblüfft an.

»Sag mir die Wahrheit, Walker. Ich bin nicht nur hier, weil du an Bord ein weiteres Paar Augen und Ohren brauchst. Und auch nicht nur, weil ich Quentins Cousin bin.« Für einen Rückzieher war es jetzt zu spät, daher musste er sich weiter vorwagen. »Eigentlich bin ich gar nicht wirklich sein Cousin, oder? Coran hat mir vor unserem Aufbruch erzählt, Holm Rowe habe mich gar nicht zu ihm gebracht. Du warst es. Du hast Coran erzählt, sein Cousin habe mich dir übergeben, aber Truls Rohk hat mir erzählt, er habe mich aus den Ruinen meines Zuhauses geholt und mich vor dem düsteren Schicksal meiner Familie bewahrt. Das waren seine Worte. Wer sagt die Wahrheit über mich, Walker?«

Es folgte eine längere Pause. »Alle«, erwiderte Walker schließlich. »Bis zu dem Punkt, bis zu dem sie dazu in der Lage sind.«

»Aber ich bin weder ein Leah noch ein Rowe, oder?«

Der Druide schüttelte den Kopf. »Nein.«

»Wer bin ich dann?«

Walker schüttelte abermals den Kopf. »Ich bin noch nicht so weit, es dir zu erklären. Du musst dich noch eine Weile gedulden, Bek.«

Bek behielt seinen Zorn im Zaum, denn er wusste, wenn er sich gehen ließ, wäre das Gespräch vorüber und damit seine Chance dahin, mehr zu erfahren. Geduld und Ausdauer würden ihm mehr einbringen.

»Du hast mich auf Shatterstone nicht zufällig oder durch Glück erreicht, als du im Dschungel in der Falle gesessen hast, nicht wahr?«, fragte er und versuchte es auf anderem Wege. »Du wusstet, dass du mich auf diese Weise rufen konntest.«

»Ja«, gestand der Druide.

»Woher?«

Erneut schüttelte Walker den Kopf.

»Also gut.« Bek zwang sich, ruhig zu bleiben. »Ich will dir eine Sache erzählen, die ich dir bislang verschwiegen habe. Auf der Reise von Leah nach Arborlon ist mir etwas passiert, worüber ich mit niemandem gesprochen habe, nicht einmal mit Quentin. In der ersten Nacht haben wir am Silberfluss gelagert, und dort hat mich jemand aufgesucht.«

Rasch berichtete er von den Ereignissen, welche die Erscheinung des Königs vom Silberfluss begleitet hatten. Er erzählte, wie das Geisterwesen ihm als junges Mädchen erschienen war, das ihm vage bekannt vorkam, sich dann in ein Reptilienungeheuer verwandelt hatte und schließlich in einen alten Mann. Dann wiederholte er das Gespräch, so wie er sich daran erinnerte, und endete mit dem Phönixstein. Der Druide verzog währenddessen keine Miene, doch seine dunklen Augen verrieten seine gemischten Gefühle.

Nachdem Bek fertig war, stand er in der Stille da, trat von einem Fuß auf den anderen und erwartete halb weitere Schelte wegen seines Mangels an Urteilsvermögen. Aber Walker starrte ihn nur an, als versuche er, ihn zu durchschauen, oder als sehe er den Jungen plötzlich in einem völlig neuen Licht.

»War das wirklich der König vom Silberfluss?«, fragte Bek nach einer Weile.

Der Druide nickte.

»Warum ist er zu mir gekommen? Was hatte er für Gründe?«

Walker wandte kurz den Blick ab und schien die Antwort in der Kabinenwand zu suchen. »Die Bilder von dem jungen Mädchen und dem Ungeheuer sollten dir etwas zeigen und dir helfen, bestimmte Entscheidungen zu treffen. Der Phönixstein soll dich beschützen, falls sich eine dieser Entscheidungen als gefährlich erweist.«

Jetzt starrte Bek den Druiden an. »Was für Entscheidungen?«

Der Druide schüttelte den Kopf.

»Ist das alles, was du mir verraten wirst?«

Der Druide nickte.

»Bist du mir auch wegen dieser Geschichte böse?«, fragte Bek erschöpft. »Weil ich sie dir nicht früher erzählt habe?«

»Es wäre vielleicht gar nicht so dumm gewesen, das zu tun.«

Bek warf die Hände in die Luft. »Das hätte ich vielleicht sogar, wenn ich mich nicht die ganze Zeit gefragt hätte, was ich wirklich bei dieser Expedition soll! Da du mir allerdings nicht alles erzählt hast, fühlte ich nicht die Notwendigkeit, dir im Gegenzug alles zu berichten!« Er schrie, konnte sich nicht mehr beherrschen. »Und nun sage ich es dir nur deshalb, weil ich nicht noch einen Tag weitermachen will, ohne die Wahrheit zu wissen. Schließlich verlange ich nicht die Welt!«

Der Druide lächelte ironisch. »Du verlangst jedoch eine Menge mehr, als du glaubst.«

Der Junge schob das Kinn vor. »Vielleicht. Trotzdem verlange ich es. Ich will die Wahrheit erfahren.«

Aber Walker gab nicht nach. »Die Zeit ist noch nicht reif. Du musst dich gedulden.«

Bek spürte, wie ihm dunkelrote Farbe ins Gesicht stieg und sein Gesicht vor Wut heiß wurde. Seine Entschlossenheit, sich zu beherrschen, löste sich binnen eines Herzschlags auf. »Das ist leicht zu sagen für jemanden, der die Antworten kennt. Dir würde es genauso wenig gefallen wie mir, auf der anderen Seite zu stehen. Ich kann dich nicht zwingen, mir zu verraten, was du weißt. Aber ich kann aufhören, deine Augen und Ohren zu sein, bis du es tust! Wenn du mir nicht genug vertraust, um mir dein Wissen mitzuteilen, dann sehe ich keinen Grund, dir weiter zu helfen!«

Walker nickte kühl und unbewegt. »Das musst du ganz allein entscheiden, Bek. Ich werde deine Hilfe jedenfalls vermissen.«

Einen Augenblick starrte Bek ihn noch an und dachte darüber nach, was ihm zu sagen blieb, dann gab er auf, marschierte hinaus und schlug die Kabinentür hinter sich zu. In seinen Augen standen Tränen, als er zu den anderen auf Deck ging.

Walker blieb noch kurz, wo er war, dachte über das Geschehene nach und überlegte, ob er die richtige Entscheidung getroffen hatte, nichts zu verraten. Irgendwann würde er sein Wissen preisgeben müssen. Alles hing davon ab. Doch falls er es dem Jungen zu bald erzählte, falls Bek zu viel Zeit hatte, darüber nachzudenken, würde er vielleicht vor Angst oder Zweifel erstarren, wenn die Zeit zum Handeln gekommen war. Deshalb war es besser, ihm diese Bürde so lange wie möglich zu ersparen, sogar, wenn sich Walker dadurch seinen Ärger zuzog.

Dennoch sehnte er sich selbst danach, dem Jungen zu berichten, was er über seine Geburt wusste und all die Jahre in sich verborgen hatte.

Er betrachtete den Schlüssel in seiner Hand, die miteinander verbundenen Metalllinien und das blinkende rote Licht in der Kraftquelle. Jetzt hatte er sie alle zusammen, alle drei Schlüssel, und nichts konnte ihn mehr daran hindern, Castledown zu betreten.

Nichts.

Das Wort hallte in seinem Kopf wider, diese bittere und erschreckende Lüge. Von den Lügen, die er nährte, indem er die ganze Wahrheit verschwieg, war dies die heimtückischste. Er schloss die Augen. Wie konnte er es möglicherweise verhindern, sie alle zu vernichten?

Er verließ die Kabine, stieg zum Deck hinauf und rief sie zusammen. Nachdem sie sich um ihn versammelt hatten, hielt er den Schlüssel in die Höhe und verkündete, dass er ihn mit der unschätzbaren Hilfe von Bek Rowe während der Nacht gefunden und an Bord gebracht hatte. Es sei an der Zeit, aufzubrechen und die Reise nach Ice Henge und zum Schatz fortzusetzen.

Jubel erhob sich, und Bek wurde auf Furl Hawkens breite Schultern gehievt und wie ein Held herumgetragen. Die Elfenjäger salutierten ihm mit ihren Schwertern, Panax schlug ihm so heftig auf die

Schulter, dass Bek beinahe von seinem unsicheren Sitz gefallen wäre. Und Rue Meridian packte ihn bei den Schultern und küsste ihn auf den Mund. Der Junge grinste und winkte und freute sich über die unerwartete Aufmerksamkeit. Trotzdem vermied er es, Walker anzusehen.

Das geht schon in Ordnung, dachte der Druide. Sie sind es schließlich, die dich am meisten brauchen werden und deren Vertrauen und Respekt du dir verdienen musst.

Er schob den dritten Schlüssel zu den beiden anderen in die Robe und wandte sich ab.

Das Wetter blieb in der folgenden Woche kalt und rau, während sie weiter nach Ice Henge zogen und gegen den Nordwind kreuzten. Mäntel und Handschuhe nahmen dem Wind die Schärfe, aber trotzdem nagte die Kälte an ihren Knochen und ließ das Blut dicker werden, wodurch alle schwerfällig wurden und schlechte Laune bekamen. Niemand wusste genau, wie weit dieses letzte Ziel der Reise entfernt war, doch der Karte zufolge hatten sie noch ein ganz schönes Stück zurückzulegen.

Nach Mephitic stießen sie auf keine weiteren Inseln, und die Rocks waren gezwungen, auf provisorischen Plattformen zu hocken, die man aus überzähligem Holz gezimmert hatte. Tagsüber wurden diese Plattformen an die Pontons der *Jerle Shannara* gebunden, bei Nacht auf das Wasser hinuntergelassen und am Schiff vertäut. Durch diese Maßnahme verlangsamte sich ihr Vorankommen deutlich.

Bek wurde weiterhin von Redden Alt Mer unterrichtet und fühlte sich inzwischen am Ruder fast wie zu Hause, da er ohne Hilfe navigieren und steuern konnte und darüber Bescheid wusste, wie er in den meisten Situationen zu reagieren hatte. Seine freie Zeit verbrachte er mit Ahren Elessedil, wenn Quentin mit den Elfenjägern übte, und die beiden tauschten Geschichten und Lebensphilosophien aus. Alle hatten sich unübersehbar verändert, seit sie aufgebrochen waren, doch keiner mehr als Ahren Elessedil. Bek schien es, er sei körperlich gewachsen, sein Körper sei durch die Übungen wesentlich zäher und stärker geworden, und was die Kampfkünste anging, so konnte Ahren inzwischen jedem an Bord das Wasser reichen. Offensichtlich lernte er schnell, trotzdem hatte Ard Patrinell bei ihm ein Wunder vollbracht. Noch immer war er ein Heranwachsender wie Bek, doch jetzt war er fröhlicher und hatte bessere Laune, wollte mit jedem Freundschaft schließen, trug eine neu gewonnene Zuversicht zur Schau und fühlte sich weniger als Außenseiter.

Über Bek konnte man das Gleiche leider nicht sagen. Nach der Auseinandersetzung mit Walker hatte er sich stärker in sich selbst zurückgezogen, Mauern um sich herum errichtet und sich eingeredet, je weniger zugänglich er sei, desto besser. Diese Entscheidung war vor allem auf Grund seines Entschlusses gefallen, nichts zu tun, durch das er wieder unter Walkers Einfluss geriet. Er mied den Druiden und hielt sich an diejenigen, die für ihn zu Kameraden geworden waren – Quentin, Ahren, Panax, der Große Rote und die Kleine Rote. Er war weiterhin freundlich und offen, aber zurückhaltender, da ihn verschiedene Fragen quälten. Er dachte mehr als einmal darüber nach, seine Geheimnisse mit jemandem zu teilen, entweder mit Quentin oder mit Ahren, dennoch konnte er sich nicht überwinden. Was würde es ihm schließlich nutzen? Damit erlegte er seine Bürde lediglich einer weiteren Person auf, ohne die eigene Last zu mindern. Niemand außer dem Druiden konnte ihm helfen. Aber auf Walker, das wusste er, musste er warten, vielleicht noch eine lange Zeit.

Am Ende dieser ersten Woche nach Mephitic trat ein Wetterwechsel ein, als eine Warmfront von Süden heranzog. Der Wind drehte, eine Mauer dicker Wolken wälzte sich heran, und die Temperatur stieg. Die klare, kalte Luft machte dichtem Dunst und feuchtem Wind Platz, und die Farben der Welt verblassten. An dem Tag, an dem die Front eintraf, gab es des Nachts noch ausreichend Lücken in den Wolken, um die Sterne zu sehen und den Kurs zu korrigieren. Am zweiten Tag ließ sich der Himmel nur noch in winzigen Fetzen blicken. Am dritten Tag war das Luftschiff vollständig eingehüllt. Die Sonne war nur mehr ein heller Fleck am Himmel über ihnen, dann eine kaum zu erkennende Kugel und schließlich eine helle Stelle, die nicht mehr genau zu lokalisieren war.

Am vierten Tag bestand zwischen Tag und Nacht lediglich ein gradueller Unterschied, und man konnte kaum ein Dutzend Meter weit sehen. Der Große Rote versuchte ohne Erfolg, dieser Suppe zu entkommen, und die Flugreiter waren gezwungen, auf den provisorischen Flößen zu warten, bis dieses Wetter weitergezogen war. Die *Jerle Shannara* war in wirbelnden Nebel und undurchdringliche Dämmerung eingehüllt, und nur der Schiffskompass zeigte noch ungefähr an, wo sie sich befanden.

Schließlich befahl Redden Alt Mer, die Lichtsegel vollständig zu streichen. Da er nichts sehen konnte, fürchtete er, gegen eine Klippe zu fahren, ohne sie zu bemerken. Lieber sollte man abwarten, bis sich das Wetter besserte, verkündete er, als blind in eine Katastrophe zu steuern. Mannschaft und Passagiere nahmen diese Neuigkeit stoisch zur Kenntnis und kümmerten sich danach wieder um ihre eigenen Angelegenheiten. Man konnte nichts daran ändern. Es war zermürbend, nichts zu sehen – keinen Himmel, kein Meer, keine Farben. Nicht einmal Schreie von Seevögeln und das Platschen von Fischen durchdrangen die Dämmerung. Es war, als seien sie allein in einer Art Zwischenleben gestrandet. Männer versammelten sich schweigend an der Reling und starrten hinaus in das undurchdringliche Grau. Sogar den Fahrenden setzte dieser dichte Nebel zu. Vor der Küste der Blauen Spalte und am Wing Hove hielt Nebel meist nur einen Tag an, höchstens zwei, ehe der Wind ihn auseinander trieb. Hier schien er überhaupt nicht mehr verschwinden zu wollen.

Dem vierten Tag folgten ein Fünfter und Sechster ohne Veränderung. Fast eine Woche lang hatten sie nur noch das Luftschiff und sich selbst gesehen. Die Stille wurde unerträglich. Wollte man die Stimmung durch Musik und Lieder beleben, machte es das lediglich noch schlimmer. Sobald die Musik und der Gesang aufhörten, kehrte die Stille zurück, undurchdringlich und unverändert. Die Mannschaft der Fahrenden hatte nichts zu tun, während das Schiff nicht weiterfuhr. Sogar die Waffenübungen der Elfen wurden abgekürzt, da jeder mehr und mehr Zeit damit verbrachte, in die Leere draußen zu starren.

In der sechsten Nacht standen Bek und Quentin an der Heckreling und redeten gerade über den Nebel, der in regelmäßigen Abständen durch das Hochland zog, als Bek in der Stille ein ungewöhnliches Geräusch hörte. Er verstummte sofort und machte Quentin ein Zeichen, er möge ebenfalls schweigen. Gemeinsam lauschten sie. Da war das Geräusch wieder, eine Art Knarren, das in Beks Ohren so klang, als würde die Takelage an Spieren und Klampen zerren. Von der *Jerle Shannara* stammte es jedoch nicht; es kam von irgendwo hinter ihnen aus dem Nebel. Verblüfft starrten sich die Cousins an, dann spähten sie erneut in die Dunkelheit. Wieder hörten sie das Geräusch, und jetzt drehte sich Bek um und schaute nach, ob es noch jemand mitbekommen hatte. Spanner Frew stand in der Pilotenkanzel, und seine dunkle, stämmige Gestalt war deutlich zu erkennen, während er über die Schulter zu ihnen blickte. Redden Alt Mer war an Deck geeilt und stand in der Nähe des Schiffbauers, und dessen Verwirrung spiegelte sich auf seinem Gesicht. Einige andere Männer lauschten an der Reling.

Tiefes Schweigen machte sich breit, während sie darauf warteten, dass sich das Geräusch noch einmal wiederholte.

Bek beugte sich dicht zu Quentin vor. »Was meinst du …?«

Ihm stockte der Atem, und er verschluckte den Rest von dem, was er hatte sagen wollen. Ein riesiger schwarzer Schemen schob sich aus dem Nebel, ein gewaltiger Schatten, der plötzlich Gestalt annahm und den ganzen Horizont ausfüllte. Er befand sich genau über ihnen, so dicht, dass kaum Zeit zum Reagieren blieb. Bek stolperte zurück und zerrte an Quentins Arm. Warnrufe wurden laut, und dazwischen hörte man die schrillen Schreie eines Rocks. Die Vettern wichen vom leicht erhöhten Hinterdeck zurück und stürzten zu Boden, als der schwarze Schemen die *Jerle Shannara* traf und Metall und Holz krachend und kreischend zersplitterten. Das Luftschiff ruckte und schwankte, und Schreie und Flüche gellten schrill durch die Luft.

Überall breitete sich augenblicklich Chaos aus. Bek kam auf die Füße und starrte das Phantom an, das sich in den geschwungenen Rammen am Heck der *Jerle Shannara* verfangen hatte, und schockiert stellte er fest, dass es sich um ein zweites Luftschiff handelte. Die Wucht der Kollision hatte beide Schiffe in eine langsame Drehung versetzt, wodurch es für Bek schwierig war, sich auf den Beinen zu halten. Einer der Rocks segelte an ihm vorbei, erhob sich aus der Dunkelheit wie ein stilles Phantom, das nur kurz auftaucht und sofort wieder verschwunden ist.

Dann hob sich vom Hinterdeck plötzlich eine verhüllte Gestalt ab und sprang auf ihn zu. Bek starrte sie überrascht an und stand wie hypnotisiert da. Er hatte nicht einmal die Geistesgegenwart, nach seiner Waffe zu greifen. Er stand einfach nur da. Die Gestalt nahm Form an, und in der dunklen Öffnung der Kapuze wurde im diesigen Licht ein reptilienähnliches Gesicht mit lidlosen Augen und verzerrtem Mund erkennbar. Klauenartige Hände gestikulierten wild.

»Winssige Leute«, wisperte das Wesen.

Entsetzt erstarrte Bek.

»Ssei sstill jetsst«, drängte es leise und griff nach ihm.

»Nein!«, rief er verzweifelt.

Das tat er, ohne nachzudenken, einfach nur, weil er auf die Gefahr reagierte. Doch setzte er dabei seine Stimme auf die gleiche Weise ein wie in jener Nacht auf Mephitic, als er mit Truls Rohk in die Burgruine gegangen war, und legte die Magie hinein, die er dort entdeckt hatte. Er spürte, wie die Wucht seiner Worte dieses Wesen traf, das daraufhin zusammenzuckte.

Dann riss Quentin ihn zur Seite und sprang dem Wesen entgegen. Das Schwert von Leah schnitt durch die Dunkelheit, und mit einem einzigen, funkelnden Streich wurde dem Eidechsenwesen der Kopf vom Rumpf getrennt. Es brach geräuschlos zusammen, und Blut spritzte durch die Luft.

Weitere Wesen, die genauso aussahen, erschienen an der Reling des phantomhaften Luftschiffes, drängten sich in der Dunkelheit aneinander und schauten herunter, wobei ihre Waffen aufblitzten.

Die Fahrenden und die Elfen stießen laute Rufe aus und versammelten sich mit gezogenen Waffen hinter den beiden Vettern. Ein Hagel von Geschossen ging auf das Schiff nieder, und einige Mann an Bord der *Jerle Shannara* wurden getroffen und brachen gekrümmt zusammen. Quentin stieß Bek hinter einen Stapel Kisten unterhalb des erhöhten Achterdecks und schrie ihn an, er solle in Deckung bleiben.

Einen Augenblick später ruckten die Luftschiffe erneut und trennten sich unter Kreischen von Metall und dem Ächzen von Holz voneinander. Langsam und schwerfällig trieben die beiden Gefährte auseinander, während die Besatzungen sich noch immer an der Reling drängten und sich gegenseitig durch das Nichts anstarrten.

»Alle Mann auf ihre Posten!«, brüllte Redden Alt Mer aus der Pilotenkanzel.

Er betätigte hastig die Steuerungen, ließ das Hauptsegel herunter, um so viel Ambientlicht zu sammeln wie möglich, enthüllte die Diapsonkristalle, damit das Luftschiff Energie bekam, und wendete die *Jerle Shannara,* sodass sie in die Richtung zeigte, in der das andere Schiff verschwunden war. Seine Männer verteilten sich auf Deck und befestigten die Strahlungssammler; unterdessen stürmten die Elfenjäger in die Gefechtsstationen und machten die Waffen kampfbereit. Überall herrschte plötzlich hektische Betriebsamkeit, und Bek erhob sich wieder.

»Was ist eigentlich passiert?«, wollte Bek Quentin fragen, aber sein Cousin war ebenfalls losgeeilt.

Er warf rasch noch einen Blick auf das getötete Ungeheuer und lief dann zum Großen Roten. Der Kapitän brüllte immer noch Befehle, wobei sein wettergegerbtes Gesicht grimmige Entschlossenheit zeigte, während er die Dunkelheit absuchte. Bek starrte mit ihm in die Finsternis. Für einen Augenblick tauchte das andere Schiff noch einmal auf, riesig und geisterhaft, drei Masten, Pontons und Deck, die durch den Nebel glitten. Dann war es erneut verschwunden.

»Das war die *Schwarze Moclips*!«, hörte Bek Redden Alt Mer ungläubig keuchen.

Sie suchten eine Zeit lang nach dem anderen Luftschiff, konnten es jedoch nicht mehr finden. Walker erschien und befahl Alt Mer, die Männer von den Gefechtsständen zu holen. »Meinetwegen«, murmelte der Große Rote, den das Gesehene noch immer erschütterte. »In dieser Suppe eine Luftschlacht auszutragen wäre sowieso eine Riesendummheit.«

Die Elfenjäger versammelten sich um den gefallenen Angreifer, untersuchten ihn, und dabei hörte Bek, wie jemand das Wort »Mwellret« flüsterte. Er wusste nicht, was ein Mwellret war, doch ähnelte das Ungeheuer, das hier tot vor ihm auf dem Deck lag, entsetzlich demjenigen, in das sich der König vom Silberfluss vor Monaten bei ihrem Treffen verwandelt hatte.

Joad Rish war nach oben gekommen und kümmerte sich um die Verwundeten. Er erstattete Walker Bericht, dass niemand ernsthaft verletzt war. Der Druide bat den Großen Roten um eine Schadensmeldung und schien mit dem Gehörten zufrieden zu sein. Bek stand dicht bei ihm, während die Auflistung gemacht wurde, doch sprach er kein Wort mit Walker. Erst nachdem sich alle wieder verstreut hatten, eine neue Wache eingeteilt worden war und Redden Alt Mer das Steuer an Spanner Frew übergeben hatte, beugte sich Walker im Vorbeigehen zu Bek hinunter und flüsterte ihm zu, dass Truls Rohk fehle.

Sechsundzwanzig

An Bord der *Schwarzen Moclips* herrschte Chaos, und eine tödliche Auseinandersetzung bahnte sich an.

Die Ilse-Hexe schlief zu der Zeit, als sich die Kollision der Luftschiffe ereignete, und die Wucht des Zusammenpralls schleuderte sie aus der Koje auf den Boden. Rasch erhob sie sich, warf ihre graue Robe über und hastete aus ihrer abgeschlossenen Kabine hinauf zum Hauptdeck. Inzwischen rannten die Soldaten der Föderation und die Mwellrets überall herum und schrien und fluchten in die neblige Dunkelheit hinein. Die Ilse-Hexe ging zu der Stelle, wo sich die meisten Männer drängten, und entdeckte die schrägen Masten der *Jerle Shannara.* Einer der Mwellrets lag tot auf dem Deck des anderen Schiffes, eine erste Salve Speere und Pfeile war niedergegangen, und der Ausbruch des Luftkampfes stand unmittelbar bevor.

Von Cree Bega und dem Kommandanten der Föderation, Aden Kett, war keine Spur zu sehen.

Von kalter Wut erfüllt, marschierte sie zur Pilotenkanzel und baute sich neben dem Rudergänger auf. Der Mann betrachtete ungläubig das Getümmel, und seine Hände waren am Steuer erstarrt.

»Sofort volle Kraft rückwärts, Rudergänger!«, befahl sie.

In seinem Blick zeigte sich Furcht, als er sie erkannte, trotzdem bewegten sich seine Hände nicht.

»Sofort rückwärts!«, fauchte sie ihn an, und ihre Worte schlugen dem Mann mit solcher Wucht ins Gesicht, dass er weiche Knie bekam.

Diesmal reagierte er, zog Energie von den Lichtsegeln heran und enthüllte die Diapsonkristalle. Die *Schwarze Moclips* bewegte sich ruckend rückwärts, löste sich mit lautem Knirschen vom anderen Schiff und glitt geräuschlos in die Finsternis. Der Rudergänger blickte sie wortlos an und erwartete weitere Anweisungen.

»Was ist passiert?«, erkundigte sie sich, und in ihrer Stimme, die aus den Tiefen der Kapuze erklang, schwang gespannte Schärfe mit.

»Herrin?«, fragte er verwirrt zurück.

»Wie ist es uns gelungen, mit dem anderen Schiff zu kollidieren? Wie konnte das geschehen?«

»Ich weiß es nicht, Herrin«, stammelte der Mann. »Ich habe lediglich Befehle befolgt …«

»Wessen Befehle? Ich habe befohlen, nicht weiterzufahren, sondern die Position zu halten!« Jetzt schäumte sie vor Zorn.

Der Rudergänger deutete vage zum Bug des Luftschiffs. »Kommandant Kett hat gesagt, der Ret habe ihm befohlen …«

Ohne den Rest abzuwarten, verließ sie die Pilotenkanzel und schritt nach vorn. Inmitten des Nebels war die *Schwarze Moclips* eine einsam dahintreibende Insel. Die Mannschaft der Föderation arbeitete bereits daran, den Schaden an Bugrammen und Deck zu beseitigen. Vorn an der Reling hatten sich einige Mwellrets um Cree Bega geschart, der endlich aufgetaucht war. Sie hielt auf ihn zu, ohne den Schritt zu verlangsamen.

»Wer hat meinen Befehl widerrufen?«, verlangte sie zu wissen.

Cree Bega betrachtete sie verschlafen und fixierte sie mit den lidlosen Augen. Sie wusste, was er dachte. Dieses Mädchen, dieses Kind, spricht zu mir, als wäre es mir überlegen. Dabei ist sie ein Nichts. Sie ist ein Mensch, und alle Menschen sind minderwertig. Wer ist sie, in solchem Ton mit mir zu sprechen?

»Herrin«, grüßte er mit einer knappen, pflichtschuldigen Verbeugung.

»Wer hat meinen Befehl widerrufen, die Position zu halten?«, fragte sie erneut.

»Das war ein Verssehen, besste Herrin«, erwiderte er ohne das geringste Anzeichen von Reue in der zischenden Stimme. »Ess schien nichtss dagegen ssu ssprechen, dass kleine Volk weiter zu verfolgen. Ich ssorgte mich, wir könnten unss ssu weit von ihnen entfernen.«

Sie taxierte ihn lange, ehe sie fortfuhr. Worauf das alles hinauslief, wusste sie, doch konnte sie sich keinen Rückzieher leisten. »Wer hat das Kommando auf dieser Expedition, Cree Bega?«

»Du, Herrin«, antwortete er kalt.

»Und warum gibst du dann Befehle, ohne dich zuvor mit mir zu beraten? Woher glaubst du, hast du die Befugnis, einen meiner Befehle zu übergehen? Meinst du vielleicht, du wärst in der Lage, die auf dieser Reise notwendigen Entscheidungen besser zu treffen als ich?«

Er drehte sich langsam um und sah sie an, und nun bemerkte sie, dass er darüber nachdachte, ob eine Konfrontation ratsam war. Fünf seiner Gefährten standen gleich hinter ihm, und sie war allein. Einzeln würde keiner gegen sie ankommen. Zusammen hätten sie vielleicht eine Chance. Er hasste sie und wünschte ihren Tod herbei. Unzweifelhaft war er davon überzeugt, die Expedition auch ohne sie durchführen zu können. Wenn sie auf dieser Reise verschwand, würde der Morgawr niemals erfahren, was ihr zugestoßen war.

»Ssie sspricht mit unss wie mit Kindern!«, fauchte der Mwellret rechts neben Bega und duckte sich wie eine Schlange kurz vorm Zustoßen.

Die Ilse-Hexe zögerte nicht. Sie trat vor und setzte ihre Magie gegen den Sprecher ein. Ihre Stimme durchfuhr ihn mit einem Laut, der durch Mark und Bein ging. Jedes Gran ihrer Kraft bot sie auf. Die Wucht ihrer Attacke hob den schockierten Mwellret von den Füßen, verdrehte und verzerrte ihn zu einem gebrochenen, zerschmetterten Haufen, den man nicht mehr identifizieren konnte, und sie ließ die Überreste über die Reling gehen. Das alles dauerte zwei Sekunden. Der Mwellret war bereits verschwunden, ehe seine Kameraden begriffen, was geschehen war.

Ruhig wandte sie sich den verbliebenen Mwellrets zu. Sie hatte ein Exempel statuieren müssen, damit sie die anderen unter Kontrolle halten konnte. Besser einen Unbekannten als Cree Bega, der als Führer anerkannt und für diese Aufgabe geeignet war. Lieber behielt sie den Feind, den sie kannte, als einen auf seinem Posten zu sehen, der ihr fremd war. Diese Vorführung genügte erst einmal. Sie blickte Cree Bega in die Augen und entdeckte das, wonach sie gesucht hatte. Sein Hass auf sie schimmerte noch durch, doch deutlich zeigten sich auch Furcht und Zweifel. Jetzt sah er nicht mehr nur das schlanke, verletzliche Mädchen. Genauer gesagt, er schätzte nicht mehr die Größe ab, die ihr Sarg haben müsste.

»Herrin«, zischte er und verneigte sich unterwürfig.

»Fordere mich nicht noch einmal heraus, Cree Bega«, warnte sie ihn. »Und wage es nicht, meine Befehle infrage zu stellen oder ihnen in irgendeiner Weise zu widersprechen. Gehorche, Ret oder ich suche mir jemand anderen.«

Mit diesen Worten drehte sie sich um. Sie schaute nicht zurück, benahm sich nicht so, als würde sie sich vor ihm fürchten. Mochte er denken, sie betrachte sich als unverwundbar, und vielleicht würde er das am Ende ja selbst glauben. Solange er meinte, sie mache sich wegen ihrer Sicherheit keine Gedanken, weil sie das nicht nötig habe, würde er es sich zwei Mal überlegen, ehe er sie abermals herausforderte.

Auf dem Rückweg zu ihrer Kabine forschte sie sorgsam nach weiterem Ärger, entdeckte jedoch kein Anzeichen dafür, dass etwas nicht in Ordnung war. Einmal blieb sie stehen und verharrte reglos in ihrer grauen Robe. Inzwischen kannte sie alles, was zur *Schwarzen Moclips* gehörte, jedes Mitglied der Gesellschaft, jedes Lager für Vorräte und Waffen, jeden Balken und jede Metallplatte, die das Luftschiff zusammenhielten. Sie hatte sich damit vertraut gemacht, wie sich das Schiff anfühlte, und war eins damit, hatte stets über alles die Kontrolle und spürte, wann immer sich etwas veränderte. Jetzt bemerkte sie eine winzige Veränderung, die sie beinahe übersehen hätte. Vorsichtig stocherte sie weiter. Sie hatte eine Bewegung festgestellt und die Anwesenheit eines lebendigen Geschöpfes, das nicht hierher gehörte.

Sie suchte noch immer, als Aden Kett auf sie zukam. »Herrin, wir sind bereit, Euren Befehlen entsprechend weiterzusegeln. Im Augenblick halten wir die Position wegen des Nebels. Sonst noch etwas?«

Sein Gesicht war bleich, und er wirkte angespannt; den Tod des Mwellrets hatte er mit angesehen. Allerdings war er der Kapitän des Schiffes, und er würde seine Pflicht erfüllen, gleichgültig, welche Gefühle er persönlich hegte. Die Störung verärgerte sie, aber sie ließ es sich nicht anmerken.

»Danke, Kommandant«, erwiderte sie, und er verneigte sich und ging davon.

Die Unterbrechung hatte sie die Verbindung mit dieser unvertrauten Gegenwart gekostet. Sie blickte sich beiläufig um und nutzte die Zeit, ihre Umgebung erneut zu durchforschen. Nun fand sie nichts mehr. Vielleicht war es nur ein vorbeifliegender Seevogel gewesen. Oder ein Rest der Elfengegenwart von der Berührung mit der *Jerle Shannara.*

Bei dem Gedanken an die Kollision verzog sie das Gesicht. Ein ganzer Ozean voller Luft, durch den man fahren konnte, und trotzdem hatten sie es geschafft, genau auf den Feind zu stoßen. Das war gleichermaßen ironisch und unerträglich. Trotzdem änderte es nichts. Walker wusste bereits, dass sie ihn verfolgte. Ihre Begegnung heute Nacht war vielleicht unglücklich gewesen, allerdings auch unbedeutend. Er würde sich nun mehr bemühen, ihr zu entgehen, doch gelingen würde es ihm nicht. Wo auch immer er hinging, sie würde schon auf ihn warten. Dafür hatte sie gesorgt.

Sie nahm sich einen weiteren Augenblick Zeit, überprüfte die Dunkelheit, welche das Luftschiff umgab, und suchte noch einmal nach dem, was ihr entgangen war, bevor sie zum Schlafen in ihre Kabine zurückkehrte.

Bek starrte Walker hinterher. Truls Rohk fehlte, hatte der Druide gesagt, und dann war er einfach davongegangen. Bek ließ diese Mitteilung erst einmal auf sich wirken, ehe er das tat, was jeder andere genauso gemacht hätte: Er folgte Walker.

Er hatte guten Grund zu glauben, so dachte er später, dass Walker dies beabsichtigt hatte, um auf diese Weise das Schweigen zwischen ihnen zu brechen. Er holte den Druiden an der Reling ein.

»Wo ist er?«, erkundigte er sich.

Walker schüttelte den Kopf. »Ich vermute, auf dem anderen Schiff.«

Bei der Ilse-Hexe, schoss es Bek durch den Kopf, doch er konnte sich nicht überwinden, es auszusprechen. »Warum sollte er so etwas tun?«

»Schwer zu sagen. Truls unternimmt die meisten Dinge rein instinktiv. Vielleicht wollte er versuchen, dort drüben etwas herauszufinden. Oder er hatte einen Plan, den er uns nicht mitgeteilt hat.«

»Aber wenn die Ilse-Hexe ihn findet …«

»Daran können wir jetzt nichts mehr ändern, Bek. Er hat seine

Wahl getroffen.« Er hielt inne. »Ich habe beobachtet, was du mit dem Mwellret gemacht hast, ehe Quentin eingeschritten ist. Mit deiner Stimme. Hast du gewusst, was du tust?«

Der Junge zögerte und nickte schließlich. »Ja.«

»Wie lange weißt du schon, dass du diese Magie beschwören kannst?«

»Nicht lange. Seit Mephitic.«

Walker runzelte die Stirn. »Wieder Truls Rohk. Er hat sie dir gezeigt, nicht wahr? Warum hast du es mir nicht erzählt?«

Trotzig starrte Bek ihn an und wollte am liebsten nicht antworten. Der Druide nickte. »Das stimmt. Ich habe dir zu der Zeit auch nicht viel anvertraut.« Er schaute dem Jungen tief in die Augen. »Vielleicht ist der Zeitpunkt gekommen, das zu ändern.«

Erwartungsvoll erwiderte Bek: »Sagst du mir jetzt, wer ich bin?«

Walker blickte in die neblige Nacht, und in seinen dunklen Augen verloren sich Zeit und Ort. »Ja.«

Bek wartete, ob er noch etwas hinzufügte, aber er blieb still und hing seinen Gedanken nach, vielleicht auch seinen Erinnerungen. Hinter ihnen reparierten die Fahrenden den Schaden am Heck des Schiffes, die Hörner der Rammböcke hatten jedoch die größte Wucht des Aufpralls abgefangen. Trotzdem hatte sich ein Teil des Decks verbogen. Nur die Mannschaft arbeitete dort, in nahezu völliger Dunkelheit. Die anderen waren fast alle wieder schlafen gegangen. Sogar Quentin hatte sich zurückgezogen.

In der Pilotenkanzel schaute Spanner Frew mit düsterer Miene über die Steuerung hinweg, als solle sein Blick verhindern, dass noch etwas schief ging.

»Ich hätte dir das meiste bereits früher erzählt, wenn ich es nicht für besser erachtet hätte zu warten«, sagte Walker leise. »Ich bin wahrlich nicht glücklich darüber gewesen, es dir zu verschweigen. Eigentlich wollte ich näher an unserem Ziel Ice Henge und Castledown sein, ehe ich mit dir spreche. Sogar nach dem Vorfall auf Mephitic und den Vermutungen, die Truls Rohk dir eingeimpft hatte, hielt ich es immer noch für das Beste.

Jetzt weiß ich allerdings, dass du über eine bestimmte Art von Magie verfügen kannst, und es wäre gefährlich, dir die Quelle und den Nutzen zu verschweigen. Diese Magie ist eine sehr mächtige, Bek. Du hast bisher nur an der Oberfläche gekratzt, und ich will nicht riskieren, dass du sie erneut einsetzt, ehe du dich auf den Umgang mit ihr vorbereitet hast. Wenn du verstehst, wie sie funktioniert und was sie leisten kann, wirst du sie auch beherrschen. Vorher befindest du dich in Todesgefahr. Das bedeutet, ich muss dir alles verraten, was ich über deine Herkunft weiß. Es wird nicht leicht für dich sein, dir dies anzuhören. Schlimmer noch, nachher wirst du nicht leicht mit diesem Wissen leben können.«

Bek stand still neben ihm und lauschte. Äußerlich war der Junge ruhig, innerlich jedoch angespannt und nervös. Er wusste, der Druide blickte ihn an, und wartete auf eine Antwort und die Erlaubnis fortzufahren. Bek schaute ihm in die Augen und nickte; ja, er war bereit.

»Du bist kein Leah und kein Rowe oder auch nur ein entferntes Mitglied ihrer Familien«, sagte Walker. »Dein Name ist Ohmsford.«

Es dauerte einen Moment, bis der Junge den Namen erkannte und sich an dessen Ursprünge erinnerte. All die Geschichten, die er über die Leahs und die Druiden gehört hatte, fielen ihm wieder ein. In diesen Geschichten waren auch Ohmsfords vorgekommen, und zwar noch vor hundertdreißig Jahren, als Quentins Ururgroßvater Morgan Leah gegen die Schattenwesen in die Schlacht gezogen war. Davor hatten Shea und Flick Ohmsford an Allanons Seite gegen den Dämonenlord gekämpft, Wil Ohmsford hatte mit Eventine Elessedil und den Elfen gegen die Dämonenhorden gefochten, und Brin und Jair Ohmsford waren auf der Suche nach dem Ildatch tief ins Ostland gezogen.

Sie alle waren seit vielen Jahren tot, und die Familie Ohmsford war inzwischen ausgestorben. Coran hatte ihm das erzählt.

»Deine Magie ist das Erbe deiner Familie, Bek.« Der Druide schaute über die Reling in die Dunkelheit. »Wil Ohmsford hat sie vor Hunderten von Jahren in sich aufgenommen, als er die Elfensteine einsetzte, um das Leben zweier Frauen zu retten, von denen eine zum Ellcrys wurde und die andere seine Gemahlin. Sein Elfenblut war zu dünn, um die Benutzung der Elfensteine ohne Schaden zu überstehen, und deshalb wurde er unumkehrbar verändert. Dabei zeigte sich dieses Phänomen weniger bei ihm als bei seinen Kindern Brin und Jair, die mit der Begabung geboren wurden, mit ihren Stimmen Magie zu erzeugen, genau wie du. In beiden war die Gabe stark, insbesondere bei dem Mädchen. Sie konnte lebende Dinge durch Singen verwandeln, sie heilen oder sie zerstören. Ihre Kraft nannte man das Wunschlied.«

Er holte tief Luft und atmete langsam aus. Bek wandte den Blick nicht von ihm ab. »Die Magie trat auch in den folgenden Generationen auf, aber nur sporadisch. Fünfhundert Jahre sollte es dauern, bevor sie sich wieder auf bemerkenswerte Weise zeigte. Diesmal bei den Brüdern Par und Coll Ohmsford, die mit mir und der Elfenkönigin Wren Elessedil gegen die Schattenwesen kämpften. Die Magie war sehr, sehr stark in Par Ohmsford. Er war dein Ururgroßvater, Bek.«

Er trat von der Reling zurück und betrachtete den Jungen erneut. »Ich bin ebenfalls mit dir verwandt, obwohl ich die genaue Linie niemals verfolgt habe. Wir sind beide Nachfahren von Brin Ohmsford. Doch während du den Gebrauch des Wunschliedes geerbt hast, ging an mich der Blutsbund über, den sie mit dem sterbenden Allanon geschlossen hatte, die Verpflichtung, dass einer ihrer Nachfahren der Erste der neuen Druiden sein würde. Und dieser Nachfahre war ich, obwohl ich es nicht glauben wollte, als man es mir eröffnete, und es lange Zeit nicht akzeptierte. Widerwillig trat ich in den Orden ein und diente nur mit größten Bedenken.«

Er seufzte leise und wehmütig. »Da. Jetzt ist es heraus. Wir stammen aus einer Familie, Bek, du und ich – uns verbindet das Blut genauso wie die Gabe der Magie.« Er lächelte verbittert. »Diese Kombination erlaubte es mir, dich auf Shatterstone zu rufen, nur mit Gedanken eine Verbindung zu dir herzustellen. Es war kein Zufall, dass ich dich gerufen habe.«

»Ich versteh das alles nicht«, platzte Bek verwirrt heraus. »Warum hast du mir das nicht früher erzählt? Weshalb hast du ein Geheimnis daraus gemacht? Die Geschichte ist doch halb so schlimm. Ich fürchte mich nicht vor meiner Magie, und ich kann lernen, sie richtig einzusetzen. Sie kann uns helfen, oder nicht? Bin ich deshalb mitgekommen? Wegen meiner Magie? Weil ich ein Ohmsford bin?«

Der Druide schüttelte den Kopf. »So einfach liegen die Dinge leider nicht. Zuerst einmal bringt Magie eine große Verantwortung mit sich, und sie stellt für den Besitzer eine reale Bedrohung dar. Die Magie ist mächtig und manchmal unberechenbar. Sie einzusetzen kann verzwickt sein, sogar schädlich, nicht nur für andere, auch für dich. Oft reagiert Magie so, wie sie will, und nicht, wie du es beabsichtigst; deine Versuche, sie zu beherrschen, können fehlschlagen. Es ist nicht unbedingt von Vorteil, dass du um sie weißt und sie herbeirufen kannst. Nachdem du ihre Existenz einmal aufgedeckt hast, wird sie zur Bürde, die du nicht mehr ablegen kannst. Niemals.«

»Aber vorhanden ist sie so oder so«, erwiderte Bek. »Ich habe keine Wahl gehabt. Außerdem hast du mich auf diese Reise wegen meiner Magie mitgenommen, oder?«

Der Druide nickte. »Ja, Bek. An der Sache ist allerdings noch mehr dran. Ich habe dich auch aus einem weiteren Grund mitgenommen – einem wichtigeren. Deine Eltern und deine Schwester waren die letzten Ohmsfords. Es gab weitere, entfernte Vettern und so weiter, aber dein Vater war der letzte direkte Nachfahre von Par Ohmsford. Er hat deine Mutter geheiratet, und sie lebten in dem Weiler Jentsen Close, nicht weit entfernt vom Regenbogensee. Sie hatten zwei Kinder, deine Schwester und dich. Deine Schwester hieß Grianne. Sie war drei Jahre älter als du, und die Magie des Wunschliedes zeigte sich bei ihr sehr früh. Dein Vater bemerkte die Anzeichen und rief mich zu sich. Er wusste von der Verwandtschaft zwischen uns. Ich habe euch besucht, als du noch ein Säugling warst. Damals war deine Schwester vier Jahre alt. Wegen meiner Erfahrung als Druide konnte ich die Magie jedoch nicht nur bei ihr, sondern auch bei dir erkennen.«

Er hielt kurz inne. »Unglücklicherweise entdeckte der Morgawr die Existenz der Magie ebenfalls. Der Morgawr lebt seit langer Zeit versteckt im Wildewald. Vielleicht war er ein Verbündeter der Schattenwesen, doch er gehört nicht zu ihnen und wurde daher nicht vernichtet. Vor fünfzig Jahren tauchte er wieder auf und weitete seinen Einfluss auf die Föderation aus. Er ist ein mächtiger Hexenmeister, der gute Verbindungen zu den Mwellrets des Ostlandes hat. Deswegen besitzt er so großes Interesse an deiner Familie. Ich war bereits mit Truls Rohk befreundet, und mehrere Male folgte er Mwellrets, die zu eurem Haus gingen. Sie beobachteten lediglich, doch war das schon eine deutliche Warnung, dass etwas nicht stimmte.«

Er unterbrach sich, weil eine Gruppe Fahrender vom Heck vorbeikam und zur vorderen Treppe ging. Ihre Arbeit war für die Nacht beendet, und sie wollten endlich schlafen. Zwei schauten zu ihnen hinüber und wandten rasch den Blick wieder ab. Kurz darauf waren der Druide und der Junge abermals allein.

»Ich hätte erkennen müssen, was da geschah, doch ich war zu beschäftigt damit, in Paranor einen Druidenrat zu gründen.« Walker schüttelte den Kopf. »Deshalb handelte ich nicht schnell genug. Eine Bande Mwellrets in schwarzen Mänteln und unter Führung des Morgawr tötete deine Eltern und brannte euer Haus nieder. Es sollte so aussehen wie ein Überfall von Gnomenräubern. Deine Schwester versteckte dich in einem kühlen Raum des Kellers und erzählte ihnen, du seist tot, als die Entführer sie holten. Sie wollten schließlich nur Grianne, wegen ihrer Magie und der Macht des Wunschliedes. Der Morgawr begehrte sie für sich. Er hatte die Absicht, sie zu seiner Jüngerin zu machen, seiner Schülerin, die von ihm lernt, auf welche Weise sie ihre Magie einzusetzen hat. Dazu log er ihr vor, die Mwellrets in den schwarzen Mänteln seien von einem Druiden angeführt worden. Mit mir als Feind wuchs sie auf. Alle meine Bemühungen, das zu ändern, sie zu retten und ihr Vertrauen zu gewinnen, damit sie die Wahrheit erkannte, waren leider nicht von Erfolg gekrönt.«

Er deutete auf die Mauer aus Nebel um sie herum. »Jetzt jagt sie mich, Bek, irgendwo dort draußen auf dem anderen Luftschiff.« Er sah den Jungen an. »Die Ilse-Hexe ist deine Schwester.«

Eine Zeit lang standen sie schweigend da, schauten nur in die dunkle Ferne, wo die Frau, die einst Grianne Ohmsford gewesen war, ihnen nachsetzte. Das ganze Ausmaß von Walkers Enthüllung wurde Bek nun langsam deutlich. Aber sagte der Druide wirklich die Wahrheit oder spielte er wieder einmal eines seiner Spielchen mit ihm? Er hatte so viele Fragen, doch sie drängten sich ihm alle gleichzeitig auf und bildeten in seinem Kopf ein verwirrendes Durcheinander. Was sollte er überhaupt mit dem anfangen, was Walker ihm gerade erzählt hatte? Die verschiedenen Möglichkeiten, die es eröffnete, sah er schon, doch konnte er im Augenblick nicht darüber nachdenken. Er erinnerte sich an das nächtliche Treffen mit dem König vom Silberfluss und an die Gestalten, die das Geisterwesen dargestellt hatte – das Mädchen, das die Vergangenheit war, und das Ungeheuer, die Gegenwart. Dieses Mädchen, das begriff er nun, war seine Schwester. Deswegen war sie ihm so bekannt vorgekommen – er erinnerte sich noch aus der Kindheit an ihr Gesicht. Das Ungeheuer, zu dem sie geworden war, musste die Ilse-Hexe sein. Die Zukunft hingegen blieb ungewiss – sie würde von Bek bestimmt werden, der nicht vor seiner Suche zurückscheuen durfte, vor seinem Wissensdrang, vor dem, was sein Herz von ihm zu tun verlangte.

Aus dem Gewirr erhob sich eine einzelne Frage: Lag es in seiner Macht, seine Schwester zurückzuverwandeln?

»Eine Sache noch, Bek«, sagte Walker plötzlich. »Begleite mich bitte.«

Er trat von der Reling zurück auf die Mitte des Luftschiffs zu, und der Junge folgte ihm. In der Pilotenkanzel starrte der schwarzbärtige Spanner Frew in die Dunkelheit und beachtete sie nicht, während er Nebel und Finsternis absuchte.

»Weiß sie, dass ich lebe?«, fragte Bek leise.

Der Druide schüttelte den Kopf. »Sie glaubt, du seist tot. Einen Grund, etwas anderes anzunehmen, hat sie nicht. Truls Rohk hat dich in den Ruinen eures Hauses gefunden, drei Tage, nachdem deine Schwester geraubt wurde. Er hielt aus eigenem Antrieb Wache und sah, wie die Mwellrets in den Wolfsktaag zurückkehrten. So fand er dich in dem Versteck, das ihnen entgangen war. Du warst halb tot. Er trug dich zu mir, und nachdem du wieder zu Kräften gelangt warst, brachte ich dich zu Coran Leah.«

»Dennoch schiebt dir meine Schwester die Schuld für das Geschehene zu.«

»Ihre Verbitterung und die Hinterlist des Morgawr haben sie getäuscht. Seine Geschichte der Ereignisse unterscheidet sich ziemlich von der Wahrheit, dennoch glaubt sie diese Version. Jetzt hüllt sie sich in die Kraft ihrer Magie ein und schließt die Welt aus. Sie will eine Festung werden, die niemand stürmen kann.«

»Außer mir? Bin ich deshalb hier? Wollte der König vom Silberfluss mir das zeigen?«

Der Druide sagte nichts.

Sie blieben vor dem geheimnisvollen Objekt stehen, das der Druide in Ketten aus Magie gesperrt hatte. Einsam und unberührbar stand es vor dem vorderen Mast, diese rechteckige Kiste, die vielleicht zwei Meter hoch und einen breit und tief war. Das Segeltuch verhüllte alles, was sich darunter befand, und verriet lediglich Größe und Form. Die Ketten glitzerten, da der Nebel sie mit Feuchtigkeit überzogen hatte, und bei näherer Betrachtung schienen sie weder Anfang noch Ende zu haben.

Bek schaute sich um. Das Deck des Luftschiffes lag in dieser Nacht einsam und verlassen da; abgesehen von dem Rudergänger und zwei Elfenjägern, die hinten an der Reling standen, war niemand zu sehen. Keine der beiden Wachen war nach vorn gekommen, um ihren Posten einzunehmen, während sich der Druide mit dem Jungen hier aufhielt.

»Niemand wird sehen, was ich dir zeige, nur du und ich«, sagte der Druide leise.

Er bewegte die Hand vor dem Gehäuse, und es war, als würde die Vorderseite einfach abschmelzen. Im Schwarz der Kiste hing, mit der Spitze nach unten, ein Schwert, schwebte frei im Raum. Es war eine schlanke Waffe, deren Metall tief bläulich und silbern glänzte. Der Griff war alt und abgenutzt, jedoch hervorragend gearbeitet, und das polierte Holz war in Form einer geballten Faust geschnitzt, die eine brennende Fackel hielt.

»Das ist das Schwert von Shannara, Bek«, flüsterte der Druide und beugte sich so weit vor, dass nur der Junge die Worte verstehen konnte. »Dies ist ebenfalls dein Erbe, auf Grund des Geburtsrechts der Nachfahren des Elfenkönigs Jerle Shannara, nach dem dieses Schiff benannt wurde. Nur ein Mitglied der Shannaras kann diese Klinge schwingen. Ohmsfords, die Letzten der Shannaras, haben das Schwert in der Schlacht gegen den Dämonenlord und die Schattenwesen geführt. Sie setzten es ein, um die Freiheit der Rassen für mehr als tausend Jahre zu erkämpfen.«

Er berührte Bek leicht an der Schulter. »Jetzt gehört es dir.«

Bek kannte die Geschichten. Seit fünfhundert Jahren hatte niemand mehr diesen Talisman zu Gesicht bekommen, und damals hatte Shea Ohmsford gegen den Dämonenlord gefochten und ihn vernichtet – obwohl es Gerüchte gab, denen zufolge er in der Schlacht mit den Schattenwesen wieder aufgetaucht war. Gerüchte, die, nahm man den Druiden beim Wort, möglicherweise stimmten.

»Das Schwert ist ein Talisman der Wahrheit, Bek. Es wurde geschmiedet, um gegen Lügen zu wirken, die versklaven und verheimlichen. Es besitzt große Macht, und diese Waffe zu führen erfordert große Willensstärke. Sein Träger darf vor Schmerz, Zweifel und Furcht nicht zurückweichen, denn diese kommen oft im Gefolge der Wahrheit. Du bist ein würdiger Nachfolger jener in deiner Familie, die bisher im Dienste des Schwertes gestanden haben. Vieles von dem, was ich dir auf dieser Reise aufbürden musste, sollte eine Prüfung für dich sein. Ich will offen sprechen: Ohne deine Hilfe und ohne die Macht des Schwertes sind wir wahrscheinlich verloren.«

Er wandte sich wieder der Kiste zu und bewegte erneut die Hand. Das Schwert von Shannara verschwand, und Segeltuch und Ketten waren wieder an Ort und Stelle.

Bek starrte weiter darauf, als könne er den Talisman immer noch sehen. »Du legst das Schwert von Shannara in meine Hände?«

Der Druide nickte.

Die Stimme des Jungen zitterte. »Walker, ich weiß nicht, ob ich es schaffe ...«

»Nein, Bek«, unterbrach ihn der Druide rasch. »Sage heute Nacht nichts. Morgen ist früh genug. Es gibt viel zu besprechen. Du hast Fragen, und ich werde mein Bestes tun, sie dir zu beantworten. Zusammen werden wir uns auf das vorbereiten, was geschehen wird, wenn du die Magie des Schwertes beschwörst.«

Beks Blick wanderte unsicher hin und her, und der Druide reagierte auf die Frage, die sich darin ausdrückte, mit einem zuversichtlichen Lächeln. »Nicht gegen deine Schwester, obwohl du das Schwert vielleicht eines Tages so einsetzen musst. Nein, bei diesem ersten Mal wird das Schwert einem anderen Zweck dienen. Wenn ich die Karte richtig gelesen habe, Bek, ist das Schwert von Shannara der Schlüssel, mit dem wir nach Ice Henge eingelassen werden.«

Siebenundzwanzig

Bei Tagesanbruch stand Bek auf und machte sich an die Erledigung seiner morgendlichen Pflichten auf dem Schiff, wobei er sich vorkam wie in einem Traum und noch immer mit den Enthüllungen der vergangenen Nacht rang. Auf dem Gang trat ihm der Druide entgegen, der aus Rue Meridians Kabine kam, und forderte ihn auf, ihm zu folgen. Es war eine Stunde nach Sonnenaufgang, und Bek hatte sich gerade angezogen und gefrühstückt. Vor ihm lag viel Arbeit, aber Walkers Aufforderung hatte natürlich mehr Gewicht.

Sie stiegen nach oben und traten vorn an die Bugreling, fast an die Stelle, wo sie in der Nacht gestanden hatten. Der Himmel hatte sich nicht verändert, war nach wie vor grau, nebelverhangen und undurchdringlich. Überall, wohin Bek blickte, ob nach links oder rechts, unten oder oben, waren Licht und Farben gleich. Die Sicht reichte nicht weiter als sieben Meter. Die Männer auf Deck wirkten daher wie Geister. Redden Alt Mer hatte das Steuer übernommen, Furl Hawken war an seiner Seite, am Heck arbeiteten zwei Fahrende und befestigten neue Enden an den Backbordstrahlungssammlern, und Quentin machte unter Ard Patrinells aufmerksamen Blicken seine Waffenübungen mit den Elfenjägern. Niemand schaute auf, als Bek vorbeiging.

»Um es gleich zu sagen, du bist immer noch Bek Rowe«, erklärte ihm Walker, während sie sich auf eine Kiste setzten, in der Lichtsegel aufbewahrt wurden. »Du darfst den Namen Ohmsford nicht benutzen. Er ist zu bekannt, und du solltest keine unnötige Aufmerksamkeit auf dich ziehen.«

Bek nickte. »Gut.«

»Außerdem möchte ich, dass du niemandem etwas darüber sagst, was du mir erzählt oder was du über deine Magie, deine Vergangenheit oder das Schwert von Shannara erfahren hast. Nicht einmal Quentin. Kein Wort.«

Er wartete. Bek nickte erneut.

»Schließlich solltest du nicht vergessen, weshalb du hier bist: um mir als Augen und Ohren zu dienen, um zu lauschen und zu beobachten. Das war kein Vorwand, damit du etwas zu tun hast, bis es an der Zeit war, dir deine wahre Identität preiszugeben. Deine Magie verleiht dir eine Beobachtungsgabe, wie sie nur wenige haben. Ich muss weiterhin auf diese Gabe zurückgreifen. Keineswegs ist diese Sache weniger wichtig als vorher.«

»Bisher habe ich diese Gabe allerdings noch nicht viel eingesetzt«, erwiderte Bek. »Nichts, was ich dir berichtet habe, war besonders wichtig.«

Kurz huschte ein ironisches Lächeln über die Miene des Druiden. »Meinst du? Vielleicht passt du nicht gut genug auf.«

»Hat Ryer Ord Star in ihren Träumen etwas gesehen, das dir weiterhelfen könnte?«

»Sie tut, was sie kann. Aber deine Sichtweisen, wenngleich nicht die eines Sehers, sind wertvoller für mich.« Er trat nah an den Jungen heran. »Sie träumt von Dingen, ehe sie sich tatsächlich ereignen, doch du erkundest die Ursachen, bevor sie eine Wirkung gezeigt haben. Das ist der Unterschied. Vergiss das nicht.«

Bek hatte keine Ahnung, wovon Walker sprach, doch er entschied, zu einem anderen Zeitpunkt danach zu fragen. Daher nickte er nur.

Graue Vorhänge aus Nebel trieben vorbei, und die Geräusche der Schwertübungen hallten geisterhaft in dem dichten Dunst wider. Es schien, als bilde jede Gruppe Männer eine eigene Insel, und nur die Geräusche verbanden sie miteinander.

»Das Schwert von Shannara«, sagte Walker leise, »ist nicht wie andere Waffen oder andere Magie. Es sucht die Wahrheit, wo sie durch Täuschung und Lügen verhüllt ist, und durch die Offenbarung verleiht es Macht. Doch die Macht hat ihren Preis. Wie die Elfensteine zieht das Schwert seine Kraft aus seinem Träger. Seine Stärke und seine Wirksamkeit hängen von der Stärke des Trägers ab. Je stärker der ist, desto wirksamer ist die Magie. Aber die Verbindung zwischen den beiden wird durch eine feine Beziehung hergestellt. Das Schwert von Shannara verlässt sich auf die Bereitschaft seines Trägers, persönliche Täuschungen, Halbwahrheiten und Lügen zu enthüllen, damit er diese auch bei anderen erkennt.«

Er ließ Bek einen Augenblick Zeit, dies zu verdauen. »Genau das wird geschehen, Bek. Wenn du die Macht des Schwertes beschwörst, wird es die großen Wahrheiten enthüllen, die durch andere Magie oder Anwender von Magie maskiert wurden. Doch um diese größeren Wahrheiten zu begreifen, musst du zunächst die kleineren über dich selbst akzeptieren. Das verlangt Opfer. Wir neigen dazu, uns vor unangenehmen Dingen zu verstecken. Auf diese Weise erfinden wir uns und unsere Vergangenheit neu und stellen sie in ein Licht, in dem wir möglichst glänzend erscheinen. Das liegt in der Natur des Menschen. Bei den meisten Täuschungen handelt es sich um kleine. Aber sie erhalten durch ihre Anzahl Gewicht, und sie alle auf einmal zu entlarven kann eine Person zerbrechen lassen. Auch die großen Wahrheiten sind häufig, wenn sie offen gelegt werden, nicht zu ertragen, und deshalb verbergen wir sie so sorgfältig.

Nachdem du mit diesen persönlichen Wahrheiten konfrontiert wurdest, wirst du die Wahrheit über jene erkennen, die du liebst und um die du dich sorgst, dann die Wahrheit über die Welt, wie du sie durch deine eigene Erfahrung kennst, und schließlich die der Lügen und Täuschungen, die du entlarven willst. Das ist weder leicht noch angenehm. Die Wahrheit wird dir erscheinen wie eine gewöhnliche Klinge aus Metall. Sie hat scharfe Schneiden. Wenn du dich nicht gegen sie wappnest, kann sie dich töten. Wissen und die Akzeptanz dessen, was auf dich zukommt, schützen dich am besten. Verstehst du?«

Bek nickte. »Ich glaube schon. Aber ich weiß nicht, wie ich mich darauf vorbereiten kann. Ich habe keine Ahnung, welche Lügen und Täuschungen ich über die Jahre angehäuft habe. Sollte ich versuchen, sie alle aufzulisten, ehe ich das Schwert benutze?«

»Nein. Du hast es selbst gesagt. Vermutlich kannst du sie nicht alle auflisten. Manche wirst du vollkommen vergessen haben. Gelegentlich hast du die Wahrheit vielleicht nur ein wenig beschönigt. Dann wieder hast du sie möglicherweise selbst nicht erkannt. Was du tun musst, Bek, ist, zu begreifen, wie das Schwert funktioniert, damit du nicht von seiner Kraft überrascht wirst und so seine Forderungen besser erfüllen kannst.« Er zögerte. »Ich will dir eine Geschichte erzählen.«

Während der nächsten Minuten gab er die Geschichten des Elfenkönigs Jerle Shannara wieder, der vor tausend Jahren mit dem Dämonenlord gekämpft hatte. Das Schwert von Shannara war von Bremen in der Südlandstadt Dechtera im Druidenfeuer geschmiedet und nach Norden gebracht worden, damit es dort im Kampf gegen den Dämonenlord eingesetzt werden konnte. Doch Bremen hatte die Fähigkeit des Elfenkönigs, die Anforderungen des Schwertes zu erfüllen, falsch eingeschätzt und ihn nicht ausreichend vorbereitet. Als Jerle Shannara die Magie des Schwertes rief, brachte er nicht die notwendige Stärke auf. Deshalb gelang es ihm lediglich, die körperliche Gestalt des Dämonenlords zu zerstören, nicht, ihn gänzlich zu vernichten. Somit war es seinem Nachfahren, Shea Ohmsford, überlassen geblieben, diese Arbeit zu beenden.

»Meine Aufgabe, was dich betrifft, Bek«, fuhr Walker fort, »besteht darin, sicherzustellen, dass du nicht wie Jerle Shannara scheitern wirst, dass du das Schwert, wenn du die Magie einmal gerufen hast, auch mit der notwendigen Stärke handhaben kannst. Dein erster Einsatz mit dem Talisman ist nicht so anspruchsvoll. Dabei wird es nicht darum gehen, ein anderes magisches Wesen zu vernichten, das dich ebenfalls umbringen will. Es handelt sich lediglich um ein Portal, das von einer unpersönlichen Magie geschützt wird, um Eindringlinge fern zu halten. Das ist eine gute Prüfung, um deine Ausbildung zu beginnen.«

Bek starrte auf seine Füße, dann blickte er dem Druiden wieder in die dunklen Augen. »Aber meine Schwester, die Ilse-Hexe, wartet ebenfalls darauf, mich zu prüfen.«

»Sie wartet nicht darauf, da sie nichts von dir und dem Schwert weiß. Trotzdem besteht die Möglichkeit, dass du dich ihr irgendwann stellen musst. Doch soll das nicht deine vorrangige Sorge sein. Nicht nur sie wird eine Prüfung für dich sein. Alles, was mit dieser Expedition zusammenhängt, ist in Täuschungen und Lügen gehüllt, Bek. Vielleicht erscheint es folgerichtig, wenn in der Blauen Spalte ein Schiffbrüchiger gefunden wird, und mit ihm eine Karte, auf der eine Route verzeichnet ist, die von anderen Elfen gefunden wurde, deren Schiffe seit dreißig Jahren verschollen sind, eine Karte, die mit einem Schatz von unermesslichem Wert lockt. Aber nur wenige Dinge sind so, wie sie scheinen. Wenn wir Erfolg haben sollen – oder wenn wir nur überleben wollen –, brauchen wir die Macht des Schwertes von Shannara. Nur du allein kannst diese Waffe handhaben, Bek, daher musst du dich auf die Erfordernisse dieser Magie vorbereiten. Ich bringe das Feuer eines Druiden mit und Kenntnisse über deine Aufgabe. Quentin gesellt sich mit der Macht des Schwerts von Leah dazu. Andere helfen ebenfalls mit ihren Gaben und Erfahrungen. Doch dein Einsatz des Schwertes von Shannara ist unerlässlich. Und deine Ausbildung an dieser Waffe beginnt jetzt.«

Der Rest dieses Tages und viel Zeit an den folgenden verbrachten sie damit, über die Magie des Schwertes und ihre Funktionsweise zu sprechen. Walker verstand die Grundlagen, hatte die Magie jedoch niemals selbst kennen gelernt, daher mussten sie quasi ohne Schwert fechten. Das war gar nicht so anders als das, was Quentin mit den Elfenjägern tat. Er übte, aber der Kampf war nicht echt. Da er die Magie seines Schwertes nur herbeirufen konnte, wenn sie tatsächlich gebraucht wurde, konnte Bek die Auswirkungen nicht ausprobieren. Außer Vorträgen über die Natur der Selbsttäuschung unterrichtete Walker Bek daher vor allem in der Kunst, inneren Frieden zu finden, indem man tief in sich belanglose Angelegenheiten und Sorgen fallen ließ und sich gegenüber Dingen, die Schmerz verursachten, öffnete und nicht verschloss.

Es war eine zermürbende und oftmals niederschmetternde Übung, die Bek manchmal verwirrter hinterließ als zu Anfang. Nicht nur drehte sich dem Jungen der Kopf wegen der Enthüllung seiner Identität und seiner Vergangenheit, sondern auch die Verantwortung, die der Druide ihm für die Sicherheit des Schiffes übertragen hatte, brachte ihn ins Taumeln. Natürlich sah er die Wichtigkeit dieser Verantwortung ein und übte und lernte deshalb fleißig, um bereit zu sein, wenn er mit der Kraft des Schwertes verschmelzen sollte.

Aber auch seine anderen Pflichten vernachlässigte er nicht. Noch immer war er der Kabinensteward und musste sich auch so verhalten. So war sein Tag vollkommen damit ausgefüllt, sich mit dem Druiden über Magie zu unterhalten, bei Redden Alt Mer in der Pilotenkanzel das Schiff zu steuern und seine sonstigen Pflichten zu erledigen. Für Quentin und Ahren Elessedil hatte er immer weniger Zeit, doch dafür war es nicht so schwierig, sein neues Wissen für sich zu behalten.

Einige Tage nach der Begegnung mit der Ilse-Hexe löste sich der Nebel auf, der Himmel wurde klar, und die Blaue Spalte breitete sich wieder unter ihnen aus. Innerhalb eines Tages kehrten die Flugreiter zurück. Die notwendigen Reparaturen am Luftschiff wurden vorgenommen, und bei der Suche nach Vorräten stieß man auf eine Inselkette. Die Luft war scharf und kalt, und die Teilnehmer der Expedition trugen die meiste Zeit Wintermäntel und Handschuhe. Zwischen den Inseln wurden Eisschollen gesichtet, und der Himmel nahm einen grauen, winterlichen Ton an. Die Tage wurden kürzer, und das bleiche Licht wusch alle Farbe von Erde und Himmel.

Währenddessen fragte sich Bek ständig, was wohl vor ihnen lag. Walker hatte ihn gewarnt, dass alles, was mit der Expedition zu tun hatte, in Täuschungen und Lügen verstrickt war. Wenn das stimmte, wie viel hatte der Druide dann schon aufgedeckt? Was wusste er noch und hielt es vor Bek verborgen?

Neun Wochen nach dem Aufbruch von Mephitic erreichten sie, begleitet von Schneeregen, der von einem Polarwind aus dem Norden herangetragen wurde, die Klippenfestung Ice Henge, und nun sollte der Junge es herausfinden.

Das Land wirkte zunächst wie eine dunkle Verzerrung der dünnen Horizontlinie, und es dauerte lange, bis es Form annahm. Nach beiden Seiten breitete es sich meilenweit aus wie eine eingerollte Schlange, die auf dem blaugrauen Meer lag. Mehrere Stunden verstrichen, bis sie die Klippen erkennen konnten, die steil aus dem Ozean aufragten und so hoch waren, dass sie im Hochnebel verschwanden. Gespaltene und abgebrochene Baumskelette, die von der Sonne gebleicht und vom Wind jeglichen Laubs beraubt waren, ragten aus dem Fels. Seevögel schwebten kreischend über ihren Nestern. Kleinere Inseln führten wie Trittsteine, die von Zeit und Wetter abgelaufen waren, zu den Klippen hinauf, öde Eilande allesamt, die wenig Schutz und Nahrung boten und außer hartem Gras und winterlich grauen Büschen kaum Vegetation aufwiesen.

Walker ließ das Luftschiff anhalten, als sie noch Meilen entfernt waren, und schickte die Flugreiter voraus, um einen ersten Blick auf die Klippen zu werfen. Sie waren sehr rasch wieder zurück. Die Steilküste wurde von Würgern bewohnt, daher konnten die Rocks nicht näher heran. Aus diesem Grund ließ er Hunter Predd und Po Kelles auf einer der größeren Inseln zurück und wies Redden Alt Mer an, mit der *Jerle Shannara* direkt auf die große Landmasse zu-

zufahren. Bei näherer Betrachtung wurden die Sorgen nicht kleiner. Die Klippen bildeten eine massive, nicht zu erklimmende Wand, die hier und da von schmalen Spalten durchzogen war, in denen Nebel hing. Der Wind blies in scharfen, unvorhersehbaren Böen über die Felswände und trieb das Luftschiff hin und her. Würger betrachteten sie aufmerksam von ihren Nistplätzen aus.

Walker ließ sie eine Zeit lang an der Küste entlangsegeln. Das Meer hatte Höhlen in die Klippen gespült, und Felsen, die aus der Höhe heruntergestürzt waren, bildeten eigentümliche Skulpturen und Formationen. Wellen krachten gegen den Fuß der Steilwand und wichen wieder zurück, brandeten in die Höhlen und flossen wieder ab, spülten über Fels und Schutt. Ein Weg ins Landesinnere eröffnete sich nirgends. Alt Mer weigerte sich, in den Nebel und den Wind zu fliegen, der durch die Spalten pfiff; Selbstmord wäre das, behauptete er und beendete damit die Diskussion. Er schüttelte auch den Kopf, als Walker ihn fragte, ob er nicht oberhalb des Nebels fliegen könnte. Würde tausend Fuß weiter oben die Suppe weniger dicht und der Wind schwächer sein? Wohl kaum. Der Karte des Schiffsbrüchigen zufolge war dies eine Halbinsel, die meilenweit von solchen Klippen beschützt wurde; die einzige Öffnung lag bei den Säulen aus Eis. Der Große Rote neigte dazu, der Karte zu glauben.

So segelten sie weiter, setzten ihre Suche fort, und das Aussehen der Küste veränderte sich nie.

Dann, später am Tag, öffneten sich die Klippen plötzlich zu einer breiten Bucht, die sich durch Dunst und Dämmerlicht bis zu einem hoch aufragenden, schneebedeckten Gebirge erstreckte. Durch die Spalten in den kargen Gipfeln wanden sich Gletscher bis zum Wasser herunter, massive, blaugrüne Eisbrocken, und gefrorene Moränen endeten mit riesigen Felsen im Wasser, die kleine Inseln bildeten, von denen manche über hundert Meter weit aufragten. Innerhalb der Bucht herrschte Windstille, die Seevögel hockten auf ihren Plätzen, und das Tosen des Meeres ließ nach. Nur das gelegentliche Krachen von Eis, das in Schluchten stürzte, störte die tiefe Stille.

Die *Jerle Shannara* segelte zwischen den Klippen hindurch in die

Bucht und glitt an Eisbergen und Felswänden entlang. Die Öffnung der Bucht wurde zu einem Kanal, der in einer zweiten Bucht endete, die sich vor ihnen ausbreitete. Der Nebel über ihnen verdichtete sich und wurde zu einem Dach, durch das die Sonne nicht mehr zu sehen war. Das Licht wurde grau und fahl wie der Dunst. Farben verblassten, Eis, Wasser, Nebel und Dämmerung schienen den gleichen Ton zu haben. Mit dem Verschwinden von Licht und Farben ging ein Gefühl für das Land einher, das unerklärlich beängstigend war – eine Ahnung von Größe und Macht, als würde sich im Dunkeln irgendwo ein Riese verbergen, der geduckt darauf lauerte, sich auf sie zu stürzen. Die Männer und Frauen an Bord der *Jerle Shannara* lauschten den unheimlichen Geräuschen des Gletschers.

Schließlich verengte sich der Kanal abermals und wurde von riesigen Säulen aus Eis blockiert, die sich wie Kristalltürme aus dem flüssigen Grund der Bucht erhoben. Durch Lücken zwischen den Säulen sah Bek helleres Licht und weniger dichten Dunst, als würde auf der anderen Seite besseres Wetter herrschen. Walker stand neben ihm und nickte. Dann wandte er sich an Redden Alt Mer und ordnete an, er solle das Luftschiff anhalten.

Sie schwebten vor den Säulen aus Eis, und die Besatzung des Schiffes drängte sich schweigend an die Reling. Die kalte Luft flimmerte, und Seevögel kreisten still über ihnen. Durch den tiefen Nebel hallte das Krachen des Eises aus der Ferne herüber.

Plötzlich begannen die Säulen zu schwanken, zuckten mehrmals und bewegten sich wie zwei Kiefer, die sich schließen und mit den Zähnen knirschen. Während die Expeditionsteilnehmer ehrfürchtig zusahen, stießen die Eistürme mehrfach knirschend gegeneinander, versperrten den Einlass des Kanals und machten die Durchfahrt unmöglich. Eisstücke wurden durch die Luft geschleudert und landeten in der Bucht, neue Spalten öffneten sich entlang der riesigen Türme, während diese zusammenprallten und sich wieder voneinander entfernten wie Ungeheuer, die in kopfloser Wut aufeinander einhämmern. Wellen brandeten auf, und die Bucht wurde unter der Wucht der Bewegung zu einem brodelnden Kessel.

Augenblicke später wichen die Säulen voneinander zurück, nahmen eine neue Position ein und wankten nur noch leicht.

»Das«, flüsterte der Druide Bek ins Ohr, »ist der so genannte Quetscher. Den muss das Schwert von Shannara überwinden.«

Auf Befehl des Druiden segelten sie aus der Bucht heraus und die Küste entlang zurück zu der Insel, auf der die Flugreiter warteten. Es war inzwischen fast dunkel geworden, und Redden Alt Mer ließ die *Jerle Shannara* für die Nacht festmachen. Bek dachte noch immer über die Worte des Druiden nach und grübelte, wie die Magie des Schwertes einen Weg durch diese sich bewegenden Eistürme finden sollte, wobei er nicht begriff, auf welche Weise der Talisman von Hilfe sein konnte. Walker hatte ihn verlassen, um sich mit dem Kapitän zu besprechen, und Ahren war zu Bek gekommen und unterhielt sich mit ihm, daher würde er vorerst nichts Neues herausfinden. Er musste sich darauf verlassen, dass der Druide wusste, was er tat.

Nachdem der Anker geworfen und das Abendessen eingenommen war, rief Walker seinen Rat zu einer letzten Besprechung zusammen. Diesmal wurde auch Hunter Predd dazugeholt. Sie versammelten sich in Redden Alt Mers Kabine – der Druide, der Fahrende und seine Schwester, Ard Patrinell und Ahren, Quentin und Bek, Ryer Ord Star und der Flugreiter. Der Himmel war wolkenverhangen, die Nacht so schwarz, dass man weder das Meer noch die Insel sehen konnte, über der sie geankert hatten.

»Morgen werden wir durch die Säulen des Quetschers segeln«, verkündete Walker, nachdem sich alle versammelt und gesetzt hatten. »Kapitän Alt Mer wird von der Pilotenkanzel aus das Kommando führen. Ich stehe vorn am Bug und gebe die Richtungen an. Bek wird mir dabei helfen. Alle anderen nehmen ihre üblichen Positionen ein und halten sich bereit.«

Er schaute den Großen Roten an. »Die Kurskorrekturen müssen schnell und genau erledigt werden, Kapitän. Das Eis verzeiht keine Fehler. Höre deshalb genau auf meine Worte. Folge meinen Anweisungen. Vertraue mir, selbst wenn ich etwas Falsches zu sagen scheine. Versuche nicht, meine Angaben zu überprüfen oder meine Wünsche vorauszuahnen. Dies eine Mal muss ich das Kommando vollständig übernehmen.«

Er wartete auf die Bestätigung des Fahrenden. Redden Alt Mer warf seiner Schwester einen Blick zu und nickte dann zustimmend.

»Hunter Predd«, fuhr Walker fort. »Die Flugreiter bleiben hier. Die Würger sind zu zahlreich, der Wind und der Nebel zu trügerisch. Fliegt die Küste entlang, bis ihr einen angenehmeren Aufenthaltsort als diese Insel findet, wo ihr auf unsere Rückkehr wartet. Wenn es uns möglich ist, kommen wir zurück oder benachrichtigen euch wenigstens irgendwie. Aber das kann seine Zeit dauern. Vielleicht werden wir mehrere Monate fort sein.« Er zögerte kurz. »Möglicherweise noch länger.«

Der grauhaarige Flugreiter nickte. »Ich weiß, was zu tun ist.«

Er begriff sehr wohl, dass diejenigen, die durch die Säulen von Ice Henge gingen, vielleicht nicht zurückkehrten. Deshalb würde er so lange warten, bis es sinnlos wurde, und dann versuchen, in die Vier Länder zurückzufliegen. Doch Bek hörte noch etwas anderes heraus. Wenn die Besatzung der *Jerle Shannara* es nicht nach Hause schaffte, dann würde es ihm vermutlich ebenfalls nicht gelingen.

Wenn Walker das so verstanden hatte, ließ er es sich jedenfalls nicht anmerken. »Ryer Ord Star hatte eine neue Vision«, gab er bekannt und rief die junge Frau nach vorn.

Nur ungern trat sie vor, senkte den Kopf und verbarg das Gesicht hinter ihrem langen silbernen Haar, richtete den Blick der violetten Augen auf den Boden und verkroch sich im Schatten des Druiden, als wäre sie dort in Sicherheit. Dabei schob sie sich so dicht an ihn heran, dass sie ihn beinahe berührte. Walker legte ihr die Hand auf die Schulter und bückte sich zu ihr hinunter. »Erzähle es ihnen«, drängte er sie.

Sie ließ sich einen Augenblick Zeit, ehe sie antwortete, und dann klang ihre kindliche Stimme hoch und klar. »Ich habe drei Maulwürfe gesehen, die sich in die Erde eingraben wollen. Sie trugen

Schlüssel zu einem Schloss. Der eine ist in einem endlosen Labyrinth gefangen. Bänder aus Feuer sperren den Zweiten ein. Und Hunde aus Eisen den Dritten. Alle sind blind und können nichts sehen. Sie sind vom Weg abgekommen und finden nicht mehr zurück. Aber einer entdeckt die Tür, die in die Vergangenheit führt. Dahinter wartet die Zukunft.«

Langes Schweigen machte sich breit, nachdem sie geendet hatte. Dann räusperte sich Redden Alt Mer. »Ein bisschen vage, nicht wahr?«, sagte er trocken und lächelte die Seherin entschuldigend an. »Was bedeutet das?«

»Wir wissen es nicht«, antwortete Walker Boh an ihrer Stelle. »Vielleicht, dass einer von uns den Eingang nach Castledown und den Schatz entdecken wird. Das wäre ein Treffen von Zukunft und Vergangenheit. Welchem Zweck diese Vision auch immer dienen mag, sie warnt vor drei Gefahren – einem endlosen Labyrinth, Bändern aus Feuer und Hunden aus Eisen. In irgendeiner Form werden wir diesen Gefahren begegnen, wenn wir wieder an Land sind.« Er sah Ryer Ord Star an. »Vielleicht haben wir bis dahin neue Erkenntnisse.«

Hoffen wir es, dachte Bek, und die Besprechung wandte sich anderen Themen zu.

In dieser Nacht schlief Bek sehr schlecht, denn Selbstzweifel und Bedenken setzten ihm zu. Er wurde wach, als die Dämmerung mit bleiernem Grau und Dunst anbrach und die Sonne wie eine rot glühende Esse am Rand der Welt erschien. Er stand auf, ging an Deck und sah zu, wie das Licht heller wurde und der Himmel sein winterliches Aussehen bekam, bei dem Wolken, Dunst und Wasser wie Gaze wirkten. Die Luft war kalt und roch feucht, und die Klippen von Ice Henge wurden von Schneeflocken umwirbelt. Die Würger waren auch schon unterwegs und jagten an der Küste, und ihre schrillen Schreie hallten von den Felswänden wider.

Walker kam zu ihm, legte ihm aufmunternd die Hand auf die Schulter und verschwand wieder. Die Anker wurden gelichtet, die

Segel gesetzt, und die *Jerle Shannara* flog erneut gen Norden. Die Flugreiter brachen zur gleichen Zeit auf, nur nach Süden. Bek sah ihnen zu, wie sie vom Achterdeck abhoben. Kurz darauf waren sie im dämmrigen Winterlicht verschwunden, und Bek richtete seine Aufmerksamkeit wieder nach vorn. Sie segelten die Küste hinauf, zu der Öffnung in den Klippen, die zum Quetscher führte. Das Frühstück wurde in Schichten und von den meisten auf Deck eingenommen, eine herzhafte Mischung aus Brot und Käse, die mit kaltem Bier hinuntergespült wurde. Die Luft erwärmte sich gerade genug, dass sich die Schneeflocken in Regen verwandelten, und der Wind nahm an Stärke zu und ging in heftigen Schauern nieder, die das Luftschiff hin und her schoben.

Bek stand lange Zeit bei Redden Alt Mer in der Pilotenkanzel, während Walker an Deck wie ein Geist umherschritt. Der Fahrende sprach kaum mit dem Jungen; er konzentrierte sich ganz auf das Steuern, und sein Blick war nach vorn ins Zwielicht gerichtet. Einmal erwiderte er Beks Blick und lächelte. »Wird schon gut gehen, Bek«, sagte er leise und schaute dann wieder nach vorn.

Bek Rowe, geborener Bek Ohmsford, war sich dessen nicht so sicher, aber wenn Hoffnung und Entschlossenheit irgendwie zählten, hatten sie möglicherweise eine Chance. Da er seiner Meisterschaft in Bezug auf das Wunschlied nicht traute, kamen ihm große Zweifel, ob er überhaupt irgendwelche Magie beherrschen konnte. Das alles war ihm noch zu neu und zu wenig vertraut, als dass er mit Zuversicht nach vorn hätte schauen können. Er hatte die Magie seiner Stimme zwar kennen gelernt, doch nur einen kleinen Teil davon, und er fühlte sich noch lange nicht so, als würde er sie wirklich verstehen. Das Gleiche galt für die Magie des Schwertes von Shannara, bei dem er keine Ahnung hatte, was er damit vollbringen konnte. Natürlich konnte er alles wiederholen, was Walker ihm beigebracht hatte. Dadurch würde er allerdings zu sehr mit dem Verstand an die Sache herangehen. Er vermochte sich nicht wirklich auszumalen, wie es sich anfühlte. Dazu fehlte es ihm einfach an Erfahrung.

Er wollte sich nicht selbst täuschen. Die Magie des Schwertes von

Shannara war riesig und überwältigend. Sie würde einer Flutwelle gleich über ihn hinwegbranden, und er durfte sich glücklich schätzen, wenn er diese wuchtige Woge überlebte, erst recht, wenn er den Weg an die Oberfläche fand und zu schwimmen begann. So konnte er nur hoffen, dass er nicht sofort ertrank. Walker hatte das zwar nicht gesagt, aber zwischen den Zeilen hatte es durchgeschimmert. Bek würde auf eine Weise geprüft werden, wie er es sich niemals vorgestellt hatte. Walker glaubte gewiss, dass er nicht scheitern würde, allerdings war Walker auch nicht derjenige, der auf die Probe gestellt wurde.

Bek verließ die Pilotenkanzel und trat an die Reling des Schiffes. Quentin gesellte sich zu ihm, und sie unterhielten sich mit gesenkten Stimmen über den Tag und das Wetter, wobei sie den Quetscher mit keinem Wort erwähnten. Der Hochländer war fröhlich und gelassen, so wie immer, und auf diese Weise beruhigte er Bek, ohne es zu beabsichtigen. War es nicht das gewesen, was sie sich erhofft hatten?, fragte er seinen Vetter mit breitem Lächeln. Hatten sie nicht nach Abenteuern gesucht? Was würden sie auf der anderen Seite dieser Eissäulen finden? Irgendwie mussten sie sicherstellen, dass sie zusammenblieben. Was auch immer geschah, sie durften ihr Versprechen nicht vergessen.

Am Vormittag erreichten sie die Lücke in den Klippen und flogen auf den Ausläufern der Luftströmungen in die Bucht, hinein in die Ruhe und Windstille. Das Tosen des Ozeans und das Pfeifen des Windes blieben zurück, und die Bucht mit ihren Felswänden und der Wolkendecke umarmte sie wie eine fürsorgliche Mutter ihren Zögling. Die Expeditionsteilnehmer drängten sich an der Reling und schauten auf die graue Welt aus Eis und Wasser. Eisschollen trieben unter ihnen wie riesige Schiffe vorbei und ritten auf der Strömung hinaus aufs Meer. Krachendes Eis zerriss die Stille, und so mancher begriff nun erst wirklich, was vor ihnen lag. Bek stand in der Kälte wie eine Statue da und schaute sorgenvoll nach vorn.

Die *Jerle Shannara* segelte durch den vorderen Teil der Bucht und den schmalen Kanal, und die Wolkendecke senkte sich immer weiter herab, bis sie zu den Masten des Luftschiffs reichte. Das Dämmerlicht spiegelte den Augen Dinge vor, die überhaupt nicht vorhanden waren. Niemand sprach, während das Schiff an Eisbergen und Steilklippen vorbeiglitt und sich so langsam bewegte, dass es fast stehen blieb. Seevögel umkreisten sie lautlos und geisterhaft. Bek sah ihnen zu, wie sie mit dem Schiff Schritt hielten, folgte ihrem Flug und war von ihrem offensichtlichen Interesse fasziniert.

Dann schnürte sich ihm die Kehle zu, und er stieß einen scharfen Seufzer aus, als er begriff, dass sie nur darauf warteten, die Knochen der Besatzung aufzusammeln, wenn das Luftschiff den Quetscher erreichte.

Augenblicke später lichtete sich der Dunst ein wenig, und nun konnte man die ersten Eissäulen erkennen, die ihnen den Weg versperrten, hoch aufragende Stacheln, die hypnotisierend schwankten.

»Komm mit«, sagte Walker leise, woraufhin Bek zusammenzuckte. Das flaue Gefühl in der Kehle setzte sich bis zum Magen fort.

Es war also an der Zeit. Er erinnerte sich an die Zuversicht, die er vor Monaten verspürt hatte, als er dieser Reise zugestimmt hatte, die ihn für immer verändern würde. Voller Furcht und Zweifel schloss er die Augen. Sicherlich war die Richtung seines Lebens längst beschlossene Sache gewesen; trotzdem konnte er sich auch jetzt noch nicht wirklich damit abfinden. Dennoch, er musste sein Bestes geben.

Gehorsam und schweigend zwang er sich, einen Fuß vor den anderen zu setzen, und folgte dem Druiden.

Achtundzwanzig

Bek wartete im Schatten der von Ketten gesicherten Kiste, in der sich das Schwert von Shannara befand, während Walker alle vom vorderen Deck nach hinten zum Heck und an die Seiten drängte. Redden Alt Mer stieg mit Rue Meridian in die

Pilotenkanzel. Spanner Frew stand daneben und hielt sich bereit, helfend einzugreifen, falls das notwendig werden sollte. Furl Hawken kommandierte die Mannschaft vom erhöhten Achterdeck aus, und die Elfenjäger unter Ard Patrinell sammelten sich an beiden Seiten des Schiffes, wo sie die Sicherheitsleinen anlegten. Panax, Quentin und Ahren Elessedil standen an der Steuerbordreling am hinteren Mast und unterhielten sich im Flüsterton. Über mich, dachte Bek voller Unbehagen, aber das war Unsinn. Die drei wandten den Blick nicht vom Quetscher ab. Nur Walker wusste, was zu tun war. Und nur Walker begriff, wie viel dabei von Bek abhing.

Der Druide tauchte wieder neben ihm auf. »Bereit, Bek?«

Der Junge wagte nicht zu sprechen, daher nickte er nur. Natürlich war er nicht bereit. Er würde niemals für das hier bereit sein. Wie sollte er auch? So konnte er nur darauf vertrauen, dass der Druide Recht hatte, was Beks Verbindung zur Magie betraf, und hoffen, dass er einen Weg finden würde, das Notwendige zu tun.

Doch während er nun diese gigantische Barriere vor sich betrachtete, diese riesige Masse aus Eis und Fels, die hoch über ihm aufragte, konnte er sich nicht vorstellen, dass er dazu in der Lage war.

Er atmete gleichmäßig, beruhigte sich und wartete. Die *Jerle Shannara* fuhr langsam auf die Säulen zu. Walker sprach mit Redden Alt Mer, aber Bek konnte nicht hören, was sie sagten. Sein Herz hämmerte in der Brust, und er hörte lediglich das Geräusch seines Atems und das Krachen des Eises, wenn Stücke davon abbrachen.

»Jetzt, Bek«, sagte der Druide leise.

Er vollführte eine Geste mit der Hand, und die Luft schimmerte und trübte sich ein, während der Nebel aufgewirbelt wurde. Alle hinter dem Jungen und dem Druiden verschwanden im Dunst. Was blieb, war ein Fenster vor ihm, durch das man den Kanal, die Klippen und das Eis sehen konnte.

Als wollten sie etwas auf Walkers Kommando erwidern, bewegten sich die Säulen plötzlich.

»Ganz ruhig, Bek«, drängte Walker sanft, berührte die Schulter des Jungen und starrte mit den dunklen Augen zum Eis hinüber.

Die Säulen bewegten sich wie Zähne und rieben sich knirschend aneinander, bis riesige Eissplitter abbrachen und in alle Richtungen davonflogen. Das Meer brodelte, hohe Wellen schlugen gegen die Klippen, die Gischt stieg in Wolken auf und vermischte sich mit dem Nebel. Bek zuckte angesichts des Lärms und der Bewegung zusammen und zog die Schultern unwillkürlich hoch. Er fühlte geradezu, wie sich das Eis um ihn herum schloss, ihn zerdrückte, das Luftschiff in Treibholz und die Besatzung in blutigen Brei verwandelte. Ihm war dabei, als würde das wirklich passieren, und dieses Gefühl zerrte so heftig an ihm, dass er es kaum ertragen konnte. Er stand auf dem Deck der *Jerle Shannara,* von Gischt besprüht, vom Lärm betäubt, und glaubte, seine Seele würde förmlich zerrissen.

Vor ihm brannte etwas, ein Leuchtfeuer in der Dunkelheit, das wie eine Flamme aus dem grauen Dunst erwuchs. Er starrte es verwundert an, und dann bemerkte er, dass er das Schwert von Shannara in den Händen hielt und dass es die Klinge war, die so lodernd leuchtete.

»Schatten!«, presste er ungläubig hervor.

Er hatte keine Ahnung, wann Walker es ihm gereicht hatte und wie lange er es bereits hielt. Nun starrte er gebannt in das Licht, beobachtete, wie es in kleinen roten Bändern, die sich um das Metall schlangen, an der Klinge hinauf und hinab lief. Schließlich erreichte es auch den Knauf und umschloss seine Hände.

Dann fuhr es wie eine warme, kribbelnde Welle durch ihn hindurch und breitete sich im Körper und in allen Gliedern aus. Es verzehrte ihn, verschluckte ihn, hüllte ihn ein und beanspruchte ihn ganz für sich. Er wurde von ihm gefangen, und langsam durchsetzte es Gedanken, Gefühle und Sinne. Alles um ihn herum begann zu verschwinden, verging in Dunkelheit, in der nur das Schwert leuchtete. Das Luftschiff, die Besatzung, das Dämmerlicht und der Nebel, das Eis, die Klippen – alles löste sich auf. Bek war allein, einsam und sich selbst überlassen, und so trieb er auf dem Rücken der Magie, die ihn überflutet hatte.

Hilfe, hörte er sich selbst flehen.

Die Bilder erschienen urplötzlich, er sah nicht mehr den Quetscher und seine malmenden Säulen, nicht mehr die Welt, in der er lebte, sondern die Welt, die er hinter sich gelassen hatte, die Vergangenheit. Eine Folge von Erinnerungen kam zum Vorschein und nahm ihn in der Zeit mit zurück, erinnerte ihn daran, was einst gewesen und jetzt vorüber war. Er wurde jünger und kleiner. Die Erinnerungen tauchten als beängstigende Bilder auf, voller Wut und Schrecken, voller ferner Schreie, und der schwere Atem von demjenigen, der sie ihm vorhielt, wehte ihn an einen schwarzen, kalten Ort. Der Geruch und Geschmack von Rauch und Ruß füllten Nase und Mund, und er verspürte eine Panik, die sich nicht beruhigen lassen wollte.

Grianne!, hörte er sich rufen.

Schwärze hüllte ihn ein weiteres Mal ein, und eine neue Bilderreihe begann. Er sah sich als Kind bei Coran und Liria. Dort spielte er mit Quentin und seinen Freunden, mit seinen jüngeren Brüdern und Schwestern, in seinem Zuhause in Leah. Die Szenen waren düster und anklagend, Bilder seiner Kindheit, die er unterdrückt hatte, Erinnerungen an die Zeit, in der er gelogen, betrogen und getäuscht hatte, in der seine Selbstsucht und seine Gleichgültigkeit Schmerzen und Leid hervorgerufen hatten. Einige dieser Szenen waren ihm vertraut, andere hatte er vergessen. Die Schwächen seines Lebens wurden ihm unerbittlich enthüllt. Im Einzelnen war keine besonders schrecklich, doch die Anzahl machte ihr Gewicht aus, und nach einer Weile weinte er und hoffte verzweifelt auf das Ende.

Ein Wind aus dunklem Dunst verwehte sie und brachte ihm einen Blick auf die Vier Länder, mit dem ihm alles gezeigt wurde, was Menschen an Leid widerfuhr. Voller Entsetzen beobachtete er, wie Hunger, Krankheit, Mord und Raub Leben, Häuser und Zukunft zerstörten. Männer, Frauen und Kinder fielen den Schwächen von Geist und Moral zum Opfer, welche die Menschheit plagten. Alle Rassen waren dafür anfällig, und alle beteiligten sich an dieser Raserei. Nichts deutete an, dass es jemals anders gewesen war. Bek schaute dem Schrecken und der tiefen Traurigkeit zu, die sich entfalteten, und fühlte, wie beides zu einem Teil von ihm wurde. Das war die Geschichte seines Volkes, so spürte er es in seinem Elend, und genauso war auch er.

Doch nachdem es vorbei war, fühlte er sich geläutert. Mit der Erkenntnis trat die Billigung ein. Mit der Billigung die Vergebung. Er fühlte sich gereinigt, nicht nur von dem, was er selbst zu diesem Morast beigetragen hatte, sondern auch von den Taten anderer – als habe man ihm alles von den Schultern genommen, nur für eine Weile, und ihm Frieden geschenkt. Er erhob sich aus der Dunkelheit und war auf eine Weise gestärkt, die er nicht erklären konnte, wieder geboren mit den Augen eines Jungen, doch mit dem Verständnis eines Mannes.

Die Finsternis wich zurück, er stand wieder auf dem Deck der *Jerle Shannara* und reckte den Arm mit dem Schwert in die Höhe. Noch immer wurde er von Walkers Magie verborgen, doch der Weg vorwärts war deutlich zu erkennen. Der Quetscher öffnete sich erneut, seine Säulen schwankten verführerisch und lockten, er möge voranschreiten, in ihre Reichweite kommen. Er spürte die Kälte, die sie durchdrang, und ihr erdrückendes Gewicht. Sogar die Luft um sie herum war von ihrer Kraft und ihrer Unberechenbarkeit durchdrungen. Doch noch etwas anderes fand er vor, etwas, das von Menschen stammte, das nichts mit Natur zu tun hatte, sondern mit Maschinen und Wissenschaft.

Eine Hand griff nach ihm, keine aus Fleisch und Blut, sondern eine geisterhafte, ätherische Pranke, die eine so riesige Magie besaß, dass sie sich überall verbreitete. Er wich zurück, wappnete sich dagegen, indem er das Licht des Schwertes vor sich hielt, und plötzlich war sie verschwunden.

Walker?, rief er verwirrt, aber um ihn herum herrschte Stille.

Vor ihm schwankten die Säulen des Quetschers, die sich aus dem eisigen Meer erhoben, und die Möwen drehten ihre Kreise um sie herum. Bek prüfte die Luft und die Temperatur. Er drang in das Eis der Türme und den Fels der Klippen ein. Er versenkte sich darin, wie sie sich anfühlten, wie sie sich bewegten, versenkte sich in die

Vibrationen der Geräusche, die sie erzeugten. Er wurde eins mit seiner unmittelbaren Umgebung, und auf diese Weise konnte er ihre Absichten erkennen und ihr Verhalten vorausahnen.

»Vorwärts«, befahl er und deutete mit dem Schwert nach vorn. Die Worte schienen von jemand anderem zu stammen. »Langsam vorwärts.«

Walker musste ihn gehört haben. Die *Jerle Shannara* schlich vorsichtig auf die Säulen zu. Wie ein zarter Vogel glitt sie auf die riesigen Kiefer zu und drang in die nebligen Lücken zwischen den Zähnen ein. »Fünfzehn Grad backbord«, rief er. »Jetzt schneller, mehr Geschwindigkeit.« Das Luftschiff schwebte in eine Wand aus Eis wie eine Motte in die Flamme, winzig und unbedeutend und nicht in der Lage, sich vor dem Feuer zu schützen.

Dann bewegten sich die Säulen von neuem und schlossen sich um sie herum. Bek wurde sich dessen tief in seinem Inneren bewusst, sah es nicht nur mit den Augen, sondern durch die Verbindung seines Körpers mit der Magie des Schwertes und der Magie des Schwertes mit dem Land und der Luft und dem Wasser. Die Besatzung des Schiffes schrie in Panik auf. Der Junge hörte sie genauso wie die Wellen, die gegen die Klippen krachten, und die Möwen, die durch den Morgen flogen. Er hörte sie alle und reagierte nicht darauf. »Zwanzig Grad steuerbord. Such Schutz in der Spalte der Säule dort.« Seine Stimme war so leise, und daher wunderte er sich, dass ihn überhaupt jemand hören konnte.

Aber Redden Alt Mer tat, was Bek ihm auftrug, er hörte die Worte, die von Walker wiederholt wurden. Er steuerte die *Jerle Shannara* rasch in eine Spalte, die sie schützte, während um sie herum die Eissäulen zusammenkrachten, die Luft sich mit Gischt füllte und das Meer schäumte. Der Lärm und die Wucht betäubten und schockierten ihn, und es fühlte sich an, als würde eine Lawine über ihn hinwegrollen. Inmitten dieses Getöses befahl Bek, das Luftschiff durch eine jetzt entstehende Lücke zwischen zwei schwankenden Türmen hindurchzusteuern. Das Schiff reagierte, als wäre es mit seinen Gedanken verbunden, und einen Augenblick später brach über der Aushöhlung, in der sie gewartet hatten, ein riesiger Eiskeil ab und krachte herunter.

Auf diese Weise ging es weiter voran durch den Dunst, durch Beinahe-Zusammenstöße, durch die eisigen Kiefer, die sich schlossen, und durch das Knirschen scharfer Zähne. Wie ein winziges Stück Treibgut schlängelten sie sich voran, entgingen manchmal nur knapp der Katastrophe, und glitten durch Gischt, Wind und Kälte. Was seinen Gefährten an Bord durch den Sinn gehen mochte, konnte Bek nur erahnen. Später erzählte ihm Quentin, nach den ersten Augenblicken habe er nur wenig sehen können und hätte am liebsten gar nichts gesehen. Bek erwiderte darauf nur, es wäre ihm genauso ergangen.

»Aufwärts! Schnell! Aufwärts!«, rief er, und das Luftschiff stieg mit einem Ruck nach oben, der alle an Bord durcheinander schüttelte. Bek kniete mit dem ausgestreckten Schwert auf Deck, während unter ihnen eine Eisscholle förmlich explodierte und ein riesiges Bruchstück wie ein Geschoss nach oben geschleudert wurde, nur knapp den Rumpf verfehlte und wieder nach unten ins Meer zurückfiel.

Mit erhobenem leuchtendem Schwert und der Magie, die mit Luft, Eis und Fels verwoben war, erteilte Bek laut seine Befehle. Er verließ sich mehr auf den Instinkt als die Sicht, eher auf das Gefühl als das Denken, und reagierte auf Impulse, die kurz auftauchten und wieder verschwanden; ihrem steten Fluss vertraute er, während er das Luftschiff nach oben führte. Wieder und wieder fielen riesige Schatten über sie, wenn die Säulen des Quetschers heranwankten und sie nur knapp verfehlten, sich im dunstigen Licht erhoben und niedergingen und wie Soldaten durch die Dunkelheit marschierten. Ständig stießen die Monolithen zusammen, zersplitterten, explodierten und verwandelten sich in scharfe Splitter. Bek fühlte sie alle und sah keinen von ihnen. Er war in sich selbst versunken und in seine Magie gehüllt.

Schließlich hellte sich das Dämmerlicht vor ihnen auf, der Nebel wurde dünner, und der Lärm und die Bewegungen der Säulen wurden schwächer. Bek bemerkte die Veränderung, ließ sich davon jedoch nicht ablenken, sondern konzentrierte sich weiter auf das unglaubliche Gewicht von Eis und Fels. Er fühlte, wie es wärmer wurde, wie die Farben zurückkehrten, und er nahm Gerüche wahr, die zum Land gehörten und nicht zum Meer. Bek senkte das Schwert von Shannara, und die Verbindung mit der Magie wurde unterbrochen. Die Wärme, die ihn erfüllt hatte, wich zurück, und das Licht, das die Klinge einhüllte, erlosch. Erschöpft sank er, noch immer auf den Knien, in sich zusammen. Dankbar holte er tief Luft und ließ den Kopf nach vorn fallen.

Walker nahm ihm das Schwert von Shannara aus den Händen und kniete sich neben ihn hin. »Wir sind durch, Bek. In Sicherheit. Gut gemacht, junger Ohmsford.«

Der Junge spürte den Arm des Druiden auf seiner Schulter, und dann erhob sich Dunkelheit um ihn herum, und er spürte gar nichts mehr.

Als er das Bewusstsein wieder erlangte, lag er unter dem Vordermast, und Joad Rish beugte sich über ihn. Bek blinzelte und schaute an sich herunter, als müsse er sich zunächst vergewissern, ob noch alles an seinem Platz war; dann wandte er sich dem Heiler zu.

»Wie fühlst du dich?«, fragte der Elf, und Sorge zeigte sich auf seinem schmalen Gesicht.

Bek hätte am liebsten laut gelacht. Wie sollte er diese Frage beantworten, nach dem, was er durchgemacht hatte? »So weit ganz gut. Ein bisschen wirr. Wie lange war ich bewusstlos?«

»Nur ein paar Minuten. Walker sagte, du seist gegen die Kiste gestoßen und hättest dir den Kopf gestoßen. Willst du versuchen aufzustehen?«

Mit Hilfe des Heilers erhob sich Bek und blickte sich um. Die *Jerle Shannara* stand unter vollen Segeln und flog eine breite, gewundene Schlucht entlang durch eine öde Landschaft kahler Steilwände und kleiner Felseninseln. Doch der Nebel hatte sich verzogen, und die ersten blauen Flecken des Himmels zeigten sich im hellen Licht der Sonne. Vereinzelt standen Bäume an der oberen Kante der Klippe, und die Gletscher und Eisschollen waren verschwunden.

Eine Welle von Erinnerungen flutete durch Beks Kopf, hart, schnell und gefährlich, doch mit einem Blinzeln verscheuchte er sie. Der Quetscher und seine Eissäulen waren fort. Das Schwert von Shannara ebenso – vermutlich hatte Walker es wieder in seiner Kiste verstaut. Er erzitterte kurz, als er an das Erlebte zurückdachte, an die Gefühle, an die Wucht der Kraft. Die Magie des Schwertes konnte zu einer Sucht werden, erkannte er. Bereits nach diesem ersten Mal wusste er das. Es erfüllte den Träger auf überwältigende, erschreckende und unglaubliche Weise mit Kraft. Allein die Tatsache, dass er überlebt hatte, belebte ihn eigentümlich. Als könne er jetzt alles überleben und wäre unverwundbar.

Quentin trat zu ihm, legte ihm die Hand auf die Schulter und fragte ihn, wie es ihm ginge. Er wiederholte Joad Rishs Geschichte, dass er sich den Kopf gestoßen habe, und spielte den Vorfall herunter. Die Erklärung war so lächerlich, dass er verlegen wurde, doch dann bemerkte er, dass sie nur lächerlich klang, wenn man die Wahrheit kannte. Einer nach dem anderen kamen die Teilnehmer der Expedition zu ihm, und jedem erzählte er diese Geschichte. Nur Ahren Elessedil äußerte sich skeptisch.

»Sonst bist du doch nicht so ungeschickt, Bek«, sagte er grinsend. »Wo waren deine Instinkte, als du sie gebraucht hast? Ein Elf würde nicht so leicht das Gleichgewicht verlieren.«

»Beim nächsten Mal bist du hoffentlich eine Spur vorsichtiger, junger Held«, scherzte die Kleine Rote und fuhr ihm durch die Haare. »Wir können es uns nicht leisten, dich zu verlieren.«

Kurz schaute Walker vorbei, dem die silberhaarige Ryer Ord Star wie ein Schatten folgte. Ohne ein Wort nickte er dem Jungen zu und ging weiter. Die Seherin sah Bek aufmerksam an, ehe sie sich dem Druiden anschloss.

Aus dem Morgen war längst Nachmittag geworden, und die Landschaft veränderte sich erneut. Die steilen Klippen der Küste wichen zurück und wurden zu sanften Hügeln. Dichte grüne Wälder leuchteten im Sonnenlicht. Von hier oben konnte man sehen, wie sich die welligen Hügel meilenweit in die Ferne erstreckten. Der Fluss, dem sie folgten, teilte sich in ein Dutzend kleinerer Zuflüsse auf, die sich wie ein Spinnennetz ausbreiteten und zu Seen, Flüssen und Bächen wurden. Vom Ozean war keine Spur mehr zu entdecken; die Halbinsel war groß, und die Meeresküste war zu weit entfernt, um sie sehen zu können. Wolken türmten sich hinter ihnen auf und wiesen darauf hin, wo die Küste vermutlich lag. Redden Alt Mer hatte wahrscheinlich Recht gehabt, dachte Bek, nicht über die Klippen ins Inland zu fliegen. Selbst wenn das möglich gewesen wäre, hätten sie vermutlich niemals diesen Kanal in dem Wirrwarr von Flüssen gefunden, die ihn umgaben. Nur weil sie durch den Quetscher hereingekommen waren, kannten sie diesen Weg.

Dieser natürliche Kanal wurde nun schmaler und war von alten Tannen und Kiefern gesäumt, deren Duft in der jetzt wärmeren Luft hing. Der Geruch von Meer, Tang, Salz und Fisch war verschwunden. Es war, als wären sie in einer vollkommen anderen Welt gelandet. Falken kreisten langsam über ihnen. Krähen krächzten heiser, ihre Rufe hallten durch die Schlucht. Die *Jerle Shannara* fuhr vorsichtig weiter, denn manchmal berührten die Spieren fast die Äste der Bäume.

Schließlich endete der Fluss in einer Bucht, die von Wald umgeben war und in die zahlreiche Flüsse und Bäche mündeten. Ein riesiger Wasserfall ergoss sich in das Becken, und mehrere kleinere spritzten an anderen Stellen über Felsvorsprünge. Vogelgesang erfüllte die Luft, eine kleine Gruppe Hirsche lief rasch vom Wasser fort, als sie das Gefährt sichteten. Die *Jerle Shannara* schob sich wie ein gigantisches Meereslebewesen, das ins Landesinnere wandert, in die Bucht, und Redden Alt Mer brachte sie in der Mitte zum Stehen.

Die Expeditionsteilnehmer versammelten sich an der Reling und betrachteten das Land, für das sie so weit gereist waren. Es wirkte ausgesprochen gewöhnlich. Im Westland fand man jede Menge solcher Orte, an denen die gleiche Mischung von Koniferen und Harthölzern wuchs und der Geruch von Waldboden, Nadeln und grünem Laub in der Luft hing.

Dann fiel Bek auf, dass hier überhaupt kein Winter herrschte, obwohl es doch diese Jahreszeit war. Nachdem sie den Quetscher passiert hatten, waren ihnen kein Eis, kein Schnee, keine Kälte und kein scharfer Wind mehr begegnet. Plötzlich schienen sie wieder mitten in den Sommer gelangt zu sein.

»Das ist doch nicht möglich«, murmelte er verwirrt vor sich hin.

Rasch blickte er sich um, ob das einem der anderen ebenfalls aufgefallen war, aber das schien nicht der Fall zu sein. Er wartete einen Augenblick, dann ging er hinüber zu Walker, der allein an der Pilotenkanzel stand. Der Druide starrte hinüber zum Ufer, bemerkte den Jungen jedoch.

»Was ist los, Bek?«

Bek stellte sich unsicher neben ihn. »Hier herrscht Sommer, und das sollte eigentlich nicht sein.«

Der Druide nickte. »Viele Dinge sind hier anders, als sie sollten. Eigenartig. Halte die Augen offen.«

Er wies den Großen Roten an, das Luftschiff nach unten zu steuern und zu ankern. Nachdem das erledigt war, schickte er einen Trupp Elfenjäger an Land, um Wasser zu holen, ermahnte sie jedoch, in Ufernähe und vor allem zusammenzubleiben. Man würde heute an Bord nächtigen. Erst am Morgen sollte die Suche nach Castledown beginnen. Nun benötigte man eine Aufstellung der Vorräte des Schiffs und einen aktuellen Schadensbericht, zudem mussten die Waffen an die Teilnehmer der Landungsgruppe verteilt werden. Die Elfenjäger unter Ard Patrinell und Ahren Elessedil würden ihn morgen gemeinsam mit Quentin, Bek, Panax, Ryer Ord Star und Joad Rish begleiten. Die Fahrenden dagegen sollten bis zu ihrer Rückkehr an Bord bleiben.

Bevor noch jemand eine Beschwerde zu dieser Entscheidung vorbringen konnte, berief er seinen Rat der Acht zu einem Treffen in Redden Alt Mers Kabine ein und ging unter Deck.

Quentin gesellte sich zu Bek. »Da ist doch was im Busch, wette ich. Glaubst du, die Seherin hat wieder eine Vision gehabt?«

Bek schüttelte den Kopf. Er wusste nur eins: Redden Alt Mer, der mit gerunzelter Stirn und geneigtem Kopf aus der Pilotenkanzel kam, wirkte ganz und gar nicht glücklich.

Nachdem sich die Acht unter Deck versammelt hatten, fand der Junge auch den Grund dafür heraus.

»Ich bin nicht so weit geflogen, um an Bord zu bleiben, während alle anderen an Land gehen«, fauchte der Große Rote den Druiden an.

»Und ich auch nicht«, stimmte Rue Meridian verärgert zu. »Wir sind so weit gesegelt, um zu entdecken, was es hier gibt. Du verlangst zu viel von uns, Walker.«

Sonst sagte niemand ein Wort. Sie hatten sich dicht um den Druiden geschart, um den Tisch, auf dem die vergrößerte Kopie der Karte lag, die alle außer Ryer Ord Star, die sich im Hintergrund hielt, schweigend betrachteten. Da die Wärme ihrer neuen Umgebung noch nicht ins Schiffsinnere vorgedrungen war, roch es nach Feuchtigkeit und Pech, und die Kälte und das Eis hingen noch in der Luft. Bek betrachtete die Gesichter um sich herum und war überrascht, welche Anspannung und Erwartungshaltung sich in ihnen ausdrückten. Sie hatten lange gebraucht, um ihr Ziel zu erreichen, und vieles von dem, was sie während der langen Reise unterdrückt hatten, drängte nun nach außen.

Walker ließ den Blick durch den Raum schweifen. Er deutete auf die Karte, die vor ihnen lag. »Wie, meint ihr, ist es dem Schiffbrüchigen gelungen, die Karte von hier bis ins Westland zu bringen?«

Er wartete einen Moment, doch niemand antwortete. »Das ist eine Reise, die Monate dauert, sogar mit einem Luftschiff. Wie also konnte der Schiffbrüchige das schaffen, obwohl er blind und stumm und vermutlich halb verrückt war?«

»Jemand hat ihm geholfen«, antwortete Bek, der dieses unbehagliche Schweigen nicht länger ertragen konnte. »Vielleicht der Gleiche, der ihm bei der Flucht geholfen hat.«

Der Druide nickte. »Wo ist diese Person?«

Erneut Stille. Bek schüttelte den Kopf, denn er wollte nicht ständig für die Gruppe sprechen.

»Tot, während der Flucht auf See verschollen, wahrscheinlich auf der Rückreise«, sagte Rue Meridian. »Worauf willst du hinaus?«

»Nehmen wir einmal an, es verhält sich so«, erwiderte Walker. »Ihr hattet Gelegenheit, die Karte auf der Reise ausgiebig zu studieren. Die meisten Bezeichnungen sind nicht mit Worten, sondern mit Symbolen ausgeführt. Die Sprache stammt nicht aus unserem Zeitalter, sondern ist Tausende von Jahren alt, aus einer Zeit vor den Großen Kriegen, die die Alte Welt zerstörten. Wie hat unser Schiffbrüchiger diese Sprache gelernt?«

»Jemand hat sie ihm beigebracht«, antwortete Rue Meridian und setzte eine nachdenkliche, irgendwie besorgte Miene auf. Ungeduldig warf sie das lange rote Haar zurück. »Warum hat man das getan?«

»Warum, genau.« Walker hielt inne. »Nehmen wir an, die Elfen, die Kael Elessedil vor dreißig Jahren anführte, haben ihr Ziel genauso wie wir erreicht, und dann ist ihnen etwas zugestoßen. Sie wurden alle getötet außer einem Mann, bei dem es sich vielleicht sogar um Kael Elessedil persönlich handelte. Ihre Schiffe wurden zerstört, jede Spur ihrer Reise verwischt. Wie haben sie den Weg hierher gefunden? Hatten sie ebenfalls eine Karte? Wir müssen davon ausgehen, denn sonst hätte der Schiffbrüchige doch keine für uns zeichnen können. Um die Kopie anzufertigen, die sich in unserem Besitz befindet, mussten sie der gleichen Route folgen wie wir. Sie haben die Insel Flay Creech aufgesucht, dann Shatterstone und Mephitic, und die gleichen Schlüssel gefunden. Wenn das so ist, wie sind die Schlüssel dann auf die Inseln zurückgelangt?«

Abermals schwieg die Gruppe. Unbehaglich trat man von einem Fuß auf den anderen. »Was meinst du denn?«, fragte Ard Patrinell.

»Er meint, wir sind in eine Falle hineingesegelt«, antwortete Redden Alt Mer leise.

Bek starrte den Kapitän an, wiederholte dessen Worte im Stillen und versuchte, den Sinn dahinter zu erkennen.

»Darüber habe ich auch schon nachgedacht«, sagte Walker, setzte eine grüblerische Miene auf und schob die Hände in die Ärmel seiner

Robe. »Mir kam es eigenartig vor, dass ein Elf eine solche Karte besitzen sollte, die mit Symbolen beschriftet war, die er wahrscheinlich nicht entziffern konnte. Ich hielt es für zu praktisch, dass die Karte alles so deutlich preisgab, was wir auf dem Weg hierher zu erledigen hatten. Die Schlüssel waren kaum verborgen. Eigentlich fielen sie uns sehr leicht in die Hände, nachdem wir die Wächter einmal umgangen hatten. Daher hatte ich die Idee, derjenige, der die Schlüssel versteckt hatte, sei mehr daran interessiert, wie wir die Hüter überwinden als daran, ob wir sie finden oder nicht. Das erinnerte mich daran, auf welche Weise Jäger Fallen stellen: indem sie den Köder in die Schlinge legen, wobei der Köder selbst für sie keinen Wert hat. Jäger halten Tiere für schlau und vorsichtig, doch nicht für wirklich intelligent. Vielleicht misstraut ein Tier einer Falle mit Köder instinktiv, aber es wird nicht über den Grund nachdenken, warum sie da ist. Und eine solche Art Denken scheint hier am Werke zu sein.«

Er verstummte und sah den Großen Roten an. »Ja, Kapitän, meiner Meinung nach ist es eine Falle.«

Redden Alt Mer nickte. »Die Schlüssel sind lediglich Köder. Warum?«

»Warum hat man uns nicht einfach die Karte gegeben und uns den Weg finden lassen? Warum überhaupt die Schlüssel?« Walker blickte von einem zum anderen. »Um das zu beantworten, müssen wir zur ersten Expedition zurückkehren. Dort wurde eine andere Technik angewandt, um die Elfen hierher zu locken, aber der Zweck war vermutlich der Gleiche. Wer oder was immer uns hierher geholt hat, ist an etwas interessiert, das sich in unserem Besitz befindet. Zuerst war ich mir nicht sicher, an was, doch inzwischen schon. Es ist unsere Magie. Was uns jagt, will unsere Magie. Es benutzte das geheimnisvolle Verschwinden der ersten Expedition, um uns zu ködern. Dass wir Magie besitzen, ist ihm klar, denn es hat bereits die Macht der Elfensteine kennen gelernt, die Kael Elessedil bei sich trug. Daher erwartet es von uns ebenfalls Magie. Indem es von uns verlangte, uns die drei Schlüssel zu verschaffen, erhielt es Gelegenheit, die Natur und die Größenordnung unserer Magie einzuschätzen. Die

Wächter der Schlüssel waren Prüfungen für uns. Wenn wir sie nicht überwinden konnten, hatten wir nicht das Recht, hierher zu kommen.«

»Wenn du das meiste davon schon vor unserem Aufbruch vermutet hast, wieso hast du uns nichts davon gesagt?«, zischte Redden Alt Mer, der jetzt noch wütender war. »Warum hast du uns überhaupt hierher geschleppt?«

»Trau mir nicht zu viel zu«, erwiderte Walker ruhig. »Es waren nur Vermutungen. Ich konnte mir nicht sicher sein, ohne die Reise unternommen zu haben. Wie hätte ich es euch erklären sollen? Nein, Kapitän, die Expedition war notwendig. Nichts hätte meine Entscheidung geändert. Was immer Kael Elessedil und seine Elfenjäger vernichtet hat, es hat das Gleiche mit uns vor. Und es wird an diesem Punkt nicht aufhören. Es ist ein mächtiges und gefährliches Wesen, und wir müssen es zerstören. Die Elfen wollen ihre Elfensteine zurück, und ich will die Magie befreien, die unser Widersacher hortet. Wir haben gute Gründe, hier zu sein, trotz allem, was wir wissen, und trotz aller Gefahren. Deshalb mussten wir die Risiken in Kauf nehmen.«

»Leicht gesagt, Walker«, warf Rue Meridian ein. »Du hast deine Magie und deine Fähigkeiten als Druide, die dich beschützen. Wir haben nur unsere Schwerter. Wer außer Quentin Leah kann uns sonst noch mit Magie verteidigen?«

Bek wappnete sich gegen die Antwort, die der Druide nun geben würde, aber Walker überraschte ihn. »Magie wird uns in dieser Sache nicht retten, vielleicht nicht einmal helfen. Denkt doch mal nach. Wenn unser Widersacher eine Schrift aus Symbolen benutzt, eine Schrift, die vor den Großen Kriegen entworfen wurde, als die Menschen noch große Wissenschaften hatten, dann besitzt er aller Wahrscheinlichkeit nach keine eigene Magie. Dieses Wesen hat uns geholt, weil es unsere Magie begehrt, die wir besitzen und es nicht. Warum dies so ist, müssen wir herausfinden. Aber unsere Chancen, unseren Gegner zu überwinden, hängen nicht notwendigerweise von Magie ab.«

»Das ist eine bloße Annahme, Druide«, widersprach die Kleine Rote. »Was ist denn mit den Wächtern der Schlüssel auf den Inseln? Die Aale waren vielleicht noch wirklich, aber dieser lebende Dschungel und die Burg? War dabei keine Magie im Spiel?«

Walker nickte. »Aber keine Magie der Art, aus welcher die Schlüssel bestehen. Die Schlüssel sind eine Technologie aus der Vergangenheit, eine, die in den Großen Kriegen oder schon vorher verloren gegangen ist. Die Magie der Burg und des Dschungels ist von Feen beeinflusst. Die Aale sind wahrscheinlich nach den Großen Kriegen mutiert. Unser Widersacher hat sie nicht erschaffen, sondern lediglich gefunden. Interessant ist dabei nicht, dass diese Fallen aufgestellt wurden, um die Stärke und die Natur unserer Magie zu testen, sondern dass es geschah, ohne die Dinge besiegen zu müssen, die jene Inseln bewachen. Wie hat unser Widersacher das angestellt? Warum hat er nicht versucht, ihre Magie ebenfalls zu stehlen? Weshalb hat er sich stattdessen so viele Umstände gemacht, um uns zu rufen?«

Er deutete mit dem Kopf auf den Großen Roten. »Ich glaube, unser Gegner könnte sich mit der Absicht tragen, unser Schiff zu stehlen, und aus diesem Grund lasse ich die Fahrenden hier zurück. Von unserer Anwesenheit weiß er, nehme ich an, und auch, wie wir hergekommen sind. Wenn der Widersacher die *Jerle Shannara* raubt, sitzen wir hier fest und sind hilflos. Das dürfen wir nicht zulassen. Wer könnte unser Luftschiff besser beschützen und verteidigen als die Leute, die es gebaut und gesegelt haben?«

Redden Alt Mer nickte langsam. »Also gut. Deine Gründe klingen vernünftig, Walker. Aber wie sollen wir gegen dieses Ding ankämpfen, wenn es zum Schiff kommt? Wir haben keine Magie, nur unsere Klingen. Wenn es so mächtig ist, wie du sagst ...«

»Nachdem wir morgen an Land gegangen sind«, unterbrach Walker ihn rasch, »wirst du die *Jerle Shannara* aus dieser Bucht heraussteuern, und zwar durch den Kanal zurück zum Quetscher. Dort fliegst du über die Halbinsel zur Meeresküste und suchst die Flugreiter. Nachdem du das erledigt hast, kommt ihr wieder hierher und sucht euch einen sicheren Ankerplatz. Mach dir eine Karte von dem Weg nach draußen, damit ihr hierher zurückfindet. Die Flugreiter sollen jeden Tag landeinwärts über diese Bucht fliegen und über den Wäldern kreisen, bis wir ihnen ein Zeichen geben, dass du uns herausholen sollst. Wenn du das Schiff irgendwo verbirgst, wo es nicht sofort entdeckt wird, dürfte es sicher genug sein.«

Der Große Rote sah seine Schwester an. Rue Meridian zuckte mit den Achseln. »Mir gefällt es nicht, uns aufzuteilen«, sagte er. »Ich verstehe zwar durchaus den Grund, dennoch bedeutet es ein erhöhtes Risiko für euch und uns, wenn etwas schief geht. Ihr werdet festsitzen, falls ich euch nicht finden kann.«

Walker nickte. »Dann müssen wir eben dafür sorgen, dass dir das gelingt.«

»Oder wenn wir die Flugreiter nicht finden«, fügte die Kleine Rote hinzu.

»Die Flugreiter werden euch bemerken. Gewiss halten sie Ausschau nach dem Luftschiff. Zeichnet nur die Route auf und kehrt sicher zurück.«

»Dafür werde ich schon sorgen.« Rue Meridian hielt seinem Blick stand.

Bek schaute von Quentin zu Ahren Elessedil, zu Ard Patrinell und schließlich zur blassen, jugendlichen Ryer Ord Star. Von jedem Gesicht waren Entschlossenheit und Zustimmung abzulesen, nur auf dem der Seherin zeigten sich außerdem Besorgnis und innerer Konflikt. Sie wusste etwas, das sie ihnen verheimlichte. Bek spürte es instinktiv, als hielte er das Schwert von Shannara noch in den Händen, als riefe er seine Magie, suche nach der Wahrheit und zerschneide den verhüllenden Schleier, mit dem die junge Frau sich umgab.

Was verbarg sie? Etwas über ihr aller Schicksal? Etwas, das sie weiter landeinwärts erwartete? Bek beobachtete sie verstohlen. Hatte sie Walker alles erzählt? Oder hielt sie noch Wissen zurück? Bek hatte keinen Grund, sich diese Fragen zu stellen, keinen Anlass zu glauben, sie würde dem Druiden etwas verschweigen.

Trotzdem distanzierte sie sich so merkwürdig von ihm, von allen …

»Wenden wir uns den notwendigen Vorbereitungen zu und essen dann«, sagte Walker und riss ihn aus seinen Gedanken. »Morgen früh sehen wir uns bei Sonnenaufgang.«

»Viel Glück, Walker«, sagte Rue Meridian.

Er lächelte sie an. »Das können wir wohl alle gebrauchen, Kleine Rote.«

Dann zog er seine schwarze Robe um sich und verließ den Raum.

Neunundzwanzig

Die *Jerle Shannara* ankerte in vierzig Fuß Höhe über dem Wasser, ein gutes Stück vom Ufer entfernt, und verbrachte eine ruhige Nacht in der von Bäumen geschützten Bucht. Um kein Risiko einzugehen, bestand Walker darauf, die Nachtwache voll zu besetzen – ein Mann am Bug, einer am Heck und einer in der Pilotenkanzel –, wobei er dies den Fahrenden überließ, damit alle Elfenjäger am nächsten Morgen frisch und ausgeruht waren. Trotzdem vermutete der Druide, dass niemand in dieser Nacht viel Schlaf finden würde. Während er durch die Korridore und über Deck schlich, begegnete ihm reihum einer nach dem anderen. Es war die Aufregung, die ihnen den Schlaf stahl, und obwohl Wind und Brandung nicht störten, war allen unbehaglich zu Mute.

Die Dämmerung kam mit goldenem Licht, erhellte einen blauen Himmel und kündigte einen wunderschönen Tag an. Auf dem Schiff standen die meisten sofort auf und waren dankbar für das Ende der schlaflosen Nacht. Nach dem Frühstück wurden Waffen und Vorräte verstaut. Der Suchtrupp versammelte sich entschlossen im Licht des frühen Morgens, niemand sagte viel, und alle warteten nur auf den Befehl zum Abmarsch. Walker gab ihn jedoch nicht sofort. Er unterhielt sich noch eine Weile mit Redden Alt Mer und Rue Meridian, dann mit Spanner Frew. Sie spazierten vom Heck zum Bug, während sie redeten, und zeigten dann und wann auf das Schiff oder auf den Wald. Bek beobachtete sie von seinem Platz an der Reling, stellte im Kopf eine Liste der Gegenstände auf, die er mitnehmen wollte, und hakte das ab, was er eingepackt hatte. Er trug eigentlich keine richtigen Waffen bei sich – nur einen Dolch und eine Schleuder –, und damit fühlte er sich nicht recht wohl. Doch Walker hatte darauf bestanden, mehr würde er nicht brauchen, und kein Protest von seiner Seite hatte die Meinung des Druiden ändern können.

»Das wäre ein guter Tag zum Jagen«, sagte Quentin, der neben ihm saß und sein Gepäck vor den Füßen stehen hatte.

Bek nickte schweigend. Quentin trug ein Kurzschwert am Gürtel, hatte sich einen Bogen und einen Köcher mit Pfeilen um die Schulter geschlungen und das Schwert von Leah nach Art der Hochländer auf den Rücken geschnallt. Bek vermutete, er könne sich, falls sie tatsächlich ernsthaft in Gefahr gerieten, auf seinen Vetter verlassen.

»Ob es hier Wildschweine gibt?«

»Welchen Unterschied macht das schon?« Bek verärgerte dieses sinnlose Gerede.

»War nur eine Frage.« Quentin ließ sich nicht aus der Ruhe bringen. »Ich würde mich einfach ein bisschen mehr wie zu Hause fühlen.«

Wegen seines verstimmten Benehmens beschämt, zwang sich Bek zu einem Lächeln. »Hier gibt es sicherlich jede Menge Wildschweine, aber du würdest sowieso keins ohne mich aufspüren.«

»Ach was?«, erwiderte Quentin. »Und, wirst du irgendwann in absehbarer Zeit deine Tapferkeit mal unter Beweis stellen? Oder muss ich mich für den Rest meines Lebens mit deinen Prahlereien zufrieden geben?«

Er lehnte sich zurück und streckte die Arme über dem Kopf aus. Quentin wirkte locker und gelöst, doch Bek wusste, innerlich war er so angespannt wie die anderen auch. Mit der Spöttelei versuchten sie beide, das zu überspielen. Das hatten sie früher schon so gemacht, wenn sie gefährliche Tiere jagten, Wildschweine oder Bären. Dadurch verdrängten sie den Gedanken daran, was geschähe, falls etwas schief ging.

Bek schaute über das Deck hinüber zu den Elfenjägern, die sich um Ard Patrinell versammelt hatten und sich leise unterhielten. Ahren Elessedil hielt sich ein wenig abseits von ihnen und starrte in die Bäume, wo die Schatten der Nacht noch immer lasteten und tiefe Stille herrschte. An diesem Morgen konnte man nichts von seiner jüngst entwickelten Reife entdecken. Er wirkte wie ein kleiner Junge, der sich ängstigt und den die Erkenntnis dessen lähmt, was mit ihm geschieht, wenn er die Schlacht, die er ficht, verliert. Er war mit Kurzschwert und Pfeil und Bogen bewaffnet, doch seinem Gesicht zufolge hätten ihm auch Beks Dolch und Schleuder genügt.

Bek beobachtete ihn einen Moment lang und überlegte sich, was er wohl fühlte, da er als nomineller Anführer der Expedition eigentlich die Verantwortung hätte tragen sollen; dann erhob er sich kurz entschlossen. »Bin sofort zurück«, sagte er zu Quentin.

Er ging hinüber zu Ahren und begrüßte ihn mit einem breiten Grinsen. »Ein neuer Tag, ein neues Abenteuer«, sagte er. »Zumindest hat Ard Patrinell dir ein richtiges Schwert und einen Bogen gegeben.«

Ahren zuckte angesichts von Beks Stimme erschrocken zusammen, doch er hatte sich sofort wieder gefasst. »Was meinst du damit?«

»Schau dir an, was Walker mir so großzügig zugestanden hat.« Er deutete auf den Dolch und die Schleuder. »Wenn mich kleine Vögel oder ein Eichhörnchen angreifen, bin ich gerüstet.«

Nervös lächelte Ahren. »Ich wünschte, ich könnte das Gleiche sagen. Dabei kann ich kaum meine Beine bewegen. Ich weiß nicht, was mit mir los ist.«

»Quentin würde sagen, du hast noch nicht oft genug Wildschweine gejagt. Weißt du, eigentlich wollte ich dich um einen Gefallen bitten. Könntest du dies für mich aufbewahren?«

Ohne noch einmal darüber nachzudenken, nahm er den Phönixstein vom Hals und legte ihn Ahren um. Er reagierte rein impulsiv, und wenn ihm die Zeit geblieben wäre, hätte er sicherlich noch einmal darüber nachgedacht. Der Elf betrachtete den Stein und schaute Bek dann fragend an.

»Ich war leider nicht ganz ehrlich zu dir, Ahren«, gestand Bek. Dann erzählte er seinem Freund eine gekürzte Version der Begegnung mit dem König vom Silberfluss und von dem geschenkten Phönixstein, wobei er den Teil mit seiner Schwester und die Hinweise des Geisterwesens auf den wahren Zweck des Steins ausließ. »Demnach besitze ich also doch ein bisschen Magie. Bisher habe ich es jedoch vor allen geheim gehalten.« Er zuckte mit den Schultern. »Sogar Quentin weiß nichts davon.«

»Das kann ich nicht annehmen!«, widersprach Ahren eindringlich und wollte sich Stein und Kette vom Hals nehmen.

Bek ergriff seine Hände und hielt ihn davon ab. »Doch, das kannst du. Ich möchte, dass du ihn trägst.«

»Aber er gehört mir nicht! Mir wurde er nicht geschenkt, sondern dir! Von einem Feenwesen noch dazu!« Er senkte die Stimme. »Das ist nicht richtig, Bek. Er gehört mir einfach nicht.«

»Nun, mir eigentlich auch nicht. Nicht wirklich jedenfalls. Betrachte ihn als geliehen. Du gibst ihn mir später einfach wieder zurück. Das ist doch nur gerecht. Ich habe Quentin, der mich beschützt, und er hat einen Talisman, der ihm bei dieser Aufgabe hilft. Du hast Ard Patrinell, doch der verfügt nicht über Magie. Die Elfensteine tauchen unterwegs vielleicht wieder auf, aber für den Augenblick brauchst du etwas anderes. Warum nimmst du den Stein nicht?«

Bek sah, wie gern der Elf das Geschenk annehmen wollte, einen Talisman mit echter Magie, die ihm neue Zuversicht geben würde. Ahren brauchte so etwas momentan dringender als er. Gleichzeitig war der Elfenprinz stolz, und er würde nichts von Bek akzeptieren, was er für eine Gabe aus Mitleid hielt.

»Es geht nicht«, antwortete er stur.

»Würdest du ihn annehmen, wenn ich dir verrate, dass Walker mir eine andere Magie gegeben hat, mit der ich mich selbst verteidigen kann?« Bek versteckte mit einer unschuldigen Miene die Wahrheit hinter dieser Lüge.

Ahren schüttelte zweifelnd den Kopf. »Was für eine Magie?«

»Das darf ich dir nicht sagen. Walker will es nicht. Ich sollte dir streng genommen gar nichts davon erzählen. Vertrau mir einfach. Wenn der Phönixstein mein einziger Schutz wäre, würde ich ihn dir schließlich nicht geben, oder?«

Das entsprach der Wahrheit. Durch die Magie des Wunschliedes fühlte er sich auch ohne den Phönixstein keineswegs wehrlos. Und außerdem hatte der Stein ihm bislang noch nicht besonders viel genutzt; vielleicht würde er seinem Freund helfen.

»Bitte, Ahren, behalte ihn. Schau mal, wenn du mir versprichst, ihn zu benutzen, um mir zu helfen, wenn ich in Not bin, ist das Ausgleich genug. Und ich werde das Gleiche für dich mit meiner Magie tun. Quentin und ich haben uns bereits gegenseitig versprochen, immer aufeinander aufzupassen. Du und ich, wir können diese Abmachung ebenfalls treffen.«

Er wartete und hielt währenddessen Ahrens unsicherem Blick stand. Schließlich nickte der Junge. »Also gut. Aber nur eine Zeit lang, Bek.« Er strich mit den Fingern über den Stein. »Er ist warm, als würde er sich von innen aufheizen. Und so glatt.« Er betrachtete ihn einen Moment lang, ehe er wieder Bek anschaute. »Ich glaube, er ist wirklich magischer Natur. Hoffentlich müssen wir das nicht herausfinden. Vielleicht brauchen wir ihn gar nicht zu benutzen.«

Bek lächelte zustimmend und glaubte seinen eigenen Worten nicht. »Vielleicht nicht.«

»Danke, Bek. Vielen Dank.«

Bek war bereits auf dem Rückweg zu Quentin, als Walker ihn mittschiffs bremste und zur Seite nahm. »Das war ausgesprochen dumm«, sagte er, klang dabei aber nicht unfreundlich. »Sicherlich voll guter Absichten, aber unüberlegt.«

Bek sah den Druiden mit angespanntem Kinn an und drückte damit seine Meinung zu dem Thema aus. »Ahren hat nichts, was ihn beschützen könnte. Keine eigene Magie, Walker. Er ist mein Freund, und ich verstehe nicht, was falsch daran ist, ihm etwas zu schenken, das ihm das Leben retten könnte.«

Das dunkle Gesicht wandte sich ab. »Du hast mir nicht so genau zugehört, wie ich es mir erhoffte, als ich sagte, Magie sei nicht notwendigerweise der Schlüssel zum Überleben an diesem Ort. Instinkt, Mut und einen klaren Kopf, das braucht man.«

Bek ließ sich nicht von seiner Meinung abbringen. »Aber möglicherweise hilft der Besitz des Phönixsteins Ahren, diese Eigenschaften zu finden. Was stört dich daran, Walker?«

Der Druide schüttelte den Kopf. »So vieles, dass ich gar nicht weiß, wo ich anfangen soll. Diese Magie aufzugeben, die dir der König vom Silberfluss geschenkt hat, kostet dich womöglich mehr, als du denkst. Die Magie des Phönixsteins ist nicht zur Verteidigung bestimmt. Genau wie ich wird der König vom Silberfluss gewusst haben, dass du die Magie des Wunschliedes besitzt. Der Stein ist für etwas anderes gedacht, und höchstwahrscheinlich hat das etwas mit deiner Schwester zu tun. Beherzige meine Worte, Bek, und hole ihn dir zurück, so schnell es geht, ohne das Gesicht zu verlieren. Versprich mir das.«

Nur halb überzeugt nickte der Junge wenig begeistert. Zu vieles von dem, was der Druide ihm während der Reise erzählt hatte, war ihm suspekt. Niemand konnte die Zukunft kennen oder wissen, was sie erfordern würde. Auch kein Geisterwesen. Nicht einmal eine Seherin wie Ryer Ord Star.

»Inzwischen habe ich hier etwas anderes, das du tragen kannst«, sagte Walker und riss ihn aus seinen Gedanken.

Er griff in seine Robe und holte das Schwert von Shannara hervor. Es steckte in einer Scheide aus weichem Leder, doch die geschnitzte Faust und die Fackel am Griff waren unverkennbar.

Bek nahm es von dem Druiden entgegen, hielt es vor sich und betrachtete es. »Glaubst du, wir werden es brauchen?«

Unerwartet verbittert fiel das Lächeln des Druiden aus. »Ich denke, wir werden alles brauchen, was wir aufbieten können, wenn wir das Luftschiff erst einmal verlassen haben. Ein Talisman gehört in die Hände von jemandem, der damit umgehen kann. Im Falle des Schwertes von Shannara bist du das.«

Bek dachte einen Augenblick darüber nach und nickte schließlich. »Gut, ich nehme es an. Nicht, weil ich mir wegen mir selbst Sorgen mache, sondern weil ich für die anderen nützlich sein kann. Das ist auch der Grund, weshalb ich mit Truls Rohk in die Ruinen auf Mephitic gegangen bin oder das Schwert im Quetscher geführt habe. Auf diese Reise bin ich nur mitgekommen, weil ich glaubte, was du mir in der Nacht erzählt hast, in der wir uns kennen gelernt haben – dass ich hilfreich sein könnte. Das glaube ich immer noch. Ich bin ein Teil dieser Expedition, auch wenn ich nicht weiß, welcher Teil das sein könnte.«

Walker beugte sich zu ihm vor. »Jeder von uns muss seinen Teil übernehmen, und jeder von uns sucht noch immer danach, welcher das ist. Keiner von uns ist überflüssig. Wir brauchen alle. Du hast Recht, wenn du auf deine Freunde aufpasst.«

Er legte dem Jungen die Hand auf die Schulter. »Aber vergiss nicht, wir können nur schlecht auf andere aufpassen, wenn wir uns nicht selbst schützen. In Zukunft solltest du das besser beherzigen. Nicht alles erscheint immer auf den ersten Blick logisch. Manchmal ist es auch nicht möglich, vorauszuahnen, was notwendig wird.«

Bek hatte das unbestimmte Gefühl, dass Walker damit nicht nur auf den Phönixstein anspielte. Aber offensichtlich wollte er nicht deutlicher werden. Inzwischen hatte sich Bek an die versteckten Andeutungen des Druiden gewöhnt, und er verspürte keinen Drang, die Angelegenheit weiter zu verfolgen. Walker würde es ihm verraten, wenn es so weit war.

»Ahren und ich haben uns gegenseitig versprochen, uns umeinander zu kümmern«, sagte er stattdessen. »Daher wird der Phönixstein nie weit von mir entfernt sein. Ich kann ihn mir jederzeit von ihm zurückholen.«

Walker richtete sich auf, und sein Blick war weit in die Ferne gerichtet. »Zeit zum Aufbruch, Bek. Was immer auch geschieht, vergiss nicht, was ich dir über Magie gesagt habe.«

Er verkündete laut den Aufbruch und winkte den anderen zu, ihm zu folgen.

Redden Alt Mer holte den Anker ein und steuerte die *Jerle Shannara* über das ruhige Wasser der Bucht zu einer breiten, offenen Stelle am Ufer. An Strickleitern stieg der Suchtrupp nach unten, insgesamt siebzehn Leute – Walker, Bek, Quentin Leah, Panax, Ryer Ord Star, Joad Rish, Ahren Elessedil, Ard Patrinell sowie neun Elfenjäger. Nachdem Waffen und Vorräte aufgenommen waren, standen sie noch eine Weile da und schauten dem Luftschiff hinterher, das durch den Kanal in die Richtung davonsegelte, aus der sie gekommen waren. Schließlich war die *Jerle Shannara* nicht mehr zu sehen, und auf Walkers Befehl hin brachen sie nun auf.

Der Druide übertrug Ard Patrinell die Verantwortung für die Sicherheit der Expedition. Der Hauptmann der Leibgarde schickte eine junge Frau namens Tamis, eine Fährtenleserin, voraus, die etwa fünfzig Meter vor ihnen ging und den Weg erkundete; außerdem postierte er auf beiden Seiten jeweils einen Elfenjäger. Den Rest der Truppe ließ er zu zweit nebeneinander gehen, wobei er Walker die Spitze und Panax die Nachhut zuwies. Beide wurden von Elfenjägern beschützt. Quentin wurde der mittlere Teil der Kolonne zugewiesen, wo er auf diejenigen aufpassen sollte, die nicht im Kampf ausgebildet waren, also vor allem auf Joad Rish, Ryer Ord Star und Bek.

Walker betrachtete den Jungen von Zeit zu Zeit, während sie marschierten, und versuchte abzuschätzen, wie sich Bek nun fühlte, da er so viel mehr wusste. Bek kam offenbar mit der neuen Verantwortung für die Magie des Wunschliedes und das Schwert von Shannara gut zurecht. Aber er war ein komplizierter Mensch, aus dem man nicht so leicht schlau wurde, und es würde sich noch erweisen, wie er unterwegs auf die Erfordernisse seines Erbes reagierte. Bislang hatte er lediglich einen Bruchteil von dem erlebt, was aller Wahrscheinlichkeit nach von ihm verlangt werden würde. Der Junge verstand einfach nicht, wie verwickelt diese Angelegenheit war. Leider gab es keinen leichten und sicheren Weg, es ihm mitzuteilen.

Wie dem auch sei, Bek würde zunehmend schwieriger zu steuern sein. Zum einen war er sehr unabhängig, zum anderen hatte der Druide bislang nur Einfluss auf ihn gehabt, weil er Dinge wusste, die Bek unbekannt waren. Jetzt war dieser Vorteil weitgehend dahin, und inzwischen misstraute Bek ihm mehr und mehr, was sich als fatal erweisen könnte.

Erneut erinnerte dies den Druiden daran, wie weit er sich von seinem Gelöbnis entfernt hatte, andere nicht zu manipulieren. Die Tatsache, dass er mit jedem Tag in dieser Hinsicht Allanon ähnlicher wurde, konnte er kaum leugnen. Seine guten Absichten und seine Versprechungen hatten zu nichts geführt. Diese Erkenntnis war ernüchternd, und sie erzeugte eine tiefe Traurigkeit.

Die Gruppe drang immer weiter in den Wald ein und stieg vom Ufer in die Hügel der Umgebung hinauf. Hier waren die Schatten tiefer, die Bäume standen dichter, und der Boden war uneben und von Gräben gefurcht. Manchmal wurde der Weg durch umgefallene Baumstämme oder Dickicht versperrt. Gelegentlich endete der Weg vor zu breiten oder zu tiefen Erdspalten. Zwei Mal stießen sie auf Waldgebiete, die wohl von einem Sturm verwüstet worden waren, ein heilloses Durcheinander abgeknickter Bäume, das sich über eine Viertelmeile erstreckte. Stets mussten sie umkehren und einen anderen Weg suchen, wobei sie gezwungen waren, die Richtung zu ändern, und damit wurde es von Mal zu Mal schwieriger, genau festzulegen, wo sie sich befanden.

Walker trug einen Kompass bei sich, den er sich von Redden Alt Mer geliehen hatte. Aber der Druide konnte bestenfalls die Richtung bestimmen, aus der sie gekommen waren, und das war von zweifelhaftem Wert. Doch blieb der Tag wenigstens heiter und warm, die Sonne schien hell am blauen Himmel, und die Vögel trösteten sie mit ihrem zuversichtlichen Gesang. Aus dem Dämmerlicht des Waldes bedrohte sie nichts. Nirgendwo tauchte etwas Gefährliches auf. Nichts wirkte in dieser Wildnis irgendwie fehl am Platze.

Dennoch passte Walker sehr genau auf. Dem Anschein zum Trotz wusste er, was sie auf ihrem Weg erwartete. Er hätte es begrüßt, Truls Rohk bei sich zu haben, um vor ihnen zu kundschaften, aber was sollte man tun? Die Elfenjäger waren gut ausgebildet, allerdings konnte sich niemand so gut verborgen halten wie der Gestaltwandler. Er fragte sich, wo Truls Rohk wohl war und ob er sich der Entdeckung an Bord des Luftschiffes der Ilse-Hexe hatte entziehen können. Bei dem Gedanken schüttelte er den Kopf. Was immer Truls Rohk machte, so wichtig wie das, was er hier hätte tun können, war es auf keinen Fall.

Der Vormittag verstrich, und weiterhin marschierten sie durch den Wald, ohne dass sie irgendetwas entdeckt hätten. Die Karte des Schiffbrüchigen hatte sie zu der Bucht geführt, und viel mehr Anhaltspunkte hatten sie jetzt nicht. Auf der Karte führte eine gepunktete Linie zu einem X, neben dem Castledown stand. Eine Erklärung, was Castledown war, gab es nicht. Auch keine Beschreibung, wie man es erkennen könnte. Walker nahm daher an, es würde sich von selbst verraten, wenn man daran vorbeikam.

Am späten Nachmittag wurde seine Zuversicht belohnt. Durch eine dicht bewaldete Schlucht ging es steil nach oben, und am Ende stießen sie auf die drei Elfenjäger, die auf sie warteten. Wortlos und ernst zeigte Tamis nach vorn.

Das war gar nicht mehr notwendig. Der Hang vor ihnen senkte sich in ein breites, tiefes Tal hinunter, das von einem Ende zum anderen zehn Meilen maß und fünf Meilen breit war. Bäume bedeckten Hänge und Bergrücken und leuchteten hellgrün im Licht der Nachmittagssonne. Doch über den Talboden erstreckten sich auf ganzer Länge und Breite die Ruinen einer Stadt. Keiner Stadt der Gegenwart, erkannte Walker sofort. Die Gebäude waren niedrig, nicht hoch wie die in Eldwist im Lande des Steinkönigs. Manche waren beschädigt, die Wände eingerissen und aufgebrochen. In Mauern öffneten sich Löcher und gestatteten den Blick auf ausgebrannte Innenräume. Überall lag Schutt, der zum Teil verrostet, zum Teil von Flechten und Moos überwuchert war. Der einheitliche Anblick der Ruinen deutete darauf hin, dass hier schon lange niemand mehr gelebt hatte.

Was dem Druiden jedoch als Erstes auffiel, war nicht so sehr die Größe der Stadt, sondern die Tatsache, dass alles aus Metall gebaut zu sein schien. Mauern, Dächer und Böden glänzten stellenweise spiegelblank. Sogar Teile der Straßen und Wege blitzten grell in der Sonne auf. So weit das Auge sehen konnte, bestanden die Ruinen aus Platten, Scheiben und Pfeilern aus Metall. Grasbüschel hatten sich durch die Fugen nach oben gekämpft. Einzelne Baumgruppen standen dicht beieinander an Stellen, die vielleicht einmal Parks gewesen waren und die man einst gehegt und gepflegt hatte, die aber längst verwildert waren. Sogar in ihrem gegenwärtigen Zustand konnte man ahnen, wie wunderschön sie früher gewesen waren.

»Schatten!«, zischte Panax neben ihm und dachte vielleicht an die Ruinen, in denen sein Volk nach der großen Zerstörung Metalle gesucht hatte.

Walker nickte. Die Ruinen von Castledown waren riesig. Er hatte sich etwas so Großes niemals vorstellen können. Wie viele Menschen hatten in jener Welt gelebt, wenn dies ein Beispiel für die Größe ihrer Städte war? Er wusste aus den Chroniken der Druiden, dass die Zahl groß gewesen war, größer als die heutige. Und es hatte Tausende von Städten gegeben, nicht Hunderte. Wie viele von ihnen waren so riesig gewesen? Walker überwältigte dieses Bild plötzlich, diese Anzahl, diese Möglichkeiten. Er fragte sich, was sie wohl finden würden.

Dann fiel ihm etwas ein: Vielleicht war er von einer falschen Annahme ausgegangen. Je mehr er diese Ruinen betrachtete, desto unwahrscheinlicher erschien es ihm, dass darin Menschen gelebt hatten. Die Gebäude sahen einfach nicht danach aus. Lang, breit und flach, riesige Räume mit hohen Fenstern und breiten Eingängen. Das war besser für andere Dinge geeignet. Für Fabriken, Werkstätten und Lagerhäuser vielleicht.

Er schaute seine Begleiter an. Alle wirkten ehrfürchtig, starrten die Stadt an, als versuchten sie, ihren Zweck zu erkennen, als müssten sie sich Mühe geben, die Erscheinung vor ihren Augen als real zu betrachten. Dann bemerkte er Ryer Ord Star. Sie stand wie immer ein wenig abseits, und sie zitterte, hatte die Augen niedergeschlagen und die Finger in die Falten ihrer Kleidung gekrallt. Sie atmete in kurzen, abgehackten Stößen und weinte lautlos. Walker trat zu ihr, legte ihr den Arm um die Schulter und zog ihren schlanken Körper zu sich heran.

»Was ist los?«, fragte er.

Sie blickte ihn kurz an, schüttelte den Kopf und vergrub ihr Gesicht dann in seiner Robe. Er hielt sie im Arm, bis sie sich beruhigt hatte – das dauerte allerdings nicht lange –, dann wich er ein bisschen von ihr ab und befahl Ard Patrinell weiterzumarschieren.

Sie stiegen zum Talboden hinunter und blieben auf einer Lichtung im Wald hundert Meter vor den Ruinen stehen, um das Nachtlager aufzuschlagen. Inzwischen berührte die Sonne den Talrand im Westen und würde in einer Stunde untergegangen sein. Walker war überzeugt, dass sie tatsächlich Castledown entdeckt hatten und dass sie das Gesuchte irgendwo dort finden würden. Wie schwierig das werden würde, musste man abwarten, doch den ersten Streifzug wollte er bei Tageslicht unternehmen.

Allein ging er, während die anderen das Lager aufschlugen, zum Rand der Stadt. Dort stand er im schwindenden Licht und betrachtete die schattigen Ruinen, die langen, breiten Straßen, die durch Löcher in den Metallwänden sichtbar waren, die Dachreihen, die durch eine Auseinandersetzung zerstört worden waren, die er glücklicherweise nicht hatte miterleben müssen. Die Rassen der Gegenwart hielten die Magie eines Druiden für mächtig, doch wirkliche Macht war ihnen unbekannt. Wirkliche Macht erwuchs aus Wissenschaft. So fragte er sich, wie es wohl gewesen war, in jenen fernen Zeiten gelebt zu haben, bevor die Alte Welt zerstört worden war. Wie hatte es sich angefühlt, die Macht zu besitzen, ganze Städte zu zerstören? Welchen Schaden nahm die Seele, wenn man mit einer Fingerbewegung Tausende von Leben auslöschen konnte? Bei dieser Vorstellung lief ihm ein Schauer über den Rücken. Sie machte ihm Angst, und ihm wurde übel dabei.

Vielleicht hatte Ryer Ord Star genau das gefühlt und deshalb geweint.

Der Gedanke an sie rief die Erinnerung an ihre Vision über die Inseln und ihre Hüter wach. Sie hatte es gesagt, nachdem sie über die Schlüssel gesprochen hatte, die unerwartet in seinen Gedanken aufgetaucht waren. Er hatte es fast vergessen, hatte es verdrängt, weil es so augenfällig zu sein schien. *Das alles erkenne ich in einem Dunst aus Schatten, der dich überallhin verfolgt und danach trachtet, sich wie ein Leichentuch über dich zu legen.* Er hatte geglaubt, ihre Worte würden sich auf die Ilsc-Hexe und deren gnadenlose Verfolgungsjagd beziehen.

Nun betrachtete er die Ruinen von Castledown und spürte die Gegenwart dieses Dings, das auf sie wartete, wie ein Kribbeln auf der Haut. Jetzt wusste er, dass er sich geirrt hatte.

Dreißig

Der Morgen kam mit Dunst und leichtem Regen. Dunkle Wolken drängten sich an dem bleigrauen Himmel, verbargen die Sonne und ließen einen düsteren Tag erahnen. Es war windstill und warm, und es roch nach feuchter Erde und frischem Laub. Stille hüllte die Welt in einen Schleier aus verschwiegener Erwartung und geflüsterter Vorsicht, und sogar der tröstende Vogelgesang von gestern war verstummt.

Im Nebel bildeten die Ruinen von Castledown ein glänzendes, scharfkantiges Relief, und die dunklen metallischen Oberflächen waren mit dem hellen Grün der regennassen Flechten und Moose überzogen.

Walker teilte den Suchtrupp in drei Gruppen ein. Ard Patrinell bekam Ahren Elessedil, Joad Rish und drei der neun Elfenjäger, um die rechte Flanke zu sichern. Quentin Leah und Panax waren mit drei Elfenjägern für die linke Seite zuständig. Walker selbst würde mit Bek, Ryer Ord Star und den drei verbliebenen Elfenjägern in der Mitte bleiben. Diese Gruppe würde die Ruinen ein wenig vor den anderen beiden betreten, alle würden ausschwärmen, doch in Sichtweite zueinander bleiben. Auf diese Weise würden sie quer durch die Stadt bis zu deren anderem Ende ziehen. Sie würden nach und nach die gesamte Stadt erforschen. Alles, was irgendwie auffiel, würde untersucht werden. Falls sie heute nicht fanden, wonach sie suchten, würden sie ihre Erkundung am nächsten Tag fortsetzen. Die Stadt war riesig. Sogar wenn sie sich beeilten und auf keinerlei Schwierigkeiten stießen, konnte es sie mehr als eine Woche Zeit kosten.

Jeder sollte sich still verhalten und gut aufpassen, mahnte er. Reden war untersagt. Sie sollten sich gegenseitig im Auge behalten, auf den Anführer ihrer Gruppe achten und seine Anweisungen befolgen. Falls etwas einen näheren Blick erforderte, sollte dies durch Handzeichen oder Pfiffe mitgeteilt werden. Außerdem war es angebracht, die Gebäude als Deckung zu benutzen. Es gab guten Grund anzunehmen, dass der Feind, der nach den Eindringlingen suchte, in der ganzen Stadt Fallen aufgestellt hatte. Das, weswegen sie hergekommen waren, würde sorgsam bewacht werden.

»Und was wäre das genau?«, erkundigte sich Panax, und an den Augen konnte man seinen Unmut ablesen. Wie die anderen hatte er sich wegen des Wetters in einen Mantel gehüllt und die Kapuze aufgesetzt. Im nebligen Zwielicht wirkten sie wie Gespenster. »Was ist es, weswegen wir hergekommen sind, Walker?«

Der Druide zögerte.

»Wir haben einen langen Weg hinter uns gebracht, und es wurde uns noch immer nicht gesagt«, drängte der Zwerg weiter. Regen rann über sein runzliges Gesicht in seinen Bart. »Wie sollen wir etwas finden, wenn wir nicht wissen, was wir suchen?«

Ein Augenblick lang herrschte Schweigen. »Bücher«, antwortete

Walker leise. Erneut kehrte Stille ein, dauerte diesmal länger. »Über Zaubersprüche und Magie«, fügte er hinzu und blickte sich rasch um. »Sie wurden in der Zeit der Alten Welt gesammelt und gingen in den Großen Kriegen verloren. Nur weniges dieser Magie wurde gerettet, hier in Castledown. Das ist der Schatz, von dem auf der Karte die Rede ist.«

»Bücher«, murmelte der Zwerg ungläubig.

»Sie sind von unschätzbarem Wert«, versicherte ihm Walker. »Doch deine Skepsis ist nicht ungerechtfertigt. Soweit ich weiß, haben keine Bücher die Großen Kriege überlebt. Sie waren die ersten Gegenstände, die zerstört wurden, wenn nicht durch Feuer, dann durch den Zahn der Zeit. Die Schriften der Alten Welt gingen vor zweitausend Jahren verloren, und nur unsere mündliche Erzähltradition hat das Wissen überliefert, das sie enthielten. Sogar dieses Wenige wurde im Laufe der Jahrhunderte verwässert, und so ist heute das meiste wertlos. Die Bücher, die wir heute besitzen, wurden von den Druiden in Paranor gesammelt. Die Elfen haben einige in Arborlon, und die Föderation hat einige in Arishaig, doch die meisten befinden sich im Keep des Druiden. Doch sind es Bücher dieser Welt und nicht der alten. Wenn es also tatsächlich Bücher sind, die überlebt haben, werden sie gut versteckt worden sein. Möglicherweise erkennt man sie auf den ersten Blick gar nicht als Bücher. Sie könnten eine gänzlich andere Form angenommen haben.«

»Wenn es viele Bücher sind und sie ihr ursprüngliches Aussehen haben, braucht es ein großes Haus, um sie aufzubewahren«, sagte Bek leise.

Walker nickte. »Das sollten wir nicht vergessen. Wir suchen einen Aufbewahrungsort, einen großen Behälter oder ein Lagerhaus. Vergesst auch nicht, dass wir erfahren wollen, was aus Kael Elessedils Expedition und den Elfensteinen geworden ist.«

Niemand erwiderte etwas. Einen Augenblick später rückte Quentin das Schwert von Leah auf seinem Rücken zurecht und blickte zum Himmel. »Sieht so aus, als würde der Regen nachlassen«, erklärte er.

»Fangen wir also an«, fügte Panax hinzu und grunzte.

Sie brachen auf, und wie eine Reihe dunkler Geister legten sie durch den Dunst den Weg zwischen dem bewaldeten Hang und den Ruinen zurück. Sie betraten die Stadt in drei Gruppen im Abstand von ungefähr fünfzig Metern. Zunächst bewegten sie sich schnell, fanden vor allem Schutt unter den Hülsen der kleineren Gebäude, die auch verrostete Maschinen und Apparate enthielten. Größtenteils hatten sie keine Ahnung, was sie da vor sich hatten, obwohl einige Teile aussahen wie Waffen. Über allem lag eine dicke Schicht Staub, und nichts deutete darauf hin, dass in jüngster Zeit jemand hier gewesen war. Seit Jahren war nichts berührt oder verändert worden. Alles war in Ewigkeit erstarrt.

Walker war sich durchaus bewusst, wie dicht sich Ryer Ord Star an ihn drängte, wobei sie ihn fast berührte. Gestern Nacht, während die anderen schliefen, war sie zu ihm gekommen und hatte ihm erzählt, was sie so verängstigt hatte. In der dunklen Stille der mondlosen Nacht hatte sie neben ihm gekniet und mit leiser Stimme kaum verständlich geflüstert: »Die Ruinen sind das Labyrinth, das ich in meiner Vision gesehen habe.«

Er hatte ihr die Hand auf die schmale Schulter gelegt. »Bist du sicher?«

Ihre Augen leuchteten hell, während sie ihn anstarrte. »Die Gegenwart der beiden anderen habe ich ebenfalls gespürt. Als ich am Rande des Tals stand und hinunter in das Wirrwarr schaute, fühlte ich sie. Die Bänder aus Feuer und die Metallhunde. Sie sind hier und warten auf mich. Auf uns alle.«

»Dann sollten wir uns auf sie vorbereiten.« Sie zitterte erneut, und er legte den Arm um sie, weil er ihre Angst vertreiben wollte, die er durch ihre Kleidung spürte. »Fürchte dich nicht, Ryer. Deine Warnungen sind unsere Rettung. Schon auf Flay Creech, auf Shatterstone und auf Mephitic. Und hier ebenso.«

Aber sie wich erschrocken zurück. »Nein, Walker. Was uns hier erwartet, ist viel größer und stärker. Es ist in die Ruinen und die Erde eingelassen, auf welcher die Gebäude stehen. Alt, hungrig und böse lauert es auf uns. Ich fühle seinen Atem. Ich spüre den Puls in der Bewegung der Luft und im Anstieg und Fallen der Temperatur. Es ist zu viel für uns. Zu viel.«

Still hielt er sie in der samtenen Dunkelheit, versuchte sie zu trösten, und lauschte auf ihren Atem, der sich nach und nach beruhigte. Schließlich löste sie sich von ihm und wollte davongehen.

»Ich werde hier sterben, Walker«, flüsterte sie ihm zu.

Das glaubte sie tatsächlich, merkte er, und vielleicht hatte sie in ihren Visionen etwas gesehen, das ihr Grund zu dieser Annahme gab. Möglicherweise hatte sie nur gespürt, dass es so kommen könnte, aber manchmal genügte das ja schon, um eine Sache tatsächlich passieren zu lassen. Er würde gut auf sie aufpassen und sie beschützen. Das hätte er sowieso getan. Ja, das würde er für alle tun, soweit es in seiner Macht stand. Aber sogar ein Druide konnte nicht mehr tun, als sein Bestes zu geben.

Er blickte über die Schulter zurück. Sie hatte sich zu Bek gesellt, schritt neben ihm her und schien Trost in seiner schweigsamen Gegenwart zu finden. Nicht schlecht. Es gab schlimmere Dinge, als sich in Beks Nähe zu halten.

Er blickte nach vorn in das Zwielicht, in das Labyrinth der Ruinen, und nun spürte er die Vision der Seherin, dieses geheimnisvolle, dunkle Etwas, das sie anlockte wie ein Köder an einem Haken.

Meilen entfernt über dem Wasser des Kanals, aber noch nicht in Sicht des Quetschers, stand Redden Alt Mer am Bug der *Jerle Shannara* und schaute in das Dämmerlicht. Das Wetter war furchtbar. Wenn überhaupt, war es noch schlimmer als vor zwei Tagen, als sie landeinwärts geflogen waren. Der gestrige Tag hatte schön begonnen, doch Sonnenschein und blauer Himmel waren nach und nach dichtem Nebel und Wolken gewichen. Sie hatten mit dem Schiff mehrere Meilen vor dem Eis geankert, in sicherem Abstand zu den krachenden Säulen und der bitteren Kälte, und waren schlafen gegangen, weil sie hofften, am heutigen Morgen weiterziehen zu können, wie Walker es gewünscht hatte.

Doch jetzt war der Nebel so dicht, dass Redden Alt Mer kaum mehr die Klippen zu beiden Seiten ausmachen konnte, und vom Himmel war gar nichts zu sehen. Schlimmer noch, der Nebel waberte im steten Wind und wirbelte so heftig herum, dass es unmöglich war, zu navigieren. In diesem engen Gelände mit seinen trügerischen Gipfeln, Gletschern und Winden wäre es tollkühn gewesen, sich aus dem Kanal zu wagen, wenn man nicht sah, wohin die Fahrt ging. Ob sie wollten oder nicht, sie mussten abwarten, bis das Wetter aufklarte, sogar wenn es sie ein oder zwei Tage kostete.

Rue Meridian trat zu ihm, und ihr langes rotes Haar glänzte genauso feucht wie seines. Es regnete zwar nicht, aber ein feiner Dunst legte sich um sie wie Gaze. Rue blickte hinaus über die Reling in den Nebel und schüttelte den Kopf. »Was für eine Suppe.«

»Eine Suppe, die Mutter Natur zu rühren beliebt«, fügte er mit einem müden Seufzer hinzu. »Alles nur, um uns für die absehbare Zukunft festzusetzen, nehme ich an.«

»Wir könnten zurücksegeln und auf eine Wolkenlücke hoffen. Weiter landeinwärts ist das Wetter womöglich besser.«

Er nickte. »Könnte sein, doch je weiter landeinwärts wir aufsteigen, desto schwieriger wird es, den Kurs aufzuzeichnen. Deshalb ist es besser, möglichst nah an der Küste hochzugehen.«

Sie schnaubte. »Hast du vergessen, wer dein Navigator ist?«

»Ich glaube kaum. Jedenfalls tut es uns nicht weh, einen Tag zu warten. Wir bleiben bis morgen hier liegen. Hat es bis dahin nicht aufgeklart, machen wir, was du vorschlägst, segeln im Kanal zurück und suchen uns eine Wolkenlücke.«

Sie schaute ihm in die Augen. »Niemand hat Lust, hier herumzusitzen, Großer Roter.« Ihr Blick schweifte wieder in den Nebel. »Wenn du die Ohren spitzt, hörst du das Krachen der Säulen, das Knacken des Eises und das Knirschen der Gletscher. Weit entfernt draußen im Dunst.« Sie schüttelte den Kopf. »Gespenstisch.«

»Hör einfach nicht hin.«

Einen Moment stand sie noch bei ihm, dann ging sie davon. Ihm gefiel das Warten, die Nähe zum Quetscher oder irgendetwas anderes an ihrer Situation genauso wenig, dennoch würde er deshalb nicht voreilig reagieren. Wenn Geduld verlangt wurde, sollte es an ihm nicht scheitern.

Nach einigen Minuten ging er hinüber zu Spanner Frew, der sich mit einem Diapsonkristall beschäftigte, welcher bei der Kollision mit der *Schwarzen Moclips* beschädigt worden war. Der Kapitän war über das Auftauchen des Schiffes noch immer verwundert. Höchstwahrscheinlich wurde es von einer Mannschaft der Föderation geführt. Damit hatte Alt Mer mit seiner Besatzung aus Fahrenden einen deutlichen Vorteil, aber die *Schwarze Moclips* war ein größeres und stärkeres Schiff als die *Jerle Shannara*, und in engem Terrain würden sie vermutlich als Kleinholz enden. Außerdem wäre es sehr eigenartig, gegen ein Schiff zu kämpfen, mit dem er so lange geflogen und das ihm ans Herz gewachsen war.

»Na, machst du Fortschritte?«, fragte er den Schiffbauer.

Der große Mann zog eine düstere Miene. »Ich käme besser voran, wenn man mich nicht dauernd mit dummen Fragen stören würde. Das ist eine heikle Arbeit.«

Alt Mer sah ihm eine Weile zu. »Hast du dir das andere Schiff anschauen können, das uns gerammt hat?«

»Genauso gut wie du.«

»Und, hast du es erkannt?«

»Die *Schwarze Moclips.* Kaum zu verwechseln. Ich habe kein gutes Gefühl dabei, dass sie uns verfolgt, allerdings ist dieses Schiff schneller und wendiger.« Er hielt den Kristall in das bleiche Licht und blinzelte, während er ihn begutachtete. »Solange sie uns nicht zu nahe kommt, ist alles gut.«

Der Kapitän verschränkte die Arme. »Bei einer Hetzjagd wie dieser kann man sich auf nichts verlassen. Vielleicht müssen wir uns ihr irgendwann stellen. Die Vorstellung finde ich nicht gerade reizvoll, das kannst du mir glauben.«

Spanner Frew stand auf, überprüfte den Kristall noch einmal und grunzte zufrieden. »Heute wird es dazu wohl nicht kommen. In dieser Brühe kann niemand fliegen.«

Nicht ohne den Kragen zu riskieren, fügte Alt Mer in Gedanken hinzu. Er starrte wieder in das Grau. Der Wind hatte aufgefrischt, und das Luftschiff schaukelte in den Böen hin und her. Der Fahrende spazierte langsam über das Deck und überprüfte dieses und jenes, um sich vom Nachdenken über ihre Misere abzulenken. Ein leises Pfeifen hatte sich zu entwickeln begonnen, fern und schwach noch, aber unverkennbar. Er blickte in die entsprechende Richtung zum Quetscher. Vielleicht sollte er die *Jerle Shannara* weiter flussaufwärts bringen und in einer kleinen Bucht Schutz suchen.

Er ging zum Heck, wo das Geräusch des Windes ihn wie ein Leichentuch einhüllte, überraschend warm und tröstlich. Erstaunt über sein Locken blieb er stehen und lauschte. Winde dieser Sorte erlebte ein Seemann selten, und sie waren an diesem Ort ebenso unwahrscheinlich wie das gestrige Wetter. Beides gehörte in ein anderes Klima und einen anderen Teil der Welt. Wie konnten Gletscher und Packeis in solcher Nähe zu warmer Luft und grünen Bäumen existieren?

Seine Gedanken trieben dahin, und er erinnerte sich an seine Kindheit in March Brume, an die Tage, die er an Land verbracht hatte, durch die Wälder wanderte und mit anderen Kindern spielte. Diese Tage waren rar gewesen und zu rasch vergangen, doch die Erinnerung blieb erhalten. Vielleicht, weil er einen so großen Teil seines Lebens auf See und in der Luft verbracht hatte. Oder weil er niemals zu ihnen zurückkehren konnte.

Im Nebel bewegte sich etwas, doch während er die dunkle Form anstarrte, konnte er sie nicht erkennen.

Neben ihm glitt ein Fahrender zu Boden und lag plötzlich still, reglos und schlafend da. Redden Alt Mer starrte ihn ungläubig an, dann stieß er sich von der Reling ab und wollte zu ihm gehen. Aber seine Beine versagten ihm den Dienst, und seine Augen wurden so schwer, dass er sie kaum noch offen halten konnte. Nur das Geräusch des Windes konnte er noch hören, dieses hohe schrille Pfeifen, das ihn einlullte und von der Welt ausschloss.

Zu spät erkannte er, was vor sich ging.

Er taumelte ein paar Schritte und fiel auf die Knie. Überall auf Deck waren Fahrende zusammengesunken. Nur Furl Hawken hielt sich in der Pilotenkanzel noch aufrecht.

Ein riesiger dunkler Schemen tauchte neben der *Jerle Shannara* auf. Redden Alt Mer hörte Enterhaken, die sich festkrallten, und erhaschte einen Blick auf eine verhüllte Gestalt, die durch den Nebel näher kam. Aus dem Schatten der Kapuze erschien ein Gesicht, das einer jungen Frau, die ihn mit blauen, eiskalten Augen ansah. Hilflos erwiderte er den Blick mit unverhohlener Wut.

Dann wurde es schwarz um ihn.

Bek betrachtete das angespannte und verängstigte Gesicht von Ryer Ord Star und lächelte sie zuversichtlich an, während er mit den anderen durch den zunehmenden Nebel schlich. Der Niederschlag war in feinen Sprühregen übergegangen. Die Seherin kniff wegen der Tropfen, die sich an den Lidern sammelten, immer wieder die Augen zusammen und wischte sich das Gesicht mit dem Ärmel ab. Sie trat näher an Bek heran.

Der Junge spähte nach links und rechts zu den Gruppen, die von Quentin und Ard Patrinell angeführt wurden. Er erhaschte einen Blick auf seinen Vetter und den Hauptmann der Leibgarde, entdeckte jedoch Ahren Elessedil nicht. Die Gebäude wurden immer größer, und es dauerte länger, um sie herumzugehen. Gelegentlich waren die Suchenden durch Wände von fast fünfzehn Meter Höhe getrennt und sahen einander nur kurz durch Türen ausgebrannter Ruinen. Die Häuser ähnelten sich sehr und waren entweder leer oder voller verrosteter Maschinen. In einigen standen lange Reihen mit Behältnissen, die mit Ziffern und winzigen Fenstern versehen waren, welche den leeren, starrenden Augen toter Tiere glichen. In anderen fanden sie so riesige Maschinen, dass sie wie Zwerge vor gigantischen, tief schlafenden Bestien wirkten. Schatten legten sich über offene Stellen, Maschinen und Schutt, erstreckten sich von einem Gebäude zum anderen wie ein dunkles Spinnennetz, das die Stadt umfing.

Abermals suchte er nach Ahren, doch in der Elfengruppe sahen alle in ihren Kapuzenmänteln ziemlich gleich aus. Plötzlich überfiel ihn eine Woge von Furcht und Zweifeln. Er richtete den Blick auf Walker, der vorausging. Bek kam sich dumm vor. Vermutlich war es Ryer Ord Stars Miene, von der sich dieses Unbehagen auf ihn übertragen hatte. Oder dieser düstere, neblige Tag. Wahrscheinlich einfach dieser Ort, diese Stadt.

In der Stille und dem Zwielicht konnte man sich vieles einbilden.

Er dachte an die Bücher, deretwegen Walker hergekommen war, und erneut fühlte er diese Besorgnis. Was würden die Menschen der Alten Welt mit Zauberbüchern tun? In jener Zeit war keine richtige Magie praktiziert worden. Die Magie war mit der Feenwelt ausgestorben, und sogar die Elfen, die so viele andere Spezies überlebten, hatten praktisch ihre gesamte Magie verloren oder vergessen. Erst durch das Hervortreten der neuen Rassen und die Versammlung der Druiden in Paranor hatte der Prozess der Wiederentdeckung der Magie begonnen. Warum sollte Walker daran glauben, dass Bücher der Magie aus der Zeit vor den Großen Kriegen überhaupt existierten?

Je mehr Gedanken er sich über diese Angelegenheit machte, desto stärker ergriff sie Besitz von ihm. Bald dachte er über das Wesen nach, welches ihnen hier auflauerte. Angeblich, um ihre Magie zu stehlen – aber wenn jemand schon Bücher der Magie zur Verfügung hatte, warum setzte er diese dann nicht ein? Bestimmt waren sie in einer Sprache geschrieben, die dieses Wesen verstehen konnte. Was war also an der Magie von Walker, Quentin und ihm selbst so verlockend? Er konnte jede Einzelheit wiederholen, die Walker ihm erzählt hatte, ihnen allen erzählt hatte, und trotzdem vermochte er das logische Loch in der Erklärung des Druiden nicht zu stopfen.

Sie kamen an einer Reihe großer, leerer Lagerhäuser vorbei und erreichten einen Bereich mit niedrigen, flachen Plattformen, die vielleicht einmal Gebäude gewesen waren, vielleicht aber auch etwas ganz anderes. Fensterlos und ohne jede Öffnung, fehlte ihnen ein offensichtlicher Zweck. Sie waren mit Rost, Moos und Flechten überzogen und schimmerten im Regen wie riesige blinde Spiegel.

Walker nahm sich einen Augenblick Zeit, um eines von ihnen zu untersuchen, legte eine Hand auf die Oberfläche und schloss die Augen. Kurze Zeit später trat er zurück, schüttelte den Kopf und gab den anderen das Zeichen weiterzugehen.

Die Plattform-Bauwerke blieben hinter ihnen im Nebel zurück. Vor ihnen lag nun eine weite, metallbedeckte Lichtung, die mit seltsam geformten Wänden und Unterteilungen versehen war. Dieser freie Bereich erstreckte sich über Hunderte von Metern in alle Richtungen und beherrschte allein durch seine Ausdehnung die Gebäude der Umgebung. Die Wände und Unterteilungen waren zwischen anderthalb und drei Meter hoch und etwa sieben bis zehn Meter lang. Miteinander waren sie nicht verbunden, und offenbar waren sie zufällig aufgestellt worden und hatten keinerlei Zweck. Auch Räume bildeten sie nicht. Sie fanden weder Einrichtungsgegenstände noch Maschinen. Anders als in den bisherigen Lagerhäusern gab es auch keine Trümmer. Keine Pflanzen, weder Gräser noch Büsche. Alles war sauber und glatt.

In der Mitte des Platzes, im Nebel kaum sichtbar, erhob sich ein Obelisk über dreißig Meter in die Höhe. Eine einzige Tür führte in ihn hinein, massiv und in eine Nische eingelassen, aber diese Tür war verschlossen. Über dem Eingang blinkte in gleichmäßigen Abständen ein rotes Licht.

Walker ließ die Gruppe mit einem Handzeichen anhalten, stand in dem Wirrwarr der Halbwände und Unterteilungen und sah zu dem Obelisk hinüber. Dieser erinnerte an einen Wachturm, das blinkende Licht an ein aufmerksames Auge. Nichts bewegte sich. Bek wandte sich erneut Walker zu. Der Druide betrachtete noch immer den Obelisken. Sicherlich spürte er eine mögliche Falle, doch mit gleicher Sicherheit musste er ihn betreten.

Ryer Ord Star beugte sich zu ihm vor. »Das ist der Eingang, den wir suchen«, flüsterte sie. Ihr Atem ging schnell. »Die Tür des Turms führt nach Castledown. Die Schlüssel, die Walker hat, passen in dieses Schloss.«

Bek starrte sie an und fragte sich, woher sie das alles wusste, doch sie sah nur den Druiden an und hatte den Jungen längst wieder vergessen.

Walker drehte sich um. Er wirkte besorgt und angespannt. »Wartet hier auf mich.« Seine Stimme war so leise, dass Bek ihn kaum verstehen konnte. Er deutete auf die Elfenjäger. »Ihr alle.«

Dann gab er Quentin und Panax zu seiner Linken und Ard Patrinell zu seiner Rechten ein Zeichen, an Ort und Stelle zu bleiben.

Allein ging er auf den Turm zu.

Die Ilse-Hexe ging über das Deck der *Jerle Shannara* und versicherte sich, dass alle Fahrenden schliefen. Einen nach dem anderen überprüfte sie die Besatzung, dann gab sie Cree Bega ein Zeichen, er möge an Bord kommen, und befahl ihm, einen seiner Mwellrets nach unten zu schicken, um zu schauen, ob sie jemanden übersehen hatte. Der betreffende Ret verschwand an der Kajüttreppe, kehrte kurz darauf zurück und schüttelte den Kopf.

Sie nickte zufrieden. Es war leichter gewesen, als sie gedacht hatte. »Bringt sie runter und sperrt sie in die Lagerräume«, befahl sie und entließ Cree Bega mit einer Handbewegung. »Und trennt sie voneinander.«

Sie betrat die Pilotenkanzel und stellte sich neben den großen Fahrenden, der über den Kontrollinstrumenten zusammengesunken war. Nun betrachtete sie das geenterte Luftschiff von vorn bis hinten. Ein schlankes, wunderbares Schiff, erkannte sie. Schneller und besser zu manövrieren als ihr eigenes. Mwellrets kamen von der *Schwarzen Moclips* herüber und schleppten die Fahrenden unter Deck. Sie beobachtete sie gelangweilt. Die Magie ihres Wunschliedes hatte die Fahrenden überwältigt, ehe sie wussten, wie ihnen geschah. Da sie nichts in dieser Richtung erwartet hatten und auch der Druide nicht da war, um sie zu warnen, konnten sie sich nicht wehren. Ihr Spion hatte sie von Anfang an mit einer Verbindung zur *Jerle Shannara* versorgt, und es war leicht, sich ihr zu nähern, nachdem die *Schwarze Moclips* den Quetscher erst einmal überwunden hatten. Die ahnungslose Mannschaft mit dem Wunschlied einzuschläfern war ein Kinderspiel gewesen. Sie verwandelte ihre Magie, bis sie sanft, einlullend und unwiderstehlich wie der Wind klang, und das war schon alles.

Sogar an den Eissäulen vorbeizugelangen stellte keine große Herausforderung dar, obwohl es einen gewissen Einfallsreichtum erforderte. Sie entschied sich, diesen Zugang zu meiden, fing mit ihrer Magie einen der Würger ein, die auf den Klippen brüteten, bestieg ihn und ließ ihn über die Steilwände hinwegfliegen. Sogar in dem dichten Nebel konnte sie die *Schwarze Moclips* auf diese Weise ohne großes Risiko führen. Der Würger kannte den Weg durch die Berge gut. Zwar war der Wind heimtückisch, aber das Luftschiff kam damit zurecht. Sie hatte keine Ahnung, wie Walker durch die Säulen gelangt war, denn trotz seiner teilweise großen Kräfte dürfte diese Aufgabe ihn überfordert haben. Ihr Spion hatte ihr darüber nichts mitteilen können. Aber was machte das schon aus? Beide hatten sie es auf die andere Seite geschafft. Noch immer hielt die Ilse-Hexe Kurs auf die endgültige Auseinandersetzung.

Außerdem hatte sie jetzt zum ersten Mal die Oberhand gewonnen. Er war an Land und saß dort fest, selbst wenn er das gar nicht wusste. Ohne ein Luftschiff konnte er ihr nicht entkommen. Früher oder später würde sie ihn aufspüren, entweder zu Fuß oder aus der Luft. Stellte sich nur eine einzige Frage: Würde sie ihn vor diesem Ding erwischen, das in den Ruinen auf ihn wartete?

Auch in dieser Hinsicht besaß sie einen Vorteil vor dem Druiden. Sie wusste, worum es sich bei diesem Ding handelte. Oder besser ausgedrückt, worum nicht. Schließlich war sie in Kael Elessedils Kopf eingedrungen, um herauszufinden, weshalb er dreißig Jahre verschollen gewesen war. Indem sie das tat, hatte sie durch seine Augen gesehen, was ihn gefangen genommen hatte. Sie war Zeuge geworden, wie man ihm die Zunge herausriss und ihn blendete. Darüber wusste Walker gar nichts. Wenn er nicht aufpasste, würde er das gleiche Schicksal erleiden. Damit hätte sie zwar ihr Ziel erreicht, ihn zu vernichten, doch würde sie das um die persönliche Befriedigung bringen, ihn mit eigener Hand zu töten.

Ja, Walker musste sehr gut aufpassen. Das Ding, das auf ihn lauerte, war geduldig. Es war auf eine Weise gefährlich, die sie nie zuvor erlebt hatte. Daher würde sie ebenfalls sehr vorsichtig sein müssen. Aber das war sie ja immer, stets auf der Hut vor dem Unerwarteten. Das hatte sie lange genug geübt.

Cree Bega trat von hinten an sie heran. »Die kleinen Leute ssind alle ssicher verschlossssen«, zischte er.

»Lass fünf deiner Rets an Bord, damit es so bleibt«, befahl sie. »Kommandant Kett wird zwei Männer abstellen, die über das Schiff wachen. Der Rest von uns wird dem Suchtrupp mit der *Schwarzen Moclips* an Land folgen.«

Ich komme, Druide, dachte sie triumphierend. *Fühlst du, wie ich mich nähere?*

Sie verließ die Pilotenkanzel, und in grimmigen Zorn und lodernde Entschlossenheit gehüllt, stapfte sie durch die neblige Dämmerung davon.

Als der Angriff erfolgte, hatte Walker gerade die Hälfte des Weges zwischen den anderen und dem Obelisken zurückgelegt und befand sich tief im Gewirr der Halbwände und Unterteilungen. Plötzlich hörte er ein scharfes Klicken, als würde sich ein Schloss öffnen, und warf sich gerade noch rechtzeitig zu Boden, während ein dünner Strahl leuchtend roten Feuers über ihn hinwegschoss. Ohne nachzudenken, schleuderte er sein Druidenfeuer auf die Quelle und schmolz die winzige Öffnung zu, aus welcher der Strahl ausgetreten war.

Sofort entstand ein Wirrwarr aus einem Dutzend ähnlicher Fäden in dem Bereich, in dem er lag, die einander kreuzten, sich durch die Metallflächen brannten und nach dem Druiden suchten. Er wälzte sich in den Schutz einer Wand und verschmolz eine Öffnung nach der anderen und ließ sie explodieren. Die dunstige Luft füllte sich mit Rauch und dem sauren Geruch versengten Metalls.

Dann erhob er sich wieder und bewegte sich rasch auf den Obelisken zu, da er spürte, was immer dieses Feuer kontrollierte, befand sich dort. Seine Robe behinderte ihn; mit ihr konnte er nicht schnell laufen, sondern nur eilig dahinschlurfen. *Bänder aus Feuer.* Er wiederholte die Worte, während er durch das Labyrinth lief, sich hinter Wänden duckte und durch Öffnungen schlich, derweil die dünnen Fäden nach ihm suchten. Ryer Ord Stars Vision war zum Leben erwacht.

Er war vielleicht zwanzig Meter tief in das Gewirr eingedrungen, als die Wände sich zu bewegen begannen. Ohne Vorwarnung hoben und senkten sie sich, schoben ihre Metallmassen auf und ab und schufen so neue Öffnungen an manchen Stellen, während an anderen neue Wände aus dem glatten, polierten Boden auftauchten. Das kam so unerwartet und raubte ihm so nachhaltig die Orientierung, dass er langsamer wurde und die Bänder aus Feuer wieder näher an ihn heranrückten. Verzweifelt schleuderte er erneut sein Druidenfeuer und zerstörte etliche der Öffnungen. Hinter sich hörte er Rufe, die aus dem Rauch und dem Nebel erklangen.

»Kommt nicht her!«, schrie er warnend und hörte das Echo seiner Stimme.

Feurige Lanzen brannten sich durch den Dunst und durchdrangen das Zwielicht mit tödlicher Schnelligkeit. Schreie ertönten, und das Herz wurde ihm schwer, als er begriff, dass zumindest einige derjenigen, die er führte, seine Worte nicht gehört hatten. Er wollte zu ihnen zurück, doch erneut verschoben sich die Wände, die Feuerfäden versperrten ihm den Weg, und er war gezwungen zurückzuweichen.

Lauf zum Obelisken!, ermahnte er sich.

Hitze strahlte durch seinen Körper, während er sich umdrehte und wieder weiterhetzte. Schweiß vermischte sich mit kondensierten Nebeltropfen auf seinem Gesicht. Neben ihm bewegte sich etwas, und er hörte ein metallisches Knirschen. Feuer explodierte und verfehlte nur knapp seinen Kopf, und er duckte sich und lief zwischen den sich bewegenden Wänden hindurch und vergaß alles außer der Notwendigkeit, den Obelisken zu erreichen. Er spürte Feuchtigkeit an seiner Hand und schaute nach unten; seine Finger waren von Blut rot gefärbt. Eine Feuerlanze hatte ihm den Arm oberhalb des Handgelenks aufgerissen.

Er ignorierte die Wunde, schaute auf, und da ragte er auf, der Obelisk, direkt vor ihm. Einem Impuls folgend sprang er hinter der Wand hervor, die ihn schützte, genau einem Kriecher in den Weg.

Eine Sekunde war er so verblüfft, dass er stehen blieb und verwirrt dreinschaute. Was machte denn ein Kriecher hier? Augenblick mal, das war gar kein Kriecher, er sah lediglich so aus. Er besaß Beine und Körper eines Kriechers, bestand jedoch aus Metall, nicht aus Fleisch und Blut, war nicht die Verschmelzung von Lebendigem und Unbelebtem …

Dann hatte er keine Zeit mehr, länger darüber nachzudenken. Das Ding griff nach ihm, streckte die Enden der flexiblen Glieder aus, und Walker schleuderte sein Druidenfeuer auf das Wesen. Der Kriecher wurde zurückgestoßen und kippte um. Er lag da und wand sich, konnte sich jedoch nicht mehr erheben und verbrannte. Walker rannte vorbei. Der Kriecher war gänzlich aus Metall konstruiert, genau wie er gedacht hatte. Er entdeckte einen weiteren, dann noch einen, einen dritten, einen vierten; sie hatten ihn umzingelt.

Metallhunde!

Alle Vorhersagen aus Ryer Ord Stars Vision hatten sich jetzt bewahrheitet, das Labyrinth, die Bänder aus Feuer und die Metallhunde – Bestandteile eines Albtraums, der sie verzehren würde, wenn sie keine Möglichkeit fanden, dem Treiben Einhalt zu gebieten. Er wich einer weiteren Feuerlanze aus, sprang durch eine Öffnung zwischen mehreren beweglichen Wänden und erreichte die Schwelle der Tür zum Obelisken.

Hinter ihm tobte das Chaos. Er hörte Schreie und Kreischen, das Knirschen von Metall, das stetige Zischen der Feuerfäden und das Krachen der Explosionen. Auch die unverwechselbaren Blitze von Quentin Leahs Schwert konnte er sehen. Er roch die Magie und schmeckte den Rauch. Die gesamte Gruppe wurde angegriffen, und er tat nichts, um ihnen zu helfen.

Schnell! Geh in den Turm!

Er entdeckte die Schlitze für die Schlüssel in einem erhöhten Teil der Wand neben der Tür. Rasch holte er sie aus der Robe hervor und steckte sie in die schmalen Öffnungen. Die Schlüssel ließen sich leicht einführen, eine Reihe Lichter flammte in der schwarzen Metalloberfläche der Wand auf, die Tür glitt leise zur Seite und gewährte ihm Eintritt. Rasch trat er hindurch, wobei ihn die Geräusche der nahenden Kriecher anspornten, und die Tür schloss sich hinter ihm.

Blind stand er einen Augenblick lang in der Dunkelheit und wartete ab, bis er wieder etwas erkennen konnte. Zuerst sah er die Lichter, manche brannten gleichmäßig, andere blinkten, zum Teil grün, rot oder auch gelb. Hunderte davon befanden sich vor ihm, winzige Leuchtfeuer, die in der Dunkelheit glühten. Als er Türen, Mauern und Decke erkennen konnte, ging er auf sie zu. Dort mussten sich die Kontrollinstrumente für die Kriecher und die Feuerbänder befinden. Dies war ein Königreich der Maschinen, und die Maschinen in diesem Turm mussten die Maschinen im Labyrinth kontrollieren. Schaltete man die einen aus, verstummten gleichzeitig die anderen.

Das war sein letzter Gedanke, bevor sich der Boden unter seinen Füßen öffnete und er ins Leere fiel.

Einunddreißig

Rue Meridian erwachte, als ihr Kopf gegen die Wand des Lagerraums im vorderen Teil des Schiffes schlug. Sie versuchte sich zur Seite zu rollen, doch ein schweres Gewicht drückte sie auf den Boden. Die Last bestand, so stellte sich heraus, aus Furl Hawken, der noch bewusstlos war und dessen Körper quer über ihrem lag. Sie hörte den Wind heulen wie eine versengte Katze und spürte das Rollen und Schwanken des Schiffes. Ein Sturm war im Anmarsch, und ein schlimmer dazu. Mit jeder neuen Böe rutschte sie Kopf voran erneut gegen die Wand.

Sie wand sich und quetschte sich unter Hawk hervor, setzte sich auf und lehnte sich an das Schott. Einen Augenblick lang wusste sie nicht recht, was eigentlich passiert war, dann begriff sie nicht, wie es geschehen sein konnte. Was machte sie hier unter Deck? Sie hatte mit einem anderen Fahrenden gerade einen neuen Strahlungssammler gesetzt und befestigt, als dieser Wind aufkam, leise und einlullend, und sie in den Schlaf sang wie einst ihre Mutter.

Und tatsächlich war sie eingeschlafen, dachte sie reumütig, verstand nun langsam, was sich ereignet hatte.

Schließlich stand sie auf und taumelte zur Tür. Diese war verschlossen, was sie nicht überraschte. Sie schnitt eine Grimasse und seufzte. Die Fahrenden waren vermutlich alle Gefangene oder tot, von der Ilse-Hexe überwältigt. Irgendwie hatte diese sie überrascht, als sie es nicht erwarteten, sie in Schlaf versetzt und unter Deck eingesperrt. Oder schlimmer noch, es war vielleicht gar nicht die Ilse-Hexe, sondern dieses Ding, das Walker an Land suchte. Sie rieb sich den Kopf, wo er an die Wand gestoßen war, und fragte sich, wie viele Stöße wohl notwendig gewesen waren, um sie zu wecken. Zu viele, entschied sie, angesichts des Pochens in ihrem Schädel.

Sie blickte sich im Raum um. Hawk und sie waren die Einzigen hier. Die übrigen Fahrenden waren demnach irgendwo anders. An der Wand standen Kisten mit Ausrüstung, aber die enthielten nur Lichtsegel, Strahlungssammler, Seile und Ähnliches. Keine schweren Äxte oder scharfen Klingen. Keinerlei Waffen.

Hoffnungsvoll tastete sie nach ihrem Schwert und ihren Wurfmessern, obwohl sie wusste, dass sie ihren Waffengurt nicht mehr trug. Sie griff in ihren Stiefel. Der Dolch, den sie dort versteckte, war ebenfalls verschwunden. Wer auch immer sie hier abgelegt hatte, war schlau genug gewesen, sie zu durchsuchen. Hawk hatte man die Waffen vermutlich auch abgenommen. Diesem Gefängnis zu entkommen würde nicht leicht werden.

Trotzdem war es natürlich möglich.

Die Kleine Rote hatte daran nicht den leisesten Zweifel. Panik und Verzweiflung waren ihr fremd. Sie war eine Fahrende, und man hatte ihr von Kindheit an beigebracht, dass Fahrende auf sich selbst aufpassen mussten, dass niemand etwas für sie tun würde. Jetzt war sie im Kielraum ihres eigenen Schiffes eingesperrt – also musste sie sich selbst befreien. Das würde sie schon schaffen, dessen war sie sicher. Irgendwer hatte einen großen Fehler begangen, wenn er sich das Gegenteil einbildete. Und irgendwer würde dafür bezahlen, sie hier eingesperrt zu haben.

Ein plötzliches Schlingern des Luftschiffes warf sie gegen die Wand, und sie konnte kaum das Gleichgewicht halten. Oben ging etwas vor sich, und sie musste dorthin und herausfinden, was es war. Die Leute, die sie eingesperrt hatten, wussten anscheinend nicht, wie man das Schiff zu steuern hatte. Wenn tatsächlich ein Sturm im Anzug war, brauchte es hervorragende Seeleute, um die *Jerle Shannara* sicher hindurchzufliegen. Kurz dachte sie an die malmenden Säulen des Quetschers, und vor Sorge krampfte sich ihr Magen zusammen.

Sie arbeitete sich zu Furl Hawken vor und schüttelte ihn. »Wach auf, Hawk!«, zischte sie ihm ins Ohr und senkte die Stimme, damit sie niemand hören konnte. Was vermutlich beim Heulen des Sturms draußen sowieso nicht möglich war. »Hawk!« Sie schlug ihm ins Gesicht. »Wach auf.«

Seine Lider flatterten, und er grunzte wie ein Bulle. Langsam rollte er sich zur Seite und murmelte vor sich hin. Dann setzte er sich auf und strich sich mit den riesigen Händen durch Haar und Bart. »Wer hat mich geschlagen? Ich spüre es bis in die Zahnwurzeln!«

Das Luftschiff schlingerte heftig, und Hawk musste sich mit den Händen abstützen. »Schatten!«

»Steh auf«, befahl sie und zerrte an ihm. »Wir wurden betäubt und eingesperrt, und das Schiff wird von irgendwelchen unfähigen Kerlen gesteuert. Wir müssen etwas dagegen unternehmen.«

Er stand auf und stützte sich auf ihre Schulter, weil das Schiff im Wind schwankte. »Wo ist der Große Rote?«

»Kann ich dir nicht sagen. Hier jedenfalls nicht.« Sie hatte sich bisher nicht gestattet, daran zu denken, was ihrem Bruder geschehen sein mochte. Vermutlich liegt er in einem anderen Lagerraum, redete sie sich ein. Wahrscheinlich hatte man sie voneinander getrennt, um sie besser unter Kontrolle halten zu können. Aber gewiss lebte er noch. Etwas anderes wollte sie sich gar nicht vorstellen.

Sie trat wieder an die Tür, legte das Ohr ans Holz und lauschte. Zu hören war lediglich das Heulen des Windes, das Singen der Sammler und das Klappern eines Gegenstands, der nicht anständig befestigt war. Sie setzte sich wieder, lehnte sich an die Wand und zog ihren Stiefel aus. Im Absatz, in das Leder gedrückt, befand sich ein Metallhaken.

»Aha, sie haben also nicht alles gefunden«, kicherte Hawk.

Sie zog ihren Stiefel wieder an und stand auf. »Haben sie bei dir auch etwas übersehen?«

Er griff unter seinen linken Arm, suchte eine kleine Öffnung im Saum seiner Lederweste und holte ein langes, schlankes Messer hervor. »Könnte sein.« Er grinste. »Genug, damit wir uns richtige Waffen besorgen können – mit ein bisschen Glück.«

»Wir sind Fahrende, Hawk«, sagte sie und schob den Haken ins Türschloss. »Wir sorgen selbst für unser Glück.«

Sie kniete sich vor der Tür hin und fummelte an dem Schloss herum. Das Schloss war neu, und nach kurzer Zeit schnappte der Riegel zurück. Sie öffnete die Tür einen Spalt und spähte in den Gang. Im düsteren Licht von Öllampen tanzten Schatten mit der Bewegung des Schiffes. Am hinteren Ende des Gangs lehnte eine große Gestalt an der Wand und schaute die Kajüttreppe hinauf.

Rue Meridian zog sich wieder zurück und schob die Tür zu. »Eine Wache, ein großer Kerl. Wer oder was er ist, kann ich nicht sagen. Wir müssen jedenfalls an ihm vorbei. Willst du ihn übernehmen oder soll ich?«

Furl Hawken packte den Griff des Messers fester. »Ich, Kleine Rote. Du holst die anderen.«

Im dämmerigen Licht starrten sie sich an und holten tief Luft. »Sei vorsichtig, Hawk.«

Sie schlichen auf Zehenspitzen hinaus, glitten leise durch den halbdunklen Gang. Furl Hawken warf ihr noch einen Blick zu, dann ging er auf die Wache zu. Die *Jerle Shannara* schwankte weiterhin im Sturm, und der Wind heulte so laut, dass die Wache offenbar an nichts anderes denken konnte. Oben auf Deck ertönte ein Krachen; vermutlich war eine Spiere heruntergekommen. Die Wache starrte nach oben. Rue Meridian sah zu den Türen der zwei nächsten Lagerräume. Im kleineren wurden Wasser und Bier in großen Fässern aufbewahrt. Darin gab es keinen Platz für Gefangene. Im anderen lagerten Essensvorräte. Dort würde sie vielleicht jemanden finden, die größeren Lagerräume lagen jedoch weiter hinten.

Nur noch ein paar Schritte, dachte Rue Meridian und beobachtete Hawk, der sich vorsichtig anschlich; da öffnete sich die Luke, und eine regennasse Gestalt stieg die Treppe hinunter.

Der Kerl entdeckte die Fahrenden sofort, stieß einen Warnschrei aus und lief die Treppe wieder hinauf. Die Wache fuhr zu Furl Hawken herum und hielt ein blitzendes Schwert in der klauenartigen Hand. Hawk sprang auf den Mann zu, und Rue Meridian hörte das Krachen des Zusammenpralls. Sie erhaschte einen Blick auf das reptilienhafte Gesicht der Wache, das schuppig und nass war, weil der Regen durch die Luke hereinfiel. *Ein Mwellret!* Bei dem anderen hatte es sich der Uniform nach um einen Soldaten der Föderation gehandelt. Ihr wurde eiskalt. Hawk und sie würden niemals gegen mehrere Mwellrets ankommen. Sie musste den fliehenden Soldaten aufhalten, ehe er die anderen warnen konnte.

Instinktiv rannte sie ihm hinterher und sprang an Hawk und dem Mwellret vorbei. Sie schoss die Treppe hinauf zum Deck und in den Sturm hinaus, der so wild tobte, dass der Wind ihr die Kleidung vom Leib zu reißen drohte und der Regen sie in Sekunden durchnässt hatte. Das Schiff schwankte und drehte sich in den Orkanböen, die Lichtsegel waren eingeholt, die Sammler ebenso, wie es sich eben für dieses Wetter gehörte, und trotzdem drehte sich das Schiff führerlos im Kreis. Rue Meridian nahm das alles in einer Sekunde wahr, während sie dem Soldaten folgte. Sie erwischte ihn mittschiffs, kurz vor der Pilotenkanzel, wo ein zweiter Soldat mit dem Steuer kämpfte, und warf sich gegen seinen Rücken. Sie wälzten sich über das Deck bis zum vorderen Mast. Der Soldat wollte fliehen, und dabei dachte er nicht einmal daran, seine Waffe zu ziehen. Das tat Rue schließlich für ihn: Sie riss das lange Messer aus seinem Gürtel und rammte es ihm in die Brust.

Sie ließ den Sterbenden liegen und sprang auf. Der Föderationssoldat in der Pilotenkanzel schrie um Hilfe, aber daran konnte sie nun nichts mehr ändern. Wenn sie ihn tötete, wäre das Schiff vollkommen ohne Führung. Der Wind übertönte seine Rufe beinahe, vielleicht würde ihn ja niemand hören. Sie machte sich auf zum Heck. Da sie keine Sicherheitsleine hatte, musste sie geduckt gehen und sich festhalten, wo immer sie konnte. Auf dem regennassen Holz rutschte sie hin und her. Durch Nebel und Regen sah sie die grauen, rauen Wände des Kanals jenseits der Reling aufragen. Irgendwo gar nicht weit entfernt hörte sie das Krachen des Quetschers.

In dem Moment stieß sie auf den nächsten Mwellret. Er trat aus dem Schatten des hinteren Mastes, zog ein langes Messer und ging auf sie zu. Sie wich zurück. Der Mwellret war viel stärker als sie; wenn er sie packte, würde sie sich nicht befreien können, es sei denn, sie tötete ihn, und das war nicht gerade sehr wahrscheinlich. Allerdings wusste sie auch nicht, wohin sie fliehen sollte. Gebückt lief sie zur Reling an Steuerbord und drehte sich zu dem Mwellret um. Er griff augenblicklich an, und sie nutzte seine Bewegung aus, ging in die Hocke, trat ihm gegen die Füße und brachte ihn aus dem Gleichgewicht. Er taumelte an ihr vorbei, wollte sich wieder aufrichten, krachte gegen die Reling, ging über Bord und war verschwunden.

Das war ja nicht so schwer, dachte sie übermütig und unterdrückte den Drang zu lachen. *Der Nächste, bitte.*

Sie stand gerade wieder auf beiden Füßen, als ihr dieser Wunsch erfüllt wurde. Zwei weitere dieser Wesen erschienen durch die Luke am Heck und gingen auf sie los.

Schatten! Da stand sie in Sturm und Regen und versuchte krampfhaft, sich etwas einfallen zu lassen. Sie hatte das lange Messer, eine armselige Waffe gegen zwei Mwellrets. Daher schob sie sich erst einmal an der Reling entlang, um ein wenig Zeit zu gewinnen. Konnte sie vielleicht an ihnen vorbeirennen, die Treppe hinuntersteigen und den Lagerraum erreichen, in dem sie den Großen Roten und die anderen vermutete? Leider hatten die Mwellrets ihre Absicht bereits erkannt und verteilten sich, um jeden ihrer Versuche zu vereiteln.

Im nächsten Moment erschien Furl Hawken in der vorderen Luke; er war mit Blut beschmiert und schrie wie ein Wahnsinniger. In einer Hand hielt er das Kurzschwert des Mwellrets, in der anderen seinen Dolch, und vornübergebeugt ging er auf die Angreifer der Kleinen Roten zu. Instinktiv wandten die sich um, aber sie waren zu langsam und standen zu unsicher. Der stämmige Fahrende krachte in den Ersten von ihnen und warf ihn um, wandte sich sofort dem Zweiten zu und stieß dem schreienden Mwellret wieder und wieder den Dolch in den Leib.

Rue Meridian rannte sofort zur Luke. Hawk hatte ihr die wertvollen Sekunden verschafft, die sie brauchte. Sie sprang über Trümmer und glatte Stellen hinweg, erreichte die hintere Treppe – wo sie ein weiterer Mwellret begrüßte.

Diesmal hatte sie keine Chance zu entkommen. Er schwang das breite Schwert und zielte auf ihren Kopf. Sie duckte sich unter seinem Hieb hinweg und ging zu Boden. Ein Rucken des Luftschiffes rettete sie, und das Schwert des Mwellrets grub sich in das Holz des Decks. Sie rollte sich herum und kam auf die Füße, während der Mwellret noch versuchte, seine Waffe freizubekommen, und rammte ihm das lange Messer in die Seite. Der Mwellret wich zischend zurück, ließ das Schwert los und legte die klauenartigen Hände um ihren Hals. Die zwei gingen zu Boden, und Rue Meridian merkte bereits, wie ihr schwindlig im Kopf wurde. Sie wollte ihr Messer zurückziehen, doch das hatte sich in der Lederkleidung ihres Gegners verfangen. Sie wehrte sich verzweifelt gegen die Klauen um ihren Hals, hämmerte mit den Fäusten auf den muskulösen Körper ein und kämpfte wie eine gefangene Moorkatze. Dennoch konnte sie sich nicht befreien. Vor ihren Augen begann es zu flimmern, und ihre Kraft ließ nach. Sie spürte den fauligen Atem des Mwellrets auf ihrem Gesicht.

Verzweifelt suchte sie nach einer Waffe und fand schließlich den Haken in ihrer Tasche, mit dem sie die Tür geöffnet hatte. Sie zog ihn heraus und stieß ihn dem Angreifer ins Auge.

Überrascht fuhr der Mwellret zurück und ließ ihren Hals los. Sie kroch davon, während ihr Widersacher mit der einen Klaue auf das Deck einschlug und die andere vor das blutende Auge hielt. Mit beiden Händen zerrte sie das Schwert aus dem Holz und stieß es ihrem Gegner in den Leib.

Von Blut und Regen durchnässt, klebte ihr das lange rote Haar im Gesicht. Sie fiel auf die Knie und rang nach Luft. Der Regen prasselte auf sie herab, der Wind heulte, und das Luftschiff ruckte wie ein lebendiges Wesen hin und her. Die Kleine Rote fühlte das Deck unter sich erzittern, als würde es auseinander brechen.

Es krachte dröhnend, und sie drehte den Kopf herum. Die untere Spiere vom hinteren Mast war heruntergestürzt und hatte den Föderationssoldaten in der Pilotenkanzel erschlagen. Die *Jerle Shannara* trieb ohne Rudergänger dahin.

Dann sah sie Furl Hawken. Er lag auf einem Mwellret und dicht neben einem anderen und blutete aus einem Dutzend Wunden. Ein langes Messer ragte aus seinem Rücken, ein Dolch aus seiner Seite. Das Kurzschwert umklammerte er noch mit der Hand. Er blickte sie mit starren Augen an, schien durch sie hindurchzuschauen auf einen Punkt, der für sie unsichtbar war.

Sie unterdrückte ein Schluchzen, Tränen füllten ihre Augen, und die Kehle schnürte sich ihr zu. *Hawk! Nein!* Sie erhob sich mühsam und taumelte zu ihm hinüber, obwohl sie wusste, dass es zu spät war. Sie schwankte im Wind hin und her, schüttelte den Kopf und begann zu weinen.

Dann drehte sich der Mwellret neben dem toten Mann langsam um und sah sie an. Blut rann über das Reptiliengesicht und tropfte auf den Mantel, und die Augen wirkten trüb und wild. Der Mwellret erhob sich, riss das lange Messer aus Hawks Rücken und schritt auf sie zu.

Sie wich zurück, und ihr fiel auf, dass sie keine Waffe hatte, um sich zu verteidigen. Dann stolperte sie über den Mwellret, den sie getötet hatte, und ihre Hand kam auf dem Schwert zu liegen, das aus seinem Leib ragte. Sie zog die Klinge heraus und wandte sich ihrem Gegner zu.

»Komm schon, Ret!«, spöttelte sie wütend und mit Tränen in den Augen.

Der Mwellret erwiderte nichts, näherte sich ihr vorsichtig durch den Dunst. Rue Meridian duckte sich und wahrte sorgsam das Gleichgewicht auf dem wankenden Deck. Wenn sie bloß ihre Wurfmesser gehabt hätte! Sie ergriff das Heft des Schwerts mit beiden Händen und hielt die Klinge vor sich. Zeit, die anderen zu finden, blieb ihr jetzt nicht mehr. Sie war allein. Wenn sie starb, waren die anderen verloren. Angesichts des Zustands, in dem sich das Schiff befand, waren sie vielleicht so oder so verloren.

Wie Hawk.

Der Mwellret griff an wie ein riesiger dunkler Schatten. Er begleitete seine Attacke mit einem Zischen, das Rue einige Sekunden lang hypnotisierte und ablenkte. Nur ihre Tränen retteten sie. Die Hände hielten das Schwert noch immer, und sie wischte sich die Augen mit dem Ärmel, sah plötzlich den Mwellret vor sich und schlug sofort zu. Die Klinge grub sich unter dem erhobenen Arm tief in die Seite des Mwellrets. Blut spritzte hervor, und das Wesen fiel gegen sie und zielte mit dem langen Messer auf ihre Brust. Sie wehrte den Hieb ab, aber die Klinge riss ihr den Arm und den Schenkel auf. Rue schrie vor Schmerz, packte den Arm des Mwellrets und drückte ihn an ihren Körper, wobei sie gegen den Schock ankämpfte, der sie zu lähmen drohte.

Ineinander verkrallt gingen sie zu Boden, und jeder versuchte, die Oberhand zu erringen und den anderen zu töten. Der Mwellret war stärker, hatte aber die schwerere Verletzung davongetragen und war vom Blutverlust geschwächt. Da ihm nichts Besseres einfiel, benutzte er seine Krallen als Waffen, zerfetzte Rue Meridians Mantel und Hemd und schließlich ihre Haut. Sie kreischte vor Schmerz und Wut, während die Krallen sich in ihre Haut bohrten, dann warf sie sich nach hinten, um sich zu befreien. Die beiden rutschten auf die Reling zu, als sich das Luftschiff plötzlich gefährlich neigte. Eine abgebrochene Spiere hielt sie kurz auf und gab dann ihrem gemeinsamen Gewicht nach.

So krachten sie gegen die Reling. Die Pfosten waren bereits durch frühere Schäden geschwächt und zersplitterten unter der Wucht ihres Aufpralls. Die Fahrende sah die Öffnung und versuchte mit aller Kraft, ihr auszuweichen. Sie war zu langsam. Im Zeitraum eines Herzschlags glitten Rue Meridian und der Mwellret durch das Loch und gingen über Bord.

Unbemannt und unbeherrschbar, das Deck mit Leichen und Trümmern übersät, drehte sich die *Jerle Shannara* langsam herum und bewegte sich flussabwärts auf die malmenden Säulen des Quetschers zu.

Zweiunddreißig

Bek stand neben Ryer Ord Star, als der Angriff auf Walker begann, und zwar so dicht bei ihr, dass er hörte, wie ihr der Atem stockte, während der erste Feuerstrahl auf den Druiden abgeschossen wurde. Die Seherin taumelte, gab einen schrillen Laut von sich und rannte in das Labyrinth. Der Junge, von ihrem plötzlichen Handeln überrascht, stand wie angewurzelt da, und es war einer der drei Elfenjäger, der ihr hinterherrannte. Die beiden anderen packten Beks Arme und zogen ihn zurück, während er sich befreien wollte. Walker lag am Boden, magisches Feuer löste sich von seinen Fingern und brannte sich in die Wände und Unterteilungen, aus denen die Feuerstrahlen hervorkamen. Zu beiden Seiten des Jungen stürzten sich die Gruppen an den Flanken mit gezogenen Schwertern in das Labyrinth, um dem Druiden beizustehen, und stießen ihre Schlachtrufe aus.

Dann schossen die Feuerstrahlen auch aus den Wänden hervor, zwischen denen sie entlangliefen, und schlitzten die ungeschützten Körper regelrecht auf. Voller Schrecken beobachtete Bek, wie ein Elf im Kreuzfeuer der Strahlen zerfetzt wurde und seine Körperteile überall durch die Luft flogen. Schreie erschütterten die neblige Luft, vermischten sich mit Rauch und dem Gestank brennenden Fleisches. Die Retter des Druiden warfen sich flach auf den Metallboden und krabbelten rasch hinter die nächste Wand, während das Feuer nach ihnen suchte und todbringende rote Strahlen verschoss. Bek sah Ryer Ord Star, die von einem Strahl getroffen und an eine Wand geworfen wurde, wo sie in sich zusammensank. Der Elf, der ihr hinterhergelaufen war, wurde ein Stück entfernt in zwei Teile geschnitten.

Walker war wieder auf den Beinen und rief ihnen etwas zu, doch seine Worte gingen in dem Lärm unter. Ohne auf ihre Antwort zu warten, eilte er weiter, streckte den Arm vor sich wie einen Schild aus und schwang ihn nach rechts und links, um sich gegen die Angriffe der Feuerstrahlen zu wehren, während er sich zum Obelisken vorkämpfte.

Bek holte tief Luft, ein verzweifelter Schluchzer ließ seinen ganzen Körper erzittern, und er wandte sich an die Elfen, die ihn an den Armen festhielten. Zu seiner Überraschung war eine die Fährtenleserin Tamis. »Wir müssen zu ihm!«, schrie er und versuchte erneut, sich loszureißen.

»Er hat uns befohlen, hier zu bleiben, Bek«, erwiderte sie ruhig und suchte mit den grauen Augen den Dunst ab. »Dort hineinzugehen bedeutet den sicheren Tod.«

Ein metallisches Kreischen lenkte ihre Aufmerksamkeit nach links. Aus den niedrigen Gebäuden, an denen sie vorbeigekommen waren, kroch eine Gruppe spinnenartiger Gestalten hervor. Flach und mit krummen Beinen umzingelten sie den Trupp, der von Quentin und Panax angeführt wurde.

»Kriecher«, sagte Tamis leise.

Bek wurde eiskalt. Gewöhnliche Menschen hatten gegen Kriecher keine Chance. Sogar Quentin mit seiner Magie würde es gegen so viele nicht leicht haben. Ein endloses Labyrinth, Bänder aus Feuer und jetzt Metallhunde – Ryer Ord Stars entsetzliche Vision war vollständig Wirklichkeit geworden.

»Wir müssen hier raus«, rief Tamis und zog ihn in die Richtung, aus der sie gekommen waren.

»Warte!« Mit einem Ruck brachte er sie zum Stehen. Er zeigte auf das Labyrinth. Ryer Ord Star versuchte aufzustehen und kämpfte sich auf die Knie hoch. Flehentlich sah er Tamis an. »Wir können sie nicht zurücklassen! Wir müssen ihr helfen!«

Eine Windböe wehte Rauch und einen scharfen Geruch an ihnen vorbei. Die Fährtenleserin sah Bek einen Augenblick lang an; dann überließ sie den Jungen ihrem Gefährten. »Ihr zwei wartet hier.«

Sie rannte in das Labyrinth, und die Feuerstrahlen verfolgten sie, zielten auf sie und brannten sich in den Metallboden. Zwei Mal musste sie sich unter den Strahlen zu Boden werfen, und einmal konnte sie sich gerade noch hinter eine Wand retten. Ryer Ord Star hatte sich inzwischen auf Hände und Knie erhoben, hielt den Kopf gesenkt, und das lange Haar hing ihr wie ein Vorhang vor dem Gesicht. Blut lief über einen Arm und wurde von ihrem zerrissenen Gewand aufgesogen.

Rechts neben Bek tauchten weitere Kriecher aus der Dunkelheit auf und griffen Ard Patrinells Gruppe an.

Tamis erreichte die Seherin mit einem weiteren Sprung und riss sie aus der Bahn eines Feuerstrahls. Sie zerrte Ryer Ord Star auf die Beine, führte sie geduckt durch das Labyrinth zurück, an Wänden entlang und über offene Stellen, während die Feuerstrahlen die Luft um sie herum ohne Unterlass versengten.

Sie schaffen es nicht, dachte Bek. *Es ist zu weit. Das Feuer ist überall!*

Er hielt nach Walker Ausschau, aber der Druide war verschwunden. Der Junge hatte nicht gesehen, was mit ihm passiert war, wohin er gegangen war, ob er vielleicht bis zum Obelisken gelangt war. Das Zentrum des Labyrinths bestand nur noch aus Rauch, dunstverhüllten Formen und plötzlichen Ausbrüchen des roten Feuers. Zu seiner Linken wurde Quentin attackiert, tapfer leuchtete das blaue Licht seines Schwertes von Leah, und seine Schlachtrufe hallten über den Tumult hinweg. Zu seiner Rechten verteilten sich die Kriecher in den Gängen und suchten nach Ard Patrinell, Ahren Elessedil und den übrigen Elfenjägern.

Eine Falle, eine Falle, das alles war eine Falle! Beks Kehle brannte vor Wut und Niedergeschlagenheit, in seinem Kopf vermischten sich Gedanken an verpasste Gelegenheiten und falsche Entscheidungen.

Tamis trat aus einer Rauchwolke und einem Gewirr von tödlichem rotem Feuer hervor und zog Ryer Ord Star hinter sich her. »Geh schon, geh!«, rief sie dem wartenden Bek und seinem Gefährten zu, und sofort rannten sie durch die Ruinen zurück.

Quentin!, ging es Bek durch den Kopf, und hilflos schaute er über die Schulter zurück.

Sie waren kaum zwanzig Meter weit gekommen, als zwei Kriecher sie aufhielten. Die Metalltiere schienen gewartet zu haben, bis die Menschen auf dem Weg ins Zentrum des Labyrinths an ihnen vorbei waren, und erst dann kamen sie aus den niedrigen Bauwerken hervor. Ihre metallischen Glieder klimperten und knirschten, während sie den Weg versperrten. Tamis und ihr Gefährte sprangen sofort vor, um den Jungen und die Seherin zu verteidigen. Die Kriecher griffen an und bewegten sich so schnell, dass sich die Elfenjäger kaum wehren konnten. Tamis wich ihrem Angreifer aus, aber der andere Elfenjäger hatte weniger Glück. Der Kriecher stieß ihn um, nagelte ihn auf dem Boden fest, und während der Elf hilflos um sich schlug, trennte das Metalltier ihm mit seinen Zangen den Kopf vom Rumpf.

Bek schaute zu, als geschähe das alles nur in einem Traum. Er nahm Ryer Ord Star schützend in die Arme, und sein Verstand verlangte, dass er endlich etwas tun sollte. Doch entscheidungsunfähig und vor Schreck erstarrt, starrte er nur auf das rote Licht, das aus den Spitzen der Zangen hervortrat, und auf das Blut, das aus dem Rumpf des Elfen spritzte.

In diesem Moment vergaß er alles außer dem nun überwältigenden Drang, auf dieses Schauspiel zu reagieren. Er schrie. Ein Damm brach, und Zorn, Verzweiflung und Enttäuschung durchfluteten ihn und befreiten seine Magie, verliehen ihr Leben und Kraft, eine eiserne Stärke, die Schärfe eines Messers. Diese Flut riss ihn mit sich und zerfetzte die Kriecher wie Papier.

Er fühlte sich unbesiegbar, alles um ihn herum hatte er vergessen, nur nicht die Euphorie, die er verspürte, als die Kraft der Magie ihn durchrauschte. Ein weiterer Kriecher tauchte auf, und Bek wütete mit der gleichen Entschlossenheit – seine Stimme packte ihn, hob ihn in die Höhe und zerfetzte ihn. Er ließ die Einzelteile krachend zu Boden fallen. Er verteilte sie im Wind wie Laub und brüllte triumphierend.

Dann umklammerte etwas sein Bein und zog ihn aus der Raserei zurück, in die er sich selbst Zutritt gewährt hatte. Seine Stimme verstummte, die Echos hallten in seinem Kopf wider, die Bilder blitzten vor seinem inneren Auge auf. Ryer Ord Star hatte ihn gepackt und starrte ihn mit blutunterlaufenen Augen voller Schrecken und Unglauben an.

»Nein, Bek, nein!«, schrie sie immer wieder, als tue sie das schon eine ganze Weile und habe immer wieder vergeblich versucht, ihn durch steinerne Mauern zu erreichen.

Er schaute zu ihr hinunter und begriff nicht, wunderte sich lediglich über den Schmerz und die Verzweiflung in ihrem Gesicht. Er hatte sie doch gerettet, oder etwa nicht? Er hatte eine weitere Möglichkeit gefunden, seine Magie einzusetzen, eine, die er niemals erwartet hätte. Auf diese Weise hatte er eine Kraft befreit, die sogar das Schwert von Leah übertraf – vielleicht sogar Walker selbst. Was war so falsch an dem, was er getan hatte? Was daran quälte sie so sehr?

Tamis trat mit blutüberströmtem Gesicht zu ihm, ergriff die Seherin und zog sie auf die Beine. »Lauf, und schau nicht zurück!«, zischte sie Bek zu und drückte ihm Ryer Ord Star in die Arme.

Aber er schaute sich um. Und er erblickte einen Albtraum. Im Labyrinth wimmelte es von Kriechern, überall waren Feuerstrahlen. Ryer Ord Stars Vision hatte sie eingeholt. Tränen brannten in seinen Augen. Dort konnte kein menschliches Wesen überleben. Schreie gellten durch das Zwielicht, und Explosionen erschütterten die Luft mit grellen Lichtblitzen. Was war aus Ard Patrinell, Ahren und Panax geworden? Und aus Quentin? Er erinnerte sich an ihr gegenseitiges Versprechen, ihre Waffenbrüderschaft, an den Schwur, einander zu beschützen. Schatten, was war nur daraus geworden?

»Lauf, hab ich gesagt!«, brüllte ihm Tamis ins Ohr.

Das tat er dann auch: Er rannte durch das Dämmerlicht, während Ryer Ord Star an seinem Arm hing und versuchte mitzuhalten. Wieder stieß sie ein schrilles, verzweifeltes Klagen aus, und am liebsten hätte er sie zum Schweigen gebracht. Einmal schaute er sie an und wollte sie auffordern zu verstummen. Sie lief mit geschlossenen Augen, hatte den Kopf in den Nacken geworfen, und ihr Gesicht drückte solche Qualen aus, dass er es unterließ.

Bruchstücke heller Magie flackerten in seinen Augen, Gespenster seines Erbes, das er jetzt entdeckt und angetreten hatte, das Flüstern von entfesselter Macht. Vielleicht ein zu großes Erbe. Zu viel Macht. Eine Sehnsucht überfiel ihn, der unverkennbare Drang, die Gefühle, die er befreit hatte, erneut zu durchleben. Die Intensität raubte ihm den Atem, er keuchte heftig, sein Gesicht errötete, sein Körper sang.

Es war noch viel mehr notwendig, dachte er, während sie flohen, viel mehr, bis er befriedigt sein würde.

Augenblicke später ließen sie das Chaos des Labyrinths hinter sich, die Schreie und Blitze des Feuers blieben zurück, und sie verschwanden im düsteren Nebel.

Sie liefen lange Zeit, den ganzen Weg durch die Ruinen, ehe Tamis in einem schattigen Wald aus Laubbäumen anhielt. Um sie herum war die Luft feucht und neblig. Hier unter den Bäumen herrschte

Stille, doch sein Herzschlag hämmerte in seinen Ohren. Bek beugte sich vor, holte tief Luft und stützte sich mit den Händen auf die Knie. Neben ihm klagte Ryer Ord Star noch immer leise und starrte vor sich hin, als würde sie weit in die Ferne schauen.

»So kalt und dunkel, Metallbänder auf meinem Leib, Leere um mich herum«, murmelte sie, während sie in einem inneren Kampf gefangen war. »Jemand ist hier, beobachtet mich ...«

»Ryer Ord Star«, flüsterte er scharf und beugte sich zu ihr vor.

»Dort, wo die Finsternis am tiefsten ist, jenseits von ...«

»Hörst du mich?«, fuhr er sie an.

Sie zuckte zusammen, als sei sie geschlagen worden, streckte die Hände aus und griff in die Luft. »Walker! Warte auf mich!«

Dann verstummte sie. Eine eigentümliche Ruhe überkam sie, als hätte sich eine Decke der Gelassenheit über sie gelegt. Sie sank auf die Fersen, kniete, schob die Hände in ihre Robe und richtete den Oberkörper auf. Die Augen starrten ins Leere.

»Was ist denn mit ihr los?«, fragte Tamis und beugte sich vor.

Er schüttelte den Kopf. »Ich habe keine Ahnung.«

Mit der Hand fuhr er vor den Augen der Seherin vorbei. Sie blinzelte nicht und zeigte auch sonst nicht, ob sie ihn bemerkte. Er flüsterte ihren Namen, berührte ihr Gesicht und schüttelte sie schließlich. Sie zeigte keinerlei Reaktion.

Die Fährtenleserin und der Junge blickten einander hilflos an. Tamis seufzte. »Dagegen kenne ich kein Mittel. Und du, Bek? Du scheinst ja voller Überraschungen zu stecken. Weißt du in dieser Situation vielleicht auch, was zu tun ist?«

Er schüttelte den Kopf. »Ich glaube kaum.«

Sie strich sich das kurze dunkle Haar zurück und fixierte ihn mit den grauen Augen. »Nun, das würde ich an deiner Stelle nicht so vorschnell behaupten. Was ist denn eigentlich dort hinten passiert, als du dir diese Kriecher vorgenommen hast. Das ging ja ein wenig über den Dienst eines gewöhnlichen Kabinenstewards hinaus.« Sie zögerte. »Magie, oder?«

Er nickte müde. Welchen Zweck hatte es jetzt noch, die Sache zu verheimlichen? »Ich entdecke mich gerade erst selbst. Auf Mephitic war ich derjenige, der den Schlüssel gefunden hat. Da habe ich die Magie zum ersten Mal benutzt. Aber ich hatte keine Ahnung, dass ich zu solchen Dingen in der Lage bin.« Er deutete auf die Ruinen, wo er die Kriecher vernichtet hatte. »Vielleicht hat Walker es gewusst und vor mir geheim gehalten. Ich glaube, Walker weiß eine Menge über mich und hält es geheim.«

Tamis hockte sich auf die Fersen und schüttelte den Kopf. »Druiden.« Sie blickte in die Bäume. »Ich frage mich, ob er noch lebt.«

»Ich frage mich, ob überhaupt noch jemand lebt.« Bek versagte die Stimme, und er schluckte heftig.

Die Fährtenleserin erhob sich langsam. »Es gibt nur einen Weg, das herauszufinden. Es wird dunkel. Ich kann mich ohne Licht besser anschleichen. Aber du musst hier bei ihr bleiben.« Sie deutete mit dem Kopf auf Ryer Ord Star. »Bist du dazu bereit?«

Er nickte. »Trotzdem würde ich dich lieber begleiten.«

Tamis zuckte mit den Schultern. »Nachdem ich gesehen habe, was du mit den Kriechern angestellt hast, wäre mir das auch lieber. Aber ich glaube, wir können sie nicht allein lassen.«

»In Ordnung«, stimmte er zu.

»Ich bin zurück, so schnell ich kann.« Sie holte tief Luft und zeigte nach links. »Am besten schlage ich mich durch diesen Wald und schleiche mich von der anderen Seite an. Du wartest auf mich. Wenn irgendjemand fliehen kann, wird er vermutlich hier vorbeikommen, und du solltest ihn sehen. Aber sei vorsichtig, bis du weißt, wen du vor dir hast.«

Sie schaute ihn an und beugte sich vor. »Und scheue dich nicht, deine neu entdeckte Magie einzusetzen, wenn du in Gefahr gerätst, ja?«

»Bestimmt nicht.«

Sie lächelte ihm zu und verschmolz Sekunden später mit den Bäumen.

Danach wurde es rasch dunkel, das letzte Tageslicht schwand, und die Nacht legte sich über den Wald. Wolken und Nebel verhüllten den Himmel, und erneut begann es zu regnen. Bek brachte Ryer Ord Star unter die Äste eines alten Hickorybaums, wo sie ein wenig geschützt war. Sie ließ sich von ihm führen und setzte sich wieder, ohne irgendein Zeichen von sich zu geben, ob sie überhaupt wahrnahm, was um sie herum vor sich ging. Sie war so weit entfernt, dass sie seine Anwesenheit wohl kaum bemerkte. Trotzdem machte es einen Unterschied, redete er sich ein. Ohne ihn war sie der Willkür desjenigen ausgesetzt, der sie zufällig finden mochte. Sie konnte sich nicht verteidigen, nicht einmal fliehen. Sie war vollkommen hilflos.

Er fragte sich, warum sie sich so verwundbar gemacht hatte, aus welchem Grund sie diese Entscheidung für notwendig gehalten hatte. Denn eine bewusste Handlung war es, glaubte er. Es musste mit Walker zu tun haben, schließlich hatte alles, was sie tat, mit dem Druiden zu tun. War sie gerade mit ihm verbunden, genauso wie Bek auf Shatterstone? Sie hatte während mehrerer Stunden nicht gesprochen und nicht reagiert.

Eine Zeit lang betrachtete er sie, dann verlor er das Interesse. Er beobachtete stattdessen den Weg und hoffte, jemand aus ihrer Gruppe würde auftauchen. Sie konnten nicht alle tot sein, redete er sich ein. Nicht alle. Nicht Quentin. Schließlich besaß er das Schwert von Leah. Verbitterung machte sich in ihm breit, und er seufzte tief. Wem wollte er eigentlich etwas vormachen? Er hatte die Feuerstrahlen und die Kriecher gesehen, und er wusste, man bräuchte eine ganze Armee von Elfenjägern, um aus den Ruinen zu fliehen. Sogar die Magie eine Druiden würde vielleicht nicht ausreichen.

Er lehnte sich an den Hickorybaum und spürte die flache Klinge des Schwertes von Shannara, die gegen seinen Rücken drückte. Das Schwert hatte er ganz vergessen. Im Durcheinander der Flucht hatte er nicht einmal daran gedacht, es als Waffe einzusetzen – aber was war das schon für eine Waffe? Seine Magie erschien ihm in diesem Fall wenig sinnvoll. Und die Wahrheit? Wie kämpfte man mit der Wahrheit gegen Feuer und Eisen? Als normale Waffe wäre es vielleicht zu gebrauchen, aber nicht bei dem, was sich ihnen in den Ruinen entgegengestellt hatte. Er schüttelte den Kopf. Die mächtigste Magie der Welt, hatte Walker ihm gesagt, und er konnte sie nicht einsetzen. Die Magie seiner Stimme war eine bei weitem bessere Waffe. Wenn er nur wüsste, was er jetzt tun sollte …

Diesen Gedanken ließ er unbeendet, denn ihm fielen all die Zweifel und Bedenken ein. Selbst der Einsatz seiner Stimme war gefährlich, wenn diese Gefahr auch noch nicht klar hervortrat. Die Magie war zu mächtig und zu unberechenbar. Er vertraute ihr nicht. Sie war verlockend und verführerisch, und er spürte etwas Trügerisches in ihrem Ruf. Was solche Euphorie und solches Verlangen hervorrief, musste Folgen haben …

Es wurde kalt, und er wünschte sich, er hätte seinen Mantel noch, doch den hatte er im Kampf verloren. Er blickte Ryer Ord Star an, dann zog er ihr den Mantel enger vor der Brust zusammen. Sie zitterte, obwohl sie das wahrscheinlich nicht merkte, und er legte ihr den Arm um die Schulter, um sie zu wärmen. Was würden sie tun, wenn Tamis keinen Überlebenden fand? Wenn die Fährtenleserin nun selbst nicht zurückkehrte? Bek schloss die Augen und verdrängte diese Befürchtungen. Solche Grübeleien halfen ihm jetzt auch nicht weiter. An diesen Dingen konnte er nichts ändern. Er konnte lediglich das Beste aus der Situation machen, so hoffnungslos sie auch aussah.

Offenbar hatte er eine Weile gedöst, denn als Nächstes erinnerte er sich daran, wie er aufwachte, weil sich ihnen jemand näherte. Es waren aber eigentlich gar nicht so sehr die Geräusche, die ihn weckten, sondern das Gefühl der Anwesenheit von jemand anderem. Er hob den Kopf von Ryer Ord Stars Schulter und spähte mit zusammengekniffenen Augen in die Dunkelheit. Nichts bewegte sich; trotzdem war da etwas, noch zu weit entfernt, um es zu erkennen, aber es kam auf ihn zu.

Allerdings nicht aus den Ruinen, sondern aus Richtung des Luftschiffes.

Bek richtete sich auf, löste sich von der Seherin, erhob sich und lauschte. Die Nacht war still, abgesehen vom leisen Plätschern des

Regens auf dem Laubdach. Bek griff nach dem Schwert von Shannara, zog dann jedoch die Hand zurück. Er trat zur Seite, tiefer in den Schatten. Er spürte die Gegenwart des anderen, als wäre der von einer Aura aus Hitze oder Licht umgeben.

Eine Gestalt in einer Robe tauchte vor ihm auf wie aus dem Nichts, war auf gespenstische Weise plötzlich da. Die Gestalt war klein und schlank und körperlich nicht sehr beeindruckend. Sie trat verhüllt auf die beiden zu, ein Geheimnis, das darauf wartete, gelüftet zu werden. Bek betrachtete die Gestalt fasziniert und konnte sich nicht entscheiden, was er tun sollte.

Innerhalb der Robe hob sich ein Arm und wurde zu Ryer Ord Star ausgestreckt. »Sag mir, was passiert ist«, verlangte eine Frauenstimme sanft, aber doch energisch. »Warum bist du hier? Du hattest Anweisung ...«

Erst jetzt bemerkte sie Bek. Er musste sie erschreckt haben, denn sie erstarrte und zog den Arm abrupt zurück. Ihre Haltung veränderte sich, und ihm erschien es, als ob seine unerwartete Gegenwart sie beunruhigte.

»Wer bist du?«, fragte sie.

In ihrer Stimme lag keine Freundlichkeit, kein Hinweis auf die Sanftheit, die noch Sekunden zuvor darin mitgeschwungen hatte. Sie hatte sich im Nu verändert, und das bestimmt nicht zu seinem Besten. Doch hörte er etwas Vertrautes aus ihrer Stimme heraus, etwas, das eine starke Erinnerung in ihm wachrief. Er starrte sie an, und unvermittelt traf ihn die Erkenntnis.

»Wer bist du?«, wiederholte sie.

Er erkannte sie jetzt, und diese Gewissheit raubte ihm den Atem. Jahre perlten von ihm ab wie die Tropfen des Regens von seiner Haut, und ein Flickwerk von Erinnerungen stieg in ihm auf. Die meisten hatte er vollkommen vergessen, bis der Gebrauch des Schwertes von Shannara sie in ihm wachgerufen hatte. Es waren Erinnerungen an sie, wie sie ihn auf den Armen trug und fest an sich drückte, während sie durch Feuer und Rauch lief. Erinnerungen an sie, wie sie ihn an einem dunklen, engen Platz ablegte, versteckte und vor dem Tod bewahrte, der um sie herum wütete. An sie, als Kind, vor langer Zeit, an einem Ort, von dem in seinem Gedächtnis nur winzige Spuren geblieben waren.

»Grianne«, erwiderte er und sprach ihren Namen zum ersten Mal seit seiner Kindheit wieder laut aus. »Ich bin's, Grianne. Dein Bruder.«

Das nächste Buch der Shannara-Serie wird die Geheimnisse von Castledown und seine Magie enthüllen, wenn der Druide Walker und seine Gefährten gegen das geheimnisvolle Wesen antreten, das beides beschützt.